ANDREA SCHACHT

Die Ungehorsame

Buch

Bonn, im Jahre 1842: Eleonore Maria Gutermann, genannt Leonie, Tochter aus gutbürgerlichem, katholischem Haushalt, heiratet den vermögenden, wenn auch versehrten Geodäten Hendryk Mansel. Bei dem Ehegelöbnis überrascht die Braut die Angehörigen damit, dass sie höchst widerwillig auf die Frage nach dem Gehorsam antwortet: »Mit Gottes Hilfe – ja!« In diesem Augenblick beginnt in Bonn die Erde zu beben.

Was genau hat die widerspenstige Leonie in die Vernunftehe getrieben? Sie scheint froh zu sein, dem elterlichen Haushalt entkommen zu können, nur warum? Und ob sie es mit dem geheimniskrämerischen Hendryk besser getroffen hat?

Autorin

Andrea Schacht (1956–2017) war lange Jahre als Wirtschaftsingenieurin und Unternehmensberaterin tätig, hat dann jedoch ihren seit Jugendtagen gehegten Traum verwirklicht, Schriftstellerin zu werden. Ihre historischen Romane um die scharfzüngige Kölner Begine Almut Bossart gewannen auf Anhieb die Herzen von Lesern und Buchhändlern. Mit *Die elfte Jungfrau* kletterte Andrea Schacht erstmals auf die SPIEGEL-Bestsellerliste, die sie seither mit schöner Regelmäßigkeit immer neu erobert.

Weitere Informationen unter: www.andrea-schacht.de

Andrea Schacht

Die Ungehorsame

Historischer Roman

blanvalet

MIX
Papier aus verantwortungsvollen Quellen
FSC® C014496

Verlagsgruppe Random House FSC® N001967

3. Auflage

Redaktion: Dr. Rainer Schöttle
Umschlaggestaltung: © Johannes Wiebel | punchdesign,
unter Verwendung von Motiven von Shutterstock.com
HK · Herstellung: wag
Satz: Uhl + Massopust, Aalen
Druck und Einband: GGP Media GmbH, Pößneck
Printed in Germany
ISBN 978-3-7341-0600-2

www.blanvalet-verlag.de

Wir sehen die klügsten, verständigsten Menschen
im gemeinen Leben Schritte tun,
wozu wir den Kopf schütteln müssen.

Freiherr von Knigge: Über den Umgang mit Menschen

August 1837: Die Koordinaten

Für Hoffnung
– Verwesung straft sie Lügen –
gabst du gewisse Güter hin?

Schiller: Resignation

Er hatte das Gefühl für die Zeit verloren, die er schon in der Finsternis der Höhle lag. Gefesselt, verwundet, auf felsigem Boden. Dabei hatte er gehofft, in der alten Mine Zuflucht zu finden, aber der andere hatte ihn gefunden und überwältigt.

Er würde wiederkommen, ohne Zweifel, denn noch hatte er ihm nicht verraten, was er wissen wollte. Ein kluger Mann, ihn hier im Ungewissen zu lassen. Dadurch hatte er genügend Möglichkeiten gehabt, sich auszumalen, welches Schicksal ihm bevorstand.

Gnade war nicht darunter. Nur der sichere Tod.

Die Frage war, wie qualvoll er zu sterben bereit war.

Und wem diese Qual etwas nützte – vermutlich weder den Toten noch den Mächtigen.

Dass der andere jedoch willens war, ihm jegliche Form von Qual angedeihen zu lassen, dessen war er sich sicher.

Hatte er selbst einen Vorteil davon, wenn er sein Wissen preisgab?

Einen schnellen Tod?

Vielleicht.

Über gewisse Phasen verlor er das Bewusstsein, dann aber schreckten ihn Schmerzen auf. Jemand zerrte ihn an seinen Fesseln hoch, und ein grelles Licht blendete seine an die Finsternis gewöhnten Augen.

»Und, hast du es dir überlegt, mein Lieber?«

Trotz aller Benommenheit kochte bei dem süffisanten Ton die Wut in ihm hoch. Er unterdrückte sie. Es galt zu spielen.

»Wer gibt dir die Gewähr, dass ich dir die richtigen Daten nenne?«

Seine Stimme war heiser vom Durst und dem langen Schweigen.

»Das Wissen darum, dass, wenn es die falschen sind, mein

Freund, deine Teuersten und Liebsten nicht lange deinen Tod beweinen werden.«

Leider ein sehr kluger Mann, der um seine Verwundbarkeit auch in diesem Fall wusste. Er schwieg, beobachtete.

Der andere hatte, wie schon zuvor, einen Dolch in der Hand, und was er damit zu tun gedachte, war ihm aus vorherigen Unterhaltungen durchaus klar. Jetzt hielt er die Klinge in die Flamme der Petroleumlampe.

»Ich denke, wir beginnen mit dem rechten Auge. Du brauchst es in der Dunkelheit hier ja nicht.«

Wie viele Qualen ertrug ein Mann?

Wahrscheinlich war er ein Feigling.

Er nannte ihm Längen- und Breitengrad.

Der andere lachte und warf das rot glühende Messer in den Schutt an der Wand.

»Kluger Junge. Das gibt dir eine Frist von – sagen wir – zehn Tagen. Leb wohl!«

Der Mann ging davon, ohne den Gefesselten noch eines Blickes zu würdigen.

Als das schwankende Licht verschwunden war, stöhnte er auf, dann aber machte er sich ungeachtet der höllischen Schmerzen und der wieder aufbrechenden Wunden daran, zu dem Dolch zu kriechen. Sehen konnte er zwar nichts mehr, doch die Hitze, die das Metall ausströmte, konnte er wahrnehmen. Die rote Glut der Klinge mochte erloschen sein, doch in ihm glühte eine weit hellere – die der Rache. Sie gab ihm Kraft, letzte verzweifelte Kraft.

Dann hörte er das dumpfe Rumpeln und wusste, dass der Ausgang nun verschüttet war.

25. Mai 1842: Hochzeit

Wähle also mit Vorsicht die Gefährtin Deines Lebens, wenn Deine künftige häusliche Glückseligkeit nicht ein Spiel des Zufalls sein soll.

Freiherr von Knigge: Von dem Umgange unter Eheleuten

Der fünfundzwanzigste Mai des Jahres 1842 war ein leuchtender Frühlingstag. Im großen Salon im Bonner Stadthaus der Familie Gutermann hatte man sich versammelt. Ein kleiner Kreis der Angehörigen nur, denn der Anlass entbehrte nicht einer gewissen Delikatesse. Der Eheschließung zwischen einem Protestanten und einer Dame aus streng katholischem Haus lag zwar rechtlich gesehen kein Hindernis im Weg, seit die preußische Regierung die Religionsfreiheit geboten hatte, aber zum guten Ton gehörte es wahrhaftig noch nicht in allen Kreisen. Also hatte man auf die Trauung in der Kirche verzichtet und sich nach dem schlichten, bürokratischen Akt auf dem Standesamt im Haus der Braut versammelt. Hier würde sowohl der zur Familie gehörende Pastor als auch der mit dem Brautvater befreundete Pfarrer dem Paar den Segen spenden.

Dem Pastor gebührte in diesem Fall der Vortritt, denn er war der Onkel der Braut.

Vor ihm knieten also Mann und Frau, und er sprach mit angemessenem Ernst das Ehegelöbnis.

Carl Hendryk Mansel hatte bereits sein Ja mannhaft und entschlossen gesprochen, nun war sein zukünftiges Weib aufgefordert, die rechte Antwort zu geben.

»Hast du, Leonora Maria Gutermann, vor Gott dein Gewissen geprüft, und bist du frei und ungezwungen hierhergekommen, um mit diesem deinem Bräutigam die Ehe einzugehen?«

»Ja, das bin ich!«, sagte die Braut mit klarer Stimme. Ihre Haltung war so gefasst, wie man es sich nur wünschen konnte; sie neigte nicht zu Tränen oder Rührseligkeit.

»Bist du gewillt, deinen künftigen Gatten zu lieben, zu ehren und ihm zu gehorchen?«, lautete die nächste Frage, doch diesmal schob sich das Kinn der Braut ein wenig vor, und der Tonfall, in dem sie antwortete: »Mit Gottes Hilfe, ja!«, gab zu einem plötzlichen Geraune Anlass. Den verdutzten Gesichtern der Anwesenden sah man an, dass sie zu mutmaßen begannen, der Allmächtige möge ihr dazu wohl großen Beistand zu leisten haben. Und der Bräutigam bezweifelte plötzlich, ob die Fassade der vollkommenen Dame, die er soeben zu ehelichen im Begriff war, möglicherweise Risse bekommen könnte, wenn es um Fragen des Gehorsams ging. Er wirkte einen Augenblick lang irritiert, setzte dann aber wieder eine gleichmütige Miene auf.

Auch Pastor Merzenich mahnte die Braut mit strengem Blick, fuhr aber unbeirrt in der Zeremonie fort und hatte sie nach wenigen weiteren Segensworten beendet.

»Und nun, lieber Hendryk, dürfen Sie die Braut küssen«, schloss er mit einem feinen Lächeln auf seinen hageren Zügen.

Doch dazu sollte es nicht kommen, denn gerade als der Bräutigam die leicht verkniffenen Lippen seiner jungen Frau berühren wollte, geriet er durch einen heftigen Stoß aus dem Gleichgewicht und strauchelte gegen den Tisch mit der Hochzeitstorte. Die Braut selbst klammerte sich an dem Pastor fest, der Kronleuchter klirrte und schwankte, das Porzellan auf der langen Tafel klapperte, und in den Aufschrei der Gäste und Bediensteten mischte sich ein dumpfes Grollen, das aus der Erde klang.

Nur wenige Sekunden indes dauerte das Ereignis, dann war der Spuk vorbei, und nur der hin und her pendelnde Leuchter erinnerte an das unerwartete Beben.

Gustav Gutermann, der Brautvater, hatte sich als Erster gefasst. Er sank auf die Knie, zog den abgegriffenen Rosenkranz aus der Jackentasche und begann zu beten. Weitere Gäste fielen in seinen monotonen Singsang ein, und bald lagen fast alle auf den Knien und folgten seinem Beispiel.

Nicht jedoch Pastor Merzenich, nicht der protestantische Bräutigam.

Und nicht die Braut.

»Leonora!«, mahnte Gutermann zwischen zwei Ave-Maria.

»Nein, Vater, ich werde daran nicht mehr teilnehmen. Ich bin gestern konvertiert.«

Zum zweiten Mal innerhalb kürzester Zeit fragte sich der frischgebackene Ehemann, was er da wohl für einen unüberlegten Schritt getan hatte.

Für alle anderen Anwesenden übertraf diese Offenbarung sogar noch das Erdbeben. Ein allgemeines Gemurmel wurde laut, und das gemeinsame Gebet war vergessen.

»Leonora!«, donnerte Gutermann, und die Angesprochene reckte das Kinn kampfbereit vor. Doch bevor sie etwas nicht Wiedergutzumachendes erwidern konnte, sprang Pastor Merzenich ein.

»Ich selbst habe es angeregt, Gustav, denn es ist für alle Teile besser, wenn die eheliche Gemeinschaft sich in Glaubensfragen einig ist. Leonora hat die christlichen Regeln meiner Konfession als für sich annehmbar erachtet und ist freiwillig und mit freudigem Herzen übergetreten. Sie ist eine erwachsene, mündige Frau, und du wirst ihre Entscheidung billigen müssen.«

Der Brautvater wollte zu einer Entgegnung ansetzen, die vermutlich die Stimmung weiter getrübt hätte, wäre in diesem Augenblick nicht die Hochzeitstorte umgekippt und zu Boden gestürzt. Das aufwändige Meisterwerk der Konditorkunst lag nun als ein unförmiges Häuflein Sahne, Biskuit und Erdbeeren auf dem kostbaren Perserteppich, und lediglich die zehnjährige Rosalie begrüßte diese Katastrophe mit einem freudigen Aufjauchzen. Sie sprang herbei, kniete auf dem Teppich und vergrub ihre Hände in dem süßen Trümmerhaufen. Nachdem sie sich Früchte und Krümel in den Mund gestopft hatte, lief sie mit sahneverschmierten Teigstücken zu der Braut und bot ihr den klebrigen Matsch mit einem strahlenden Lächeln an.

»Rosalie, bitte!«

Scharf wurde sie abgewiesen, doch ihr Lächeln erlosch dadurch nicht. Sie reichte ihre Gabe an den Bräutigam weiter, der nicht recht wusste, wie er sich verhalten sollte.

»Edith, schaff dieses Kind hier raus und sieh zu, dass es sich wäscht!«, ordnete Leonora mit strenger Stimme an.

Eine nicht mehr ganz junge Frau, deren schiefe Schulter ihr ein gedrungenes Aussehen gab, nahm Rosalie am Arm und sagte: »Lass deine Schwester in Ruhe. Du beschmutzt ihr schönes neues Kleid.«

»Die Erde hat gewackelt, Tante Edith. Und die Torte ist umgefallen.«

»Ja, das haben wir gesehen!«

»Hast du das auch gemerkt, Onkel? Die Erde hat gewackelt. Und die Torte ist umgefallen.«

»Ja, Kind. Aber nun geh mit deiner Tante.«

Rosalie machte ein paar Schritte, blieb dann aber vor dem Trauzeugen stehen, einem gut aussehenden Offizier, Freund des Bräutigams, und erklärte auch ihm, was geschehen war.

»Wirst du wohl sofort Tante Edith folgen!«, fauchte die Braut und schubste das Mädchen grob Richtung Tür.

Hendryk Mansel kamen die nächsten Zweifel, ob seine Wahl eine gute war. Denn im Umgang mit Kindern schien seine Angetraute nicht viel Geduld an den Tag zu legen. Er seufzte kaum hörbar. Manche Pläne sollte man vermutlich doch etwas gründlicher durchdenken.

»Ich glaube, es wäre für alle Beteiligten das Beste, wenn Sie auf weitere Geselligkeiten verzichteten und den Weg in Ihr Heim antreten würden«, murmelte der Pastor neben ihm. »Es hat genug Aufruhr gegeben.«

»Da haben Sie wohl Recht, Pastor. Frau Mansel, würden Sie sich zum Aufbruch bereit machen?«

»Natürlich, Herr Gemahl!«

In untadeliger Haltung verabschiedete sich Leonora von ihrer Familie, um dann ein letztes Mal ihr Zimmer aufzusuchen und das blauseidene Festtagskleid gegen ein tannengrünes Reisekostüm zu wechseln. Sie steckte eben die Haare fest, um eine passende grüne, rosa paspelierte Schute aufzusetzen, als ihre Cousine Edith in den Raum trat.

»Die Farbe steht dir nicht«, stellte sie trocken fest.

»Ich weiß. Aber es ist ein Geschenk meiner Stiefmutter.«

»Aha.« Edith nickte verstehend und meinte dann mit weiterhin nüchterner Stimme: »Das mit der Konvertierung war wohl unvermeidbar, aber das Erdbeben war überflüssig, Leonie!« Dabei knüpfte sie die breite Schleife unter dem jetzt nicht mehr trotzigen, sondern nur mädchenhaft spitzen Kinn der Braut zurecht.

Ein freudloses Lachen antwortete ihr.

»Keine gelungene Hochzeit, nicht wahr?«

»Nein, sicher nicht das rauschendste Fest. Aber du bist nun eine verheiratete Frau und kannst dein eigenes Leben leben.«

»Wir werden sehen. Danke, Cousine Edith!« Leonie umarmte die Buckelige und drückte sie eng an sich. »Ich habe Angst!«

»Ich weiß. Aber bedenke, es ist das kleinere Übel!«

Die junge Frau bezwang ihr undamenhaftes Zittern und straffte sich.

»En avant!«

Im Hof standen der Bräutigam und sein Trauzeuge, der Leutnant Ernst von Benningsen, neben der Reisekutsche, die bereits mit ihrem Gepäck beladen war. Der Offizier war ein gut aussehender, hochgewachsener Mann mit einem schmucken Backenbart, der jedoch nur zum Teil die Narben einer üblen Brandverletzung auf seiner Wange verbergen konnte. Hendryk Mansel, vielleicht sogar noch ein wenig größer als er, konnte ebenfalls als gut aussehender Mann gelten, doch gab ihm eine schwarze Klappe über dem rechten Auge ein seltsam verwegenes Air. Bei einem Blick in das spiegelnde Glas des Kutschenfensters, in dem ihrer beider Gesichter zu sehen waren, murmelte er bitter: »Ein hübsches Paar geben wir ab!«

»Wir? Oder meinst du dich und deine Frau? Sie ist wahrhaftig der hübschere Teil dieser Verbindung, Hendryk.«

Der schnaubte kurz.

»Ihr Aussehen mag sein, wie es will, ich hoffe, sie besinnt sich wieder auf ihr Benehmen als Dame. Bisher hatte ich sie für recht angenehm erzogen gehalten, aber vorhin hat sie mich etwas enttäuscht.«

»Du bist ein kalter Hund, Hendryk. Gestehe einer Dame, so untadelig sie auch sonst sein mag, an ihrem Hochzeitstag – mit Erdbeben – ein wenig angegriffene Nerven zu. Sie hat trotz allem eine gute Haltung bewiesen, und du solltest dich auf deine besinnen. Es war schließlich deine Idee, um sie anzuhalten.«

Ein Schlag auf die Schulter ließ den Leutnant zusammenzucken, aber ein kleines Lachen milderte die Geste.

»Touché, mein Freund. Und nun leb wohl. Denn hier kommt die Braut. Wir sehen uns die nächsten Tage gewiss.«

Leonie nahm ihren Platz in Fahrtrichtung der Kutsche ein und legte die behandschuhten Hände ruhig im Schoß zusammen. Sie saß sehr aufrecht und vermied es, sich mit dem Rücken an das Polster zu lehnen, wie sie es von Kindheit an gelernt hatte. Ihr Gatte setzte sich ihr gegenüber, legte seinen Zylinder neben sich auf das Polster und machte es sich in etwas legererer Haltung bequem. Das Gefährt ruckte an, und man rollte auf die Straße. Die junge Braut hielt ihren Blick auf ihre Hände gerichtet und erwiderte nicht die Abschiedsrufe und das Winken ihrer Angehörigen.

»Ist alles zu Ihrer Bequemlichkeit, Madame?«, erkundigte sich Mansel höflich.

»Danke, ja.«

»Wir haben eine etwa drei- bis vierstündige Fahrt vor uns. Wünschen Sie unterwegs eine Pause einzulegen?«

»Danke, nein.« Dann aber fügte sie mit einem schuldbewussten Ausdruck hinzu: »Ich hoffe, Sie tragen es mir nicht zu sehr nach, dass die Feierlichkeit durch mein Verschulden nun ein schnelles Ende gefunden hat, Herr Mansel.«

»Machen Sie sich nicht zu viele Gedanken darüber. Der Erdstoß hat Verwirrung angerichtet. Doch sollten Sie zukünftig ähnlich drastische Schritte wie einen Konfessionswechsel – eine Tatsache, die ich natürlich nicht bedauern kann – vornehmen, sollten Sie mich bitte vorab darüber informieren.«

»Selbstverständlich.«

Leonie wusste, sie wirkte wortkarg, und nach einigen Minuten besann sie sich auf die Kunst der Konversation.

»Steht zu befürchten, dass Ihr Haus in Köln Schaden durch das Erdbeben genommen hat, Herr Mansel?«

»Nein, ich denke, da kann ich Sie beruhigen. Dererlei tektonische Ereignisse sind in unseren Breiten sehr lokal begrenzt. Vermutlich hat man dort noch nicht einmal ein leises Vibrieren wahrgenommen.«

Ein winziges Aufblitzen in den Augen seiner Gattin überraschte ihn, mehr noch die nächste Frage.

»Auch der Bau der Eisenbahnlinie wird vermutlich nicht davon tangiert sein, möchte ich dann annehmen.«

»Nein, gewiss nicht. Es ist ja, außer der Vermessung der geplanten Trasse und allerersten Schachtungsarbeiten, noch nichts geschehen.«

»Was aber würde passieren, Herr Mansel, wenn die Gleise bereits lägen und eine Lokomotive führe mit hoher Geschwindigkeit darüber?«

»Bei dieser Stärke des Bebens, denke ich, würde man annehmen, wie auch in dieser Kutsche, es habe eine Unebenheit des Geländes vorgelegen. Kräftigere Beben allerdings könnten den Gleiskörper schädigen und womöglich die Wagen zum Entgleisen bringen. Aber ich will Sie nicht ängstigen, Madame. Derartige Beben sind hier nicht zu erwarten.«

»Ich ängstige mich nicht, es war reine Wissbegier. Verzeihen Sie meine Neugier.«

»Da gibt es nichts zu verzeihen, fragen Sie nur, was Sie wissen wollen.«

Da ihr Gegenüber sich ihr während ihrer kurzen Verlobungszeit als angenehmer Gesprächspartner empfohlen hatte, wagte Leonie also, weitere Fragen zum wissenschaftlichen Thema der Erdbebenkunde zu stellen, denn sie wusste, dass ihr Gatte, als Geodät und Geologe tätig, eine fundierte Kenntnis über diese Thematik besaß. Während des gelehrten Exkurses über neptunistische und vulkanologische Theorien der Erdgeschichte verlor sich dann auch allmählich ihre innere Anspannung.

Sie setzte schlagartig wieder ein, als sie schließlich ihr Heim in der Hohen Straße erreichten. Es war eines der vielen neuen Häuser, die in den vergangenen Jahren entstanden waren, seit Köln unter der preußischen Herrschaft, wenn auch zunächst zögerlich, einen beträchtlichen wirtschaftlichen Aufschwung genommen hatte. Es war, anders als die alten Stadthäuser mit ihren vorkragenden Obergeschossen, ein helles, dreistöckiges Gebäude, das wie so viele in der Nachbarschaft zur Straßenfront in jeder Etage drei große Fenster aufwies, im ersten Stock sogar einen hübschen Erker. Leonie hatte es bereits im April einmal in Begleitung ihrer Stiefmutter besucht, jedoch noch nicht alle Räume betreten.

Die Dämmerung hatte sich bereits breitgemacht, und das helle Licht der modernen Gaslampe empfing sie in der Eingangshalle.

Hier warteten auch die Haushälterin Jette und ihr Mann Albert auf die Frischvermählten. Mit einem tiefen Knicks, doch ohne Lächeln, hieß Jette die Hausherrin willkommen, Albert hingegen verband seine Verbeugung mit einem freundlichen Lächeln und sprach die passenden Glückwünsche aus.

»Bringen Sie das Gepäck nach oben, aber kümmern Sie sich noch nicht um das Auspacken, Albert. Wir werden uns sogleich zurückziehen. Es war ein anstrengender, langer Tag«, beschied ihn Mansel und wies seiner Frau den Weg zur Treppe.

»Sehr wohl, gnädiger Herr. Wünscht die gnädige Frau noch Ursels Dienste?«

»Nein, lassen Sie das Mädchen schlafen«, wehrte Mansel statt ihrer ab.

»Sie haben eine Zofe für mich eingestellt?«, fragte Leonie einigermaßen erfreut, als sie das Wohnzimmer betraten.

»So kann man es sehen. Ursel und ihr Bruder Lennard sind Mitglieder des Haushalts und haben gewisse Pflichten zu übernehmen. Aber ich muss Sie bitten, nicht zu viel zu erwarten. Sie sind noch sehr jung, wenngleich durchaus aufgeweckt und folgsam. Ursel wird sich um Ihre – hm – Effekten kümmern, Lennard nehme ich in meine Obhut. Lernen Sie das Mädchen an, Ihnen zur Hand zu gehen.«

Sie nickte zustimmend. Ein junges Ding in einfachen Zofendiensten zu unterweisen sollte keine allzu schwierige Aufgabe sein. Müßig sah sie sich in dem Raum um. Anders als andere junge Paare hatten nicht sie und ihre Eltern das gemeinsame Heim eingerichtet, sondern Hendryk Mansel hatte dieses Haus samt seinem Inventar von einem plötzlich gescheiterten Kaufmann erworben und keinerlei Anlass gefunden, am Interieur Wesentliches zu ändern. Es war modern und praktisch möbliert, die Räume in gefälligen Farben gehalten. Man mochte das eine oder andere in ein besseres Licht rücken, ihm eine persönlichere Note geben, aber dazu würde es in den nächsten Wochen und Monaten Zeit genug geben.

Wenn sie denn die nächste Prüfung überstand.

»Wünschen Sie noch eine leichte Erfrischung? Ein Glas Wein vielleicht oder einen Likör?«

Ihr Gatte war höflich, natürlich. Aber Leonie stand nicht der Sinn danach, etwas zu sich zu nehmen.

»Danke, nein.«

»Dann werde ich Jette bitte, Ihnen die oberen Räume zu zeigen.«

»Ja, danke.«

Er läutete, und die Haushälterin erschien umgehend.

»Begleiten Sie die gnädige Frau nach oben, Frau Jette, und gehen Sie ihr zur Hand.«

»Natürlich, gnädiger Herr. Wenn ich bitten darf, gnädige Frau!«

Leonie folgte der Hausdame, die ihr voran mit einem Licht die Treppe emporstieg und dann eine der Türen öffnete.

»Das Schlafzimmer. Die linke Tür führt in Ihr Boudoir, die rechte zum Ankleidezimmer des gnädigen Herrn.«

Ein großes Bett, mit blütenweißer Wäsche bezogen, war bereits aufgeschlagen, ihre kleine Reisetasche ausgeräumt. In dem Boudoir fand sie ihr Nachthemd bereitgelegt und die Waschschüssel mit dampfendem Wasser gefüllt.

»Kann ich Ihnen noch bei irgendetwas behilflich sein?«

»Wenn Sie so gut wären, die Häkchen an meinem Kleid zu öffnen!«, bat Leonie und legte die Schute ab. Die kleine Handreichung war schnell getan, und als sie aus dem steifen Kleid stieg, entließ sie die Haushälterin mit einem kurzen Nicken. Das enge Mieder schnürte sie selbst auf und entledigte sich seiner mit einem leichten Seufzen. Der Druck auf ihre Rippen hatte nachgelassen, der Druck auf ihren Magen blieb. Sie setzte sich auf den Hocker vor dem Frisiertisch und legte den Kopf in die Hände. Es war ein langer, schwieriger Tag gewesen, doch er war noch nicht vorbei. Das Schlimmste stand ihr noch bevor. Sie wusste, was sie erwartete, und das Grauen schnürte ihr die Kehle zu. Hätte sie noch irgendeinen Glauben gehabt, hätte sie vielleicht beten können. Aber sie hatte nicht nur die katholische Kirche verlassen, sie hatte weit mehr Türen hinter sich zugeschlagen, als ihre Angehörigen wussten. Eine Weile saß sie wie versteinert da, dann aber hörte sie ihren Gatten in das Nachbarzimmer treten und noch einige Worte mit Albert wechseln. Mit großer Willensanstrengung riss sie sich zusammen und begann mit der Nachttoilette. Schließlich bürstete sie mit einigen energischen Strichen ihre langen, widerspenstigen Locken und flocht sie zu einem festen Zopf.

Sie hatte ihre Entscheidung getroffen. Sie würde auch die Konsequenzen tragen. Wie immer diese aussehen mochten. Es mochte das kleinere Übel sein – ein Übel war es aber dennoch.

Als sie das Schlafgemach betrat, war Mansel in seinem Ankleideraum verschwunden. Zitternd legte sie sich unter die Decke und schloss die Augen. Vielleicht würde er so höflich sein anzunehmen, der Schlaf habe sie bereits übermannt.

Er schloss wenig später die Tür hinter sich, ging zum Fenster, zog die Portieren zurück und öffnete es weit. Ein kühler Luftzug streifte Leonie, und unwillkürlich sah sie zu ihm hin.

»Ich schätze es, bei geöffnetem Fenster zu schlafen. Wenn Sie ein Problem darin sehen, Madame, empfehle ich Ihnen eine warme Nachthaube.«

Er wartete ihre Antwort nicht ab, sondern löschte das Licht. Dann legte er sich in seine Hälfte des Bettes, zog die Daunendecke über sich und drehte ihr den Rücken zu.

Ganz allmählich ließ das Zittern nach, und Leonie entspannte sich ein wenig. Es schien, als wolle ihr Gatte ihr die Gnade eines Aufschubs erweisen und in dieser Nacht nicht auf der Erfüllung seiner ehelichen Pflichten bestehen.

Die Erschöpfung überwältigte sie und ließ sie in einen tiefen Schlummer fallen.

Als sie am Morgen erwachte, war das Fenster geschlossen und das Bett neben ihr leer.

Sein Alltag

DRINGEND RATE ICH DAHER,
BEI DEM ERSTEN SCHATTEN VON UNZUFRIEDENHEIT
ÜBER EIN BETRAGEN DES FREUNDES NICHT ZU SÄUMEN,
OHNE ZUTUN EINES DRITTEN, AUF ERLÄUTERUNG ZU DRINGEN.

Freiherr von Knigge: Über den Umgang unter Freunden

Hendryk Mansel hatte den Vormittag damit verbracht, die Baustelle zwischen Brühl und Bornheim zu inspizieren, wo derzeit die Schachtungsarbeiten für die neue Trasse der künftigen Eisenbahnlinie zwischen Bonn und Köln im Gange waren. Unzählige Arbeiter stachen Grassoden, stießen ihre Spaten in den steinigen Boden, schaufelten das Material in die bereitstehenden Schubkarren, die wieder von anderen im Laufschritt zu den aufzuschüttenden Wällen gefahren wurden. Eine Knochenarbeit, an der sich gelegentlich auch kräftige Frauen beteiligten. Manchmal sogar Kinder.

Er selbst prüfte die Landmarkierungen auf ihre Übereinstimmung mit dem Streckenplan, denn nicht immer konnte man davon ausgehen, dass der Vorarbeiter sie korrekt einhielt. Zudem wurde auch schon mal Schabernack getrieben – oder es war Böswilligkeit im Spiel. Nicht alle waren davon überzeugt, dass es sich bei der Eisenbahn um eine fortschrittliche Errungenschaft handelte, und in den vergangenen Jahren hatte er selbst einige unglaubliche Diskussionen erlebt. Gerade wieder hatte sich der Dorfpfarrer von Bornheim ihm gegenüber wortgewaltig gegen das Teufelswerk ausgelassen und sogar das leichte Erdbeben zum Anlass genommen, darin den Fingerzeig Gottes gegen den geplanten Verkehrsweg zu sehen. Mit stoischer Geduld hatte er dem aufgebrachten Pfaffen zugehört, seine Beschimpfungen über sich ergehen lassen und ihm dann mit kühler preußischer Manier anempfohlen, ein Schreiben an die Direktoren der Gesellschaft zu schicken. Er erfülle nur seine Pflicht als Vermesser und könne über himmlische Weisungen nicht entscheiden. Dann hatte er sich wieder auf den Bock seines Phaetons geschwungen und war nun im hellen Frühlingssonnenschein auf dem

Weg zurück nach Köln. Doch das lichte Grün der Bäume, die üppig schäumende Apfelblüte, den azurblauen Himmel mit seinen Federwölkchen nahm er nicht wahr. Seine Gedanken wanderten zum Beginn des Jahres zurück, als er die denkwürdige Entscheidung getroffen hatte, eine Vernunftehe einzugehen.

Seine Vermessungstätigkeit und seine dabei an den Tag gelegte Zielstrebigkeit bei der inzwischen fertiggestellten Strecke Aachen – Köln hatten Hendryk Mansel qualifiziert, auch den Auftrag der Bonn-Kölner Eisenbahngesellschaft anzunehmen. Man war durchaus angetan von seinen Kenntnissen und bot ihm ein recht anständiges Gehalt. Damit verbunden war sein endgültiger Umzug nach Köln, was seinen langfristigen Plänen entsprach.

Er enttäuschte auch hier seine Auftraggeber nicht, außer vielleicht darin, dass er ein wenig geselliger Typ war. Nur selten nahm er an den Veranstaltungen teil, die in regelmäßigen Abständen stattfanden, um einerseits das Projekt der Bürgerschaft vorzustellen, aber auch um Gelder und Aktionäre zu werben. Bei einer dieser Gesellschaften, einem Wohltätigkeitskonzert, um dessen Besuch er sich nicht hatte herumdrücken können, lernte er Leonora Gutermann kennen. Man hatte ihn ihr an jenem Januarnachmittag vorgestellt und dabei erklärt, sie sei die Tochter des Rentiers und Eisenbahnaktionärs Gustav Gutermann, eines jener Gäste, die es besonders zu hofieren galt. Er fand sie auf den ersten Blick nichtssagend, wenn nicht gar fade, aber von stiller Höflichkeit. Pflichtgemäß hatte er mit ihr Konversation betrieben und dabei einen nicht unangenehmen Eindruck von ihrer Bildung gewonnen. Er war nachdenklich nach Hause zurückgekehrt und hatte in der Folge weitere Geselligkeiten aufgesucht, denen sie ebenfalls beiwohnte. Zwei Dinge gaben schließlich den Ausschlag, dass er vorsichtig das Terrain sondierte. Zum einen klang in seinen Ohren das beharrliche Gerücht, Gutermann biete sein überreifes Fräulein Tochter auf dem Heiratsmarkt schon seit einiger Zeit wie sauer Bier an, und zum anderen gefiel ihm die ausgesucht kultivierte Contenance, die die junge Frau an den Tag legte. Sie verhielt sich freundlich, aber zurückhaltend, wenn nicht sogar ein wenig spröde, was ihm aber bei Weitem mehr entgegenkam als die romantischen Gefühlswallungen jüngerer Damen. Diskrete

Erkundigungen ergaben, Leonora habe das fünfundzwanzigste Lebensjahr schon erreicht, ohne jemals auch nur an eine Verlobung gedacht zu haben. Desgleichen erfuhr er, die Vermögensverhältnisse Gutermanns seien nicht so üppig, dass eine reiche Mitgift zu erwarten war. Aber dieser Punkt hatte für ihn wenig Relevanz. Auch in ihrem katholischen Glauben sah er keinen Hinderungsgrund.

Hendryk Mansel brauchte eine Ehefrau, aus den verschiedensten Gründen. Geld war keiner davon. Liebe auch nicht. Aber eine untadelige Dame, die seinem Haushalt vorstand und die Aufgaben in seinem Heim sorgfältig erledigte, würde seine Situation deutlich verbessern.

Also legte er an einem Sonntagvormittag im frühen März die korrekte Besuchskleidung an und sprach im Hause Gutermann vor.

Der Vater hatte Mühe, seine Begeisterung zu verbergen, die ihm der Antrag des verdienstvollen Geodäten entlockte, was Mansel mit heimlicher Belustigung registrierte. Es war ihm durchaus klar, Leonora hätte eine bessere Partie machen können. Unter strengen Gesichtspunkten galt er nämlich nicht als idealer Herr, da er für seinen Lebensunterhalt selbst zu arbeiten pflegte.

Auf die Reaktion der Tochter war er daraufhin milde gespannt. Würde sie sich ebenfalls erfreut zeigen oder trotzig ihre Einwilligung verweigern? Beides lag im Bereich des Möglichen.

Vielleicht hatte er sogar eine heftigere Regung erhofft, denn ihre kühle, höfliche Zusage wirkte seltsam ernüchternd auf ihn, wenngleich er nichts an ihrem Benehmen beanstanden konnte.

Man verkündete die Verlobung am Ostersonntag. In der Woche darauf hatte er das Haus gekauft und war von seiner kleinen Mietwohnung dorthin umgezogen. Zwei Tage später hatten sich Jette und Albert, die er bereits in Aachen schätzen gelernt hatte, eingefunden, um das Hauswesen in Ordnung zu halten.

Seine Arbeit ließ es nicht zu, allzu viel Zeit mit seiner Verlobten zu verbringen, was sie nicht einklagte, sondern nur einmal die Erlaubnis erbat, vor der Hochzeit noch einen Monat in Königswinter bei ihrem Onkel, dem Pastor Merzenich, verbringen zu dürfen.

Nun waren sie verheiratet. Zu ungünstigen Eindrücken, wie er sie von seiner Frau bei der Trauung gewonnen hatte, hatte es bisher keine weiteren Anlässe gegeben. Weder gab sie sich trotzig, noch widersprach sie seinen Wünschen oder stellte Forderungen. Vielleicht könnte ihr Ton den Kindern gegenüber etwas herzlicher sein, aber er war bereit, ihr da ein wenig Zeit einzuräumen.

Die Fortifikationsanlagen Kölns kamen allmählich in sein Blickfeld, und er zog die Taschenuhr hervor. Kurz vor vier – nun, er würde noch im Kontor vorbeischauen, und vielleicht ergab sich sogar noch eine Gelegenheit, sich mit Ernst auf einen Kaffee zu treffen.

Der Leutnant hat eine ausgesprochene Vorliebe für meine Gattin entwickelt, stellte er fest und wunderte sich ein wenig darüber. Denn hübsch war sie eigentlich wirklich nicht zu nennen. Sie fasste ihre hellbraunen Haare straff zusammen, was ihr ovales Gesicht sicher auf die richtige Weise betonte, aber ihre Lippen waren für das gängige Schönheitsideal zu breit. Möglicherweise gab sie ihnen deswegen häufig einen verkniffenen Zug. Ihre Figur war eher zierlich, jedoch schien sie wenig Wert auf die modisch eng geschnürte Taille zu legen. Immerhin hatte sie eine klare, reine Haut und lange, gebogene Wimpern, deren Spitzen golden schimmerten. Er hatte sie diesen Morgen eine Weile betrachtet, als sie, noch schlafend, neben ihm lag. Eigentlich waren auch ihre Augen ausdrucksvoll, von einem helleren Braun als das seine, doch sie hielt sie zumeist sittsam niedergeschlagen. Nur ihre Hände waren wirklich schön – langgliedrig, schmal und von gepflegter Zartheit.

Sie hatten ihn noch nie berührt.

Und das war ganz in seinem Sinne.

In den Räumlichkeiten, in denen die zwei Landvermesser, die Hendryk Mansel angestellt hatte, ihre Unterlagen erstellten, polterte der Oberbergamtsrat von Alfter herum. Als er Mansels ansichtig wurde, hielt er in seiner Tirade inne, die er auf die beiden Angestellten hatte herunterprasseln lassen, und hub zu einem neuen Thema an.

»Mensch, Mansel! Endlich erwischt man Sie mal. Wann immer man Sie braucht, heißt es hier, Sie seien unterwegs!«

»Guten Tag, Herr Oberbergamtsrat. Schön, Sie zu sehen. Was kann ich denn für Sie tun? Haben meine Leute Ihnen keine Auskunft geben können?«

»Doch natürlich. Gute Männer, die. Durchaus sachkundig. Aber man braucht auch Sie, Mansel.«

»Ich habe die Strecke kontrolliert. Sie wissen, wir hatten hin und wieder Probleme. Und dann war da das Erdbeben.«

»Klar, sicher doch, sicher doch. Aber das war ja nun wirklich kein Grund, sich vor der Soiree bei Jacobs zu drücken. Der Mann ist ein Pfeffersack, wie er im Buche steht. Wir brauchen solche Leute. Kapitalgeber, verstehen Sie?«

»Natürlich, Herr Oberbergamtsrat. Nur denke ich, es gibt größere Diplomaten als mich, um diesen Herrn von der Zeichnung von Aktien zu überzeugen.«

»Schon, schon. Aber er hat seine zweite Frau vorgestellt. Charmantes Persönchen, aber bisschen fremd hier. Stammt aus Ägypten. Da hätten Sie heimatliche Gefühle wecken können, Mansel. Sie haben doch einige Zeit dort verbracht!«

»Bedaure, nein. Meine Erfahrung mit dem Orient sammelte ich in Algerien, Herr Oberbergamtsrat.«

»Algerien! Ägypten! Muselmanische Länder allesamt und nicht sehr sauber, wie ich hörte. Aber egal, Sie haben sich wieder einmal gedrückt. Und ich verlange eine vernünftige Erklärung dafür!«

»Nun, ob es vernünftig war oder nicht, wird sich zeigen, Herr Oberbergamtsrat. Ich feierte just an diesem Tag meine Hochzeit. Ich sandte Ihnen kürzlich eine Anzeige!«

Der beleibte Amtsrat lief dunkelrot an, schlug sich mit der flachen Hand auf die Stirn und brüllte auf: »Mann Gottes, Junge, das habe ich glatt vergessen. Verdammt, wie konnte ich!« Ein donnernder Schlag auf seinen Rücken brachte Mansel fast aus dem Gleichgewicht, und die beiden Angestellten drehten sich feixend zum Fenster. »Meine allerherzlichsten Glückwünsche, mein Freund, meine allerherzlichsten. Auch an die werte Frau Gemahlin. Junge, warum sind Sie dann überhaupt hier? Sie sollten die süßen Tage der ersten Liebe mit Ihrem Weib verbringen und nicht auf staubigen Baustellen herumkriechen.«

»Nun, Frau Mansel ist eine sehr verständige Dame und versteht, dass mich gewisse Pflichten vom Haus fernhalten!«

»Ah, ein treffliches Weib. Gutermanns Tochter, nicht wahr? Hab Sie doch selbst mit ihr bekannt gemacht. Kluger Entschluss, sie zu heiraten, Mansel. Wenn auch ein bisschen überstürzt. Na, was soll's, sie ist ein freundliches Ding und eben auch nicht mehr die Allerjüngste. Wann empfangt Ihr Besuche, Mansel? Frau von Alfter und ich werden ihr selbstverständlich unsere Aufwartung machen. Müssen uns doch um das Frauchen kümmern, sie in die richtigen Kreise einführen.«

»Das ist sehr freundlich von Ihnen, Herr Oberbergamtsrat, doch sehen Sie, wir befinden uns erst seit zwei Tagen im Stand der Ehe, und manche Dinge, wie etwa Besuchstage und dergleichen, müssen wir noch regeln. Aber ich gebe Ihnen selbstverständlich Bescheid, wenn Frau Mansel sich eingerichtet hat.«

»Natürlich, natürlich, natürlich. Und nun sehen Sie, dass Sie nach Hause kommen, mein Junge. Ich verabschiede mich auch. Nein, nein, begleiten Sie mich nicht hinaus.«

Als der wortgewaltige Herr aus der Tür gewalzt war, setzte Hendryk Mansel sich erst einmal auf einen der hölzernen Hocker vor den Kartentischen. Seine Angestellten schenkten ihm ein mitleidiges Grinsen, das er schwach erwiderte.

»Was wollte er eigentlich?«

»Die Alternativpläne zu dem Mauerdurchstich. Offensichtlich haben die Herren vom Militär wieder neue Bedenken, was die Gleisführung betrifft.«

»Schon wieder. Aber Sie haben ihm vermutlich die Unterlagen gezeigt, die wir auf Basis der letzten Vermessungen angefertigt haben.«

Sie fachsimpelten eine Weile, dann verabschiedete Mansel sich und suchte das Caféhaus an der Brückenstraße auf. Hier fand er einen freien Platz und eine Tageszeitung, die er zu seinem Getränk zu lesen gedachte. Ein recht umfangreicher Artikel beschäftigte sich mit dem Eisenbahnunglück in Frankreich am achten Mai. Dort war ein Personenzug von Versailles nach Paris nach einem Achsbruch an der Vorspannmaschine entgleist, und an die fünfzig Menschen verbrannten, da die Lok umkippte, die hölzernen Wagen des Zuges auffuhren und von den glühenden Kohlen aus der Feuerbüchse in Brand gesetzt wurden. Die Abteiltüren waren aus Sicherheitsgründen abgeschlossen, weshalb sich viele Reisende nicht mehr rechtzeitig retten konnten.

Das wird wieder Wasser auf die Mühlen der Eisenbahngegner bringen, dachte Hendryk Mansel. Nichtsdestotrotz sollte man aus diesen Vorfällen lernen. Zum Beispiel dürften die Türen nicht verschlossen werden. Aber Unglücke und Katastrophen gab es auch aus anderen Gründen. So hatte zum nämlichen Zeitpunkt in Hamburg ein gewaltiger Brand gewütet, der ein Viertel der Stadt zerstört hatte. Auch hier waren fünfzig Menschen ums Leben gekommen.

Er legte die Zeitung nieder, um einen Schluck Kaffee zu nehmen. Dabei sah er seinen Freund Ernst sich seinen Weg durch die Caféhaustische bahnen. Mit leichtem Amüsement stellte er fest, dass ihm die verstohlenen Blicke der anwesenden Damen folgten. In seiner schwarzen Uniform mit den roten Aufschlägen, wie sie die Soldaten des Regiments Lützow traditionell trugen, bot er aber auch ein beeindruckendes Bild. Er winkte ihm dezent zu, und Ernst trat an seinen Tisch.

»Ah, Hendryk, wie geht es dir?«

»Nicht zu schlecht. Es wird wieder Ärger mit den Bahngegnern geben. Und mit euch auch.«

»Hab schon gehört. Wegen des Mauerdurchstichs.«

Ernst bestellte seinen Kaffee, und eine Weile befassten die beiden sich mit den aktuellen Nachrichten. Dann aber fragte der Leutnant: »Und wie geht es deiner Frau, Hendryk?«

»Vermutlich gut.«

»Wie es sich für einen frisch verheirateten Mann gehört, eine geradezu enthusiastische Antwort.«

»Wenn sie dir nicht gefällt, frag nicht.«

»Ich frage doch, denn du kennst meine Haltung zu dem Thema.«

»Ja, du billigst mein Verhalten nicht.«

»Nein. Sie ist eine nette Person, die mehr als diese Scharade verdient hat. Du ziehst sie da in etwas hinein, das mit ihr nichts zu tun hat.«

»Ich werde sie auch daraus wieder entlassen, Ernst. Selbst unter Aufopferung meines untadeligen Rufes. Keine Sorge. Aber im Moment ist es so am besten.«

Sehr leise, sodass nur Hendryk es hören konnte, fügte Ernst aber hinzu: »Deine Mutter würde es gewiss nicht gutheißen.«

»Lass meine Eltern aus dem Spiel!«, flüsterte Hendryk ebenso lautlos zurück, und es hörte sich an wie ein bösartiges Zischen. Ernst ignorierte es und fragte in normaler Lautstärke nach: »Hättest du etwas dagegen, wenn ich euch gelegentlich besuche?«

»Du auch noch! Himmel, gerade hat von Alfter mir angedroht, uns samt seinem Weib heimzusuchen. Wir haben noch keinen Besuchstag!«

»Nun ja, Alfter ist ein Polterer, aber im Kern ganz liebenswürdig. Seine Gemahlin ist das, was du zu fürchten hast.«

»Ja, sie hat genauso viel Stroh im Kopf wie falsche Locken darauf. Und würde Leonora durch die gesamte Gesellschaft schleifen.«

»Und wenn schon? Sie wird etwas Abwechslung brauchen, Hendryk.«

»Sie hat das Haus und die Kinder. Aber du bist in meinem Heim natürlich immer ein gern gesehener Gast. Komm, wann immer du willst. Frau Jette ist eine passable Köchin.«

Ein weiterer Offizier nickte Ernst zu, und er erhob sich, um mit dem Kameraden einige Worte zu wechseln. Hendryk ließ er nachdenklich zurück. Die beiden Hinweise auf die Besuchsgepflogenheiten der guten Gesellschaft machten ihm klar, dass er da in seiner Planung ein weiteres Detail übersehen hatte. Natürlich musste er als verheirateter Mann mit seiner Frau zusammen einen gewissen gesellschaftlichen Umgang pflegen, wollte er nicht einflussreiche Leute verärgern. Es missfiel ihm jedoch außerordentlich, denn damit würde er seine wohl gepflegte Anonymität aufgeben. Aber möglicherweise fiel ihm dazu eine Lösung ein.

Was sehr viel unangenehmer an seinem Gewissen nagte, war der Hinweis auf die Missbilligung seines Verhaltens durch seine Mutter.

Ihr Alltag

Gute Hauswirtschaft ist eines der notwendigsten Stücke zur ehelichen Glückseligkeit.

Freiherr von Knigge: Von dem Umgange unter Eheleuten

Leonie saß im Wintergarten, ein aufgeschlagenes Buch auf dem Schoß, und blickte auf die grünenden und blühenden Gärten hinaus, die sich erstaunlich großzügig hinter der Front der Häuser erstreckten. In den Zweigen der Bäume und Büsche tschilpten die unterschiedlichsten Singvögel, ein Eichhörnchen floh schimpfend vor einer schlanken schwarzen Katze, die ihm in einem kühnen Sprung von der Mauer zum Nachbargrundstück nachsetzte. Eine Wolke Spatzen erhob sich daraufhin mit Gezeter und schwang sich in die blaue Luft auf.

Ihr Interesse an dem sicher sehr lehrreichen Buch über den Umgang mit Menschen, das der Freiherr von Knigge vor nunmehr fünfzig Jahren herausgegeben hatte, und das weder an Witz noch Weisheit und auch nicht an Frische verloren hatte, war erlahmt. Sie sann über den sie mehr persönlich betreffenden Umgang mit den Menschen ihres neuen Umfelds nach.

Einerseits war sie erleichtert, denn ihre allerschlimmsten Befürchtungen waren bisher noch nicht eingetreten. Ihr Gatte zeigte sich außergewöhnlich rücksichtsvoll und höflich ihr gegenüber, auch wenn sie seine distanzierte Haltung etwas verwunderte. Aber sie war selbstverständlich die Letzte, die derartig delikate Themen wie das Verhalten im ehelichen Schlafzimmer ansprechen würde. Ansonsten verließ er morgens das Haus, ehe sie sich erhob, kam aber zum abendlichen Mahl pünktlich heim und befleißigte sich dabei der liebenswürdigen Konversation. Er hatte ihr gewisse Regelungen im Haushalt völlig überlassen, ihr ein großzügiges Budget zur Verfügung gestellt, über dessen Verwendung er nur beiläufige Rechenschaft abgelegt zu bekommen wünschte, hatte keine Einwände gegen einige Veränderungen in der Einrichtung erhoben und ihr selbstverständlich gestattet, sich mit den Zeitungen und Zeitschriften zu vergnügen, die wöchentlich geliefert wurden. Auch das Personal war in ausreichender Form vorhanden, gut geschult und ging unauffällig den Pflichten nach, die sie allmorgendlich erteilte. Wobei sie allerdings das Gefühl hatte, die eigentlichen Fäden hielt Jette dabei in der Hand. Sie beaufsichtigte das Stubenmädchen und die Küchenhilfe, den Gärtner und die Waschfrauen. Als ein weitaus komplexeres Thema aber stellte sich die Einweisung der angehenden Zofe und des jungen Kammerdieners dar. Die beiden Kinder, die ihr Gatte ihr kurz als Ursel und Lennard vorgestellt hatten, waren lediglich zehn Jahre alt, Zwillinge mit flinken Augen und misstrauischen Blicken, deren eigentliche Stellung sie nicht recht zu ergründen wusste. Vormittags besuchten sie auf Weisung Mansels die Schule des Pfarrbezirks, in den Nachmittagsstunden hatten sie ihren häuslichen Pflichten nachzukommen, die auch hier weit mehr von Jette bestimmt wurden als von ihr. Leichte Bügelarbeiten, Wäsche falten, Schuhe putzen, Kleider ausbürsten und ähnliche passende Tätigkeiten erfüllten sie durchaus zur Zufriedenheit. Ursel war auch geübt darin, ihr beim Anlegen der Kleider zu helfen, ihre geschickten Finger konnten in Windeseile die vielen Häkchen und Knöpfe öffnen und schließen und sogar verwickelte Miederbänder entwirren. Aber sie war für ein Kind ungewöhnlich still, und bisher hatte sie außer »ja, gnädige Frau« und »nein, gnädige Frau« noch nicht viel von ihr gehört.

Ihr Ehemann hatte ihr keine Erklärung dazu abgegeben, warum diese Kinder mit im Haus wohnten – sie waren in einem der Mansardenzimmer untergebracht und hatten sogar einen kleinen Raum, in dem sie ihre Schularbeiten erledigen konnten. Dann und wann hatte sich Leonie einen heimlichen Blick auf sie erlaubt, denn auf eine unbestimmte Weise schienen die Geschwister Hendryk Mansel zu ähneln. Wenn sie diesen Gedanken weiterspann, hatte sie jedoch Mühe, eine aufsteigende Empörung niederzudrücken. Sollte er tatsächlich die Unschicklichkeit begangen haben, seine Bastarde mit in die häusliche Gemeinschaft aufzunehmen und ihr auch noch deren Erziehung zu überlassen?

Sie konnte sich auf Grund seines bisherigen korrekten Verhaltens eine solche Unziemlichkeit kaum erklären und rief sich zur Vernunft. Wahrscheinlich bildete sie sich die Ähnlichkeit nur ein, schließlich waren die Kinder beide blond, Mansels Haare jedoch von einem stumpfen Dunkelbraun. Ursel hatte zwar ebenso braune Augen wie er, Lennard jedoch verblüffte mit strahlend blauen Augen. Überhaupt war es vermutlich schlichtweg eine törichte Einbildung von ihr, denn ein Vergleich der Gesichtszüge fiel natürlich schwer. Ihr Gemahl pflegte einen modischen Kinn- und Oberlippenbart, der sein markantes Profil auf nicht unangenehme Weise betonte. Sie hatte ihn vom ersten Anblick an als attraktiv empfunden und sich auch nie von der Augenklappe abgestoßen gefühlt, obwohl er schon gleich zu Beginn ihrer Bekanntschaft ihre unausgesprochene Frage mit den Worten beantwortet hatte: »Ein bedauerlicher Unfall, meine Liebe. Beachten Sie es bitte nicht weiter.« Sie hatte natürlich seinem Wunsch Rechnung getragen und auch keine weiteren Nachforschungen über die Narbe auf seiner Hand und das leichte Nachziehen seines linken Fußes gestellt. Über vergangene Schmerzen zu sprechen, das wusste sie aus eigener Erfahrung nur zu gut, hieß nur wieder das Grauen aufleben zu lassen, das man durchlitten hatte.

Ihr Sinnen wurde durch eine ungewöhnliche Lautkulisse unterbrochen. Eiliges Füßetrappeln, eine schlagenden Tür, ein Quietschen und dann das scheppernde Klirren zerbrechenden Porzellans. Danach absolute Stille.

Leonie stand auf und strebte zum Wohnzimmer.

Hier standen die Missetäter betreten vor den Scherben einer großen – sehr hässlichen – Bodenvase, die ihr Wasser über den Teppich ergossen hatte, auf dem auch die Blumen verstreut lagen.

»Hat man euch geheißen, durch das Haus zu toben?«

»Nein, gnädige Frau«, kam es leise.

»Habt ihr zu wenige Pflichten, die euch beschäftigt halten?«

»Nein, gnädige Frau.«

»Räumt das hier auf und trocknet den Teppich. Ihr bekommt, soweit ich weiß, keinen Lohn, von dem ich euch den Verlust der Vase abziehen könnte, sondern nur Kost und Logis. Ihr werdet also heute ohne Abendessen zu Bett gehen, verstanden?«

»Ja, gnädige Frau!«

»Und ihr werdet anschließend in euer Zimmer gehen und eine Lektion auswendig lernen, die euch über das sittsame Benehmen belehrt.«

»Ja, gnädige Frau.«

Während die Kinder die Scherben aufkehrten und das Wasser wegwischten, suchte Leonie ein passendes Büchlein aus ihrem eigenen Fundus heraus und wählte eine erbauliche Geschichte daraus. Sie war nicht eigentlich ungehalten über die Kinder, vertrat aber die Meinung, ihr Übermut müsse durch Strafe eingedämmt werden. Darum stieg sie anschließend zur Mansarde hoch, wo die beiden Übeltäter nebeneinander auf Ursels Bett saßen. Leonie hatte diesen Raum bisher noch nicht aufgesucht und stellte fest, dass er sicher besser und gemütlicher eingerichtet war als die üblichen Dienstbotenquartiere. Es gab zwei Betten rechts und links vom Dachfenster, dazwischen lag ein Teppich, zwar schon etwas abgetreten, aber noch brauchbar. Eine große Truhe barg die Habseligkeiten der Kinder, und ein geflochtener Paravent versteckte die Waschgelegenheit. Zierrat oder Schmuck jedoch fehlten gänzlich, außer – und hier verengten sich Leonies Augen – einem bunten Madonnenbild an der Wand. Zudem lagen ein Rosenkranz und ein abgenutztes Brevier auf dem Truhendeckel.

»Das Zeug dulde ich nicht in meinem Haus!«, sagte Leonie knapp und nahm Buch, Bild und Kette an sich. »Hier ist der Text, den ihr auswendig zu lernen habt. Um sechs Uhr höre ich euch ab!«

»Ja, gnädige Frau. Aber, bitte, können wir das Bild behalten?«, fragte Lennard.

»Nein. Dies ist ein protestantischer Haushalt, Götzenverehrung dulden weder der Herr noch ich.«

»Bitte«, sagte auch Ursel und sah so flehentlich dabei aus, dass Leonie sich beinahe hätte erweichen lassen. Aber dann glitten die Rosenkranzperlen durch ihre Finger und fielen zu Boden. Ihre Miene wurde hart.

»Nein. Und keine Widerworte mehr!«

Sie schloss leise, aber bestimmt die Tür hinter sich und ging wieder nach unten. Die konfiszierten Gegenstände legte sie auf den Tisch neben sich und versuchte, sich erneut durch die Lektüre von ihren Gedanken an vergangene Tage abzulenken.

Mit großer Willenskraft gelang es ihr auch eine Weile, dann hörte sie ihren Gatten heimkehren. Doch kam er nicht, wie sonst üblich, zu ihr, um sie zu begrüßen, sondern sie hörte ihn an der Treppe mit den Kindern sprechen. Kurz darauf trat er zu ihr in den Wintergarten.

»Wie ich hörte, Frau Mansel, hat es eine häusliche Auseinandersetzung gegeben.«

»Eine Petitesse, die Sie nicht zu kümmern braucht, Herr Mansel.«

»Sie kümmert mich durchaus, Madame, denn wie es scheint, haben Sie wegen eines geringfügigen Vergehens eine überaus harte Strafe verhängt.«

»Die Vase …«

»Die Vase war ein billiges Stück Steingut, das jederzeit ersetzt werden kann. Den Kindern das Abendessen zu verwehren ist vollkommen unangemessen. Lassen Sie sich eines gesagt sein, Madame: In meinem Haus wird kein Bewohner jemals hungrig zu Bett gehen.«

»Wie Sie wünschen, Herr Gemahl.«

In diesem Moment konnte Hendryk Mansel wieder das trotzig vorgeschobene Kinn wie auch den unterdrückt aufsässigen Tonfall erkennen, der ihn bereits bei dem Ehegelöbnis stutzig gemacht hatte. Prompt kam auch die Replik.

»Sie werden mir stattdessen sagen, welche weiteren Freiheiten ich den von Ihnen protegierten Kindern einräumen soll, und welche Handhabe ich ansonsten besitze, sie zu disziplinieren.«

Er betrachtete seine Frau einen Augenblick mit einem grimmigen Ausdruck, besann sich dann aber und erklärte: »Haben Sie jemals ein Waisenheim besucht, Madame?«

»Ich habe ausreichend Wohltätigkeit geübt, Herr Mansel. Mein Vater achtete stets darauf.«

»Ja, aber haben Sie schon einmal eine solche Anstalt betreten? Mir will scheinen, die praktische Seite der Charité ist Ihnen bisher entgangen. Als man diese beiden Kinder fand, waren sie ausgemergelte Gespenster mit dunklen Ringen unter den übermüdeten Augen. Sie arbeiteten bereits mit sechs Jahren vierzehn Stunden am Tag in einer Baumwollspinnerei. Dabei erhielten sie morgens einen dünnen Brei, mittags einen Kanten Brot und abends noch einmal eine dürftige Suppe. Ich ließ sie dort herausholen und bei einem Brillenmacher als Dienstboten unterbringen. Doch auch dort waren sie nicht in so guten Händen, wie ich es mir wünschte. Darum sind sie jetzt hier, und darum, Madame, werden sie hier bei uns *nicht* hungern. Haben Sie mich verstanden, Madame?«

»Natürlich, Herr Mansel.« Leonie war ehrlich betroffen, sie wusste tatsächlich sogar eine ganze Menge über die Zustände in den Heimen und hatte selbst oft genug für Speisung und Bekleidung der Kinder gesorgt. »Vielleicht hätten Sie mich auf diesen Umstand hinweisen sollen. Selbstverständlich bekommen die Kinder ihr Abendessen.«

»Und sie werden auch diese Devotionalien zurückerhalten, Madame!«

»Nein. Ich dulde in meinem Haus keine abergläubische Heiligenverehrung und keine Rosenkranz-Salbaderei!«

»Sprach die jüngst Konvertierte. Es ist mir schon oft aufgefallen, dass bekehrte Sünder die frömmsten und geläuterte Verbrecher die rechtschaffensten Fanatiker abgeben. Seien Sie nicht protestantischer als Luther selbst, Madame.«

Leonie sah die beiden Kinder in der Tür stehen und mit großen Augen lauschen. Leise zischte sie: »Sie beleidigen mich, Herr Mansel! Und das vor den Kindern.«

Er drehte sich um und winkte die zwei kurz entschlossen herbei.

»Erklärt der gnädigen Frau, warum ihr diese Dinge zurückhaben wollt!«

»Ja, gnädiger Herr.« Ursel war die mutigere der beiden, und während Lennard noch seine Finger krampfhaft verschränkte, hob sie die Augen und sah Leonie offen an. »Gnädige Frau, die Sachen haben unserer Mama gehört. Es ist das Einzige, was wir noch von ihr haben. Sie hat zu Mutter Maria gebetet, und niemand hat etwas Schlechtes darin gesehen.«

Leonie nickte. Vor vielen Jahren, als sie noch an Wunder glauben konnte, hatte sie selbst zu der heiligen Jungfrau gebetet und darin Trost gefunden. Mit einem Teil ihres Wesens konnte sie die Kinder verstehen.

»Herr Mansel, ich fühle mich überfordert, den Kindern die rechte religiöse Unterweisung zu geben. Ich muss Sie bitten, sich selbst darum zu kümmern. Ich will ihnen natürlich nicht die Erinnerungsstücke an ihre Mutter vorenthalten. Nehmt sie also wieder an euch, Ursel.«

»Danke, gnädige Frau!«

Hendryk Mansel reichte ihnen die drei Gegenstände und sagte in freundlichem Tonfall: »So, ihr zwei, jetzt lauft in die Küche. Wenn ich es vorhin richtig gerochen habe, ist da gerade ein Kuchen fertig gebacken worden.«

Ursel und Lennard verschwanden, und Leonie saß, wie üblich, mit sittsam im Schoß ruhenden Händen vor ihm.

»Ich appelliere an Ihr Verständnis, Frau Mansel. Die Kinder haben schon früh ihre leibliche Mutter verloren und suchen in ihrer Verehrung der Maria eine Art Ersatz. Natürlich werden sie nach und nach an den protestantischen Glauben herangeführt werden müssen, doch sie brauchen derzeit noch ein wenig Trost aus ihrem kindlichen Glauben. Ich hatte die Hoffnung, in Ihnen eine Hilfe zu finden, indem Sie ihnen etwas mütterliche Gefühle entgegenbringen. Aber darin habe ich mich offensichtlich getäuscht.«

Die Entgegnung kam wie ein Peitschenschlag.

»Wenn Sie eine Mutter für Ihre Abkömmlinge suchten, Herr Mansel, dann hätten Sie mir die beiden nicht als Dienstboten vorstellen sollen! Und eine kleine Aufklärung über die mir zugedachte Rolle, vor der Eheschließung, wäre auch wünschenswert gewesen!«

Er bekam einen kalten Blick in sein sichtbares Auge, als er erwiderte: »Sie unterstellen mir tatsächlich, ich würde Ihnen meine – wie nennen Sie es? Abkömmlinge? – unterschieben? Madame, das ist geschmacklos!«

»Tatsächlich? Und Ihr Verhalten entspricht vollends dem guten Ton?«

Kochend vor Wut stürmte Hendryk Mansel aus dem Raum und ließ eine leise knurrende Leonie im Wintergarten zurück.

Sie war wütend auf sich selbst, dass sie sich derart hatte gehen lassen. Entschlossen raffte sie ihre Röcke zusammen und lief die Treppen hinunter, um einige Schritte im Garten zu tun. Sie brauchte frische Luft und Bewegung.

Dort, zwischen den Blumenrabatten, beruhigte sie sich allmählich wieder. Gut, sie hatte die Kinder nicht sehr freundlich behandelt, das mochte wohl stimmen. Ihrer jüngeren Schwester Rosalie, dem Nachkömmling in ihrer Familie, war sie ebenfalls immer sehr distanziert begegnet, weil sie ihr immer fremd geblieben war. Mütterlichkeit, die Mansel von ihr forderte, lag ihr fern, und wahrscheinlich musste man sie als widernatürlichen weiblichen Charakter einstufen. Aber hätte er ihr etwas mehr von der leidvollen Vergangenheit der Zwillinge erzählt, hätte sie zumindest das übliche Mitgefühl an den Tag gelegt, das sie auch für andere Waisen verspürte. Sie nahm sich vor, zukünftig etwas herzlicher mit den beiden umzugehen. Und sich bei ihrem Gatten zu entschuldigen. Ihre Unterstellung war tatsächlich ausgesprochen geschmacklos gewesen. Er mochte die beiden aus wahrhaft barmherzigen Gründen aufgenommen haben, eine persönlichere Art, Wohltätigkeit auszuüben, als allgemeine Spenden zu geben. Man sollte dies achten, beschloss sie. Außerdem wollte sie noch einige Dinge mit ihm regeln, zu denen sie bisher noch keine Gelegenheit gehabt hatte. Es ging um ihre gesellschaftlichen Verpflichtungen. Von ihrem Vater hatte sie eine Liste der Persönlichkeiten in Köln erhalten, denen sie anstandshalber einen Vormittagsbesuch abstatten sollte, und diese Besuche erforderten gleichermaßen, auch selber einen Empfangstag zu haben. Die Herrschaften auf ihrer Liste mochten zwar würdige Herrschaften sein, große Lust, sie zu ihrem näheren Umgang zu zählen, hatte sie allerdings nicht. Sie hatte gehofft, unter den Freunden ihres Mannes neue Bekanntschaften zu schließen, aber der schien ein rechter Eigenbrötler zu sein.

Sie lehnte sich mit der Stirn an den Stamm der Blutbuche und fragte sich, ob sie mit ihrer Eheschließung nicht vom Regen in die Traufe gekommen war. Sicher, sie war der frömmelnden Atmosphäre ihres Vaterhauses endgültig entronnen, und selbst ihr schamhaft gehütetes Geheimnis hatte sie bisher nicht offenbaren müssen, aber die gepriesene Freiheit einer verheirateten Frau genoss sie nicht, solange sie strikt ans Haus gebunden war und keinerlei gesellige Kontakte pflegen konnte. Dabei hatte sie sich auf Theaterbesuche und Ausstellungen, Soireen und Picknicks, vielleicht sogar den einen oder anderen Ball gefreut. Dererlei Abwechslungen hatte sie bisher weitgehend entbehren müssen. Aber wahrscheinlich machte Mansel sich nicht viel aus solchen schlichten Belustigungen.

Wenn sie wenigstens eine Freundin hätte, mit der sie dann und wann einen kleinen Bummel durch die Läden oder durch die Parks machen könnte.

Sie löste sich von dem Baum, wanderte weiter und pflückte eine frühe Rosenknospe.

Vielleicht – ja, vielleicht würde der liebenswürdige Leutnant Benningsen sie gelegentlich begleiten. Er war offensichtlich der engste Freund ihres Mannes und hatte sie die Male, die sie mit ihm zusammengetroffen waren, sehr zuvorkommend behandelt.

Ein kleines Lächeln stahl sich bei dem Gedanken in ihre Augen. Mit dem schmucken Offizier zu flanieren würde ihr sicher einige neidvolle Blicke einbringen.

So seelisch gestärkt, machte sie sich auf den Weg nach oben, um gebührend Abbitte zu leisten und dann ihre Vorschläge zu unterbreiten.

August 1837: Der Ausgang

Kam je ein Leichnam aus der Gruft gestiegen,
der Meldung tat von der Vergelterin?

Schiller: Resignation

Lange war er mühsam und unter höllischen Schmerzen durch die Höhle gekrochen, nachdem es ihm irgendwie gelungen war, mit dem Dolch die Fesseln zu zerschneiden. Ein uralter Instinkt, eine seltsame Verbindung zur Erde und ihren Strukturen, hatte ihm geholfen. Ähnlich wie ein Tier, das Wasser wittert, hatte er gespürt, geahnt und manchmal geschmeckt. Mineralien, Sedimente, Metalle – Erde hatte Geschmack. Er kannte ihn gut genug, um sich in einer Welt, in der sein Augenlicht erloschen schien, zu orientieren, und er hatte nur überlebt, weil er die Stelle gefunden hatte, an der unerwartet Feuchtigkeit aus dem Gestein getreten war. Geduldig hatte er sie von der Wand geleckt, tropfenweise seinen brennenden Durst gestillt, seine fiebernde Haut gekühlt. Dann war er endlich vor Erschöpfung eingeschlafen. Und in dem seltsamen Zustand zwischen Schlummer und Erwachen hatte er in wirren Träumen oder Trancezuständen Spuren wahrgenommen, die er vielleicht mit verständigem Denken nicht bemerkt hätte. Einen hauchfeinen Luftzug, eine Schwankung der Temperatur, eine kaum wahrnehmbare Geruchsempfindung vermischten sich mit langjähriger Erfahrung und erlerntem Wissen. Angetrieben von dem Wunsch, zu überleben und Rache zu nehmen, hatte er sich also weiter vorangeschleppt in die Richtung, die ihm sein Spürsinn riet. Eine Änderung der Bodentextur, ein Geräusch von rieselndem Sand, ein paar fragile Knochen, noch von papierartiger Haut überzogen, die Mumie einer längst verstorbenen Schlange gaben ihm die Hoffnung, einen Ausgang zu finden.

Er zog sich auf Ellenbogen und Knien voran, der Gang war zu niedrig, um auch nur kriechen zu können. Dann und wann blieb er keuchend liegen. Mit aller Gewalt verschloss er sein Denken vor der Vorstellung, was geschehen würde, wenn der Gang blind endete.

Und noch mehr musste er seine Phantasie zähmen, wenn ihm klar wurde, welche Gesteinsmassen dort über ihm ruhten.

Langsam, sehr langsam, aber stetig robbte er voran, oft stöhnend vor Schmerzen.

Der Ausgang entpuppte sich als eine schmale Spalte, gerade noch breit genug, um sich hinauszuzwängen. Ein Dornbusch davor hatte es nicht eben leichter gemacht und seiner geschundenen Haut weitere Wunden zugefügt. Nur wenige Fuß weit war er gekrochen und dann zusammengebrochen.

In die Helle des Sonnenlichts.

Unendlich dankbar nahm er die heißen Strahlen wahr und blieb erschöpft liegen.

Von Zeit zu Zeit regte sich sein Wille, und er sagte sich, dass er weiterkriechen, Schatten suchen müsste, aber sein Körper verweigerte ihm den Dienst.

Irgendwann kam er zu dem Schluss, es müsse einfach ein Wunder geschehen. Zu mehr als darauf zu warten war er nicht mehr imstande.

Einsichten ins Leben

JA, ES GIBT LAGEN, WO MAN DEN NIEDERGEBEUGTEN
MIT GEWALT HERAUSZIEHEN
UND DER VERZWEIFLUNG ENTREISSEN MUSS.
DIE KLUGHEIT ABER SOLLTE UNS IN JEDER DIESER
EINZELNEN FÄLLE LEHREN,
WELCHE MITTEL WIR ZU WÄHLEN HABEN.

Freiherr von Knigge: Über das Betragen gegen Leute in allerlei besonderen Verhältnissen und Lagen

Sorgfältig notierte Mansel die abgelesenen Koordinaten in der Streckenkarte und nahm dann wieder das Teleskop zur Hand, um einen Blick über die bereits fertiggestellte Trasse zu werfen. Das war eigentlich nicht nötig, aber hin und wieder erfreute er sich einfach daran, dass die Menschheit in der Lage war, eine gerade Spur durch die Landschaft zu bauen. So ähnlich mochte es den römischen Ingenieuren auch ergangen sein, wenn sie eine Wasserleitung, ein Viadukt oder eine Straße vollendet sahen. Er hatte sich ausreichend mit der antiken Baukunst befasst, um die Leistung der Römer überaus zu würdigen. Bis zu dem Zeitpunkt, da Napoleon seine Militärstraßen angelegt hatte, waren in ganz Europa keine derartig visionären Verkehrswege mehr angelegt worden. Die Eisenbahnlinien, die jetzt entstanden, waren tatsächlich vergleichbar mit den großen Würfen der Alten.

Sein Blick glitt den Damm hoch zu einem kleinen Gehölz, und plötzlich stutzte er. Da ging etwas Seltsames vor sich.

Verdammt, was hatte der Mann vor?

Warum kletterte er mit dem Seil auf den Ast?

Das sah ja aus …

Er warf seinem Mitarbeiter das Teleskop zu und lief zu seinem Pferd. In gestrecktem Galopp erreichte er in kurzer Zeit das Gehölz, sprang aus dem Sattel und eilte mit großen Schritten zu dem Baum, um gerade noch im allerletzten Augenblick den Körper aufzufangen, der sich von einem starken Ast hatte fallen lassen.

Ächzend unter dem Gewicht wusste er im Augenblick nicht so recht, was er tun sollte. An das Seil um den Hals des Mannes kam er nicht heran, ihn loszulassen hätte bedeutet, ihn tatsächlich hängen zu lassen.

»Knüpfen Sie den Knoten auf, Sie Idiot!«, fuhr er den Lebensmüden an.

»Gehen Sie fort!«, antwortete dieser heiser.

»Bestimmt nicht. Was Sie da vorhaben, ist definitiv keine Lösung Ihrer Probleme. Es gibt immer einen anderen Weg.«

»Das können Sie nicht wissen.«

»Glauben Sie mir, ich kann! Knüpfen Sie den Knoten auf, und ich helfe Ihnen, die Lösung zu finden!«

Mansels Arme begannen zu zittern. Der Mann war nicht eben leicht, und da er ihn um die Taille gefasst hielt, hatte er auch keine andere Möglichkeit, als ihn einfach stehend umklammert zu halten. Immerhin versucht der Selbstmörder nicht, sich aus seinem Griff zu befreien, sondern schwieg jetzt.

»Was immer es ist, es ist kein Grund, in den Tod zu gehen. Ehre kann man sich wieder verdienen, materielle Güter ersetzen, Liebe wiederfinden. Glauben Sie mir, irgendwo und irgendwie ist es möglich. Und wenn gar nichts anderes geht, ist es ehrenhafter, sich der Strafe zu stellen, als in den Tod zu fliehen. Ich bin sicher, mein Freund, es gibt in Ihrem Leben Menschen, denen Sie mit Ihrem Selbstmord größere Schmerzen bereiten als mit einer noch so schwerwiegenden Verfehlung.«

Der andere bewegte die Arme, und mit einem heimlichen Aufatmen bemerkte Hendryk Mansel, dass er die Schlinge über den Kopf zog. Dankbar kniete er nieder und ließ den Mann zu Boden. Dem aber knickten die Beine unter dem Körper weg, und er fiel ins Gras. Nun konnte er sich ein Bild von dem Geretteten machen. Er war ein magerer, blasser Mensch mit gekräuselten rotblonden Haaren, etwas jünger als er, also Ende zwanzig, korrekt, wenn auch nicht modisch gekleidet in langen grauen Hosen, Weste und Überrock. Seine Hände waren nicht schwielig, sondern weich, wiesen aber Tintenspuren auf. Eine runde Brille hing ihm schief auf der Nase, auf der ein paar Sommersprossen so zusammenstanden, dass sie eine Mondsichel bildeten. Ein kleiner Angestellter, ein Kanzlist oder Schreiber vielleicht. Der schmale Goldring an seiner Rechten mochte auf eine Ehefrau verweisen.

»Mein Name ist Hendryk Mansel. Ich bin Vermessungsingenieur der Eisenbahn und sah Sie im Teleskop Ihre Vorbereitungen treffen«, eröffnete er das Gespräch.

Der andere hustete, setzte sich dann auf und vergrub den Kopf in den Händen. Dann sah er hoch.

»Ich sollte Ihnen wohl dankbar sein, Herr Mansel. Ich weiß noch nicht, ob ich's wirklich bin. Aber – verzeihen Sie – mein Name ist Karl Lüning.«

»Und was, Herr Lüning, trieb Sie dazu, eine solch drastische Maßnahme zu ergreifen?«

»Die Schande. Mein Gott, die Schande. Verstehen Sie – mir droht eine Anzeige wegen Diebstahls. Sie wäre mein Ruin.«

Wieder versank der Kopf in den Händen.

»Eine berechtigte Anklage?«

»Natürlich«, seufzte Lüning.

»Ein großer Betrag?«

»Gott, nein. Aber was spielt das für eine Rolle?«

»Manchmal eine entscheidende. Könnten Sie es zurückzahlen?«

»Wovon? Rücklagen habe ich nicht, und ich werde doch auch meine Stelle verlieren.«

»Ja, eine schwierige Situation. Aber um Sie zu verstehen, Herr Lüning – warum haben Sie in die Kasse gegriffen? Denn darum geht es doch?«

Ein müdes Nicken war die Antwort. Dann aber brach es wie ein Wasserfall aus ihm heraus, und Hendryk Mansel erhielt einen Einblick in das Leben eines nicht sehr willensstarken, aber im Grunde ehrbaren Mannes, der von seinem eigenen Leben überfordert worden war. Nebenbei erfuhr er auch ein paar ihm bisher unbekannte Tatsachen über den Charakter seines Schwiegervaters, Gustav Gutermann. Der nämlich war, als Aktionär, durchaus engagiert in der Bonn-Kölner Eisenbahngesellschaft tätig und hatte bei einer Belegprüfung einige Unregelmäßigkeiten entdeckt. Die Spur führte zu dem Kanzlisten, der, wie sich zeigte, einige Zahlen verändert hatte, um dann die entsprechenden Beträge für sich selbst abzuzweigen. Diese unrechte Aneignung fremder Gelder begründete Lüning damit, dass er die Ausgaben für seine kranke Frau, die eben schwanger mit ihrem dritten Kind ging, nicht mehr habe aufbringen können.

»Der Lohn hätte ja eben noch gereicht, aber ich musste letzten Monat auch Strafe an die Bruderschaft zahlen, weil ich die Versammlung versäumt hatte, um mich um die Kinder zu kümmern. Meiner Frau ging es doch so schlecht, wissen Sie.«

»Welcher Bruderschaft gehören Sie an?«, wollte Mansel wissen.

»Der Rosenkranzbruderschaft.«

»Verzeihen Sie, ich bin da ein wenig uninformiert. Was ist das für eine Vereinigung?«

»Eine Gebetsgruppe. Wir treffen uns wöchentlich zu Nachbarschaftsgebeten, um Rosenkränze zu sprechen. Es dient dazu, um einen guten Tod zu bitten. Wir spenden auch, und diese Gelder sind für wohltätige Zwecke gedacht. Waisen- und Siechenhäuser und so. Herr Gutermann ist unser Leiter. Gott, und ausgerechnet er musste die Belege entdecken. Er ist so streng, wissen Sie. Wir müssen uns immer ganz pünktlich einfinden, und Ausreden lässt er nicht gelten. Jedes Zuspätkommen wird bestraft, Fernbleiben noch mehr. Es ist wichtig, dass so viele Menschen wie möglich die heilige Jungfrau bitten, damit sie uns erhört, sagt er. Und so inbrünstig wie möglich.«

»Sicher ein nützlicher Glaube, Herr Lüning. Aber wenn eine christliche Bruderschaft ihre Mitglieder finanziell bis kurz vor den Ruin führt, dann scheint sie mir nicht mehr besonders von Nächstenliebe beseelt zu sein.«

Dieses Argument schien Lüning zu verblüffen. Sein graues Gesicht nahm wieder etwas Farbe an, als er nickte.

»Da haben Sie vermutlich Recht. Ich habe es nie so betrachtet.«

»Nun, dann wollen wir jetzt mal über Ihre Zukunft nachdenken. Zufällig ist Gutermann mein Schwiegervater. Es wird mir wohl gelingen, ihn von der Anzeige Abstand nehmen zu lassen, wenn Sie sich verpflichten, den Betrag auszugleichen.«

»Himmel, das wollen Sie für mich tun?«

»Ja, und noch etwas – Sie sind mit den Schreibwerkzeugen offensichtlich gut vertraut?«

»Ich habe schon mit zehn Jahren meinen ersten Schreiberposten gehabt.«

»Schön. Ich führe ein kleines Vermessungsbüro und könnte einen Sekretär gebrauchen, der nicht nur die Korrespondenz einigermaßen selbstständig tätigt, sondern auch unsere zahlreichen Berichte, Berechnungen und Karten ordentlich erstellt und beschriftet. Trauen Sie sich das zu?«

»Sie muss mir ein Engel gesandt haben. Ja, Herr Mansel, ich traue mir, mit ein wenig anfänglicher Unterstützung, schon zu, derartige Arbeiten zu erledigen.«

»Nun, dann sprechen Sie in zwei Tagen bei mir vor. Hier ist meine Geschäftskarte.«

Lüning musterte sie kurz.

»Köln?«

»Vermutlich müssten Sie umsiedeln. Ist das ein Problem für Sie?«

»Nein. Unter den gegebenen Umständen bietet es sich wohl sogar an.«

»Das denke ich auch. Meine Angestellten werden Ihnen bei der Suche nach einer Unterkunft raten können, sie kennen sich in Köln besser aus als ich.«

Zwei Stunden später ritt Hendryk Mansel langsam an der zukünftigen Strecke entlang, doch einen kontrollierenden Blick hatte er diesmal nicht. Er hatte Lüning noch nach Hause gebracht und mit einigem Entsetzen festgestellt, in welch ärmlichen Verhältnissen die Familie lebte. In den verkommenen Mietshäusern an der Rheingasse bewohnten sie mit zwei Kindern, die zwischen sechs und acht Jahren alt waren, zwei feuchte Zimmer, in denen kaum das Nötigste an Möbeln stand. Die Frau, hochschwanger, zeigte deutliche Spuren einer zehrenden Krankheit, und auch die Kinder wirkten müde und kraftlos. Er hatte sich so schnell wie möglich verabschiedet, um Lüning die Gelegenheit zu geben, seine Lage zu beichten. Jetzt, mit einigem Abstand, fragte er sich, ob er wirklich richtig gehandelt hatte. Sicher, den Mann vor seinen Augen in den Tod gehen zu lassen, das hätte er nicht fertiggebracht. Aber ihm eine Stellung anzubieten? Andererseits – vielleicht war er ja tatsächlich brauchbar. Darüber, einen tüchtigen Sekretär einzustellen, hatte er schon manches Mal nachgedacht, vor allem, wenn er fluchend über den Eintragungen und Aufzeichnungen saß, die im Feld gemacht worden waren und oftmals – auch seine eigenen – nur mit Mühe lesbar waren. Wenn ihm jemand diese Arbeit abnehmen konnte, war er wohl sein Geld wert. Wenn nicht, würde er ihn eben wieder entlassen.

Etwas anderes beschäftigte ihn dann aber noch mehr. Und das war eine unerwartete Einsicht. Auf Leonoras Abneigung gegen katholische Devotionalien, insbesondere Rosenkränze, fiel jetzt ein ganz neues Licht. Dass Gutermann ein strenggläubiger Mann war, hatte er gesprächsweise gehört und sich deswegen schon gewundert, weshalb er einer Mischehe so erfreut zugestimmt hatte. Es musste ihm also sehr viel daran gelegen gewesen sein, sein Fräulein Tochter loszuwerden. Dass er der Leiter einer dieser bigotten Bruderschaften war, machte ihn in Mansels Augen nicht sympathischer. Als nüchterner Sohn der evangelischen Kirche waren ihm ausschweifende Gebetsorgien suspekt, er hielt sie überwiegend für eine Art Selbstbeweihräucherung. Wie viel Scheinheiligkeit dahinter verborgen war, zeigte das Verhalten gegenüber den Armen und Geplagten in der eigenen Gemeinschaft.

Sollte seine Gattin vielleicht ähnliche Gedanken bezüglich der väterlichen Aktivitäten hegen? Das würde ihre Abneigung gegen den Rosenkranz, das Brevier und das Madonnenbild vor zwei Tagen durchaus erklärlich machen und auch die Tatsache, dass sie so ohne große Vorankündigung konvertiert war. Möglicherweise war es auch die Ursache für das kühle Verhältnis zu ihrer Familie.

Nun, er wollte sich da nicht einmischen, das war ihre Angelegenheit. Da sie nicht davon gesprochen hatte, würde auch er darüber schweigen, durch welchen Zufall er nun von der Rosenkranzgesellschaft wusste. Abgesehen davon war auch die Rettung eines Lebensmüden kein Thema für Damenohren.

Allerdings sagte ihm sein Gefühl für Takt und Anstand, er habe seine Frau zu Unrecht harsch behandelt. Ihre Reaktion auf die religiösen Gepflogenheiten der Kinder mochte ein wenig zu hart gewesen sein, aber ihre eigenen Erfahrungen mit Frömmlertum mussten sie entschuldigen. Vermutlich wusste sie auch sehr wohl um die Zustände in Waisenheimen, und es war seine eigene Schuld, nicht bedacht zu haben, ihr ein paar aufklärende Worte zur Herkunft der Zwillinge zu sagen.

Zwei Tage lang war das Klima zwischen ihnen von frostiger Höflichkeit gewesen, auch wenn sie sich geziemend entschuldigt hatte, und er befand, es sei nun an ihm, das Eis zu tauen.

So trat er dann am späten Nachmittag in den Wintergarten, wo Leonie über eine kleine Handarbeit gebeugt saß. Sie sah auf und schenkte ihm ein höflich kühles Lächeln.

»Noch immer ein schöner Tag heute. Aber den Rhein hinauf ziehen Wolken auf. Ich denke, morgen wird es regnen«, sagte er, und sie nickte ernsthaft. »Deshalb habe ich mir erlaubt, Ihnen zum Trost diese Blümchen mitzubringen!«

Er reichte ihr ein kleines Bouquet Veilchen in einer weißen Manschette, um das eine violette Schleife gebunden war.

»Oh!« Ehrliches Erstaunen malte sich in ihren Zügen ab, und ein Aufleuchten ließ ihre Augen beinahe golden erscheinen. »Danke, Herr Mansel. Das war aber nicht nötig!«

»Vielleicht doch, Madame!«

Sie war aufgestanden und reichte ihm die Hand zum Dank. Er aber hob sie an seine Lippen und streifte sie leicht. Als er aufsah, verblüffte ihn die feine Röte auf ihren Wangen, und er fragte sich ernsthaft, ob er nicht soeben eine gefährliche Grenze überschritten hatte, der noch nicht einmal zu nahe zu kommen er sich geschworen hatte. Um die Situation zu überspielen, erkundigte er sich nach der Menüfolge für das Abendessen, über das ihm sein Weib gehorsam und ausführlich Auskunft gab.

Selmas Katze

Es kommen im menschlichen Leben so manche Fälle,
wo augenblickliche kleine Hilfe uns Wohltat ist … –
also vernachlässige man seine Nachbarn nicht,
wenn sie denn von geselliger,
wohlwollender Gemütsart sind.

Freiherr von Knigge: Betragen gegen Hauswirte, Nachbarn und solche, die mit uns im selben Hause wohnen

Das Veilchenbouquet hielt sich gut. Es stand in einer kleinen bauchigen Porzellanvase, und hin und wieder betrachtete Leonie es. Die Reaktion ihres Gatten hatte sie in leichtes Erstaunen versetzt. Sie hatte geglaubt, seinen Unwillen nachhaltig erregt zu haben, und dann brachte er ihr Blumen – das sah fast wie eine Bitte um Verzeihung aus.

Hendryk Mansel war ihr ein Rätsel. Sie waren inzwischen über zwei Wochen verheiratet, und er verhielt sich noch immer genauso distanziert wie in ihrer Verlobungszeit. Nicht dass sie auch nur einen Deut daran zu verändern wünschte. Sie hatten inzwischen für fast alle Dinge des Zusammenlebens Regeln gefunden, aber persönliche Gespräche führten sie nie. Auch die Frage des Gesellschaftslebens war weitgehend unbeantwortet geblieben. Hendryk Mansel schien tatsächlich keine Freunde oder Bekannte zu haben. Oder zumindest nicht solche, die er ihr vorzustellen wünschte. Am vorgestrigen Tag allerdings hatten der Oberbergamtsrat von Alfter und seine Gemahlin sie besucht, eine Ehre, die sie durchaus zu würdigen wusste, obwohl ihr der Herr ein wenig ungehobelt vorkam und die Dame sie sofort mit irgendwelchen Plätzchenrezepten, dem neuesten Klatsch und ihrer Begeisterung für das Vaudeville-Theater überschüttete. Immerhin hatten sie ihr die Möglichkeit angeboten, zusammen mit ihnen einige kulturelle Ereignisse zu besuchen, sollte ihr vielbeschäftigter Gatte keine Zeit finden, sie zu begleiten. Dankbar hatte sie das Angebot angenommen und den Besuch bei der Generalin von Lundt, einer Bekannten ihres Vaters, doch wieder verschoben. Auch die Generalin war ein Türöffner zur besseren Gesellschaft, aber von recht schwierigem Charakter.

Das angekündigte schlechte Wetter war eingetreten und hatte sich wieder verzogen, der Juni zeigte sich von seiner besten Seite. Wie häufig nachmittags hielt Leonie sich im Wintergarten an den geöffneten Fenstern auf, um eine feine Stickerei anzufertigen und dann und wann den Blick über den blühenden Garten schweifen zu lassen.

Heute wurde die Idylle von einigen seltsam klagenden Lauten unterbrochen. Erst dachte Leonie, es handele sich um ein weinendes Kleinkind, aber dann hörte sie eine Frauenstimme rufen: »Miezi, Miezi, komm da runter!«

Lächelnd erhob Leonie sich, um nachzusehen, was der kleinen Nachbarkatze so Schlimmes widerfahren war, dass sie so jämmerlich maunzen musste. Sie sah das Tierchen nicht, wohl aber die junge Frau, die im Haus nebenan wohnte, und die jetzt gerade unter dem Kirschbaum stand und nach oben schaute. Offensichtlich hatte Miezi sich bei ihrer Kletterpartie zu weit nach oben gewagt und traute sich nicht mehr nach unten.

»Miezi, komm. Du musst runterklettern. Ach Miezi, du Dummköpfchen! Nicht höher! Nach unten!«

Kopfschüttelnd beobachtete die Nachbarin noch einen kleinen Augenblick das Drama, dann erklomm sie resolut die wackelige Leiter, die der Gärtner an den Stamm gelehnt hatte, um die Früchte zu ernten, um jetzt ihre Katze aus dem Laub zu pflücken. Leonie sah nur noch den Saum des blau-weiß gestreiften Rocks und die weißbestrumpften Waden und hörte ihre Stimme lockend gurren und maunzen. Es raschelte im Geäst, und offensichtlich hatte das verängstigte Kätzchen Mut gefasst und machte sich an den Abstieg.

Dann aber passierte das Missgeschick. Die Nachbarin griff nach dem Tierchen, dabei verlor sie den Halt auf der Leiter, diese kippte vom Baum weg, und mit einem Quietschen hing die Frau nun mit zappelnden Beinen in der Luft.

Vermutlich war sie alleine im Haus, denn auf ihr verzweifeltes Rufen hin kam niemand. Leonie dachte nicht lange nach. Sie lief die Treppe zum Garten hinunter, raffte beherzt die Röcke und stieg über den Zaun zwischen den Grundstücken.

»Halten Sie aus, ich helfe Ihnen!«, rief sie dabei, während sie die Ranken eines Himbeerstrauchs aus ihren Unterröcken entfernte.

»Oh, Gott sei Dank!«, kam es von oben.

Leonie stellte die Leiter wieder an den Stamm und führte die Füße der Baumelnden auf die Sprossen.

»Himmel, du kleines Biest, jetzt komm schon, nur noch ein Ast!«, sagte diese und kletterte behutsam nach unten. Als sie am Boden angekommen war, schoss wie ein schwarzer Pfeil die Katze an ihr vorbei ins Haus.

»Danke, ach danke. Ich hätte zwischen den Kirschen verhungern können, elendig verenden, hätten Sie mir nicht geholfen! Mein trotteliges Mädchen ist taub auf beiden Ohren!«

Leonie musste über diesen Überschwang lachen und meinte: »Eher hätten Sie sich beim Absturz die Knöchel verrenkt, als dass Sie zur Dörrfrucht geworden wären.«

»Ich würde Ihnen ja liebend gerne die Hände zum Dank reichen, aber schauen Sie selbst. Das will ich Ihnen nicht zumuten.« Borkenstücke und Kirschsaft verschmierten die weißen, zarten Finger, die sie vorzeigte. »Aber ich darf Sie, meine Retterin, doch sicher zu einem Stück Kuchen einladen?«

»Oh, ich weiß nicht …«

»Sie wollen doch wohl nicht über den Zaun zurückkrabbeln! Kommen Sie mit ins Haus, dann können Sie den anständigen Weg durch die Tür wählen. Und sich an einem Stück Gebäck stärken!«

Die junge Frau war so herzlich, wenn auch unkonventionell in ihrem Benehmen, dass Leonie zustimmte, die Erfrischung anzunehmen.

»Ich bin Selma Kersting. Ich weiß, Sie sind Frau Mansel und haben gerade erst geheiratet. Ich hatte schon vor, in den nächsten Tagen einmal vorzusprechen, wollte Ihnen aber noch Zeit geben, sich ein bisschen einzugewöhnen. Hier, das ist unsere gute Stube. Nehmen Sie Platz, liebe Retterin!«

Sie rauschte aus der Tür, um sich um den Kuchen zu kümmern, und Leonie sah sich um.

Das Nachbarhaus war um einiges kleiner als das ihre, die Kerstings offensichtlich nicht übermäßig vermögend. Die Möbel wirkten alt, wenn auch sorgsam gepflegt, doch war das Zimmer mit allerlei

Zierrat und Firlefanz dekoriert. Getrocknete Blumen standen in nachgemachten China-Vasen, in Messingschalen lagen bunte Steine, eine Girlande aus schreiend bunten Seidenblumen rankte sich von einer mit Porzellan und Gläsern gefüllten Vitrine, und mit Katzen bestickte Kissen lagen auf jedem freien Polster.

»Sie scheinen Katzen sehr zu mögen, Frau Kersting«, meinte Leonie, als ihre Gastgeberin ein voll beladenes Tablett auf einem freien Eckchen auf dem Tisch abstellte, und deutete auf einen Stickrahmen, in dem gerade das nämliche Motiv im Entstehen war.

»Sie sind so liebe Geschöpfe, ich habe von Kindheit an immer Katzen um mich herum gehabt. Da ist ja auch Miezi. Dummerchen!«

Sie versuchte, die schlanke Schwarze auf den Arm zu nehmen, aber die entzog sich scheu der Aufmerksamkeit.

»Lassen Sie sie, bestimmt ist sie noch aufgeregt von ihrem Abenteuer!«

»Ja, wahrscheinlich.« Sie goss Limonade in ein Glas und reichte es Leonie.

»Noch einmal danke für Ihre Hilfsbereitschaft. Haben Sie sich denn schon ein bisschen in Köln eingelebt, Frau Mansel?«

»Ich hatte noch nicht viel Gelegenheit, mein Mann ist beruflich viel unterwegs, wissen Sie.«

»Ah ja, meiner auch, meiner auch! Herr Kersting ist nämlich Handlungsreisender für die Firma Danwitz. Und da kommt er manchmal die ganze Woche nicht nach Hause.«

»Was stellt die Firma Danwitz her?«

»Ah, sicher, Sie wissen das ja alles noch nicht. Otto von Danwitz ist der Inhaber, sie haben ihren Sitz drüben in Deutz, dort sind auch die Laboratorien. Er ist Chemiker und stellt Arzneimittel her. Phantastische Sachen, sage ich Ihnen. Sie haben da ein Schmerzmittel entwickelt, tausendmal besser als das übliche Laudanum. Also, mein Gatte sagt, die in Darmstadt, Merck heißt die Firma, die vertreiben das auch, aber Danwitz hat wohl auch die Formel oder das Verfahren herausgefunden, wie man aus Rohopium einen Extrakt herstellen kann. Sie nennen es Morphium, und es ist nicht nur ein ganz vorzügliches Hustenmittel, es hilft auch bei Kopfschmerzen und allem anderen. Angeblich geben die Ärzte es sogar den Leuten, die sie operieren, damit die Qual geringer ist, wenn sie schneiden müssen.«

Leonie schauderte und drückte sich die Hand auf den Magen, denn die Limonade machte soeben Anstalten, wieder nach oben zu drängen.

»O Gott, o Gott, was bin ich für ein dummes Plappermaul. Frau Mansel, das war kein schönes Thema, entschuldigen Sie. Vergessen Sie, was ich Ihnen gesagt habe. Haben Sie schon gehört, dass Jacobs, das ist ein Importeur, eine Ägypterin geheiratet hat? Eine ganz süße Frau. Meine Freundin Sonia von Danwitz hat sie schon kennengelernt. Jacobs hat sie bei seiner letzten Geschäftsreise nach Kairo getroffen und sich unsterblich in sie verliebt. Angeblich ist sie dort Hofdame oder so etwas gewesen. Und stellen Sie sich vor, er hat eine Reihe Bilder von der Gegend dort mitgebracht und wird sie in den nächsten Tagen ausstellen. Zur Vernissage wird ein Orientexperte einen Vortrag halten. Was meinen Sie, soll ich Ihnen und Herrn Mansel eine Einladung dazu beschaffen?«

Leonies Magen hatte sich unter dem Wortschwall wieder beruhigt, und sie nickte. »Ja, das wäre vielleicht eine ganz nette Idee. Auch mein Gatte hat einige Zeit im Orient verbracht. Es wird ihn sicher interessieren.« Sie hoffte, ihn wirklich überreden zu können, die Ausstellung zu besuchen, die sie selbst zu gerne sehen würde. Ferne Länder und Kulturen übten einen großen Reiz auf sie aus. Und auch die Ägypterin wollte sie gerne kennenlernen. »Ich weiß aber nicht, ob er mit dem Herrn Jacobs bekannt ist.«

»Er ist doch bei der Eisenbahn beschäftigt, nicht? Da sind etliche Herren unter den Aktionären, die ihn mit Sicherheit einführen können. Sah ich nicht letzthin die Frau von Alfter aus Ihrer Tür kommen?«

»Ah, ja, natürlich.«

Belustigt stellte Leonie fest, dass sie offensichtlich ausgiebig bespitzelt wurde.

»Sehen Sie, über die Alfters können wir Sie einführen. Was hat Ihr Gatte denn im Orient gemacht? Auch Eisenbahnlinien gebaut?«

»N... nein, ich glaube nicht. Er spricht nicht viel von der Zeit dort.«

»Ah, nun, es wird vielleicht etwas mit seiner Verletzung zu tun haben. Verzeihen Sie, ich bin ungebührlich neugierig. Probieren Sie doch von dem Kuchen, Frau Mansel. Es sind die Kirschen aus unserem Garten. Und wenn Ihre Frau Jette davon einige haben möchte, lasse ich ihr morgen einen Korb voll bringen!«

»Aber steigen Sie dazu besser nicht selbst in den Baum!«

Selma Kersting ließ ihr sprudelndes Lachen hören.

»Sie sind so süß, liebe Frau Mansel.«

»Der Kuchen ist köstlich. Ich denke, ich werde Jette empfehlen, Ihre Gabe anzunehmen.«

»Ich lege ihr auch gleich das Rezept dazu. Es stammt noch von meiner Großmutter. Stellen Sie sich vor, sie war es, die diesen Baum hier gepflanzt hat.«

»Tatsächlich. Das heißt, Sie leben schon lange hier in diesem Haus?«

»O ja, es war mein Erbe. Wir gehören zu dem, was man wirklich als Urgestein bezeichnen kann!«

Es kostete Leonie noch eine weitere halbe Stunde, bis sie sich endlich verabschieden konnte, und als ihr Jette die Tür öffnete, bemerkte sie deren unausgesprochenes Missfallen. Ihre undamenhafte Zaunübersteigung war offensichtlich ihren strengen Augen nicht verborgen geblieben. Sie reagierte auch sehr zurückhaltend auf die angebotenen Kirschen.

»Wenn ich mir die Bemerkung erlauben darf, gnädige Frau, so ist es möglicherweise dem gnädigen Herren nicht recht, wenn Sie Umgang mit dieser – Person – von nebenan pflegen.«

»Sie dürfen sich diese Bemerkung zwar erlauben, aber meinen Umgang wähle ich noch immer selbst, Jette!«

»Wie Sie meinen, gnädige Frau.«

Die Haushälterin mochte sie nicht, aus welchem Grund auch immer. Ein wenig ärgerte sich Leonie darüber, aber dann rief sie sich zur Ordnung. Das Personal brauchte seine Herrschaft nicht zu mögen, sondern sollte seine Arbeit pünktlich und zufriedenstellend erledigen, und das tat Jette auf jeden Fall.

Doch das Gespräch mit der Nachbarin hatte sie auf einen weiteren bedenkenswerten Punkt gebracht – auf gelegentliche Fragen nach der Herkunft ihres Mannes sollte sie einige passende Antworten haben. Und wenn sie es recht bedachte, hatte sie da nur sehr wenig Wissen zur Verfügung. Er hatte sich über seine Familie so weit es ging ausgeschwiegen, vielleicht hatte er ihrem Vater mehr anvertraut, mit Sicherheit sogar. Vermutlich lebten weder Eltern noch Geschwister von ihm, denn er hatte niemanden außer seinem Freund zur Hochzeit eingeladen. Irgendwie kam ihr in Erinnerung, dass er einmal von Verwandten in England gesprochen hatte, was vermutlich die Distanz erklären könnte. Sie nahm sich vor, an diesem Abend ein paar vorsichtige Fragen zu stellen, da die Witterungslage ihrer ehelichen Beziehung derzeit geradezu als freundlich zu bezeichnen war.

Hendryk Mansel war zwar nicht sonderlich erfreut, als Leonie ihm von der Bekanntschaft mit der Nachbarin erzählte, machte ihr aber keine Vorhaltungen.

»Sie ist eine kleine Schnatterbüchse, die Frau Kersting. Aber wenn Sie das hohle Wortgeklingel ertragen können, dann pflegen Sie die Bekanntschaft mir ihr.«

»Nun, im Vergleich mit Frau von Alfter schneidet sie so schlecht nicht ab.«

Ihr Gatte gab ein kleines Schnauben von sich, das man als Lachen hätte deuten können. Das gab Leonie den Mut, auch weitere Fragen zu stellen, und da Mansel offensichtlich in Gesprächslaune war, erfuhr sie also, er sei in Oldenburg geboren und habe in der Tat schon früh seine Eltern verloren. Ein Cousin aus der englischen Linie – sein Vater stammte von der britischen Insel – hatte ihn zu sich genommen und aufgezogen. Der Mann war Feldvermesser und ein ziemlich spleeniger Kauz gewesen. Auch er war verstorben, kaum dass der Junge das zwanzigste Lebensjahr vollendet hatte, und hatte ihm ein kleines Erbe vermacht.

»Mich hielt nicht viel auf der nebligen Insel, ich wollte in den Süden. Darum ging ich auf Wanderschaft. Als Vermesser findet man immer Arbeit.«

»So kamen Sie auch in den Orient?«

»Schließlich, über Belgien, Frankreich und Spanien – ja. Dort diente ich eine Weile in der Fremdenlegion. Wie Sie sehen, Madame, nicht ohne Folgen.« Er deutete auf seine Augenklappe.«

»Sie waren in Kämpfe verwickelt?«

»Das passiert Soldaten häufiger. Ich erhielt eine anständige Abfindung, aber meine Abenteuerlust war danach reichlich gedämpft. Ich beschloss daher, wieder in Deutschland sesshaft zu werden.«

»Danke, Herr Mansel, dass Sie mir das anvertraut haben. Manchmal gilt es lästige Fragen abzuwehren, und das wird mir jetzt leichterfallen.«

»Eine neugierige kleine Schnepfe, die Frau Nachbarin?«

»Mhm. Ja. Aber so lustig.«

»Nun, dann vergnügen Sie sich mit ihr.«

»Sie hat mir auch eine Schneiderin empfohlen!«, wagte Leonie hinzuzufügen.

»Das, will mir scheinen, ist ein ausschließlich weibliches Thema. Oder geht es um die Höhe Ihres Nadelgeldes, Madame?«

Leonie kicherte.

»Ich habe sie ja noch nicht aufgesucht.«

»Ich ahne horrende Ausgaben auf mich zukommen.«

»Nein, nein, Herr Mansel. Mein Trousseau war durchaus ausreichend. Aber vielleicht ein Musselinkleid für die warmen Tage ...«

»Ich scherzte, Weib. Besuchen Sie die Schneiderin, und nur wenn Sie den Eindruck haben, ihre Preise seien völlig astronomisch, konsultieren Sie mich vorher.«

»Sie sind sehr großzügig, Herr Mansel.«

»Wollen wir uns ein wenig im Garten ergehen?«

Völlig verblüfft starrte Leonie ihren Mann an. Einen solchen Vorschlag hatte er bisher noch nie gemacht.

»Nur zu gerne. Ich will mir nur eben ein Umschlagtuch holen.«

Es war einer der wenigen Tage, an denen sich Leonie beinahe glücklich fühlte.

August 1837: Die Kobra

DU HAST GEHOFFT, DEIN LOHN IST ABGETRAGEN,
DEIN GLAUBE WAR DEIN ZUGEWOGNES GLÜCK.

Schiller: Resignation

Die Sonne brannte erbarmungslos auf ihn nieder, doch gegen all die anderen Qualen erschienen ihm ihr Licht und ihre flammende Hitze durchaus noch erträglich.

Es war wenigstens hell.

Nach der langen Zeit in der Finsternis war es eine Erlösung, Konturen erkennen, die wunden Finger in ein dürres Gewächs krallen zu können und den heißen Staub zu riechen. Doch zu mehr reichte seine Kraft im Augenblick nicht. Er ließ sich in den Dämmer des gnädigen Vergessens sinken, halb auf dem Bauch liegend, das Gesicht in den Fetzen seines Hemdes vergraben.

Als er erwachte, war die Kühle der Nacht niedergesunken, und zitternd schleppte er sich zu den Felsen, die noch des Tages Wärme ausstrahlten. Der Boden war Geröll, der in rissigen Lehm überging, und vage wurde ihm bewusst, dass er ein ausgetrocknetes Flussbett erreicht hatte. Vielleicht, wenn er den Morgen noch erlebte und genügend Energie aufbrachte, würde er sogar etwas Wasser finden. Es gab Tierspuren, die eine Tränke in der Nähe vermuten ließen.

Dankbar für das Licht des Mondes und der unzähligen Sterne über sich starrte er in den Himmel und gedachte seines Schwurs.

Er musste überleben, um ihn einzulösen.

Was danach mit ihm geschah, war gleichgültig.

Was bis dahin geschah, ebenfalls.

Er hoffte noch immer auf ein Wunder.

Als er das nächste Mal das Bewusstsein erlangte, war die Hitze zurückgekehrt, aber es fiel ein Schatten über seine Augen. Er wollte an das ersehnte Wunder glauben, doch als sein Blick sich klärte, packte ihn nur noch das Grauen. Denn vor ihm, hoch aufgerichtet, schwankte der schlanke Körper einer Schlange unschlüssig hin und her. Den breiten Rückenschild hatte sie drohend entfaltet, und die

Zunge bewegte sich suchend zwischen den trockenen Reptilienlippen.

Die Königskobra – beeindruckend, einst heilig, majestätisch und tödlich giftig. Er hatte sie noch nie lebend gesehen, doch ihr Abbild aus getriebenem Gold, Emaille und Edelsteinen hatte ihn in der Schatzkammer des Königsgrabes zutiefst beeindruckt.

Er hatte sie verraten – es mochte ausgleichende Gerechtigkeit sein, wenn er nun den Tod durch sie fand.

Plötzlich reckte sich das Tier noch etwas weiter auf, und auch er verspürte das Vibrieren des Bodens. Hufschlag näherte sich, ein Ruf hallte durch die heiße Luft, ein scharfer Knall erfolgte.

Sein Bewusstsein erlosch.

Ausreißer

O wären wir weiter, o wär ich zu Haus!
Sie kommen. Da kommt schon der nächtliche Graus.

Goethe: Der getreue Eckart

Die Schule war endlich aus, und die Zwillinge verließen schweigend das dumpfe Gebäude, in dem die Kinder einfacher Familien von Pfarrer Döring unterrichtet wurden. Ein notwendiges Übel, aber immerhin hatten sie den Weg dorthin für sich allein, und das Stückchen Freiheit vor den häuslichen Pflichten wussten sie zu genießen. An diesem warmen Sommertag aber war offensichtlich die Verlockung stärker als sonst. Schwalben schossen von den spitzen Giebeln der Häuser, eine getigerte Katze sonnte sich auf einer mit Efeu bewachsenen Mauer, Gassenjungen trieben johlend einen halb zerfetzten Lederball vor sich her, zwei Wäscherinnen am öffentlichen Brunnen sangen ein überaus freches, aber leider sehr lustiges Lied zu ihrer schweren Arbeit und erhielten Beifall von einigen lachenden Stutzern.

Ursula und Lennard sahen sich an.

Lennard nickte schließlich und sagte: »Erst einmal zum Rheinufer!«

»Ja!«

Ursel ergriff seine Hand, und gemeinsam bogen sie vom üblichen Heimweg ab, um durch die schmale Gasse zu laufen, die zum Fluss hinabführte. Hier gab es immer aufregende Dinge zu sehen. Schiffe, die beladen wurden, Fuhrkarren, die von der hölzernen Pontonbrücke nach Deutz hinüberrollten, Frachtkähne, für die eben diese Brücke in der Mitte geöffnet wurde, manchmal sogar dampfgetriebene Schlepper, die eine lange schwarze Rauchfahne hinter sich herzogen, wenn sie sich flussaufwärts vorankämpften.

Die beiden setzten sich auf die Kaimauer und betrachteten eine Weile das Geschehen. Dann zog Ursel ein kleines Beutelchen aus ihrer Rocktasche und schüttete den Inhalt auf ihre Hand.

»Ich hab's zurückbehalten, als ich neulich Knöpfe kaufen sollte. Sind daher nur ein paar Pfennige.«

Lennard nickte und zog ebenfalls ein Beutelchen hervor und ließ Ursel hineinschauen.

»Oh!«, stieß sie hervor. »Taler. Woher hast du die denn?«

»Hab heute morgen die Taschen des Herrn ausgeleert. Wir können uns davon etwas zu essen kaufen.«

»Ja, aber ...«

»Er wird's nicht vermissen, er hat viele davon.«

Es klang bitter aus dem Mund des Jungen, und Ursel nickte, wenn auch etwas beklommen.

»Was wollen wir machen, Lennard? Ich mag nicht zurück. Die Gnädige ist so streng und unfreundlich und alles. Bei Meister Hennes war es schöner.«

»Die Arbeit war härter und das Essen karg. Außerdem würde er uns bestimmt wegschicken. Wir können sehen, ob wir den Niklas und den Benni finden. Vielleicht wissen die was.«

»Ja. Aber ich habe jetzt Hunger, Lennard. Meinst du, wir könnten tatsächlich eine Wurst kaufen?«

Der Geruch des Würstchenbraters, der um die Mittagszeit seine Ware den Arbeitern, Schiffern und Passanten anbot, zog verlockend durch die Sommerluft. Selbstverständlich verkaufte er den Kindern seine fetttriefenden Würstchen, die er zwischen zwei Brotscheiben klemmte. Kauend wanderten sie am Rhein entlang Richtung Dom. An den hoch aufragenden Strebpfeilern werkelten einige Arbeiter, die die schadhaften Stellen der halb fertigen Kathedrale ausbesserten, und am Hauptportal blieben sie stehen.

»Wollen wir hineingehen? Ich war schon so lange nicht mehr in einer richtigen Kirche.«

»M-m!«

Ursel schüttelte vehement den Kopf.

»Nein. Wir haben eine große Sünde begangen, Lennard. Wir dürfen da jetzt nicht rein.«

»Du meinst, wegen dem Geld?«

»Ja. Es war Diebstahl. Von uns beiden!«

Kleinlaut nickte der Junge, und sehnsuchtsvoll warfen sie einen Blick auf die Heiligen, die bärtig und streng auf sie herabschauten.

Doch lange hielt die bedrückte Stimmung nicht an, schon bald hatten sie einige gleichaltrige Gesellen gefunden, mit denen sie erst ein Murmelspiel spielten und dann zu den wilderen Varianten des Räuber-und-Gendarm-Spiels übergingen. Erst als die Geschäftigkeit in den Straßen zur Ruhe kam und die ersten Flaneure auf dem Weg zu ihren abendlichen Unterhaltungen auf den Straßen erschienen, schlossen sie sich dem Bierbrauersohn Niklas an, der ihnen versprach, seine ältere Schwester Suse würde ihnen ein Schmalzbrot machen, und dann könnten sie diese Nacht in einem der Fasskeller verbringen. So geschah es dann auch, und bewaffnet mit fettigem Brot und einer Tüte überreifer Kirschen huschten die Zwillinge hinter Niklas her, der ihnen den Einstieg zu den kühlen, unterirdischen Lagerräumen zeigte. Ursel und Lennard kannten die Geschichte dieser Keller in der Budengasse, denn Meister Hennes hatte sie ihnen erzählt, als sie bei ihm wohnten. In einem Nachbarhaus waren nämlich auf unerklärliche Weise immer wieder die eingelagerten Kohlen verschwunden, und erst als der Stadtbaumeister Weyer die Keller untersuchte, fand er unter dem morschen Boden die alten, nun trocken gefallenen Kanäle, die sich unter der ganzen Stadt erstreckten. Erfreut, einen zusätzlichen, tieferen Keller zu haben, sanierte man einen Teil davon und nutzte ihn, um allerlei darin zu lagern.

Niklas gab ihnen auch eine staubige Decke, eine Kerze und ein paar Schwefelhölzchen mit und nahm ihnen das Versprechen ab, am Morgen so schnell wie möglich zu verschwinden, damit die Bierkutscher, die hier ihre Ware abholten, sie nicht erwischten.

Richtig gemütlich war es zwischen den säuerlich riechenden Fässern nicht, und auch die umherhuschenden Ratten ängstigten die Zwillinge ein bisschen. Zusammengekuschelt rückten sie mit ihrer Decke und der Kerze in eine Ecke, sprachen ihr Nachtgebet und versuchten dann einzuschlafen.

Lennard erwachte als Erster und schnüffelte.

Ursel schlug ebenfalls die Augen auf.

»Da singt jemand«, flüsterte sie leise.

»Wie ein Choral.«

»Ja. Und nach Weihrauch riecht es auch!«, hauchte sie. »Ob die Gänge hier in eine Kirche führen?«

»Es ist seltsam, nicht?«

Neugier überwog die Angst, und mit dem flackernden Lichtchen machten sie sich auf, den gewölbten Gang weiterzuwandern.

Der Gesang und der Weihrauchduft wurden stärker, bis sie zu einer steilen Treppe kamen, die nach oben führte. Ein Mauerdurchbruch war hier vorhanden, vor dem aber von der anderen Seite so etwas wie ein Teppich hing. Vorsichtig hob Lennard ihn ein Stückchen an, und auf der Treppe kniend betrachteten die Kinder Schulter an Schulter, was sich in dem von Fackeln beleuchteten Kellerraum abspielte. Acht Gestalten standen um etwas herum, von dem dichte Rauchschwaden aufstiegen, und rezitierten etwas in einer Sprache, die sie nicht verstanden. Drei hatten ihnen den Rücken zugewandt, zwei konnten sie im Profil sehen und drei weitere von vorne. Einer von denen trug einen Widderkopf mit breiten, geschwungenen Hörnern, der andere so etwas wie einen Hundekopf, im Profil erkannten sie eine Raubkatze und einen scharfschnabeligen Vogel.

»Das sind Dämonen!«, wisperte Ursel mit einem Schauder in der Stimme.

Lennard schauderte auch, aber er war realistischer.

»Nein, das sind verkleidete Männer. Sie haben Stiefel an, schau! Sie tragen Masken, siehst du das nicht? Das ist wie im Karneval. Aber der ist doch schon lange vorbei. Komisch.«

»Aber warum singen die dann heilige Lieder?«

»Ich weiß nicht. Vielleicht ist das eine besondere Messe? Willst du weg?«

Ursel starrte angestrengt unter dem Vorhang in den Raum.

»Nein, eigentlich nicht. Ich mag die Messe. Und die haben so schöne bunte Kleider an. Wie die Priester an Ostern.«

Der Gesang endete jetzt, und nun konnten die beiden auch verstehen, was gesagt wurde.

»Wir kamen zusammen, um den Verlust unseres Bruders Apedemak zu betrauern«, hob die Gestalt mit dem Widderkopf an, und durch die Maske klang die Stimme dumpf und herrisch. »Geben wir ihm das ihm angemessene Opfer mit auf den Weg, damit unser Herr, der Hüter des Chaos, seinen Weg in die Unterwelt wohl begleitet. Fra Upunaut wird das Ritual vollziehen!«

»Unsinn, das wäre meine Aufgabe!«, fiel die Raubkatze ein, und Ursel flüsterte: »Die ist ja eine Frau!«

»Psst!«

»Du hältst dich heute zurück, Sor Sechmet!«, fuhr der Widderköpfige sie an.

Die Katze knurrte. Aber dann wich sie ebenfalls zurück, und die beiden Kinder erkannten noch eine Stier-, eine Krokodil- und noch eine andere Hundemaske. Auf einem Tisch – oder man musste es wohl als Altar bezeichnen – aber erhob sich zwischen dem wabernden Rauch und dem Licht zweier Kerzen eine goldene Schlange.

Der Hundeköpfige langte nach einem Sack, der laut zu kreischen und zu zappeln begann, als er ihn aufhob. Er löste den Knoten des Bandes, mit dem er zugebunden war, und griff nach einem langen Messer. Aber er verhielt sich außerordentlich ungeschickt, als er mit einer Hand versuchte, das sich wild wehrende Tier zu packen. Der Stierköpfige eilte ihm zu Hilfe, schrie aber empört auf, als eine schwarze Tatze ihm über die Hand fuhr. Auch der mit der Hundemaske erhielt einen bösen Hieb, dann hatte sich die wütende Katze befreit und sauste wie eine wild gewordene Hummel durch den Raum.

»Sie hat mich gekratzt!«, jammerte der Hundeköpfige mit näselnder Stimme.

»Idioten!«, bemerkte die Frau und streckte ihre Hände nach dem Tier aus. Entsetzt sahen Ursula und Lennard metallische Krallen an ihren Fingern. Sie hätte die Katze beinahe erwischt, da entdeckte diese aber die Treppe, die ins Freie führte, und schoss wie eine abgefeuerte Kugel den Gang hinaus.

»Du bist zu blöd, eine einfache Katze zu schlachten, Fra Upunaut!«, donnerte der Widderköpfige. »Zur Strafe wirst du die Kosten für die nächste Weihehandlung übernehmen. Und nun wollen wir beten, damit Apophis, der Herr der Unterwelt, uns unser Fehlverhalten verzeiht.«

Die Gruppe wandelte langsam um den Altar, und wieder begann ein seltsamer Gesang, der die beiden heimlichen Beobachter an die kirchliche Liturgie erinnerte, aber grausiger klang und ihnen Gänsehaut verursachte. Dennoch waren sie gefesselt von dem Schauspiel, denn nicht nur die Masken wirkten beeindruckend, auch die langen, farbenprächtigen Gewänder, die mit Fellen, Federn oder

Schuppen geschmückt waren. Glitzernde Amulette hingen auf der Brust eines jeden, und der Widderköpfige, der so etwas wie der Oberste zu sein schien, hielt einen langen Stab in der Hand, der ebenfalls mit gedrehten Hörnern geziert war.

Schließlich gab er ein Zeichen, und Stille trat ein.

»Wir haben ein wertvolles Mitglied verloren, Brüder des Amudat-Ordens, und wir müssen die heilige Neunheit wiederherstellen. Ich erwarte von euch bei unserem nächsten Treffen Vorschläge für einen würdigen Nachfolger unseres Hingeschiedenen. Bedenkt, es muss ein Mensch sein, der schweigen kann. Und schweigen kann am besten einer, der sowieso schon etwas zu verbergen hat.« Ein hohles Lachen erfüllte den Raum. »So wie ihr alle!«

»Wie wahr, Fra Chnum!«, kicherte die Katze. »Kommen wir jetzt endlich zur Weihehandlung?«

»Heute nicht, Sor Sechmet. Du bist unersättlich, mäßige dich. Für heute ist der Tempel geschlossen!«

Der Widderköpfige sprach ein paar donnernde Worte, machte eine herrische Bewegung mit dem Stab und löschte die Kerzen auf dem Altar. Zwei der Männer schoben den Altar in eine Nische und deckten ihn mit einer Holzkiste zu. Die anderen sammelten allerlei Ritualwerkzeug ein, und nach und nach verschwanden sie durch einen Ausgang gegenüber der Stelle, an der Ursel und Lennard noch immer fasziniert zuschauten. Schließlich war die Stätte leer, nur der Geruch von Weihrauch und verlöschten Kerzen hing noch in der Luft. Licht spendete ihnen jetzt nur noch die Kerze, die sie selbst mitgebracht hatten.

»Ich möchte mir die Schlange ansehen!«, sagte Lennard und machte Anstalten, in den Raum zu kriechen.

»Nein, nicht. Bitte. Ich habe Angst. Wenn sie zurückkommen!«

»Heulsuse!«

»Ich heule nicht. Aber die wollten die Katze umbringen, Lennard. Die hatten ein langes Messer!« Ursel schauderte. Und so richtig mutig fühlte ihr Bruder sich auch nicht mehr. Als sie ihn an seinem Jackenärmel zurückzerrte, gab er nach einem mannhaften Zögern doch ganz gerne nach.

Noch lange aber redeten die beiden über das Gesehene, und als sie endlich einschliefen, war es fast Morgen.

Sie entwischten den Bierkutschern nur knapp und fanden sich, hungrig, übernächtigt und ziemlich schmutzig, in einer der Gassen wieder, die zum Rhein führte. Der morgendliche Verkehr drängte sich durch die schmalen Durchlässe, niemand schenkte ihnen besondere Beachtung, zwei schmuddelige Kinder, die sich an die Hauswände drückten, um nicht von einem Fuhrwerk überrollt zu werden. Die jugendlichen Freunde, mit denen sie den gestrigen Nachmittag verbracht hatten, schienen wie vom Erdboden verschluckt zu sein.

»Was machen wir jetzt?«, fragte Ursel etwas jämmerlich, als sie den Alter Markt erreicht hatten, auf dem die Marktleute ihre Buden öffneten.

Beiden war die Freude an der Freiheit nach der ungemütlichen Nacht doch ziemlich vergangen.

»Zur Schule können wir wohl nicht.«

»Nein.«

»Nach Hause auch nicht.«

»Nein. Schließlich haben wir das Geld gestohlen.«

»Wo sollen wir nur hin?«

»Ich weiß nicht, Lennard. Und ich habe Hunger.«

»Wir haben noch Geld genug. Komm, wir kaufen uns zwei Wecken. Dann denken wir nach.«

Doch dazu kam es nicht. Eine Hand fuhr jeweils in ihren Kragen, und eine männliche Stimme stellte fest: »Die zwei Ausreißer, so, so. Ursel, Lennard, Zeit nach Hause zu gehen!«

Sie zuckten zusammen, und als sie sich umdrehten, erkannten sie die schwarze Uniform des Leutnants von Benningsen. »Man macht sich Sorgen um euch. Also los!«

Ursel versuchte sich halbherzig zu befreien, wurde aber unnachgiebig in Richtung Hohe Straße geschoben. Lennard schien resigniert zu haben und trottet mit hängendem Kopf voran. Bevor ihr Scherge sie aber im Haus ablieferte, hielt er ihnen noch eine kleine Rede.

»Ich nehme an, ihr seid nicht gegen euren Willen entführt worden.«

Stummes Kopfschütteln.

»Ihr habt einen Arbeitsvertrag geschlossen mit Herrn Mansel und seiner Frau, gegen den ihr mutwillig verstoßen habt!«

Genauso stummes Nicken.

»Habt ihr den Wunsch, wieder in der Baumwollspinnerei zu arbeiten?«

Kopfschütteln.

»Dann habt ihr jetzt fünf Minuten Zeit, euch ein paar wohlgesetzte Worte zur Erklärung eures ausgesucht dummen Verhaltens auszudenken.«

Leonie hatte eine angstvolle Nacht hinter sich. Ihr Gatte war aufs Höchste ungehalten gewesen, als er erfahren hatte, dass die Kinder nicht von der Schule nach Hause gekommen waren. Sie selbst hatte sich auch Sorgen gemacht, durfte sich aber an der Suchaktion nicht beteiligen, die Mansel sofort in die Wege geleitet hatte. Nichtsdestotrotz hatte sie lange aufgesessen und auf seine Rückkehr gewartet. Es hatte sie betroffen gemacht, wie müde und erschöpft er weit nach Mitternacht zurückgekommen war. Aber er hatte kein Wort gesagt, sondern war nur voll angekleidet auf die Chaiselongue gesunken und hatte die Augen geschlossen. Früh am Morgen war er schon wieder fortgegangen, um die Suche weiterzuführen, hatte Jette ihr kühl bestellt.

Jetzt saß sie am Tisch, eine halb geleerte Kaffeetasse neben sich, die Brötchen jedoch unangetastet, und versuchte, sich in die Lektüre der Zeitung zu vertiefen. Es war die Haushälterin, die ihr meldete: »Gnädige Frau, Leutnant von Benningsen hat die Kinder gefunden!«

»Oh, Gott sei Dank. Bitten Sie ihn herein.«

Ernst von Benningsen schob die Zwillinge vor sich her in das Frühstückszimmer und begrüßte Leonie mit ein wenig gequälter Munterkeit.

»Hier ist Ihre pflichtvergessene Dienerschaft. Sie trieben sich auf dem Alter Markt herum, vermutlich, um etwas von den Ständen zu stibitzen.«

»Nein, so war das nicht«, murmelte Lennard leise.

Leonie verspürte einen Anflug von Mitleid, als sie die beiden so schuldbewusst vor sich sah. Eine Strafpredigt lag ihr zwar auf der Zunge, aber sie schluckte sie hinunter. Darum mochte sich ihr Gatte kümmern. Sie sprach also mit ruhiger Stimme auf die beiden ein.

»Wir werden uns anhören, Lennard, wie es war. Aber als Erstes werdet ihr jetzt diese unsäglich schmutzigen Kleider ablegen und alle beide ein Bad nehmen. Danach wird euch Jette ein Essen bereiten, denn ich vermute, ihr habt Hunger. Ich hoffe, der Herr ist bis dahin zurück. Er wird befinden, was mit euch geschehen soll.«

Jette nahm die beiden mit, und Leonie lud Benningsen mit einer Handbewegung zum Platznehmen ein.

»Einen Kaffee, Herr von Benningsen?«

»Da sage ich nicht nein.«

Er betupfte mit seinem Taschentuch den Kratzer auf seiner Hand, der durch das Festhalten der Kinder wieder zu bluten begonnen hatte.

»Haben Sie die beiden verletzt?«

»Nein, nein, ein Unfall bei einem kleinen Manöver gestern.«

Sie goss ihm Kaffee ein, aber dann drückte sie doch die Handballen in die Augen.

»Verzeihen Sie, ich habe nicht viel geschlafen.«

»Hendryk auch nicht, nehme ich an. Er hat mich heute früh schon gebeten, nach den Zwillingen Ausschau zu halten.«

Es mochte dem Zustand des Übernächtigtseins zuzuschreiben sein, dass Leonie ihre damenhafte Zurückhaltung vergaß und mit einem Hauch von Verzweiflung in der Stimme fragte: »Was bedeuten die Kinder ihm? Was bedeuten sie ihm nur? Das sind doch nicht nur irgendwelche Dienstboten.«

Mit großem Mitgefühl schaute der Leutnant sie an, trank aber nur schweigend seinen Kaffee.

Boxhiebe und Mutterliebe

... UND WENN DU WILLST, DASS DEINE FRAU
DICH UNTER ALLEN MENSCHEN
AM MEHRSTEN EHREN UND LIEBEN SOLL,
SO VERLASSE DICH NICHT DARAUF,
DASS SIE'S DIR AM ALTARE VERSPROCHEN HAT –
WER KANN SO ETWAS VERSPRECHEN?

Freiherr von Knigge: Von dem Umgange unter Eheleuten

Hendryk Mansel schlug mit Präzision und kalter Verbissenheit auf den Sandsack ein. Er hatte Weste und Überrock abgelegt, und sein Hemd hing ihm schon schweißnass von den Schultern.

Der Boxklub, einer der ersten seiner Art in Köln, war für die Offiziere der Garnison eingerichtet worden, und Benningsen hatte ihn dort eingeführt. Zweimal die Woche trainierten die beiden Männer dort. Ernst hatte nicht den Sandsack vor sich, sondern verteilte tänzelnd kurze, scharfe Hiebe in der Luft. Auch seine dunklen Haare ringelten sich bereits feucht über der Stirn. Dann hielt er einen Moment inne und betrachtete bewundernd seinen Freund.

»Man merkt nichts mehr von einer Schwäche in der Schulter!«

Ein letzter knallender Schlag versetzte den Sandsack in Schwingung.

»Ich merke es noch, aber du hast Recht, die Kraft ist wieder da. Dieser algerische Arzt war ein Wundertäter.«

Hendryk drehte sich um und lächelte den jungen Offizier an.

»Kleines Sparring?«

»Klar!«

Sie kämpften mit angedeuteten Schlägen eine Weile, dann hielten sie ein und setzten sich auf eine der Bänke an der Wand, um den anderen Sportbegeisterten zuzusehen.

»Was haben dir die Zwillinge erzählt, Hendryk?«, wollte Ernst wissen.

»Reumütig von einem mit anderen Gassenkindern verbrachten Nachmittag, den seltenen Genüssen aus Garküchen und einer ziemlich unbequemen Nacht im Keller eines Bierbrauers. Ein Ausflug in die Freiheit, der nicht ganz so erquicklich war, wie sie es sich wohl vorgestellt hatten. Ich habe es auf sich beruhen lassen. Er war ihnen Strafe genug.«

»Was hast du mit den Kindern vor?«

»Ich werde mich beizeiten um eine andere Erziehung kümmern müssen. Himmel, es ist nicht leicht! Der hauptsächliche Grund, warum sie ausgerissen sind, ist das kalte Verhalten meiner Frau. Ich verstehe sie nicht. Sie scheint keinerlei weibliches Mitgefühl zu haben.«

»Es war deine – entschuldige – Schnapsidee, sie zu heiraten. Und ich glaube nicht, dass sie ohne Mitgefühl ist. Du hättest sie an dem Morgen erleben müssen. Sie hat sich genauso viel Sorgen gemacht wie du. Aber sie ist sehr verunsichert, weil sie nicht weiß, wie du zu den Kindern stehst.«

»Du weißt genau, weshalb ich ihr nichts davon erzählen kann!«

Der Leutnant zuckte mit den Schultern.

»Ja, ich weiß. Übrigens hörte ich, der Rittmeister von Crausen hat verlängert. Er ist jetzt fest bei den Kürassieren in Deutz engagiert.«

»Ich dachte, er sei nur auf ein halbes Jahr abkommandiert.«

»Es scheint ihm hier zu gefallen. Seinem Kommandeur kommt das wohl sehr gelegen, Crausen hat ihm aus seiner Zucht zwei schöne Araber verkauft.«

Hendryk stand auf und begann mit großer Energie, fast hätte man es Wut nennen können, auf den Sandsack einzuprügeln. Ernst stellte sich neben ihn und sah ihm anerkennend zu. Als er schließlich schnaufend die Fäuste senkte, fragte er: »Kennst du einen Corporal namens Gerhard Bredow?«

»Nein, müsste ich?«

»Unteroffizier bei den Bonner Ulanen, seit Anfang des Monats dort stationiert. Interessanter Mann, er hat einige Jahre bei der Legion in Algier Dienst getan. Ein Mann von untadeligem Ruf, heißt es.«

»Schön für ihn.«

»Komm ihm nicht in die Quere, Hendryk Mansel.«

»Ich verkehre nicht in den Kreisen, in denen sich Unteroffiziere bewegen.«

»Nein, du bewegst dich in gar keinen Kreisen. Habe ich deine Erlaubnis, Frau Mansel gelegentlich zu geselligen Veranstaltungen zu begleiten?«

»Tu, was du nicht lassen kannst.«

»Hendryk, sie ist einsam.«

»Himmelherrgott noch mal, dann kümmere du dich um sie.«

Ernst von Benningsen freundliches Gesicht verhärtete sich vor Ärger, und er nickte nur knapp.

»Du kannst sicher sein, dass ich das tun werde!«, sagte er kalt und wandte sich ab, um seine Kleider zu wechseln.

Mansel hatte schlechte Laune, als er am Abend nach Hause kam. In der Eingangshalle hörte er weibliche Stimmen aus dem Salon schallen, und er konstatierte, dass seine Gemahlin Besuch von der schnatternden Nachbarin und noch einer weiteren Dame hatte. Während er den Mantel und die Handschuhe ablegte, hörte er, wie Selma Kersting etwas über ihre Katze hervorsprudelte.

»Zwei Tage war das Liebchen fort. Ich habe mir ja solche Sorgen gemacht. Aber vorgestern fand ich sie dann doch im Garten sitzen, ziemlich zerzaust und sehr hungrig. Hatte eine verschorfte Schramme an der Flanke. Wahrscheinlich hat sie gerauft. Na, es scheint wieder zu heilen. Aber sie ist noch ein bisschen scheu und versteckt sich immer, wenn jemand ins Zimmer kommt.«

»Sie verwöhnen Ihr Kätzchen wie ein kleines Kind, liebe Selma«, spöttelte eine andere Frauenstimme.

»Ach Sonia, eigene sind mir doch bisher noch nicht vergönnt gewesen.«

»Und Sie, liebe Frau Mansel? Haben Sie schon das Kinderzimmer gerichtet?«

Hendryk beschloss, die Antwort auf diese aufdringliche Frage nicht abzuwarten, und stapfte die Treppe nach oben.

In seinem Ankleidezimmer fand er seinen jungen Kammerdiener am Fenster sitzen, so vollständig in ein Buch vertieft, dass er sein Eintreten pflichtvergessen überhörte.

»Dürfte ich Master Lennard höflichst darum ersuchen, mir die Stiefel auszuziehen!«

Erschrocken ließ der Junge das Buch fallen und sprang auf.

»Verzeihung, gnädiger Herr. Sofort, gnädiger Herr.«

Er machte sich mit flinken Fingern daran, die festen, knöchelhohen Schuhe aufzuschnüren, die Mansel zu tragen pflegte, um die Schwäche in seinem rechten Fußgelenk auszugleichen.

»Was liest du da, Junge?«

»Eine Geschichte, gnädiger Herr. Die gnädige Frau hat sie mir gegeben. Sie hat's erlaubt. Ehrlich. Sie können sie fragen.«

Er reichte ihm das Buch, und Mansel bemerkte überrascht, dass es sich um ein hübsch illustriertes Märchenbuch handelte, das gerade bei dem »Gestiefelten Kater« aufgeschlagen war.

»Behandle es sorgfältig und lass es nicht wieder fallen.«

»Ja, natürlich, gnädiger Herr.«

»Und jetzt ein frisches Hemd und die grauen Hosen, wenn ich bitten dürfte!«

Als er, gewaschen und umgekleidet, nach unten zum Abendessen ging, war seine Miene noch immer düster. Seine Gattin wartete schon am gedeckten Tisch auf ihn, und er gab sich Mühe, sie freundlich zu begrüßen.

»Ich hoffe, Sie hatten einen angenehmen Tag, Herr Mansel!«

»Danke. Sie haben Besuch gehabt?«

»Frau Kersting, die Nachbarin. Und ihre Freundin, Frau Sonia von Danwitz, Herr Mansel. Sie ist die Gattin des Apothekers von Danwitz, für den Herr Kersting die Handelsreisen unternimmt. Eine recht gebildete Frau.«

»Dann hatten Sie ja gute Unterhaltung.«

»Tatsächlich, Herr Mansel!«

Hendryk Mansel war nicht sonderlich an diesen Besucherinnen interessiert, deshalb schwieg er, als Albert die Suppe servierte, aber nach einigen Löffeln musste er sich wieder aus seinen verwickelten Gedankengängen reißen lassen.

»Frau von Danwitz war so nett, uns eine Einladung zu einer Vernissage mitzubringen, Herr Mansel. Sie findet am übernächsten Donnerstag statt. Ich wäre sehr glücklich, wenn Sie mich begleiten würden. Es sind Bilder aus dem Orient von verschiedenen Reisenden, und ein Professor wird einen Vortrag über die dortige Kultur halten.«

»Ich muss gestehen, das reizt mich außerordentlich wenig, Madame. Ich habe mit meinen eigenen Augen genug Staub gesehen, ich brauche keine Bilder und noch weniger gelehrte Vorträge über diese Länder.« Er sah, wie ihre Züge sich betrübten, und hob dann die Schultern. »Ich denke, es ist statthaft, wenn Sie mit Ihren Freundinnen alleine diese Veranstaltung aufsuchen.«

»Ja, das ließe sich wahrscheinlich einrichten. Obwohl Sie Herrn Jacobs ja auch kennen, nicht wahr?«

»Ganz flüchtig nur.«

Mit verschlossener Miene machte er sich nun über den ausgezeichneten Braten her, der ihm aber wenig Genuss bereitete. Seine Gedanken waren weit fort, in jenen staubigen Gegenden, nach denen er keinerlei Verlangen mehr verspürte. Zum Glück schien seine Frau nun endlich zu merken, dass er nicht unterhalten werden wollte. Sie aß ebenso schweigend wie er und versuchte auch später keine Konversation mit ihm zu beginnen, sondern überließ ihn der Lektüre der Kölnischen Zeitung.

Als die Pendeluhr halb elf schlug, wünschte er ihr eine gute Nacht und begab sich zu Bett.

Doch es wurde keine gute Nacht für ihn. Lange lag er noch wach und starrte aus dem geöffneten Fenster zum mondlosen Himmel hinauf, während sein Weib ruhig atmend neben ihm lag, das bis zum Kinn mit Spitzen besetzte Nachthemd züchtig zugenestelt, die Haare straff in einem Zopf geflochten, aus dem kein Löckchen zu entkommen wagte.

Dann war er doch eingeschlafen, aber erholsam war sein Schlummer nicht. Er wachte auf, weil sich eine Hand über seine fest geballte Faust schmiegte, die sich um das Kopfkissen gekrallt hatte.

»Sie haben böse Träume, Herr Mansel!«, flüsterte es leise an seinem Ohr. »Wachen Sie auf.«

»Ich bin wach.«

Ein Nachtlichtchen tanzte in einem durchbrochenen Messingschälchen und warf wunderliche Schatten an die Wände. In ihrem Schein wirkte das Gesicht seiner Frau sanft und besorgt. Er schloss die Augen und drehte sich weg. Auf dem Kopfkissen lag die Augenklappe, und er verfluchte sich im Stillen, nachlässig geworden zu sein.

»Schlafen Sie weiter, Leonora. Ich werde Sie jetzt nicht mehr mit meinen unpassenden Träumen stören!«, murmelte er und merkte, wie sie sich wieder zurücklegte und kaum hörbar seufzte. Darum fügte er dann doch noch leise hinzu: »Aber danke, dass Sie mich geweckt haben.«

Der Morgen, es war ein sonniger, wenn auch recht frischer Samstag, hatte tatsächlich einen Großteil seiner Düsternis verscheucht, und obwohl er nur wenig Ruhe gefunden hatte, fühlte er sich sogar einigermaßen ausgeruht. Er hatte über eine ganze Reihe von Dingen nachgedacht und war schließlich zu dem Ergebnis gekommen, Ernst von Benningsen habe gar nicht so Unrecht mit seinen Vorwürfen. Er hatte eine Frau aus kühler Überlegung geheiratet, sich aber bedauerlich wenig Gedanken darüber gemacht, es könne neben dem geordneten Zusammenleben auch Momente geben, in denen man sich in einer solchen Beziehung der menschlichen Nähe nicht entziehen durfte. Leonora war Dame genug, um ausreichend Distanz zu wahren, darin hatte er sich nicht getäuscht. Aber sie hatte natürlich auch ein Recht auf ein gewisses Maß an Aufmerksamkeit von seiner Seite, und bevor sie sich gezwungen sah, sich bei solchen Schnatterbüchsen wie dieser Kersting oder der von Danwitz über seine Ungefälligkeit zu beklagen, wollte er lieber die Zeit darauf verwenden, einen geselligen Umgang mit ihr zu pflegen. Zumal er mit einiger angenehmer Überraschung bemerkt hatte, dass nicht nur Lennard, sondern auch Ursel Bücher aus ihrem eigenen kleinen Fundus erhalten hatte und mit offensichtlicher Freude darin schmökerte.

»Was halten Sie von einer Promenade durch den Botanischen Garten, Frau Mansel?«, schlug er also nach dem Frühstück vor. »Es ist ein herrlicher Tag dafür!«

Ihre Augen leuchteten auf.

»Gerne. Ich ziehe mich sogleich um!«

Er registrierte mit Genugtuung, dass sie keine Säumerin war. Kaum eine Viertelstunde später stand sie in einem braunen, rosa paspelierten Kleid vor ihm.

»Sehr adrett sehen Sie aus, Frau Mansel. Ein neuer Hut?«

»O nein, nein, die Schute hatte ich vergangenes Jahr schon. Aber es ergab sich noch keine Gelegenheit …«

»Sie schmeichelt Ihnen. Reichen Sie mir Ihren Arm, Madame.«

Sie schlenderten die Hohe Straße hinunter, die wie immer belebt war, überquerten den Domplatz und traten in den dahinter liegenden Park ein. Hier war es am Vormittag noch erfreulich ruhig, unter alten, hohen Bäumen führten verschlungene Wege durch blühende Beete und Rasenrabatten. Vereinzelt führten Kindermädchen ihre Schützlinge am Gängelband und der eine oder andere ältere Herr seinen meist ebenso betagten Hund an der Leine.

»Es ist schön hier, Herr Mansel.«

»Ein wohlgepflegter Garten, ja.«

»Als Kind hat mich mein Onkel Sven oft mit in den Garten des Poppelsdorfer Schlosses mitgenommen. Der ist seit 1818, als er an die Universität angegliedert wurde, auch als botanischer Garten angelegt. Sven hat mir immer die seltsamsten Pflanzen gezeigt und erklärt, aber irgendwie habe ich kein gutes Gedächtnis dafür.«

»Ihr Onkel Sven ist der ältere Herr mit dem kurzen weißen Bart, nicht wahr?«

»Ja, und Edith, das ist die Frau mit der schiefen Schulter, ist seine Tochter. Ich habe früher sehr viel Zeit bei ihnen verbracht. Edith hat nie geheiratet, wissen Sie. Aber sie ist sehr rege in der Charité. Sie arbeitet drei Tage in der Woche in einem Entbindungsheim für ledige Mütter. Sie hat unzählige Freunde, und ansonsten führt sie Sven den Haushalt.«

Mansel wunderte sich etwas darüber, dass seine sonst so förmliche Gemahlin ihre Verwandten so leger beim Vornamen nannte, aber vermutlich war das Verhältnis zwischen ihnen sehr eng. Er musste sich eingestehen, er hatte sich bisher wirklich nur sehr, sehr rudimentär mit der Herkunft seiner Frau befasst.

»Welcher Profession geht oder ging Ihr Onkel nach?«

»Oh, er war Uhrmacher. Ein ganz hervorragender Uhrmacher sogar. Er ist auch viel gereist und hat sein Handwerk bei anderen großen Meistern gelernt. Aber seit drei Jahren kann er es leider nicht mehr ausüben. Das finde ich sehr bedauerlich, er hingegen hat sich damit viel besser abgefunden.«

»Was hindert ihn daran, seine Tätigkeit weiter auszuüben?«

»Eine Augenverletzung, Herr Mansel. Sven ist auf dem rechten Auge blind. Es ist wohl sehr schwierig, nur mit einem Auge feinste

Arbeiten zu verrichten. Es hat etwas mit der Perspektive des Sehens zu tun, sagt er.«

»Ah, ja, ich verstehe«, erwiderte er und hoffte, sie würde das Thema nicht vertiefen. Darum fragte er weiter: »Wie habe ich die Verwandtschaftsverhältnisse eigentlich zu sehen? Ist er ein Bruder Ihres Vaters?«

»Ach nein, nein, Sven Becker ist eigentlich ein angeheirateter Onkel. Die ältere Schwester meiner Mutter war seine Frau. Aber sie ist schon 1817 gestorben, Edith ist ihr einziges Kind. Vielleicht hat Sven mich deshalb gerne bei sich aufgenommen!«

Es hört sich etwas versonnen an, stellte Mansel fest und vermutete, es müsse etwas mit ihrer eigenen verstorbenen Mutter zu tun haben. Taktvollerweise vermied er also das Thema.

Sie hatten jetzt das äußere Ende des Gartens erreicht und kehrten um. Der Dom überragte mit seinem immer noch mit dem Kran aus dem Mittelalter gekrönten Turm und dem hohen Strebwerk des Chors die Bäume.

»Sieht aus wie ein gestrandeter Elefant!«, hörte er seine Frau plötzlich kichern und konnte ein Grinsen nicht unterdrücken.

»Nicht ganz falsch. Aber nun hat Zwirner ja als Dombaumeister das Kommando übernommen, und bald wird der Elefant eine ehrbare Kathedrale werden.«

»Ist es richtig, dass man eine feierliche Grundsteinlegung vornehmen will?«

»Ja, man spricht davon, König Friedrich Wilhelm wolle selbst dem Ereignis beiwohnen. Möchten Sie Ihre Familie dazu nach Köln einladen?«

»Das wäre nett. Sven und Edith aber nur, Herr Mansel, wenn es Ihnen recht ist.«

»Nicht Ihren Vater und Ihre Mutter und die kleine Schwester?« Deren Namen hatte er schon wieder vergessen, erinnerte sich aber an ein elfenhaftes Kind mit einer hübschen Singstimme. Etwas verblüfft wurde er, als sein Weib, das eben noch heiterer Stimmung war, plötzlich zurückhaltend wirkte.

»Mein Vater hat mir den Übertritt noch nicht verziehen, und mit meiner Stiefmutter verstehe ich mich nicht besonders gut. Auch das,

Herr Mansel, ist ein Grund, warum ich mich lieber bei Sven und Edith aufgehalten habe.«

»Ja, ich verstehe. Es ist schwer, die Mutter zu verlieren!«, sagte er und legte seine Hand auf die ihre, die in seiner Armbeuge ruhte.

»Sie brauchen mich nicht zu trösten, Herr Mansel. Meine Mutter war schon lange krank. Ich pflegte sie die letzten zwei Jahre, bis sie anno siebenunddreißig starb. Ich habe mein Trauerjahr eingehalten und jede Gesellschaft gemieden. Diese Zeit ist nun vorbei.«

Seine Verblüffung wandelte sich in Empörung. Sie *war* ein herzloses Geschöpf. Wie konnte sie nur so kalt, ja beinahe abfällig von ihrer leiblichen Mutter sprechen.

»Sie scheinen Ihre Mutter nicht sehr geschätzt zu haben, will mir scheinen!«

»Nein, Herr Mansel, ich habe es ihr zwar an der nötigen Achtung nicht fehlen lassen, aber sie weder geschätzt noch geliebt.«

»Mein Gott, sind Sie eine gefühlsarme Frau!«, entfuhr es ihm. »Sie kennen weder Mütterlichkeit noch Mutterliebe.«

»Damit haben Sie wohl Recht, Herr Mansel, diese Regungen sind mir fremd.«

Ihre Antwort erschütterte ihn tatsächlich.

»Warum denn nur, sagen Sie, warum?«

»Sie war eine schwache, unselbstständige Frau, die sich dem Schicksal klaglos ergeben hat.«

»Großer Gott, andere würden das als Tugend betrachten.«

»Ich nicht.«

»Sie sind widernatürlich. Man liebt seine Eltern doch!«

»Ich habe, Herr Mansel, Sie zu lieben und ehren gelobt. Nicht meine Eltern. Wollen Sie mir das nun befehlen, weil ich Ihnen in meinem Ehegelöbnis Gehorsam versprechen musste?«

Fassungslos sah Hendryk Mansel sein Weib an, das ihn unter der rüschenbesetzten Schute mit blitzenden Augen und geröteten Wangen herausfordernd ansah.

Und diese verdammte, hartherzige Schlange sah dabei verdammt hübsch aus.

Warum musste ihm das, verdammt noch mal, gerade jetzt auffallen?

Klatsch über Hendryk

Es ist oft eine höchst sonderbare Sache um den Ton, der in der Gesellschaft herrscht.

Freiherr von Knigge: Über den Umgang mit Menschen

»Gnädige Frau, bitte, wenn Sie um vier Uhr ausgehen wollen, müssten Sie sich jetzt nach oben zum Umkleiden begeben!«

Zöfchen Ursel stand schüchtern in der Tür zum Wohnzimmer, wo Leonie damit beschäftigt war, Briefe zu lesen.

»Ich komme in fünf Minuten. Leg schon mal das rosa Kleid heraus.«

»Ja, gnädige Frau!«

Leonie las die letzte Seite von Pastor Merzenichs Brief nur noch flüchtig und legte ihn auf den Stapel zu beantwortender Schreiben. Sie war eine eifrige Briefeschreiberin. So erhielt ihre Stiefmutter wöchentlich ein förmliches, nichtssagendes Billet, der Pastor ein formvollendetes, vielsagendes und Edith ein recht formloses und ziemlich geschwätziges. Morgen würde sie ihr die Eindrücke von der heute stattfindenden Vernissage schildern.

Als sie ihr Boudoir betrat, hatte Ursel schon alles zurechtgelegt, was eine untadelige Dame bei einem Besuch einer öffentlichen Veranstaltung zu tragen hatte. Sie half ihr, das lose weiße Hauskleid abzulegen, und hielt ihr das Mieder hin, das ihrer Figur die modisch schmale Mitte schenken würde.

»Nicht so straff, Ursel. Ich sehe lieber aus wie eine Tonne, als dass ich keine Luft mehr bekomme.«

Ursel unterdrückte ein Kichern.

»Sie sehen nicht aus wie eine Tonne, gnädige Frau!«

»Als Zofe, Ursel, solltest du wissen, für die Taille einer Dame ist gerade mal der Umfang von drei Äpfeln vorgeschrieben. Alles andere wird man notwendigerweise als Tonne bezeichnen müssen.«

Sie freute sich, dass Ursel weiterhin mit dem Lachen zu kämpfen hatte. Das Mädchen war seit dem verpatzten Ausflug ein wenig zugänglicher geworden, und es freute sie, sie manchmal zum Lachen bringen zu können. Sie war bei Weitem anders geartet als Rosalie, ihre jüngere Schwester, die beinahe gleichaltrig war. Ursel verfügte in der Tat über eine rasche Auffassungsgabe und große Wissbegier. Sie schien auch ein heiteres Gemüt zu entwickeln, und Leonie lobte sich selbst dafür, den Kindern ihre Märchenbücher gegeben zu haben. Die Fibeln der Elementarschule, die sie besuchten, befassten sich vornehmlich mit Heiligenlegenden, was sicher sittlich und erbaulich war, die Phantasie der Schüler aber in eine einseitige Richtung entwickelte. Aber in die schulische Erziehung wollte sie sich nicht einmischen, das war Aufgabe ihres Gatten.

Ursel zog die Bänder straff, aber nicht zu fest, und prustete dabei leise: »Ein Tönnchen!«, als sie die Miederbänder verknüpfte.

»Na gut, nur ein Tönnchen, und das aber gut in Rüschen verpackt. Wie viele Unterröcke muss ich tragen?«

Noch hatte sie nur das Unterhemd unter dem Mieder und die knielangen Batisthosen an, und die angehende Kammerfrau Ursel schnalzte missbilligend mit der Zunge.

»Zuerst die Strümpfe. Die Sie anhaben, gehen nicht zu dem rosa Kleid, gnädige Frau. Sie sind ja gelb.«

»Sie machen aber so hübsche Storchenbeine!«

Wieder gluckste das Mädchen und legte ein Paar weiße, mit rosa Ranken bestickte Strümpfe auf den Stuhl.

»Sie gehen zu einer Ausstellung und nicht in den Salat!«, erlaubte sie sich dann vorwurfsvoll zu bemerken.

»Ja, da fürchte ich, hast du Recht. Also dann!«

Gemeinsam widmeten sie sich dem zarten Flor der Strümpfe und befestigten sie mit weißen Rüschenbändern oberhalb der Knie. Schuhe aus feinstem cremeweißem Ziegenleder standen auch schon zum Hineinschlüpfen bereit, und Ursel wand die Satinbänder gekonnt um Leonies zierliche Fesseln.

»Drei Unterröcke?«

»Drei werden genügen. Zuerst den mit den Biesen abgesteppten, er hält am besten die Weite. Dann die beiden mit den Volants!«

Stoff raschelte, als sie sich durch die Menge der blütenweißen, gestärkten Falten kämpften. Bis zu den Zehen fielen die Röcke nun wieder, die leicht frivole Mode der Dreißigerjahre, als man tatsächlich schon mal die Wade gezeigt hatte, war gänzlich unmöglich geworden. Allerdings verzichtete man auch inzwischen auf die wuchtigen Keulenärmel, die Leonie immer schrecklich gestört hatten, musste man doch schwere Rosshaarpolster an den Armen tragen, damit sie ihre Weite behielten. Das Ausgehkleid, das sie gewählt hatte, besaß eng anliegende Ärmel und war auch nicht dekolletiert. Es war in Altrosa gehalten, aufgedruckt waren in Grau und Weiß kleine Blütenranken. Rosa Satinschleifen am Hals und in der Taille schmückten es, und weiße Spitzenrüschen fielen über die Handgelenke.

»Die hellgrauen Handschuhe dazu, gnädige Frau?«

»Nachher. Erst die Frisur, Zöfchen!«

»Uh!«

»Na, na!«

»Ja, aber es sind so viele Haare, gnädige Frau!«

»Ja, ich weiß, und so ungebärdig. Diese elenden Locken. Noch nicht einmal vernünftige Korkenzieher bekommt man daraus gedreht. Am besten flechten wir wieder zwei Zöpfe und stecken sie auf. Ich nehme heute die leichte Strohschute dazu.«

Gemeinsam bearbeiteten sie die bis zur Taille reichende Lockenflut mit Bürsten und zähmten sie dann mit unzähligen Haarnadeln. Zuletzt knüpfte Leonie die rosa Bänder der Kopfbedeckung neben dem Ohr zu einer breiten Schleife.

»Nicht nur Storch im Salat und Tönnchen, um den Kopf auch noch ein Igel. Oder ein gespickter Rehbraten!«, knurrte Leonie, und wieder grinste das Mädchen.

»Sie könnten sie ja abschneiden, gnädige Frau. Ich habe gehört, früher, da hatten Frauen ganz kurze Haare.«

»Vor fünfzig Jahren, richtig. Da trug man das so. Aber da brauchte man auch keine Korsetts und Unterröcke, sondern hatte nur dünne Hemden an.«

»Das war aber sehr unzüchtig.«

»Vermutlich. Heute wäre man wohl entsetzt, wenn eine Frau sich darin in die Öffentlichkeit wagte. Was für ein Parfüm schlägst du mir vor, Ursel?«

»Rosenwasser, gnädige Frau!«

»Sehr gut.«

Ursel ging mit dem Parfümzerstäuber um Leonie herum, dann reichte sie ihr Handschuhe, Retikül und Fächer und legte ihr den leichten Schal um die Schultern.

Sonia von Danwitz hatte sie und Selma Kersting mit ihrem Wagen abgeholt, und zu dritt betraten sie das prächtige Stadthaus der Jacobs, die ihren Ballraum für die Ausstellung und den Vortrag zur Verfügung gestellt hatten. Sie waren noch früh, bisher hatten sich noch nicht sehr viele Besucher eingefunden, und so fand Frau von Danwitz ausreichend Zeit, ihre Begleiterinnen der Dame des Hauses vorzustellen. Leonie war ehrlich entzückt von Camilla Jacobs. Sie war eine sehr schlanke, hochgewachsene Frau mit bemerkenswert großen, dunklen Augen in einem ebenmäßigen, ruhigen Gesicht mit einer markanten Nase. Aber es war nicht nur das leicht exotische Aussehen, hervorgerufen durch die nachtschwarzen Haare und den goldenen Teint, sondern vor allem ihre wunderbar geschmeidigen Bewegungen, die sie faszinierten. Frau Jacobs sprach ein beinahe fehlerfreies Deutsch, doch mit leichten, sehr charmanten Verschleifungen der Silben. Ihr war eine natürliche Herzlichkeit zu eigen, und schon bald hatte sie Leonie, die ihr wegen ihrer Sprachkenntnisse ein Kompliment machte, in eine kleine Konversation verwickelt.

»Ja, ich habe viel gelernt. Zu Hause, wir sprachen oft Französisch. Aber mein Gatte hat mir eine Lehrerin besorgt, ganz streng und sehr gebildet. Sie quälte mich Tag und Nacht!«

»Sogar des Nachts, wie furchtbar!«

»Ja, sie verfolgte mich in meinen Träumen, wie ein Nachtmahr!«

»Nun, man sagt ja, wenn man in einer anderen Sprache träumt, dann beherrscht man sie, insofern wird sie wohl keine schlechte Lehrerin gewesen sein.«

Das Lachen der Ägypterin klang wie fließender Honig.

»Sie hat mich sprechen, denken und träumen gelehrt, richtig, aber nicht schreiben und lesen. Ich bin eine – wie sagt man? – lauschige Schriftstellerin!«

»Lauschig zu schreiben ist bestimmt sehr originell, das andere Wort heißt lausig und wird nur von Lausbuben verwendet.«

Noch einmal gluckste ihr Lachen auf, und mit einem kleinen Tipp ihres Fächers verabschiedete sie sich, um andere Eintreffende zu begrüßen.

Bald hatten sich genügend Gäste versammelt, und man nahm auf den Stühlen Platz, die im Halbkreis um ein mit Blumen geschmücktes Rednerpult aufgebaut waren. Der ehrwürdige Professor, dessen viele, sicher verdiente Titel Leonie bedauerlicherweise nicht behalten konnte, setzte zu seinem Vortrag an. Sie hatte sich darauf gefreut und war begierig, etwas über das fremde Land zu erfahren, das eine so faszinierende Kulturgeschichte aufwies, und in dem ihr Gatte für lange Zeit Aufenthalt genommen hatte, doch schon nach wenigen Minuten überfiel sie eine lähmende Mattigkeit. Es war nicht nur die Juliwärme, die den Raum beinahe unerträglich stickig werden ließ, es war auch der betrübliche Mangel an Modulation in der gelehrten Stimme und die Fülle unverständlicher, wissenschaftlicher Konnotationen, die der Vortragende vielsilbig von seinen Lippen fließen ließ. Vorsichtig sah Leonie sich um und fand in ihrer Nachbarschaft zwei eingenickte Matronen, einen leise schnarchenden Herrn und diverse Zuhörer, deren glasige Blicke andeuteten, dass sie sich in einem ähnlich hypnotisierten Zustand befanden wie sie selbst. Camilla Jacobs hingegen fing ihren Blick auf und verbarg ein Gähnen geschickt hinter ihrem Fächer. Leonie konnte nicht anders, sie zwinkerte ihr tatsächlich lausbubenhaft zu.

Der Fächer flatterte zustimmend.

Endlich fand die gesetzte Rede ein Ende, und Jacobs, nach einigen Dankesworten, die die Schläfer endgültig weckten, erklärte die Ausstellung für eröffnet. Man möge sich doch beim Betrachten der Werke an den Kanapees und dem Champagner delektieren.

Die Bilder, meist Aquarelle oder kolorierte Federzeichnungen, aber auch einige Ölgemälde, fesselten Leonie weit mehr als der Vortrag, und eine Weile genoss sie es, sich alleine die einzelnen Szenen anzusehen. Dann aber fand sie sich vor einem bezaubernden Bild wieder, auf dem eine recht leicht bekleidete Frau auf einem Teppich tanzte. Man vermeinte die goldenen Münzen ihres Kopfschmucks und die Reifen an ihren Armen klingeln zu hören. Das Tamburin schlug sie selbst, doch eine Flötenspielerin und eine Trommlerin saßen zu ihren Füßen und begleiteten sie.

»Ungehörig!«, brummte die Matrone neben Leonie.

»Aber nein«, antwortete die hinzutretende Camilla. »Tanzende Ouled Nail. Ein ganz besonderer Volksstamm, in dem die jungen Frauen eine eigene Tanztradition verfolgen.«

Die Matrone drehte sich zu der Ägypterin um, maß sie mit einem abfälligen Blick durch ihr Lorgnon und bemerkte kalt: »Sind Sie mir eigentlich vorgestellt worden?«

Leonie machte einen Schritt zur Seite und brachte eine höfliche Verbeugung zustanden.

»Oh, Generalin von der Lundt, wie erfreulich, Sie hier anzutreffen. Ich hoffe, Sie befinden sich wohl? Gestatten Sie mir doch, Ihnen Frau Jacobs vorzustellen, sie ist die Gastgeberin in diesem Haus!«

Die Generalin richtete ihr Sehglas nun auf Leonie und musterte sie streng.

»Leonora Gutermann. Richtig, Leonora Gutermann. Ist dein Vater auch hier?«

»Nein, Frau Generalin. Ich lebe jetzt in Köln.«

»Ach nein! Und du hast mir noch keinen Besuch abgestattet?«

»Ich gab meine Karte ab, Frau Generalin. Vergangene Woche.«

»Und was machst du hier in Köln? Hast du etwa deine Familie verlassen?«

»Gewissermaßen. Ich heiratete im Mai.«

»Geheiratet hast du? Und wieso weiß ich nichts davon?«

»Vielleicht haben Sie die Post von meinem Vater übersehen?«

»Nikodemus! Nikodemus, komm her.«

Ein fülliger Herr mittleren Alters mit einem ungesund teigigen Gesicht näherte sich beflissen der Matrone.

»Haben wir eine Anzeige von Leonoras Hochzeit erhalten?«

»Ja, Mama. Und wir haben ein Silbertablett geschickt. Leonora, wie geht es Ihnen?«

»Danke, Herr von der Lundt.«

»Ah. Nikodemus, und das ist – äh …«

»Frau Jacobs«, sprang Leonie noch einmal hilfreich ein und trat dann vorsichtig den Rückzug an. Sie fand Deckung bei ihren Begleiterinnen, die sich eifrig unterhaltend an ihren Champagnergläsern labten. Sie mochte die Generalin nicht besonders, aber wirklich unsympathisch war ihr Nikodemus, unter dessen Blicken sie sich immer irgendwie ausgezogen fühlte. Bei früheren Begegnungen hatte sie schon manches Mal alle Hände voll zu tun gehabt, seine unsittlichen Annäherungen abzuwehren. Jetzt sah sie ihn aus einem Augenwinkel, wie er das Bild der leichtgewandeten Tänzerin mit intensiver Aufmerksamkeit studierte und dann auch die Gastgeberin in Augenschein nahm.

Leonie nahm ein Glas Champagner entgegen und drehte ihnen den Rücken zu, um sich an der Unterhaltung der beiden Damen zu beteiligen.

»Sind ja ganz hübsch, die Bilder, aber dieser Professor …«, seufzte ihre Nachbarin.

»Ein staubiger Vortrag über ein staubiges Land. Was hatten Sie erwartet?«, fragte Leonie mit einem Lächeln.

»Ihr Herr Gemahl hat Ihnen das Land sicher in weitaus glühenderen Farben geschildert.«

»O nein, Frau von Danwitz. Auch er nannte es staubig. Aber das liegt vermutlich an dem trockenen Klima.«

»Ach ja, Herr Mansel, ein Mann mit bewegter Vergangenheit. Ich hoffe, Sie sind glücklich mit ihm, Frau Mansel.«

»Natürlich, er ist ein überaus zuvorkommender Gatte.«

»Aber viel unterwegs. Haben Sie da nicht Angst, dass er … nun, ein wenig herumkommt?«

»Er kommt viel herum, denke ich mir. Er hat an der gesamten Strecke zwischen Bonn und Köln zu tun, und hin und wieder muss er auch noch nach Aachen. Dort hat er zuvor die Eisenbahnlinie betreut.«

»Ja, ja, ich weiß, meine Liebe. Achten Sie ein bisschen auf ihn, vor allem, wenn er zu oft nach Aachen fährt.«

»Aber warum denn?«

»Nun, er hat dort ein paar Herzen gebrochen, heißt es. Deshalb hat von Alfter ihm doch nahegelegt, endlich sesshaft zu werden.«

»Tatsächlich. Dann kann ich mich ja glücklich schätzen, dass er dessen Rat befolgt hat!«

»Sie werden ihn sicher in festen Händen halten, liebe Frau Mansel. Er ist ja auch ein verwegen aussehender Mann, nicht wahr? Ah, da ist ja meine liebe süße Camilla.« Sie streckte theatralisch die Hände aus. »Ihre Ausstellung ist ein großer Erfolg.«

»Ja, man amüsiert sich und schenkt den Bildern sehr schmeichelhafte Aufmerksamkeit.« Camilla wandte sich an Leonie und machte eine kleine Verbeugung.

»Danke!«

»Nicht der Rede wert.«

Ein Mann bahnte sich den Weg durch die plaudernden Besucher und ging stracks auf die Gastgeberin zu.

»Frau Jacobs, Camilla, meine Liebe, meine verehrte Camilla!«, rief er überschwänglich aus und ergriff beide Hände der Ägypterin, um sie an die Lippen zu ziehen.

»Rittmeister, benehmen Sie sich!«

»Verzeihen Sie, so lange haben wir uns nicht gesehen. Ich dachte schon, unsere Wege hätten sich damals in Kairo für immer getrennt. Aber die Sterne scheinen unsere Schicksale wieder zusammenzuführen.«

»Vielleicht, Rittmeister.«

»Liebste Camilla, möchten Sie mich nicht Ihren reizenden Freundinnen vorstellen?«

»Natürlich. Der Rittmeister Magnus von Crausen, meine Damen.«

Er beugte sich auch über ihre Hände, und Leonie bemerkte ein winziges Flämmchen, das sie durchzuckte, als seine Lippen sie berührten. Er war aber auch ein ausgesucht imposanter Mann. Das Preußischblau seiner Uniform ließ seine Augen ebenfalls tiefblau leuchten. Für einen Offizier hatte er ein unerwartet bartloses Gesicht, und seine Haare lockten sich, kaum gebändigt, blond um einen geradezu klassischen Adoniskopf.

»Vielleicht wäre es besser gewesen, Rittmeister, mein Gatte hätte Sie als Vortragsredner bestellt. Sie müssen wissen, meine Damen, dass auch er zwei Jahre in meiner Heimat weilte und dabei weite Reisen unternommen hat.«

»Sehr weit sogar, weiter als der ehrenwerte Professor, möchte ich annehmen.«

»Und was bewog Sie, diese Gegend zu besuchen? Es ist doch sicherlich eine beschwerliche Reise für uns Abendländer!«

Sonia von Danwitz war begierig, mehr zu erfahren, und der Rittmeister tat ihr den Gefallen, über seinen Aufenthalt im Orient zu berichten.

»Ich begleitete General Moltke in die Türkei, nahm aber Urlaub, um mich dem ägyptischen Vizekönig Mehemet Ali anzuschließen und als sein militärischer Berater zu fungieren. Mehemet Ali ist ein äußerst aufgeschlossener Fürst, der alles daransetzt, seinem Land den Fortschritt zu bringen, müssen Sie wissen. Er hatte das große Bedürfnis, auch die abgelegenen Gegenden zu erkunden, und so ließ er 1836 eine Expedition ausrüsten, die in den Sudan führen sollte. Die Leitung übernahm ein österreichischer Geologe, Russegger, der vornehmlich nach den sagenhaften Goldvorkommen suchen sollte. Natürlich benötigte er militärischen Begleitschutz, und ich erbot mich, die Truppen zu führen.«

»Wie aufregend. Fanden Sie Gold?«

»Wir fanden einige Stellen, aber die Einheimischen wussten sie gut zu schützen, weswegen wir nicht mit der notwendigen Sorgfalt unsere Untersuchungen durchführen konnten. Beständig waren wir hinterhältigen Angriffen ausgesetzt!«

»Hatten Sie Verluste?«, wollte Selma Kersting wissen, die sich gerne, wie Leonie inzwischen wusste, an Katastrophen und Unglücksfällen ergötzte.

»Einige Soldaten fielen, etliche wurden verletzt. Aber besonders beeinträchtigte den Erfolg des Unternehmens, dass unsere beiden Geologen und Kartographen hinterrücks ermordet wurden.«

Selma stöhnte vernehmlich auf, aber Leonie bemerkte, wie die Gastgeberin verwundert eine Augenbraue hochzog. Doch gleich darauf war ihr Gesicht wieder glatt und zeigte einen freundlich interessierten Ausdruck.

Von Crausen wusste dann aber noch einige amüsantere Episoden von widerspenstigen Kamelen, schönen Tänzerinnen, frechen Taschendieben und dem zähen Handeln auf den Bazaren zu berichten. Als Leonie mit ihren Freundinnen eine Stunde später aufbrach, gestand sie sich ein, sich schon lange nicht mehr so gut unterhalten zu haben. Besonders aber freute sie sich, dass Camilla Jacobs ihr die offene Einladung zu ihrem wöchentlichen Jour fixe ausgesprochen hatte. Es war nicht auszuschließen, dort auch wieder dem charmanten Rittmeister zu begegnen. Sie nahm sich außerdem vor, sich ein möglichst bebildertes Buch über den Orient zu besorgen, um ein tieferes Verständnis für diesen Teil der Welt zu erwerben.

Aber auch über einige andere Erkenntnisse, ihren Gatten betreffend, hatte sie nachzudenken.

September 1837: Bei den Ouled Nail

Auch ich war in Arkadien geboren,
Auch mir hat die Natur
An meiner Wiege Freude zugeschworen.

Schiller: Resignation

Er beglückwünschte sich wieder einmal selbst, den richtigen Schritt getan zu haben. Sorgfältig bürstete er seine staubige Uniformjacke aus und zog sie über. Dann befestigte er die blaue Bauchbinde so, wie es vorgeschrieben war, und zog einen frischen, blendend weißen Überzug über sein Kepi. Der Dienst in der Legion war hart, ohne Zweifel, und er bestand – neben unermüdlichem Exerzieren – vor allem im Schippen. Sie waren zum Straßenbau eingesetzt, was aber noch immer besser war, als sich irgendwelchen brüllenden Berberhorden entgegenzuwerfen.

Im Übrigen war die Verpflegung nicht schlecht, wenn auch der Sold niedrig war, aber roten Wein gab es in ausreichenden Mengen. Vor allem aber fragte niemand nach seiner Vergangenheit, man war zufrieden mit dem Namen Hendryk Mansel, den er genannt hatte. Der stand nun in seinen Papieren, mit ihm wurde er gerufen.

Er hatte sich daran gewöhnt.

Einzig dieser verfluchte Preuße sorgte hin und wieder für Ärger. Ein gnadenloser Schleifer, dieser Unteroffizier, den die Kommandeure angeworben hatten, um den bunt gemischten Haufen zu einer Einheit zu machen. Und ebenso gnadenlos verhielt er sich, wenn es darum ging, kleinste Verfehlungen zu bestrafen.

Aber im Verdecken von Unregelmäßigkeiten und Vergehen war er geübt, da würde ihm auch dieser Bredow mit seiner weibischen Fistelstimme nicht auf die Spuren kommen. Lächerlich, der Kerl, und irgendetwas zu verbergen hatte er mit Sicherheit auch. Wenn er herausfand, was es war, würde für einige von ihnen die Situation leichter werden.

Denn im Aufdecken von hässlichen Geheimnissen war er ebenfalls geübt.

Aber diesen Abend hatten sie Ausgang, und nichts und niemand konnte ihm die Freude daran verderben. Als er neu in der Truppe war, hatte er überrascht festgestellt, dass kaum einer das schmuddelige Bordell in der Stadt aufsuchte, aber er war schnell dahintergekommen, dass es noch andere Lustbarkeiten gab, die sogar erfreulicher waren als der Besuch bei den verlebten Huren. Vor den Mauern der Stadt hatten nämlich die Ouled Nail ihre Zelte aufgeschlagen, und dort tanzten ihre Frauen. Sie tanzten, und das war wirklich phänomenal, um sich damit einen Mann zu wählen. Zuerst hatte er gegrunzt, er zöge es vor, sich selbst eine Frau auszusuchen, aber dann hatte er die glatthäutigen Mädchen gesehen und zugegeben, es könne wohl nicht so verkehrt sein, wenn sie die Wahl träfen. Darum also hatte er, wie die anderen Kameraden auch, auf seine Uniform mehr Aufwand verwendet als zur Parade, als er sich ihnen anschloss, um die Zelte aufzusuchen.

Man lag auf Teppichen, stützte sich auf Polster. Gegen ein entsprechendes Bakschisch konnte man eine Wasserpfeife benutzen und dann entspannt den Weibern zusehen, die zu Trommeln, Flöten und eigenartigen Saiteninstrumenten im Licht der Öllampen tanzten. Und wie sie tanzten – Himmel, das war wirklich mal etwas anderes als das steife Einherschreiten der prüden Damen in seiner Heimat. Oder das ungelenke, wilde Röckeschwenken der Bauernmädchen. *Danse du ventre* nannten die französischen Kameraden es, Bauchtanz. Und das war es tatsächlich auch – erregende Bewegungen, die auf recht eindeutige Weise von den Qualitäten der Mädchen sprachen. Sie ließen ihm förmlich das Wasser im Mund zusammenlaufen. Keine steifen Mieder, keine verhüllenden Unterröcke verdeckten die natürliche Geschmeidigkeit, aber Dutzende von klirrenden, klimpernden Goldmünzen betonten so manche Biegung und manches lockende Vibrieren der jungen, prachtvollen Körper.

Eine der Gazellenäugigen ließ sich neben ihm nieder, und als sich ihr heißer Körper an ihn drückte, musste er trocken schlucken.

In dieser Nacht fand er vollkommene Befriedigung. Nicht nur die seines ausgehungerten Körpers, sondern auch im Hinblick auf das schamhaft verschwiegene Geheimnis seines Unteroffiziers Gerhard Bredow.

Schlampereien und Okkultes

Unter mancherlei schädlichen und
unschädlichen Spielwerken,
mit welchen sich unser philosophisches
Jahrhundert beschäftigt,
gehört auch eine Menge geheimer Verbindungen
und Orden verschiedener Art.

Freiherr von Knigge: Über geheime Verbindungen und den Umgang mit den Mitgliedern derselben

Die Wagen rollten gleichförmig über die Schienen, und Hendryk Mansel ließ die Landschaft an sich vorbeifliegen. Als Mitglied der Eisenbahngesellschaft genoss er das Privileg eines Coupés, das er lediglich mit einem anderen Fahrgast zu teilen hatte, der sich ein Taschentuch über das Gesicht gelegt hatte und in einen unruhigen Schlummer verfallen war. Nicht alle Benutzer der Bahn verkrafteten den Eindruck hoher Geschwindigkeit, und viele hatten geradezu eine Abscheu davor, aus dem Fenster zu schauen. Mansel hingegen fand es entspannend und hing dabei seinen Gedanken nach.

Er konnte sich über seine geschäftliche Situation nicht beklagen, es gab reichlich zu tun, und er war ganz froh darüber, inzwischen über einen fähigen Sekretär zu verfügen, der ihm allerlei Routinearbeiten abnahm. Lüning hatte sich pünktlich zwei Tage nach ihrer dramatischen Begegnung in dem Kontor eingefunden und seine Tätigkeit aufgenommen. Es hatte Mansel ein unerquickliches Gespräch mit seinem Schwiegervater gekostet, ihn davon zu überzeugen, von einer Anzeige Abstand zu nehmen, und er hatte den nicht sehr großen Betrag vorgestreckt, den er nun Lüning vom Lohn abzog. Immerhin erwies dieser sich sogar als recht versiert und von schneller Auffassungsgabe, und mehr und mehr vertraute Mansel ihm nicht nur den Schriftverkehr, sondern auch die Abfassung von Vermessungsberichten an. Sauber und akkurat verstand er es, die Daten in ordentliche Raster zu übertragen und manchmal sogar fehlerhafte Eintragungen zu bemerken. Auch mit den beiden anderen

Angestellten kam er gut aus, sie hatten ihm dann auch geholfen, eine kleine, preisgünstige Unterbringung für sich und seine Familie zu finden.

Mansel selbst war viel unterwegs, zumal im Juli der Oberingenieur Exner unter lautem Protest die Bonn-Kölner Eisenbahngesellschaft verlassen hatte, nachdem es einen bedauerlichen Unfall bei den Arbeiten am Bahndamm gegeben hatte. Lasaulx, der die Arbeiten übernahm, brauchte noch eine Menge Unterstützung, um das Projekt weiterzuführen, und war auf seinen Rat angewiesen. Zudem wünschten die Aachener auch immer noch seine Mitwirkung an der neuen Strecke nach Belgien, sodass er sich gezwungen sah, einige Tage bei der dortigen Gesellschaft zu verbringen. Zum Glück erreichte man die Stadt inzwischen ja mit der Eisenbahn, was die Fahrtzeiten auf ein Drittel der früheren Dauer verkürzte.

Jetzt war er auf der Heimfahrt, nachdem er eine Woche im Aachener Kontor verbracht hatte, und hoffte, dass keine gravierenden Probleme eingetreten waren. Weder im geschäftlichen noch im privaten Umfeld. Immerhin war das Zusammenleben mit seiner Gattin in der letzten Zeit recht ungestört verlaufen. Tatsächlich hatte sie wohl anfangs etwas Gesellschaft vermisst, jetzt, da sie mit verschiedenen Damen zusammenkam, wirkte sie entspannter. Auch Ernst hatte sie einige Male zu Konzerten oder Ausstellungen begleitet, einmal sogar zu einer Schneiderin, was er mit einem kleinen Amüsement bemerkt hatte. Mit etwas mehr Misstrauen hatte er allerdings ihr überschwängliches Interesse am Orient und vor allem an dieser dubiosen Ägypterin beobachtet. Es wäre ihm bei Weitem lieber, sie würde sich anderen Sujets widmen. Es gab Dinge aus seiner Vergangenheit, die zu delikat waren, als dass er ihr erlauben konnte, ihnen zu nahe zu kommen. Andererseits bestürmte sie ihn natürlich nicht unablässig mit Fragen, sondern war mit den für sie wohl exotisch anmutenden Geschichtchen der Frau Jacobs zufrieden. Vor allem aber hatte sich ihr Verhalten den Kindern gegenüber verbessert. Dazu hatte er aber auch etwas beigetragen. Er hatte eingesehen, dass die Zwillinge mehr Freiraum brauchten, und die Regelung getroffen, sie dürften, solange keine dringenden Dienste gefordert waren, zwei Nachmittage in der Woche freinehmen, an denen sie ihren eigenen Belustigungen nachgehen konnten. Er hatte außerdem verfügt, dass die beiden ein bescheidenes Taschengeld erhielten. Es konnte nicht schaden, wenn sie den Umgang mit Geld rechtzeitig und verantwortungsvoll lernten.

Der Zug verlangsamte seine Fahrt allmählich und durchfuhr mit einem Rumpeln das Tor in der Festungsmauer. Gleich würde er im Bahnhof am Thürmchenswall seine Endstation erreicht haben. Sein Gegenüber war offensichtlich wach geworden, zog sich das Tuch vom Gesicht und eine goldene Uhr aus der Tasche.

»Pünktlich, nicht wahr?«

»Ja, wir sind pünktlich eingetroffen.«

»Teuflische Erfindung diese Bahn. Aber verdammt nützlich!«

Die Herren setzten ihre Hüte auf und machten sich bereit, den Wagen zu verlassen. Auf Hendryk Mansel wartete einer seiner Angestellten mit dem Wagen und brachte ihn nach einer höflichen Begrüßung zunächst einmal zu seinen Geschäftsräumen. Hier herrschte eine angespannte Stimmung, musste er feststellen. Und die Ursache wurde dann auch recht bald klar, als einer der beiden Vermesser ein Gespräch unter vier Augen erbat. Es gab offensichtlich Unstimmigkeiten mit seinem Sekretär, der, entgegen seiner bisherigen Tüchtigkeit, in den vergangenen drei Tagen außerordentlich schlechte Arbeit geleistet hatte.

»Alle Berichte mussten neu geschrieben werden, ein Messtischblatt hat er sogar verdorben, weshalb wir die Messungen wiederholen mussten. Herr Mansel, Sie müssen ihn zur Rede stellen. Ich will ihm ja nichts Nachteiliges unterstellen, aber mir will scheinen, als ob er manchmal nicht ganz nüchtern ist, der Lüning.«

»Ich kümmere mich nachher darum. Jetzt berichten Sie mir erst einmal, ob es inzwischen endlich eine Einigung über den Standort des Bonner Bahnhofs gegeben hat. Wir müssen endlich belastbare Daten haben, um die Route korrekt vorzugeben.«

Es gab noch keine Einigung, wie er erfuhr, aber eine Menge Spekulationen. Und als er endlich die aufgelaufene Post durchgesehen und seine Anweisungen für die nächsten Tage gegeben hatte, war es schon recht spät geworden. Er schickte die Vermesser nach Hause, bat aber Lüning, noch zu bleiben.

Tatsächlich sah der Mann etwas ungesund aus. Er hatte gerötete Augen und eine graue Gesichtsfarbe.

»Setzen Sie sich, Lüning! Wie geht es Ihrer Frau? Hat sie sich schon eingelebt?«

»Danke, Herr Mansel. Sie kommt zurecht.«

»Und Ihre Kinder?«

»Sie machen keine Probleme.«

»Was macht Ihnen denn ansonsten Schwierigkeiten?«

»Nichts, Herr Mansel.«

»Da bin ich mir nicht so ganz sicher. Sie haben bisher recht gute Arbeit geleistet, aber während meiner Abwesenheit haben sich einige Klagen ergeben. Sie wirken übermüdet, Lüning. Was ist passiert?«

»Wirklich nichts, Herr Mansel.«

»Ich will nicht weiter darauf beharren, Lüning. Aber ich erwarte korrekte Arbeit, keine Schlampereien. Wenn Ihre Gesundheit angegriffen ist, sagen Sie es mir, ich bin kein Unmensch. Sie können jederzeit zum Arzt gehen.«

»Danke, aber ich bin gesund, Herr Mansel.«

Doch den Eindruck hinterließ sein Sekretär immer weniger. So, wie er jetzt vor ihm saß, wirkte er sogar recht angeschlagen. Seine Hände zitterten, und kalter Schweiß stand auf seiner Stirn. Mit einem kritischen Blick beobachtete Mansel ihn.

»Trinken Sie, Lüning?«

Der fuhr zusammen.

»Was? Gott, nein!«

»Nehmen Sie irgendwelche starken Medikamente? Laudanum? Morphium?«

Das Zittern wurde stärker, aber mit belegter Stimme verneinte Lüning auch das.

»Nun gut, dann gehen Sie jetzt nach Hause. Ich erwarte einwandfreie Leistung von Ihnen, Lüning. Oder ich muss mich nach einem anderen Sekretär umsehen!«

»Selbstverständlich, Herr Mansel.«

»Dann einen guten Abend!«

So verabschiedet, erhob sich Lüning, doch die Schritte, mit denen er den Raum verließ, wirkten unsicher.

Hendryk Mansel blieb noch einen Augenblick sitzen und resümierte seine Eindrücke. Die Symptome, die der Mann zeigte, waren ihm nicht unbekannt. Gewisse Substanzen, im Übermaß genossen, führten zu Unaufmerksamkeit und Lethargie, verbunden mit Schlaflosigkeit und vermutlich auch Schuldbewusstsein, zu den körperlichen Anzeichen, die er bei ihm entdeckt hatte. Lüning war ein labiler Mann, das hatte er mit seinem Diebstahl und seinem missglückten Selbstmordversuch bewiesen. Allerdings hatte er sich in den zwei Monaten, die er nun bei ihm war, verantwortungsvoll gezeigt. War das nun ein Rückfall, oder hatte ihn ein weiteres Ereignis aus der Vergangenheit in einen Zustand versetzt, dem er mit Hilfe von Rauschmitteln zu entfliehen suchte?

Ärgerlich schlug er einen Aktendeckel zu und stand auf. Es war vermutlich nicht seine beste Idee gewesen, einen solchen instabilen Charakter einzustellen.

In nicht allerbester Laune machte er sich auf den Heimweg.

Seine Gattin empfing ihn in gemäßigtem Ton, machte ihm aber keine Vorwürfe, dass die Essenszeit schon weit überschritten war, sondern ließ ihm etwas Suppe aufwärmen und eine Platte mit kaltem Braten bringen.

»Ich hoffe, Ihr Aufenthalt in Aachen war erfolgreich.«

»Danke, ja.«

»Sie haben gewiss alte Bekannte getroffen.«

»Arbeitskollegen, natürlich.«

Ihre Stimme klang etwas skeptisch, als sie wiederholte: »Natürlich!«

»Was meinen Sie damit?«

»Ach, nichts, Herr Mansel.«

Aber er kannte sie inzwischen genug, um nicht zu übersehen, dass sie irgendeinen Argwohn mit sich herumtrug. Vermutlich hatten die Schnattergänse, mit denen sie sich so häufig traf, ihr etwas von den Versuchungen berichtet, die einem Mann auf Reisen begegnen konnten. Doch er würde ihr selbstverständlich nichts von dem gut geführten Haus berichten, das er dort aufgesucht hatte. Hier in Köln würde er aus Rücksicht ihr gegenüber eine solche Institution selbstverständlich nie betreten, aber Aachen lag weit genug entfernt, und, verdammt, es war doch nur ein Abend, und schließlich war er ein Mann, oder?

Er sah in ihr stilles Gesicht und fühlte sich plötzlich irgendwie schäbig. Darum griff er nach der Weinkaraffe und goss sich ein zweites Glas ein, das er mit wenigen Schlucken leerte. Seine Gemahlin saß mit ruhig im Schoß gefalteten Händen auf ihrem Stuhl am Tisch und sah durch ihn hindurch.

Ja, natürlich, er benahm sich wieder wie ein Stoffel. Er riss sich zusammen und fragte: »Haben Sie sich denn in der Zwischenzeit erträglich unterhalten? Ich nehme an, Ernst hat sich um Sie gekümmert?«

»Leutnant von Benningsen sprach einmal vor. Er brachte mir einen Liederband mit.«

»Wie aufmerksam.«

»Wäre es denkbar, ein Klavier zu mieten, Herr Mansel? Ich habe früher gerne musiziert.«

»Ich denke darüber nach, Madame. Aber von musikalischen Soireen in diesem Haus bitte ich Sie Abstand zu nehmen.«

»Natürlich.«

»Mit Ihren Freundinnen haben Sie sich sicher auch zu interessanten Geselligkeiten getroffen, nehme ich an.«

»Ja, in der Tat.« Sie lächelte leicht, und er freute sich, dass es ihm gelungen war, sie auf unverfänglichere Gebiete gelenkt zu haben als seine Kontakte in Aachen. »Stellen Sie sich vor, wir haben bei Frau von Danwitz eine Séance veranstaltet. Sie ist ein begabtes Medium, behauptet der Ritt…«

»*Was* haben Sie getan? An einer okkulten Sitzung teilgenommen?«

»Ja, aber es war ganz harmlos. Es sind keine Geister erschienen oder so etwas. Nur hat ein verstorbener Onkel aus ihrem Mund gesprochen, der Selma den Rat gegeben hat, ihre Schneiderin zu wechseln!«

»Scharlatanerie, Madame. Übelste Scharlatanerie und bei Gott nicht ungefährlich.«

Der mühsam unterdrückte Ärger kam wieder in ihm hoch und richtete sich jetzt auf sein Weib, weswegen er die kleinen amüsierten Fältchen in ihren Augenwinkeln nicht beachtete, als sie einwandte: »Aber Herr Mansel, Selmas Schneiderin *ist* ein farbenblindes Huhn. Deshalb muss das Medium Recht haben.«

»Madame, derartige Veranstaltungen gleichen einer Unterhaltung von zwei Familienangehörigen, von denen einer schwerhörig und der andere schwachsinnig ist. Sie werden sie nicht wieder besuchen. Ich verbiete es Ihnen! Ihr Benehmen ist dem Verhalten einer Dame unwürdig!«

»Sie pochen auf meinen gelobten Gehorsam, Herr Mansel?«

»Ich bestehe darauf, Madame! Und wenn ich erfahre, dass Sie gegen meine Weisung verstoßen, wird das rigorose Folgen haben, merken Sie sich das! Und nun wünsche ich, in Ruhe die Zeitung zu lesen!«

Er stand auf und begab sich in das Wohnzimmer, wobei er die Weinkaraffe mitnahm.

Seine Gattin folgte ihm nicht, er hörte sie die Treppe zu ihrem Schlafzimmer hinaufgehen.

Die Zeitung lag griffbereit auf dem Tisch, aber er nahm sie nicht hoch, sondern stürzte ein weiteres Glas des schweren, dunklen Weins hinunter und läutete dann nach Albert, damit er ihm eine zweite Karaffe brachte.

Das Maß war voll. Für diesen Tag war wahrhaftig das Maß des Erträglichen voll. Rauschmittel bei Lüning, Séancen bei seiner Frau – zu sehen, wie die Leute, um die er sich nun mal zu kümmern hatte, in derartige Gefilde abglitten, ohne wirkungsvoll eingreifen zu können, verärgerte ihn unsäglich. Denn weder den Sekretär konnte er letztlich davon abhalten, sich zu ruinieren, noch gab es die angedrohten rigorosen Folgen für Leonora. Es gab nur furchtbare Erinnerungen, die ihn jetzt wieder übermannen wollten. Er ging aufgewühlt im Raum auf und ab und spürte dabei stärker als sonst den Schmerz in seinem rechten Fuß.

Er musste etwas unternehmen, er musste endlich eine Handhabe finden, um die Geister der Vergangenheit zu bannen. Aber alles, was er bisher getan hatte, war fruchtlos geblieben oder dauerte unerträglich lange. Bisher hatte er Geduld gehabt, hatte Schritt für Schritt seinen Plan verfolgt, aber solche Vorkommnisse wie heute warfen ihn wieder zurück.

Er setzte sich endlich nieder und trank ein weiteres Glas Wein.

Er tat seiner Gattin Unrecht mit seinem Jähzorn, und das ärgerte ihn ebenfalls. Es gab zurzeit eine regelrechte Strömung in der Gesellschaft, sich mit übersinnlichen Phänomenen zu beschäftigen, hatte er festgestellt. Allenthalben versammelten sich Zirkel, die Sterne deuteten, Karten legten und versuchten, die Geister Verstorbener anzurufen oder in abstrusen Ritualen möglichst exotische Mächte zu beschwören. Der Aberglaube blühte, sicher auch deswegen, weil die Kirche an Macht und Einfluss verloren und ihre Mysterien ihren Zauber eingebüßt hatten. Auch solche Versammlungen wie die Rosenkranzbruderschaften gehörten gewissermaßen zur gleichen Erscheinung. Ob Geisterglaube oder Heiligenverehrung, für ihn als Protestanten von Geburt und Erziehung glich sich beides. Nun, seine Frau, von Haus aus Katholikin, mochte ein gewisses Bedürfnis nach Wunderbarem haben und sich daher von der Geisterseherin Danwitz angezogen fühlen. Was die Schnattergänse da veranstalteten, waren mit Sicherheit einfältige Spielchen. Aber er hatte mit weitaus weniger harmlosen Spielarten des Okkulten Erfahrungen gesammelt, und seine Reaktion fußte auf diesen Erlebnissen.

Sie verfolgten ihn noch immer in seinen Träumen, und deswegen leerte er auch die zweite Karaffe Burgunder bis zur Neige. Er war durchaus in der Lage, sich wie ein Herr zu betrinken, und nur unmerklich unsicheren Schrittes stieg er leise die Treppe hoch. Der Wein hatte ihm zu einer ausreichend tiefen Bettschwere verholfen, sodass er sicher sein konnte, sein Weib nicht wieder mit seinem unbotmäßig unruhigen Schlummer zu belästigen.

Waschtag

O DU KINDERMUND, O DU KINDERMUND,
UNBEWUSSTER WEISHEIT KUND.

Friedrich Rückert: Aus der Jugendzeit

Ursel und Lennard planschten mit mehr Vergnügen als Effizienz an der Pumpe, um die Eimer mit Wasser zu füllen, die die beiden Waschfrauen dann in den Keller schleppten. Eigentlich wäre es ihr freier Nachmittag gewesen, aber einmal im Monat war Waschtag, und da hieß es für alle mit anpacken. Und Waschtag machte Spaß, vor allem an einem heißen Augustnachmittag. Nicht nur das spritzende Wasser, sondern auch die belauschten Gespräche der Wäscherinnen ergötzten sie. Die kommentierten nämlich, während die Zwillinge auf den Kellerstufen saßen und Seifenflocken rieben, höchst freimütig, was sie da so zwischen die Finger bekamen.

»Scheint keine besonders leidenschaftliche Ehe zu sein!«, hatte die Nena festgestellt, als sie die Laken der Herrschaft aus der Lauge fischte und sie nach Flecken untersuchte, die es auf dem Waschbrett herauszurubbeln galt. Warum sie zu dem Schluss kam, verstand Ursel allerdings nicht.

»Große Gesellschaften geben sie auch nicht!«, bemerkte Tilde, die ein Tischtuch inspizierte. »Na, macht nichts, wenn sie sich kein Vergnügen gönnen, macht es uns die Arbeit leichter.«

Das wiederum verstanden die Zwillinge. Kleckern gehörte sich beim Essen nicht, das bläute ihnen Jette auch immer ein. Vermutlich galt diese strenge Regel bei Gesellschaften der Erwachsenen aber nicht.

»Ein preußisch reinlicher Haushalt!«, kicherte Nena. »Vielleicht treiben sie's auf dem Boden, um die Tücher nicht zu beflecken.«

»Sie essen aber nicht auf dem Boden«, flüsterte Ursel und staunte. Ihr Bruder, etwas weiser in diesen Dingen, antwortete in gleicher Manier: »Nee, die meinen, was sie im Bett machen.« Und auf das fragende Gesicht seiner Schwester hin gab er ihr einen groben Überblick über die geschlechtliche Seite des Zusammenlebens Verheirateter. Das wieder fand sie faszinierend, auch wenn Lennard ihr mit wichtigtuerischer Miene gebot: »Aber darüber spricht ein Mädchen nicht.«

»Aber ein Junge, was?«

»Das ist was anderes.«

Nena angelte nun nach einem weißen Hemd und wrang es mit ihren starken, geröteten Händen aus.

»Na, aber er schwitzt ordentlich viele Hemden durch, der Gnädige. Für jeden Tag eins. Sorgt wohl für ausreichend Bewegung, der Herr!«

Nenas Lachen klang reichlich anzüglich, und Lennard murrte: »Er schwitzt beim Boxen, ist doch nichts dabei!«

Aber Tilda verfolgte einen anderen Gedankengang. Sie mutmaßte: »Dann sucht er sich wohl seine Unterhaltung außer Haus. Sie ist ja auch eine ganz Unnahbare, die Gnädige.«

Diesmal konnte Ursel nicht zustimmen.

»Ist sie eigentlich gar nicht, oder Lennard? In der letzten Zeit ist sie ziemlich nett zu mir. Sie hat mir sogar ein paar rosa Bänder geschenkt. Und sie hat uns bunte Stifte zum Malen gegeben.«

»Ja, aber anfangs war sie ziemlich bös. Da mochte ich sie gar nicht. Aber vielleicht hat es ihr hier auch nicht gefallen!«, ergänzte er mit einiger Nachsicht. »Der gnädige Herr ist ja auch zu ihr manchmal sehr streng.«

Nena, die nun ein zartes seidenes Unterhemd inspizierte, meinte: »Na, *sie* jedenfalls schwitzt nicht sehr viel. Aber solch feine Damen tun das ja auch nicht.«

»Pah, feine Damen! Die sind auch nicht anders als unsereins. Wenn ich an die Hemden von der Danwitz denke, die ich letzte Woche gewaschen hab! Ich sag dir, unter deren Röcken dampft es ordentlich.«

»Die Gnädige hier ist anders. Sieht man doch an der Wäsche, die sie trägt.«

»Pingelig sauber, aber ein kalter Fisch, was?«

Ursel widersprach dem, leise zu ihrem Bruder gewandt: »Sie ist kein kalter Fisch. Sie hat mir gestern einen Kuss gegeben, weil ich die Spitze an ihrer Lieblingsbluse geflickt habe.«

»Wirklich? Ein Groschen wär mir lieber. Warum müssen Frauen

nur immer küssen, das ist doch fies.« Lennard schüttelte sich demonstrativ.

»Nein, es war lieb. Mama hat uns früher auch geküsst. Da hast du dir das gefallen lassen.«

»Da war ich auch noch jung.«

»Und einen Groschen hab ich obendrein bekommen.«

»Ach ja? Und was machst du damit?«

»In meinen Strumpf stecken. Ist schon eine Menge drin.«

»So? Und bei mir schnorrst du immer die Karamellbonbons! Die nächste Tüte kaufst aber du, Ursel!«

»Der Gnädige gibt dir doch auch immer mal was.«

Lennard wand sich, er wollte nicht gerne zugeben, dass er für besonders blank geputzte Stiefel schon mal den einen oder anderen Pfennig bekam. Auch er hortete einen kleinen Schatz in einem Strumpf unter der Matratze. Man wusste ja nie, was für Zeiten einmal anbrechen würden.

Die Wäscherinnen waren zum Austausch von Intimitäten aus Haushalten übergegangen, die den beiden unbekannt waren, und so widmeten sich auch die Zwillinge anderen Themen.

»Hast du das Buch gesehen, das die Gnädige im Wintergarten liegen hat, Lennard?«

Er nickte. Natürlich hatte auch er nicht widerstehen können.

»Da sind Bilder von diesen Masken drin.«

Diesen Teil ihres nächtlichen Ausflugs vor nun beinahe zwei Monaten hatten die beiden nie wieder erwähnt. Aber dass sich das Erlebte tief eingeprägt hatte, wussten sie voneinander. Sie waren sogar an einem Nachmittag noch mal zu dem Bierbrauer gegangen, hatten sich aber beide nicht in den Keller gewagt.

»Es steht darin, es seien ägyptische Götter!«, wisperte Ursel, die nicht nur die Bilder angeschaut, sondern auch ein paar Zeilen gelesen hatte.

»Das waren aber keine Götter.«

»Nein, das eine war der Sohn von der Generalin, die neulich hier war. Der mit der näselnden Stimme. Der trug die Hundemaske.«

»Hab ich mir auch gedacht, als ich ihn sprechen hörte. Der ist fies, nicht?«

»Richtig fies. Wenn der mich anfassen täte, würde ich glatt in die

Lauge springen, um wieder sauber zu werden. Die Gnädige mag ihn auch nicht. Die hat ein ganz ekeliges Gesicht gemacht, als er ihr die Hand geküsst hat.«

Schlüssellochgucken bildete ungemein, fanden die beiden, wenn auch Jette anderer Meinung war. Sie hatte sie erwischt und ihnen einen scharfen Vortrag über Diskretion und Anstand gehalten. Aber Jette lauschte auch an Türen, wenn sie sich unbeobachtet fühlte, insofern nahmen die Zwillinge die Predigt nicht ganz ernst.

»Irgendwie würde ich mir das in dem Keller gern noch mal ansehen, Ursel.«

»Ich nicht. Es war schaurig. Wenn die uns erwischen!«

»Aber ich würde gerne wissen, was die machen. Und warum die Gnädige ein Buch mit Bildern von diesen Tiermenschen hat. Ob sie das mit dem Katzenkopf war?«

Ursel schüttelte vehement den Kopf.

»Nee, nicht die Gnädige. Das glaube ich nicht. Sie spricht anders. Und die Frau dort hätte die Katze getötet, weißt du! Aber die Gnädige schmust mit der Miezi von nebenan. Hab ich schon oft gesehen, wenn sie im Garten ist.«

Nena holte sich die Seifenflocken aus dem Napf, in den die Zwillinge sie gerieben hatten, und meinte: »Ihr könnt schon mal die Stärke anrühren, Kinder.«

Das war auch wieder mit Planschen verbunden und lenkte sie von der schaurigen Erinnerung ab. Während sie die Stärke mit Wasser in einem Eimer mischten, hörten sie Tilde murren: »Dieses Handtuch ist einfach nicht weiß zu kriegen. Möchte wissen, was das für Flecken sind.« Sie hob es hoch und hielt es gegen das Licht. »Man könnte meinen, darin hätte jemand frische Walnüsse verpackt. Hatte letztes Mal schon so ein verdorbenes Tuch. Das hat Jette dann wohl weggeworfen, denn auf der Leine war es nicht mehr. Soll sie das doch gleich wegschmeißen, dann müssen wir uns nicht die Finger krumm schrubben daran.«

»Das ist aber nicht Jettes Tuch, das gehört dem Gnädigen!«, erklärte Lennard seiner Schwester, als die Wäscherin es wütend in das Seifenwasser warf. »Das benutzt er, wenn er sich die Haare wäscht.«

Ursel kicherte.

»Vielleicht färben die ab, wie die roten Bänder vorhin!«

»Er färbt sich die Haare. Mit so einer braunen Tinktur, wie sie auch die Frau von Meister Hennes verwendet hat.«

»Wirklich? Warum denn das?«

Lennard zuckte mit den Schultern.

»Wenn es ihm so gefällt?«

»Kommt, ihr zwei, helft mir, die Hemden zu stärken!«

Nena gab ihnen Anweisung, wie die Kleidungsstücke eingetaucht und ausgewrungen werden mussten. Die Arbeit war anstrengend, und die Unterhaltung fand ein Ende.

Sven und Edith

Das weibliche Geschlecht besitzt in viel höherem Grade als wir die Gabe, seine wahren Gesinnungen und Empfindungen zu verbergen.

Freiherr von Knigge: Über den Umgang mit Frauenzimmern

Leonie hatte allen Grund, sich zu freuen. Nicht nur Edith und Sven waren eingetroffen und in die beiden Zimmerchen im dritten Stock gezogen, auch Gawrila hatte ihr neues Kleid geliefert, das sie sich anlässlich des Besuchs des preußischen Königs, Friedrich Wilhelm IV., hatte anfertigen lassen.

Als sie über den glänzenden Stoff strich, erinnerte sie sich mit großer Heiterkeit an ihre erste Begegnung mit Madame Gawrila. Es war schon eine denkwürdige Unterhaltung, die sie mit der Couturière geführt hatte, einer Russin, doch mit französischer Ausbildung. Selma hatte ihr eine andere Schneiderin empfohlen, Sonia von Danwitz auch, und beide Damen hatten sich abfällig über Gawrila geäußert, die ihr wiederum von Camilla genannt worden war. Das forderte Leonies heimlichen Hang zum Widerspruch heraus. Sie hatte eine Andeutung Ernst von Benningsen gegenüber fallen lassen, der recht gut über den allgemeinen Klatsch informiert war, und der hatte lächelnd gemeint, die Russin könne es sich leisten, sich ihre Kundinnen selbst auszuwählen, möglicherweise waren ihre Freundinnen auf Ablehnung gestoßen.

»Aber versuchen Sie es auf jeden Fall bei ihr. Man sagt, ihre Kreationen seien spektakulär!«

Und dann hatte er sie zu dem versteckt liegenden Salon begleitet.

Madame Gawrila hatte sie tatsächlich empfangen. Sie war eine erstaunlich grobknochige Frau, was man aber erst auf den zweiten Blick bemerkte, denn ihre Haltung war gebieterisch, und ihr schlichtes schwarzes Kleid verlieh ihr eine königliche Würde. Sie schickte nach kurzer Musterung ihrer Besucher den Leutnant mit den Worten fort, er möge sich eine Stunde im Caféhaus vergnügen.

Dann hatte sie Leonie in ein höchst unordentliches Atelier gebeten und das rosa Kleid mit den grauen Ranken, das sie trug, in ihrem harten Akzent gründlich geschmäht.

Leonie hatte es sich kühl lächelnd angehört, und als die Couturière geendet hatte, nüchtern geantwortet: »Ich stimme Ihnen in allen Punkten zu. Deshalb bin ich hier. Machen Sie es besser, Madame Gawrila!«

»Stehen Sie auf, Frau Mansel!«, hatte diese kurz gefordert und angefangen, ihre Maße zu nehmen. »Sie könnten sich fester schnüren.«

»Könnte ich, werde ich aber nicht.«

»Gut! Nehmen Sie diesen gerüschten Topfdeckel ab.«

Leonie gehorchte und entfernte den Hut, wobei sie mühsam ihre aufsteigende Heiterkeit unterdrückte. Die barsche Künstlerin amüsierte sie außerordentlich.

»Ziehen Sie die Haarnadeln heraus!«

Auch das tat sie ohne Zögern. Sie wich auch nicht zurück, als Gawrila mit beiden Händen in ihre Haare griff und die Locken aufbauschte. Sie nickte dann beifällig und verschwand im Nebenraum. Gleich darauf kam sie mit einigen Stoffrollen zurück und warf den zart glänzenden sonnenblumengelben Jakonett mit einer großzügigen Bewegung über Leonie. Mit zwei, drei Handgriffen raffte sie ihn zu einem Kleid. Sie nahm ein paar Schritte Abstand und nickte. Dann schob sie den Standspiegel so, dass Leonie sich sehen konnte.

»Haben Sie den Mut, damit auf die Straße zu gehen?«, fragte sie drohend.

Das Kichern, das sie zunächst ob des theatralischen Gebarens der Schneiderin übermannen wollte, verging Leonie, und mit anerkennendem Blick betrachtete sie das, was sie insgeheim als »den großen Wurf« bezeichnete.

»Gegebenenfalls würde ich mir die Haare etwas im Nacken zusammennehmen«, erklärte sie trocken.

»Schneiden Sie sie ab!«

»Hat meine Zofe auch schon vorgeschlagen.«

»Dann hören Sie auf die Frau!«

»Sie ist noch keine elf Jahre alt, und ihr Vorschlag entsprang eher der Bequemlichkeit als dem guten Geschmack.«

»Kindermund tut Wahrheit kund. Pascale am Neuen Markt ist

ein guter Coiffeur. Sagen Sie, ich hätte Sie geschickt. Können Sie sich das Kleid leisten?«

»Die Frage beantworte ich Ihnen, wenn Sie mir den Preis nennen.«

»Wollen Sie Volants?«

»Das überlasse ich Ihnen.«

»Rüschen? Bänder, Spitzen? Blumengirlanden?«

»Wie Sie es für richtig halten.«

Die Russin legte den Kopf ein wenig schief und betrachtete die wesentlich zierlichere Leonie mit zusammengezogenen Brauen. Schließlich murrte sie: »Sie kriegen's zum reduzierten Preis und werden es sich leisten können.« Dann schrieb sie einige Zahlen auf ein liniertes Blatt und reichte es Leonie.

Die Summe war nicht so astronomisch, wie sie gefürchtet hatte, wenngleich auch nicht eben unbedeutend. Aber ihr Gatte hatte ihr ja freie Hand gelassen, also nickte sie.

»Kommen Sie nächste Woche zur Anprobe!«, brummte Gawrila und reichte ihr die Haarbürste, damit sie sich wieder frisieren konnte.

Auf diese Weise gnädig angenommen, hatte sich Leonie beschwingt auf den Heimweg gemacht und den Leutnant dabei mit einer launigen Schilderung des Erlebten entzückt.

Nun hing das Kleid in ihrem Boudoir und leuchtete wie die Sonne, obwohl der Tag recht wechselhaft zu werden schien. Es war das schlichteste Gewand, das sie je besessen hatte, aber Ursel hatte mit offenem Mund davor gestanden.

»Sie werden aussehen wie eine Prinzessin!«, hatte sie geseufzt, und Leonie wusste, das war ein hohes Lob, denn Prinzessinnen erfreuten sich seit der Lektüre der Märchenbücher bei ihrer Zofe höchster Wertschätzung. Mit Begeisterung hatte sie ihr dann beim Anlegen geholfen und auch nicht gemurrt, als sie die Haare frisieren musste, die abzuschneiden Leonie sich doch noch nicht gewagt hatte. Aber sie war bereit, sie nicht mehr ganz so straff zusammenzunehmen, und so umspielten einige Locken ihr Gesicht, und nur eine winzige Toque aus demselben Stoff wie das Kleid und mit einer einzelnen weißen Seidenrose dekoriert bedeckte ihren Scheitel.

Nicht nur Ursel machte ihr Komplimente, auch Edith und Sven waren begeistert, als sie zu ihnen trat, um gemeinsam zum Dom aufzubrechen. Hendryk Mansel hatte geäußert, er müsse den Tag in Brühl verbringen, aber wenn sie sich denn gerne ins Gedränge stürzen wolle, solle sie das Vergnügen wenigstens stilvoll genießen, und hatte ihr drei Eintrittskarten für die Tribüne gegeben. Doch zunächst nahmen sie an der Messe im Dom teil, die mit dem jubelnden Halleluja von Händel schloss, und Leonie hatte, wie viele der Besucher, Mühe, die Tränen zurückzuhalten. Dann gab es wirklich noch ein Gedränge, denn auf dem Weg zur verhältnismäßig leeren Tribüne – die Eintrittspreise waren vielen zu hoch – mussten sie an dem Grundsteingerüst vorbei, und als sie ihre Plätze innehatten, warf sie einen bewundernden Blick in das Rund. Auf dem girlandengeschmückten Podest vor dem Seitenportal versammelte sich die Geistlichkeit um den Steinquader, auf dem der König den Grundstein behauen sollte. Farbenprächtige Fahnen knatterten im Wind, und bunte Wimpel schmückten den Ausleger des alten Kars hoch oben auf dem Südturm, an seiner Spitze aber breitete der preußische Adler seine Flügel aus. Gleich darauf begann der König auch schon seine Rede. Auch hier ergriff Leonie die Rührung, als er schloss: »*Der Dom von Köln, das bitte ich vor Gott, rage über diese Stadt, rage über Deutschland, über Zeiten, reich an Menschenfrieden, reich an Gottesfrieden, bis ans Ende der Tage. Meine Herren von Köln! Ihre Stadt ist durch diesen Bau hoch bevorrechtet vor allen Städten Deutschlands, und sie selbst hat dies auf das Würdigste erkannt. Heute gebührt ihr dieses Selbstlob. Rufen Sie mit Mir, und unter diesem Rufe will ich die Hammerschläge auf den Grundstein tun, rufen Sie mit Mir das tausendjährige Lob der Stadt: Alaaf Köln!*«

Neben Leonie stand eine zierliche, sehr elegante Frau, die sich bei einem hochgewachsenen Herrn eingehängt hatte und sich fest auf die Unterlippe biss. Dennoch rollten ihr die Tränen über die Wangen, und der Herr beugte sich, ebenfalls tief bewegt, zu ihr.

»Ich glaube, Toni, es wäre dem Domherrn, unserem Vater, eine unendliche Genugtuung, das zu sehen!«

»Ja, Cornelius, wir haben es erreicht.«

Dann gingen sie nach unten, um sich zu Boisseree, Metternich und dem Erzbischof Geisel zu gesellen.

»Wer war das?«, fragte Edith, die ihnen neugierig hinterhersah.

»Der Verleger Waldegg. Er, sein Bruder und seine Frau haben damals geholfen, die Dombaupläne wiederzufinden.«

»Ah ja, eine verrückte Geschichte war das. Die habe ich auch gehört«, mischte sich Sven ein und legt dann den Finger an die Lippen, denn nun redeten Bürgermeister, Dombaumeister und Erzbischof, was leider durch einen kurzen Schauer gestört wurde.

Als sie später gemeinsam durch die festlich geschmückte Stadt flanierten, freute Leonie sich darüber, ihren Besuchern doch schon eine ganze Reihe Bekannter vorstellen zu können. Benningsen, in Begleitung einer höchst modischen jungen Dame, begrüßte sie herzlich, die junge Dame weniger herzlich und mit einem neidvollen Blick auf ihr Kleid, Lüning mit Frau sehr unterwürfig, Danwitzens jovial und Jacobs überaus herzlich. Leonie musste Sven allerdings einen kleinen Rippenstoß versetzen, denn er konnte seine Augen nicht von Camilla wenden.

»Was für eine hinreißende Dame, Leonie.«

»Ja, sie ist nicht nur schön und elegant, sondern auch sehr liebenswürdig.«

»Und ihre Bewegungen sind von vollendeter Anmut. Weißt du, woher sie stammt?«

»Sie spricht nicht viel davon. Jemand hat mal gesagt, sie sei Hofdame beim Vizekönig Mehemet Ali gewesen.«

»Ich würde sagen, sie ist eine Tänzerin, wenn ich je eine gesehen habe.«

»Sven! Sie ist eine Dame!«

»Im Orient, meine Liebe, muss sich das nicht ausschließen. Dort tanzen die Frauen in ihren Gemächern füreinander, und es heißt, sie geben ihre Kenntnisse schon den Kindern weiter. Daher ist ihnen diese Grazie zu eigen.«

»Nun, ich sah einmal ein Bild einer mit blinkenden Münzen geschmückten, recht freizügig gekleideten Frau, die vor Männern tanzte.«

»Das gibt es auch, die Gawazeeh oder Ouled Nail tun das öffentlich. Und doch sind es keine verachteten Frauen, es hat bei ihnen Tradition.«

»Du wirst mir bestimmt noch etwas mehr davon erzählen, wenn

wir zu Hause sind. Wir sollten uns nämlich tunlichst beeilen, ich fürchte, der nächste Schauer wird gleich herunterkommen.«

Sie schafften es vor dem heftigen Regenguss, und als Leonie in den Wintergarten trat, entdeckte sie Ursel und Lennard, die eifrig in ihrem Ägyptenbuch schmökerten.

»Lernt ihr jetzt schon die Hieroglyphen auswendig?«

»Nein, gnädige Frau, aber es ist so interessant, das mit den Pyramiden und so!«

Lennards Augen leuchteten, und spontan rief Leonie ihrem Onkel zu: »Sven, ich hätte hier zwei Zuhörer für deine Geschichten aus dem Morgenland. Wollt ihr nicht gemeinsam eine Schokolade trinken, während sie dir zuhören?«

»Oh, gnädige Frau, danke!« Ursel juchzte gedämpft auf.

»Lauft und sagt Jette Bescheid.«

Es war ein selten harmonischer Nachmittag, während der Regen an die Fenster schlug, lauschten die Kinder andächtig Svens Erzählungen. Edith und Leonie, die die Geschichten alle schon mehrmals gehört hatten, zogen sich aber bald in Leonies Boudoir zurück.

»Das sind tatsächlich sehr aufgeweckte Kinder, die beiden. Genau wie du sie beschrieben hast. Gänzlich anders als Rosalie.«

»Ja, das kann man wohl sagen.«

»Sie macht mir Sorgen, Leonie. Sie entwickelt sich leider ungewöhnlich schnell. Stell dir vor, sie hat schon ihr monatliches Unwohlsein bekommen. Ich wünschte, du würdest sie für einige Zeit hier aufnehmen.«

»Nein.«

»Nein. Gut. Aber ich gebe zu bedenken, deine Stiefmutter, die endlich in guter Hoffnung ist und sich dabei nicht besonders wohlfühlt, wird jetzt noch weniger auf sie aufpassen als zuvor.«

»Hoffentlich gebiert sie meinem Vater einen Sohn.«

»Ja, hoffentlich. Und was ist mit dir, Leonie? Du schreibst zwar über vieles, nicht aber über deine Ehe. Bist du glücklich?«

Leonie lehnte sich auf der Recamiere zurück und legte die bestrumpften Füße auf das Polster. Ja, es war Zeit, endlich einmal ihr Herz auszuschütten. Und Edith, ihre beste Freundin und engste Vertraute, war gerade die Rechte dafür.

»Ich bin froh, nicht mehr in Bonn leben zu müssen. Es ist eine große Erleichterung, Edith, die Frömmelei nicht täglich vor Augen zu haben. Aber den Erinnerungen kann ich nicht entfliehen, und die Narben sind geblieben.«

»Hast du deinen Mann über ihre Herkunft aufgeklärt?«

»Nein. Nein, die Gelegenheit ergab sich bisher nicht. Ich weiß nicht, Edith, was er von mir hält oder denkt, aber wir haben – mh – die Ehe noch immer nicht vollzogen.«

»Oh!«

»Ja, ich wundere mich ebenfalls mehr und mehr darüber, aber – sieh, ich bin natürlich außerstande, ihn darauf anzusprechen.«

»Nein, das kann eine Dame schlechterdings nicht. Könnte es sein, dass er anderweitige Neigungen hat?«

»Es gibt zumindest kein Getuschel über gegenwärtige Liaisons, nur einen vagen Hinweis auf gebrochene Herzen in Aachen. Nun, dorthin fährt er gelegentlich. Vielleicht …«

»Vielleicht, aber dann wären die Herzen ja nicht gebrochen, nicht wahr? Ich dachte auch eher an eine gewisse unnatürliche Neigung zu Männern oder Knaben, aber eigentlich sagt mir mein Instinkt, dass das bei ihm nicht der Fall ist.«

»Ich glaube auch nicht. Erklären könnte ich mir dann sein Verhalten nur noch dadurch, dass er vielleicht durch seinen Unfall weitergehende Verletzungen erlitten hat.«

»Die ihm seine Manneskraft nahmen und zeugungsunfähig machten? Ja, darüber könnte man spekulieren. Aber das zu verschweigen wäre ein Grund, die Ehe aufzulösen. Falls du das möchtest.«

»Nein. Warum sollte ich? Mir kommt das Arrangement so sehr entgegen. Obwohl – wenigstens eine gelegentlich angedeutete Zuneigung vermisse ich schon. Einmal hat er mir die Hand geküsst, das war bisher die liebevollste Berührung.«

»Benningsen sah dich sehr bewundernd an. Mit ein wenig Diskretion könntest du Zuneigung und sicher auch Zärtlichkeiten von ihm erhalten.«

»Was mich auch nur in das Dilemma bringen würde, Dinge zu erklären, die ich nicht erklären möchte.«

»Auch richtig.«

Versonnen spielte Leonie mit einer Seidentroddel am Polster.

»Na, Liebes, da ist doch noch etwas.«

»Ja, da ist noch etwas. Edith, ich glaube, mein Mann verbirgt mindestens genauso viel vor mir wie ich vor ihm.«

»Ach ja?«

»Zum Beispiel die Sache mit der Augenklappe. Er trägt sie fast immer, sogar im Bett. Doch einmal ist sie ihm weggerutscht, und ich habe mir sein Gesicht im Mondlicht angesehen. Es gibt nur eine ganz kleine Narbe über seiner Augenbraue. Einmal, als er einen Albtraum hatte, habe ich ihn aufgeweckt, und er hat mich angesehen. Da schienen seine Augen völlig unversehrt. Wenn er bei dem Unfall – oder wahrscheinlicher war es bei einem Kampf während seiner Soldatenzeit – das Auge verloren hätte, dann müsste er schlimmere Narben tragen.«

»Nicht unbedingt. Vater sieht man es auch nicht an, dass er auf einem Auge blind ist.«

»Er trägt auch keine Augenklappe. Ich dachte, die solle bei Mansel die Entstellung verdecken. Aber es gibt keine Entstellung. Und die Klappe selbst, Edith, sieht zwar von außen schwarz und undurchsichtig aus, sie besteht aber aus transparenter Gaze. Man kann ganz gut dadurch sehen.«

»Schau an. Hast du mal beobachtet, ob er sich geschickt mit feinen Arbeiten anstellt, für die man Nahsichtigkeit benötigt?«

Leonie schloss einen Moment die Augen und sah dann ihre Cousine wieder an.

»Du hast Recht, er sieht mit beiden Augen. Er kann Entfernungen direkt vor seinem Gesicht genau einschätzen – das, was Sven nicht mehr kann.«

Edith nickte und spielte mit einer Haarbürste, was Leonie auf einen weiteren Punkt brachte.

»Er färbt sich auch die Haare mit Walnussextrakt dunkler. Ich fand die Tinktur neulich, als ich in seinem Ankleidezimmer die Hemden zählte.«

»Das passt zu seiner Weigerung, sich in Gesellschaft sehen zu lassen, nicht wahr?«

»Ja, so weit bin ich mit meinen Überlegungen auch schon gekommen. Und außerdem – weißt du, er hält sich sehr bedeckt, was seine

Vergangenheit anbelangt. Er hat mir zwar eine schlüssige Geschichte erzählt, aber Verschiedenes passt da auch nicht zusammen. Dafür, dass er bei einem schlichten Landvermesser aufgewachsen ist und schließlich als Soldat in der Legion gedient hat, hat er viel zu gute Manieren. Die sind nicht nachgeahmt, wie man es bei den Parvenüs kennt, sondern er kann gar nicht anders, als sich korrekt zu verhalten. Ich beobachte ihn oft, wie er mit Dienstleuten, Nachbarn und Höhergestellten umgeht, es ist vollkommen natürlich und ungekünstelt, aber immer von tadellosem Anstand.« Und mit einem kleinen, schiefen Lächeln fügte sie hinzu: »Selbst wenn ich ihn ärgere, und das kommt manchmal vor, rügt er mich zwar scharf, wird aber nie ausfallend. Er behandelt mich im Grunde immer mit Respekt und Achtung.«

»Das fiel mir auch schon auf. Er ist ein vollendeter Herr. Umso ungewöhnlicher ist sein Verhalten, möchte man meinen.«

»Nicht ungewöhnlicher als das meine, Edith.«

Ihre Cousine legte die Bürste zur Seite und lehnte sich, so gut es ihre schiefe Schulter erlaubte, zurück.

»Soll Vater ihm mal auf den Zahn fühlen?«

Leonie machte eine abwehrende Bewegung. Nicht, dass sie nicht selbst schon das eine oder andere Mal daran gedacht hätte, ihren Gatten vorsichtig zur Rede zu stellen, um ihn möglicherweise in Widersprüche zu verwickeln. Doch immer wieder hatte sie es unterlassen. Sie beantwortete sich jetzt die Frage, warum sie so handelte, und meinte: »Nein, Edith. Ich denke, er hat einen guten Grund dafür. Einen, den er mir nicht anvertrauen will.«

»Und du wartest darauf, dass er dir vertraut?«

Leonie strich sich eine Locke aus der Stirn.

»Ich fange an, darauf zu hoffen. Ist das nicht entsetzlich, Edith?«

»Nein. Du hast eine mitfühlende Seele, und er ist ein attraktiver Mann, der vermutlich schon einiges Leid durchlebt hat. So etwas kann ein Frauenherz anrühren.«

»Er hält mich für herzlos.«

»Dann hast du ihm bisher wohl ein entsprechendes Schauspiel geboten.«

»Ich habe mich ausschließlich und immer höchst damenhaft benommen.«

»Woran man mal wieder den zweifelhaften Wert strikter Konventionen erkennt.« Ihre Cousine lächelte sie freundschaftlich an. »Dennoch, bleib dabei. Aber komm aus deinem dunklen Bau heraus, deine Zeit als graues Mäuschen sollte zu Ende gehen. Mit diesem Kleid hast du schon eine Änderung in die richtige Richtung vorgenommen. Er hat es noch nicht gesehen, nicht wahr?«

»Nein. Und ich weiß nicht …«

»Du bist viel hübscher, wenn du dich nach deinen eigenen Wünschen kleiden kannst. Deine Stiefmutter hat den bedauerlichen Geschmack einer gerupften Henne.«

Leonie lachte herzlich auf.

»Wie wahr. Gawrila wird noch mehr Aufträge von mir erhalten, fürchte ich.«

»Das sollte sie, und du solltest versuchen, dir die wirklich schönen Bewegungen deiner Freundin Camilla anzueignen. Beobachte für den Anfang ihre Hände.«

»Ach Edith, du hast mir so gefehlt! Sich mit dir zu unterhalten ist tatsächlich so, als ob man ein Korsett ablegt.«

Der Blinddarm

Fordert aber die Not, dass Du Dich
an einen Doktor wendest,
und Du willst Dir einen unter dem Haufen aussuchen,
so gib zuerst acht, ob der Mann gesunde Vernunft hat.

*Freiherr von Knigge: Über den Umgang mit Leuten
von allerlei Ständen im bürgerlichen Leben*

Lennard bürstete am Montagvormittag den steingrauen Überrock sorgfältig aus, den sein Herr über eine grau-gelb gestreifte Weste zu tragen wünschte. Mit den Halsbinden hatte Lennard wenig Arbeit, Mansel lehnte hohe Vatermörderkragen kategorisch ab und trug nur die schmale schwarze Binde in einem einfachen Knoten unter dem umgelegten Hemdkragen. Er mochte nicht überwältigend modisch aussehen, doch er hatte seinem Kammerdiener einleuchtend erklärt, ein Mann, der im Feld zu arbeiten hatte, könne auf dererlei Schnickschnack gerne verzichten. Andererseits aber verlangte er blütenweiße, sehr ordentlich gebügelte Wäsche, und das war eben der problematische Punkt an diesem Tag. Ursel, die inzwischen für das Plätten der Leibwäsche zuständig war, hatte diesmal ziemlich viele Knitter hineingebügelt.

»Was ist, Lennard?«

Mansel trat hinter dem Paravent hervor, das Handtuch lose um den bloßen Oberkörper geworfen. »Hörte ich dich murren?«

»Verzeihen Sie, gnädiger Herr, die Hemden sind nicht so gut geworden, wie Sie es verlangen.«

»Man sieht es. Und wie kommt das?«

»Es ist, weil Ursel so Bauchschmerzen hat.«

»Habt ihr genascht?«

»Nein, gnädiger Herr, die hat sie schon seit Tagen!«

Mansel nahm das beanstandete Hemd und zog es über.

»Dann wird die Weste die schlimmsten Falten verdecken müssen. Hat deine Schwester der gnädigen Frau gesagt, dass sie krank ist?«

»Ja, und die hat sie zu Bett geschickt und ihr eine Medizin gegeben. Aber …«

»Aber was, Lennard?«

Der Junge druckste ein wenig herum, aber die Sorge um Ursel ließ ihn seine Beobachtung aussprechen.

»Sie hat trotzdem schlimme Träume, gnädiger Herr!«

»Ich kümmere mich darum, Lennard.«

Hendryk Mansel stieg mit einem unguten Gefühl die Treppe zur Mansarde hoch und trat in das Zimmer ein, das den Kindern zugewiesen war. Das Mädchen lag unter einem dicken Plumeau, ein Krug mit Limonade stand auf dem Tisch und auch eine Schale mit Keksen und Zwieback. Nichts davon hatte sie jedoch angerührt. Als er näher trat, erschreckten ihn die Blässe und der feine Schweißfilm auf ihrer Haut.

Vorsichtig ließ er sich auf der Bettkante nieder.

»Ursel? Ursel!«

Sie schlug die Augen auf, wirkte aber desorientiert.

»Sie wollen mich holen. Der Mann mit dem Ziegenkopf und die Frau mit den Krallen, sie wollen mich holen. Sie haben ein Messer. Ein Messer! Und die Schlange, sie windet sich, sie will mich fesseln.«

»Ursel, Kleine, wach auf!« Er strich ihr über die feuchte Stirn und sprach weiter auf sie ein. »Niemand will dich holen. Ich bin hier, ich beschütze dich, Kleine.«

»Mama, ich will zu Mama!«

»Ich weiß, Kleine, aber du bist jetzt bei mir und musst mir vertrauen, Ursel. Du bist ganz sicher hier!«

Ihr Blick klärte sich etwas.

»Gnädiger Herr!«

»Du bist krank, Ursel. Und du hast Fieber. Tut dir etwas weh?«

»Nicht mehr. Die Gnädige hat mir ein Mittel gegeben. Aber mir ist so komisch!«

»Seit wann?«

»Seit Freitag.«

»Du hattest Bauchschmerzen?«

»Ja, aber ich habe nicht genascht. Aber der Pfarrer wollt's nicht glauben.«

»Wollte er nicht?«

»Nein!«

Sie versteckte ihre Hände unter der Bettdecke. Mansel ahnte, was sie damit verbergen wollte.

»Hat er dich geschlagen?«

Ein winziges Nicken.

»Weil du Bauchschmerzen hattest?«

Wieder ein Nicken. Und dann zögerlich: »Weil mir so schlecht war!«

Leise knirschte er mit den Zähnen. Es wurde dringend Zeit, sich um die Ausbildung der Kinder zu kümmern. Eigentlich wollte er sie dieses Schuljahr noch in der gewohnten Umgebung lernen lassen, aber das nahm inzwischen höchst bedenkliche Formen an. Aber Priorität hatte im Augenblick die Krankheit.

»Ursel, ich werde den Doktor Jochum rufen lassen. Der wird uns sagen, was wir tun können, damit du wieder gesund wirst.«

»Ja, gnädiger Herr. Danke!«

Er streichelte ihre Haare und drückte ihr dann leicht die Hand.

»Es wird alles gut, Kleine!«

Sie schloss beruhigt die Augen.

»Was um Himmels willen haben Sie dem Kind gegeben, Madame?«, fragte er kurz darauf Leonie, die an dem neuen Klavier saß, auf dem sie eben eine Sonate eingeübt hatte.

»Am Freitag und am Wochenende je einen Löffel Laudanum. Aber es half nicht recht, darum habe ich mir von Selma das neue Medikament geben lassen, das so gut gegen Schmerzen wirken soll. Morphium, wissen Sie? Danwitz stellte es her. Es scheint ihr zu helfen.«

Er hatte Mühe, seinen Zorn zu bändigen. Seine Frau konnte nicht wissen, was dieses Mittel sonst noch bewirkte.

»Sie hätten mir früher Bescheid geben müssen. Ich habe nach dem Arzt geschickt.«

»Ich hätte, wenn keine Besserung eingetreten wäre, morgen das Gleiche getan, Herr Mansel.«

Edith, die mit einer Stickerei neben dem Kamin saß, pflichtete ihr bei.

»Ich habe ihr auch dazu geraten. Möglicherweise brütet die Kleine etwas Ernsthaftes aus.«

»Frau Mansel, Laudanum und vor allem Morphium sind keine Arzneien, die man leichtfertig verabreichen darf. Ich möchte Sie bitten, den Kindern auf gar keinen Fall davon zu geben.«

»Ja, aber ...«

»Ich wünsche, mich nicht noch einmal wiederholen zu müssen, Madame. Die Wirkung dieser Mittel mag Ihnen fremd sein, mir nicht.«

Es entging ihm der Blick, den seine Frau mit ihrer Cousine wechselte.

»Sie hat starke Schmerzen. Halten Sie es für gottgefällig, Kinder leiden zu lassen?«, widersprach sie dann mit dem erwartet trotzig vorgestreckten Kinn.

»Madame, Sie leidet unter den Traumgestalten, die das Morphium verursacht, mehr als unter den Bauchschmerzen.«

»Wir werden den Arzt zu Rate ziehen. Sie wünschen, dass ich mich um die Kinder kümmere, Herr Mansel, und ich tue es gerne. Aber Sie müssen mir auch Freiräume gestatten. Wenn der Arzt mit dem Medikament einverstanden ist, wird sie es weiterhin erhalten!«

»Sie sind außerordentlich starrköpfig, Madame. Es steht Ihnen nicht!«

»Und als was soll ich Ihr Verhalten bezeichnen, Herr Mansel?«

Er drehte sich um und verließ wortlos den Raum.

Als eine Viertelstunde später Doktor Jochum ins Haus kam, hatte Mansel seinen Gleichmut wiedergewonnen.

Er verlor ihn, als er ihnen das Untersuchungsergebnis mitteilte.

»Ich würde gerne unter vier Augen mit Ihnen sprechen, Herr Mansel«, sagte er, als er in das Wohnzimmer trat, wo sich auch Leonie und Edith aufhielten.

»Sie werden auch mir und meiner Cousine Ihre Diagnose mitteilen!«, erwiderte Leonie kühl.

»Verzeihen Sie, das ist kein Sujet für Damen.«

»Ich leite ein Entbindungsheim, Doktor, es gibt wenig, was ich nicht schon gesehen hätte!«, beschied ihn Edith kurz. »Wir bleiben.«

»Wie Sie wünschen. Es handelt sich bei dem Leiden um eine Appendizitis in einem recht fortgeschrittenen Stadium.«

»Das hatte ich befürchtet«, sagte Mansel. »Was schlagen Sie vor?«

»Es gibt zwei Möglichkeiten. Die herkömmliche Behandlung sieht Eispackungen und Diät vor, was jedoch sehr pflegeaufwändig für einen Dienstboten ist und nicht immer erfolgreich. Die andere Möglichkeit wäre eine Therapie nach Louyer-Villermay. Ich sage Ihnen gleich, sie wird nicht von allen Kollegen gutgeheißen, aber ich denke, in diesem Fall könnte man es wagen.«

»Was schlägt diese französische Koryphäe vor, Doktor?«

»Den Leib operativ zu öffnen und das entzündete Gewebe zu entfernen!«

»Nein!«, schrie Leonie auf und drückte sich verzweifelt die Hände an den Bauch. »Nein, o Gott! Nein, niemals!«

»Beruhige dich, Leonie, beruhige dich!«

Edith legte ihr den Arm um die Schulter.

»Nein, das darf er nicht! Sie ist doch nur ein Kind! Nein, nein, nein!«

»Madame, Sie sind hysterisch!«

»Ja, ich bin hysterisch. Ja!«

Leonie rief es so laut, dass Jette und Albert in die Tür stürzten.

»Reißen Sie sich zusammen!«, fuhr Mansel sie an. »Es geht darum, das Beste für das Kind zu tun!«

»Das sagen die Männer immer!«, schrie Leonie ihn an und fing an, völlig aufgelöst zu schluchzen. Edith flüsterte ihr etwas zu und half ihr, sich mit schleppenden Schritten aus dem Zimmer zu begeben.

»Es ist für Damenohren eben nicht geeignet, wissenschaftliche Vorgehensweisen zu erläutern«, wusste Doktor Jochum mit gewisser Genugtuung zu bemerken.

»Ersparen Sie mir derartige Kommentare, Doktor. Welche Risiken hat die vorgeschlagene Operation?«

»Nun, viel Erfahrung haben wir damit natürlich noch nicht, aber es ist erwiesen, dass etwa Frauen, bei denen ein Kaiserschnitt – ebenfalls eine chirurgische Öffnung des Bauchraumes – durchgeführt wurde, zu über fünfzig Prozent überleben.«

Hendryk Mansels Gesicht wurde hart.

»Sie wollen andeuten, das Kind habe nur eine fünfzigprozentige Überlebenschance?«

»Gott, ja, das Mädchen ist jung, und vielleicht liegt sie sogar höher. Wenn Sie der Natur den Lauf lassen, ist die Chance, dass sie stirbt, bei weitem größer. Ihnen scheint ja viel an diesem Dienstmädchen zu liegen.«

»Auch das haben Sie nicht zu kommentieren.«

»Wenn Sie mit meinen Behandlungsvorschlägen nicht einverstanden sind, sollten Sie einen Kollegen konsultieren, Herr Mansel. Mehr kann ich auch nicht dazu sagen! Wenden Sie sich an Otto Fischer vom Bürgerhospital.«

Der verschnupfte Mediziner war kaum aus der Tür, als Mansel sich auch schon auf den Weg zum Bürgerhospital machte, das in dem ehemaligen Cäcilienkloster eingerichtet worden war. Er hatte Glück, den leitenden Chirurgen nach kurzer Wartezeit konsultieren zu können, und fand in ihm einen strikten Gegner der Operation. Immerhin aber schlug er ihm einen möglicherweise hilfreichen, aber erheblich kleineren Eingriff vor.

»Man könnte mit einem Trocar, das ist eine Glasröhre, die in die Bauchdecke eingeführt wird, die eitrige Körperflüssigkeit drainieren. Schmerzhaft ist das auch, aber wir haben inzwischen einige gute Medikamente, die den Patienten den Eingriff erleichtern.«

»Sie sprechen von Morphium?«

»Zum Beispiel.«

»Ich halte das für ein gefährliches Mittel.«

»Gefährlich ist es auch, wenn der Patient durch die Schmerzeinwirkung kollabiert.«

»Wann können Sie das Kind behandeln?«

»Bringen Sie sie noch heute her, die Zeit eilt offensichtlich.«

Nachdem Hendryk Mansel gemeinsam mit Albert die in Decken gewickelte Ursel in das Hospital gebracht hatte, machte er sich, noch immer aufgebracht und voller Sorge, auf, den Pfarrer zu besuchen, der die Elementarschule leitete. In seinem Büro hatte er ausrichten lassen, er müsse an diesem Tag wichtigen privaten Verpflichtungen nachkommen.

Der füllige Geistliche klärte ihn auf seine Fragen mit gelangweilter Stimme auf, seine Schüler bekämen gründlich den Katechismus eingebläut, lernten einige ausgewählte Bibelstellen auswendig, ebenso Gebete und Kirchenlieder. Daneben würden ihnen das Alphabet und ein wenig Lesen und Schreiben beigebracht. Die Fächer Rechnen, Naturkunde oder Literatur stünden nicht auf dem Lehrplan.

»Das schickt sich nicht für Arbeiterkinder und Dienstboten. Bringt sie nur auf falsche Gedanken.«

»Ja, den Eindruck habe ich auch. Ursel und Lennard Schneider werden ab sofort Ihr vortreffliches Institut nicht mehr besuchen.«

»Ein Entschluss, den ich nur gutheißen kann, Herr Mansel. Die beiden tragen den Keim des Widersetzlichen in sich, und strenge Arbeitszucht wird ihnen besser tun als der Unterricht. Aber die Sonntagsschule sollten sie weiterhin besuchen, denn nichts formt den jugendlichen Geist besser als regelmäßige Katechismusstunden.«

»Ich werde mich zu gegebener Zeit über die Inhalte Ihrer Lehrpläne an höherer Stelle beraten. Guten Tag, Herr Pfarrer!«

Hendryks Zorn hatte nicht nachgelassen, diesmal traf er überwiegend sich selbst und die Umstände, die ihn hinderten, mit offenem Visier zu kämpfen. Die Lage in den Waisenhäusern, den Fabriken und den Armenschulen stank zum Himmel. Aber – ein Schritt nach dem anderen, mahnte er sich und ging nach Hause.

Er hoffte, seine Gattin würde sich von ihrem hysterischen Anfall wieder erholt haben. Eigentlich überraschte es ihn, dass sie derart heftig reagiert hatte, sie war bisher immer ein Bild der Gelassenheit gewesen, beherrscht, wenn auch manchmal trotzig.

Sollte sie etwa eine tiefere Neigung zu den Kindern entwickelt haben, als sie ihm bisher gezeigt hatte? Wenn dem so war, dann mochte die Sorge um Ursels Gesundheit die Überreaktion erklären, und er schuldete ihr – wieder einmal – eine Entschuldigung.

Lennard saß wie ein Häuflein Elend im Ankleidezimmer seines Herrn, und bevor Hendryk seinem Weib gegenübertreten konnte, galt es auch hier erst einmal wieder, einen Schritt nach dem anderen zu tun.

»Wird sie sterben, gnädiger Herr?«

»Nein. Lennard. Mit Gottes und vermutlich auch Doktor Fischers Hilfe nicht.«

Obwohl er mannhaft versuchte, sie zu unterdrücken, rollte doch eine dicke Träne über Lennards Wange, und Hendryk schob seinen Sessel zu ihm hin, um die Hände des Jungen in die seinen zu nehmen.

»Sie hat eine unangenehme Operation durchzustehen, das ist richtig, aber die Ärzte wissen, was sie tun, und werden ihr so wenig wie möglich wehtun, Lennard.« Und in Gedanken fügte er ein aufrichtiges Hoffentlich! hinzu. Wohl war ihm bei der Behandlung auch nicht, aber das Leben des Kindes hing davon ab. Und das Leben dieser Kinder bedeutete ihm unsagbar viel. Von Mitleid mit dem tapfer schluckenden Jungen übermannt, zog er ihn an sich und drückte ihn fest an seine Schulter. Lennard brach endgültig in Tränen aus, und sacht streichelte Mansel seinen Rücken.

»Ich weiß, wie Zwillinge fühlen, mein Junge. Du leidest genau wie sie. Morgen, Lennard, besuchen wir sie, versprochen!«

Das vom Weinen gerötete Gesicht hob sich zu ihm hoch, und mit einem Schluckauf in der Stimme fragte Lennard: »Warum sind Sie so lieb zu uns, gnädiger Herr?«

»Weil ich eben ein sehr gnädiger Herr bin, mein kleiner Freund. Hab noch ein bisschen Geduld, dann erkläre ich dir das alles. Auf jeden Fall aber habe ich vorhin noch in der Schule vorgesprochen und dem Pfarrer gesagt, dass ihr an seinem Unterricht nicht mehr teilnehmen werdet. Ich denke, wir finden eine andere Schule für euch. Und in der Zwischenzeit werdet ihr Lektionen von mir und Madame erhalten. Einverstanden?«

Das lenkte Lennard so erfreulich ab, dass er nur mit großen Augen ein »Oh!« von sich geben konnte.

Oktober 1837: Die Schlacht bei Constantine

Ich zahle dir in einem andern Leben,
gib deine Jugend mir!

Schiller: Resignation

Er hatte den Unteroffizier verflucht, lange und anhaltend, als er ihn zu dem derzeitigen Einsatz verdonnert hatte.

Constantine.

Gegen die Türken.

Am Freitag, dem dreizehnten.

Er hatte ihn verflucht, als er mit hundert weiteren Legionären der Zweiten Kolonne unter Bedeau gegen die Stadt marschierte.

Er hatte ihn verflucht, als es morgens um halb vier hieß, zu den Waffen zu greifen.

Er hatte nur noch um sein Leben gebangt, als sie vorgeschickt wurden, um unter hartem, feindlichem Beschuss die Mauern zu stürmen. Als sie mit Leitern den inneren Wall überwinden mussten, während die Musketenkugeln und die Granaten der Türken um sie herum einschlugen, hätte er sich vor Angst fast in die Hosen gemacht.

Trotz allem war das Glück auf seiner Seite. Er hatte Soldaten neben sich zusammenbrechen sehen, ihr Blut war auf seine Kleider gespritzt, aber er war weitergelaufen. Durch schmale Gassen, von hölzernen Markisen überdachte, enge Mausefallen, in denen jeder Schütze auf den Dächern sie wie Hasen abschießen konnte. Er war über Leichen gestiegen, die der eigenen Männer und die der Einwohner. Er hatte die Weiber heulen und klagen gehört und die Alten beten sehen. Er hatte geschossen, mit dem Bajonett seinen Weg freigekämpft, einfach nur voran, so wie seine Kameraden. Irgendwann hatte er Spaß daran gefunden.

Schließlich war er keuchend stehen geblieben, hatte in einer Nische Schutz gesucht und wieder den Unteroffizier Bredow verflucht. Es war seine Rache an ihm, dessen war er ganz sicher. Denn er hatte selbstverständlich dessen pikante Heimlichkeit ausgeplaudert, die ihm das Tanzmädchen verraten hatte. Und nun war er vom Straßenbau zu einem mörderischen Kampfeinsatz beordert worden.

Dass er in der Mauernische verschnaufte, rettete ihm das Leben. Ein ungeheurer Knall brachte ihn und die Männer neben sich in die Knie, und jemand kreischte: »Zurück, zurück, alles ist vermint!« Und ein paar Soldaten mit brennenden Kleidern und Haaren stürzten an ihm vorbei. Aber Bedeau, der Kommandant der Truppe, der sich ein Stück vor ihm aus dem Staub erhob, schwenkte seinen Säbel und brüllte: »Vorwärts! Vorwärts!«

»Idiot«, knurrte der Legionär Mansel, aber seine Kameraden rissen ihn mit. Nur wenige Schritte indes, da entdeckten sie die Öffnung, die die Explosion in eine Wand gerissen hatte. Fünf Mann waren sie, und ohne große Absprache untereinander betraten sie das Haus.

Als er sich in dem prachtvollen Raum umsah, verfluchte er den Unteroffizier nicht mehr.

»Verdammt, das gehört einem der Reichen.«

»Das kannst du laut sagen. Komm, wir holen ihn uns!«

Sie stampften durch Gänge und Flure, doch den Besitzer fanden sie nicht. Hingegen entdeckten sie den Harem, und das war, wie Mansel befand, bei Weitem besser. Die Dienerschaft war schon lange geflohen, doch vier Frauen drückten sich ängstlich aneinander, als sie den mit Polstern und Kissen verschwenderisch ausgestatteten Raum betraten. Zwei waren schon älter, die beiden anderen fast noch Mädchen. Genau das war es, was sie nach den Schrecken und den blutigen Kämpfen brauchten. Dass sie schrien und versuchten, sich zu wehren, stachelte die blindwütige Lust der Männer nur noch an.

Als sie mit den Frauen fertig waren, machten sie sich auf die Suche nach Wertgegenständen. Sie entdeckten die Weinvorräte und die Schatzkammer des Edelsteinhändlers. Halb trunken, mit den Taschen voller Smaragde und Rubinen, Saphiren und Opalen, kehrten sie noch einmal zum Harem zurück, um die völlig verängstigten Frauen zum zweiten Mal zu vergewaltigen. Doch es kam nicht dazu, denn wieder erschütterten Explosionen das Haus, und diesmal schrie einer: »Feuer! Verdammt, raus hier! Unsere eigenen Leute greifen uns an!«

Dichte Qualmwolken quollen von unten den Gang hoch, und sie flüchteten die Stiegen zum Dach hoch. Hier versperrten ihnen die zerfetzten Leichen zweier Turbanträger den Ausgang. Mansel wurde beinahe übel bei ihrem Anblick, aber er räumte sie beiseite. Doch kaum war er auf das Dach gekrochen, explodierte etwas an seiner rechten Schläfe, und es wurde dunkel um ihn.

Der Corporal

Und erhebt sich nun gar der Handwerker
oder Künstler …
über das Mechanische durch Erfindungskraft
und Verfeinerung seiner Kunst, so verdient er
doppelte Achtung.

Freiherr von Knigge: Über den Umgang mit Leuten von allerlei Ständen im bürgerlichen Leben

»Ich kann sie hier pflegen, Leonie, wenn du uns noch eine Weile bei euch duldest.«

Leonie und Edith hatten Ursel im Hospital besucht und sie auf dem Weg der Besserung vorgefunden. Doch die Verhältnisse in dem Krankenhaus waren nicht besonders erfreulich. Zwar gab es einige Cellitinnen, Ordensschwestern, die sich um die Bettlägerigen kümmerten, jedoch waren sie überlastet und kümmerten sich lediglich darum, das Essen zu verteilen und die Betten zu machen.

»Du und Sven, ihr seid hier so lange erwünscht, wie ihr nur bleiben könnt. Und du bist mit Sicherheit die beste Pflegerin, die sich das Mädchen wünschen kann. Ich glaube, Mansel wird nichts dagegen haben.«

Ganz bestimmt nicht, dessen war sie sich sicher, denn schon am Tag nach Ursels Einlieferung hatte er sich sehr höflich und korrekt bei ihr entschuldigt und ihr im Einzelnen erklärt, welche Maßnahmen er eingeleitet hatte. Sie hatte ruhig zugehört und sich für ihren überreizten Ausbruch geschämt.

»Es ist gut, Leonora. Ich habe Ihnen einst ein wenig mitfühlendes Herz unterstellt, aber sicher habe ich nur die äußerliche Kühle gesehen. Sie mögen das Mädchen, nicht wahr?«

»Ich mag beide Kinder, Herr Mansel. Sie sind hilfsbereit und freundlich und manchmal ein bisschen übermütig. Und sehr klug. Ich will einiges an Lektüre zusammenstellen, mit der sie sich weiterbilden können, und ihnen auch täglich eine Stunde lang ein passendes Sujet aus dem Lehrstoff vermitteln, den Sie für richtig halten.«

»Wie gut ist es um Ihre Rechenkünste bestellt?«

Mit einem kleinen Lächeln hatte sie ihre Hände gehoben und auf ihre Finger verwiesen.

»Bis zehn kann ich zählen.«

»Ich hege den ernsten Verdacht, Madame, dass Sie durchaus auch weiter zählen können.«

»Sollte ich etwa den unpassenden Eindruck erweckt haben, ich sei ein gelehrtes Frauenzimmer?«

»Ihre Haushaltsabrechnungen fand ich erstaunlich präzise. Und ein wenig Gelehrsamkeit steht meiner Meinung nach einer Dame durchaus gut an. Es macht die Unterhaltung kurzweilig und reizvoll.«

Er hatte ihr wieder die Hand geküsst, und sein Lächeln hatte ihr die Kehle eng gemacht.

Sven begleitete sie am Nachmittag zum Bürgerhospital und setzte sich in den Warteraum, während Leonie und Edith die Regelungen zu Ursels Heimtransport trafen. Es dauerte eine geraume Zeit, bis sie den verantwortlichen Arzt gefunden hatten, der ihnen auch noch etliche Behandlungsvorschriften, Medikamente und Ratschläge mitgab. Dann endlich hatten sie Ursel, die sie mit einem glücklichen Gesicht willkommen hieß, in Decken gepackt und in den Warteraum getragen. Sven, der sich angeregt mit einem verwittert aussehenden Corporal unterhielt, wandte sich ihnen zu und nahm ihnen das Kind ab.

»Dann gute Besserung für Ihren Kameraden, Corporal!«, verabschiedete er sich, und der Mann sprang auf, schlug zackig die Hacken zusammen und erwiderte mit einer ungewöhnlich hohen Stimme: »Danke, Herr Becker, und dem Kind eine schnelle Genesung!«

»Ein alter Bekannter, Sven?«, fragte Leonie, als sie im Wagen saßen.

»Nein, eigentlich nicht, aber ein interessanter Mann. Will einen Kameraden vom Hospital abholen, den sie hier verarztet haben, weil ihr Militärarzt noch immer mit den Truppen unterwegs ist, die die Manöver für den König abgehalten haben. Er diente, wie dein Mann, lange Zeit bei der Fremdenlegion in Algerien.«

»Ach, tatsächlich? Und wieso trägt er dann jetzt das preußische Blau?«

»Oh, die Franzosen haben etliche preußische und auch schweizerische Offiziere und Unteroffiziere angeworben, die ihre Rabaukenbande in ordentliche Truppen verwandeln sollten. Die ehrenwerte Legion ist nämlich nicht wählerisch bei ihren Rekruten. Da kommt schon ein ziemlich gemischter Haufen zusammen.«

»Ist er Mansel begegnet?«

Sven zog eine kleine Grimasse und schielte zu Ursel hin. Leonie wusste, er würde ihr später etwas dazu sagen.

»Wie geht es denn diesem kleinen Mäuschen hier?«, fragte er und zog Ursel leicht an einem ihrer unordentlichen Zöpfe.

»Scheußlich, gnädiger Herr. Aber es tut nicht mehr so weh.«

»Das ist doch schon mal etwas. Und jetzt kommst du gleich in dein eigenes, schönes, sauberes Bett, und Edith wird dir bestimmt eine Geschichte vorlesen.«

»Darf ich Lennard sehen, gnädige Frau?«

»Er wartet schon mit scharrenden Hufen darauf, dich endlich wieder necken zu können.«

Es klang noch ein bisschen geisterhaft, aber es kam ein kleines Lachen heraus.

»Er scharrt oft, nicht?«

»Nun, an Ungeduld seid ihr beide euch ziemlich gleich.«

Nachdem das Mädchen versorgt war, setzte sich Leonie zu Sven in den Wintergarten.

»Kannte er ihn?«

»Ja, er kannte einen Hendryk Mansel. Und, ehrlich gesagt, er machte einen sehr überraschten Eindruck, als ich ihm erzählte, du seist mit ihm verheiratet und er führe ein bürgerliches Haus. Sie müssen sich 1837 das letzte Mal gesehen haben. Er war der Ansicht, Mansel sei bei der Eroberung der Stadt Constantine schwer verletzt worden und habe die Legion wegen dieser Verwundungen verlassen müssen.«

Leonie nickte nur.

»Bist du sicher, dass du ihm vertrauen kannst, Liebes?«

»Nein, sicher bin ich nicht, Sven. Lass es dennoch auf sich beruhen.«

»Du weißt, ich war vor acht Jahren in Algier. Ich habe Bekannte dort. Es wird zwar einige Zeit dauern, aber sie werden mir sicher helfen, Nachforschungen anzustellen. Zumal ich weiß, in welcher Einheit dieser Corporal Bredow diente.«

»Dann tu es, Sven. Aber sprich Mansel nicht darauf an. Es ist … Wir haben gerade eine gedeihlichere Form des Zusammenlebens gefunden, und ich möchte sie nicht aufs Spiel setzen.«

»Nun gut, das musst du selbst entscheiden.«

»Ja, ich entscheide es. Und nun musst du mir bei einer anderen Sache helfen.«

»Gerne. Was soll ich tun, Leonie?«

»Du kennst doch Gott und die Welt.«

»Und ein paar andere darüber auch noch.«

»Auch hier in Köln?«

»Auch hier in Köln.«

»Darunter beispielsweise auch einen Uhrmacher oder Juwelier?«

Der alte Mann grinste breit.

»Aber sicher.«

»Dann lass ihn uns aufsuchen. Ich brauche ein paar Kleinigkeiten.«

Hanno Altenberger war das, was Leonie bei sich einen knurzigen alten Kauz nannte. Etwa fünf oder sechs Jahre älter als der fünfundsechzigjährige Sven, aber ebenso rege und kommunikationsfreudig.

»Hab das Geschäft meinem Sohn abgegeben, der kümmert sich jetzt um die Herstellung von Waagen und anderen feinmechanischen Messgeräten. Macht er nicht schlecht, aber er ist ein rechter Biedermeier geworden. Wundert mich, wie ich so einen Abkömmling hervorgebracht habe. Wir waren zu unserer Zeit ganz anders, was Sven?«

»Die Zeiten waren anders, Hanno. Die Revolution, die Kriege, die Besatzung. Es sind viele jetzt ganz bieder geworden. Allen voran der König.«

»Wohl wahr. Thomas hat eine passende Biedermeierin geheiratet, die ist so etepetete, sie schnürt nicht einmal unter dem Nachthemd das Korsett auf.« Erschrocken hielt er inne und schaute Leonie verlegen an. »Gottchen, pardon, Frau Mansel, mir geht manchmal die Zunge durch!«

In der Tat war der alte Knurzen ein wenig rot geworden, und Leonie tat einfach so, als hätte sie gar nicht gehört, was er eben gesagt hatte.

»Nun ja, immerhin haben die beiden eine hübsche Tochter zustande gebracht und zwei prächtige Söhne. Die Rike ist achtzehn und ein fürwitziges Ding, die Jungen sind zwölf und zehn.«

Besagte Rike war es denn auch, die ihnen den Krümelkuchen und den Kaffee brachte, und Leonie fand sie pummelig und etwas ungelenk, ihrem Großvater aber aufrichtig zugetan.

»Was kann ich denn für euch tun, Sven?«, fragte Hanno, nachdem alle mit Kuchen versorgt waren.

»Meine Nichte hier hat außerordentlich begabte Finger. Sie hat bei mir einiges von meinem Handwerk gelernt und möchte es jetzt wieder ausüben. Im Familienkreis versteht sich.«

»Sie, Frau Mansel? Tatsächlich? Zeigen Sie mal Ihre Pfötchen her!«

Leonie reichte sie ihm mit einer eleganten Drehung der Handgelenke.

»Wunderhübsch, zartgliedrig, geschmeidig und wahrscheinlich auch geschickt genug, mit den kleinen Rädchen, Federn und Zeigern zu hantieren«, kommentierte er, was er sanft in seinen Händen herumdrehte.

»Nicht nur mit den Fingern, auch mit dem Kopf ist sie richtig gut, Hanno. Sie versteht die mechanischen Zusammenhänge fast besser als ich.«

»So, so! Dann werde ich Ihnen jetzt mal etwas zeigen, und Sie sagen mir, wie es funktioniert!«

Der alte Uhrmacher stand auf und holte aus einer Vitrine eine runde Dose. Mit dem seitlich steckenden Schlüssel zog er das Uhrwerk darin auf. Eine klimperige Melodie erklang, und langsam öffnete sich der Deckel. Eine goldene Schlange drehte sich spiralförmig nach oben und steckte ihre gespaltene Zunge heraus. Dann sank sie wieder in sich zusammen, und der Deckel schloss sich.

»Eine Spieldose!« Leonie war entzückt. »Das Spielwerk unten im doppelten Boden, der sich dreht. Vermutlich gibt es Federn und Kipphaken im Leib der Schlange, die sozusagen ihre Wirbelsäule aufrichten und die Zunge nach draußen drücken. Wenn das Rad abgelaufen ist, kehrt es die Richtung um, und sie sinkt, der Schwerkraft folgend, wieder zusammen.«

»Gut beobachtet. Sehr gut beobachtet. Sven, diese junge Dame ist ein Talent.«

»Sagte ich doch!«

Sven sah Leonie stolz an, und sie lächelte.

»Was brauchen Sie, Frau Mansel?«

»Ich habe hier eine Liste.«

Mit einer Tasche voll Werkzeug und feinsten Bauteilen machten Leonie und ihr Onkel sich eine Stunde später auf den Heimweg.

»Die Schlange war nicht sehr naturgetreu. Und die Musik passte überhaupt nicht«, murrte Sven.

»War Hanno Altenberger denn im Orient und hat richtige Schlangenbeschwörer gesehen?«

»Nein.«

»Aber du.«

»Ja. Die Kobra hat ein breites Rückenschild, wenn sie sich drohend erhebt und zu den Klängen einer Flöte tanzt. Nicht zu Klimpermusik.«

»Es ist für eine Spieluhr aber reichlich schwierig, Flötentöne zu erzeugen. Man müsste mit Luft arbeiten und einem kleinen Blasebalg.«

»Ist doch eine Aufgabe, was, Leonie?«

Sie lachte und hakte sich bei ihm ein.

»Erst einmal bringe ich den Kindern bei, wie eine Uhr funktioniert.«

Lennards Alleingang

Kein Sterblicher, sprach des Orakels Mund,
rückt diesen Schleier, bis ich selbst ihn hebe.

Schiller: Das verschleierte Bildnis zu Sais

Lennard war begeistert von dem neuen Arrangement. Zwar war Ursel noch immer recht schwach, aber jetzt, nach fast einem Monat, den sie im Bett zugebracht hatte, endlich wieder auf den Beinen. Sie hatte sogar schon einige leichte Aufgaben übernommen, musste aber auf Anweisung der Gnädigen jeden Mittag ruhen. Die Besucher waren abgereist, das bedauerte er ein wenig, denn der alte Herr war ein Born des Wissens, das er gerne mit ihm und Ursel geteilt hatte. Die Vormittagsstunden, die sie oben in der Mansarde verbracht hatten, mit Büchern und Karten, Heften und Rechenbrettern, waren das reinste Vergnügen gewesen. Selbst Ursel in ihrem Bett hatte sich daran beteiligt, Zahlen zu addieren und multiplizieren, hatte sich in die Geheimnisse des Abakus einweihen lassen und natürlich dem farbigen Geographieunterricht gelauscht, den der weit gereiste Mann ihnen erteilte. Das war wirklich mal was anderes als Bibelsprüche aufsagen!

Jetzt hatte die Gnädige die Lektionen übernommen, und das war tatsächlich genauso gut, obwohl sie beide erst gedacht hatten, ein Frauenzimmer könne bei Weitem nicht so interessant unterrichten wie ein Mann. Aber sie hatte sie mit ihren kleinen Zangen und Pinzetten, Schräubchen und Muttern ungeheuer gefesselt. Ihre Erklärungen, wie man mittels Feder ein Rädchen zum Rotieren brachte, wie man mit dessen gezahntem Äußeren ein Pendel zum regelmäßigen Schwingen brachte und all diese anderen mechanischen Geheimnisse beflügelten ihre beweglichen Geister. Und dann hatten sie doch tatsächlich gemeinsam eine Stoffmaus auf ein Rollengestell gesetzt und mit einem einfachen Aufziehwerk zum Herumflitzen gebracht. Es war göttlich!

Einzig Ursels Angstträume, über die sie beide mit ihrer Herrschaft selbstverständlich nicht sprachen, beunruhigten Lennard.

Noch immer wachte seine Schwester nachts zitternd auf, weil sie von den tierköpfigen Gestalten bedrängt wurde. Ja, sie war inzwischen fast der Meinung, dass sie tatsächlich Dämonen waren und nach ihr suchten. Lennard konnte es ihr nicht ausreden.

Aber dann hatte er den rettenden Einfall.

»Ursel, ich geh da noch mal hin und gucke mich im Keller um.«

»Nein, das darfst du nicht. Sie werden dich verfolgen!«

»Sie werden sich nicht jeden Abend da versammeln. Das war wie Messe, das findet nur an bestimmten Tagen statt. Ich will mir nur den Raum ansehen. Die Masken und so. Es sind Menschen, das haben wir doch herausgefunden. Dieser fiese von der Lundt, der wie so ein Schoßhündchen seiner Mama hinterherläuft, und wahrscheinlich sogar der Pfarrer, der den Stierkopf trug. Und der kann uns nun gar nichts mehr anhaben.«

»Ja, vielleicht! Aber die Schlange!«

»Die war nicht echt. Glaub mir's doch! Ich gehe hin und fasse sie an.«

Ursel hatte zu ihrem Bruder das tiefste Vertrauen, aber sie hatte auch Angst um ihn.

»Ich komme mit!«

»Auf gar keinen Fall. Du bist noch nicht stark genug. Und wenn es ums Weglaufen geht, musst du schnell sein.«

Das leuchtete ihr ein.

»Wie willst du es denn machen? Sie werden es hier im Haus merken, Lennard!«

»Ich weiß, wo sich der Schlüssel für die Hintertür befindet!«

»Du willst ihn mopsen?«

»Ausleihen. Der Gnädige schickt mich immer um neun zu Bett, und sie selbst ziehen sich auch um zehn zurück. Dann schleich ich mich raus.«

Wirklich einverstanden war Ursel nicht, aber sie fand den Vorschlag nach längerem Überlegen akzeptabel. Wenn ihr Bruder Recht hatte, dann konnte sie sich die bösen Träume besser erklären. Und dann verschwanden die bedrohlichen Gestalten vielleicht. Sicherheitshalber gab sie ihm aber noch ihren Rosenkranz mit und versprach, während der ganzen Zeit für ihn zu beten.

Zwei Nächte später führte Lennard also, nach außen gelassen, doch innerlich nicht ganz ohne Beklemmung, seinen Plan aus. Es war eine kühle, regnerische Nacht, und der leichte Nieselregen schreckte nächtliche Flaneure ab. Aus dem Haus zu gelangen war einfach, über die Mauer in den Hof des Bierbrauers zu klettern für einen gewandten Jungen auch nicht schwer. Die Tür zu dem Lagerkeller war nur verriegelt, und mit etwas Anstrengung bekam er sie auch auf.

Handlaterne und Schwefelhölzer hatte er vorausschauend mitgenommen, und in dem schwankenden Licht der Kerze stieg er in die Keller ein.

Es war ihm wirklich nicht wohl dabei, und beinahe wäre er umgekehrt, als eine Maus über seinen Weg huschte. Es war absolut still hier unter den Häusern der Budengasse, so still, dass man das feine Tröpfeln an einer feuchten Stelle hören konnte. Leise setzte er Fuß vor Fuß und blieb ängstlich schnüffelnd stehen. Ja, da war wieder der Weihrauchduft. Er wurde stärker, und dann setzte auch das Rezitieren oder Singen ein. Es war tatsächlich wie beim ersten Mal. Einerseits war er enttäuscht, denn so konnte er den Raum nicht inspizieren und sich vergewissern, dass die Schlange nur eine künstliche war. Andererseits wuchs seine Neugier über seine Angst hinaus. Das seltsame Schauspiel wollte er noch einmal sehen.

Der Vorhang verdeckte wie zuvor den Zugang über der Treppe, und vorsichtig lüpfte Lennard einen Zipfel.

Ja, sie waren wieder um den Altar mit der großen Schlange versammelt, die Männer mit den Masken. Er betrachtete sie genau – ein Widder, ein Stier, ein Hund und einer, den er aus dem Ägyptenbuch als Schakal erkannte, ein Falke, ein Nilpferd, ein Krokodil, die Frau mit dem bösen Katzenkopf und einer, der nur eine schwarze Maske trug. Das war neu! Außerdem hatte die Frau, und hier musste Lennard tatsächlich schlucken, über einem aus geflecktem Fell bestehenden Rock nur ein straff geschnürtes Korsett an, aus dem ihre Brüste üppig hervorquollen. Das erschien ihm doch sehr unschicklich.

Der Singsang hingegen wirkte nach kurzer Zeit einlullend, der Weihrauch auch. Er roch auch anders als in der Kirche, bei Weitem süßlicher. Lennard wäre darüber beinahe eingenickt, aber dann endete der Gesang, und der Widderköpfige hob dramatisch die Hände, um ein besonderes Ereignis anzukünden.

»Ich habe für euch, Brüder und Schwester des Amudat-Ordens, einen hoch geehrten Gast eingeladen. Ich konnte die Beherrscherin der Mysterien überreden, unseren heiligen Handlungen Weihe zu verleihen. Mehr noch, sie wird, wenn Apophis, die große Schlange, geneigt ist, uns mit ihren außergewöhnlichen medialen Fähigkeiten die Zukunft weisen.« Er drehte sich mit Schwung um, wies mit seinem Stab auf die andere verhängte Tür und rief: »Quadshu, verehrt Quadshu, die göttliche Tänzerin!«

Jetzt erst bemerkte Lennard, das vor dem Altar ein mit Blumen bestreutes Löwenfell ausgebreitet lag, und die verschleierte Gestalt, die durch den Raum schwebte, betrat eben dieses Fell. Erleichtert, dass es offensichtlich nicht wieder darum ging, eine Katze zu opfern, betrachtete er sie genau, um sie Ursel später schildern zu können. Sie hatte erstaunliche Kleider an. Weite weiße Hosen, die mit Bändern, besetzt mit glitzernden Steinchen, um die Fesseln zusammengefasst waren, goldene, bestickte Schuhe, deren Spitzen sich schnabelförmig aufbogen. Eine Art knielange, tief ausgeschnittene gelbe Jacke schmiegte sich eng um die schlanke Gestalt, ein dünnes weißes Hemd schaute im Ausschnitt und unter den Ärmeln hervor. Auf dem Kopf aber saß eine ebenfalls reich bestickte Kappe, von der ein Schleier herabhing, der Gesicht und Hals völlig verdeckte, nicht aber die langen schwarzen Haare, die ihr über den Rücken wallten.

Eine Trommel wurde geschlagen. Zuerst wusste er nicht, woher der sanfte, lockende Rhythmus stammte, aber dann entdeckte er die vollkommen in Schwarz gehüllte, tief verschleierte Figur nahe der Tür, die das Instrument spielte.

Lennard hatte wenig Erfahrung mit Tanz, das Einzige, was er dazu je zu sehen bekommen hatte, waren die ausgelassenen Hüpfereien, die an Karneval in den Straßen stattfanden. Nichtsdestotrotz hielten ihn die schlangenförmigen Bewegungen der Verschleierten in einem atemlosen Bann gefangen, genau wie die tierköpfigen Gestalten, die jetzt in einem Kreis um das Löwenfell herumsaßen. Er vergaß alles, auch jede Vorsicht, und schob den Vorhang höher und höher, um zusehen zu können.

Mit einem rasenden, ekstatischen Trommelwirbel brach die Vorstellung ab, und die Tänzerin ließ sich anmutig auf dem Fell nieder.

»Die Stunde der Weisung ist gekommen!«, erklärte sie mit sanfter Stimme und hob beschwörend die Hände. »Die Macht gebührt den Göttern, und wer sie anruft, muss sie beherrschen. Darum hütet euch vor der Macht.« Sie machte eine wunderbar flatternde Bewegung mit den Händen und zeigte auf den Widderköpfigen. »Hüte dich, Fra Chnum, vor der Macht. Hüte dich, denn sie zerfrisst die Seele des Menschen. Hüte dich, Fra Chnum, denn die heilige Schlange wird dein Schicksal besiegeln, und mit der kalten Faust der Toten wird sie dich lähmen und in ihr eigenes Reich ziehen!«

Lennard schauerte, denn obgleich die Stimme mild und weich klang, lag eine ihm unverständliche Drohung darin. Sanft wiegte sich die Verschleierte vor und zurück, summte leise vor sich hin und drehte sich dann zu der Katzenköpfigen.

»Wenn die Träume wahrer als die Wirklichkeit werden, Sor Sechmet, werden sie dich verschlingen, wenn die Wirklichkeit wahrer als die Träume wird, wird die Trauer groß.«

Wieder schwankte sie leicht hin und her, dann flüsterte sie: »Der Hund folgt seiner Herrin, und doch wird er sie in einen Abgrund treiben.« Dann aber schien sie ihre Augen direkt auf Lennard zu richten und mahnte mit seidenweicher Stimme: »Wer dem Dunkel zu nahe kommt, muss fliehen. Jetzt!«

Das letzte Wort, scharf und laut, traf ihn wie eine Ohrfeige. Sofort ließ er den Vorhang fallen, packte die Laterne und stolperte in atemloser Hast davon. Wenn er eines erkannt hatte, dann war das die Warnung der Frau. Tatsächlich hatte er sich viel zu weit in den Raum hineingewagt, und es war nur ihr zu verdanken, dass alle anderen sich auf sie konzentriert hatten und sein Eindringen nicht bemerkten.

Heilfroh, den betäubenden Rauchschwaden entkommen zu sein, hockte sich Lennard schnaufend am Ausgang des Bierkellers nieder und wartete, bis sein Atem sich wieder beruhigt hatte.

Immerhin würde er Ursel viel zu erzählen haben.

Denn die Katzenköpfige hatte er nun auch erkannt!

Bonner Impressionen

Suchen wir aber verständige Menschen, deren Hauptgrundsätze mit den unsrigen übereinstimmen, kleine unmerkliche Verschiedenheiten abgerechnet ... nun, so finden wir deren gewiss – viele? Nein! Das sage ich nicht, aber doch wohl ein paar für jeden Biedermann – und was braucht man mehr in dieser Welt.

Freiherr von Knigge: Über den Umgang unter Freunden

Hendryk Mansel war an diesem Montag, den fünften Dezember, dringend nach Bonn beordert worden, um an der Besprechung im Büro der Bonn-Kölner Eisenbahngesellschaft teilzunehmen. Denn endlich hatte der preußische König geruht, die Entscheidung zu treffen, wo denn nun der Bahnhof in Bonn gebaut werden sollte. Auf dem Mühlheimer Feld, am Ende der Poppelsdorfer Allee. Also war er in Begleitung seines Sekretärs Lüning am Nachmittag eingetroffen, um über die konkreten Maßnahmen zu beraten, die nun ergriffen werden konnten.

Die Gespräche dauerten lange und würden sich auch noch über die nächsten Tage erstrecken. Wie üblich hatte er für sich und Lüning in einem Gasthof Zimmer gemietet, bei seinen Schwiegereltern, die ihm vermutlich die Gastfreundschaft nicht verwehrt hätten, wollte er nicht untergebracht sein. Er fand keine große Zuneigung zu Gustav Gutermann, mit dem er seit dem unangenehmen Gespräch über Lüning keinen weiteren Kontakt mehr gehabt hatte. Aus einigen Zwischentönen, die ihm bei dem Besuch von Sven und Edith aufgefallen waren, hatte sich auch keine weitere Sympathie entwickelt. Gutermann war ein frömmelnder, kleingeistiger Mensch, der seine eigenen Belange weit über die anderer, auch ihm nahestehender Menschen stellte. Mansels Verständnis für sein angetrautes Weib wuchs in dem Maße, wie er den Mann einzuschätzen lernte. Sie war tatsächlich nicht so kalt und herzlos, wie er vermutet hatte. Eigentlich war sie sogar sehr liebevoll, zumindest den Kindern gegenüber. Und in der Nacht, als Ursel ins Hospital gekommen war, hatte sie zuerst so starr und steif neben ihm gelegen, dass er schon fürchtete, eine Nervenkrankheit hätte sie gelähmt. Aber später war er von ihrem unterdrückten Weinen wach geworden, das sie mit dem Kissen zu ersticken versuchte. Beinahe, ja beinahe hätte er sie in die Arme genommen und sie getröstet.

Aber er konnte sich zum Glück bezähmen. Es kam nichts Gutes dabei heraus, diese Beziehung zu eng werden zu lassen.

Obwohl – als er jetzt über den dunklen Münsterplatz schlenderte, um in seinem Gasthaus die Abendmahlzeit zu sich zu nehmen, musste er mit einiger Anstrengung die Gedanken an sie verscheuchen. Es gelang ihm seltsamerweise nicht. Immer wieder schlich sich ihr Bild in seine Gedanken. Sie hatte sich in den letzten Monaten verändert. Ein großer Kenner der Damenmoden war er nicht, aber irgendetwas hatte sie mit ihren Kleidern angestellt. Zumindest deuteten das die Schneiderinnenrechnungen an, die in den letzten Wochen auf seinen Tisch flatterten. Nichts Großes, das es zu erwähnen galt, hier einen Aufputz, da eine Änderung, dort einen Kragen, einen Überwurf. Auf jeden Fall wirkte sie nicht mehr so sehr wie das sitzengebliebene Mauerblümchen, als das er sie kennengelernt hatte. Es war sogar manchmal ausgesprochen amüsant, sich mit ihr zu unterhalten. Sie hatte einen kleinen, übermütigen Sinn fürs Lächerliche entwickelt, den er ganz charmant fand.

Nein, er wollte sich doch auf die Speisenfolge konzentrieren, und als der Ober die Bestellung aufgenommen hatte, gönnte er sich einen kräftigen Schluck von dem würzigen Bier, das in diesem Hause ausgeschenkt wurde.

Besonders beeindruckt hatte sie ihn mit ihren mechanischen Fertigkeiten. Tatsächlich hatte sie nicht nur diese komische Aufziehmaus für die Kinder zustande gebracht, nein, er hatte sie auch an einem Nachmittag dabei angetroffen, wie sie die Pendeluhr im Speisezimmer fachgerecht zerlegt und gereinigt hatte. Ursel und Lennard hatten fasziniert dabei gesessen und ihren Erklärungen gelauscht.

Jette hatte sich bitterlich über die Unordnung beschwert, und er hatte gelacht.

Sie hatte auch etwas mit ihren Haaren angestellt, fiel ihm plötzlich ein. Der strenge Knoten war verschwunden, und irgendwie lockten sie sich jetzt gefälliger um ihr Gesicht.

Ein hübsches Gesicht war es, das vor seinem inneren Auge auftauchte.

Weg damit!, befahl er sich und faltetet die Serviette auseinander, denn man servierte ihm die Vorsuppe.

»Hendryk, mein Alter, darf ich mich zu dir setzen?«

Erstaunt sah er auf. Leutnant von Benningsen stand neben seinem Tisch und grinste in sein verdutztes Gesicht.

»Aber natürlich. Nimm Platz, Ernst. Was treibt dich nach Bonn?«

»Kurierdienste. Die königliche Entscheidung betrifft auch das Militär, wie du weißt. Bin heute Nachmittag angekommen und habe keine Lust, durch die kalte Dezembernacht zurückzureiten.«

»Und was lässt dich die Annehmlichkeiten des Offizierscasinos der Ulanen verschmähen?«

»Der kleine Hinweis deiner Gattin, ich könne dich hier finden. Ich soll dir Grüße ausrichten.«

»Ah, danke!«

Auch Ernst bestellte sich ein Essen und ein Bier, und beide betrieben eine Weile freundschaftliche Konversation, während sie sich stärkten. Doch als die Teller abgeräumt waren, die Weinkaraffe auf dem Tisch stand und beide sich an dünnen Zigarren erquickten, lehnte der Leutnant sich vor.

»Es ist ganz gut, dass wir uns außerhalb treffen, mein Lieber.«

»Ist etwas geschehen?«

»Unterirdisches Gemunkel bei den Ulanen. Ich habe etwas die Ohren gespitzt. Dieser Corporal, von dem ich dir vor einiger Zeit berichtete, ist auf dich aufmerksam geworden.«

»Der von der Legion?«

»Genau, Gerhard Bredow. Er hat erfahren, dass du in Köln wohnst und mit Leonora Gutermann verheiratet bist. Deine Lebensumstände versetzen ihn offensichtlich in äußerstes Erstaunen. Hendryk Mansel hat wohl in der Legion keine bewundernswerten Spuren hinterlassen, könnte man seinen Bemerkungen entnehmen.«

»Hat es je einen Legionär gegeben, der das tat?«

»Sicher nicht, aber hier besteht eine persönliche Feindschaft, könnte man fast vermuten. Bredow hat den Ruf, ein korrekter Mann zu sein und eigentlich nicht zu unüberlegten Äußerungen zu neigen.

Aber er muss tatsächlich so etwas wie eine Drohung ausgestoßen haben, dass du mit ihm zu rechnen hast, falls du ihm noch einmal in die Quere kommst.«

Hendryk blies einen perfekten Rauchring.

»Dann werde ich eben seinen Weg nicht kreuzen.«

»Wenn es zu vermeiden geht ...«

»Gott, Ernst, es gibt so verdammt viele Wege, die ich nicht kreuzen soll oder darf.«

»Ja, die gibt es wohl. Viele davon haben ihren Ursprung in der Vergangenheit und in der Ferne. Ich fürchte, da gibt es noch ein weiteres Gerücht, das möglicherweise dich betreffen könnte. Hast du jemals die Frau von Jakob Jacobs kennengelernt?«

»Nein, du weißt, ich vermeide Gesellschaften.«

»Leonora nicht.«

»Sie ist mit ihr bekannt, ich weiß.«

»Frau Jacobs stammt aus Ägypten, und es heißt, sie war Hofdame beim Vizekönig!«

»Ich habe keine Hofdamen kennengelernt, Ernst. Andere – mh – Damen allerdings schon.«

Hendryk lächelte leicht bei der Erinnerung.

»Es gibt auch die Version – natürlich von bösartigen Zungen verbreitet –, sie sei alles andere als eine Hofdame gewesen. Am Hof agierte sie wohl schon, aber weniger als Dame, sondern als Tänzerin. Angeblich hat sich Jacobs einen ziemlichen Bären aufbinden lassen.«

»Das kann schon vorkommen.«

»Deine Gemahlin hingegen hält sie für eine vollendete Dame.«

»Sie kann es beurteilen. Wie heißt sie?«

»Camilla nennt sie sich.«

»Verdammt!«

»Auch ihre Wege solltest du wohl besser nicht kreuzen, oder?«

»Himmel, ich kann es versuchen. Aber es gibt unwahre Gerüchte und natürlich nicht nur eine Tänzerin an Mehemet Alis Hof. Und Gamila ist kein seltener Frauenname. Trotzdem danke, Ernst. Du bist ein guter Freund.«

Hendryk schwieg eine lange Zeit, und auch Ernst widmete sich still seinem Wein. Schließlich räusperte Hendryk sich und meinte:

»Es steckt sogar ein Vorteil darin, sollte sie jene Gamila sein, die ich einst traf.«

»Willst du sie beobachten lassen?«

»Nicht notwendig«, sagte er mit einem kleinen Lachen. »Die beste Detektivin lebt in meinem eigenen Haus. Ich werde Leonora vorsichtig nach ihr ausfragen. Wann hast du sie übrigens getroffen?«

»Gestern Nachmittag. Nur auf einen kurzen Plausch, ich hatte wenig Zeit. Sie sah hübsch aus.«

In Ernsts Augen stand ein mutwilliges Zwinkern, das Hendryk geflissentlich übersah.

»Ihr Vater ist ein Widerling!«

»Den Eindruck hatte ich auch.«

»Bei der Prüfung der Geländeunterlagen fand ich heraus, dass ihm diese abgewirtschafteten Mietshäuser in der Altstadt gehören, wo auch mein Sekretär gewohnt hat. Er presst aus den Leuten wirklich den letzten Pfennig heraus, für feuchte, schimmelige Hütten, deren Dächer kurz vor dem Einsturz stehen. Fensterscheiben sind zerbrochen, die Kloake stinkt zum Himmel, die Ratten spielen in den Hauseingängen. Aber er kauft Eisenbahnaktien. Und nicht zu knapp.«

»Da steht er nicht alleine, Hendryk. Du weißt, wie die Fabrikbesitzer mit ihren Arbeitern umgehen. Es wird irgendwann mehr als nur gelegentliches Aufbegehren geben, wenn es sich so weiterentwickelt. Wir haben immer mal wieder mit Protesten zu tun. Genau wie ihr an der Strecke.«

»Mit etwas menschenwürdigeren Bedingungen – ach, es regt mich auf, dass dieser Idiot von Gutermann sein Gebetskränzchen abhält und damit glaubt, in den Himmel zu kommen, statt die Häuser auszubessern.«

»Tja, Glaubensrituale und Messen scheinen viele Menschen mit Macht und Hoffnung zu erfüllen. Eine Beobachtung, die man immer wieder machen kann.«

»Man könnte dein Lächeln als süffisant bezeichnen, Ernst. Bist du kürzlich in der Messe gewesen?«

»Ich?«

Ernst lachte auf.

Hendryk bemerkte, dass Lüning den Raum durchquerte, und erwiderte sein devotes Nicken. Der Sekretär suchte sich einen abgeschiedenen Platz, um seinem Arbeitgeber nicht lästig zu fallen. Vermutlich hatte er noch bis jetzt im Kontor gearbeitet, um die Protokolle des Tages aufzubereiten. Nach dem strengen Verweis, den Mansel ihm erteilt hatte, waren seine Leistungen wieder besser geworden, auch wenn er hin und wieder mit übernächtigtem Blick auftauchte. Aber drei kleine Kinder in einer kleinen Wohnung gewährleisteten wohl nicht immer einen ungestörten Schlaf. Doch hatte Hendryk immer noch den Verdacht, dass der Mann irgendwelche Mittel nahm. An manchen Tagen verströmten seine Kleider den seltsam süßen Duft von Weihrauch – und Opium.

1838: Hendryks Tod

DES LEBENS MAI BLÜHT EINMAL UND NICHT WIEDER,
MIR HAT ER ABGEBLÜHT.

Schiller: Resignation

Es war schon eine miese Kaschemme, in der er ein Zimmer gefunden hatte. Aber wenigstens fragte hier keiner nach ihm. Der trottelige Junge brachte ihm, wenn er genügend Bakschisch erhielt, irgendein schmieriges Essen und derben Rotwein, und er sorgte auch dafür, dass die Pfeife immer mit den kleinen, klebrigen Kügelchen bestückt wurde, die ihm als Einzige das Leben erleichterten. Diese verdammten Wunden wollten nicht heilen. Aber wie sollten sie auch, in diesem Klima?

Ungemütlich rückte er sich auf der durchgelegenen Matratze zurecht. Die Laken stanken, Eiter, Schweiß und Urin tränkten sie inzwischen. Die schwarz schillernden Fliegen umsummten ihn unablässig, als sei er schon zum Kadaver geworden.

Draußen in der Hitze erhob ein Esel seinen klagenden Protest, und eine Männerstimme schimpfte unflätig vor sich hin.

Den Göttern sei Dank, dass es Opium gab.

Der Schlauch der Wasserpfeife ringelte sich wie eine schwarze Schlange das Bett hoch, und manchmal in seinem Dahindämmern schreckte er auf und glaubte wahrhaftig, von Vipern bedroht zu werden.

Er machte sich wenig Illusionen. Seit er nach dem Fall von Constantine notdürftig verarztet worden war – Himmel, er hatte tatsächlich ein Auge verloren –, war es weiter und weiter mit ihm bergab gegangen. Die Legion konnte ihn nicht mehr gebrauchen, und man hatte ihm seine Papiere ausgehändigt. Papiere, die auf den Namen Hendryk Mansel lauteten. Eine lächerliche Summe hatte man ihm verabfolgt und ihn dann mit einem Tritt in den Arsch auf die Straße befördert, sowie er seine Knochen wieder selbstständig bewegen konnte.

Weit kam er damit nicht. Noch immer hing er hier in Algier herum, die Hoffnung, ein Schiff zu finden, das ihn über das Mittelmeer brächte, hatte er aufgegeben. Nur manchmal noch hatte er wirre Träume von einem nebligen, kühlen Land. Seltsam, noch nie zuvor hatte er sich nach England zurückgesehnt. Jetzt, da es unerreichbar war, schmerzte ihn die Erinnerung daran.

Aber er würde hier verrecken, in dieser elenden Spelunke, und sein letzter Blick würde den Fliegenschissen an der Decke gelten.

Hoffentlich war es bald so weit.

Boudoir-Geschichten

Ein grosses Ressort im weiblichen Charakter
ist die Neugier.

Freiherr von Knigge: Über den Umgang mit Frauenzimmern

Während ihr Gatte noch in Bonn weilte, entschloss sich Leonie zu einem Akt des Ungehorsams. Nicht ohne einen leichten Gewissensbiss allerdings. Aber die Neugier besiegte den guten Vorsatz, ihrem Gatten zu folgen und nicht mehr an den okkulten Sitzungen bei Sonia von Danwitz teilzunehmen. Es war bei Weitem unterhaltsamer als die Teenachmittage mit oberflächlichem Geplauder über die neuesten Moden, die gängigen Theateraufführungen oder den Gesellschaftsklatsch.

Außerdem würde sie den Rittmeister von Crausen dort antreffen, ein Mann, der sie auf unerklärliche Weise anzog. Natürlich würde sie sich nicht zu irgendeiner Unziemlichkeit verleiten lassen, nein. Er war ein viel zu großer Anbeter Camillas, um ihr auch nur im Entferntesten näherzutreten. Aber er beherrschte die Kunst des Flirtens meisterlich, und das genoss sie. Denn weder ihr Gatte noch Leutnant von Benningsen neigten zu diesen pikanten Tändeleien.

In Sonias Salon hatten sich schon einige Herrschaften versammelt, sehr zu Leonies Missvergnügen auch die Generalin von Lundt und ihr Dackel von Sohn. Sie wechselte nur einige belanglose Worte mit ihnen und gesellte sich zu dem Rittmeister und der Gastgeberin, die verkündete, sie wolle später die Karten für ihre Gäste befragen. Man möge sich schon einmal entsprechende Fragen ausdenken, die man ihr, der Künderin des Schicksals, zu stellen wünschte.

»Nun, meine liebe Frau Mansel, was wird Sie wohl bewegen?«, fragte der Rittmeister, nachdem er ihr gewandt die Hand geküsst hatte. »Schönheit und eine gute Schneiderin sind Ihnen ja schon gegeben.«

»Schmeichler!«

»Aber nein, ich stelle nur Offensichtliches fest.«

»Nun, ich weiß nicht so recht, ob ich wirklich meine geheimsten

Wünsche in diesem Kreise offenbaren möchte«, meinte Leonie und ließ ihren Fächer kokett flattern.

»Oder fürchten Sie nicht eher die Antwort darauf, meine Teure?«

»Kann das Orakel mehr enttäuschen als die eintretende Wirklichkeit?«

»Eine kluge Frage, Madame.«

Seine blauen Augen leuchteten und verursachten ihr ein angenehmes Kribbeln unter dem Mieder.

»Befragen denn Sie das Orakel, Herr von Crausen? Wollen Sie wissen, was das Schicksal für Sie bereithält?«

»Nein, auch ich werde auf die Deutung der Zeichen verzichten. Das Schicksal meint es wohl mit mir.«

»Eine erfreulich optimistische Haltung, um die Sie sicher viele Menschen beneiden.«

»Nicht unverdient und durch Mühen erworben. Sehen Sie hier!« Er griff in seine Westentasche und zog ein dünnes Etui hervor. »Ich fand es vor geraumer Zeit auf meinen Reisen. Und seit jenem Zeitpunkt hat mich die Fortüne nicht mehr verlassen.«

Leonie betrachtete die runde, dünne Steinscheibe neugierig. Sie war vielleicht drei Finger breit im Durchmesser und wies die opalisierende Struktur eines spiraligen Schneckenhauses auf. Am Rand war ein Loch gebohrt, damit man sie wohl auch als Anhänger an einer Kette tragen konnte.

»Eine Versteinerung!«

»Sehr richtig, doch eine der ganz besonderen Art. Dieses ist ein Amulett, ein Glücksbringer, man nennt es Ammonshorn. Es stammt aus Ägypten, und es heißt, es sei dem alten Gott Ammon geweiht. Es scheint, er hat noch eine gewisse Macht, der alte Herr.«

»Ja, ich sah Abbildungen in einem Buch. Interessant, ich kannte diese Fossilien bisher unter dem Namen Schlangenstein, was sich vermutlich auch auf seine gewundene Struktur bezieht.«

Erstaunlicherweise wirkte der Rittmeister auf ihre Bemerkung ein wenig indigniert.

»Sie kennen sich mit Fossilien aus, Frau Mansel?«

»Nur wenig, sehr wenig. Wissen Sie, ich habe einen Onkel, Pastor Merzenich, drüben in Königswinter, der ein leidenschaftlicher Sammler dieser Steine ist. Er kraxelt in jeder freien Minute mit Hämmerchen und Schippe im Siebengebirge herum und sucht nach derartigen Fragmenten ausgestorbener Tiere.«

»Du liebes bisschen, ein Pastor?«

Sie lächelte.

»Er ist ein vielseitig interessierter Mann. Ich habe ihn ein-, zweimal bei seinen Exkursionen begleitet und fand sie recht anstrengend.«

»Nun, das sind solche Ausflüge auch und daher für zarte Damen auch nicht besonders geeignet.«

»Ich war noch ein Kind, damals. Aber sagen Sie, dann haben Sie vermutlich dieses Ammonshorn auch auf Ihrer ägyptischen Expedition ins Goldland gefunden?«

»Ganz richtig, liebe Frau Mansel, ganz richtig. Und – nun ja, wir waren vielen sehr kritischen Situationen dort ausgesetzt, aber ich bin, nachdem ich diesen Stein gefunden hatte, immer mit heiler Haut davongekommen. So etwas macht einen dann geneigt, an die schützenden Eigenschaften zu glauben, die die Einheimischen ihm nachsagen.«

Leonie erstaunte es ein bisschen, dass ein Mann, der als tüchtiger preußischer Offizier bekannt war, einem derartigen Glauben anhing, und konnte es nicht lassen, ihn mit nur einem Hauch von Neckerei zu fragen: »Dann haben Sie vermutlich auch mit seiner Hilfe einen der sagenhaften Pharaonenschätze gefunden?«

Es war, als gleite ein feines Zucken über sein Gesicht, und sie fragte sich, ob sie zu weit gegangen war. Aber dann lachte er auf.

»Nein, nein, meine Teuerste. So groß ist die Macht eines hübschen Fossils nun doch wieder nicht. Und was immer sich in den Grabkammern der Pyramiden an Schätzen einst angehäuft hat, haben weit frühere Besucher schon an sich genommen. Nichtsdestotrotz hatte ich eine gute Hand beim Kauf einiger Pferde von arabischem Blut, die mir jetzt erlauben, eine sehr gedeihliche Zucht oben im Hannoverschen zu betreiben. Das ist bei Weitem mehr wert als einige staubige Tongefäße aus muffigen Gräbern.«

Als letzte Besucherin wurde Camilla hereingeführt, und der Rittmeister entschuldigte sich bei Leonie, um sie zu begrüßen. Die Generalin nutzte die Gelegenheit, um sich an ihre Seite zu drängen, und als die schöne Ägypterin auf sie zukam, tönte sie in der Lautstärke von gedämpftem Bühnengeflüster: »Leonora, du solltest dich nicht mit dieser – äh – Frau abgeben. Dein Gatte kann den Umgang mit ihr wirklich nicht gutheißen!«

Die Empörung über diese Bemerkung schoss wie eine Stichflamme in Leonora hoch, und sie fragte schneidend: »Tatsächlich? Sprach er Sie darauf an?«

»Rede nicht in diesem Ton mit mir, Leonora. Dein Vater hat dich besser erzogen. Diese – äh – Frau hat einen äußerst zweifelhaften Ruf. Sieh sie dir doch nur an, dieser dunkle Teint. Wer weiß, von welchen Wilden die abstammt.«

»Offensichtlich von weitaus kultivierteren als Sie, Generalin!«, zischte Leonie und streckte Camilla die Hände entgegen. Die aber hatte das Geplänkel mitbekommen und wirkte plötzlich unendlich verletzlich. Sie dreht sich um und strebte dem Ausgang zu.

Leonie folgte ihr und legte ihr sacht die Hand auf den Arm.

»Ich muss mich für eine Frau entschuldigen, die sich den Anschein gibt, mit mir bekannt zu sein, Frau Jacobs.«

»Ach, Frau Mansel!« Die Ägypterin hatte tatsächlich Tränen in den Augen. »Entschuldigen Sie sich doch nicht. Es ist nicht das erste Mal, dass mir das passiert. Es hat irgendwer üble Gerüchte über mich verbreitet, und man schneidet mich von allen Seiten.«

»Ich werde das nicht tun. Und ich werde auch diese Gesellschaft verlassen, die sich derartig ungehörig benimmt.«

»Sie sind eine freundliche Dame, Frau Mansel. Aber ich will Sie nicht Ihres Vergnügens berauben.«

»Glauben Sie, die Generalin bereitet mir Vergnügen?«

Camilla Jacobs lächelte zaghaft.

»Nein. Wissen Sie was? Besuchen Sie mich. Ich habe Süßigkeiten nach Rezepten meiner Heimat hergestellt, und wir werden Mokka dazu trinken.«

Spontan willigte Leonie ein. Ohne auf die Einhaltung der guten Manieren zu achten, ließ sie sich ihren Umhang geben und verließ grußlos die Gesellschaft.

Das großzügige Wohnhaus der Jacobs war überaus gemütlich, licht und modern eingerichtet, doch gab es auch überall kleine Reminiszenzen an die geschäftlichen Orientkontakte des Hausherrn. Hohe

Alabasterlampen beleuchteten die Lotusblüten einiger Halbsäulenkapitelle, kompliziert geschnitzte Paravents trennten üppig gepolsterte Liegeplätze von konventionell eingerichteten Salons, einige kunstvolle Messinggegenstände zierten Tische und Truhen, wundervolle Schleierstoffe ersetzten schwere Portieren an den Fenstern.

»Jacobs versucht, mir etwas heimische Atmosphäre zu schaffen. Er ist ein ausgesprochen aufmerksamer Gatte. Kommen Sie mit in meine Räume, ich lasse uns die Erfrischungen bringen.«

Leonie hatte zwar den Ballsaal anlässlich der Vernissage kennengelernt und auch den Empfangssalon, in dem man sich zur Visite traf, doch die Privaträume hatte sie noch nicht betreten. Vage hatte sie eine orientalische Prachtentfaltung erwartet, doch nichts dergleichen fand sie vor. Der kleine Salon war überwiegend in Elfenbeinweiß gehalten, mit ein wenig Grün und Gold in den Akzenten. Nur die Pflanzen verdienten die Bezeichnung üppig, in einem Dutzend Kübeln standen Palmen und exotische Blütenpflanzen.

»Nehmen Sie Platz, meine Liebe. Ich werde uns den Mokka selbst bereiten. Naheema!«

Eine vollkommen in Schwarz gekleidete Dienerin huschte lautlos herein und nahm die Anweisungen entgegen. Mit aufrichtigem Vergnügen beobachtete Leonie, mit welcher Anmut ihre Gastgeberin auf einem kleinen Kocher Zucker und Kaffeemehl mischte und ganz langsam zum Schäumen brachte. Den Schaum goss sie dann vorsichtig in die winzigen Tassen und brachte den Kaffee noch einmal zum Kochen. Erst dann gab sie die Flüssigkeit auf den Schaum.

»Eine wahre Kunst, die Sie da ausüben!«

»Ich lernte es schon als Kind. Ja, es mag bei einer unkultivierten Wilden seltsam anmuten, sich mit derartigen Feinheiten auszukennen.«

»Die Generalin hat Manieren wie ein Bierkutscher. Ach was, ich beleidige damit sogar noch diese ehrlichen Arbeiter.«

»Sagen wir einfach, sie hat Figur und Auftreten eines Nilpferds.«

Leonie lachte leise und nippte an dem bittersüßen Getränk. Es schmeckte ungewohnt, aber nicht schlecht. Das Konfekt aus Trauben, Rosenwasser und Nüssen mundete ihr ebenfalls, und sie bat um das Geheimnis der Zubereitung.

»Das gebe ich Ihnen gerne mit, aber bitte, nennen Sie mich doch Camilla.«

»Aber gerne. Mich ruft man Leonie.«

»Ich bin Ihnen sehr zu Dank verpflichtet, Leonie. Sie sind eine der wenigen, die mir mit gleichbleibender Freundlichkeit begegnen.«

»Auch wir Abendländer, liebe Camilla, pflegen gelegentlich ein zivilisiertes Benehmen«, gluckste Leonie leise. »Wenn auch wohl nicht in allen Kreisen. Ich hätte nicht bei Danwitzens erscheinen sollen, mein Gatte billigt den Umgang mit Sonia nicht.«

Und Ursel auch nicht, wie ihr mit leichtem Amüsement einfiel. Ihr Zöfchen hatte, ganz wie es ihrem beratenden Stand gebührte, darauf hingewiesen, sie hielte Sonia von Danwitz für eine unschickliche Person. Befragt, wie sie zu dem Urteil kam, hatte sie gemurmelt, die Wäscherinnen hätten Entsprechendes erwähnt. Und nun bestätigte unwissentlich auch Camilla diese Feststellung.

»Ein kluger Mann, Ihr Gatte. Aber Sonias Zirkel übt naturgemäß einen aparten Reiz aus. Wollte sie heute wieder die Geister rufen?«

»Nein, sie sprach davon, aus den Karten zu lesen.«

»Eine Kunst, der des Mokkakochens nicht unähnlich. Und so, wie man auch diese im trauten Kreis pflegt, sollte man es auch mit den Weisungen des Tarot halten.«

»Ja, mir wäre es auch unangenehm gewesen, wirklich persönliche Fragen in dieser Runde zu stellen.«

»Aber Antworten suchen Sie, Leonie?«

Ja, gestand sie sich, Antworten suchte sie. Fragend hob sie die Augen.

»Natürlich. Ich kann es, und ich tue es, und sowohl was der Suchende mir anvertraut als auch die Antworten, die gegeben werden, bleiben in diesem Raum.«

»Es … es ist eine schändliche Wissbegier, die mich treibt.«

»Sicher. Es ist immer schändlich, die Geheimnisse anderer erraten zu wollen. Manchmal ist es leider auch unumgänglich, und in einigen Fällen kann es sogar lebenswichtig sein.«

Aus einer Vitrine nahm Camilla ein in Seide gewickeltes Päckchen und entfaltete es. Ein Stapel Karten kam zum Vorschein. Mit ihren ungemein beweglichen, anmutigen Händen mischte sie es.

»Was muss ich tun, damit mein Gatte Vertrauen zu mir fasst, Camilla?«

Die Ägypterin legte die Karten nieder, ohne sie aufzuschlagen.

»Ist Ihnen das wichtig?«

»Sehr. Es gibt … Unstimmigkeiten zwischen dem, was er sagt, und dem, was er zu sein scheint.«

»Ich bin Herrn Mansel noch nie begegnet. Jacobs kennt ihn und hält ihn für einen fähigen Geodäten und einen umgänglichen Mann von ausgezeichnetem Benehmen. Sie aber denken, er trägt ein Geheimnis mit sich herum?«

»Eines, das seinen Ursprung im Orient hat. Sie sind ihm nicht zufällig einmal dort begegnet?«

»Einem Mann mit diesem Namen nicht, nein. Ich habe einige Europäer kennengelernt. Einen englischen Dichter – ich fürchte jedoch, keinen erfolgreichen – und einen erheblich erfolgreicheren Altertumsforscher, den von Mehemet Ali beauftragten Expeditionsleiter Russegger natürlich und seinen Botaniker Theodor Kotschy, den Rittmeister und die beiden Mineralogen, die ihn auf der Expedition begleiteten. Später besuchte Fürst Pückler den Hof und natürlich Jacobs. Mit diesen Herren hatte er nichts zu tun?«

»Er war in Algier, in der Fremdenlegion.«

»Niemals.«

»Bitte?«

»Oder er müsste schon ein ausgesucht schwarzes Schaf einer sehr vornehmen Familie sein.«

»Erläutern Sie mir das.«

»Die Legion ist eine Truppe von Verbrechern und Gescheiterten, Männern, die sich dem Arm des Gesetzes entziehen wollen, die ohne Halt und Moral jedem dienen, der ihnen ein Gewehr in die Hand drückt. Einen Söldner dieser Art würde Jacobs sicher nicht als Herrn bezeichnen.«

»Genau diese Diskrepanz ist mir selbst auch schon aufgefallen. Aber – ach, lassen wir es auf sich beruhen, Camilla. Ich schäme mich eigentlich, in seinem Privatleben herumzuschnüffeln.« Und dass sie sich nur mit Mühe hatte zurückhalten können, in die umfänglichen Briefe Einblick zu nehmen, die er hin und wieder aus dem Ausland erhielt und nach deren Lektüre er meist eine schlechte Laune mühsam zu unterdrücken pflegte.

»Weil Sie gleichfalls nicht wünschen, dass er es in Ihrem tut!«

Leonie zuckte zusammen.

»Leonie, Sie sind so schwer nicht zu durchschauen. Uns verbindet mehr, als Sie denken. Auch ich bin aus ganz anderen Gründen als der reinen Liebe die Ehe eingegangen, und auch ich bemühe mich, mit Diskretion und Zurückhaltung eine für beide Seiten zufriedenstellende Form aufrechtzuerhalten. Aber einen Rat gebe ich Ihnen dennoch – auch ohne Karten: Halten Sie sich von dem Rittmeister fern. Er ist ein gefährlicher Flirt und dient nicht Ihren Zielen.«

»Aber er benimmt sich mir gegenüber wie ein tadelloser Herr.«

»Es war nur ein freundschaftlicher Rat. Und nun zeige ich Ihnen ein Geheimnis ganz anderer Art, das vielleicht weitaus mehr Ihren Absichten entgegenkommt. Begleiten Sie mich in mein Boudoir.«

Mit einem Töpfchen Lippenpomade und einem Schächtelchen Wimpernfarbe samt einem Bürstchen zum Auftragen in ihrem Retikül verabschiedete Leonie sich gegen Abend gut gelaunt von ihrer neuen Freundin.

Weihnachten 1842

Wo (in der Familie) gar keine Sympathie
in der Denkungsart ist,
wo gar keine Einigkeit und Freundschaft herrschen,
da lasse man sich doch lieber ungeplagt,
betrage sich höflich gegeneinander, wähle sich
aber Freunde nach seinem Herzen.

Freiherr von Knigge: Von dem Umgange unter Eltern, Kindern und Blutsfreunden

Es hatte gefroren, aber nicht geschneit, weshalb die Kutschfahrt nach Bonn zwar holperig war, aber nicht zu unangenehm. Aufgeweichte Wege, in denen man stecken blieb, wären bei Weitem ein größeres Ungemach gewesen als das Rumpeln durch die vereisten Fahrspuren. Unter ihren Füßen hatten sie in Flanell eingewickelte heiße Steine, Pelzdecken lagen über ihren Knien, und seine Gattin ihm gegenüber hatte die Hände in dem flauschigen weißen Muff verborgen, den er ihr geschenkt hatte. Sie war überrascht und gerührt gewesen, aber noch mehr hatten die Kinder sich über die Geschenke gefreut, die sie ihnen gemacht hatten. Leonora hatte Kleider für sie gekauft, solide, aber auch hübsche Sachen, die besser aussahen als die tristen Dienstbotengewänder, die sie bisher getragen hatten. Sie hatten sich erfreut bedankt, vollends überwältigt aber waren sie von den Gaben, die er ihnen überreichte – einen bunten Atlas mit Bildern von Tieren, Menschen und Landschaften aus aller Welt und einen kleinen Sammelkasten mit einigen Mineralien und Fossilien darin.

Und die Krönung, das musste er zugeben, war Leonoras Überraschung – zwei gleich aussehende Plüschbären, einer als Mädchen, der andere als Junge gekleidet.

Die Dienstboten hatten frei an diesem Tag, und noch einmal waren Ursel und Lennard überrascht, dass er sie nicht auf ihr Zimmer schickte, sondern sie bat, sich mit ihm und Leonora zu einem ernsten Gespräch im Wohnzimmer einzufinden. Dort hatte er ihnen erklärt, es würde sich ab jetzt einiges für sie ändern. Zwar sollten sie weiterhin ihren häuslichen Pflichten nachkommen und ihre Lektionen erhalten, aber darüber hinaus würden sie nun als Mitglieder der Familie gelten und an Tagen, an denen keine Gäste erwartet wurden, an den gemeinsamen Mahlzeiten teilnehmen. Ihr Erstaunen darüber war selbstredend groß. Als Grund für diese Entscheidung gab er ihnen an, es sei nun endgültig geklärt, dass sie die leiblichen Abkommen eines entfernten Verwandten seien, der durch einen tragischen Unfall ums Leben gekommen sei, bevor er ihre Mutter habe heiraten können. Es habe aber wegen der Unterbringung im Waisenheim einige Schwierigkeiten gegeben, dem wahren Sachverhalt auf die Spuren zu kommen.

Sie hatten es ohne weitere Fragen akzeptiert, genau wie Leonora, was er wohlwollend registrierte. Sie hatte sich Gedanken über die Herkunft der Kinder gemacht, das wusste er nur zu genau, und so völlig von der Hand zu weisen war der Verdacht ja auch nicht, sie könnten seine eigenen Bastarde sein.

Später hatten sie gemeinsam den Gottesdienst in der Antoniterkirche besucht und sich dann an den kalten Speisen bedient, die Jette auf der Anrichte für sie bereitgestellt hatte. Der gestrige Heiligabend war danach sehr ruhig verlaufen, am Weihnachtstag aber stand der Besuch bei der Familie in Bonn an – die Einladung Gutermanns konnte man schlichtweg nicht ausschlagen. Großes Vergnügen erwartete sich Hendryk nicht davon, wollte aber Leonora die Festlichkeit im Kreise ihrer Lieben nicht versagen.

Sie verhielt sich schweigsam die Fahrt über, und so vertiefte er sich in ein Magazin.

Das Haus der Gutermanns war mit Tannenzweigen geschmückt und hell erleuchtet. Als sie eintrafen, waren bereits zahllose Familienangehörige versammelt, einige erkannte er von der Hochzeitsfeier her wieder, andere waren ihm fremd. Leonora, so stellte er fest, begrüßte ihren Vater mit steifer Höflichkeit, aber ohne jede Wärme, ihre Stiefmutter etwas herzlicher und auch die anderen, offensichtlich diverse Onkel, Tanten oder Cousins aus unterschiedlichen Linien. Einzig Edith und Sven umarmte sie mit echter Herzlichkeit. Ihm selbst begegnete man mit einer gewissen, mehr oder weniger verborgenen, Neugier. Lediglich Rosalie lächelte ihn überschwänglich an und plapperte fröhlich über die Geschenke, die sie erhalten hatte. Er musste sich von ihrer stürmischen Umarmung freimachen, um endlich dem Diener zu folgen, der ihn zu einem Raum brachte, in dem er die Reisekleidung gegen den Gesellschaftsanzug wechseln konnte.

Da er nicht besonders gut bekannt mit den versammelten Herrschaften war, beschränkte er sich vornehmlich darauf zu beobachten. Seine Schwiegermutter, schwanger, wie er wusste, hatte diesen Zustand unter einem streng geschnürten Mieder verborgen, was möglicherweise für ihre giftige Laune verantwortlich war. Sie kommentierte Leonoras geschmackvolles Kleid recht abfällig, was diese aber mit guter Haltung ignorierte, genau wie ihre ständigen Hinweise auf die ausbleibende Fruchtbarkeit der Familie Mansel. Gutermann schwadronierte über seine erfolgreichen Investitionen und die sozialen Verpflichtungen, denen er und seine Bruderschaft unablässig nachkamen. Da es sich um ein familiäres Fest handelte, durften auch die Kinder daran teilnehmen, und Edith kümmert sich darum, dass sie mit kleinen Spielen beschäftigt waren. Es schienen im Großen und Ganzen wohlerzogene Buben und Mädchen zu sein, einzig Rosalie fiel unter ihnen immer wieder auf. Zunächst hatte sie einen geradezu irren Lachanfall bekommen, als Leonie ihr die kleine Aufziehmaus auf Rädern geschenkt hatte und sie über den Boden sausen ließ. Dann hatte sie das Spielzeugtier an sich genommen und wie ein Kind gewiegt.

»Du musst es hier aufziehen, Rosalie, dann läuft es wieder!«, hatte Leonora erklärt.

»O ja, aufziehen. Mach das, Leonie!«

Also hatte sie das Schlüsselchen ein paarmal umgedreht und die Maus laufen lassen. Wieder erfolgte dieses Gelächter, aber als die Feder abgelaufen war, packte das Mädchen das Spielzeug und brachte es zu ihr zurück.

»Aufziehen, Leonie.«

»Ich habe dir gezeigt, wie man es macht. Hier, mit dem Schlüssel!«

Dann hatte sie sich abgewandt und ihre kleine Schwester fürderhin ignoriert. Der schien das aber nichts auszumachen, sie kam stattdessen zu Hendryk und bat mit einem hübschen Lächeln, er möge die Maus aufziehen.

Es machte ihn ein wenig stutzig, dass sie sich nicht selbst getraute, den Schlüssel zu drehen, immerhin war sie schon zehn oder elf Jahre alt, genau wie die Zwillinge. Aber er tat ihr den Gefallen ein-, zweimal.

Andere waren weniger gefällig, und irgendwann kam es zu einem kleinen Tumult unter den Kindern, als nämlich ein sechsjähriger Steppke laut rief: »Die Rosalie ist so blöd. Die kann noch nicht mal die Maus aufziehen.«

Der Junior wurde zur Ordnung gerufen, aber seine etwas ältere Schwester verteidigte ihn trotzig: »Die Rosalie ist wirklich blöd. Die kann noch nicht mal lesen!«

Tatsächlich fand Hendryk allmählich eine weitere Erklärung für das zurückhaltende Verhalten seiner Gattin Kindern gegenüber.

»Sie ist nicht besonders klug, die Kleine«, meinte er leise zu Sven, der sich mit einem Punschglas zu ihm gesellt hatte.

»Nein, sie ist ganz und gar nicht klug, und Elfriede, ihre Stiefmutter, verschließt leider die Augen davor. Sie sieht nur das niedliche Frätzchen und das sonnige Gemüt, das Rosalie ohne Zweifel hat. Aber das Kind bräuchte eine ganz andere Art von Zucht. Mit Ursel und Lennard haben Sie wirklich Glück, Mansel. Das sind intelligente, aufmerksame Kinder. Ich nehme an, sie haben es sogar geschafft, ihre bedrückende Vergangenheit zu überwinden. Werden Sie sie anerkennen?«

»Wie kommen Sie darauf?«

»Hören Sie, ich mag zwar auf einem Auge blind sein, aber das andere erkennt eine Ähnlichkeit, wenn es sie sieht.«

»Sie sind nicht meine Kinder.«

»Nein. Aber sie sind verwandt mit Ihnen.«

»Ich möchte dieses Thema hier nicht diskutieren, Becker.«

»Ist recht. Oh, um Himmels willen! Elfriede, beende das!«

Sven fuhr Gutermanns Frau an und wies auf Rosalie, die sich jetzt auf den Schoß ihres Vaters gesetzt hatte und mit ihm zu schmusen begann. Es wirkte in der Tat recht unpassend, denn das Mädchen hatte schon gewisse weibliche Attribute entwickelt. Ihre Stiefmutter zuckte jedoch nur mit den Schultern und flötete: »Ach, lass doch das Elfchen. Es ist doch nur ihr Vater!«

Edith allerdings ging auf Rosalie zu und zog sie von seinen Knien. Ohne zu maulen, folgte sie ihr artig zu den anderen Kindern.

Hendryk wandte sich ab und geriet in die Fänge einer gesetzten Dame, die ebenfalls kopfschüttelnd das Geschehen betrachtete.

»Das ist schon erstaunlich, zwei völlig normale Kinder und dann dieses Nesthäkchen. Leonora war als kleines Mädchen so wissbegierig und von schneller Auffassungsgabe, sie hat in manchen Dingen sogar ihren Bruder überflügelt.«

Er hatte Mühe, seine Überraschung zu verbergen.

»Leonora hat einen Bruder?«

»Gott, ja, sie hatte. Matthias war gut ein Jahr jünger als sie, ein hübscher Junge. Es ist so ein beklagenswerter Umstand, dass er starb. Gerade zwölf ist er geworden, 1831 hat ihn eine Blinddarmentzündung dahingerafft. Leonie hat es fast nicht überwunden; sie standen sich sehr nahe, die beiden. Sie war danach lange Zeit sehr verschlossen. Aber inzwischen hat sie sich ja wieder ganz erfreulich gefangen. Die Ehe mit Ihnen bekommt ihr wohl recht gut.«

»Ja – äh –, ich hoffe es!«

Hendryk hatte alle Mühe, nicht zu stammeln, und stürzte den Punsch mit einem Schluck hinunter.

»Es hat auch Gutermann sehr gegrämt. Der Junge war sein ganzer Stolz. Er wünschte sich so sehr einen männlichen Erben, aber Dora hat nach Leonora nur noch zwei Fehlgeburten gehabt. Immerhin kam dann ein Jahr später doch noch Rosalie zur Welt. Aber – nun ja, Sie sehen ja selbst. Jetzt setzt Gustav seine Hoffnung auf Elfriede.«

»Dann kann man ihr ja nur alles Gute wünschen.«

Mühsam bewahrte Hendryk seine Fassung und wurde zum Glück von Edith erlöst, die offensichtlich seinen verstörten Blick aufgefangen hatte.

»Nun, Herr Mansel, jetzt sind Sie im Familienkreis aufgenommen«, sagte sie und schob ihn Richtung Punschschüssel. »Nehmen Sie sich noch einen Becher, Sie sehen etwas blass um die Nase aus. Aber seien Sie vorsichtig damit, er ist nicht ohne Nebenwirkung!«

Er tat es und fragte dann mit leiser Stimme: »Um Himmels willen, Fräulein Becker, warum hat meine Frau mir nichts von dem Schicksal ihres Bruders erzählt? Ich hätte ihr doch nie im Leben Vorwürfe gemacht, als Ursel erkrankte.«

»Herr Mansel, gibt es nicht auch in Ihrem Leben Dinge, an die Sie lieber nicht rühren möchten?«

Er stellte das Punschglas ab, ohne zu trinken.

»Verzeihen Sie, ich bin fassungslos.«

»Sie müssen in einer glücklichen Familie aufgewachsen sein. Nicht allen ist das vergönnt, mein Freund. Hinter manchen geputzten Fassaden gibt es dunkle Zimmer. Wenn sie von sich aus bereit ist, Ihnen davon zu erzählen, versuchen Sie, Verständnis für sie aufzubringen. Aber tun Sie mir den Gefallen und drängen Sie Leonie nicht, Ihnen darüber zu erzählen.«

Er schwor sich, das ganz bestimmt nicht zu tun. Edith hatte völlig Recht, an manchen Ereignissen der Vergangenheit rührte man besser nicht, und manche Türen zu sehr dunklen Zimmern blieben besser verschlossen.

Vielliebchen

Ich habe bemerkt, dass man
(dies ist besonders bei Damen der Fall)
sich beim Tanze oft von einer nicht
vorteilhaften Seite zeigt.
Wenn das Blut in Wallung kommt, so ist die Vernunft
nicht mehr Meister der Sinnlichkeit.

Freiherr von Knigge: Über das Betragen bei verschiedenen Vorfällen im menschlichen Leben

Qualmwolken ausstoßend, stand das eiserne Ungeheuer auf den Gleisen und harrte des Moments, an dem es seine gewaltige Kraft entfalten sollte, um die lange Reihe von Wagen über die Schienen Richtung Aachen zu ziehen. Leonie fühlte sich so aufgeregt wie ein Kind, während sie an dem Arm ihres Mannes den Perron entlangging, um ihr Coupé aufzusuchen. Es war das erste Mal, dass sie mit der Eisenbahn fahren sollte. Von Köln die ganze Strecke bis nach Aachen.

Auf der Rückfahrt von Bonn, am Morgen nach der Weihnachtsfeier in ihrem Elternhaus, hatte er sie gefragt, ob sie Lust habe, einen Silvesterball in Aachen zu besuchen, zu dem der Vizedirektor der Rheinischen Eisenbahngesellschaft, David Hansemann, ihn eingeladen habe. Zuerst wollte sie ihren Ohren nicht trauen. Bisher hatte ihr Gatte es ja mit unglaublichem Geschick geschafft, sich jeder Geselligkeit zu entziehen, deswegen hatte sie nur gestottert, sie habe kein geeignetes Ballkleid.

»Meine Liebe, wir haben noch fünf Tage Zeit, da wird sich doch etwas Passendes finden lassen!«, hatte er lächelnd entgegnet. »Vor allem, wenn Sie nicht auf den Preis achten müssen, nicht wahr?«

Am Nachmittag noch hatte sie Gawrila aufgesucht und tatsächlich von ihr das Versprechen erhalten, ihr ein Ballkleid bis zum Dreißigsten anzufertigen. Unter der Voraussetzung, dass sie keine besonderen Wünsche äußere, hatte sie, barsch wie immer, hinzugefügt.

»Wie könnte ich, Madame Gawrila, da Ihre Kreationen doch bisher immer voll und ganz meinen Vorstellungen entsprochen haben. Nur – machen Sie es ein wenig – mh – aufsehenerregend?«

»Schneiden Sie endlich Ihre Haare ab. Bis zu den Schultern, falls Sie zu mehr nicht den Mut haben. Und – ja, Sie werden die Attraktion auf dem Ball sein. Das verspreche ich Ihnen«, hatte sie dann freundlicher hinzugefügt.

Zöfchen Ursel zumindest hatte das Kleid begeistert gemustert, und zwar lange und atemlos, als sie es aus dem Seidenpapier nahm, in dem Gawrila es geliefert hatte. Die Farbe war schlichtweg umwerfend. Ein Rotton, den allenfalls noch die Morgensonne zaubern konnte, wenn sie zehenspitzig auf nebligen Bergeshöhen tanzte. Seidentaft, knisternd, glänzend, am Saum eingewebt ein kompliziertes Paisleymuster, tief dekolletiert, der Ausschnitt mit einem Nebelhauch von blassorangefarbenem Organza umwogt. Ein transparenter Shawl gleicher Machart lag dabei und ein Federtuff in passendem Rot für die Haare.

Die jetzt nur noch bis auf ihre Schultern fielen.

Was das Zöfchen Ursel mit großer Genugtuung erfüllte, wie sie wusste.

Ihr Gatte hatte es nicht bemerkt.

Ernst von Benningsen hingegen sofort.

Er hatte zwei Tage nach Weihnachten bei ihnen vorgesprochen und keinerlei Erstaunen über den neuen Status der Zwillinge geäußert, die mit ihr zusammen im Wohnzimmer saßen und zu ihrem Klavierspiel Weihnachtslieder sangen. Er hatte sogar fröhlich mit einem ausgezeichneten Tenor eingestimmt. Dann hatte auch er den Kindern kleine Geschenke überreicht, eine Puppe für Ursel und eine Holzlokomotive für Lennard. Sehr manierlich hatten die beiden sich bedankt und sich dann zurückgezogen.

»Die werden vermutlich nicht mehr ausbüxen!«, grinste Ernst, nachdem sie die Tür hinter sich geschlossen hatten.

»Nein, ich hoffe nicht. Hat Mansel Sie von dem neuen Arrangement unterrichtet?«

»Er tat es. Was er mir nicht sagte, war, dass Sie Ihre Haare geopfert haben, Leonora.«

»Es ist seiner Aufmerksamkeit vermutlich entgangen.«

»Er schaut Sie zu wenig an. Dabei sind Sie eine solche Augenweide. Die Coiffure steht Ihnen ausgezeichnet.«

»Er hat ja nur ein Auge, das wird er für wichtigere Zwecke benötigen!«, hatte sie, ein wenig spöttisch, angemerkt.

»Manchmal könnte man meinen, er sei blind auf beiden. Aber nun gut, verlief Ihr Weihnachtsfest angenehm?«

Sie plauderten eine Weile, wobei Ernst sich ein wenig betrübt zeigte, dass der Dienstplan ihn in diesem Jahr gezwungen hatte, in Köln zu bleiben, statt die Feiertage bei seinen Eltern zu verbringen.

»Wo leben Ihre Eltern eigentlich? Ich habe Sie nie danach gefragt.«

»In der Nähe von Hannover, auf einem Rittergut bei Barsinghausen. Das ist ein kleines Städtchen am Deister, einem idyllischen Höhenzug, mit einem schönen alten Kloster, Kohlevorkommen und Zuckerrüben. Für deren Verbreitung tragen mein Vater und mein älterer Bruder die größte Verantwortung.«

»Damit wir unsere süßen Pralinés bekommen – ein wahrer Wohltäter, der Herr Papa!«

»Darin und auch in anderen Dingen. Er hat zwar recht fortschrittliche Ideen, was die Landwirtschaft betrifft, ist aber ein rechter Traditionalist, was die Behandlung seiner Pächter anbelangt.«

»Er trägt Knute und Peitsche immer bei sich?«

»Im Gegenteil, er ist einer der wenigen Grundherren, die noch der Meinung sind, er sei für jede Familie, die für ihn arbeitet, persönlich verantwortlich.«

»Das mag ihn von vielen der neuen Industriellen und Fabrikbesitzer unterscheiden.«

»Es ist die Frage, wie lange seine Leute es ihm noch danken.«

Leonie verfolgte auch die politischen Artikel in der Presse regelmäßig, vor allem, seit ein Herr Karl Marx die Redaktion in der Kölnischen Zeitung übernommen hatte. Es bereitete ihr Vergnügen, sich mit Ernst über diese Themen zu unterhalten, denn er wich ihr nie aus mit der Begründung, das Sujet sei für eine Dame nicht geeignet. Doch sie kamen auch bald wieder auf oberflächlichere Themen zu sprechen, und sie führte ihn behufs Begutachtung einer selten blühenden Kakteenart in den Wintergarten. Die Sonne neigte sich schon am frühen Nachmittag dem Horizont zu, und in der

Dämmerung stand er neben ihr und bewunderte die duftende weiße Blüte.

»Sie haben Recht, sie ist schön, Leonie. Doch sie verblasst neben Ihnen wie das Abendlicht draußen über den Dächern. Sie hingegen leuchten, Liebste.«

Es klang ein wenig traurig, und sie sah zu ihm auf. Ja, auch er war ein gut aussehender Mann, die schmale Brandnarbe in seinem Gesicht fiel dabei nicht ins Gewicht. Gleichbleibend freundlich, aufrichtig interessiert, hilfsbereit und liebenswürdig. Er schien auch Mansel gegenüber ein aufrichtiger Freund zu sein, der einzige, von dem sie wusste. Und unter all dem litt er ganz offensichtlich.

Denn er zeigte alle Anzeichen dafür, dass er sich in sie verliebt hatte.

Sie hob langsam ihre Rechte, und er führte sie an seine Lippen.

»Ich bin ohne Hoffnung, nicht wahr?«, fragte er leise.

»Es tut mir so leid, Ernst. Verzeihen Sie«, flüsterte sie.

Es tat ihr wirklich leid. Sie nahm an, ihr Gatte würde vermutlich der Auflösung ihrer Ehe nicht im Wege stehen, wenn sie die Gefühle des Leutnants aufrichtig erwiderte und sie ihm diesen Umstand eingestand. Aber einerseits empfand sie lediglich Freundschaft für Ernst, und zum anderen – ja, zum anderen wünschte sie nicht, die Ehe aufzulösen.

Diesen Gedanken hing sie nach, als sie in dem schön gepolsterten privaten Coupé saß. Seit dem Weihnachtsfest hatte sich ihr Ehemann außergewöhnlich umgänglich und liebenswürdig gezeigt. Vielleicht, weil derzeit die Arbeiten an der neuen Trasse ruhten und er daher mehr Zeit zu Hause verbrachte. Jedenfalls genoss sie seine Anwesenheit, die anregenden Gespräche, die sie führten, und die sehr kleinen Vertraulichkeiten, die sich langsam zwischen ihnen entwickelten.

Sie blickte aus dem Fenster und sah die Landschaft an sich vorbeirasen. Es machte ihr, im Gegensatz zu anderen Reisenden, keine Angst, es verursachte ihr weder Übelkeit noch Schwindel. Sie war einfach nur froh darüber, nicht in der Kutsche reisen zu müssen, denn diesmal hatten heftige Regenfälle die Straßen in einen unguten Zustand versetzt, und schon hatte sie auf der Strecke wenigstens drei Fahrzeuge gesehen, die mit gebrochenen Rädern gestrandet waren.

Dem Dampfross aber auf seinem stählernen Pfad machte das Wetter nichts aus. Und das teilte sie jetzt ihrem Gatten auch mit.

»Das ist wirklich ein Fortschritt, da haben Sie Recht, Leonora. Obwohl wir auch schon Probleme haben, wenn etwa heftige Sturzregen den Damm unterspülen oder wenn Schneewehen die Strecke blockieren.«

Er schien guter Stimmung zu sein und unterhielt sie mit verschiedenen Episoden aus der Zeit, in der er für eben diese Strecke gearbeitet hatte. Zu vielen Landmarken, Haltestellen, Brücken oder Tunnels konnte er ihr lehrreiche Anmerkungen machen, die ihr einen unerwarteten Einblick in seine Aufgaben erlaubten. Die Zeit verging schnell, und bald hatten sie das Offermann'sche Hotel am Graben erreicht. Es blieb ausreichend Zeit für einen leichten Imbiss, dann machte sie sich mit Hilfe eines gefälligen Zimmermädchens daran, die Abendgarderobe anzulegen. Ihr Gatte hatte ihr zuvorkommenderweise die Suite dafür überlassen und war im Teesalon geblieben.

Die Frisur hatte sie mit Ursels Hilfe nach den Angaben des Coiffeurs bereits aufgesteckt, es bauschten sich ihre braunen Locken, in denen in dieser gefälligen Form feine Goldsträhnchen aufleuchteten, um ihr Gesicht, ließen aber die schöne Nackenlinie frei und wurden nun auf dem Scheitel von dem kleinen Tuff gehalten, von dem sich eine Feder schmeichelnd an ihrer rechten Wange kräuselte. Sie nahm auch die »ägyptischen Geheimnisse«, wie sie Ursel gegenüber die Schminkwerkzeuge genannt hatte, zur Hand, färbte sich vorsichtig die Wimpern, legte einen Hauch Rouge auf die Wangen und tupfte die rosig schimmernde Pomade auf die Lippen. Sie hatte lange geübt, damit niemand auf die Idee kommen konnte, sie als angemalt zu bezeichnen. Ganz dezent betonten jedoch diese kleinen Wundermittelchen ihre Vorzüge.

Das größte Wunder bewirkte das Kleid.

Als sie in den Spiegel blickte, strahlte sie.

Ihr Gatte klopfte an der Tür und fragte, ob sie fertig sei.

»Ja, ich bin bereit, treten Sie ein und urteilen Sie!«

Er öffnete die Tür, und zu ihrer Befriedigung sah sie ihn sprachlos und sie mit offenem Mund anstarren, bis er sich einen Ruck gab.

»Leonora?«

»Noch immer dieselbe. Es war nicht eben die Rechnung für einen Kartoffelsack, ich weiß. Aber ich denke, die Ausgabe hat sich gelohnt«, kicherte sie.

»Nein, kein Kartoffelsack. Aber ich habe bald die Vermutung, Sie wären sogar in der Lage, einem solchen trüben Gegenstand Glanz zu verleihen. Madame, Sie sind eine Schönheit!«

»Cinderella möchte nun zum Tanz geführt werden!«

»Ganz zu Diensten, meine Prinzessin. Die Kutsche wartet.«

Es war eine glanzvolle Veranstaltung, der Silvesterball im Hause Hansemann. Wieder gewann Leonie einen neuen Eindruck von ihrem Gemahl, der offensichtlich von den Honoratioren sehr geschätzt wurde. Bankbesitzer, Wagon- und Dampfkesselfabrikanten, leitende Ingenieure und Aktionäre der Eisenbahn stellte er ihr vor. Er sprach mit den englischen Ingenieuren fließend in deren Muttersprache, etwas stockender war seine Konversation mit den Französisch sprechenden Belgiern, immer wieder charmant bei den Damen in jeder Sprache. Aber auch sie sonnte sich in den unzähligen Komplimenten, die sie erhielt. Ihre Tanzkarte war schnell gefüllt, aber den letzten Tanz des Jahres hatte sie frei gehalten. Sie hoffte, ihr Ehemann würde sich dazu bereitfinden, den Walzer mit ihr zu tanzen.

Von ihren verschiedenen Partnern erhielt sie ein gutes Bild, wie Hendryk von der Gesellschaft beurteilt wurde. Man sagte ihm allenthalben einen ausgezeichneten Leumund nach, deutete an, dass er der Arbeit im Grunde nur aus Liebhaberei nachging, da er ein eigenes Vermögen besaß, und war deshalb besonders angenehm berührt, in ihm einen so verantwortungsvollen und gewissenhaften Fachmann gefunden zu haben.

Nur einmal gab es einen winzigen Missklang. Als Leonie die Damengarderobe aufsuchte, um sich frisch zu machen und ihre vom Tanzen ein wenig zerzauste Frisur zu richten, fand sie eine junge Frau vor, die sie mit einem giftigen Blick musterte und ihr, als sie um den Spiegel bat, den fast vor die Füße geworfen hätte.

»Pardon, habe ich Sie unwissentlich gekränkt, Fräulein? Dann tut es mir leid!«, sagte sie versöhnlich, doch in dem Augenblick rollten schon die Tränen. Schnupfend stieß die junge Dame hervor: »Er hat Sie geheiratet!«

»Oh. Herr Mansel, ja.«

»Hendryk!«, schluchzte die andere auf, und Leonie kam die Erinnerung an eine Bemerkung über gebrochene Herzen. »Ich hoffe, er hat in Ihnen keine ungebührlichen Erwartungen geweckt!«

»Nein, ich war die dumme Gans, die sich Hoffnungen gemacht hat. Aber Sie sind ja auch viel schöner als ich!«

»Liebes!« Leonie legte ihr die Hand auf die makellos weiße Schulter. »Sie sind genauso hübsch, wenn Sie sich die Nase ein bisschen pudern und die Augen mit kaltem Wasser kühlen.« Sie winkte einem der aufwartenden Mädchen zu und bat um Entsprechendes. »Ich bin sicher, einigen der jungen Herren, die sich auf Ihrer Tanzkarte eingetragen haben, bricht inzwischen das Herz, weil Sie ihnen entflohen sind.«

Als sie endlich wieder in den Ballsaal zurückkehrte, fand sie ihren herzbrechenden Gatten geradezu in Champagnerlaune vor. Er verwies einen sich vor ihr verbeugenden Tanzpartner auf seine Rechte als Ehemann und führte sie zu einem Büffet mit Erfrischungen.

»Sie amüsieren sich leidlich, Leonora?«

»Mäßig, mein Gemahl. Oh, Himmel, ich wälze mich förmlich in Schmeicheleien und werde Ihnen zukünftig eine höchst eitle und anspruchsvolle Gattin sein.«

»Obwohl Sie in den letzten Monaten von Tag zu Tag hübscher geworden sind, habe ich doch bisher keine Spur von Eitelkeit bemerkt. Trotz ja – und gelegentlich Ungehorsam. Und ehrlich gesagt, gewöhne ich mich sogar daran.«

»Sie verwöhnen mich, mein Herr!«

Sie griff in ein Schälchen und nahm eine Mandel heraus.

»Soll ich sie Ihnen aufbrechen?«

»Nein, danke. Ich habe von Lennard die Bubenfähigkeit erlernt, Nüsse aller Art zu knacken.«

»Die Kinder scheinen einen verwildernden Einfluss auf Sie auszuüben.«

»Ungeheuerlich. Er hat mir auch versprochen, mir beizubringen, wie man einen schrillen Pfiff durch zwei Finger erzeugt. Das ist sehr wirkungsvoll, wenn man eine Droschke rufen möchte!«

Ihr Mann lachte auf.

»Ich stelle mir gerade die elegante Frau Mansel vor, die einen solchen Lausbubenpfiff von sich gibt. Der nächste Droschkenkutscher wird vom Bock fallen!«

Auch die nächste Mandel brach sie mit Geschick auf und gab dann einen kleinen Freudenschrei von sich. Zwei Kerne waren darin.

»Ein Vielliebchen, schauen Sie!«

»In der Tat.«

»Möchten Sie es mit mir teilen, mein Gemahl?«, fragte sie schelmisch. Auch sie hatte der Champagner übermütig gemacht.

»Soll ich mich Ihnen wirklich verpflichten, Leonora?«

»Haben Sie Angst vor Ihrer Vergesslichkeit oder vor meinen Forderungen?«

Der Gastgeber, der das kleine, allgemein übliche Spiel beobachtet hatte, bei dem es darum ging, dass derjenige, der mit einem anderen den angebotenen Doppelkern einer Nuss aß, dem anderen ein Geschenk schuldete, wenn er vergaß, sich an dieses Ereignis zu erinnern, trat lächelnd näher und meinte: »Ihre Gattin stellt geschickte Fangfragen, Mansel. Jetzt wird es schwierig, sich herauszuwinden!«

»Ich werde all meinen Mut zusammennehmen und diese Mandel aus der zarten Hand Leonorens entgegennehmen, mag auf mich zukommen, was wolle!«

»Gesprochen wie ein Mann!«

Er aß die Mandel und lächelte sie mutwillig an.

»Wie lauten Ihre Regeln, Madame?«

»Wann immer Sie etwas aus meiner Hand entgegennehmen, haben Sie sich zu erinnern! Ab morgen früh gilt's, Herr Mansel.«

Hansemann lachte und hob warnend den Finger.

»Eine harte Zeit steht Ihnen bevor. Aber nun spielen die Musiker zum letzten Walzer des Jahres auf. En avant!«

»Geben Sie mir die Ehre, Madame, diesen Walzer mit Ihnen zu tanzen?«

»Mit großem Vergnügen, mein Herr!«

Es war das erste Mal, dass sie mit ihm tanzte, ihre Hochzeitsfeier war ja rüde durch einen Erdstoß beendet worden. Ein wenig hatte sie die Befürchtung, sein schwacher Fuß könne ihn möglicherweise unbeholfen wirken lassen, aber das zerstreute sich, als sie die ersten Schritte mit ihm durch den Saal schwebte. Er tanzte hervorragend, und sie ließ sich gehorsam und willig von ihm durch die gleitenden Drehungen führen.

Mit einem lauten Akkord endete die Musik, und der Kapellmeister verkündete die letzte Minute vor Mitternacht. Fast alle Herren hatten ihre Taschenuhren hervorgezogen, und die Damen verfolgten den Zeiger der großen Pendeluhr, die man auf das Podium gestellt hatte.

Dann schlug das Läutwerk zwölfmal.

»Ein glückliches neues Jahr, Hendryk!«, sagte Leonie und legte ihrem Mann eine Hand auf die Schulter. Sie sah in sein braunes Auge und lächelte ihn an.

»Ein glückliches neues Jahr, Leonora!«, erwiderte auch er, zögerte noch einen Moment und küsste sie dann sanft auf die Lippen.

Sie schloss die Augen, und ohne nachzudenken führte sie ihre Hand weiter um seinen Nacken, um ihn festzuhalten. Es schien ihm genauso zu gefallen wie ihr, und der Kuss wurde zärtlicher, eindringlicher und schließlich sogar ein wenig fordernd. Gleichzeitig zog er sie fester an sich und hielt ihre Taille umfangen.

Ein zusammengefalteter Fächer klopfte scharf auf ihre Schulter, und eine Frauenstimme flüsterte vorwurfsvoll: »Sie vergessen sich, Madame!«

Leonie zuckte zurück, und ihr Mann ließ sie los.

»Fanny, Sie sind eine Pedantin. Die beiden sind just ein halbes Jahr verheiratet!«, wies Hansemann seine Frau zurecht, aber Leonie hatte sich schon, über und über rot geworden, losgerissen, war aus dem Ballsaal gelaufen und hatte sich in die Damengarderobe geflüchtet.

Wie konnte ich nur?, fragte sie sich, als sie ihr glühendes Gesicht im Spiegel betrachtete. Wie konnte ich das nur zulassen? Was muss er nur von mir denken? Was wird er daraus folgern? Gerade jetzt, gerade jetzt hatte sie angefangen, sich in Sicherheit zu wiegen. Wenn er nun ihr schändliches Geheimnis entdeckte, würde alles zusammenbrechen.

Denn es stand ihm wirklich nichts im Wege, die Ehe aufzulösen. Ihr schmachvoller Makel wäre ein guter Grund dafür.

1838: Rückkehr in die Höhle

Hier öffne sich die Heimat dem Verbannten,
hier endige des Dulders Dornenbahn.

Schiller: Resignation

Fast ein Jahr hatte es gedauert, bis all seine Verletzungen verheilt waren und er seine alte Form wiedererlangt hatte. Und als er sich endlich dazu bereit fühlte, machte er sich auf den beschwerlichen Weg zurück, um das zu holen, was er verloren hatte.

Nur auf Grund seiner langen Ausbildung und verschiedener anderer Fähigkeiten fand der den schmalen Spalt wieder, den der trockene Dornbusch verdeckte. Der andere, bei Weitem bequemere Eingang zu der Höhle war wie erwartet mit Geröll und schweren Steinen verschüttet.

Es war etwas einfacher, mit dem entsprechenden Werkzeug in den dunklen Gang zu gelangen. Eine Grubenlampe beleuchtete ihm den Weg, und schaudernd musste er immer wieder die Erinnerung zurückdrängen, wie er sich hier, blutend und halb besinnungslos vor Hunger, Durst und Schmerzen, durch die beklemmende Enge des Ganges gewunden hatte.

Dann weitete sich die Höhle, und er befand sich in einer etwa dreieckigen Kammer. Verblüfft beleuchtete er die Wände. Das war kein natürliches Gewölbe, das waren von Menschenhand bearbeitete Felswände. Doch er mahnte sich, seine wissenschaftliche Neugier zu bezähmen und einen Schritt nach dem anderen zu tun. Sorgfältig suchte er den Boden ab, bis er die Stelle fand, an der er das Amulett versteckt hatte. Es war noch da. Leicht opaleszierend leuchtete das Spiralmuster in seiner Hand, und ein erleichterter Seufzer entrang sich ihm. Er drückte es mit Ehrfurcht an seine Stirn, dann holte er eine Silberkette aus der Tasche, fädelte sie durch das kleine Loch am Rand und hängte sich das Amulett um den Hals. Kühl glitt es auf seine Brust und erwärmte sich dort langsam.

Dann erst erlaubte er sich einen zweiten Blick auf die Wände des alten Stollens. Ja, sie waren vor langer Zeit bearbeitet worden, und irgendwer hatte hier etwas abgebaut, das von Wert war. Er befand sich in einer uralten Mine.

Und plötzlich fing er an zu lachen.

An einer Stelle, an der ein Riss entstanden war, vielleicht durch ein Erdbeben, hatte sich Geröll gelöst. Grün schimmerte darin im Lichtschein der Kristall auf.

Einem weniger gut ausgebildeten Mann wäre möglicherweise die Bedeutung entgangen, ihm jedoch nicht. Vorsichtig entfernte er mit dem Hammer das umliegende Gestein und legte den Smaragd frei.

Er war nicht der einzige.

Das Glück war zu ihm zurückgekehrt.

Kindergluck

WEISST, WO ES KEINEN HERRN UND DIENER GIBT?
WO EINS DEM ANDERN DIENT, WEIL EINS DAS ANDRE LIEBT.

Friedrich Rückert

Geschickt handhabte Ursel das kleine Bügeleisen, um die Spitzenvolants an einem Unterrock zu plätten. Ihrem eigenen, wohlgemerkt. Drei Stück hatte sie inzwischen davon, und sie war so stolz darauf, dass sie sich beständig größte Mühe gab, sie fleckenlos weiß und immer ein bisschen gestärkt zu halten. Auch ihre Kleider behandelte sie mit der gleichen Sorgfalt wie die, mit der sie auch die der Gnädigen zu pflegen hatte. Nur Lennard musste sie manchmal schimpfen, denn der polierte zwar seine Stiefel mit Ehrgeiz spiegelblank, hatte aber oftmals schmuddelige Ärmel oder auch einen Riss am Hosenboden. Das Leben war beinahe vollendet schön geworden. Nur hin und wieder noch hatte sie böse Träume, aber meist weckte Lennard sie, und sie sagte sich immer wieder, es waren wirkliche Menschen, die da diese komischen Masken trugen. Und dass die Katzenfrau bestimmt die aufdringliche Danwitz war. Die mochte sie wirklich nicht, schon weil sie sie immer so hochnäsig anschaute, wenn sie die Gnädige besuchte.

Immerhin waren die Besuche weit seltener geworden, und das war erfreulich. Erfreulich war auch, dass die Gnädige sich die langen Haare hatte kürzen lassen, denn das Ausbürsten und Aufstecken, vor allem aber das Waschen, waren eine lästige Arbeit gewesen.

Seit Weihnachten behandelte man sie und ihren Bruder fast wie Kinder des Hauses. Eigentlich sollten sie sogar Herr und Frau Mansel zu der Herrschaft sagen, aber das wollte ihnen beiden noch nicht so recht von den Lippen kommen. Es blieb bei den Gnädigen, und niemand beanstandete es.

Ja, und dann war da der Unterricht! Ein junger Studiosus war eingestellt worden, um ihnen dreimal wöchentlich vormittags Lektionen in Englisch, Latein, Mathematik, Geometrie und Geschichte zu erteilen. Lustigerweise nahm die Gnädige an den Englischstunden teil, weil sie sagte, sie würde die Sprache auch gerne lernen. An zwei Tagen gab sie selbst Unterricht in Mechanik, Literatur und Klavierspiel, und am Wochenende hielt der Herr ihnen Vorträge über Naturkunde. Sie waren alle drei streng mit ihnen und verlangten Aufmerksamkeit und Fleiß. Aber ganz anders als der blöde Pfarrer waren sie immer bereit, ihre Fragen zu beantworten, ja sie forderten sie sogar heraus. Und wenn sie etwas nicht verstanden hatten, erklärten sie es geduldig noch einmal.

Sorgsam faltete Ursel den Unterrock zusammen und legte ihn in den Wäschekorb. Das Plätteisen stand auf der Herdplatte, um sich neu zu erhitzen. Sie rollte eines der angefeuchteten Hemden des Gnädigen auseinander, um es in faltenlose Form zu bügeln.

Sie bügelte gerne, es bereitete ihr Genugtuung, den Korb mit exakt zusammengelegten Wäschestücken zu füllen. Es waren auch nur die kleinen Teile, die in ihren Aufgabenbereich fielen, die großen Tücher und Laken glätteten Jette und das Küchenmädchen einmal im Monat.

Leise summte sie vor sich hin, die Lieder, die die Gnädige ihnen beibrachte, gefielen ihr, auch wenn man ihr Klavierspiel noch nicht als perfekt bezeichnen konnte. Aber Spaß machte es auf jeden Fall.

Nur einen kleinen Wermutstropfen gab es in diesem Haushalt – es herrschte kein Glück zwischen der Gnädigen und dem Herrn. Nicht dass sie sich je gestritten hätten, aber als sie vor drei Wochen an Neujahr von Aachen zurückgekommen waren, fühlte sich die Luft zwischen ihnen sehr winterlich an. Er ging seiner Arbeit nach, gut, das musste er wohl, und sie kümmerte sich um das Haus und machte Besuche, aber sie lachte nicht mehr oft. Schon gar nicht mit ihm, so wie es zwischen Weihnachten und Neujahr der Fall gewesen war. Da waren sie sehr fröhlich miteinander gewesen.

Einmal, und das fand Ursel ganz besonders erschreckend, einmal hatte sie die Gnädige in ihrem Boudoir über ein Kästchen gebeugt angetroffen, in dem in schwarzem Samt ein wundervoller, goldgefasster Anhänger aus einem grünen Edelstein lag. Daneben lag ein Zettel, auf dem stand »J'y pense!«. Sie wusste nicht, was das hieß, aber die Gnädige betrachtete es mit einem ganz starren, furchtbar traurigen Blick. Erst hatte sie gedacht, vielleicht habe sie Nachricht vom Tod eines Freundes erhalten, und hatte vorsichtig gefragt, ob jemand gestorben sei.

Die Gnädige war bei der Anrede erschrocken zusammengezuckt und hatte nur den Kopf geschüttelt. Doch sie hatte weiterhin so verlassen und elend ausgesehen – ein Gefühl, das Ursel nur zu gut kannte –, weshalb sich wie von selbst ihre Hand zu ihrer Wange geschlichen hatte, um sie tröstend zu streicheln.

Die Reaktion war grauenvoll gewesen. Plötzlich waren dicke Tränen aus ihren Augen geflossen, und sie hatte das Gesicht in den Händen verborgen, um lautlos zu weinen. Ursel hatte gar nicht gewusst, was sie tun sollte. Erwachsene weinten doch nicht! Schon gerade nicht Damen mit solch tadelloser Haltung, wie die Gnädige sie in jeder Situation zeigte. Unschlüssig hatte sie neben ihr gestanden und die Hände gerungen. Dann hatte sie das Nächstliegende getan und ein Tüchlein mit kaltem Wasser aus dem Krug getränkt, der Gnädigen den Arm um die Schultern gelegt und ihr zugeflüstert, sie möge sich die Augen kühlen.

»Danke, Urselchen. Und entschuldige bitte. Ich wollte dich nicht erschrecken.«

»Ich möchte nicht, dass Sie traurig sind, gnädige Frau. Es ist so schön hier. Und Jette hat einen Sauerbraten für heute Abend gemacht. Und Vanillepudding. Sie können meine Portion abhaben.«

Das hatte die Gnädige tatsächlich getröstet – ein probates Mittel, dieser Vanillepudding, er half gegen Angst und Einsamkeit und Trauer.

Danach hatte sie sich ihnen gegenüber wieder ganz heiter gegeben, aber die Traurigkeit war noch immer unter dem Lächeln zu erahnen. Ursel wie auch Lennard konnten das deutlich spüren, und sie fragten sich, warum der Gnädige es nicht bemerkte.

Das letzte Hemd war gefaltet, und das Bügeleisen kühlte auf seinem Ständer ab. Es war Zeit, der Gnädigen beim Anlegen des Promenadenkleides zu helfen, denn sie wollten gemeinsam ausgehen. Ursel dachte auch daran, Jacke und Hosenboden ihres Bruders zu kontrollieren, aber heute hatte er sich vorgesehen.

Es versprach aber auch ein hochinteressanter Ausflug zu werden. Die Gnädige beabsichtigte, Meister Hanno Altenberger mit ihnen aufzusuchen, einen Uhrmacher und Feinmechaniker, der allerlei Kuriositäten anzufertigen wusste.

Es war ein Fest!

Der alte Herr war genauso freundlich wie der Onkel der Gnädigen, vielleicht ein bisschen knurriger, aber das war nur gespielt. Was für Schätze er ihnen zeigte! Feinste Goldwaagen, auf denen man fast noch ein Stäubchen wiegen konnte, Taschenuhren in allen Größen, Astrolabien, mit denen man bestimmen konnte, wo man sich befand, wie weit ein Kirchturm entfernt und wie spät es war. Sie kannten dieses Gerät, weil der Gnädige es ihnen schon mal erklärt hatte, und versetzten mit ihrem Wissen den Meister in Verblüffung. Aber der Höhepunkt waren die Spieldosen. Das war Meister Altenbergers Steckenpferd. Er hatte allerlei Kurioses zusammengebastelt. Da drehten sich zwei Tänzerinnen in weiten Röcken auf dem Deckel einer Porzellandose zu den Klängen eines Walzers, hier klappte ein Deckel auf, und eine Nachtigall entfaltete ihre Flügel und sang, dort schlug ein Schmied mit einem Hammer auf einen Amboss, und eine Schlange wand sich aus einem Korb. Die faszinierte sie beide am meisten. Aber auch, was ihnen der alte Herr alles erklärte über Zahnrädchen und Unruh, Spiralfeder und Noppenwalzen, mit denen die Spielwerke angetrieben wurden, sodass unterschiedliche Melodien ertönten.

Versüßt wurde das Ganze dann auch noch mit einem köstlichen Krümelkuchen (mit Vanillefüllung) und dicker, heißer Schokolade, die ihnen Rike servierte. Ein sehr verständiges Mädchen, das viele lustige Sprüchlein kannte und Rätselraten mit ihnen spielte, während die Gnädige und der Meister etwas aus dem Lager zusammensuchten.

Und dann schenkte er ihnen doch tatsächlich eine kleine Spieldose, die, wenn man sie aufzog, nicht nur ein Liedchen klimperte, sondern auch noch den kleinen Dackel mit dem Kopf wackeln und mit dem Schwanz wedeln ließ. Ganz zum Schluss – und das war wirklich zum Quieken – hob er dann auch noch ein Bein!

Es wäre fast ein vollkommener Tag gewesen, hätte Lennard sie nicht dazu gebracht, später am Abend an der Tür zur Bibliothek zu lauschen. Die Gnädige war auf einen Sprung zur Nachbarin gegangen, um sich deren nachgehende Wanduhr anzusehen, und der Leutnant war vorbeigekommen und von dem Herrn empfangen worden. Die beiden hatten sich in besagtes Bücherzimmer zurückgezogen, und ein Kammerdiener hatte doch wohl das Recht zu horchen, ob seine Dienste möglicherweise gefordert waren. Sie waren es nicht, aber das, worüber die beiden sprachen, ging auch sie etwas an.

Ursel spürte, dass Lennard sie bei sich haben wollte, und schlich aus dem Boudoir, wo sie den Frisiertisch aufgeräumt hatte, nach unten.

»Es ist wegen der Gnädigen!«, wisperte Lennard.

Er hatte Recht. Soeben sagte der Herr mit müder Stimme: »Ernst, mein Freund, du hast dich doch tatsächlich in meine Frau verliebt, sollte man meinen!«

»Hendryk, ich würde nie …«

»Du vergisst, ich kenne dich schon sehr lange und sehr gut. Ich nehme es dir in keiner Weise übel, versteh mich nicht falsch.«

»Gott, ja. Sie ist eine so hinreißende Frau. Du siehst es nicht in ihr, aber sie besitzt Mut und Stärke und nicht nur äußere, sondern auch große innere Schönheit und sehr viel Charakter.«

»Ich weiß, Ernst. Ich bin nicht ganz blind. Aber ich kann mir Gefühle nicht leisten – und sie sich offenkundig auch nicht. Darum werden wir uns, wenn meine Aufgabe erledigt ist, sicher in Freundschaft trennen. Wenn du es also gut mit ihr meinst, dann nähere dich ihr jetzt schon. Du kannst sicher sein, ich werde alle mir verfügbaren Augen zudrücken.«

»Du bist ein widerwärtig kalter Hund, Hendryk.«

»Nein, nur ein Jagdhund auf der Fährte.«

Dann war es still geworden zwischen ihnen, und unten im Flur klappte die Haustür.

»Die Gnädige kommt zurück. Weg hier, Lennard!«

Sie liefen die Treppe hoch und gingen wieder ihren Pflichten nach, aber am Abend, als sie alleine in ihrer Mansarde waren, überlegten sie noch lange, was aus ihnen werden sollte, wenn sich ihre Herrschaften trennen würden.

»Ich glaub's aber nicht!«, war schließlich Ursels Urteil. »Er mag sie nämlich und will das nicht zeigen. Darum ist sie traurig, denn sie mag ihn auch und will das auch nicht zeigen. Aber irgendwann werden sie es schon merken.«

»Hoffentlich. Komm, lass uns zur Maria beten. Jetzt sieht es ja keiner!«

Die Narbe

Wichtig ist die Sorgfalt, welche Eheleute anwenden müssen,
wenn sie sich täglich sehen und also Musse und Gelegenheit genug haben,
einer mit des anderen Fehlern und Launen bekannt zu werden.

Freiherr von Knigge: Von dem Umgange unter Eheleuten

Hendryk wollte selbstverständlich nicht in ihrer privaten Post herumwühlen, aber er suchte nach einer Rechnung über die letzte Kohlelieferung, für die er eine Mahnung erhalten hatte. Normalerweise kümmerte Leonora sich sehr gewissenhaft um die häusliche Buchhaltung und legte ihm wöchentlich die Lieferantenrechungen sortiert, aufgelistet und sorgfältig addiert vor. Diese eine mochte ihr entgangen oder unter andere Schreiben gerutscht sein. Er hätte sie lieber danach gefragt, als in den Unterlagen zu stöbern, aber sie war mit den Kindern zu irgendeinem bildenden Ausflug unterwegs, und er hatte an diesem Vormittag etwas Zeit, die fälligen Abrechnungen zu machen.

Sie hielt ihren kleinen Sekretär sehr ordentlich, auch in ihrer privaten Korrespondenz. Beantwortete Schreiben lagen gebündelt in den Fächern, Federn akkurat aufgereiht in einem Kästchen, das Tintenfass war sauber und fest verschraubt, Siegelwachs lag daneben, feines elfenbeinfarbenes Briefpapier ruhte in einer rotledernen Mappe. Er blätterte die losen, noch nicht beantworteten Briefe durch, fand die Rechnung jedoch nicht, aber plötzlich blieb sein Blick an seinem Namen hängen.

Natürlich durfte sie im Briefverkehr mit ihren Freunden und Verwandten seinen Namen erwähnen, und dieses Antwortschreiben stammte offensichtlich von ihrem Onkel Sven, den er selbst kennen und schätzen gelernt hatte. Er hätte das Billet sicher auch ungelesen beiseite gelegt, wäre ihm nicht zusätzlich der Begriff Fremdenlegion aufgefallen.

Verdammt, was wusste der Mann darüber? Er hatte einige Andeutungen gemacht, als er sie besucht hatte, das hatte er bereits gemerkt. Ganz vorsichtige Versuche, ihn über diese Zeit auszuhorchen, aber er hatte sich nicht verleiten lassen, mehr als unverfängliche Allgemeinplätze dazu zu äußern.

Also faltete er das Papier auseinander und erstarrte.

Sven Becker hatte tatsächlich detaillierte Informationen über den Mann herausgefunden, der 1837 in Algier Dienst tat. Und was er da berichtete, war abenteuerlich. Jener Mann, vermutlich ein Engländer, war 1836 in Algerien aufgetaucht und hatte sich als Söldner verdingt. Man nahm an, er habe zuvor in einem Gefängnis in Marseille gesessen, und zwar wegen Unterschlagung. Doch die Legion war großzügig. Er bekam einen Posten als einfacher Soldat und arbeitete ein paar Monate, ohne groß aufzufallen, im Straßenbau. Immerhin gab es einige Disziplinarverfahren wegen Schlägereien, kleinen Diebstählen, einer Vergewaltigung. Dann, kurz bevor der Konflikt um Constantine sich zuspitzte, hatte er sich mit Corporal Bredow angelegt, den er auf eine bisher nicht näher bekannte Art auf das Äußerste erbost hatte. Aus diesem Grund war er auch in die vorderste Reihe der Soldaten beordert worden, die die Stadt stürmen sollten. Er hatte rücksichtslos gemordet, hatten Kameraden berichtet, aber das hatten andere auch. Er hatte sich aber auch dem Kampfgeschehen frühzeitig entzogen, das Haus eines Edelsteinhändlers geplündert und dessen Frau und Tochter geschändet. Bei einem Angriff auf dieses Haus war er von einer Kugel aus den eigenen Reihen am Kopf verletzt worden und hatte das rechte Auge verloren.

Hendryk schnaubte. Das passte ja ausgezeichnet. Dann las er weiter. Man hatte den Verwundeten notdürftig versorgt und nach einem Monat aus der Legion entlassen. Danach verlor sich seine Spur, und Sven kommentierte dieses unrühmliche Curriculum Vitae: »Liebe Leonie, ich kann, nachdem ich Deinen Mann kennengelernt habe, nicht ganz glauben, dass er dieser amoralische Haudegen ist, den mir meine Freunde hier beschrieben haben.« Hendryk schnaubte noch einmal. »Das aber würde zwei Schlüsse zulassen: Entweder gibt es zwei Männer gleichen Namens und der eine hat mit dem anderen nichts zu tun – eine Erklärung, die durchaus im Rahmen des Möglichen liegt –, oder Dein Gatte hört von Geburt auf einen anderen Namen, zieht es aber gegenwärtig vor, sich als Hendryk Mansel zu etablieren. Aus Gründen, die ihm vermutlich wichtig erscheinen und über die ich nicht einmal zu spekulieren wage. Ich hoffe nur inständig, es mögen ehrenwerte Motive sein, die ihn seine wahre Identität leugnen lassen, und dass damit nicht irgendwelche Gefahren verbunden sind, die möglicherweise auch Dich mit in einen kriminellen Strudel reißen.«

»Gott der Gerechte!«, stöhnte Hendryk auf und ließ das Blatt sinken. Der Brief war noch im vergangenen Jahr, aber nach Weihnachten, geschrieben worden; Leonora hatte ihn vermutlich gleich nach Neujahr erhalten. Kein Wunder, dass sie seither so kühl zu ihm war. Er hatte sich gefragt, was, nachdem sie bis zu dem Ball hin ein solch freundliches Einvernehmen erreicht hatten, ihre plötzliche Zurückhaltung, ja neu aufgetauchte Sprödigkeit verursacht haben könnte. Am Morgen nach dem Ball waren sie beide ein wenig verkatert gewesen, da hatte er noch geglaubt, Unwohlsein oder Kopfschmerz habe ihre Stimmung gedrückt, aber sie hatte sich seither nur unwesentlich gebessert. Mit einem leisen Hauch von Wehmut, der ihn selbst überraschte, erinnerte er sich an ihre übermütige Einladung, das Vielliebchen mit ihm zu teilen, aber sie hatte es anschließend nie wieder erwähnt. Noch nicht einmal, als er ihr den Smaragdanhänger geschenkt hatte mit der kleinen, zum Spiel gehörigen Note »J'y pense!« – »Ich erinnere mich!«. Da sie nun vermutlich fürchtete, entweder mit einem brutalen Verbrecher oder einem Betrüger verheiratet zu sein, fand er darin eine einleuchtende Erklärung für ihr Verhalten.

Sorgsam ordnete er den Sekretär wieder und verschloss ihn. Die Kohlerechnung war ihm nun weidlich egal. Er fragte sich, was er nur tun könnte, um ihr Vertrauen wiederzuerlangen, ohne seine Maske fallen zu lassen. Aber etwas Geeignetes fiel ihm nicht ein, zumal ihm das Schlagen der Uhr andeutete, dass er in Kürze bei Mevissen zu einer Beratung über die Grundstückskäufe der Eisenbahngesellschaft hinzugezogen werden sollte.

Man hatte Entschlüsse gefasst und Arbeiten verteilt, dann ein gutes Mittagsmahl eingenommen, und anschließend wollte Hendryk sein Büro aufsuchen, um seinen Mitarbeitern die neuen Aufgaben zu übergeben und seinem Sekretär einige Briefe zu diktieren. Es war zwar kalt, aber der Frost hatte nachgelassen, schmuddeliges Tauwetter machte sich breit. Dennoch zog er es nach dem schweren Mahl vor, den zwanzigminütigen Weg zu Fuß zu gehen.

Er hatte zwar mit Pfützen und Nieselregen gerechnet, nicht aber mit der Rücksichtslosigkeit eines Droschkenkutschers, der mit hoher Geschwindigkeit durch eine Wasserlache fuhr, gerade als er sich an einer sehr schmalen Stelle der Gasse nur eben noch an eine Hauswand drücken konnte, um nicht unter die Räder zu kommen. Ein Schwall eisigen, schlammigen Wassers durchweichte ihn vom hohen Biberhut bis zu den glänzenden Stiefeln.

Seine sowieso schon nicht besonders glänzende Laune verwandelte sich in ein dumpfes Grollen, und nur seine gute Erziehung ließ ihn die höchst unflätigen Schimpfworte unterdrücken, die er dem Kutscher nachrufen wollte. Durchweicht und frierend konnte er sein Büro nicht aufsuchen, sondern musste erst die Kleidung wechseln. Das war ungeheuer ärgerlich, denn einige der anstehenden Arbeiten sollten sehr zügig in Angriff genommen werden. Er schlug also mit schnellen Schritten den Weg zur Hohen Straße ein, um sich umzukleiden.

Im Haus war alles ruhig, Jette und Albert wirkten irgendwo in den Wirtschaftsräumen, die Kinder machten, wie er wusste, um diese Zeit ihre Aufgaben, und Leonora schien ebenfalls ausgegangen zu sein, denn der Salon war leer, und in den Wohnräumen hielt sie sich nicht auf. Er wollte Lennard bei seinen schulischen Exerzitien nicht stören, Kleider wechseln konnte er noch immer selbstständig, also stieg er mit leisen Schritten die Treppe zum Schlafzimmer hoch und öffnete die Tür.

Leonora stand mitten im Raum vor dem Kamin, vollkommen nackt, in einer Wanne voll Wasser und wand sich eben ein großes Handtuch um die nassen Haare. Sie bemerkte ihn ganz offensichtlich nicht, er aber hatte das Gefühl, einen Boxhieb direkt auf das Brustbein erhalten zu haben. Es gelang ihm mit letzter Anstrengung, die Tür lautlos zu schließen und wieder nach unten zu gehen. Dort ließ er sich in einen Fauteuil vor dem Feuer nieder und schlug die Hände vor das Gesicht.

Es war nicht ihre Nacktheit, die ihn derart erschüttert hatte, es war die lange Narbe, die von ihrem Nabel abwärts führte.

Er wusste, was sie bedeutete.

Leise flüsterte er: »Leonie, arme Leonie. Oh, Himmel, Leonie, was hast du durchgemacht!«

Fünfzig Prozent, hatte der Doktor gesagt, überleben den Kaiserschnitt. Die Hälfte der Frauen, denen man bei der Geburt bei vollem Bewusstsein den Bauch und die Gebärmutter aufschnitt, um das Kind auf diesem Wege in die Welt zu bringen.

Sie hatte überlebt, aber er hatte auch ein Opfer der anderen fünfzig Prozent gesehen, die dieses Glück nicht gehabt hatten. Dieses grauenvolle Bild hatte er sechs Jahre lang versucht zu vergessen. Damals war niemandem an dem Überleben der Frau gelegen gewesen. Wieder hörte er jetzt die gellenden Schreie, die ihn nachts im Lager in der Wüste aufgeschreckt hatten, und zwei Tage später hatte er in einem dornigen Gebüsch die Leiche der schwangeren Sklavin mit der offenen Bauchwunde gefunden. Erst hatte er an ein barbarisches Ritual der Eingeborenen geglaubt, aber dann hatte er herausgefunden, dass eine geheime Sekte das Blut des ungeborenen Kindes für ihre teuflischen Zeremonien verlangte und die Frau geopfert hatte.

Er zitterte vor dem Feuer, nicht wegen seiner nassen Kleider, sondern vor Entsetzen. Es mischte sich das Bild der Sklavin mit dem von Leonie, und die Übelkeit würgte ihn. Dass Leonie die blanke Panik erfasst hatte, als dieser Idiot von Arzt die operative Entfernung des Blinddarms bei Ursel vorgeschlagen hatte, konnte er mehr als nachfühlen. Er selbst hatte Mühe, ein unkontrolliertes Schreien zu unterdrücken. Langsam, hölzern stand er auf, um sich am Buffet ein Glas Cognac einzugießen. Er zwang sich, es mit langsamen Schlucken zu trinken, damit sein in Aufruhr befindlicher Magen das scharfe Getränk auch behielt. Als er das Glas geleert hatte, klärten sich allmählich seine Gedanken wieder, und die anderen Schlussfolgerungen stellten sich ein.

Seine Frau hatte ein Kind geboren.

Vor ihrer Ehe.

Da sie weder verwitwet noch geschieden war, musste es ein Fehltrittchen gewesen sein. Allmächtiger, und das in diesem frömmelnden Haushalt. Kein Wunder, dass Gutermann um jeden Freier dankbar gewesen war, selbst für einen von protestantischer Konfession.

Dieser Schweinehund!

Ob das Kind überlebt hatte? Vermutlich nicht. Diese Operation war auch für das Kind nicht gefahrlos gewesen.

Herrgott, sie hatte eine ungewollte Schwangerschaft unter vermutlich demütigendsten Bedingungen durchgemacht, einen entsetzlichen Eingriff überstanden und ihr Kind verloren. Er hörte noch ihre trockenen Worte im Botanischen Garten, als er ihr vorgeworfen hatte, sie kenne weder Mütterlichkeit noch Mutterliebe: »Damit haben Sie wohl Recht, Herr Mansel, diese Regungen sind mir fremd.«

Ja, unter diesen Umständen durften sie ihr wohl fremd sein. Umso höher aber musste man ihr ihre Fürsorge und Zuneigung zu den Zwillingen anrechnen. Noch etwas verstand er mit einem Mal – ihre Sprödigkeit entwuchs nicht einer übertriebenen Prüderie, sondern mit Sicherheit dem Wunsch, eine weitere Geburt eines Kindes auf jeden Fall zu vermeiden.

Und dann keimte ein zweiter Gedanke in ihm, und der fragte sich mit seidiger Stimme: »Ob sie den Vater des Kindes wohl geliebt hat?«

Wenn das der Fall war, antwortete er grimmig dieser Stimme, dann hatte sie zu allem anderen auch noch einen Geliebten verloren. Er verspürte nichts als Mitleid mit ihr, die Idee, er könne als betrogener Ehemann dastehen, streifte ihn noch nicht einmal.

»Arme Leonie!«, flüsterte er und dachte an die Türen zu finsteren Räumen, die man besser nicht aufstieß. Unwissentlich hatte er eine weitere geöffnet, und die Dunkelheit dahinter erstickte ihn fast.

Er hörte die Tür oben zugehen und ihre Schritte auf der Treppe. Mit Anstrengung riss er sich zusammen. Sie hatte ihn nie auf das angesprochen, was Sven ihr über Hendryk Mansel berichtet hatte, er würde sie nie, das schwor er sich, nie auf diese Narbe ansprechen.

»Herr Mansel, Sie hier um diese Zeit? Ist etwas passiert? Oh, sind Sie gestürzt? Sie sind ja völlig durchweicht!«

»Ein hirnloser Droschkenkutscher befand, es sei für mich an der Zeit für eine kalte Dusche«, knurrte er.

»Dann würde ich Ihnen raten, sollten Sie zufällig einmal darauf angewiesen sein, mit ihm zu fahren, mit dem Trinkgeld etwas zu knausern.«

»Sollte das der Fall sein, werde ich ihn mit einer rechten Geraden niederstrecken.«

»Tatsächlich bin ich froh, Herr Mansel, dass Sie Lennard mit in den Boxklub genommen haben, sodass er mir die dort geläufigen Termini technici erklären konnte.«

Ihm gelang ein kleines Lächeln.

»Wie weit sind Sie mit der Technik des Zweifingerpfeifens gekommen, Madame? – sollte ich an dieser Stelle doch einmal nachfragen.«

»Ich werde es Ihnen an diesem Ort nicht vorführen. Im Übrigen mögen ja das Kaminfeuer und der Alkohol wärmend wirken, die Akkuratesse Ihrer Kleidung stellt beides allerdings nicht wieder her.«

»Da stimme ich Ihnen zu, doch hieß es, Sie nähmen ein Bad, und da wollte ich nicht stören.«

»Ich weiß Ihre Rücksichtnahme zu schätzen, aber jetzt sollten Sie wirklich schleunigst die Wäsche wechseln, sonst erkälten Sie sich.«

Er hatte sich schnell umgezogen und fand sie am Klavier, eine Beethovensonate üben. Sie unterbrach ihr Spiel, als er eintrat.

Er fragte: »Wären Sie gegebenenfalls gewillt, mit mir den kurzen Weg zu Müllers Caféhaus zu machen und sich dort zu einem Stück Torte verleiten zu lassen?«

Die Arbeiten im Büro waren ihm inzwischen vollkommen gleichgültig geworden. Eine ganze Reihe anderer, wesentlich brisanterer Dinge auch. Das Einzige, das ihm wirklich wichtig erschien, war, seine Gattin glücklich zu sehen.

»Ja … ich weiß nicht recht. Meine Haare …«

Sie trug ein cremeweißes Hauskleid, wie all ihre Kleider sehr schlicht und nur mit einigen beigen Paspeln verziert. Ihre Locken ringelten sich noch ein wenig feucht unter einem Nichts von Spitzenhäubchen, und ihre goldbraunen Augen sahen ihn ein klein wenig überrascht an.

»Ich weiß, es ist ein Schmuddelwetter, wir können es auf einen anderen Tag verschieben, aber dann lassen Sie uns hier Kaffee trinken. Ich möchte mit Ihnen reden, Leonie.«

»Oh. Nun ja, wenn Sie es wünschen!«

Sie war wieder spröde geworden, klingelte aber nach Jette.

»Was möchten Sie mit mir bereden, Herr Mansel?«, fragte sie, als Kaffee, delikate kleine Kekse und Marmelade serviert worden waren.

»Ich möchte Sie, auch wenn ich weiß, dass die Umstände es für Sie schwer machen, bitten, mir zu vertrauen. Es ist eine völlig unbescheidene Bitte, Leonie, doch mir liegt unendlich viel daran, mit Ihnen in Freundschaft zu leben. Die letzten Wochen waren Sie so unnahbar, und ich muss Sie auf eine mir nicht bekannte Art gekränkt haben. Ich bin kein einfacher Mensch, und ich trage an einigen bösen Erinnerungen. Das macht mich manchmal unleidlich.«

Sie hatte den Kopf gesenkt und zerkrümelte einen Keks zwischen ihren eleganten Fingern.

»Ich bin ja auch nicht einfach.«

»Nein, meine Liebe, das sind Sie nicht. Aber Sie sind eine liebevolle und schöne, kluge und mitfühlende Frau, und dafür bewundere ich Sie.«

»Warum sagen Sie mir das heute?«

»Weil es endlich an der Zeit dazu ist. Meine Werbung um Sie begann vor ziemlich genau einem Jahr, und wir beide sind diese Ehe mit sehr nüchternen Gefühlen eingegangen. Dennoch habe ich den sicheren Eindruck, Sie fühlen sich hier wohler als in Ihrem Elternhaus. Ich sollte Ihnen also endlich einmal sagen, dass auch ich mich in dem Haus, das Sie führen, wohler als je zuvor fühle. Unser beider Arrangement möchte ich dabei in keiner Weise verändert wissen.«

Diese Formulierung war wohl die einzig mögliche, um ihr zu verstehen zu geben, dass er nicht versuchen würde, seine Rechte als Ehemann einzufordern. Und an ihrem Gesichtsausdruck erkannte er, dass sie ihn verstanden hatte.

»Danke«, sagte sie und knabberte an dem Keks.

»Und nun berichten Sie, was der Herr Karl Marx in der heutigen Zeitung Provokantes verfasst hat.«

»Oh, er regt sich, vermutlich zu Recht, über das von den Preußen verhängte Verbot der Leipziger Zeitung auf.«

Die Briefe aus der Vergangenheit

In der Ehe soll gegenseitiges uneingeschränktes Zutraun,
sollte Offenherzigkeit stattfinden.
Kann denn aber gar kein Fall eintreten,
wo einer vor dem anderen Geheimnisse bewahren dürfte?
O ja, gewiss!

Freiherr von Knigge: Von dem Umgange unter Eheleuten

Leonie hatte den unerträglich langweiligen Roman von Mary Shelley zur Seite gelegt. Die Geschichte um Frankensteins Monster war so unsäglich geschwätzig und ausufernd, dass die Lektüre ihr schon nach wenigen Sätzen Gähnkrämpfe verursachte, die eine tadellose Dame natürlich zu unterdrücken hatte. Mochte es auch bewundernswert sein, dass es einer jungen Engländerin gelungen war, einen Roman zu veröffentlichen, der hoch gelobt weite Verbreitung fand, so waren doch Qualität und Idee recht fragwürdig, und der Text strotzte vor Unlogik und Halbheiten. Selma hatte ihr diesen Gruselroman empfohlen, deshalb überlegte sie sich einige passende Bemerkungen, die vertuschen würden, dass sie das Ding halb gelesen zugeschlagen hatte. Boshafterweise fiel ihr aber dazu nur die hübsche Formulierung ein, die der Freiherr von Knigge einstmals zum Wert gewisser Bücher geschrieben hatte, nämlich, dass sie sich ausschließlich als Rosinentüten qualifizierten. Gut, Selma war eine freundliche Nachbarin, wenn auch ein wenig schlicht von Gemüt, und seit einigen Monaten war sie in guter Hoffnung. Leonie zog ihr Handarbeitskörbchen zu sich, um an dem angefangenen weichen Strickwerk für den erwarteten Nachwuchs zu arbeiten. Sie war zwar, wie bei allen Fingerfertigkeiten, auch darin recht geschickt, fand die Tätigkeit als solches aber langweilig, und deshalb legte sie das angefangene Jäckchen auch gerne zurück, als Ursel in den Wintergarten trat. Das Mädchen hatte glitzernde Augen und schwankte derart zwischen einem Kichern und Verschämtheit, dass Leonie lächeln musste.

»Was ist passiert, Ursel? Habt ihr wieder irgendeinen Unfug angestellt?«

Ein Prusten hinter der vor den Mund gehaltenen Hand war die Antwort, dann ein Schulterzucken.

»Nein, gnädige Frau, nur ... also, Lennard ...« Ein weiteres Glucksen erfolgte, dann riss das Mädchen sich etwas zusammen. »Lennard ist in einer Schublade verloren gegangen.«

»Du liebes bisschen. Hast du ihn geplättet und zusammengefaltet?«

Unter Kichern antwortete sie: »Nein. Er hat Halsbinden eingeräumt. Und dabei ist ihm eine Krawattennadel hinter die Lade gerutscht. Da hat er versucht, sie wieder rauszufischen, und dabei musste er in die Lade klettern, um dahinterzulangen, wissen Sie. Dabei ist die nach unten gekippt und er mit. Und nun kommt er nicht mehr alleine aus dem Schrank!«

»Das hört sich ja schaurig an. Müssen wir ihm jetzt Butterbrote durch die Schübe stecken, damit er überlebt?«

»Nein, aber, bitte, wenn Sie mir helfen könnten, die Laden ganz herauszuziehen. Sie sind zu schwer für mich. Weil – Albert ist beim Schuster und Jette auf dem Markt.«

Leonie stand auf und meinte: »Ich komme und rette deinen Bruder. Im Ankleidezimmer des Herrn, nehme ich an.«

»Ja, gnädige Frau.«

In dem Raum gab es einen eingebauten Wandschrank, wie auch in ihrem Boudoir, der im unteren Bereich einige tiefe Laden hatte. Ursel hatte eine davon schon leer geräumt und aufgezogen. Das hintere Brett hatte sich gelöst und war heruntergefallen, was erklärte, wie der Junge dahintergerutscht war.

»Expeditionsleiter an Forscher, wie ist die Lage in der Höhle?«, fragte Leonie in das Dunkel des Schrankes. Ein weiteres Kichern antwortete ihr und dann die ordentliche Meldung: »Man kann aufrecht stehen, es gibt Spinnweben, aber genügend Luft zum Atmen. Verletzte hat es nicht gegeben.«

»Nun, dann wirst du noch einige Minuten überleben können, sofern es sich bei den Spinnen nicht um giftige Taranteln handelt.«

»Ziemlich vertrocknete Taranteln, gnädige Frau. Und ich habe auch schon weitere Erkundungen durchgeführt. Ich fühle hier Scharniere an der Rückwand des Schrankes. Etwa dort, wo die Paletots des Herren hängen. Es scheint eine Tür zu geben, die man von vorne öffnen kann.«

»Das wird einfacher sein, als den Ausstieg durch die wackeligen Laden zu wählen. Einen Moment, junger Forscher!«

Leonie öffnete die Schranktüren, fand eine ganze Reihe sehr ordentlich aufgehängter Überröcke, Fracks, Westen und Überzieher, wie alles, was ihr Gatte trug, von ausgezeichneter Qualität und Machart. Dem dumpfen Klopfen folgend entdeckte sie dann auch an der Rückwand die Tür. Sie hatte ein Schloss. Sie zog daran, aber es war versperrt.

»Ich fürchte, wir haben es hier mit einem Hindernis zu tun, junger Höhlenforscher. Reichen die Vorräte noch für eine gewisse Zeit, damit ich das Schloss öffnen kann?«

»Es wird schon knapp, der Hungertod ist nahe!«

»Nun, dann werde ich mich sputen müssen. Weißt du, wo der Herr die Schlüssel zu diesem Schrank hat?«

»Nein, gnädige Frau. Der ist nie abgeschlossen.«

Leonie wunderte sich nur wenig über die Tatsache, dass es offenbar einen Hohlraum hinter dem Schrank gab. Der Konstrukteur des Möbels mochte seine Gründe haben, ihn nicht ganz an die Wand zu bauen, vielleicht gab es Rohre oder Kaminschächte dahinter. Und ein einfaches Schloss wie das, was an der Tür angebracht war, konnte für eine versierte Feinmechanikerin keine Herausforderung ausmachen.

»Ursel, meine Werkzeugtasche.«

»Bin schon unterwegs!«

Sie nahm einige Jacken heraus und legte sie über den Sessel, schob die anderen Bügel zusammen und zündete ein Handlämpchen an. Von Ursel ließ sie sich verschiedene Werkzeuge reichen, und nach wenigen Minuten sprang die Tür auf.

»Gerettet, Freunde!«, rief Lennard seinen vermeintlichen Kameraden zu. »Ein Hurra für unsere Retterin!«

Ursel mimte die Gefolgschaft und stimmte pflichtschuldigst in das Hurra mit ein.

»Schön und gut, ihr Rabauken. Ist das Gold gesichert?«

Stolz zeigte Lennard die Krawattennadel vor, die das Abenteuer ausgelöst hatte.

»Da ist aber noch mehr hinten, gnädige Frau.«

»Mehr Gold?«

»Nein, eher Staub und ein alter Koffer und Akten. Und eine Kassette aus Eisen. Sehr schwer.«

»Diese Schätze werden wir zunächst ungehoben lassen. Und ich denke, wir sollten dem Besitzer dieser Höhle auch nicht allzu viel von diesem gefährlichen Ausflug schildern. Wer weiß, welchen Fluch wir dann wecken!«

Begeistert gingen die Zwillinge auf das Spiel ein, halfen Leonie dabei aber eifrig, alles wieder an seinen Platz zu räumen.

Allerdings hatte das Erlebnis die unangenehme Eigenschaft entwickelt, sich in Leonies Gedanken festzufressen, und je weiter der Tag fortschritt, desto häufiger stellte sich ihr die Frage, was ihr Gatte wohl in dem geheimen Raum verbarg. Er war am Morgen nach Bonn aufgebrochen und würde erst am nächsten Tag zurückkehren. Und als sie sich abends ins Schlafzimmer zurückzog, konnte selbst die Warnung vor den Schrecken von Blaubarts Kammer sie nicht mehr davon abhalten, doch noch einmal dort nachzuschauen.

So machte sie sich also zum zweiten Mal an diesem Tag an dem Schloss zu schaffen und trat, mit einer hellen Lampe in der Hand, durch die Tür in den hinteren Schrankraum.

Ein großer Koffer stand da, was nicht ungewöhnlich war. Irgendwo mussten Gepäckstücke ja untergebracht werden. Auf ihm aber stand eine Reihe Akten, auf denen Jahreszahlen standen. Sie schlug den aktuellsten Band auf.

Ein Brief war als oberstes abgeheftet, der das Datum vom November des vergangenen Jahres trug. Mansels Schrift notierte daneben: erhalten am 15. Februar 1843. Vor drei Tagen also. Die Schrift des Absenders war energisch, aber sie wirkte dennoch weiblich. Die Sprache war englisch. Ziemlich mühsam übersetzte Leonie den Text, gab es schließlich auf und schlich sich noch einmal hoch ins Schulzimmer, um das Wörterbuch zu holen, das sie im Unterricht verwendeten. Damit wurde es etwas leichter, und sie erfuhr, dass nun endlich ein Mensch namens Abdul Said Gelegenheit bekommen habe, die Berichte Russeggers in Mehemet Alis Archiv zu kopieren.

»Zwei Monate hat er antichambrieren müssen, der arme Kerl,

und unzählige Wasserpfeifen mit subalternen Pfeifen rauchen müssen. Ich fürchte aber, er hat es genossen. Du weißt, die Uhren gehen hier anders. Aber immerhin liegt der Bericht dir jetzt vor, und genau wie du vermutet hast, werden die Gräber von Meroe nur am Rand erwähnt. Die Abschrift für Dich lege ich bei, ich hoffe, sie ist Dir von Nutzen.« Ein umfangreiches Konvolut war dem Schreiben beigefügt, das tatsächlich ein Expeditionsbericht zu sein schien.

»In der Verlustenliste wirst du neben den Soldaten und ägyptischen Dienern auch die der Mineralogen Urs und Leo Flemming finden«, schrieb die Dame weiter. »Der Zeichner Jussuf hingegen wird nicht erwähnt. Unsere Nachforschungen sind an der Stelle nicht weitergekommen, der Junge scheint sich im Staub der Wüste oder im Schlamm des Nils aufgelöst zu haben. Dafür scheint es aber eine Spur von Corporal Erich Langer zu geben. Jemand will erfahren haben, er sei mit Russegger 1838 zum Sinai aufgebrochen und habe ihn zwecks seiner geologischen Studien womöglich auch später noch nach Griechenland begleitet.«

Viel sagten Leonie diese Informationen nicht, und sie blätterte einige Seiten zurück. Hier überraschte sie eine Zeile, in der die Schreiberin, die mit »Deine Frances etc. pp« unterschieb, Hendryk offensichtlich Vorwürfe machte, geheiratet zu haben. »Auch wenn ich es unbedingt gutheiße, wie du für die Kinder sorgst, so ist es doch vollkommen unverantwortlich, eine unbescholtene junge Frau in deine schlüpfrigen Angelegenheiten mit hineinzuziehen.« Ambiguous bedeutete doch schlüpfrig, oder? Himmel, was trieb ihr Gatte nur? Leonie blätterte weiter und fand andere seltsame Formulierungen und Vokabeln, bei denen ihr das Dictionaire nicht weiterhalf. So beispielsweise den Satz, »die Almeh, die Ihr so sehr verehrtet, hat einen reichen Deutschen geheiratet. Es ist schon erstaunlich, wie leichtgläubig die europäischen Männer sind. Er hat sie, Gerüchten zufolge, für eine Hofdame gehalten. Sie hat wohl nicht widersprochen. Na ja, so etwas Ähnliches sind die Awalim ja auch«.

Irgendwie brachte Leonie das spontan mit Camilla Jacobs in Verbindung, auch wenn ihr vollkommen schleierhaft war, was eine Almeh sein könnte oder diese Awalim. Vage aber drängte sich ihr der Gedanke auf, Svens Verdacht könne in die richtige Richtung zielen. Hendryk Mansel war zwar im Orient gewesen, auch zu der Zeit, die er dafür angab, aber sicher nicht als Söldner in der Legion, sondern vermutlich eher in Ägypten. Kannte er Camilla? Bisher waren sich die beiden noch nicht begegnet, sehr fein säuberlich vermieden ihre Freundin wie auch ihr Gatte, einander über den Weg zu laufen. Aufschlussreich? Sicher.

Hatte er etwas mit dieser Expedition zu tun? Vielleicht. Aber warum brauchte er dann den Bericht? Oder war er ein Glücksritter, der auf eigene Faust auf Gold- und Schatzsuche gegangen und jemandem dort in die Quere gekommen war? Er hatte Verletzungen davongetragen, wenn auch nicht sein Augenlicht eingebüßt. Sein Fuß brauchte eine Stütze, und an manchen Tagen, so hatte sie den Eindruck, schmerzte ihn auch seine Schulter.

Wenn auch die Neugier größer und größer wurde, so war das Übersetzen der Briefe doch extrem mühsam. Leonie schlug den Aktendeckel zu und stellte ihn wieder ordentlich zurück.

Im Haus unten schlug die Pendule Mitternacht, und eigentlich hätte sie wirklich allmählich zu Bett gehen sollen. Doch die schwere Eisenkassette reizte sie. Auch dieses Schloss war nicht zu schwer zu öffnen, aber als sie den Deckel hob, hätte sie beinahe einen Schrei ausgestoßen.

In mit Samt ausgepolsterten Fächern lag ein Vermögen an Smaragden.

»Großer Gott, dann hat sich die Schatzsuche aber gelohnt!«, flüsterte sie. Und als Zweites fiel ihr ein: Diebesgut? Hatte er es einem anderen abgenommen und deshalb seinen Namen verändert, um dessen Verfolgung und Rache zu entgehen?

In einem der Fächer aber lag noch etwas, das in ein Lederbeutelchen gesteckt war. Sie zog es auf, und in ihre Hand glitt ein etwa drei Finger breites Steinscheibchen, in dem ein Spiralmuster opaleszierend schimmerte. Durch das Loch am oberen Ende war eine schwere Goldkette gezogen. »Ammonshorn«, wisperte sie und fragte sich, was ihren Mann wohl mit dem Rittmeister von Crausen verband, denn der hatte ihr vor noch gar nicht langer Zeit das vollkommene Gegenstück zu diesem Fossil gezeigt und es ein glückbringendes Amulett genannt.

Sie schlief nicht viel in dieser Nacht, doch am Morgen hatte sie sich wieder gefasst. Was auch immer gewesen war, ihr Gemahl hatte sich ihr gegenüber stets korrekt verhalten. Sie kannte ihn nun schon ein Jahr und mochte an der Lauterkeit seines Charakters nicht zweifeln. Er hatte Gründe, und sie war bereit, ihm die anständigsten zu unterstellen. Denn nur mit dieser Vorstellung konnte sie weiterleben. Ihre Ehe stand, trotz der Versicherung seiner Freundschaft, auf sehr tönernen Füßen. Aber sie wollte daran festhalten, unbedingt und so lange es möglich war. Denn die Alternative konnte nur bedeuten, zu ihrem Vater zurückzukehren. Und das wollte sie unbedingt vermeiden.

Sie hoffte nur, er würde irgendwann den Mut finden, sich ihr anzuvertrauen.

Und dann fasste sie sich sehr schnell an ihre eigene Nase.

Warum sollte er? – Sie vertraute sich ihm ja auch nicht an.

April 1839: Auf dem Schiff

Ich sah die Zeit nach deinen Ufern fliegen,
Die blühende Natur
Blieb hinter ihr, ein welker Leichnam, liegen.

Schiller: Resignation

Der Nachtwind rauschte in den Segeln, und schäumend teilte der Bug das schwarze Wasser des Mittelmeers. Sie hatten Alexandria vor zwei Tagen verlassen, und hinter sich gelassen hatte er eine Zeit, die er von Herzen zu vergessen wünschte. Von der er aber wusste, sie hatte derart tiefe Zeichen in seine Seele eingebrannt, dass er von ihnen auf immer verfolgt werden würde. Er hatte sich verändert – auf allen Ebenen. Körperlich war er verletzt worden, sein Fuß würde trotz aller ärztlicher und chirurgischer Kunst nie wieder seine volle Belastbarkeit erlangen, seine Schulter wohl immer schmerzen. Darüber hinaus hatte er sich einen Bart wachsen lassen, höchst modisch, wie man ihm versicherte, und seine von der Sonne gebleichten Haare durch eine kosmetische Behandlung dunkler gefärbt. Die Wirkung dieser einfachen Mittel hatte ihn selbst erstaunt, die Augenklappe als Ergänzung dazu ließ ihn vermuten, dass selbst seine eigene Mutter Probleme hätte, ihn wiederzuerkennen.

In den vergangenen Monaten hatte er es sich zur Aufgabe gemacht, Schritt für Schritt voranzugehen, das einzige Ziel zu verfolgen, für das es sich noch lohnte zu leben.

Rache!

Aber auf dem Weg zur Erfüllung dieses Ziels gab es noch mehr als einen Seitenweg zu beschreiten. Er hatte ein Versprechen zu erfüllen, eine Aufgabe von ungeheurer Wichtigkeit zu erledigen, zu der er jetzt unterwegs war, denn seine Nachforschungen, so schwierig sie auch aus der Entfernung durchzuführen waren, hatten erste Resultate gebracht. Deshalb kehrte er zurück. Unerkannt, mit den Papieren eines Söldners in der Tasche, von dem er lediglich wusste, dass er im vergangenen Jahr in Algier dem Wundbrand erlegen war.

Als Nächstes galt es, in der Gegend von Köln eine bürgerliche

Existenz aufzubauen. Er sah dem zuversichtlich entgegen. Er hatte auf verschiedenen Gebieten Kenntnisse und Fähigkeiten, die jetzt, da die Welt nach technischem Fortschritt verlangte, dringend benötigt wurden. Und er hatte ein Vermögen. Es lag in einem schlauchartigen Ledergürtel um seine Taille unter den Kleidern.

Alleine stand er in der warmen Frühlingsnacht auf dem Deck des Schiffes und blickte in die sternflimmernde Dunkelheit.

Und in diesem unbedachten Augenblick packte ihn das, was er die ganzen Monate über mühsam unterdrückt hatte – die Trauer. Die unendlich schmerzhafte Trauer über den Verlust eines Teils seiner selbst. Keuchend hielt er sich an der Reling fest. Die Leere breitete sich wie ein schwarzer Nebel in ihm aus, als er sich nicht mehr gegen das Wissen wehren konnte, was er tatsächlich verloren hatte.

Alle Gedanken an Rache, an Aufgaben, an Fürsorge und Schutz lösten sich auf in dieser bitteren Finsternis seiner Seele, und langsam beugte er sich vornüber.

Wie leicht wäre es, zu springen und sich samt Papieren und Smaragden einfach in der lichtlosen Flut versinken zu lassen.

»Mann, sind Sie wahnsinnig?«, fuhr ihn jemand an und riss ihn zurück.

Maskenball

Aber man soll nicht aller Orten Gelehrsamkeit, feine Kultur fordern ... sondern sich auch unter Menschen von allerlei Ständen mischen; so lernt man nach und nach den Ton und die Stimmung annehmen, die nach Zeit und Umständen erfordert werden.

Freiherr von Knigge: Über den Umgang mit Menschen

Es war ein Zugeständnis, vielleicht sogar ein riskantes, aber Hendryk wusste, er bereitete Leonie damit eine echte Freude. Tagelang hatte sie zusammen mit Ursel an einem Kostüm gestichelt, und Lennard hatte mit für einen Jungen sagenhafter Geduld die Locken einer alten Allongeperücke – auf wessen staubigem Speicher sie die wohl hervorgekramt hatten? – entwirrt und gebürstet, ausgelüftet und parfümiert. Das Resultat saß nun auf seinem Kopf und duftete muffig und nach Kölnisch Wasser, aber wenigstens gab es weder Motten noch Läuse darin. Schwarz ringelten sich die Locken bis weit über seinen Rücken, und tatsächlich gab sie ihm statt eines weibischen Akzents ein ausgesucht verwegenes Air. Ein Dreispitz mit nur einer Spur von Mottenfraß, eine schwarze Halbmaske, die auch die Augen mit feinem Tüll verbarg, und ein dunkelroter Domino machten ihn zum schneidigen Chevalier d'Antan. An seinen Arm schmiegte sich eine kesse Wäscherin, deren blauer, gelbgeblümter Rock eine gute Handbreit des Spitzenunterrocks freiließ und dieser wiederum sehr hübsche, schmale Fesseln in vielleicht für Wäscherinnen nicht ganz angemessenen blauen Schühchen. Ein gelbes Schnürmieder schmiegte sich über eine voluminöse weiße Bluse, eine weiße Spitzenhaube verdeckte die Locken und eine blaue Halbmaske den Großteil ihres Gesichts. An ihrer Schürze steckten hölzerne Wäscheklammern, und aus der Tasche hing ein frivoler, aber vermutlich frisch gewaschener Strumpf.

»Wir sollten den Saal getrennt betreten, mein Herr. Für einen Chevalier ziemt es sich nicht, mit einer schlichten Wäscherin am Arm zu erscheinen.«

»Ziehen Sie es etwa vor, sich mit den niederen Ständen gemein zu machen? Gar den verbrecherischen Subjekten, wie etwa diesem Piraten dort?«

Man hatte das Haus am Filzgraben erreicht, wo der Maskenball im maurischen Festsaal der Weyers stattfinden sollte, und ein wild dreinblickender Seeräuber mit Augenklappe und gefährlichem Entermesser in der roten Bauchbinde winkte ihnen von den Eingangsstufen zu.

»Ernst von Benningsen auf Kaperfahrt?«

»Unbedingt. An Karneval treten hinter den Masken die wahren Charaktere hervor, das wissen Sie doch!«

Sein Weib kicherte wäscherinnenmäßig und hängte sich bei seinem Freund ein, um den Ballsaal zu betreten. Er selbst folgte ihnen mit einigem Abstand. In Köln lebte er nun seit fast vier Jahren, es war seine dritte Karnevalssaison, und noch immer packte ihn das Staunen, mit welcher Ernsthaftigkeit man den Frohsinn zelebrierte und sich in den wunderlichsten Verwandlungen erging. Doch nicht alle Ballbesucher konnten ihre Identität verheimlichen, auch wenn von verhüllenden oder enthüllenden Gewändern, Masken, Schleiern und Kapuzen verschwenderisch Gebrauch gemacht wurde. Frau von Alfter war an ihrem Geschnatter sofort erkennbar, auch wenn sie im gestärkten Radkragen eine füllige Königin Elisabeth gab. In dem mit Pelzen behangenen Germanenfürsten konnte er recht schnell einen der Eisenbahndirektoren erkennen, die kecke Gärtnerin, mit der er den ersten Tanz absolvierte, nannte er nur aus Höflichkeit »schöne Unbekannte«, und den türkischen Pascha, ihren Vater, aus gleichem Grund Ali Baba. Er selbst war sich recht sicher, dass niemand ihn erkannte, aber er hatte ja auch ein gewisses Talent im Maskentragen erworben.

Zwischen den Musikstücken traten immer wieder mehr oder minder begnadete Künstler auf, die launige Gedichte vortrugen oder harmlosen Klamauk trieben. Den preußischen Herren war der Karneval äußerst suspekt, weshalb man tunlichst bei unschuldigen Scherzen blieb. Spitzel gab es überall, und die Zensur war scharf. Leider nahm das den Vorträgen einen großen Teil des Reizes. Er selbst war durchaus der Meinung, man dürfe Kritik auch aussprechen, und wenn es auf eine kunstvolle Art geschah, die durch Lachen gemildert wurde, dann hatte das sozusagen einen reinigenden Effekt.

Er sann darüber nach, als die zwei Schornsteinfeger ihr kindisches Couplet sangen, und beobachtete aus einem Augenwinkel seine Gattin, die sich zu einem überaus eleganten Zimmermädchen gesellte, das sie offensichtlich auch erkannte. Die beiden steckten die Köpfe zusammen, und als sie sich wieder trennten, machte zu seinem Erstaunen das Zimmermädchen überhaupt keinen eleganten, sondern tatsächlich einen recht trampeligen Eindruck. Das war verblüffend. Er näherte sich Leonie und fragte leise: »Was haben Sie diesem hübschen Kammerkätzchen zugeflüstert, dass sie plötzlich so unbeholfen auftritt?«

Vor Lachen glitzernde Augen trafen ihn.

»Ich sagte ihr, sie verrate sich durch ihre Bewegungen. Ist sie nicht wunderbar? Sie hat die schönsten Bewegungen, die ich je bei einer Frau gesehen habe. Aber als Zimmermädchen passt das nicht. Sie hat es sofort geändert, wie Sie sehen.«

»Wer ist sie?«

»Sag ich nicht!«, lachte die Wäscherin und entschlüpfte ihm mit einem römischen Feldherren, der üblicherweise subalterne Arbeiten für das Finanzamt erledigte. Weltreiche würde er vermutlich nie erobern.

»Chevalier, Sie sollten tanzen und nicht den Wäscherinnen nachstarren!«, mahnte ihn der Pirat, zwei Gläser Punsch in der Hand. Eines reichte er seinem Freund.

»Eine alberne Veranstaltung.«

»Natürlich. Du bist viel zu selten albern, Chevalier!«

»Ich kann nicht aus meiner Haut. Großer Gott, wer ist das da?«

Ernst folgte dem dezenten Fingerzeig auf eine Frau mit einem Raubkatzenkopf.

»Keine Ahnung. Hervorragende Maske, nicht wahr?« Er drehte sich zu Hendryk um. »Himmel, du bist blass geworden. Schreckt sie dich?«

»Sie weckt Erinnerungen. Genau wie der Hundeköpfige dort. Verdammt, hier hatte ich sie nicht erwartet.«

Er sprach sehr leise und hielt sich dabei das Punschglas an den Mund.

»Es ist Karneval!«

»Vielleicht.«

»Du vermutest etwas anderes dahinter?«

»O ja. Tu mir den Gefallen und nähere dich der Katze. Aber bleib auf der Hut.«

Sie trennten sich, und Hendryk tanzte mit einem kichernden Nixlein, wobei er aber immer wieder die Wäscherin im Blick behielt. Sie tändelte mit einem Domino. Es dauerte eine gewisse Zeit, bis er wieder in ihre Nähe kam. Mit einem höfischen Kratzfuß, der zu seiner Rolle passte, forderte er sie zum Tanz.

»Na gut, Chevalier, ich lasse mich herab. Obwohl heute große Wäsche ist!«

»Es gefällt Ihnen, nicht wahr?«

»Es ist anders als an Silvester. Aber ich finde es spaßig. Das da ist der Herr von Alfter, nicht wahr? Er kann sein Embonpoint nicht unter der königlichen Würde verstecken.«

»Es gehört zu seiner königlichen Würde.«

»Und dieser – pardon – blöde Hund dort ist Nikodemus von der Lundt.«

»Der Hundeköpfige? Woher wissen Sie das, Leonie?«

»Er mag sich ein paar Pfund Pappmaché auf den Kopf setzen, seine näselnde Stimme und seine feuchten Hände kann er nicht verbergen.« Sie schüttelte sich leicht.

»Ist er Ihnen zu nahegetreten?«

»Er tritt allem zu nahe, was Röcke trägt.«

»Würde Ihnen eine – äh – gerade Rechte eine gewisse Distanz schaffen?«

»Da ich nur ein schlichtes Wäschermädchen bin und keine Dame, mein Herr Chevalier, darf ich gestehen, dass mir diese Vorstellung Genugtuung verursacht.«

»Geben Sie mir ein Zeichen, und ich eile herbei. Kennen Sie auch die Katze, deren Maske von ähnlicher Machart ist?«

»Nun, seine Mutter, die Generalin, wird es nicht sein. Die«, und hier schnaufte seine Angetraute tatsächlich undamenhaft, »trüge die Maske eines Nilpferds.«

»Ich entdecke doch tatsächlich eine Spur von Boshaftigkeit in Ihnen, Madame!«

»Sie würden meine Bemerkung als überaus dezent bezeichnen, wenn Sie näher mit der Generalin bekannt wären.«

»Sie hat Sie ebenfalls verärgert. Leider verbietet mir meine Ehre, Frauen mit einem Boxhieb niederzuschlagen, so werde ich Ihnen dieses Feld alleine überlassen müssen. Vermutlich verfügen Sie über ein geeignetes Arsenal weiblicher Waffen, um sie gebührend auf Abstand zu halten.«

»Sie ist mit meinem Vater gut bekannt«, kam es nüchtern, und Hendryk überlegte ernsthaft, wie dehnbar er seinen Ehrbegriff auslegen konnte.

»Sie ist nicht hier, oder?«

»Um Himmels willen, nein. Und ich vermute auch, dieser Dackel von Sohn befindet sich ohne ihr Wissen auf Abwegen. Die Katze – ach herrje – das ist Sonia, wenn mich nicht alles täuscht.«

»Die von Danwitz? Woran erkennen Sie es?«

»Bewegungen. Es ist erstaunlich, wie gut man Menschen an ihren Bewegungen erkennen kann. Sie hat so einen – mh – provokanten Hüftschwung.«

Sie drehten noch einige Runden, dann schlenderten sie zu den Sofas am Rande der Tanzfläche. Hier begegnete ihnen auch Ernst wieder, der sich von einem Burgfräulein verabschiedet hatte.

»Chevalier, darf ich Ihre Dame kapern?«, fragte der Pirat.

»Ungern.«

»Ich könnte Waffengewalt anwenden!«, drohte er und klopfte auf das hölzerne Entermesser.

»Und ich könnte Ihnen eine Wäscheklammer auf die Nase setzen!«, lachte Leonie und zückte ihre Waffe.

»Sie sind grausam, schöne Wäscherin.«

Hendryk folgte ihnen mit den Augen, während sie ausgelassen tanzten, miteinander lachten und flirteten. Sie passten gut zusammen, und Leonie schien seinen Freund aufrichtig zu mögen. Aus einem nicht ganz klaren Grund fand er das aber eigentlich nicht so richtig erfreulich. Er schüttelte das Gefühl ab und stürzte sich ebenfalls wieder in die Lustbarkeiten.

Eine Stunde später, elf Uhr war bereits vorüber, und bald würde der Ruf nach Demaskierung laut werden, gelang es Hendryk schließlich noch einmal, Ernst alleine zu sprechen. Er bestätigte Leonies Vermutung.

»Die Katze ist Sonia von Danwitz, ohne Gatten hier. Sie hat mir Avancen gemacht.«

Hendryk lachte kurz auf.

»Soll ich dich beglückwünschen oder bemitleiden?«

»Sie ist nicht meine erste Wahl, wenn du das meinst.«

»Nein, sie scheint ziemlich das Letzte zu sein. Der mit dem Hundekopf ist übrigens Nikodemus von der Lundt. Ernst, ich bringe Leonie jetzt nach Hause. Kannst du vorsichtig ein Auge auf die beiden haben?«

»Du wirst mir morgen erklären, was es damit auf sich hat.«

»Selbstverständlich. Und – Ernst, wenn meine Vermutung stimmt, dann sind sie gefährlich. Also sei achtsam.«

»Achte du auf deine Gattin. Wir sehen uns morgen im Klub!«

Leonie hatte zum Glück nichts dagegen, vor der Demaskierung den Ball zu verlassen. Sie hatte sich herrlich amüsiert, doch jetzt wurde ihr das Treiben zu ausgelassen, sagte sie und hängte sich in seinen Arm ein. In der Kutsche streifte sie die Maske ab und rieb sich die Schläfen. Sie sah hübsch aus, und zu gerne hätte auch er die Maske abgenommen.

Und diese verdammt warme Perücke mit Schwung aus dem Fenster geworfen.

»Ich werde Lennard verdonnern, einen Tag lang dieses Gewölle auf dem Haupt zu tragen. Wie haben die das damals nur ausgehalten? Kein Wunder, dass man darunter revolutionäre Gedanken entwickelt.«

»Es steht Ihnen aber ausgezeichnet, Hendryk. Sie sind ein sehr gut aussehender Begleiter für eine Wäscherin.«

»Danke, meine Liebe!« Er nahm ihre Hand und berührte den Rücken leicht mit den Lippen. »Und für Ihre Profession haben Sie erstaunlich zarte Hände.«

Sie kamen, als es halb zwölf schlug, am Haus an und traten leise ein.

»Ich gehe noch einmal nach den Kindern sehen«, sagte Leonie, und er nickte. Auf dem Ball hatte er sich sehr zurückgehalten mit dem Punsch, er wünschte jetzt noch ein Glas Wein zu trinken und nach einer Weile die laute Musik, das Gelächter und die rauchgeschwängerte Luft zu vergessen. Erleichtert legte er Perücke, Domino und Maske ab, nur um die andere Maske anzulegen, die er sich gewählt hatte.

»Hendryk!« Vollkommen aufgelöst stand Leonie in der Tür, gerade als er die Augenklappe befestigt hatte.

»Was ist passiert?«

»Sie sind fort!«

»O Gott!«

Gemeinsam stürmten sie in die Mansarde. Die Betten waren aufgeschlagen, die Nachthemden darüber gelegt. Schuhe und Kleider fehlten, allerdings nicht Ursels Rock, dafür aber, nach kurzer Musterung der Kleidertruhe, eine weitere Hose von Lennard.

»Wieder ausgerissen. Oh, und ich dachte, sie würden sich jetzt hier wohlfühlen!«

»Ruhig, Leonie. Ruhig.«

»Es ist so kalt draußen. Sie müssen irgendwo hingegangen sein, wo sie Unterschlupf bekommen.«

»Kennen Sie ihre Freunde?«

»Sie haben hier keine. Nur die von der Pfarrschule.«

»Gassenkinder, ja. Verd... Verzeihen Sie. Wir müssen Jette und Albert wecken. Eine Suche organisieren.«

»Einen Augenblick bitte. Ich muss nachdenken.«

Er beobachtete, wie sie durch den Raum ging, unter die Matratzen griff und dann zwei kleine, prall gefüllte Strümpfe zu Tage förderte.

»Sie sind nicht ausgerissen, um sich eine andere Bleibe zu suchen, Hendryk. Das hier ist ihr Erspartes. Ohne das wären sie nie fortgegangen.«

Eine weit schrecklichere Vision drückte ihm die Kehle zu.

»Sie könnten entführt worden sein.«

»Hier aus dem Haus? Dann hätte man aber einbrechen müssen!«

»Durch die Hintertür.«

Er war schon auf dem Weg dahin, und sie folgte ihm.

Die Tür war zu, abgeschlossen sogar, und auch kein Fenster zeigte Spuren von Gewalttätigkeit. Doch erleichtert war er noch lange nicht.

»Die Schlüssel, Hendryk! Die Schlüssel für die Tür und das Hoftor sind fort.« Tröstend legte sie ihm ihre Hand auf den Arm und meinte: »Ich möchte fast glauben, wir haben es hier mit einem Akt des Übermutes zu tun. Die zwei sind ausgekniffen, um ihre Art von Karneval zu erleben.«

»Wenn das der Fall ist und sie wieder auftauchen, dann werde ich alle Grundsätze der Erziehung vergessen, die ich mir gebildet habe, und beiden mit Hingabe den Hintern versohlen!«

Ägyptische Messe

Und liegt auch das Zünglein in peinlicher Hut,
Verplaudern ist schädlich, verschweigen ist gut.

Goethe: Der getreue Eckart

Hinternversohlen war genau das, was Ursel und Lennard gerade eben von ihrem heimlichen Platz in den unterirdischen Gängen aus beobachteten. Dass es sich dabei um den nackten Hintern des hundeköpfigen Nikodemus von der Lundt handelte, erhöhte ihre herzlose Schadenfreude daran besonders. Trotzdem war ihnen nicht recht wohl bei der Sache. Erst hatte es ja richtig Spaß gemacht, die Schlüssel aus dem Kästchen zu mopsen, sich heimlich aus dem Haus zu schleichen, durch die Gassen zu laufen, wo allerlei Karnevalstreiben herrschte und sich niemand um zwei vorwitzige Kinder kümmerte, die zielstrebig zu dem Hof des Bierbrauers in der Budengasse liefen. Die Idee war bei beiden gekeimt, als sie die Kostüme für die Herrschaften hergerichtet hatten. Im Herbst hatte Lennards Schilderung von den maskierten Leuten Ursel beruhigt und von ihren bösen Träumen geheilt; inzwischen war das damit verbundenen Abenteuer harmlos geworden und die Neugier gewachsen. Zumal sie die Schilderung der schönen Tänzerin fasziniert hatte und sie mehr und mehr den Wunsch hegte, sie ebenfalls zu sehen.

»Die feiern bestimmt heute auch, Lennard. Wir könnten für eine Weile da hin, die Gnädige ist ja mit dem Herrn auf dem Ball. Das merkt niemand.«

Lennard war angetan von dem Gedanken. Eine kleine Mutprobe war es natürlich schon, aber das erhöhte das Prickeln eigentlich nur. Also waren sie aufgebrochen, nachdem die Herrschaften etwa eine Stunde fort waren. Ursel, in seinen drittbesten Hosen, stellte sich sogar ganz geschickt an, als es hieß, über die Mauer zu klettern, und zusammen schlichen sie durch den Gang hinter dem Fasslager.

Zunächst war der Raum dunkel und leer, in dem sich die Tiermenschen trafen. Nur der kalte, süßliche Duft hing noch leicht in der kühlen Luft. Der Tisch mit der Schlange war nicht zu sehen, auch das

Löwenfell nicht. Eigentlich war es ein ganz harmloser, schäbiger Kelleraum. Lennard wollte ihn zu gerne durchsuchen, aber Ursel hatte eine gesunde Furcht davor, ihre heimliche Position aufzugeben.

»Wenn die kommen, Lennard, erwischen sie dich. Wir warten hier einfach noch ein bisschen. Es hat vorhin halb elf geschlagen.«

Sie mussten sich tatsächlich nicht lange gedulden. Es knarrte eine Tür, dann fiel ein Lichtstrahl in den Raum, und ein Vorhang wurde zur Seite geschoben. Ein Mann in einem prächtigen Ornat, aber ohne Maske, trat ein.

»Kennst du den?«, wisperte Ursel.

»Nein. Psst!«

Der Ankömmling machte sich an der hinteren Wand zu schaffen und zog kurz darauf eine Truhe mitten in den Raum. Er öffnete sie und holte ein schwarzes Samttuch und die goldene Schlange heraus. Beinahe ehrfürchtig streichelte er sie und setzte sie dann auf den samtbedeckten Truhendeckel. Rechts und links davon steckte er zwei schwarze Kerzen in goldene Halter. Dann rollte er einen Teppich davor aus und richtete Weihrauchschalen. Als das Arrangement zu seiner Zufriedenheit war, lachte er leise auf, holte aus einem Verschlag den Widderkopf, stülpte ihn sich über und ergriff auch den langen Stab mit den Widderhörnern.

Nach und nach kamen auch einige der anderen herein, sie jedoch alle schon mit ihren Masken auf dem Kopf – das Krokodil, der Schakal, der Falke, das Nilpferd, der Stier und einer in einer einfachen schwarzen Kutte, der nur eine schwarze Gesichtsmaske trug, ähnlich der, die der Gnädige angezogen hatte. Jeder von ihnen vollführte vor der Schlangengestalt ein devotes Ritual, dann aber standen sie herum und unterhielten sich leise miteinander. Nach geraumer Zeit schließlich fragte der Widderköpfige: »Es ist gleich elf Uhr, wo bleiben Sor Sechmet und Fra Upunaut?«

»Ich weiß es nicht, Fra Chnum. Sie wollten auf jeden Fall kommen. Fra Upunaut würde sich nie eine Weihehandlung entgehen lassen.«

»Sor Sechmet auch nicht!«, grunzte der Stier, und ein sehr hässliches Lachen erfüllte den Raum.

»Es ist viel los auf den Straßen heute Nacht, vielleicht verspäten sie sich deshalb!«, riet ein anderer, und der Widderköpfige wandte sich an das Krokodil: »Wann treffen die Dienerinnen ein, Fra Sobek?«

»In einer halben Stunde.«

»Gut, wir beginnen jetzt!«

Der Widderköpfige zündete die Kerzen an, und die Weihrauchschwaden krochen auch zu Ursel und Lennard unter den Vorhang.

»Das Zeug riecht widerlich!«

»Psst!«

Dann traten plötzlich die Katzenköpfige und der Hundeköpfige miteinander lachend ein, und der mit dem Widderkopf herrschte sie an: »Ihr kommt zu spät. Was ist der Grund?«

Die Katze kicherte.

»Wir waren auf einem Maskenball, Fra Chnum. Es war sehr, sehr lustig!«

»Ihr wart *was*?«, donnerte er sie an.

»Am Filzgraben, Weyer gab einen Kostümball. Ich war eine Sensation!«

Einen Moment lang schwieg der Widderköpfige, dann kam es sehr kalt und sehr böse aus seinem Mund: »Ihr habt einen Eid geschworen, Sor Sechmet, Fra Upunaut. Einen Eid, in dem ihr strengste Geheimhaltung geschworen habt!«

»Es hat uns doch keiner erkannt! Wir haben die ganze Zeit die Masken aufgehabt!«

»Sobek, Soker, packt diese Idioten!«, fauchte er, und das Krokodil und der Falke rissen den beiden, die zu überrascht waren, sich zu wehren, die Hände auf den Rücken.

»Apis, binde sie.«

Der Stierköpfige holte von hinten Lederriemen und band ihnen die Arme zusammen.

»Das kannst du doch nicht machen!«, näselte der Hund jämmerlich, als er auf die Knie gestoßen wurde.

»Ihr habt nicht nur einen Eid geschworen, ihr Hohlköpfe, ihr habt auch einen Vertrag mit unserem Herrn, mit Apophis, der dunklen Macht des Chaos, geschlossen. Unser Herr erlaubt keine Verstöße gegen seine Regeln, und er verlangt Bestrafung.«

Ursels Hand klammerte sich an die ihres Bruders. Ihr wurde es unheimlich. Vor allem, als die Gestalten nun ihren seltsamen Singsang anstimmten, während die Delinquenten vor der Truhe mit der Schlange knien mussten. Dann aber kam eben der Moment, in dem die Schadenfreude einsetzte, denn die Bestrafung, die den Hundeköpfigen traf, kannten sie aus ihrer Zeit im Waisenheim noch viel zu gut. Er bekam den Hintern versohlt. Allerdings mit einer Lederpeitsche, die abwechselnd von allen Mitgliedern dieser Versammlung geschwungen wurde. Dabei sangen sie weiter ihre komischen Litaneien, und der Hund winselte. Schließlich hob der Widderköpfige seinen Stab und gebot Einhalt.

»Und nun zu dir, Sor Sechmet!«

»Du wirst mich doch wohl nicht schlagen wollen, Fra Chnum!«, giftete sie.

»Nein, ich schlage keine Frauen. Novize, geh nach oben und schicke die Dienerinnen fort, wir werden heute die Weihehandlung an unserer ungehorsamen Schwester vornehmen. Ich beginne!«

»Nein!«, schrie die Katze auf und wollte aufspringen, aber der Stierköpfige hielt sie nach unten gedrückt.

Und dann folgte etwas, das Ursel schier lähmen wollte. Der Widderköpfige riss der Frau den Rock vom Leib, sodass sie nur noch das Fellmieder trug. Unter dem Rock war sie nackt.

»Über den Altar!«

»Nein!«

Sie wehrte sich, aber zwei Männer waren stärker als sie.

Und dann machte der Widderköpfige etwas, das auch Lennard erschütterte.

»Weg!«, zischte er.

»Ja!«

Die Zwillinge rannten wie von Dämonen gehetzt durch den Gang, keuchend krabbelten sie über die Hofmauer und lehnten sich an die kalte Wand.

»Das darf man doch nicht! Lennard, das darf man doch nicht!«

Der Junge schüttelte nur den Kopf. Das Leben der Waisenkinder, das sie eine geraume Zeit geführt hatten, war rau und lebensnah gewesen, er wusste schon seit Langem, was Männer mit Frauen machten. Dass es mit einer derartigen Brutalität geschah, war aber auch ihm neu.

»Wir gehen da nie wieder ihn!«, flüsterte Ursel jetzt mit großen, angstvollen Augen.

»Nein, nie wieder.«

»Auch du nicht alleine!«

»Nein, Ehrenwort.«

»Lass uns heimgehen!«

Durch die nächtlichen Straßen liefen sie auf dem schnellsten Weg zurück, doch als sie an der Hintertür standen, fassten sie sich wieder an den Händen.

»Sie sind vor uns nach Hause gekommen. Überall ist Licht.«

»Sogar oben bei uns.«

Lennard sagte ein böses Wort und wurde dennoch nicht von seiner Schwester gerügt.

»Was sagen wir ihnen, Ursel?«

»Nicht die Wahrheit. Das kann ich nicht erzählen.« Sie schüttelte sich, aber dann kam ihr die Erleuchtung. »Wir sagen, wir wollten auch einen Maskenball sehen und haben in fremde Fenster geguckt. Das ist fast wahr!«

»Gut. Hoffentlich hauen sie uns nicht so fest.«

»Ich werde nicht weinen!«, behauptete Ursel tapfer und griff die Hand ihres Bruders, als der die Tür aufschloss.

Sie standen direkt vor dem Herrn des Hauses, als sie in den Flur traten. Er sah fürchterlich aus. So grimmig und wütend hatten sie ihn noch nie gesehen.

»Bitte, wir haben Unfug gemacht, gnädiger Herr!«, sagte Lennard leise. »Ich war schuld. Ich habe Ursel überredet mitzukommen, um einen Maskenball anzuschauen.«

»Ich wollte das aber, es war meine Idee!«, fügte Ursel hinzu, gerade als die Gnädige dazukam.

»Mehr habt ihr nicht dazu zu sagen?«, fuhr der Herr sie an, aber die Herrin legte ihm die Hand auf den Arm.

»Wir haben uns sehr große Sorgen um euch gemacht!«, sagte sie leise und sehr traurig. Das war sogar noch schlimmer als seine Wut. »Wir dachten, ihr seid wieder fortgelaufen, weil es euch bei uns nicht gefällt.«

Ursel schniefte und schüttelte den Kopf.

»Nein, nein, es ist doch so schön hier. Wir waren nur ungehorsam.«

Der Herr starrte sie noch immer mit strengem Blick an, und Lennard schluckte tapfer.

»Hauen Sie Ursel nicht, gnädiger Herr. Nur mich!«

»Ich hätte sehr große Lust, euch beide übers Knie zu legen, aber das werde ich nicht tun. Ihr wisst offensichtlich, was ihr getan habt. Geht jetzt zu Bett, wir werden morgen darüber reden. Ihr habt Leonie, die euch sehr lieb hat, schrecklich aufgeregt. Denkt mal darüber nach!«

In vollkommener Zerknirschung schlichen die beiden in ihr Zimmer.

Es war die grässlichste Nacht ihres Lebens, dessen waren sie sich einig.

Begegnung

Können nicht manche Weiber besser schweigen
als ihre Männer?
Es kommt nur auf den Gegenstand des Geheimnisses an.

Freiherr von Knigge: Über den Umgang mit Frauenzimmern

Ursel und Lennard hatten Geburtstag, und der einundzwanzigste März war wie geschaffen für einen Ausflug. Um sechs Uhr morgens war es zwar noch recht frisch, aber die Sonne ging strahlend über dem Fluss auf, weshalb sie mit geradezu übersprudelnder Laune zur Schiffsanlegestelle wanderten.

Leonie freute sich, dass die beiden miteinander fröhlich schwatzen, und legte ihre Hand in die Armbeuge ihres Gatten.

Nach der nächtlichen Eskapade der Zwillinge hatten sie sie einige Tage sehr distanziert behandelt, das war ihre Bestrafung, und sie hatte offensichtlich eine nachhaltige Wirkung gezeigt. Die Kinder waren sehr darauf bedacht, ein einwandfreies Benehmen an den Tag zu legen, und nach einer Woche hatte Leonie ihre Strenge aufgegeben und wieder angefangen, mit ihrem Zöfchen zu scherzen. Auch ihr Gatte hatte seinen angehenden Kammerherrn wieder mit einem Extrapfennig für das besonders gründliche Ausbürsten seiner Überzieher belohnt.

Die Concordia, das Schiff der Preußisch-rheinischen Dampfschifffahrtsgesellschaft, das für die Personenbeförderung zwischen Köln und Mainz vorgesehen war, lag am Ufer, und aufgeregt hüpften die Kinder vor ihnen an Deck. Aus dem hohen Schornstein des Dampfers quoll bereits der Rauch, und die Maschinen dröhnten, doch die Schaufelräder rechts und links vom Rumpf drehten sich noch nicht. Sie betraten die lange, schmale Kajüte, in der zierliche Möbel zum Verweilen einluden, und wählten Plätze an den Fenstern. Sie waren früh und hatten noch die Wahl, doch nach ihnen fanden sich mehr und mehr Passagiere ein. Zwei Studenten, ein wenig verkatert aussehend, ein gewichtiger Geschäftsmann mit goldener Uhrenkette, dessen tickendes Anhängsel er immer wieder hervorzog, um die Pünktlichkeit der Abfahrt zu prüfen, eine kleine Reisegruppe Engländer, die auf der Suche nach der viel besungenen Rheinromantik waren – Leonie war stolz, schon einige Gesprächsfetzen verstehen zu können –, ein sichtlich verliebtes Paar, dem die Rheinromantik gegenüber ihrer eigenen vermutlich verblassen würde, und eine Gouvernante mit zwei schüchternen Kindern am Gängelband bildeten schließlich ihre Reisegesellschaft.

Zwar fuhr das Schiff bis Mainz, doch sie würden bereits in Bonn wieder von Bord gehen, dort war dann der Besuch des zoologischen Instituts vorgesehen, den Sven für sie organisiert hatte. Anschließend würde man sich bei Gutermanns zum Essen treffen, was leider unumgänglich war, und später mit der Kutsche zurück nach Köln reisen.

»Wir werden unser Frühstück an Bord einnehmen«, hatte Hendryk den Kindern versprochen, die jetzt verzückt aufjuchzten, als sie das verlockende Angebot der Speisekarte studierten. Auch Leonie freute sich auf das ungewöhnliche Erlebnis der Rheinreise, und selbst als die mächtigen Maschinen aufbrüllten und das Schiff mit der Kraft von sage und schreibe siebzig Pferden in Bewegung setzten und den Boden unter den Füßen zum Vibrieren brachten, fühlte sie keine Ängstlichkeit.

Allerdings war es recht laut an Bord, und so überließ sie es ihrem Gatten, den Kindern die Technik des Radantriebs zu erklären, und verfolgte die vorbeiziehende Landschaft.

Die vergangenen Wochen waren außerordentlich harmonisch verlaufen, ihr Gemahl hatte sich mehr und mehr von einer Offenheit gezeigt, die er in den ersten Monaten ihrer Ehe doch sehr gemieden hatte. Nein, anvertraut hatte er sich ihr nicht. Er blieb seiner Rolle treu; in das, was sich dahinter verbarg, erhielt sie keinen Einblick. Indes zeigte er lebhaftes Interesse an ihrem Leben und ihren Beschäftigungen, ermunterte sie, über ihre gesellschaftlichen Erlebnisse zu berichten, und kommentierte das Erzählte gerne mit einer Art trockenen Humors, die sie oftmals so sehr erheiterte, dass sie anschließend Mühe hatte, in Gegenwart der betroffenen Personen ernst zu bleiben. Er hatte auch nie wieder diktatorische Verbote ausgesprochen wie weiland jenes, keine okkulten Séancen mehr zu besuchen. Und seine Mahnung, sich nicht zu eng an Sonia von Danwitz anzuschließen, traf bei ihr auf offene Ohren. Sie selbst hatte schon begonnen, Distanz aufzubauen, zwanglose Treffen mied sie ganz, und bei Einladungen schob sie immer häufiger häusliche oder andere Verpflichtungen vor. Zudem war Sonia nach Karneval einige Wochen krank gewesen und hatte sich von der Gesellschaft zurückgezogen. Ihre Freundschaft mit Camilla hingegen schien ihr Gatte zu tolerieren, wenn er auch nach wie vor vermied, mit ihr zusammenzutreffen. Sie akzeptierte das. Wenn Jacobs' Gattin in irgendeiner Form etwas mit seiner Vergangenheit zu tun hatte, die er zu verbergen wünschte, würde sie die Begegnung nicht mutwillig herbeiführen. Und auch Camilla fragte sie nicht mehr nach Bekannten aus ihrer Kairoer Zeit aus. Sie hatten mehr Themen zur Verfügung als alten Klatsch. Beide fanden sie großen Gefallen an der antiken Kunst und besuchten gerne Ausstellungen, sie liebten beide die Musik, und Camilla ließ sich von ihr gerne am Klavier die europäischen Kunstformen erklären. Sie wiederum zeigte ihr, auf der Oud spielend, oft von der verschleierten Dienerin auf einer kleinen Trommel begleitet, die variantenreichen Arten der orientalischen Musik.

Und dennoch, sinnierte Leonie, war sie tatsächlich hinter Camillas Geheimnis gekommen. Aufgedeckt hatte es kurioserweise ihre Schneiderin Gawrila.

Vor zwei Wochen hatte sie sie wieder einmal aufgesucht, weil Hendryk neckend behauptet hatte, es könne nicht Frühling werden, bevor nicht eine neue Garderobe ihre Schränke füllte. Welche Frau hätte einer solchen Aufforderung schon widerstehen können? Natürlich hatte sie im Laufe der letzen Monate ihren Kleiderschrank durchgesehen und mit Gawrilas Hilfe all jene Gewänder, die ihre Stiefmutter mit ihrem unfehlbar schlechten Geschmack ausgewählt hatte, verändert. Ellen um Ellen Rüschen und Volants hatte sie abgetrennt, Tuffs und Bordüren, Fransen und Blumen entfernt und durch einfarbige Bänder oder feine Spitzen ersetzt. Das schreckliche gelbgeblümte blaue Kleid war zum Wäscherinnenkostüm umgewandelt worden, das scheußliche tannengrüne Reisekleid trug jetzt Jette sonntags stolz zur Kirche, und zwei buntbedruckte Sommerkleider hatte Gawrila nur mit einem Schaudern in die Ecke geworfen und gemurrt, man möge Putzlumpen daraus schneiden. Also war ihr Bestand an tragbaren Gewändern recht zusammengeschrumpft und der Besuch bei der Schneiderin obligatorisch geworden. Sie hatte eine Weile warten müssen, denn als sie kam, schacherte Madame gerade wie ein Bürstenbinder mit einem Stofflieferanten. Sie hatte aber keine Langeweile, sondern betrachtete in dem unordentlichen Atelier einige kühne, halb fertige Entwürfe und blieb dann vor den Bildern stehen, die die Besitzerin an die Wand gehängt hatte. Landschaften schien sie zu lieben, manch verträumte Idylle war darunter, aber Leonie erkannte auch zwei Werke, die sie bei der Vernissage in Jacobs' Haus gesehen hatte – Bilder von Wüstenlandschaften, sonnendurchglüht, karg bis auf einige blassgrüne, dornige Gewächse und bizarre rötliche Felsen, die violette Schatten warfen. Man spürte die Hitze unter einem dunstigen Himmel, in dem durch das gelbliche Grau ein staubiges Blau schimmerte. Sie waren ihr damals schon aufgefallen, weil sie eine so intensive Stimmung ausstrahlten, und sie fragte sich, ob jener Jussuf, dessen Signatur sehr klein unten vermerkt war, wohl in seinem Land als großer Künstler galt.

»Er will mich ausnehmen wie eine Martinsgans«, grummelte Gawrila, als sie eintrat.

»Aber Sie haben mit dem Schnabel nach ihm gehackt!«

»Rrrrichtig!«

Manchmal kam ihr russischer Akzent ein wenig durch, vor allem, wenn sie sich wirklich geärgert hatte. Aber dann lächelte sie Leonie an und nickte zu den Bildern hin.

»Ihre Farben, Frau Mansel.«

»Meine Farben?«

»Die von dem Wüstenbild. Sie können sie tragen, das kann nicht jede. Manche sind Waldfrauen, die brauchen Moosgrün und Braun wie hier, andere Herbstblätter, Ocker und Bordeaux, einige Damen sind Eislandschaften mit Weiß, Schwarz und Lavendel. Sie brauchen Rotgold, Sonnengelb und Orange, mattes Grün, Rauchblau und Elfenbein. Ja, Elfenbein! Was wünschen Sie, Frau Mansel?«

»Ein Kleid – oder zwei. Ich habe nichts mehr anzuziehen, Madame Gawrila!«, jammerte Leonie in übertriebenem Ton.

»Morgens, mittags, Visite, Promenade, Ball oder Tee?«

»Visite und Promenade.«

Daraufhin hatte ihr die Couturière wieder einmal ihren Lieblingsvortrag über Stil und Mode gehalten. Um sie ein wenig zu necken, liebäugelte Leonie mit einem geblümten Stoff, von dem sie wusste, dass die Meisterin ihn für gänzlich ungeeignet hielt.

»Blümchen? Sie brauchen keine Blümchen. Blümchen brauchen Frauen, die nichts als Tändelei im Hirn haben, ganz junge Dinger ohne Ahnung.«

»Gut, dann keine Blümchen. Aber wenigstens eine Rüsche am Saum?«

»Brrrauchen Sie Rrrrüsche? Brauchen Sie Volant? Brauchen Sie Schnickschnack? Muss das Kleid Ihnen Haltung geben, oder geben Sie dem Kleid Gehalt?«

»Ich weiß es nicht.«

»Sie wissen nicht! Sie wissen nicht!« Gawrila rang dramatisch die Hände. »Haben Sie keinen Spiegel im Haus? Haben Sie keine Augen im Kopf?«

Leonie begann zu lachen, und die Schneiderin verdrehte die Augen.

»Sie nehmen mich auf den Arm, Frau Mansel!«

»Nur ein ganz kleines bisschen, Madame Gawrila. Es ist noch nicht so lange her, dass ich gelernt habe, ein Kleid richtig zu tragen.«

»Sie können Lumpen tragen, solange Sie keine Rüschen drannähen.«

»Gut, aber ein wenig kostbarer als ein Lumpen darf der Stoff denn doch sein. Etwas wie dieser hier?« Sie zeigte auf ein blassrosa Halbseidengewebe.

»Das Material ist richtig, die Farbe nicht. Ich hole Ihnen eine andere.«

Es war das staubige Grün, das je nach Lichteinfall grau oder grünlich schimmerte. Und als sie es an sich hielt, musste Leonie wie üblich zustimmen. Es ließ ihre Haut aufleuchten und ihre Haare goldener wirken.

»Es ist seltsam, ich hätte nie gedacht, dass ein so unauffälliger Stoff so wirken kann.«

»Nicht an jeder Frau.«

»Nein«, stimmte sie zu, und dann fiel ihr im Zusammenhang mit den Wüstenbildern etwas ein. »Ich kenne nur noch eine Dame, die sogar in Schlammfarbe überwältigend wirkt. Und je mehr ich ihre

Kreationen kenne, desto mehr vermute ich, sie müssten aus Ihrer Hand stammen.«

»Wahrscheinlich.«

Gawrila drapierte den Stoff um Leonie herum und zupfte ihn in Form.

»Dabei ist sie ein ganz anderer Typ als ich!«

»Nein, Sie sind sich sehr ähnlich. Sie ist die Schlange, Sie sind die Löwin, aber beide tragen Sie die Macht in sich, die keinen Zierrat braucht.«

»Sie kennen Camilla Jacobs gut, nicht wahr?«

»Wie eine Kundin, und über Kundinnen spreche ich nicht.«

Leonie lächelte und drehte sich nach Gawrilas Anweisung um und hob die Arme.

»Doch, Sie tun es. Ich hege den Verdacht, ich darf mich Ihrer Kunst nur erfreuen, weil Camilla ein gutes Wort für mich eingelegt hat.«

Seufzend nickte die Couturière und nahm zwei Nadeln aus dem Mund, um sie in den Stoff zu stecken. »Sie nannte Sie eine vollendete Dame mit einem großen Herzen, aber einer schlechten Ratgeberin in Sachen Mode. Ich war misstrauisch, Frau Mansel, aber nun stimmte ich ihr zu. Sie hatten eine schlechte Ratgeberin.«

»Und offensichtlich inzwischen eine sehr gute Freundin. Es gehen böse Gerüchte über sie herum, und ich wünschte, ich könnte etwas dagegen tun.«

»Sie können nichts gegen die Wahrheit tun, Frau Mansel, Sie können nur gleichbleibend achtungsvoll und höflich bleiben, um den anderen zu zeigen, welch kleine Geister sie sind.«

»Sie war keine Hofdame, nicht wahr?«

»Sie war sicher eine Dame bei Hofe.« Gawrila legte den Stoff zusammen.

»Das glaube ich wohl, aber – sie war eine Tänzerin, nicht wahr? Sie hat mir einmal bei einem Bild von den Ouled Nail erzählt.«

»Niemals!«

Diese ausschließliche Verneinung glich so sehr der, die Camilla ausgestoßen hatte, als sie Hendryks Leben als Söldner erwähnte, dass Leonie beinahe aufgelacht hätte.

»Ich schätze Camilla sehr, Madame Gawrila. Ich sollte mich meiner Neugier schämen.«

»Sicher. Trotzdem, ich verrate Ihnen jetzt etwas, Frau Mansel, das unter uns bleiben wird. Ich kann mich bei Ihnen darauf verlassen, nicht wahr?«

»Selbstverständlich.«

»Nun gut, wissen Sie, ich habe, als ich jung war, einer sehr reichen russischen Dame gedient, die einen erlesenen Geschmack hatte. Sie reiste gerne, ihr Gatte war eine Art Diplomat, und so lernte ich auch den Orient kennen. Anders als die Männer, die uns mit ihren wissenschaftlichen Reiseberichten ergötzen, habe ich die Frauen dort kennengelernt. Ich lebte in Harems und Serails, besuchte Hammams und verborgene Gärten. Ich habe Odalisken und manche Sultansgattin, Prinzessinnen, Zigeunerinnen und viele freie Berberinnen getroffen. Unter all diesen Frauen, Frau Mansel, gibt es außerordentlich begabte Künstlerinnen. Dichtkunst blieb mir der Sprache wegen fremd, aber Malerei und vor allem Musik und Tanz haben mich tief beeindruckt. Einige dieser Frauen sind hoch angesehene Damen, jeder Haushalt, der etwas auf sich hält, engagiert bei wichtigen Festen die Awalim. Sie tanzen und musizieren in den Frauengemächern, aber auch vor den Männern, jedoch verschleiert.«

»Awalim – das Wort habe ich schon einmal gehört.«

»Awalim, das sind mehrere, eine nennt sich Almeh. Ich denke, Camilla Jacobs hieß einst Gamila, die Schöne, und war eine berühmte Almeh, denn sie lebte am Hof des Vizekönigs. Dort hat sie, anders als die Frauen in der Abgeschiedenheit, auch die Möglichkeit gehabt, Männer kennenzulernen.«

»Das würde ihre wundervollen Bewegungen erklären!«

»Natürlich. Und Sie tun sehr gut daran, von ihr zu lernen. Für die Promenade wählen wir Sandfarbe mit einem rauchblauen Rautenmuster und gleichfarbigem Besatz.«

Sie hatten ein reichhaltiges Frühstück an Bord verzehrt, und wenig später legten sie in Bonn an. Lennard und Ursel schnatterten noch immer fasziniert von Schleppkähnen und Ozeandampfern, Schaufelrädern, Kolben und Zylindern, Dampfkesseln und Antriebswellen.

»Nun lasst die nüchterne Technik mal hinter euch, Zwillinge, da vorne wartet Onkel Sven auf euch, der uns nun in die Wunder der Zoologie einweisen möchte!«, riet Leonie ihnen und begrüßte Sven mit einer liebevollen Umarmung, die dieser kräftig erwiderte. Auch Hendryk begrüßte der alte Mann herzlich. Zu den Kindern aber beugte er sich nieder und schloss sie in die Arme.

»Ihr seid ja tatsächlich in den letzten sechs Monaten wie die jungen Bäumchen gewachsen!«, meinte er. »Die da füttern euch wohl gut, was?«

»Ja, Onkel Sven, wir werden jeden Tag satt«, antwortete Ursel, noch ein bisschen schüchtern, und Lennard fügte hinzu: »Wir dürfen sogar manchmal naschen.«

»Donnerwetter, habt ihr es gut.«

Leonie fiel auf, dass den beiden die vertrauliche Anrede bei ihrem väterlichen Freund offensichtlich leichter fiel als bei ihr, aber erzwingen konnte man eben nichts.

Den Besuch des zoologischen Instituts konnte man jedenfalls als vollen Erfolg bezeichnen. Sowohl Sven als auch Hendryk hatten ihnen viel zu den dort ausgestellten ausgestopften Tieren zu erzählen, was den wissbegierigen Kindern Dutzende von Fragen entlockte, die ihnen mit großer Geduld und Anschaulichkeit beantwortet wurden. Auch Leonie hatte ihre Freude daran, und als sie vor einem mehrere Fuß langen Skelett einer Schlange stehen blieben, fiel ihr wieder die Spieldose des alten Hanno ein. Ihr analytischer Geist rieb sich daran. Ob man wohl eine mechanische Schlange so bauen konnte, dass sie sich wie im wirklichen Leben bewegte? Die Wirbelsäule war nichts anderes als eine Zusammenkettung von Gelenken.

»Gnädige Frau, gnädige Frau, hat die Schlange Sie gelähmt?«

»Was? Ach, Ursel, nein. Ich dachte nur …«

»Dachten wir auch gerade, Lennard und ich. Man könnte diese Gräten mit einem Lederschlauch beziehen und Schuppen draufmalen.«

»Das sind keine Gräten, sondern Rippen, wie die hier!«, meinte Leonie und piekte Ursel in dieselben, sodass sie aufquietschte und rief: »Das kitzelt!«

»Stellt euch mal vor, wie kitzelig erst so eine Schlange sein muss, mit den vielen Rippen, die sie hat!«

»Aber man könnte sie aus Gräten herstellen«, schlug der pragmatische Lennard vor, der intensiv das Skelett studierte.

»Ja, aber zuerst muss man wissen, wie die Wirbel zusammenarbeiten, denn sie muss sich ja in alle Richtungen bewegen können«, wandte Leonie ein und tippte sich mit dem Finger an die Unterlippe.

»Das finden Sie bestimmt heraus!«

»Vielleicht mit eurer Hilfe. Sven?«

»Ja, Leonie?«

»Hat schon mal jemand eine mechanische Schlange gebaut?«

»Versucht hat es bestimmt schon jemand, aber ich vermute, das ist ein recht komplexes Vorhaben. Hannos Exemplar ist ja lediglich eine sich hebende Spirale, aber dir schwebt etwas anderes vor!«

Sie fachsimpelten noch, als sie schließlich bei Gutermanns eintrafen, wo, wie es in der Bonner Gesellschaft üblich war, um zwei Uhr ein reiches Mittagessen auf sie wartete. Die Begrüßung war höflich, doch im Haus herrschte eine angespannte Stimmung. Immerhin hatte sich auch Edith eingefunden, mit der Leonie lebhaft plauderte. Ihre Stiefmutter hingegen, inzwischen hochschwanger, fand sie mürrisch, ihren Vater wortkarg. Immer wieder musterte er ihre Taille, als ob er sich vergewissern wollte, ob auch sie guter Hoffnung war. Die Blicke waren ihr entsetzlich unangenehm. Nur Rosalie plapperte und lachte munter herum und wollte den Zwillingen ihr Zimmer und ihre Spielsachen zeigen. Leonie hatte ihnen zuvor vorsichtig zu erklären versucht, dass das Mädchen anders war als sie selbst, viel jünger im Denken noch, und die beiden nahmen ihr kindliches Verhalten ungezwungen an und verschwanden mit ihr im Kinderzimmer, wo ihnen ihr Essen angerichtet wurde.

Nach einem langen, schwülstigen Tischgebet, vom Hausherren mit Inbrunst vorgetragen, schleppte sich die Konversation ein wenig mühselig durch Suppe und Braten, und nach dem Essen zog Elfriede Gutermann sich aus Gründen der Schonung zurück, was Leonie erleichtert begrüßte. Sie nickte ihrem Gatten zu und bat ihn recht schroff, ihm in die Bibliothek zu folgen, Sven hingegen wollte den Zwillingen noch ein versprochenes Buch zeigen und ging ins Kinderzimmer hinauf. Leonie betrat mit Edith das Wohnzimmer.

»Leg die Füße auf den Hocker, Leonie. Ihr seid früh aufgebrochen.«

»Ja, um fünf sind wir aufgestanden. Diese Dampfverbindungen

sind ja schnell und nützlich, aber dadurch, dass man sich auf die Minute genau an den Fahrplan halten muss, sind die Vorbereitungen doch recht hektisch.«

»So wird die neue Zeit werden – ein Hasten nach dem Minutenzeiger. Auch in den Fabriken müssen die Arbeiter sich pünktlich nach der Uhr richten, wenn die Maschinen laufen. Fortschritt hat ihren Preis.«

Leonie hätte gerne noch weiter entspannt mit Edith geplaudert, auch über Vor- und Nachteile der neuen Technik, aber gerade eben drang die laute Stimme ihres Vaters durch die Tür.

»Himmel, was tobt er denn!«, fragte sie, und die nächsten Worte waren deutlich zu verstehen.

»Sie haben die Ehre meiner Familie beschmutzt!«

»Das muss gerade mein Vater sagen!«, knirschte Leonie und war schon auf dem Weg zur Bibliothek. Ohne anzuklopfen, trat sie ein und sah den Rücken ihres Gatten, der in einem Stuhl saß, und ihren Vater, der sich vor ihm aufgebaut hatte. Gutermann war ein großer Mann mit einem schwammigen Bauch und schmalen Schultern, die schütteren grauen Haarsträhnen klebten ihm jetzt an seinem hochroten Kopf, und er funkelte sie zornig an.

»Verlass den Raum, Leonora!«

Sie stellte sich hinter Hendryk und legte ihm eine Hand auf die Schulter.

»Nein, Vater. Sie haben soeben die Ehre meines Gatten in Frage gestellt, und ich habe ein Recht darauf zu wissen, warum.«

»Du hast den Mund zu halten und zu schweigen. Ich werde die Auflösung dieser Ehe in die Wege leiten, einen Mann seiner Herkunft dulde ich nicht in unserer Familie.«

Heiße Wut kochte in Leonie hoch.

»Verzeihen Sie, Vater, aber das werden Sie nicht tun. Sie haben weder Recht noch Handhabe, sich in meine Ehe einzumischen, und schon gar nicht, ihre Auflösung zu betreiben. Und Sie haben ebenfalls keinen Grund, die Rechtschaffenheit meines Gatten in Zweifel zu ziehen.«

»Habe ich nicht? Habe ich nicht? Er ist ein hergelaufener Taugenichts übelsten Leumunds, der sich hier eingeschlichen hat, um seinen betrügerischen Machenschaften nachzugehen.«

»Sie scheinen mondsüchtigen Ratgebern aufgesessen zu sein, Vater. Ich verlange augenblicklich eine Entschuldigung für diese haltlosen Unterstellungen.«

Ihr Angetrauter sah seitlich zu ihr hoch, aber sie achtete nicht auf ihn, denn nun war es an Gutermann zu explodieren. Er war kurz davor, sie zu ohrfeigen, aber ihr Mann stand mit einer schnellen Bewegung auf und stellte sich vor sie. Leise, aber überaus schneidend sagte er in das ohnmächtige Gebrüll hinein: »Gutermann, Sie vergessen sich. Wir werden augenblicklich Ihr Haus verlassen und es nicht wieder betreten. Ihr Benehmen spottet jeder Beschreibung.« Dann drehte er sich zu ihr um und reichte ihr den Arm. »Madame!«

»Das wirst du bereuen, Leonora! Bitter bereuen!«, tobte ihr Vater, doch sie gönnte ihm nur einen kalten Blick.

»Ich habe bereut und Erbarmen gefunden. Ich hoffe, es wird Ihnen auch einmal zuteil. Bis dahin will ich Sie nicht wiedersehen!«

Sie verließen das Zimmer und schlossen die Tür leise hinter sich. Edith nickte ihr nur zu. »Ich hole die Kinder, mein Vater wird sich um die Kutsche kümmern.«

Eine Stunde später, nur wenig früher als geplant, waren sie auf dem Weg zurück nach Bonn. Leonie war noch immer aufgeregt, doch zum Glück hatten sie die Szene vor den Zwillingen geheim halten können. Die beiden saßen ihnen gegenüber auf den Sitzen, und noch eine Zeitlang schwatzten sie aufgeregt über die vielen Erlebnisse des Tages, dann fielen sie von einem Moment auf den anderen in tiefen, erschöpften Schlaf.

»Es war ein aufregender Tag für sie!«, flüsterte Hendryk ihr zu.

»Er war es, bis auf diesen letzten Auftritt, auch für mich«, gab sie zurück.

»Ihre Idee mit dem Ausflug war hervorragend, meine Liebe, Sie haben ihnen eine große Freude bereitet.«

Sie lehnte sich lächelnd ein wenig an das Rückenpolster. Es gab Momente, in denen sie ihre steife Haltung auch schon einmal aufgab. Aber das Lächeln hielt nicht lange an, wieder kam ihr die Erinnerung an den üblen Wortwechsel in der Bibliothek in den Sinn.

»Was mag ihn nur getrieben haben, Sie derartig zu beschuldigen, Hendryk?«

»Er hat mir meine Vergangenheit als Söldner der Legion vorgeworfen.«

»Darüber wusste er aber doch gewiss schon Bescheid, als Sie um meine Hand baten. Zumindest mir gegenüber haben Sie es nicht verheimlicht!«

»Er hat wohl genauere Informationen eingezogen und einige schwarze Flecken gefunden, Leonie. Vermutlich hat Ihr Onkel Sven mit ihm darüber gesprochen.«

Ja, sie wusste, Sven hatte Erkundigungen über Hendryk Mansel eingezogen, und jener Söldner hatte tatsächlich keine blütenweiße Weste, wenn man es euphemistisch ausdrückte. Aber woher wusste ihr Gatte von Svens Nachforschungen? Sie fragte vorsichtig nach: »Warum glauben Sie, Sven habe ihm etwas Ehrenrühriges über Sie berichtet?«

»Nur eine Vermutung. Er hat mich gelegentlich immer mal wieder über meinen Aufenthalt in Algerien angesprochen, eine Gegend, die er auch recht gut zu kennen scheint.«

Leonie nickte. So mochte er denken. Sie aber hatte einen anderen Verdacht, und den wollte sie ihm mitteilen.

»Ich kann es mir nicht vorstellen, Hendryk.«

»Nein? Warum nicht, Leonie?«

»Weil Sven Sie mag. Meinen Vater hingegen nicht.«

Sie sah ein flüchtiges Lächeln über sein Gesicht huschen.

»Den Eindruck habe ich auch, deswegen bin ich, ehrlich gesagt, auch etwas ratlos.«

»Aber Sven hat damals im Krankenhaus, als wir Ursel abgeholt haben, einen Corporal getroffen und sich lange mit ihm unterhalten. Dieser Mann kannte einen Hendryk Mansel und schien reichlich überrascht, ihn als gut situierten Bürger vorzufinden.«

»Bredow. Natürlich.«

»Sie kennen ihn?«

»Ich müsste es wohl.«

Leonie setzte sich auf und sah ihm ins Gesicht. Wie üblich deckte die schwarze Klappe das rechte Auge ab, aber das linke sah ihr standhaft ins Gesicht. Sie legte sacht ihre Hand auf die seine und sagte: »Sie haben mich vor einigen Wochen um Vertrauen gebeten, mein

Gemahl. Ich schenke es Ihnen immer noch, das möchte ich Ihnen versichern.«

»Danke, Leonie.« Und dann vertiefte sich das Lächeln. »Mir scheint, man hat Ihnen Ihren Namen nicht ganz ohne Grund gegeben. Ich habe einmal eine Löwin beobachtet, die ihr Junges verteidigte. Es war erschreckend, zu welcher Rage sie in der Lage war.« Er nahm ihre Hand, führte sie aber nicht an seine Lippen, sondern drückte sie sanft und mit großer Ehrerbietung an seine Stirn. »Danke, meine Löwin!«

Irgendwo tief in ihrem Herzen öffnete sich eine Tür, von der sie nicht geahnt hatte, dass sie jemals aufgeschlossen werden könnte.

Die Wünschelrute

EINE PHILOSOPHISCHE ABHANDLUNG ... ÜBER DIE FRAGE: »OB ES IN UNSERER MACHT STEHE, VERLIEBT ZU WERDEN ODER NICHT?« LÄSST MICH DARAN ZWEIFELN, IRGENDETWAS NEUES ÜBER DIE MITTEL SAGEN ZU KÖNNEN, WELCHE MAN ANZUWENDEN HAT, UM IM UMGANGE MIT LIEBENSWÜRDIGEN FRAUENZIMMERN DIE FREIHEIT SEINES HERZENS NICHT EINZUBÜSSEN.

Freiherr von Knigge: Über den Umgang mit Frauenzimmern

Die Auseinandersetzung mit seinem Schwiegervater hatte Hendryk reichlich Stoff zum Nachdenken gegeben. Ernst hatte ihn vor dem Corporal gewarnt, und tatsächlich schien dieser es sich zur Aufgabe gemacht zu haben, in Hendryks Vergangenheit herumzuschnüffeln und seinen Ruf zu schädigen. Bisher ohne nennenswerten Erfolg, zum Glück. Es war natürlich ein Risiko gewesen, die Papiere eines Fremden zu benutzen, dessen Herkunft unbekannt, vermutlich fragwürdig war. Aber damals war es die passende Lösung gewesen, und nur die groteske Laune des Schicksals hatte ausgerechnet einen Mann in sein Umfeld gebracht, der jenen Söldner nicht nur kannte, sondern offenbar auch noch von Herzen hasste.

Dennoch, er musste unbeirrt weiter voranschreiten auf dem Weg, den er gewählt hatte. Manche Schritte waren in der letzten Zeit einfacher geworden, andere drohten sich in heimlich ausgelegten Schlingen zu verfangen, sinnierte er. Immerhin, auf Ernst war nach wie vor Verlass und auch auf Leonie. Es hatte ihn tief berührt, wie sie sich an seine Seite gestellt hatte. Sie musste inzwischen ahnen, dass er eine fremde Rolle spielte, es käme einer Beleidigung ihrer Intelligenz gleich, das nicht anzunehmen. Und doch war sie ohne peinliches Nachfragen auf das Spiel eingegangen. Die Erleichterung, die er darüber empfand, war größer, als er je gedacht hatte.

Weniger erleichtert hatte ihn Ernsts Schilderung der Karnevalsnacht. Jene als Tiere maskierten Personen waren kurz nach ihnen aufgebrochen, und Ernst hatte sie ungesehen verfolgt. Beide zusammen hatten sich in Richtung Budengasse fahren lassen und waren dort in einem verfallenen Haus, das einem Hutmacher als Vorratslager diente, verschwunden. Einerseits konnte man wohl annehmen, Sonia von Danwitz und Nikodemus von der Lundt würden ein heimliches Stelldichein dort pflegten, andererseits hatte er schon in der Vergangenheit ähnliche Masken und Kostüme kennengelernt, und die standen im Zusammenhang mit einer sehr bedenklichen Gruppe. Er wusste von einem Orden, der sich an den tierköpfigen Göttern Ägyptens orientierte und unter fragwürdigsten Voraussetzungen einen magischen Kult pflegte. Nicht dass er vor magischen Kräften Angst gehabt hätte, viel zu aufgeklärt und nüchtern stand er einem solchen Humbug gegenüber. Was er fürchtete, waren die Menschen, die sich ihnen verschrieben, vor allem, wenn sie schwach waren und von einem willensstarken Mann verführt wurden. Die von Danwitz war ein mannstolles Frauenzimmer, der von der Lundt ein rückgratloses Muttersöhnchen – typische Opfer derartiger Machenschaften. Er hatte keinen Zweifel daran, wer als Urheber solcher Veranstaltungen auftreten konnte, doch verschiedenste Gründe banden ihm derzeit die Hände.

Es war zunächst auch zweitrangig, noch immer verfolgte er präzise Etappe für Etappe auf dem Weg zu seinem großen Ziel, und glücklicherweise hatte er inzwischen wenigstens einige sehr wichtige Unterlagen erhalten und eine neue, sehr vielversprechende Spur aufgenommen. Bis sie zu einem Erfolg führte, musste er nur darauf achten, sein Inkognito zu wahren. Und nichts war dazu geeigneter als Osterferien mit der Familie.

Leonies abtrünniger Onkel, wie er ihn heimlich nannte, der Pastor Merzenich, hatte eine herzliche Einladung ausgesprochen, sie mögen die Ostertage doch bei ihm in Königswinter verbringen. Zunächst war er ein wenig skeptisch gewesen, doch seine Gemahlin, die wohl gemerkt hatte, was ihn bedrückte, hatte ihm von dem protestantischen Geistlichen erzählt, der so gar nicht zu dem Rest der Gutermanns passte. Er war der Halbbruder ihres Vaters, Sohn aus erster Ehe ihrer Großmutter und sechs Jahre älter als Gustav Gutermann. Die beiden hatten sich schon als Knaben nicht besonders gut verstanden, denn der Ältere war dem jüngeren Sohn immer überlegen und vermutlich auch sehr eigensinnig gewesen. Er hatte mit sechzehn das Elternhaus verlassen, um an die Universität zu gehen, hatte sich, obwohl er starke Neigungen zur Naturwissenschaft hegte, dennoch der Theologie gewidmet, doch zum Entsetzen der Familie nicht der katholischen Lehre, sondern er schloss sich der reformierten Kirche an. Verheiratet war er dennoch nicht, aber er war seiner Gemeinde ein väterlicher Hirte und nebenbei ein leidenschaftlicher Geologe.

Die drei Tage bei ihm waren bei Weitem harmonischer verlaufen als die Besuche in Bonn, resümierte Hendryk. Er hatte einen zweispännigen Landauer gemietet, der Phaeton, den er gewöhnlich für seine Fahrten zu den Baustellen und Vermessungsarbeiten nutzte, war zu klein und unbequem für eine derartige Reise. Jetzt waren sie auf dem Rückweg nach Köln. Ursel und Lennard saßen nun sehr ordentlich in ihrem hübschen Kleidchen und dem adretten Matrosenanzug nebeneinander und Leonie ihnen gegenüber, während er selbst auf dem Kutschbock saß und die nicht besonders feurigen, aber kräftigen Pferde lenkte. Er hörte sie hinter sich fröhlich singen, während sie durch den Frühlingstag fuhren. Mild war es geworden, und allenthalben grünte und blühte es. Sie fuhren auf der linken Rheinseite, der scheel Sick, wie sie Volkesmund hämisch und zu Unrecht nannte, Richtung Norden. In Mondorf, dort wo die Sieg in den Rhein mündete, wollten sie mit einem Picknick Rast machen und später weiter nach Köln fahren.

Ja, es war eine gute Idee, einige Tage aus der Stadt fortzukommen, durch ländliche Gegenden zu fahren, den frischen Wind zu spüren. Er ließ die Peitsche gekonnt schnicken und ertappte sich dabei, die Volkslieder leise mitzupfeifen. Einige interessante Erfahrungen hatte er bei diesem Aufenthalt auch gemacht und vor allem die Zwillinge näher kennengelernt. Er schmunzelte noch immer über die erste Entdeckung – die Verwandtschaft zwischen ihnen ließ sich einfach nicht leugnen.

Pastor Merzenich und Leonie hatten in dem schönen Garten des Pfarrhauses gefärbte Eier, Naschwerk und ein wenig Spielzeug versteckt und den Kindern die Geschichte mit dem Osterhasen, der sie gebracht hatte, glauben machen wollen. Waisenheim und Baumwollspinnerei, Pfarrschule und Gassenkinderleben hatten die beiden unempfindlich für derartig märchenhafte Spinnereien gemacht, das sah man ihren ungläubigen Blicken an. Aber sie waren doch so gut erzogen, dass sie nicht widersprachen und sich gehorsam auf die Suche nach den Überraschungen machten.

Keine Geschichte aber konnte ihre ungetrübte Freude mildern, als sie die ersten bunten Kleinigkeiten fanden.

Und seine Überraschung war vollständig, als er Ursel beobachtete, die einen gegabelten Haselzweig auflas und mit großem Erfolg damit Eier aufspürte.

»Was machst du da?«, wollte er wissen, als sie mit halb geschlossenen Augen, die Hände leicht angewinkelt, den Ast vor sich gestreckt, durch die Blumenbeete wanderte.

»Eier suchen, gnädiger Herr!«

»Und woran erkennst du, wo sie versteckt sind?«

»Dann zittert der Ast. Wollen Sie auch mal probieren?«

»Ich weiß, wie eine Wünschelrute funktioniert. Es überraschte mich nur, dass du das auch kennst.«

»Aber das kann doch jeder. Lennard kann das auch, nur er will eben auf den Knien durch die Beete rutschen und sich die Hosen schmutzig machen.«

Leonie war dazu gekommen und hatte leise gesagt: »Sie sollten diese abergläubische Sache nicht unterstützen, Hendryk.«

»Das ist kein Aberglauben, Leonie. Rutengehen ist ein ganz solides Handwerk und sehr nützlich.«

Sie hatte erstaunt ausgesehen, und die nächsten Stunden hatten sie alle, einschließlich des Pastors, mit gegabelten Ästen alles Mögliche im Garten gesucht und gefunden. Die Zwillinge waren tatsächlich Naturtalente. Ob Ostereier oder Wasserrohre, Mauerreste unter dem Rasen, die schmerzlich vermisste Rosenschere des Pastors, einige Kupferpfennige, heimlich von ihm selbst ausgestreut, ja sogar einen rostigen Dolch fanden sie, und der Garten des Pastors sah anschließend aus, als hätte eine Invasion tobsüchtiger Maulwürfe stattgefunden. Merzenich aber trug es mit Humor, selbst viel zu engagiert bei den Experimenten.

Später am Abend hatten sie viel darüber diskutiert, und Hendryk hatte sich erlaubt, von der Wassersuche in dem abgelegenen Tal des Wadi el Kharif zu erzählen.

»Ich hätte ein Vermögen damit machen können. Dort ist man dankbar für jede Wasserstelle.«

»Haben Sie die Rute auch für die Suche nach Mineralien oder Erzen eingesetzt?«

»Natürlich. Es funktioniert bei allem, was man sich vornimmt zu finden, vorausgesetzt, man hat das Material schon mal in der Hand gehabt oder, noch besser, man hält eine Probe davon an seinem Körper. Wenn ich also Gold suche, tue ich gut daran, etwa einen Goldring zu tragen.«

»Fanden Sie Gold, Herr Mansel?«

»Ja, aber nur Spuren, nicht des Abbaus wert.«

Leonie, merkte er, lauschte höchst aufmerksam, und er lenkte das Gespräch vorsichtig in andere Bahnen. Merzenich war leicht auf die geologischen Erkenntnisse der letzten Jahre hinzuführen, und schon bald diskutierten sie über den Ursprung von Sedimentgesteinen und Magmatiten, Leitfossilien und Schichtenfolgen und redeten sich die Köpfe heiß, ob der neptunistischen oder der vulkanischen Entstehungstheorie der Erde Vorzug zu geben sei. Schon lange nicht mehr hatte er sich derartig gut unterhalten.

»Und alles im allem erschüttert ihr jetzt meinen festen Glauben, die Erde sei genau 4004 Jahre vor Christi Geburt in sechs Tagen geschaffen worden«, warf Leonie in einer Gesprächspause ein.

Hendryk kam auf den Boden zurück.

»Verzeihen Sie, Leonie. Ich fürchte, unser Disput uferte ein wenig aus. Es gibt sehr unterschiedliche Theorien zur Schöpfung der Welt, und keine ist je erhärtet worden.«

»Lassen Sie sich nicht von Ihrem frechen Weib foppen, Hendryk«, kicherte der Pastor und schenkte ihnen noch ein Glas Rotwein ein. »Ihr Vater hat versucht, ihr diese Lehre einzutrichtern, aber Sven und ich haben in vielen Dingen bereinigend auf ihre Bildung gewirkt. Oder bist du heuer der Meinung, wir bildeten erst seit 5847 Jahren die Krone der Schöpfung?«

»Wie könnte ich, habe ich nicht selbst mit dir zusammen versucht, das Alter von Versteinerungen zu bestimmen? Sorgen Sie sich nicht, Hendryk. Auch wenn ich nicht eben der Meinung bin, die Erde sei aus den feuerspeienden Schlünden der Berge entstanden, und wir noch lange nicht belegen können, wie alt sie wirklich ist, so denke ich auch eher in Millionen von Jahren, nicht in Tausenden.«

Sie faszinierte ihn immer wieder, vor allem, weil sie zwar schweigend, aber durchaus verständig ihrer Diskussion gefolgt war. Hendryk nahm sich vor, sie zukünftig häufiger einmal mit wissenschaftlichen Hypothesen zu ködern. Ihre Ansichten interessierten ihn.

Am folgenden Tag, nach einem sehr schönen und stimmungsvollen Ostergottesdienst, fuhren sie den Petersberg hinauf, wo sie in der beliebten Gastwirtschaft von Heisterbach Einkehr zu halten wünschten. Dort hatte früher ein Zisterzienserkloster aus dem zwölften Jahrhundert gestanden, das nach der Säkularisierung durch die Franzosen zu Beginn des Jahrhunderts zum Abbruch freigegeben worden war. Die Steinquader hatte man für den Bau eines Kanals und die Festung Ehrenbreitstein bei Koblenz verwendet. Übrig gebliében von dem großen gotischen Gebäude war nur noch die Rückwand des Chors mit ihren hohen Spitzbogenfenstern. Diese graue, efeuumrankte Ruine ragte nun romantisch zwischen den jung belaubten Bäumen auf, eine weite Rasenfläche davor gestattete einen guten Eindruck, wie sich die Klosterkirche einst auf dem Petersberg erstreckt hatte. Sie war ein beliebtes Ziel all jener, die den burgengesäumten Rhein bereisten, und selbstverständlich waren sie nicht alleine auf den Gedanken gekommen, diese schöne Stätte zu besuchen. Ausflügler aller Art hatten sich hier versammelt, und eine johlende Gesellschaft von Studenten in vollem Wichs vertrieb sie bald nach dem Essen aus den Räumen der Gastwirtschaft.

Sie durchstreiften die Umgebung, die als weitläufiger englischer Landschaftsgarten angelegt war, und Leonie wusste den Kindern ein wenig über den Baustil zu berichten, als sie das Halbrund der Chorruine betraten. Und da nicht nur Efeu das zierliche Maßwerk der Fenster umrankte, sondern auch eine lehrreiche Sage, ergötzte der Pastor sie anschließend mit der Geschichte von Pater Ivo, einem wissbegierigen Mönch aus der Zeit des Erzbischofs Engelbert, der in diesem Kloster gelebt hatte. Ihm hatte Gott wegen seines Forschens und Zweifelns das Gefühl für die Zeit geraubt, sodass für ihn dreihundert Jahre unbemerkt verstrichen waren.

»Hier habe ich für euch ein hübsches Gedicht gefunden, das im vergangenen Jahr unser junger heimischer Dichter Wolfgang Müller dazu verfasst hat.«

Der Pastor zog einen gefalteten Zettel heraus und reichte ihn Ursel.

»Nun, dann wäre es doch sehr hübsch, wenn ihr euch jetzt dort in die Sonne setzt und es auswendig lernt«, schlug Leonie vor.

Hendryk wertete das richtig, dass auch sie ein wenig zu rasten wünschte, und sie wanderten einige Schritte weiter, um an einem Beet voller Osterglocken auf einer Bank Platz zu nehmen. Leonie nahm das kecke Nichts von einem Strohhütchen ab und schloss die Augen. Friedlich war es hier, die Besucher hatten sich auf den gewundenen Wegen verlaufen, und nur die Vögel unterhielten sie mit ihrem Gesang. Die Gartenanlage war harmonisch gestaltet, kleines Gebüsch lockerte weite Rasenflächen auf, Laubbäume, licht gepflanzt, entfalteten ihre vollkommene Form, hier und dort bildeten Blumenrabatten bunte Flecken, und kleine Pavillons oder Statuen fingen den schweifenden Blick auf. Manchmal in solchen ruhigen Stunden packte ihn unerwartet ein schmerzliches Heimweh. Ähnlich wie jenem Mönch entglitt ihm die Zeit, und tausend Jahre waren vor ihm, wie es im Psalm hieß, wie ein Tag. Erst der ferne Klang einer Kirchenglocke holte ihn in die Gegenwart zurück. Drei Uhr schlug es, und er sah die Zwillinge auf sie zukommen. Was für schöne, lebendige Kinder sie sind!, dachte er erfreut.

»Und, könnt ihr uns die Ballade aufsagen?«

»Ja, Herr Pastor.«

»Und wer von euch wird sie vortragen?«

»Lennard!«, bestimmte Leonie mit einem Augenzwinkern, aus dem Hendryk schloss, dass Ursel derartige Übungen leichter fielen. Mit einem leichten Murren nur stellte der Junge sich also in Positur, während Ursel, das Blatt in der Hand, neben dem Pastor Platz nahm. Er rezitierte, wenn auch ein wenig eintönig, aber fließend:

»Ein junger Mönch des Klosters Heisterbach
Lustwandelt an des Gartens fernstem Ort.
Der Ewigkeit sinnt still und tief er nach
Und forscht dabei in Gottes heil'gem Wort.

Er liest, was Petrus der Apostel sprach:
Dem Herren ist ein Tag wie tausend Jahr
Und tausend Jahre sind ihm wie ein Tag.
Doch wie er sinnt, es wird ihm nimmer klar.«

Lennard stockte kurz und warf seiner Schwester einen hilfesuchenden Blick zu. Die aber hatte die Augen fest auf das Papier gerichtet und gab keinen einzigen Laut von sich. Doch plötzlich fiel ihm wohl wieder ein, wie es weiterging, und er sprach:

»Und er verliert sich zweifelnd in den Wald.
Was um ihn vorgeht, hört und sieht er nicht.
Erst wie die fromme Vesperglocke schallt,
Gemahnt es ihn der ernsten Klosterpflicht.

Im Lauf erreichet er den Garten schnell;
Ein Unbekannter öffnet ihm das Tor.
Er stutzt – doch sieh, schon ist die Kirche hell
Und draus ertönt der Brüder lauter Chor.«

Wieder stockte er, das nämliche Schauspiel folgte.

Es wiederholte sich noch zweimal, dann sagte er mit neu gewonnenem Pathos die letzte Strophe auf:

»Was er verhüllt, macht nur ein Wunder klar.
Drum grübelt nicht, denkt meinem Schicksal nach.
Ich weiß, ihm ist ein Tag wie tausend Jahr,
Und tausend Jahre sind ihm wie ein Tag.«

Lennard wurde mit Lob überschüttet, nur Leonie hielt sich unerklärlicherweise zurück. Hendryk fragte sich, warum, und als sie sich auf den Rückweg machten, bot er ihr den Arm und verhielt einige Schritte hinter dem Pastor, der die Kinder an die Hände genommen hatte.

»Warum haben Sie den Jungen so ärgerlich angesehen, Leonie? Er hat die Ballade doch sehr ordentlich vorgetragen!«

»Er hat geschummelt! Er schummelt jedes Mal, wenn er etwas auswendig lernen muss.«

»Er hat aber doch nicht in das Blatt schauen können. Das hielt Ursel in der Hand.«

»Eben.« Und plötzlich lachte sie. »Wissen Sie, wenn ich nicht früher dasselbe Spiel mit meinem Bruder getrieben hätte, wäre ich ihnen nie auf die Schliche gekommen.«

Überrascht, dass sie ihren Bruder erwähnte, sah er sie an.

»Ich denke, irgendeiner wird Ihnen schon von Matthias erzählt haben. Ich spreche nicht gerne darüber. Aber das hier – nun ja, wir standen einander sehr nahe, sicher genauso wie die Zwillinge. Wir konnten einander auch ohne Worte vorsagen. Sehen Sie, Ursel konzentriert sich auf den Text, und wenn Lennard nicht weiterkommt, dann denkt sie den nächsten Satz, und er weiß es.«

Wieder einmal hatte sie ihm mit einer ganz beiläufigen Bemerkung einen Schlag versetzt, der ihm schier den Atem verschlug. Mühsam brachte er heraus: »Ja, ich weiß, was Sie meinen, Leonie. Ich weiß es sehr gut.«

Sie blieb stehen und sah ihn an.

»Sie haben auch ein Geschwisterteil verloren, richtig?«

»Ja. Und unsere Gedanken waren auf ebensolche Art verflochten. Gott, Leonie, was müssen Sie durchgemacht haben, als Ihr Bruder starb!«

»Man ist bei ihm, bis zum Ende. Und danach fehlt ein Stück der Seele«, flüsterte sie, und tiefer Schmerz klang in ihrer Stimme mit.

»Ja, Leonie. Genau so.«

Er ließ alle Achtsamkeit fahren und zog sie an sich. Still legte sie ihren Kopf an seine Schulter, und als er über ihren Scheitel den Kindern nachschaute, war das Wissen plötzlich da. So einfach, so selbstverständlich, so vollkommen. Es war ohne sein Zutun geschehen und ohne seinen Willen. Aber er wusste, niemals würde er es ungeschehen machen können.

Er wollte es auch nicht mehr.

Er hatte so lange ohne Liebe gelebt.

Neue Schule

Schnell die Mappe übern Kopf,
und die Kappe auf den Schopf.
Und nun spring und lerne viel.
Wer sich tummelt, kommt ans Ziel

Friedrich Güll: Schulreime

Lennard warf sich die Büchertasche über die Schulter und machte sich auf den Heimweg. Seit Beginn des neuen Schuljahrs nach Ostern besuchte er das Friedrich-Wilhelm-Gymnasium und war damit mehr als zufrieden. Obwohl es bedeutete, dass er nun nicht mehr so viel Zeit mit Ursel verbringen konnte, was ihn zunächst verstimmt hatte. Aber mit den anderen Knaben zusammen zu lernen hatte auch seinen Reiz. Erstmals traf er in der Klasse nun auch Gleichaltrige, die aus ähnlichen häuslichen Bedingungen stammten, wie er sie im vergangenen Jahr selbst schätzen gelernt hatte. Wohlweislich hielt er den Mund über die weniger erquicklichen Lebenserfahrungen seiner frühen Jahre. Er galt als der angenommene Sohn der Mansels, und somit hatte er sich tatsächlich abgewöhnt, sie als den Herrn und die Gnädige zu titulieren. Zumindest anderen gegenüber. Auch seine katholische Erziehung legte er mit Windeseile ab, da sie ihn in dem protestantischen Gymnasium zu einem skurrilen Außenseiter gemacht hätte.

Das Letzte, was er sich wünschte, war, in dieser anregenden Gemeinschaft von Bürgersöhnen nicht völlig anerkannt zu sein. Da er nicht nur anpassungsfähig und intelligent war, sondern sich auch wissensmäßig aufgrund der Bildung, die er in den vergangenen Monaten aufgesogen hatte, mit ihnen messen konnte, hatte er auch wenige Schwierigkeiten. Natürlich gab es auch unter den Schülern seiner Klasse ein paar Stinkstiefel, die auf ihn herabschauten oder hämische Bemerkungen machten, wenn er sich in irgendeinem in der Gemeinschaft üblichen Ritual nicht gleich zurechtfand, aber das konnte man diskret bereinigen.

Diskret in der Form, dass weder die Lehrer noch Herr Mansel etwas von den zwei oder drei gezielten Boxhieben erfuhren, mit denen er seine Ehre verteidigt hatte.

Diese löblichen Kenntnisse hatte er bei seinem Banknachbarn nicht einsetzen müssen. Thomas Gerlach war ein guter Kumpel, sein Vater ein angesehener Apotheker, sein Bruder zwei Klassen über ihnen, was ihm ein gewisses Zusatzwissen über die Pauker bescherte. Außerdem war er ein begnadeter Zeichner, und seine Karikaturen, meist heimlich an den Rand eines Zettels gekritzelt, brachten Lennard immer wieder zum Lachen.

Im Unterricht kam er gut mit, alle naturkundlichen Fächer und die Mathematik bereiteten ihm große Freude, Englisch fiel ihm leicht, Latein hasste er zwar abgrundtief, bemühte sich aber dennoch, und nur in Literatur und Dichtkunst fehlte ihm Ursel erheblich, und er sah sich doch tatsächlich gezwungen, mühsam Gedichte auswendig zu lernen.

Seine Schwester ging nun zur Höheren Töchterschule, wo sie es ähnlich gut getroffen hatte, und wenn auch die Mädchen weit albernere Dinge lernen mussten, war sie doch ganz zufrieden. Denn zu Hause gab es nun auch andere Regelungen. Ein weiteres Dienstmädchen war eingestellt worden und kümmerte sich um die Wäsche und Bügelarbeiten, räumte die Zimmer auf und ging, wenn nötig, den Herrschaften zur Hand. Obwohl Lennard und Ursel es immer noch als Privileg erachteten, gewisse Dienste eigenhändig zu leisten. Sie hatten sogar jeder ein eigenes Zimmer bekommen, klein nur, aber nicht mehr in der Mansarde, sondern ein Stockwerk tiefer. Oben war weiterhin ihr Studierzimmer, das sie gemeinsam nutzten, aber auch das war neu ausgestattet worden mit einem wohlgefüllten Bücherbord, einem drehbaren Globus, einem Teleskop und zwei Schreibtischen.

Tatsächlich hatte er angefangen, sich richtig wohlzufühlen, und die Vergangenheit verblasste mehr und mehr. Selbst seine Mutter vermisste er nicht mehr, denn die Gnädige war so nett zu ihnen. Eigentlich fast wie eine Mutter. Auch wenn er sich geraume Zeit dagegen gewehrt hatte, musste er sich doch eingestehen, dass er sie fast lieb gewonnen hatte. Den Herrn achtete er wirklich, er war immer gerecht und oftmals großzügig. Richtig großartig fand er ihn vor allem, weil er ihn hin und wieder in den Boxklub mitnahm und ihm dort einige sehr nützliche Tricks beibrachte, die man brauchte, um sich in der herben Welt der Männer zu behaupten. Aber mit ihr konnten sie lachen und scherzen. Sie merkte auch immer, wenn etwas nicht richtig lief. Manchmal war das natürlich auch lästig, denn ihr gegenüber hatte er die Prügeleien nicht verheimlichen können.

Aber sie hatte nichts weitergesagt.

Ein prima Frauenzimmer, doch, wirklich.

Heute hatte sie Geburtstag, und sie hatten kleine Geschenke für sie vorbereitet. Ursel hatte vier Batisttaschentücher gesäumt und mit Leonies Monogramm bestickt, den Stoff dafür hatte sie der grimmigen Schneiderin abgeschmeichelt, zu der sie sie immer mal wieder mitschleppte. Weiberkram eben, und lange nicht so gut wie Boxen. Aber für Ursel sicher schon ganz richtig. Er selbst hatte ihr ein Adressenbuch gebastelt und die Seiten mit Buchstaben in Schönschrift versehen. Seine Schrift, darauf war er stolz, wurde sogar von den Lehrern gelobt.

Als sie ihr die Gaben am Frühstückstisch überreichten, hatte die Gnädige vor Freude ganz schwimmende Augen bekommen und sie beide peinlicherweise fest an sich gedrückt. Ursel mochte das ja, aber seine Würde bekam durch derart weibisches Benehmen doch Knitter und Falten. Aber ansonsten, das musste er zugeben, war sie nicht übertrieben gefühlsduselig. Wenn er hörte, was die anderen Mütter so trieben – Tee trinken, Besuche machen, Besuche empfangen, Tee trinken –, dann hatte sie doch schon viel mehr auf dem Kasten. Allein schon die ganzen Uhrwerke und so. Und jetzt diese Schlange. Es war richtig nett von ihr, Ursel und ihn zu bitten, ihr zu helfen. Zwei Nachmittage in der Woche saßen sie zusammen und überlegten und bastelten daran herum. Derzeit formten sie aus Fischbein – sein eigener Vorschlag, weil sie ihn erst mit den Gräten aufgezogen und dann beschämt eingesehen hatte, dass ausgerechnet dieses biegsame Material besonders geeignet für das Skelett war – die Rippen des Tieres. Die Gnädige selbst hatte ausgetüftelt, dass zwischen den einzelnen Gliedern der Wirbelsäule kleine Kugellager eingebaut werden mussten, um das Rückgrat in alle Richtungen beweglich zu machen. Verbunden werden sollten die Wirbel mit den Rippen dann durch Stoffbänder. Aber so weit waren sie noch nicht.

Seinen Schulweg hatte er über diesen Überlegungen beinahe ganz zurückgelegt und nun die Hohe Straße erreicht. Ein Blumenmädchen stand an der Straßenecke neben Müllers Caféhaus und bot bunte Sträußchen an. Ein junger Galan hatte ihr gerade eines abgekauft und überreichte es seiner Begleiterin, die es begeistert an ihre Brust drückte.

Frauen mochten so einen Firlefanz, das hatte er schon gemerkt. Und das Mädchen wollte auch nur zwei Pfennige für den Strauß haben. Da der sparsame Lennard inzwischen ein wohlhabender Mann mit einem dicken Sparstrumpf war, beschloss er, eine weitere großzügige Geste zu zeigen, und kaufte ihr auch eines ab, um es der Gnädigen zu überreichen. Schließlich hatten sie nicht nur Weihnachten und zu ihrem Geburtstag, sondern auch zu Ostern reiche Geschenke bekommen.

Ja, das Leben war schön geworden, und den einzigen dunklen Punkt, diese verbotenen Besuche in der Unterwelt, den sollte er auch besser vergessen. Er tat sein Bestes, ja er mied sogar tagsüber die Nähe der Budengasse, aber genau wie Ursel plagten die Erinnerungen ihn dann und wann in den Träumen.

Und ausgerechnet heute war er wieder auf eine Verbindung dazu gestoßen. Er wusste noch nicht recht, ob er seiner Schwester davon erzählen sollte. Aber wahrscheinlich würde sie es sowieso erraten.

Es war wegen Thomas. Der hatte nämlich im Naturkundeunterricht ein Krokodil gezeichnet. Das war so weit in Ordnung und gehörte zur Aufgabe, die sie erhalten hatten. Aber seines hatte einen Menschenkörper, und das Gewand, das dieser Mensch trug, kam ihm unangenehm bekannt vor. Als er ihn fragte, wie er denn auf diese verrückte Idee gekommen sei, einen Krokodilmenschen zu malen, da erzählte er doch tatsächlich, er habe eine solche Maske und das Gewand in einer Truhe im Keller gefunden. Sein Vater hatte ihm einen ungeheuren Terz gemacht, als er es angelegt hatte und damit in den Salon gekommen war, um die Damen zu erschrecken, die zu Besuch weilten. Er hatte, das vertraute er seinem Freund verschämt an, eine ganz fürchterliche Tracht Prügel bekommen.

Und Lennard wusste weder ein noch aus vor Staunen, denn der Apotheker galt als höchst ehrenwertes Mitglied der Gesellschaft. Dass er sich dieser Maskerade angeschlossen hatte, machte ihn auf eine unergründliche Art schaudern.

Antike Schönheiten

Ich kenne Jünglinge mit Antinousgestalten, die ihr Glück bei dem schönen Geschlecht nicht machen, und hingegen Männer mit fast garstigen Larven, die dort gefallen und Teilnehmung wecken.

Freiherr von Knigge: Über den Umgang mit Frauenzimmern

»Sie sollte zerdrückte Erdbeeren verwenden. Ich habe es ihr schon dreimal empfohlen. Nachts aufgelegt, wirken sie wunderbar klärend.«

Selma löffelte mit spitzen Fingern Sahne von ihrem Teller. Die Erdbeeren ließ sie liegen, und Leonie dachte boshafterweise, sie wende diese Früchte wohl lieber äußerlich an, statt sie zu essen.

»Das hilft bei ihrem Teint auch nicht. Sie müsste sich heller pudern. Vom Schminken versteht sie ja eine ganze Menge!«

Es hörte sich aus Sonias Mund nicht wie ein Kompliment an.

»Tja, bei dem Vorleben muss sie das wohl. Diese orientalischen Frauen lernen von Kindsbeinen an, sich anzumalen, habe ich gehört.«

»Und zu kokettieren!«

Leonie rührte in ihrem Kaffee und sagte nichts dazu. Diesem Nachmittagstreffen bei Selma hatte sie nicht ausweichen können, ihre Nachbarin hatte sie so herzlich gebeten, mit ihr die Geburt ihres Sohnes zu feiern, dem sie vor drei Wochen das Leben geschenkt hatte.

»Und wie sie kokettiert. Diesen Rittmeister hat sie fest am Bändel, richtig unanständig, wenn Sie mich fragen«, nuschelte Selma, den Mund voller Biskuit.

»Nicht nur den. Sie hat so etwas in ihrer Habitüde, so etwas Herausforderndes. Und dann immer dieses Umhergeschleiche. Richtig ein bisschen unheimlich. Nie hört man, wenn sie sich nähert!«

Was nur bedeutete, dass Camilla Sonia schon dabei erwischt hatte, wie sie über sie tuschelte, schloss Leonie.

»Aber Sie sind ja eng befreundet mit ihr, nicht wahr, Leonora?«, wandte sie sich jetzt an sie.

»Ich treffe mich hin und wieder mit ihr, Sonia. Sie ist eine sehr kultivierte und gebildete Frau!«

Die zarte Spitze traf nicht, die Chemikergattin hob nur schelmisch lächelnd den Finger und drohte leicht: »Passen Sie nur auf, dass Sie bei ihr nicht in undelikate Affärchen verwickelt werden, das würde der Herr Gemahl doch bestimmt nicht schätzen.«

»Herr Mansel hat nichts gegen sie einzuwenden. Er weiß aus Erfahrung, dass es auch unter den Orientalinnen echte Damen gibt.«

»Ei, ei, er hat Ihnen seine Erfahrungen anvertraut? Da führen Sie aber eine sehr offene Ehe, meine Gute.«

»Wir führen eine gute Ehe!«, bestätigte ihr Leonie und meinte das auch sehr ernst.

»Tja, dann wundert es mich aber, Liebelein, dass man noch so gar nichts davon merkt. Ich hingegen werde meinem Gatten noch in diesem Jahr wieder einen Nachwuchs präsentieren!«

»Oh, Sonia!«

Selma sprang auf und umarmte ihre beste Freundin herzlich, und auch Leonie brachte die passenden Glückwünsche hervor. Danach wandte sich das Gespräch glücklicherweise von dem Klatsch über Camilla ab, und Sonia brüstete sich mit ihren neuesten Aufgaben in der Wohltätigkeit, für die sie auch die beiden anderen Damen gewinnen wollte. Es stand ihr da ein Einsatz für die Besserungsanstalt für gefallene Frauen vor Augen, die durch redliche harte Arbeit, Gebete und läuternde Gespräche auf die rechte Bahn gebracht werden sollten.

Leonie verabschiedete sich, sobald es der gute Ton erlaubte, mit der Ausrede, sie müsse sich um die Schulaufgaben der Kinder kümmern.

»Ach ja, Ihre Schützlinge. Wirklich, Sie haben ein großes Herz, Leonora. Fremden Kindern ominösester Herkunft ein Heim zu geben. Hoffentlich werden Sie nie enttäuscht!«

»Sie sind erfreulich aufgeweckt und manierlich. Ich habe große Freude an ihnen!«

»Aber ein eigenes, Leonora, ein eigenes hat doch einen ganz anderen Bezug. Mutter sein ist doch etwas anderes, als – je nun – so eine Art Gouvernante zu spielen, nicht wahr?«

Sie hatte die Sticheleien bisher recht gut vertragen, ja sich sogar darüber amüsiert, aber nun wurde es ihr doch etwas zu viel. Immerhin bewahrte sie ihre Contenance und schluckte eine recht scharfe Replik hinunter.

»Wie dem auch sei, meine Damen. Ich wünsche Ihnen noch einen schönen Nachmittag, und Selma, Ihr Junge ist wirklich ein süßer Schatz!«

Sie streichelte dem friedlich schlafenden Kind, das in seiner tüllverhängten Wiege im Wohnzimmer stand, sacht mit dem Finger über die warme Wange. Dann verließ sie das Nachbarhaus, um tatsächlich nach den Zwillingen zu schauen.

Die waren eifrig damit beschäftigt, ihre Lektionen zu lernen, und sie störte sie nicht weiter. Auf dem Tisch am Eingang hatte sie zwei Umschläge vorgefunden und setzte sich zur Lektüre des Inhalts an ihren Lieblingsplatz im Wintergarten. Dort hatte sie im Laufe der Zeit einige Änderungen in der Bepflanzung vorgenommen, und nun hingen von der Decke Körbe mit Farnen und Asparagus, an der Sonnenseite blühten farbenprächtige Anthurien, ein kleiner Zitronenbaum trug gleichzeitig Früchte und Blüten, und in breiten Tonschalen reckten Maiglöckchen ihre Rispen dem Licht entgegen und dufteten betörend.

Der erste Umschlag enthielt ein zierliches Billet aus der Hand der vielgeschmähten Camilla, das sie erfreut zur Kenntnis nahm. Ihre Freundin hatte mit de Noel, dem Konservator des Wallrafianums, gesprochen und ihn um eine Führung durch die Sammlung gebeten. Ob Leonie Lust habe, daran teilzunehmen? Das hatte sie selbstverständlich. Der Zirkel, der sich inzwischen um die schöne Ägypterin versammelt hatte, behagte ihr weit mehr als die biederen Gesellschaften, die sie zuvor besucht hatte. Gut, es waren nicht alles Damen ersten Ranges, die sich um sie scharten, es gab eine geschiedene Malerin darunter, die Gattin eines Theaterintendanten mit sehr freigeistigen Ansichten, die Tochter des Verlegers Waldegg, die sich erstaunlicherweise der Fotografie verschrieben hatte, eine Dichterin, deren Werke vielleicht nicht zu Weltruhm kommen würden, die aber, wenn sie ihre elegische Stimmung ablegte, überaus freche Couplets zu reimen imstande war, und weitere, überwiegend sehr geistreiche und gebildete Damen.

Leonie freute sich auf den Besuch am folgenden Tag und öffnete den nächsten Umschlag. Ediths feste Handschrift war leicht zu lesen, ohne Schnörkel und auch ohne blumige Umschreibungen berichtete sie, was sich in Bonn und vor allem in der Familie zugetragen hatte. Die erste Nachricht traf Leonie ein wenig schmerzlich. Wenngleich sie mit ihrer Stiefmutter nie sonderlich warm geworden war, so tat es ihr doch leid, dass sie ein nicht lebensfähiges Kind geboren hatte. Die Geburt selbst war nicht besonders schwer gewesen, doch der Knabe war missgebildet und hatte nur wenige Stunden geatmet. Ihr Vater war seitdem von ungenießbarer Laune.

Leonie konnte sich das lebhaft vorstellen. Seine fixe Idee war es, unbedingt einen männlichen Erben zu haben, und inzwischen rannte ihm die Zeit davon.

Im nächsten Absatz bestätigte ihre Cousine ihr ihren Verdacht, jener Unteroffizier, den sie im Krankenhaus angetroffen hatten, habe Gutermann die Geschichten über Hendryk Mansel unterbreitet. »Mein Vater ist nicht gut auf den Corporal zu sprechen und macht sich selbst einige Vorwürfe, dem Mann zu viel über Deinen Gatten verraten zu haben. Aber ich denke, ein gewitzter Kerl wird in Köln schon recht schnell herausfinden, in welchen Familienverhältnissen der Chefvermesser der Eisenbahn steht. Schriftlich hatte er darum gebeten, vorsprechen zu dürfen, um sich zu vergewissern, ob es sich bei dem Hendryk Mansel um jenen Soldaten handele, mit dem er vor sechs Jahren in Algier Dienst tat. Gutermann hätte es rundum ablehnen müssen und ihn darauf hinweisen sollen, er müsse sich schon selbst mit Mansel in Verbindung zu setzten, aber der Mann wittert ja Unrat gegen jeden Wind, und das Gespräch zwischen ihnen verlief vermutlich für beide Seiten befriedigend.«

Ja, das war es wohl. Leonie hoffte nur, dieser Bredow möge keinen weiteren Schaden anrichten. Hendryk, das war ihr aus vielen kleinen Eindrücken und Vorkommnissen klar geworden, hatte mit diesem Söldner definitiv nichts zu tun, und in Algier war er auch nicht gewesen. Sie hatte sich seine bei dem Pastor gedankenlos hingeworfene Ortsbezeichnung Wadi el Kharif gemerkt und versucht, im Atlas nachzuschlagen. Dabei hatte sie zumindest herausgefunden, dass man in Ägypten etliche Wadis antraf und mit diesem Begriff ausgetrocknete Flusstäler bezeichnete. Auch eine mögliche Begegnung mit Camilla und sein großes Interesse an dieser Expedition in den Sudan ließen darauf schließen, dass er seine Erfahrungen mit dem Orient in Ägypten gesammelt hatte. Seine Familiengeschichte hingegen mochte sogar in gewissen Zügen stimmen, er sprach ausgezeichnet Englisch. Ihre neue Lehrerin bestätigte das. Nachdem die Kinder nun zur Schule gingen, war der Studiosus entlassen worden, aber Leonie hatte gebeten, weiter die Sprache lernen zu dürfen, und Hendryk hatte ihr einige Tage später Mistress Amelie Fitzgerald vorgestellt, eine derart vornehme Lady, deren mustergültige Haltung ihr die ersten Minuten ihrer Bekanntschaft beinahe die Kehle zugeschnürt hatte, was allerdings nur so lange anhielt, bis die Dame mit todernster Miene den ersten Limerick aufsagte. Seither waren ihre Stunden nicht nur überaus fruchtbar, sondern sowohl unterhaltend als auch amüsant.

Gut, also eine englische Linie hatte Hendryk in der Verwandtschaft mit Sicherheit, aber von einem entfernten Cousin, der als Landvermesser arbeitete, war er bestimmt nicht aufgezogen worden. Dafür waren seine Manieren einfach zu geschliffen. Er war auch nicht das einzige Kind seiner Eltern, denn zumindest ein Geschwister hatte er unter schmerzlichen Umständen verloren. Ziemlich sicher waren die Zwillinge mit ihm verwandt, es ließ sich nicht leugnen. Es gab Ähnlichkeiten, je länger sie sie kannte, desto deutlicher wurden sie. Manche lagen in ihren Bewegungen, manche im Mienenspiel. Gelegentlich spekulierte sie, ob dieser verstorbene Bruder oder die verstorbene Schwester etwas damit zu tun haben könnte. Doch möglicherweise würde er ihr dazu in den nächsten Monaten mehr erzählen – wenn er denn das erledigt hatte, weshalb er diese Maske des Hendryk Mansel trug. Aber insgeheim fürchtete sie diesen Zeitpunkt, denn wenn er sie aufgab, war auch ihre Rolle zu Ende. Sie war inzwischen zu dem Schluss gelangt, er habe sie ausschließlich wegen der Kinder geheiratet. Er war ein Mensch, der Familie über alles wertschätzte, was sie ebenfalls vermuten ließ, dass er aus sehr glücklichen häuslichen Verhältnissen stammte. Es musste ihn entsetzt haben, die Zwillinge unter solch menschenunwürdigen Bedingungen vorzufinden, und er hatte umsichtig alles getan, um ihnen ein Leben in einem geschützten, kultivierten Umfeld zu ermöglichen. Im Nachhinein bewunderte sie seine Vorgehensweise. Hätte er sie sogleich von der Baumwollspinnerei in einen bürgerlichen Haushalt gebracht und mit allen notwendigen Gütern verwöhnt, wären sie damit vollkommen überfordert gewesen. So aber hatten sie sich Schritt für Schritt über leichte Arbeiten, gute Ernährung, anregende Ausbildung auf das gehobene gesellschaftliche Niveau zubewegt, in dem sie sich vermutlich von Geburt an hätten bewegen sollen. Sein Verantwortungsgefühl ihnen gegenüber war so groß, dass er sich höchstpersönlich um ihr Wohlergehen kümmerte, und damit brauchte er eine Frau im Haus. Das sitzengebliebene, unauffällige, anspruchslose Fräulein Gutermann war da natürlich genau die Richtige.

Die Erkenntnis tat weh.

Seit jenem letzten Besuch in Bonn tat sie weh, denn nicht nur die Kinder hatte sie so lieb gewonnen, dass ihr Verlust eine böse Wunde reißen würde. Auch ihr Gatte hatte leider ihr Herz berührt. Wenn er sie verließe ... Natürlich würde er sie verlassen, denn das war die einzige Erklärung, warum er die Ehe nicht vollzog.

Ein sehr undamenhaftes Stimmchen meldete sich in ihrem Hinterkopf, das ihr zuflüsterte, sie könne daran möglicherweise etwas ändern. Sie befahl ihm zu schweigen. Es war aus den nur ihr und Edith bekannten Gründen nicht möglich. Sie wandte sich entschlossen wieder dem Brief zu.

Edith schrieb über ihre Arbeit im Entbindungsheim und ihres Vaters neues Steckenpferd, das sie halb zum Wahnsinn trieb, was Leonie ihr nicht glaubte. Sven hatte den Garten als Betätigungsfeld entdeckt und werkelte bei jedem noch so schlammigen Wetter darin herum. Aber ein paar lehmige Stiefel oder staubige Hosenbeine bereiteten ihrer resoluten Cousine bestimmt keine schlaflosen Nächte.

»Du hast Dich jetzt in Köln eingelebt und solltest auch wieder den karitativen Verpflichtungen nachkommen, liebe Leonie. Ich sehe jeden Tag so viel Elend. Du weißt, in welchen üblen Verhältnissen die Kinder in Waisenheimen und Fabriken leben. Du bist klug genug, Hilfe zu organisieren und auch darauf zu achten, dass sie an der richtigen Stelle Wirkung tut.«

Es bedurfte weder dieser noch vorhin Sonias Mahnung, sich wieder im Bereich der Wohltätigkeit zu agieren. Sie selbst hatte schon oft darüber nachgedacht und sich Tätigkeiten überlegt. Hendryk hatte nichts dagegen, er hatte sie sogar ermuntert und ihr Nadelgeld aufgestockt. Nur – mit Spenden war nicht immer geholfen, die richtigen Leute mussten die Dinge in die Hand nehmen. Warum eigentlich nicht die engagierten Künstlerinnen in Camillas Zirkel darauf ansprechen? Es hätte, sollten sie Erfolg haben, einen höchst nützlichen Nebeneffekt, was Camillas Reputation in der Gesellschaft betraf.

Das Wallrafianum lag in der Trankgasse, und diese noch immer recht ungeordnete Sammlung jenes großen Sohnes der Stadt, der sich um die Rettung der Kunstschätze während der Franzosenzeit so aufopferungsvoll bemüht hatte, war bis zum letzten Jahr von seinem Vertrauten, Mathias de Noel, geordnet, gepflegt und verwaltet worden. Nun war der Konservator von diesem Amt zurückgetreten, hatte geheiratet und wollte sich fürderhin selbst mit dem Sammeln von Kunstgegenständen befassen. Aber er war auch ein gutwilliger und geselliger Mann – vor allem im Karneval sehr engagiert – und gerne bereit, bei höflicher Nachfrage die Sammlung Interessierten zu zeigen und zu erklären. Neun Damen hatten sich vor dem Haus versammelt, um sich seiner Führung anzuvertrauen, und Leonie freute sich darüber, endlich einmal die berühmte Medusa in voller Größe sehen zu können.

Das schlangengekrönte Haupt wirkte bei Weitem nicht so furchterregend, wie man es ihr geschildert hatte, eigentlich machte es sogar einen sehr ästhetischen Eindruck auf sie, während ihr Führer den Damen die griechische Sage dazu erzählte. Doch die Antikensammlung war im Grunde der bescheidenste Teil der Sammlung, viel umfänglicher waren die mittelalterlichen Schätze, die in den folgenden Räumen um ihre Plätze kämpften. Nach einer Stunde schwirrten Leonie die Farben vor den Augen, und die Ohren summten ihr von den eloquenten Schilderungen ihres Führers. Die Luft war warm und abgestanden, alter Weihrauch und Wachsduft vermischten sich mit muffigem Staub, und sie sehnte sich nach einem ruhigen Winkel. Camilla schien es ebenso zu gehen, und während die anderen Damen noch immer hingebungsvoll lauschten, zupfte sie sie am Arm und wies auf eine angelehnte Tür.

»Nur einen kleinen Augenblick, ich ertrage keinen pfeilgespickten Märtyrer mehr und keine gesottene Heilige«, flüsterte sie, und Leonie folgte ihr mehr als bereitwillig.

Der angrenzende Raum war zwar ebenso vollgestellt, doch hier war es etwas kühler und roch nur nach trockenem Gips. Außerdem herrschte die Farbe Weiß vor.

»Hoppla, das sind aber ein paar prächtige Mannsbilder!«, kicherte Camilla, als sie erkannten, in welche Abteilung sie geraten waren.

»Das werden die Exponate für die geplante Ausstellung griechischer Antiken sein, sie haben Gipsabdrücke der Originale anfertigen lassen. Nun ja, sehr naturgetreu haben die alten Meister wohl gearbeitet.«

Leonie hatte ein wenig mit ihrem Schamgefühl zu kämpfen, während Camilla ganz ungeniert den Helden über die strammen Pobacken strich. Unter den Wimpern sah sie sich zunächst nur die weiblichen Figuren an, auch alle bis auf dekorative Faltenwürfe hier und da unbekleidet, dann aber siegte die wissenschaftliche Neugier, und mutiger geworden betrachtete sie nun auch die Herren in ihrer göttlichen Blöße.

»Sehr naturgetreu, doch vielleicht auch ein wenig idealisiert, würde ich sagen.« Camilla musterte einen jungen Krieger, der auf seine Lanze gestützt an einem Baumstamm lehnte. »Wenn ich mir so meinen Jacobs vorstelle – na ja, das Modell mag etliche Jahre jünger gewesen sein.«

Leonie war bis über die Ohren rot geworden. Die Vorstellung, Camillas würdigen Gatten mit beispielsweise nur einem Diskus in der Hand anzutreffen, war shocking, wie Lady Amelie sagen würde. Ihre Freundin hingegen ließ wieder ihr honigweiches Lachen erklingen.

»Liebe, tu es besser nicht, halte dich an deinen eigenen Gatten. Er kann doch sicher hier mithalten, oder?«

Es gab noch eine Stufe tieferes Rot, aber tapfer betrachtete Leonie einen vollendeten Herren, der lässig einen Speer über der Schulter trug. Sie musste sich räuspern, aber dann nickte sie.

»Ja, er hat breite Schultern.«

»Ah ja! Natürlich.«

»Camilla, du foppst mich!«

»Ein wenig. Ich kenne deinen Mann doch nicht. Aber ich weiß schon, hier spricht man über die körperlichen Vorzüge von Damen wie Herren nicht.«

»Nein.« Verlegen räusperte sich Leonie, überwand sich aber schließlich und meinte: »Ich glaube, Mansel hat eine ganz ausgezeichnete Figur. Ja, doch, das glaube ich!«

»Du *glaubst* es? Wie lange seid ihr schon verheiratet?«

»Nächste Woche ist es ein Jahr!«, murmelte sie, und Camilla wurde plötzlich ganz ernst.

»Stimmte zwischen euch etwas nicht?«

»Es ist alles in Ordnung.«

Sanft legte ihre Freundin ihr den Arm um die Taille.

»Schon gut, Leonie, ich weiß, ich bin nur taktlos. Entschuldige. Komm, wir gehen zu den anderen zurück und schauen uns diese schmeichelnden Blechkleider an, die man zu Ritterzeiten so gerne trug.«

Dankbar, dass Camilla das Thema nicht vertiefte, kehrten sie zu den Bildern zurück. Aber so recht konnte Leonie sich nicht mehr darauf konzentrieren. Ein ganz hässlicher, widerhaariger Wurm hatte angefangen, an ihr zu nagen.

Wenn Camilla ihrem Gatten in ihrer Heimat begegnet war, war sie ihm dann so nahegekommen, dass sie seine körperlichen Vorzüge beurteilen konnte? Gingen die beiden einander deswegen aus dem Weg? Zumindest öffentlich?

Albtraum

Es gibt Augenblicke des Schmerzens, wo alle Gründe der Philosophie keinen Eingang finden; und da ist Mitgefühl oft das beste Labsal.

Freiherr Von Knigge: Über das Betragen gegen Leute in allerlei besonderen Verhältnissen und Lagen

Die Arbeiten an der Bahntrasse waren gut vorangekommen seit der Winter vorbei war. Für Hendryk aber hieß es, seine Wege wurden länger, wenn es um Fragen der Vermessung vor Ort ging. Bis Dransdorf, nördlich von Bonn, musste er nun reisen, wenn er die ausgetafelte Strecke überprüfen wollte. Er hätte es einem Kollegen in Bonn überlassen können, aber gewissenhaft, wie er nun mal war, fuhr er denn doch einmal die Woche die fast vierstündige Strecke bis zur Stadt. Meist gab es auch noch Gespräche mit den Kollegen von der Bahngesellschaft zu führen oder Neuigkeiten auszutauschen. Gutermanns mied er jedoch vollständig, aber er übernachtete in Bonn, erledigte am folgenden Morgen seine Aufgaben an der Strecke und reiste am Nachmittag zurück.

Er wollte an diesem Donnerstag besonders pünktlich zu Hause sein, denn es jährte sich der Tag, an dem er geheiratet hatte, und er hatte eine kleine Überraschung für Leonie vorbereitet. Doch das Schicksal schien ihm nicht wohlgesinnt zu sein. Als er aufbrach, überraschte ihn schon der Trupp Ulanen, die in voller Montur und Bewaffnung ausgerückt waren und sich in dieselbe Richtung bewegten wie er selbst. Er fuhr den Phaeton an den Rand der Straße und ließ die Eskadron an sich vorüberziehen. Zunächst vermutete er ein Manöver, doch je weiter er der Truppe folgte, ahnte er, dass es sich um einen ernsthafteren Einsatz handeln musste. Gerüchten zufolge hatte es Unruhen bei den Arbeitern an der Strecke gegeben. Er hatte am Vortag den Weg am Rhein entlang genommen und war daher nicht an der Baustelle vorbeigekommen, aber im Kontor der Eisenbahngesellschaft sprach man von nichts anderem als von dem Streik. Doch hielt er die Geschichten für übertrieben. Kein Schachtmeister war gesteinigt worden, das bestätigte ihm der Ingenieur Lasaulx. Aber einen Mitarbeiter des lohnsäumigen Bauunternehmers hatte man mit Dreckklumpen beworfen. Gott ja, verstehen konnte man die Arbeiter schon, aber machen konnte die Gesellschaft wenig, meinte der Ingenieur achselzuckend. Sie hatten den Vertrag mit dem Unternehmer gemacht, und der war für die Behandlung seiner Leute zuständig. Erst wenn es Versäumnisse und Terminverzögerungen gab, konnte man gegen ihn vorgehen.

Auch Hendryk wollte sich nicht einmischen. Aus welchen Gründen den Arbeitern der Lohn nicht ausgezahlt wurde, wusste er nicht. Wenn es Willkür war, würde sich das Klima auf der Baustelle sicher verschlechtern. Aber auch nicht alle Arbeiter waren Engel und Heilige.

Die schwarz-weißen Wimpel an den Lanzen der Ulanen flatterten fröhlich im Wind vor ihm und wirkten erst einmal nicht bedrohlich, aber das konnte sich schnell ändern.

Er blieb in sicherem Abstand hinter ihnen und beobachtete, wie sie dann ein klägliches Trüppchen Arbeiter umzingelten und ihre Waffen senkten. Es gab einen barschen Wortwechsel, und vereinzelt griffen die Männer zu ihren Hacken und Schaufeln. Auf Geheiß ihres Rädelsführers legten sie sie aber dann doch nieder, und schließlich gingen sie mürrisch wieder an die Arbeit.

Den Anführer nahmen die Soldaten in Gewahrsam, dann machte der ganze Haufen kehrt, wobei sie unbekümmert mit ihren Pferden über das abgesteckte Gelände ritten, was Hendryk mehr erboste als die saumseligen Arbeiter. Er rief dem Rittmeister der Truppe zu, er möge die Straße benutzen, nicht über die Baustelle reiten, der aber blaffte ihn nur an, er solle sich um seine eigenen Angelegenheiten kümmern.

»Gerade das sind meine Angelegenheiten, Rittmeister. Ich bin für die Vermessung zuständig.«

»Dann machen Sie verdammt noch mal Ihre Arbeit und stehen Sie nicht im Weg herum!«

»Idiot!«, fluchte er leise, und dann sah er den Corporal aus der Truppe ausscheren und sein Pferd zu ihm lenken. Will der uniformierte Tollkopf mich jetzt auch verhaften?, fragte er sich und hob die Peitsche.

»Bredow, zurück in die Linie!«, bellte der Rittmeister und ließ seine Leute wieder antraben.

Durch die in den Boden gesteckten Markierungen.

Extra!

Vollidiot!

Doch noch mehr ärgerte ihn der lange, harte Blick, den der Unteroffizier Bredow ihm von Ferne zusandte. Es lag Hass darin, unversöhnlicher Hass.

In ausgesprochen schlechter Laune betrachtete er vom Wagen aus den angerichteten Schaden. Es würde wohl spät werden, bis er wieder in Köln war. Unwirsch wendete er, um zurück in das Kontor zu fahren und zwei Vermesser aufzutreiben, mit denen er die Strecke neu markieren wollte. Mochten die Arbeiter jetzt auch wieder ihre Schaufeln schwingen, ohne präzise Vorgaben, an welcher Stelle sie arbeiten sollten, würde alles danebengehen.

Es war schon dunkel, als er endlich zu Hause ankam, und Leonie war bereits zu Bett gegangen. Leise schlich er die Treppen hoch und gab sich Mühe, sein friedlich atmendes Weib nicht zu stören. Doch für einen Moment blieb er an ihrer Seite des Bettes stehen. Das unruhige Licht der Nachtlampe huschte über ihr Gesicht, und wie schon so oft in der letzten Zeit wunderte er sich, wie er sie nur jemals als unscheinbar hatte bezeichnen können. Sie hatte klare Züge und eine samtige Haut. Leicht gewölbt lagen die Wimpern wie vergoldet auf ihren Wangen, und im Schlaf waren ihre vollen Lippen entspannt, ja sie lächelte sogar ganz leicht. Der fest geflochtene Zopf war irgendwann um Weihnachten herum verschwunden, nun fasste sie nachts die Locken nur mit einem Band im Nacken zusammen, aber ihre Nachthemden waren noch immer ganz züchtig hoch geschlossen, und ihre schönen Hände hielt sie auf der Brust gefaltet.

Er riss sich los, um sich in seinem Ankleidezimmer für die Nacht fertig zu machen, und rutschte dann vorsichtig unter die Decken. Es war ein langer, anstrengender Tag gewesen, und der Schlaf übermannte ihn beinahe sofort.

Bis er jäh aufwachte und seinen Bruder rufen hörte. Nein, nicht richtig rufen mit Lauten, sondern irgendwo in seinen Gedanken formte sich ein Hilfeschrei. »Wo bist du?«, fragte er auf dieselbe

Weise, und ein Bild erschien vor seinen Augen. Staubiges Gestrüpp, eine Felsgruppe, Geröll. Blut. Entsetzen packte ihn, und er rannte aus dem Zelt, nur in Hose und Hemd, doch das lange Buschmesser hielt er in der Hand. Die Nacht war kühl geworden und der Himmel sternenklar, der halbe Mond leuchtete ihm, aber mehr noch führten ihn die Rufe seines Bruders. Doch sie wurden schwächer, auch wenn er ihn wieder und wieder anflehte durchzuhalten.

Als er ihn schließlich fand, war kaum noch Leben in ihm. O Gott, was hatte man ihm angetan? Wer hatte ihm das angetan? Wer hatte ihn verstümmelt und sterbend am Geröllhang liegen lassen? Er kniete nieder, vorsichtig, ganz vorsichtig strich er ihm über die blutigen Lippen.

»Ich bin bei dir, mein Bruder. Ich werde mich um dich kümmern.«

»Nicht mehr kümmern. Vorbei.« Es war kein Sprechen, es waren seine letzten Gedanken. »Liebe dich. Kinder!«

»Ja, ich werde mich um die Kinder kümmern. Ich schwöre es. Und ich liebe dich auch.«

»Liebe sie!«

Ein letztes Flackern seiner Seele umfing ihn, dann verhauchte sie und vereinte sich mit den Sternen hoch über ihnen. Zurück blieb ein zerbrochener Leib, der Körper eines schönen, starken, jungen Mannes.

»Ich werde dich rächen. Ich werde für die Kinder sorgen, aber ich werde auch Rache üben, und wenn das die letzte Tat meines Lebens sein wird. Ich schwöre es bei den unendlichen Sternen, mein Bruder.«

»Hendryk, Hendryk, wachen Sie auf!«

Wer war dieser Hendryk, warum störte er ihn in seiner Trauer?

Eine Hand schlug leicht auf seine Wange, und er kehrte in sein Bett zurück.

»Sie haben einen furchtbaren Albtraum gehabt.«

Die kühle Hand streichelte noch immer seine Wange, seine Stirn und seine Haare. Zog vorsichtig die Augenklappe wieder zurecht, die verrutscht war.

»Leonie!«

»Sie sind zu Hause, Hendryk.«

»Zu Hause!«

Er stöhnte leise. Zu Hause, das war ganz woanders, dort, wo er nicht Hendryk gerufen wurde, wo sich abends er und sein Vater und sein Bruder in der Bibliothek die Köpfe heiß diskutierten, wo seine Mutter Rosen im Garten schnitt und sie in unzähligen Vasen verteilte, wo der zottelige Wolfshund am Kamin lag und sich gutmütig von der dicken Katze drangsalieren ließ.

Er fasste die Hand, die ihn so zart berührte, und hielt sich daran fest, um den Schmerz verebben zu lassen. Aber dann fühlte er ihren anderen Arm, der sich unter seinen Nacken schob und ihn zu sich zog. Sein Kopf lag nun an ihrer Brust, und ihre Arme hielten ihn fest umfangen. Etwas löste sich in ihm auf, eine versteinerte, harte Kugel, und er weinte endlich um das, was er verloren hatte.

Sie murmelte leise Worte, es war nicht wichtig, sie zu verstehen. Es tröstete. Es sprach von Verständnis und Mitleiden. Allmählich fand er seine Fassung wieder und löste sich aus ihrer Umarmung.

»Danke, Leonie. Danke. Es war ein entsetzlicher Traum.«

»Möchten Sie etwas trinken? Soll ich Ihnen Milch oder Tee heiß machen?«

»Nein, Liebes. Es ist jetzt gut.«

Er legte sich zurück und starrte an die Decke. Einen Moment lang rang er mit sich, aber dann sagte er sich, dass sie zumindest den Teil wissen musste, über den sie sicher schon oft Vermutungen angestellt hatte. Er tastete nach ihrer Hand, um es ihr zu verraten.

»Ich habe vor sechs Jahren meinen Bruder verloren, unter furchtbaren Umständen, Leonie. Es verfolgt mich noch immer. Sie wissen, wie das ist.«

»Ja, ich weiß es. Ursel und Lennard sind seine Kinder, nicht wahr?«

»Ja, sie sind seine Kinder. Und ich habe ihm versprochen, mich um sie zu kümmern.«

»Sie tun das vorbildlich.«

»Sie auch, Leonie, und ich weiß gar nicht, wie ich Ihnen dafür danken soll. Sie ersetzen ihnen wirklich eine Mutter.«

»Ich habe sie lieb«, hörte er sie leise sagen, dann entzog sie ihm ihre Hand und faltete sie wieder mit der anderen zusammen auf ihrer Brust. Er respektierte das und rückte ebenfalls auf seine Seite. Aber es kostete ihn beachtliche Mühe, ruhig zu werden. Denn nun wühlte ihn nicht mehr der Albtraum auf, sondern ihre Nähe. Zum ersten Mal nach einem Jahr Ehe gestand er sich sein, dass er seine Frau unendlich begehrte.

Doch selbstverständlich verbot es sich einem Herrn, sich einer Dame aufzudrängen, die diese Form der Annäherung nicht wünschte. Aus sehr guten Gründen.

Trotzdem.

Ach, verdammt!

Initiation

Ein Gaukelspiel, ohnmächtigen Gewürmen
Vom Mächtigen gegönnt.

Schiller: Resignation

Karl Lüning leckte sich die trockenen Lippen. Das Mädchen schmiegte sich an seine Seite und kicherte leise. So weit, so gut. Es hatte ihn nur drei heimliche Treffen gekostet, sie dazu zu überreden, mit ihm abends das Weinhaus am Rhein zu besuchen. Sie saßen in der warmen Dämmerung auf der Terrasse und ließen den Fluss träge vor sich dahinziehen. Bereitwillig hatte sie die kleinen Süßigkeiten genascht, die er ihr angeboten hatte, und nun musste er sie nur noch überreden, ihm in das Haus in der Budengasse zu folgen.

Dann würde seine große Stunde anbrechen.

Heute, heute würde es geschehen! Wenn er seine Prüfung bestand, würde er in den Kreis der Götter aufgenommen werden. Er würde seinen göttlichen Namen und die dazugehörige Gestalt annehmen und die geheimen Worte der Macht verraten bekommen.

Ein paar gemurmelte Zärtlichkeiten, und das Mädchen erhob sich mit ihm. Sie schwankte etwas, und er stützte sie fürsorglich. Für die anderen Gäste waren sie ein verliebtes Pärchen, das sich nun auf den Weg nach Hause machte.

Ein Anflug von Angst und Erregung durchfuhr ihn, als er an die nächsten Schritte dachte. Er würde eine Sünde begehen – in den Augen aller biederen, prüden Mitmenschen ein festgeschriebenes Verbot überschreiten, Dinge tun, die nur den Großen und Mächtigen vorbehalten waren.

Lüning war der Sohn eines subalternen Beamten und einer strenggläubigen Mutter, die beide äußerst darauf bedacht waren, in ihrer kleinen Welt einen einwandfreien Ruf zu wahren. Dazu gehörte vor allem, sich jeglicher unpassender körperlicher Regungen zu enthalten. Von Kindheit an hatte er gelernt, dass die leibliche Hülle überwiegend ekelerregende Funktionen erfüllte, die man zu unterdrücken und, wenn nicht zu vermeiden, zu verstecken hatte. Das war aber einem derart sündigen Menschen wie ihm nur schwer möglich, vor allem, als er allmählich die Reize des anderen Geschlechts entdeckte. Hinter vorgehaltener Hand, in heimlichen, geflüsterten Unterhaltungen, hatten andere ihm von den Freuden berichtet, die es da zu kosten gab. Sein erster diesbezüglicher Versuch wurde entdeckt und endete mit einer gewaltigen Strafpredigt und schmerzhafter Prügel.

Er wurde dadurch nicht geläutert, sondern nur erfindungsreicher.

Bis ihm eines Tages die Tochter der Witwe Schmitz unter Tränen gestand, sie erwarte ein Kind von ihm. Ihre Mutter, die ihren kärglichen Lebensunterhalt mit der Herstellung von klebrigen Bonbons bestritt, konnte ihr nicht helfen, er selbst hatte auch kein Geld, um die Engelmacherin zu bezahlen, also ließ er das elterliche Gewitter über sich ergehen und heiratete in ungebührlicher Hast das Mädchen.

Es hatte sogar einen gewissen Reiz, zunächst. Denn nun durfte er ganz legal jede Nacht, wenn das Licht gelöscht war, sich unter der Decke über sein Weib legen und sein Verlangen stillen. Sie ließ es klaglos geschehen, und in fünf Jahren hatte sie nun drei Kinder geboren.

Doch dann hatte er erfahren, dass es noch ganz andere Stufen der Befriedigung gab, die nichts mit dem der schwitzenden Befriedigung im Verborgenen zu tun hatten. Der Orden der Amudat-Brüder, zu dem er durch den Apotheker Gerlach geführt worden war, der ihm die Medikamente für seine ständig kränkelnde Frau lieferte, hatte ihm Welten eröffnet. Die Weihehandlungen, die im Namen Apophis, der großen Schlange, durchgeführt wurden, ließen ihn nächtelang lustvoll erschaudern. Natürlich hatte er als Novize nicht daran teilhaben dürfen, aber er hatte zugesehen, wie die Frauen, in hauchdünnen ägyptischen Gewändern, die nicht wie die starren Kleider der herrschenden Mode jedes Fleckchen Haut verhüllten, lockend tanzten. Und er hatte auch zusehen dürfen, wie sich die Brüder anschließend mit ihnen vergnügten. In der Nacht aber, in der sie die Weihehandlung an der Katzenfrau vorgenommen hatten, war er beinahe explodiert vor Wollust.

Wenn er die Prüfung heute bestand, würde er zukünftig immer selbst daran teilnehmen können.

Und das war sogar noch verlockender, als die Worte der Macht zu kennen.

Das Mädchen an seinem Arm kicherte immer noch, als er sie die Stufen zum Keller hinabführte.

Wohltätigkeiten

MAN MUSS VERTRAUET SEIN MIT DEM ELEND AUF DIESER WELT,
UM TEILNEHMEND MITEMPFINDEN ZU KÖNNEN
BEI DEM LEIDEN DES UNGLÜCKLICHEN BRUDERS.

Freiherr von Knigge: Über das Betragen gegen Leute in allerlei besonderen Verhältnissen und Lagen

Leonies Vorschlag, das Waisenhaus zu unterstützen, war auf großen Beifall bei den Damen gestoßen, mit denen sie das Wallrafianum besucht hatte. Jetzt, zwei Wochen später, waren die Planungen in vollem Gange. Man saß in dem weitläufigen Garten der Jacobs unter schattenspendenden Bäumen zusammen, die beschlagenen Glaskrüge mit Limonade machten die Runde, während die Damen sich die Köpfe heißredeten.

»Also, ich fasse zusammen, was wir anzubieten haben«, sagte die Protokollführerin und blätterte in ihren Notizen. »Zwei Malerinnen werden ihre Werke verkaufen, Saskia ihre Landschaftsaquarelle und Anna-Elisa Blumenbilder. Dazu wird Camilla noch einige Bilder ihres Bruders Jussuf für die Versteigerung spenden. Sebastienne wird Fotografien mit Kölner Ansichten anbieten. Adriane stellt eine Anzahl Perlentäschchen und Börsen zur Verfügung, Bertrande ihre Scherenschnitte. Leonie hat sich bereit erklärt, alle defekten Spieldosen zu reparieren, die wir in unseren Haushalten finden, Marie-Louise bastelt mit ihren Töchtern Stofftiere, und Katharina schneidert Puppenkleider. Das ist schon mal ein nettes Angebot. Aber wir brauchen meiner Meinung nach noch ein Unterhaltungsprogramm.«

Alle nickten und redeten dann fröhlich durcheinander.

»Ich könnte aus meinen Werken rezitieren.«

»Leonie hat eine schöne Singstimme.«

»Ein Puppentheater wäre nicht schlecht.«

»Gott, nicht deine elegischen Verse, Margitta!«

»Warum nicht? Es gibt Leute, die hören ...«

»Warum Puppentheater, wir können selbst etwas einstu...«

»Heilige Mutter Gottes, bloß keine Laienschauspielerei!«

Camilla, die als Vorsitzende des Wohltätigkeitskomitees gewählt worden war, ließ ihre Damen schnattern, dann aber klopfte sie leicht mit dem Löffel an ihr Glas.

»Ich denke, wir haben genug Ideen gesammelt. Wir wollen sie sortieren und bitte, meine Damen, lassen wir persönliche Spitzen dabei fort. Margitta, warum schreibst du nicht ein hübsches, gereimtes Stückchen für ein Puppentheater?«

»Na ja ... Es ist nicht ganz mein Stil.«

»Vielleicht nicht, aber du hast ein einzigartiges Talent, und die Kinder hätten bestimmt große Freude an lustigen Versen.«

»Vor allem Waisenkinder kommen selten in einen solchen Genuss!«, sinnierte Leonie, und die Dichterin rang mit sich, fand aber doch Gefallen an dem Einfall und stimmte zu, zumal Katharina sich bereit erklärte, aus ihrer Sammlung von Handpuppen die Schauspieler zu stellen.

»Musikalische Einlagen können wir auch bringen. Leonie, würdest du musizieren, wenn wir dir ein Klavier zur Verfügung stellen?«

Leonie liebte öffentliches Auftreten nicht und wand sich ein wenig.

»Vielleicht wenn wir beide zusammen spielen, weißt du, wir haben doch neulich improvisiert«, versuchte Camilla, es ihr leichter zu machen, und sie überlegte. Ja, sie hatten erstaunliche Interpretationen einiger Stücke mit Klavier, Oud und Trommel zustande bekommen.

»Spielt dann doch Mozarts ›Rondo alla Turca!‹«, kicherte Anna-Elisa.

»Ja, und Leonie singt aus der Entführung aus dem Serail das entzückende Liedchen: ›Erst geköpft, dann gehangen, dann gespießt auf heiße Stangen‹.«

»Du wirst gleich ›verbrannt, dann gebunden und getaucht, zuletzt geschunden‹, Sebastienne!«, gluckste Leonie, die anfing, die Vorstellung erträglich zu finden. »Ich singe und spiele, und Camilla tanzt dazu!«

Kaum waren die Worte ihren Lippen entflohen, schlug sie sich auch schon, heftig errötend, auf den Mund. Doch Camilla lachte nur hell auf.

»Eine hervorragende Idee, Leonie. Dann hätte die gute Gesellschaft endlich mal etwas, worüber sie wirklich klatschen könnte. Ich erwäge es!«

»Entschuldige, ich bin eine solch taktlose Person.«

»Nein, das bist du nicht. Es ist ja niemandem unter uns verborgen geblieben, dass ich eine Tanzausbildung genossen habe. Dein Vorschlag hat mir aber einen ganz anderen, möglicherweise überraschenden, Gedanken eingegeben. Was haltet ihr davon, diesen Wohltätigkeitsbazar zu einem orientalischen Bazar zu machen?«

Schweigen herrschte im Schatten der Bäume. Man konnte jedoch fast Gedankenblitze darunter zucken sehen. Dann sagte die Gattin des Theaterintendanten: »Im Fundus gibt es noch die Kostüme von der ›Entführung‹.«

»Wir könnten Türkischen Honig und all diese Süßigkeiten anbieten.«

»Mokka und Pfefferminztee.«

»Auf Teppichen.«

»In Zelten.«

Kurz und gut, als man sich trennte, stand die Planung in groben Zügen fest. Es würde das Ereignis der Saison werden, dessen waren sich alle Damen bewusst.

Höchst beschwingt machte sich Leonie auf den Weg nach Hause, um ihre eigenen Aufgaben in Angriff zu nehmen. In der Tasche hatte sie schon fünf Spieldosen, die es zu richten galt.

Am nächsten Nachmittag saß sie in dem Mansardenzimmer, das den Kindern als Schulzimmer diente. Zwei von den Spieldosen hatte sie schon repariert und inspizierte gerade die dritte, als die Zwillinge nach oben gepoltert kamen.

Nach einer herzlichen Begrüßung begutachteten die beiden das Werk.

»Können wir Ihnen dabei helfen, Frau Mansel?«, wollte Lennard wissen und ließ die heitere Melodie in einer der Dosen erklingen.

»Im Augenblick nicht. Aber wenn ich noch mehr erhalte, könnte ich geschickte Fingerchen brauchen.«

»Dürfen wir auch zu dem Bazar kommen?«, fragte Ursel und zupfte an der sich lösenden Spitze am Kleid einer Schäferin.

»Ich denke schon. Wir werden Lennard einen Turban aufsetzen und einen schwarzen Bart ankleben.«

»Und ich bekommen Pluderhosen und einen Schleier, ja?«

»Mal sehen.«

»Was werden Sie tragen?«

»Ich weiß es noch nicht. Camilla will mir ein Kleid aussuchen.«

»Weiberkram!«, murrte Lennard und holte demonstrativ sein Geometriebuch heraus. Dann aber grinste er plötzlich. »Frau Mansel, Onkel Sven hat gesagt, auf den Bazaren wimmele es immer nur so von Ratten. Sie sollten noch ein paar von den Aufziehmäusen machen. Die lassen wir dann da laufen. Hei, das würde ein Gekreisch geben!«

Bedauerlicherweise konnte sich Leonie der Komik dieses Bildes nicht entziehen und fing an zu lachen.

»Lausbub!«, schimpfte sie halbherzig. »Obwohl – mh – das wäre eine Idee. Kinder, würdet ihr mir helfen, einen Haufen von diesen Mäusen herzustellen? Ich glaube, man könnte sie wunderbar verkaufen.«

»Ja, gerne!«

Beide hüpften förmlich vor Freude auf und ab.

»Na gut, dann werde ich mal bei Altenbergers vorbeigehen und sehen, dass ich genügend Rädchen und Federn bekomme. Dann brauchen wir Plüsch, um Mäuse zu nähen, und Holzwolle, um sie auszustopfen.«

»Dürfen wir mitkommen?«

»Nein, ihr werdet jetzt eure Hausaufgaben machen, und am Wochenende fangen wir an.«

Die Zwillinge zeigten keinen Unmut, und das freute sie. Friedfertig schlugen sie ihre Hefte auf und begannen mit ihren Arbeiten.

Es war ein schöner, warmer Tag, und Leonie kannte sich in Köln nun so gut aus, dass sie den Weg zu der Gasse, die auf den passenden Namen »Unter Goldschmied« hörte, alleine zurücklegen konnte. Es war so weit auch nicht. Der junge Altenberger empfing sie jedoch ungewohnt misslaunig, als sie nach seinem Vater fragte, und verwies sie kurz angebunden an den Anbau hinten im Hof, wo der Alte seine Wohnung und seine Werkstatt hatte.

»Guten Tag, Hanno. Wie geht es Ihnen?«, grüßte sie fröhlich in die offene Tür der Werkstatt hinein.

»Ach, Frau Leonie. Kommen Sie herein.«

Sie folgte der Aufforderung, aber auch hier erkannte sie auf den ersten Blick, dass etwas ganz und gar nicht in Ordnung war.

»Ist etwas geschehen, Hanno? Sie sehen so sorgenvoll aus.«

»Gottchen, ja. Aber setzen Sie sich erst einmal.«

»Ich will nicht stören, Hanno. Ich hoffe nur, Sie erfreuen sich alle guter Gesundheit.«

»Ja, danke. Das ist es nicht. Was kann ich denn für Sie tun? Sie haben wieder so eine große Tasche dabei. Womit soll die gefüllt werden? Mit Perlen und Rubinen, Saphiren und Ketten aus getriebenem Gold?«

»Mit Zahnrädchen aus Messing und zierlichen Schräubchen.«

Da ihr alter Freund offensichtlich noch nicht bereit war, über das Ungemach zu sprechen, das ihn grämte, wandte sie sich erst einmal dem Geschäftlichen zu und erklärte ihm, was sie vorhatte. Zu ihrer Freude bemerkte sie, wie ihn die Idee mit den Aufziehmäusen aufheiterte, und gemeinsam suchten sie das Material dafür zusammen. Dann aber trübte sich seine Miene wieder, als sie fragte: »Wo ist denn Rike? Ich vermisse ihren Krümelkuchen!«

»Ach Gottchen, ja, die Rike!«

»Hanno, was ist mit der Rike? Ist ihr etwas passiert?«

»Ja, so könnte man wohl sagen.« Er versank einen Moment in bedrücktes Nachdenken, dann sah er sie an. »Sie sind ja eine verheiratete Frau, Leonie. Ich kann's Ihnen ja sagen. Das Mädchen hat sich ins Unglück gestürzt.«

»Erwartet sie ein Kind?«

Er schüttelte den Kopf.

»Nun, das wäre auch kein so ganz schlimmes Unglück. Was hat sie getan? Dem falschen Mann Freiheiten gestattet?«

»So sehen es ihre Eltern.«

»Und sie selbst?«

»Sagt, man habe ihr Gewalt angetan. Aber meine Schwiegertochter, die prüde Bohnenstange, will's nicht glauben. Sie haben sie rausgeworfen, wollen nichts mehr mit ihr zu tun haben.«

Leonie musste schlucken. Wenn es stimmte, was Rike sagte, dann war sie doppelt gestraft. Was es bedeutete, wenn einer Frau Gewalt angetan wurde, war ihr beklemmend bekannt.

»Wo ist Rike?«

»Oben bei mir und weint sich die Augen aus dem Kopf.«

»Darf ich zu ihr gehen? Vielleicht weiß ich eine Hilfe, Hanno.«

»Frau Leonie, Sie sind ein Engel aus Gottes Himmel!«

»Nein, Hanno. Nur ein mitfühlendes Weib. Sie braucht, wenn es wahr ist, Mitgefühl und nicht Schimpf und Schande.«

»Wie wahr, wie wahr!«

Leonie fand das Mädchen mit rot verweinten Augen am Fenster von Hannos kargem Schlafgemach sitzen und trostlos in den Sonnenschein starren. Sie trat hinter sie und legte ihr den Arm um die Schulter.

Laut schluchzte sie auf und lehnte ihren Kopf an Leonies Brust.

»Schon gut, Rike, schon gut. Und nun schnäuz dich, es nützt nichts, über vergossene Milch zu heulen. Erzähl mir lieber, was wirklich passiert ist. Und zwar ganz aufrichtig.«

Es war eine beinahe alltägliche Geschichte – ein junges, lebenslustiges Mädchen begegnet einem jungen, charmanten Mann, man trifft sich, tauscht Küsse in der süßen Maiennacht, erlaubt sich Vertraulichkeiten. Aber dann nahm die Geschichte plötzlich eine unerwartet grausige Wendung. »Ich habe nur ein Glas Wein getrunken, ehrlich, Frau Mansel. Nur eins. Aber es muss besonders schwerer Wein gewesen sein, ich weiß gar nicht mehr, wie wir aus der Schenke gekommen sind. Und dann hat Karl mich in dieses Haus geführt. Es war dunkel da, und ich wusste nicht, wo ich war. Nur, dass es wie in der Kirche gerochen hat. Und dann …« Sie schauderte und suchte sichtlich nach Worten.

»Hat er dir Gewalt angetan?«

Ein heiseres Flüstern nur brachte Rike hervor: »Ja!«

»Hast du dich nicht gewehrt?«

»Konnte nicht. Sie haben mich festgehalten.« Schauder überflogen das Mädchen.

»Festgehalten? Waren denn noch andere dabei?«

Auch Leonie schauderte es.

»Es glaubt mir ja keiner. Es waren Dämonen dort. Mit Teufelsfratzen. Ein Bockskopf und ein Vogel mit scharfem Schnabel und so.«

»Die haben dich festgehalten?«

»Ja, und dabei unheimliche Lieder gesungen.«

»Und der Mann, der dich dorthin mitgenommen hat?«

Rike würgte erstickt, und Leonie hatte ein Einsehen. Sie wusste nur zu gut, was der Mann getan hatte.

»Wie bist du nach Hause gekommen, weißt du das noch?«

Kopfschütteln. Dann: »Ich bin hier vor der Haustür wach geworden. Morgens, als der Milchmann kam. Und dann ging der Ärger los.«

Leonie ging in dem Zimmer ein paarmal auf und ab, um ihre Gedanken zu sortieren. Die Geschichte hörte sich unwahrscheinlich an, aber sie konnte wahr sein. Unter bestimmten Voraussetzungen.

»Rike, du hast nur ein Glas Wein getrunken, richtig?«

»Ja, Madame.«

»Hat der irgendwie anders geschmeckt?«

»Ich weiß nicht. Ich bekomme nicht oft Wein. Nur zu Weihnachten den Punsch.«

»Hast du noch irgendetwas anderes zu dir genommen, während du mit dem jungen Mann zusammen warst?«

»Nur ein paar Bonbons.«

»Die auch ganz normal geschmeckt haben?«

»Sie waren sehr süß.«

»Hat er auch von den Bonbons gegessen?«

»Nein, die waren nur für mich, hat er gesagt.«

»Vermutlich. Ich denke, es war ein Medikament darin, das dich so etwas wie betrunken gemacht hat. Und darum, fürchte ich, ist das, was dir widerfahren ist, leider Wirklichkeit. Beschreibe mir den Mann, Rike.«

»Sie glauben mir tatsächlich, Frau Mansel?«

»Ja, ich glaube dir. Beschreib den Mann.«

»Er … nun, ich fand ihn anfangs recht hübsch. Ein bisschen mager und blass. Er hat so kräuselige rote Haare und trägt eine Brille.«

»Wie alt etwa?«

»Er sagt, sechsundzwanzig.«

»Wie war er gekleidet? Hat er über seinen Beruf gesprochen?«

»Nein, das hat er nie!«, stellte Rike gerade mit Erstaunen fest. »Auch nicht über seine Familie.«

»Kleidung?«

»Na ja, korrekt, lange Hosen, Weste und Überrock.«

»Also nicht wie ein Fabrikarbeiter.«

»Nein, nein, eher wie ein Beamter oder Schreiber. Er hatte Tinte an den Fingern.«

In Leonie nährte ganz allmählich ein geradezu grotesker Verdacht ihre Phantasie.

»Er nannte sich Karl?«

»Ja, Karl Schmitz.«

»Wo wohnt er?«

»Weiß ich nicht, wir haben ... Gottchen, ich muss Ihnen wie die dämlichste Schlampe vorkommen.«

»Nein, nur wie ein sehr, sehr leichtsinniges Mädchen. Erinnerst du dich noch an eine Besonderheit in seinem Aussehen?« Die letzte Bestätigung brauchte sie noch. Und bekam sie prompt.

»Ja, da ist etwas, worüber wir anfangs sehr gelacht haben. Auf der Nase bilden ein paar Sommersprossen eine Mondsichel. Kennen Sie ihn etwa?«, fragte Rike mit plötzlich aufflackernder Intelligenz.

»Ich hätte zumindest eine Ahnung. Nun, wir werden sehen. Was gedenkst du jetzt zu tun, Rike?«

»Ich weiß nicht, Frau Mansel. Meine Eltern ...«

»Würde es etwas helfen, wenn ich mit ihnen rede?«

Rike stöhnte leise.

»Nein. Sie meinen, ich sei schuld daran. Und das bin ich ja auch. Ich hätte mich nicht betören lassen dürfen.«

»Kluges Mädchen.«

»Ich kann auch nicht bei Großvater bleiben. Sie sehen ja, wie eng es hier ist. Und die Eltern wohnen übern Hof.«

»Hast du etwas gelernt, Rike?«

»Ich hab die Schule besucht, vier Jahre lang. Dann hab ich der Mutter geholfen. Und im Laden.«

»Gibt es Freunde oder Verwandte, die dich aufnehmen würden?«

»Nur den Großvater. Die Eltern der Mutter ...« Sie schüttelte sich, und Leonie dachte an Hannos abfällige Bemerkung über die Spießigkeit seiner Schwiegertochter. Wie es war, mit gottesfürchtigen Heuchlern zusammenzuleben, kannte sie zur Genüge und wünschte es keiner Kreatur.

»Es gibt da noch etwas zu bedenken, Rike.«

»Was denn?«

»Du könntest – mh – ein Kind empfangen haben.«

Rike wurde fahl und schwankte.

»Davon?«

»Dummerweise ja. Davon.«

Sie sank auf der Bettkante nieder und verbarg das Gesicht in den Händen.

Leonie seufzte.

»Auch da wird man Rat finden. Wenn es denn passiert ist. Und nun sag mir, ob du in der Lage bist, Kleider in Ordnung zu halten, Handarbeiten zu machen und feinste Wäsche zu bügeln.«

Ungläubig und mit offenem Mund starrte Rike sie an, und Leonie zweifelte kurz an ihrer Entscheidung. Das Mädchen wirkte reichlich beschränkt.

»Ja, Frau Mansel, das kann ich. Warum?«

»Weil ich überlege, ob ich dich als meine Zofe einstelle. Ich habe …«

Rums! Das Mädchen lag zu ihren Füßen und küsste ihren Rocksaum. Stammelnd kam dabei so etwas wie ein unverbrüchlicher Treueschwur samt Lehnseid nebst Keuschheitsgelübde und ewiger Dankbarkeit heraus.

»Also gut, dann pack deine Habseligkeiten zusammen und komm mit.«

»Sofort, Frau Mansel. Oh, gnädige Frau, ich bin Ihnen ja so dankbar. So unsagbar dankbar!«

»Ja«, seufzte Leonie. »Aber bitte wiederhole dich nicht ständig.«

Rausschmiss

ES IST UNMÖGLICH, SICH VON GEWISSEN LEUTEN
GELIEBT ZU MACHEN,
UND DA KANN ES NICHT SCHADEN, WENN DIESE
UNS WENIGSTENS FÜRCHTEN.

Freiherr von Knigge: Über den Umgang mit Leuten von verschiedenen Gemütsarten, Temperamenten und Stimmungen des Geistes und des Herzens

Hendryk war zunächst nicht weiter erstaunt, er hatte es ja selbst vorgeschlagen, Leonie möge sich eine Zofe einstellen, damit Ursel sich ganz ihrer Schule und der Erziehung zur jungen Dame widmen konnte. Warum sie aber dieses – also, ihm wollte der Begriff tölpelhaft nicht aus dem Sinn gehen – Geschöpf gewählt hatte, verblüffte ihn. Sie war ein hausbackenes Wesen von reichlich ordinärem Geschmack und hätte zum Küchenmädchen wohl besser getaugt als zur Kammerfrau einer eleganten Dame. Er nahm sich vor, nach dem Mittagessen vorsichtig nachzuhaken.

Was er dabei erfuhr, überstieg alles Erdenkliche. Da beschuldigte doch sein Weib tatsächlich seinen Sekretär Lüning, dieses Trampel mit Drogen gefüttert und im Kreise von dämonisch maskierten Männern vergewaltigt zu haben. Die klare und unmissverständliche Sprache, die Leonie dabei verwendete, erschütterte ihn in seinen Grundfesten. Er fand einen Moment lang keine Worte, um auf diese Ungeheuerlichkeiten zu reagieren.

»Und darum dachte ich, ich beschäftige sie, Ihr Einverständnis vorausgesetzt, erst einmal eine Zeitlang als meine Zofe. Ich würde Sie aber sehr herzlich bitten, diesen Sekretär zur Verantwortung zu ziehen. Hendryk, was ist? Sie sehen verblüfft aus? Habe ich etwas verkehrt gemacht?«

»Madame, es ist Ihre Sprache, die mich fassungslos macht. Und die Unterstellungen, die Sie äußern.«

»Verzeihen Sie, ich dachte, Sie seien ein Freund der klaren Rede. Man kann dieses Verbrechen nicht mit schönen Worten schildern.«

Hilflos rang er nach einer Antwort und merkte selbst, wie dümmlich sie klang, als er sie aussprach: »Das ist kein Thema für eine Dame!«

»Ach nein!« Ihre Augen blitzten. »Haben Damen es gehorsam zu übergehen, wenn ein anderes weibliches Wesen betäubt und geschändet wird?«

»Madame!«

»Werden Sie es wie ein Herr übergehen, dass Ihr Sekretär sich auf derart lasterhafte Weise an unschuldigen Frauen vergreift?«

Herrgott, nein, und es war ja peinlicherweise sogar so, dass er Lüning schon seit geraumer Zeit im Verdacht hatte, irgendein böses Spiel zu treiben. Er lenkte also ein und versprach: »Wenn es denn wirklich mein Sekretär war, werde ich ihn streng zur Rede stellen.«

»Zur Rede stellen!«, brauste sie auf. »Zur Rede stellen? Häuten sollten Sie ihn!«

Langsam gewann sein Sinn für Humor wieder Oberhand. Verdammt, was war diese Frau schön, wenn sie in Rage geriet.

»Das kann ich schwerlich, Leonie, schließlich handelt es sich bei Rike ja nur um eine etwas dümmliche Handwerkerstochter.«

»Sie mag an Ihrem hohen Geist gemessen dümmlich sein, Herr Mansel, aber sie ist eine Frau wie ich. Glauben Sie etwa, eine Uhrmachertochter leide unter einer solchen Tat weniger als eine untadelige Dame?«

Und dann verließ seine Gattin, die er noch bis vor wenigen Minuten für eine untadelige Dame gehalten hatte, mit einem Türenknallen, das die Scheiben erzittern ließ, das Wohnzimmer.

Aufgewühlt verließ er die Wohnung, um den Boxklub aufzusuchen. Er musste erst die aufgestaute Wut loswerden, bevor er weitere Maßnahmen ergriff.

Eine Stunde später, schweißnass und keuchend, fühlte er sich besser, und als Ernst von Benningsen auf die Matte trat, konnte er sich mit ihm schon wieder ein leichtes Sparring erlauben, ohne dabei Gefahr zu laufen, dem Freund ein paar Rippen zu brechen.

»Du hattest Ärger, Hendryk?«, fragte der Leutnant, nachdem er eine Niederlage nach Punkten mannhaft eingesteckt hatte.

»Und nicht zu knapp. Lass uns in einer stillen Ecke ein Bier trinken.«

Sie wechselten die Kleider und ließen sich dann an einem kleinen Tisch im Casino nieder, wo sie ungestört bleiben würden.

»Na, wer hat den Löwen gebissen?«

Ernst grinste ihm über seinem Bier zu.

»Grrr!«, antwortete Hendryk mit gefletschten Zähnen. »Die Löwin natürlich. Sie will, dass ich meinen Sekretär häute.«

»Nun, der Wunsch einer Dame ist uns doch Befehl, nicht wahr?«

»Wenn du Leonie vorhin gehört hättest, würdest du ernsthaft daran zweifeln, dass es sich bei ihr um ein Wesen dieser Gattung handeln könnte.«

»Niemals, Hendryk. Niemals. Du musst sie missverstanden haben.«

»Wahrhaftig nicht. Und das Verdammte daran ist, sie ist vermutlich sogar im Recht. Höre.«

Er berichtete in ebenso schonungslosen Worten, was er gehört hatte.

Ernst nickte anschließend: »Dämonen mit Tierköpfen. Und dein Lüning mitten unter ihnen. Es gibt Situationen, da könnte auch ein Herr vergessen, ein Herr zu sein, Hendryk.«

»Wem sagst du das! Wenn es stimmt, werde ich ihm Schlimmeres antun, als ihn nur zu häuten. Aber nicht sofort, das gebietet die Vorsicht. Darum bin ich zuerst zum Boxen gegangen.«

»Immer überlegt und immer ganz kühl. Manchmal bewundere ich dich, mein Freund.«

»Nicht immer. Vorhin habe ich Leonie angefahren, und sie hat die Tür zugedonnert. Es tut mir leid, sie aufgeregt zu haben. Aber ihre Reaktion war wirklich überzogen. Sie bewahrt üblicherweise auch in kritischen Situationen immer einwandfrei ihre Haltung.«

»Sie ist eine Frau, und das Schicksal einer anderen Frau ist ihr nahegegangen. Hendryk, sie ist kein ganz so unbeschriebenes Blatt, wie du einst gedacht hast, nicht wahr?«

»Nein, das ist sie nicht.«

Peinlich berührt dachte er daran, wie falsch er sie eingeschätzt hatte, als es um Ursels Operation ging.

»Sie hat mir einmal erzählt, sie habe mit ihrer Cousine in Bonn in dem Entbindungsheim für ledige Mütter mitgeholfen. Könnte es sein, dass sie sehr genau weiß, wovon sie spricht, Hendryk?«

Hätte sein Freund ihm einen Kinnhaken verpasst, wäre er weniger getroffen worden.

Natürlich.

Sie wusste, wovon sie sprach.

Sie hatte ein Kind geboren, und er hatte in seiner romantischen Verklärung einen ungetreuen Geliebten vermutet. Blöder Idiot, der er war.

Hölle, Satan und alle Teufel, wenn der Mann noch irgendwo auf der Welt sein Leben fristete, der ihr das angetan hatte, er würde dafür bezahlen.

»Hendryk, du planst einen Mord!«, flüsterte Ernst leise.

»Ja. Leonie weiß, wovon sie spricht. Ich habe es gerade entdeckt. Aber bitte, Ernst, schweig darüber.«

»Gott, du meinst, ihr ist auch Gewalt angetan worden.«

»Ich bin mir ganz sicher. Es erklärt alles. Tatsächlich alles.«

»Arme Leonie. Hendryk, hast du nicht schon einmal erwogen, ihr reinen Wein einzuschenken?«

»Erwogen ja, aber die Lage ist zu ernst. Je weniger davon wissen, desto besser ist es. Ich will sie nicht in Gefahr bringen.«

»Dann wäre es besser, du würdest sie fortschicken, denn an deiner Seite ist sie immer in Gefahr, ob sie es weiß oder nicht.«

Hilflos schüttelte Hendryk seinen Kopf.

»Das bringe ich nicht über mich. Nicht mehr, Ernst.«

»Na, na, das hört sich ja an, als wärst du in deine eigene Frau verliebt.«

Er merkte, wie die Röte in sein Gesicht stieg, aber er sah seinen Freund tapfer an.

»Schade für dich, was?«

»Ja, schade für mich. Aber ich werde auch an diesem gebrochenen Herzen nicht untergehen. Es freut mich für sie.«

»Für sie?«

»Ja. Ich habe mir bei ihr nämlich eine deutliche Abfuhr geholt. Und ich habe eine böse Ahnung, warum, mein Herr.«

Diese Aussage verblüffte Hendryk auch wieder, und er murmelte ungläubig: »Ich habe ihr nie Anlass gegeben, derartige Gefühle zu entwickeln.«

»Manch einer bekommt, was er nicht verdient. Andere, so wie

ich, bekommen weder etwas noch verdienen sie was. Ach, ich will nicht elegisch werden. Geh du zu und häute deinen Sekretär. Schade, dass ich nicht dabei sein kann.«

Er traf seine Leute alle fleißig arbeitend im Büro an. Die letzten Tage war es auf der Baustelle friedlich gewesen, und sie hatten damit begonnen, die Pläne an die tatsächlichen Gegebenheiten der fertigen Strecke anzupassen. Er nahm sich die eingegangene Post, um sie an seinem Schreibtisch zu studieren, beobachtete aber seinen eifrig schreibenden Sekretär dabei vorsichtig. Er hatte eine ungewöhnlich selbstbewusste Haltung, die sich sehr von der unterwürfigen Attitüde unterschied, die er ansonsten an den Tag legte. Es war etwas geschehen, was, das galt es zu ergründen. Als die beiden Vermesser ihre Unterlagen zusammenräumten, bat er Lüning, doch noch eine Weile zu bleiben.

»Natürlich Herr Mansel. Haben Sie noch Aufträge für mich?«

»Setzen Sie sich, Lüning.« Es war wieder dieser leise Hauch von süßlichem Weihrauch um ihn. »Ich will es verhältnismäßig kurz machen. Sie sind ein verheirateter Mann, Lüning. Was hat Sie dazu getrieben, Fräulein Altenberger näherzutreten?«

Die selbstbewusste Haltung brach augenblicklich zusammen, doch gleich darauf reckte sich der Sekretär wieder, murmelte undeutlich etwas und sagte dann: »Ich kenne kein Fräulein Altenberger.«

»Erstaunlicherweise kennt sie Sie aber. Da sie seit Kurzem die Zofe meiner Frau ist, haben wir eine ziemlich eindeutige Beschreibung des Karl Schmitz erhalten, der sie zu einem höchst absonderlichen Zeitvertreib verführt hat.«

Lüning stand auf, aber Hendryk war schneller. Er hatte die Tür abgeschlossen und hielt den Schlüssel in der Hand.

»Durch das Fenster sind es drei Stockwerke tief. Sie würden sich den Hals brechen«, bemerkte er kühl. »Und nun, Lüning, mit wem treffen Sie sich zu besagtem Zeitvertreib?«

»Ich treffe mich mit niemandem.«

»Doch, und zwar diesmal nicht mit den Rosenkranzlern, sondern mit gefährlicheren Leuten.«

»Was unterstellen Sie mir eigentlich, Mansel?«

»Für Sie noch immer *Herr* Mansel. So groß ist Ihre angenommene Macht noch nicht.«

Sein Sekretär zuckte zusammen. Aber er blieb stumm.

»Ihr Schweigen ist mir Eingeständnis genug. Ich verfüge über ausreichend Wissen, Sie wegen verschiedener damit im Zusammenhang stehender Verbrechen anzuzeigen, Lüning.«

»Nichts haben Sie!«, trotzte der.

»Lassen Sie es darauf ankommen?«

Lünings Finger verschränkten sich wieder und wieder.

»Sie verlassen morgen die Stadt, Lüning. Von mir bekommen Sie weder Zeugnis noch einen weiteren Pfennig Lohn. Wenn ich Sie noch einmal in Köln sehe oder höre, dass Sie sich hier aufhalten, werde ich Sie wegen der Mitgliedschaft an einer verbotenen Vereinigung festnehmen lassen. Geheimgesellschaften sehen unsere preußischen Machthaber nicht gerne – gleichgültig, welcher Couleur!«

Es war ein Bluff, denn genau das konnte er nicht. Aber er schätzte den Mann vor sich richtig ein. Der war nämlich auf seine verschrobene, verklemmte Art voll und ganz davon überzeugt, ein todeswürdiges Verbrechen begangen zu haben. Die Worte der Macht, die man ihm sicherlich zugeflüstert hatte, waren ein zu schwacher Schild gegen eine offensive Drohung.

Mit zusammengesunkenen Schultern stand er vor ihm und murmelte nur: »Meine Frau und die Kinder …«

»Von denen wussten Sie schon, bevor Sie ein unschuldiges Mädchen vergewaltigt haben. Und nun raus hier, und danken Sie Gott, dass ich es bei dem verbalen Rauswurf belasse!«

Als er fort war, riss Hendryk erst einmal das Fenster auf. Er brauchte Luft. Und er hoffte, er hatte richtig gehandelt. Es war verdammt gefährlich, jemandem zu verstehen zu geben, etwas von den perversen Riten dieses Ordens zu wissen.

Er blieb anschließend noch eine Weile in seinem Büro, um anliegende Arbeiten zu erledigen, und nahm dann in einem Gasthaus das Abendessen ein. Bevor er Leonie wieder gegenübertrat, wollte er mit sich selbst im Reinen sein. Doch das war nicht so einfach, und daher wanderte er auch anschließend noch in der Dämmerung am Rheinufer entlang. Seine gesamte Planung war durcheinandergeraten, und sein Vorgehen musste er neu überdenken. Jetzt spielte nicht nur sein Wunsch nach Vergeltung eine Rolle, sondern weit diffizilere Gefühle. Der Unteroffizier Bredow, der hinter ihm herschnüffelte, war eine Bedrohung, die sehr plötzlich akut werden konnte. Dieser Orden, der sich gebildet hatte, war eine noch größere. Er wusste, wozu diese Leute in der Lage waren, und er wusste, welche Gesinnung dahinter stand. Zu genau wusste er es, und kalte Angst umklammerte sein Herz, als er daran dachte, wie vertraut Leonie mit dieser Danwitz war. Die beiden, Lüning und sie, konnten, wenn sie ihr Wissen über ihn zusammentrugen, sein Leben, das der Kinder und seiner Frau gefährden.

Wäre es richtig, jetzt zu fliehen?

Er blieb stehen und beobachtete ein Ruderboot, das von Deutz herüberkam und das mondglänzende Rheinwasser durchschnitt.

Zu fliehen – aber wohin? Ein anderes Land, eine neue Identität, das schmerzende Gewissen, den Mord an seinem Bruder nicht gerächt zu haben? Es gab keine Flucht. Es gab nur die Möglichkeit, sich den Herausforderungen zu stellen. Wenn er denn endlich genug Fakten zusammen hatte.

Grimmig konstatierte er, dass sein Wissen um den Orden auch ein Potenzial bot. Er hielt die Option, sie auffliegen zu lassen, denn Geheimkulte sah, wie er Lüning gegenüber ganz richtig behauptet hatte, die preußische Verwaltung nicht gerne in ihrem Machtbereich. Und da er ziemlich sicher war, in dieser kruden Vereinigung einige hochrangige Mitglieder der guten Gesellschaft antreffen zu können, könnte man einen gewaltigen Skandal verursachen.

Später, wenn er mehr wissen würde.

Einen Hoffnungsschimmer mehr hatte er auch inzwischen – seine behutsamen Fragen nach Camilla Jacobs hatten ihn ziemlich sicher gemacht, dass sie jene Gamila war, die er in Kairo kennengelernt hatte. Und damit konnte sie ihn zu ihrem Bruder führen. Jussuf, der Mann, der alles bezeugen konnte, was geschehen war. Wenn er sich denn dazu bereit erklärte.

Sollte er Leonie in seine Pläne einweihen?

Er erwog es ernsthaft. Sie war vertrauenswürdig und verschwiegen. Aber andererseits – er würde sie mit Dingen belasten, die eine Dame, die eine Frau, die eigentlich kein anderer Mensch mittragen sollte. Sie hatte genug eigenes Leid erfahren, er musste sie nicht auch noch an dem Grauen teilhaben lassen, das er mit sich trug. Erst, wenn es völlig unumgänglich würde. Oder wenn er den Mann gestellt hatte, der für alles verantwortlich war.

Nun, da er sich etwas klarer über sein Vorgehen war, wanderte er langsam nach Hause.

Da er vermutete, dass die Kinder schon schliefen, stieg er sehr leise die Treppe hoch und öffnete die Tür zum Wohnzimmer, in der Hoffnung, hier noch Leonie anzutreffen.

Man bemerkte sein Eintreten nicht, und es bot sich ihm ein erstaunliches Bild, das er im Spiegel der dunklen Fensterscheiben erblickte. Leonie, von einer Lampe beleuchtet, saß mit einem aufgeschlagenen Buch auf dem Sofa und las mit ihrer melodischen Stimme eine Geschichte vor. Ihren linken Arm hatte sie dabei um Lennard gelegt, der sich an ihre Seite kuschelte. Zu ihren Füßen, an ihr rechtes Knie gelehnt, saß Ursel, die verträumt diese ulkige Katze der Nachbarin in ihrem Schoß hielt und streichelte. Es war eine Szene von solch liebevoller Vertrautheit, von Mütterlichkeit und stillem Glück, er musste einfach stehen bleiben, um sie zu betrachten. Ja, so hatten er und seine Geschwister auch oft abends bei ihrer Mutter zusammengesessen, fast konnte er den Tabakduft aus seines Vaters Pfeife riechen und die Hand seiner Mutter in seinen Haaren fühlen.

Auf leisen Sohlen schlich er näher, wurde nicht bemerkt, denn allzu fesselnd waren die Abenteuer der Ritter der Tafelrunde, und er kniete an Leonies linker Seite nieder. Sie blickte kurz auf und lächelte, las aber unbeirrt weiter. Er legte, wie Ursel, seinen Kopf an ihr Knie und hörte zu, und der zarte Duft von nachtblühendem Jasmin, Rosen und Vanille legte sich tröstend auf seine gemarterte Seele.

Es war Lennard, der ihn als Erster bemerkte. Er sah, wie der Junge stutzte und sich dann geschwind aus Leonies Umarmung befreite.

»Aber, aber, Lennard. Ein Mann vergibt sich nichts, wenn er die Zärtlichkeit einer Frau genießt!«, sagte er mit einem leisen Lachen.

»Ähm – Herr Mansel?«

»Ja, mein Junge. Deine Würde erleidet keinen Schaden dadurch. Ich freue mich, dass ihr so traulich zusammensitzt. Aber ich denke, es ist jetzt spät genug, um zu Bett zu gehen.«

Die Katze sprang auf und hüpfte über das Fensterbrett in den Garten, und Ursel streckte ihre Beine.

»Ja, natürlich. Und danke, Frau Mansel. Es war so schön.«

»Husch, und träumt etwas Nettes.«

Die beiden, ein bisschen verlegen, verschwanden umgehend, doch Hendryk blieb in seiner Position sitzen. Leonie schlug das Buch zu und faltete ihre Hände in ihrem Schoß.

»Sie sollten nicht dort unten sitzen, Hendryk.«

»Ich werde immer zu Ihren Füßen sitzen, Leonie. Erlauben Sie es mir.«

Zaghaft fragte sie nach: »Sie sind mir nicht mehr böse?«

»Nein.« Er schaute zu ihr hoch. »Ich war Ihnen nie böse. Ich war auf mich selbst wütend. Verzeihen Sie mir meine unbedachten Worte.«

Sie schüttelte den Kopf. »Da gibt es nichts zu verzeihen, ich habe mich furchtbar gehen lassen.«

»Ja, es war ein furioser Auftritt. Die Löwin brach wieder durch die gepflegte Fassade einer untadeligen Dame. Mit Recht, Leonie. Sie werden diesem ungelenken jungen Mädchen sicher Schliff geben und ihre Fähigkeiten zur Entfaltung bringen. Darin sind Sie gut, wie man an den Zwillingen sehen kann.«

»Lennard und Ursel mögen sie, sie kann gut mit ihnen umgehen.«

»Na, umso besser. Dann wird Fräulein Altenberger ein geachtetes Mitglied unseres Haushalts werden.«

»Danke.«

Er merkte, wie sie sich ein wenig entspannte, und lehnte wieder seinen Kopf an ihr Knie. Eine Weile saßen sie still zusammen, dann hub im Garten eine Nachtigall an zu singen. Leicht fuhren ihre Finger durch seine Haare und streichelten ihn. Er schloss die Augen und träumte von einer besseren Welt. Von einem Heim, in das er zurückkehren konnte, ein Zuhause, in dem sie das Herz, der Mittelpunkt, die wärmende Herdflamme war. Und wieder heilte eine der schwärenden Wunden, die ein ungnädiges Schicksal ihm geschlagen hatte unversehens, und stille Hoffnung breitete sich in ihm aus. Die Dinge würden sich zum Guten wenden.

Ein gellender Schrei, ein Fauchen und ein empörtes Piepsen ließ sie beide zusammenzucken, und Leonie lachte leise auf.

»›It was the nightingale and not the lark, that pierced the fearful hollow of thine ear!‹«

»In der Tat, obwohl, es war wohl eher die Katze als die Lerche.«

»Hoffentlich hat sie nicht die Nachtigall erwischt.«

»Sie singt noch, hören Sie? Doch es ist an der Zeit für die Nachtruhe. Zuvor, Euer Lieblichkeit, gestatten Sie aber Ihrem demütigen Ritter, Ihnen zu berichten, dass dem Bösewicht gemäß Ihrem Befehl die Haut abgezogen wurde.«

»Oh!«

»Ich habe Lüning unter massivsten Drohungen entlassen und der Stadt verwiesen. Mehr kann ich im Augenblick nicht tun. Aber seine Haut brannte, als er mich verließ.«

Für ihr Lächeln, das sie ihm jetzt zeigte, hätte er gerne noch weitere Drachen besiegt.

Bazar

Die Art, wie man Wohltaten erzeigt, ist oft mehr wert als die Handlung selbst.

Freiherr von Knigge: Über die Verhältnisse unter Wohltätern und denen, welche Wohltaten empfangen

Leonie legte die Smaragdohrringe an, die sie so überraschend an jenem Morgen nach ihrem ersten Hochzeitstag im Mai auf ihrem Frisiertisch gefunden hatte. In einem Samtkästchen, zusammen mit einem Zettel, auf dem stand: »I remember!«. Es war nach der Nacht, in der sie Hendryk aus diesem schrecklichen Albtraum geweckt hatte, und gerührt, inzwischen nicht mehr peinlich berührt, hatte sie gelächelt. Er erinnerte sich an das Vielliebchen, das sie an Silvester geteilt hatten. Und er hatte ihr auf sehr dezente Art zu verstehen gegeben, er respektiere ihre Ehe, so wie sie geführt wurde. Manchmal beschlich sie indes das Gefühl, er könne das eine oder andere über ihre schmachvolle Vergangenheit erahnen. Vielleicht hatten auch klatschsüchtige Familienangehörige, bestimmt nicht Sven oder Edith, ihm versteckte Hinweise gegeben. Aber genau wie sie an seinen Geheimnissen nicht rührte, tat er es bei ihr auch nicht. Es war eine Erleichterung, die kaum mit Worten zu beschreiben war.

Obwohl hin und wieder … Ja, hin und wieder wünschte sie, sich ihm offenbaren zu können, um Schutz und Trost in seinen Armen zu finden.

Nicht aber jetzt, denn heute hatte sie einen hektischen Tag vor sich, der ihren ganzen Einsatz erforderte. Der orientalische Wohltätigkeitsbazar fand in dem parkartigen Garten der Jacobs statt. Die Vorbereitungen waren schon aufwändig gewesen, hatten aber viel Freude gemacht. Mit den Zwillingen hatte sie Dutzende von Mäusen gebastelt, wobei ihnen Rike erstaunlich geschickt zur Hand gegangen war.

Sie spielte mit einer kleinen weißen Maus, die Ursel ihr zwischen den Puderdöschen und Bürsten platziert hatte, und musste lachen. Himmel, diese Kinder! Gestern war sie einem verdächtigen Gepolter und Gequietsche in die Mansarde gefolgt und sah sich mit dem vollkommenen Chaos konfrontiert. Dem blanken Wahnsinn nahe, hockte hoch oben auf dem Schrank, das Fell gesträubt, fauchend und mit funkensprühenden Augen, Miezi, die Zwillinge wälzten sich am Boden vor Lachen, Rike war halb die Wand hinabgerutscht und wischte sich die Lachtränen mit der Schürze ab, und überall flitzten aufgezogene Mäuse umher. Das arme Tier sah in ihr offensichtlich die Rettung vor der Mäusearmee und sprang ihr kreischend in den Nacken. Zum Glück hatte sie sich gerade nach einer der Mäuse gebückt, weshalb sich die Katze nun als stolze Reiterin auf ihrem Rücken vom Schlachtfeld entfernen konnte.

Unter lautem Johlen des Publikums.

Rabauken!

Sie hatten sich den Tag auf dem Bazar verdient, und wahrscheinlich würden sie eine nicht zu unterschätzende Hilfe sein. Sogar Hendryk hatte zugesagt, im Laufe des Tages vorbeizuschauen. Sie wusste, welche Überwindung es ihn kostete, aber es gab kaum eine Entschuldigung für ihn – tout le monde würde auf dem groß angekündigten Bazar erscheinen. Das Gemunkel über Camillas zweifelhafte Herkunft würde dann hoffentlich gänzlich verstummen. Überaus dankbar war Leonie Sebastienne, die zu einer der Sitzungen ihre Mutter mitgebracht hatte. Antonia Waldegg, eine Legende, diese Frau, die ihre Jugend als Trossbub verbracht hatte, die Tochter einer Marketenderin, jetzt eine der angesehendsten Damen, hatte in den letzten Kriegsjahren die Krankenversorgung der verwundeten Soldaten geleitet. Ihre Ratschläge waren Gold wert. Das Angebot, kostenlos Plakate, Anzeigen und Einladungen zu drucken, hatte ihnen eine ungeheure Resonanz verschafft.

Ja, es würde ein anstrengender Tag werden, aber es hatte den Anschein, als ob auch das Wetter in orientalischer Pracht erglänzen wollte, der Himmel war klar, ein feiner, kühlender Wind wehte, und die sommerlichen Blüten entfalteten allerorten ihre Farben und Düfte.

Mit Rike und den Kindern machte sie sich um neun Uhr auf den Weg zu Jacobs, dort würden sie dann die passenden Kleider anziehen. Der Kostümfundus des Theaters hatte sich als reichhaltig erwiesen, und manch phantasievolle Handarbeit ergänzte die exotischen Gewänder.

»Leonie, wie schön, dass du so früh kommen konntest! Rike, folgen Sie Naheema, sie wird Ihnen die Kleider für die Kinder zeigen. Und du kommst am besten mit mir mit.«

Leonie begleitete ihre Freundin in ihr Ankleidezimmer und fand sich vor einer überwältigenden Auswahl an Kleidungsstücken wieder. Weite, weich fallende Pluderhosen aus feinster Seide, Hemden aus dem gleichen Material, Überröcke, verschwenderisch bestickt, Schleiertücher, kurze Boleros, Schnabelschühchen, eigenartige Kopfbedeckungen lagen ausgebreitet vor ihr.

»Gawrila würde Konvulsionen bekommen«, kicherte Leonie.

»Vermutlich. Aber sie hat die Einladung abgelehnt, und darum entgeht sie diesem Schicksal.«

Camilla klang ein wenig beleidigt, und Leonie fühlte sich bemüßigt, die Couturière in Schutz zu nehmen.

»Camilla, sie kann nicht kommen. Du hast doch auch in einer Gesellschaft gelebt, die strenge Regeln befolgt, nicht wahr? Herr und Diener feiern nicht gemeinsam.«

»Sie ist doch keine Dienerin, Leonie, sie ist eine Dame.«

»Ohne Makel und über jeden Zweifel erhaben, deshalb hat sie abgesagt. Denn stell dir vor, etliche der Besucherinnen, die hier erscheinen werden, kennt sie im Hemd und ohne Mieder, weiß um ihre körperlichen Vorzüge und Fehler. Wie peinlich wäre es für jene, die Hüterin ihrer Geheimnisse fröhlich plaudernd mit der einen oder anderen oder gar einem der Herren anzutreffen.«

Camilla errötete leicht.

»Ich bin noch immer entsetzlich ungeschickt, nicht wahr? Daran habe ich nicht gedacht.«

»Aber Gawrila. Eine Dame minderen Charakters hätte die Gelegenheit genutzt, neue Kunden zu fangen oder sich gar zu produzieren. Aber sei getrost, Camilla, ich glaube, Gawrila hat den Geist verstanden, in dem die Einladung ausgesprochen wurde.«

»Das hoffe ich. Nun, wollen wir dich in die schwarze Seide von Assiut hüllen?«

»Schwarze Seide?«

»Das Eleganteste, was du je getragen hast!«

Und das stimmte. Ein hauchzartes, von feinsten Silberfäden in einem komplizierten geometrischen Muster durchwobenes Gespinst war zu einem weiten, geraden Überkleid verarbeitet, das sie über den wallenden Hosen und dem zarten Hemd tragen sollte. Eine breite Schärpe ähnlicher Machart hielt das Gewand in der Hüfte zusammengefasst. Unter einer bestickten Kappe mit einem Schleiertuch versteckte sie ihre Haare.

»Unglaublich!«, flüsterte Leonie. »Und was trägst du, um mich auszustechen?«

»Gold!«

Und das tat sie auch. Camilla trug ein goldenes Gewand, bestickt mit goldenen, leise klingelnden Glöckchen und Plättchen. Die enge, ärmellose Jacke jedoch war schwarz und nur mit wenig Borte verziert. Sie hätte aus einem Bild orientalischer Königinnen herausgetreten sein können.

Der Bazar war ein Erfolg ohnegleichen. Der Orientalismus erfreute sich seit einigen Jahren großer Beliebtheit, Reise- und Expeditionsberichte wurden verschlungen, Bilder von Löwenjagden oder Haremszenen bestaunt, die prächtigen Gewänder nachgeahmt, Ghasels gedichtet und Singspiele orientalischen Inhalts aufgeführt. Ein Bazar aber war wirklich eine originelle Idee, und so schlenderten Damen in duftigen Sommerkleidern zwischen den Zelten unter den Bäumen umher, versuchten Herren sich in Pavillons an Wasserpfeifen oder schlürften starken Mokka. Kinder naschten mit klebrigen Fingern türkischen Honig oder solch ausgefallenen Süßigkeiten wie Lippen der Schönheit oder auch eingelegte Datteln und Feigen. Zur Abkühlung gab es geeiste Sherbets oder starken Pfefferminztee. Zahlreich waren auch die Uniformen vertreten, sogar der Festungskommandant Oberst von Huene hatte sich eingefunden sowie der Kommandant der Deutzer Kürassiere, Oberst von Woedke, und einige seiner Herren. Honoratioren der Stadt plauderten entspannt unter schattigem Geäst, und die als Orientalinnen verkleideten Künstlerinnen feilschten mit erbarmungsloser Entschlossenheit mit jedem Käufer. Die Einnahmen für das Waisenhaus stiegen von Stunde zu Stunde.

Selbstverständlich waren auch die Vertreter dieser Anstalt anwesend, und vor allem der Pfarrer Wiegand machte gewichtig seine Runde. Leonie fand ihn unsympathisch und entschwand dezent, als er sich ihrem Stand näherte. Der stiernackige, schwitzende Kleriker mit seiner dröhnenden Stimme schaute ihrer Meinung nach zu oft zu intensiv den Damen ins Dekolleté. Dafür machte es ihr aber eine ganz besondere Freude, für die mageren Jungen und Mädchen, die von einigen Angestellten des Waisenheims streng beaufsichtigt durch den Garten geführt worden waren, zu musizieren. Sie merkte an den vereinzelt verklärt aufleuchtenden Gesichtern, dass diese Art von Genuss ihnen nur sehr selten geboten wurde. Ja, es war eine gute Idee, für sie Geld zu sammeln. Und es war noch eine viel bessere Idee von Frau Waldegg, dem Waisenheim nicht die Summe, sondern sorgfältig ausgewählte Sachspenden zu übergeben, deren korrekte Verwendung man sichtbar überprüfen konnte. Genau wie diese freundliche, aber realistische Dame hatte auch Leonie durch Edith oft genug erfahren, dass Geld nur zu gerne in solchen Institutionen zu versickern drohte.

Ursel und Lennard amüsierten sich ebenfalls göttlich, stellte sie fest. Das Geschäft mit den Mäusen blühte, und Ursel hatte sehr schnell gelernt, wie man den Interessenten das Geld aus der Tasche locken konnte. Lennard war nicht ganz so gut im Handeln, aber er hatte eine schlitzohrige Art entwickelt, anderen Knaben den Einsatz der Tierchen schmackhaft zu machen, in dem er gewisse Situationen heraufbeschwor, die ihnen vermutlich nicht ausschließlich Lob, aber großes Vergnügen einbringen würden.

Camilla war überall, scherzte hier, lächelte dort, hatte ein Ohr für vertrauliche Wünsche, schickte Dienstmädchen mit Erfrischungen herum und ließ feuchte Tücher bringen, um verschmierte Gesichtchen und Hände zu reinigen. Ihr Gatte wandelte wohlwollend zwischen den Besuchern umher, und Leonie konnte nicht umhin festzustellen, dass er vor Stolz auf Camilla strahlte.

Am frühen Nachmittag hatte Leonie keine Spieldosen mehr zu verkaufen und gönnte sich eine kleine Pause in dem Zelt, in dem die gekühlten Fruchtsäfte angeboten wurden. Und natürlich auch Champagner. Camilla ließ sich anmutig neben sie auf das Polster gleiten und reichte ihr ein Glas.

»Das hast du dir verdient, Leonie. Es war dein Vorschlag, und nun schau dir das an!«

»Ja, es ist erfolgreich!«

»Sebastienne zählt und rechnet und bekommt ein immer breiteres Grinsen. Ich glaube, unsere Schätzungen sind bereits weit überschritten.«

»Ich bin ausverkauft, Scherenschnitte gibt es nicht mehr, ein letztes Perlentäschchen habe ich noch gesehen, und die Blumenbilder hätten wir viermal so oft verkaufen können.«

»Nächstes Jahr!«

»Ja, so etwas sollte man wiederholen.«

Zufrieden reckte Leonie sich in den Polstern. Diese Kleider waren wirklich ausnehmend bequem!

»Der Herr dort in der schwarzen Uniform, sucht er dich?«

»Welcher Herr? Ah, Lützows wilde verwegene Jagd!«

»Wilde Jagd? Jäger?«

»Ah nein. Die Herren vom Regiment Lützow tragen traditionsgemäß Schwarz.«

Leonie winkte Ernst zu, und er trat zu ihnen.

»Camilla, darf ich Ihnen Leutnant Ernst von Benningsen vorstellen? Er ist mir und meinem Mann ein besonders guter Freund! Und, Ernst, Frau Jacobs hat bisher das Geheimnis der wilden Jagd noch nicht ergründet. Bitte hilf doch diesem betrüblichen Missstand ab!«

Hoheitsvoll und gnädig nickte Camilla, und Leonie beobachtete, wie Ernst vor Bewunderung geradezu dahinschmolz. Sie verließ die beiden, um sich im Haus zu erfrischen und dann bei dem letzten Höhepunkt, der Versteigerung von Jussufs Bildern, mitzuhelfen.

Sie war eben auf dem Weg zum Pavillon, als sie Hendryk über den Rasen kommen sah. Fröhlich winkte sie ihm zu, er stutzte und lachte dann auf.

»Leonie, kann das wahr sein? Sie sehen vollkommen verändert aus. Ein exquisites Kleid tragen Sie da. Assiut, nicht wahr?«

Sie war nicht mehr erstaunt darüber, dass er solche Dinge erkannte.

»Ja, daher stammt es wohl. Es ist – mh – sehr luftig und angenehm.«

»Dem heißen Klima angemessen. Wie laufen die Geschäfte?«

»Not too bad, wie Mistress Fitzgerald unterkühlt zu sagen pflegt. Oder, um es mit Lennards gröberen Worten auszudrücken: kolossal!«

»Es ist ein wahres Gedränge, das ihr hier organisiert habt.«

»Kommen Sie, ich möchte Sie Camilla vorstellen. Eben habe ich zwar schon Ernst an sie für immer verloren, aber das Risiko muss ich auf mich nehmen. Aber ich warne Sie, Hendryk, Männer verfallen ihr restlos. Vor allem heute.«

»Ich werde mich an Sie klammern wie ein Ertrinkender an einen Strohhalm, Leonie.«

Sie hakte sich bei ihm ein, und zusammen gingen sie zu dem Sherbet-Stand, wo ihre Gastgeberin mit zwei weiteren Offizieren plauderte. Sie hob eben den Kopf, um zu ihnen hinzusehen, als sich ihre Augen plötzlich weiteten und ihr das Glas mit dem Champagner aus der Hand fiel. Mit einer raschen Bewegung erhob sie sich, während die Herren sich nach dem Kelch bückten.

»Verzeih, Leonie. Mir ist gerade etwas eingefallen. Ich muss dringend in die Stadt!«

Hendryk ließ ihren Arm los und drehte sich um. Mit einem Schritt war er hinter dem Stamm eines Baumes verschwunden und entzog sich ihrer Sicht.

Verdattert blieb Leonie einen kleinen Moment stehen, wo sie war, dann raffte sie sich zusammen. Ganz eindeutig hatte ihre Freundin in Hendryk einen Bekannten erkannt. Und ganz ebenso eindeutig hatte er sie erkannt. Beide aber wollten wohl ein Zusammentreffen um jeden Preis vermeiden.

Nun gut, dann war das wohl so. Sie lächelte dem Rittmeister von Crausen zu, der jetzt von Camillas Seite gewichen war. Er blieb ein wenig überrascht stehen und schlug sich dann theatralisch an die Stirn.

»Unter allen Schönheiten des Orients gibt es immer neue Blumen zu entdecken. Frau Mansel, ich hätte Sie tatsächlich nicht erkannt in diesem Hauch von einem Gewand.«

»Da sind Sie nicht der Erste und Einzige. Selbst meinem Gatten schien ich fremd.«

Camilla tauchte neben ihr auf und legte ihr sacht die Hand auf den Arm.

»Es tut mir leid, euch unterbrechen zu müssen, aber wir haben uns nun dringend um die Versteigerung zu kümmern. Von Ihnen, Rittmeister, erwarte ich höchste Gebote!«

Der Druck auf ihrem Arm wurde nachhaltiger, und Leonie folgte Camilla zu dem Pavillon, in dem die Bilder ausgestellt waren.

Leise sagte sie im Gehen: »Ich erkläre es dir später. Bitte, Leonie, bitte vertrau mir.«

»Schon gut. Lassen wir die Versteigerung ankündigen.«

Sie räumten die Bilder zur Seite und zogen den Tisch vor, an dem Jacobs selbst die Auktion leiten würde.

Nach der äußerst gelungenen Versteigerung löste sich die Gesellschaft allmählich auf. Nur wenige Stücke waren nicht verkauft worden, und der Erlös überschritt die kühnsten Erwartungen. Zufrieden versammelte sich das kleine Komitee im Salon und streckte die müden Beine aus.

»Erstaunlich, wer alles gekommen ist.«

»Der Generalin von der Lundt denke ich, ist ein für alle Mal der Schlund gestopft!«

»Und sogar die hochnäsige Sonia von Danwitz hat nur gierig eingekauft und kaum Gift verspritzt.«

»Aber der Pfarrer Wiegand hat mir auf – äh – die Kehrseite geklopft.«

»Ich hoffe, du hast ihm in sein feistes Gesicht geklopft!«

»Verbal. Ich habe ihm gesagt, ich hätte gehört, es solle sogar unter der Geistlichkeit Herren von Erziehung geben. Ob er einen kenne.«

»Der nicht, der weiß noch nicht mal, wie man Erziehung schreibt. Und so etwas leitet ein Waisenheim. Vermutlich müssen wir ihm sehr genau auf die Finger schauen.«

»Und gegebenenfalls draufklopfen!«

Sie waren alle erschöpft und ein bisschen aufgedreht, und Leonie sehnte sich allmählich danach, in ihrem eigenen Wohnzimmer Ruhe zu finden. Sie nickte Camilla zu.

»Ich rufe deine Rike, damit sie die Kinder einsammelt, Jacobs wird euch nach Hause fahren lassen. Willst du oben deine Kleider wechseln?«

»Danke, ja. Ich glaube fast, ich kann keinen Fuß mehr vor den anderen setzen.«

»Es war anstrengend, aber schön.«

Camilla folgte ihr in ihr Boudoir und half ihr, sich umzuziehen. Dabei schwiegen sie, bis die Ägypterin sagte: »Ich habe hier ein kleines Geschenk für die Zwillinge. Die beiden lesen doch gerne, nicht wahr?«

»Bücherwürmer sind sie.« Leonie nahm das schön verpackte Buch an sich und bedankte sich. »Ich gebe es ihnen aber erst morgen. Ich fürchte, heute werden sie nur noch gefüttert und zu Bett geschickt.«

»Leonie?«

»Ja?«

»Ich bin deine Freundin. Was immer geschieht, was immer du erfährst, was immer man dir sagt.«

»Und mein Mann ist mein Mann, was immer geschieht.«

»Du liebst ihn sehr, nicht wahr?«

»Ja, das tue ich wohl.«

Camilla umarmte sie heftig, und Leonie spürte heiße Tränen an ihrer Wange. Dann löste sich ihre Freundin und verließ das Zimmer.

Ja, die beiden kannten einander. Sehr gut, wie es schien.

Beobachtungen

Da ich ein Knabe war,
Rettet' ein Gott mich oft
Vorm Geschrei und den Ruten der Menschen.

Hölderlin: Da ich ein Knabe war

Lennard hatte einen Verweis bekommen, und etwas betreten musste er ihn nun Frau Mansel beichten. Er hoffte, sie würde nicht zu traurig darüber sein. Sie schimpfte nur ganz selten, und dann war das auch richtig. Und geschlagen worden waren weder er noch Ursel bisher in diesem Haus. Aber es gab Dinge – na ja, da wusste er schon selbst, dass die nicht ganz richtig waren –, die betrübten sie.

Gut, er hatte die Maus aufgezogen und in der langweiligen Stunde von Fräulein Winter, einer grauhaarigen alten Jungfer, lossausen lassen, und der Literaturunterricht wurde dadurch doch recht unterhaltsam aufgefrischt.

Nun musste er die »Glocke« auswendig lernen. Ein elend langes Gedicht.

Und einen Verweis hatte er bekommen. Im Buch vermerkt.

Würde auch im Zeugnis stehen.

Nächste Woche.

Er brachte es am besten gleich vor dem Essen hinter sich.

Und zwei Pfennige für ein Sträußchen von der Blumenfrau wollte er auch opfern. Darüber hatte sie sich das letzte Mal sehr gefreut.

Mit dem Bund aus Margeriten und kleinen Röschen stand er also nun im Wintergarten und scharrte ein wenig mit den Füßen. Frau Mansel, die in dem Buch las, das ihnen die nette Frau Jacobs geschenkt hatte, sah auf, und ihre hübschen goldbraunen Augen leuchteten, als sie die Blumen sah. Dann aber wurde ihr Gesicht ernst und streng.

»Lennard, ich wüsste nicht, welch hohes Fest wir heute feiern, also scheint mir deine Gabe wohl den Sinn zu haben, mich gütlich zu stimmen.«

Entsetzlich, wie diese Frauenzimmer einen immer durchschauten. Er murmelte etwas und ärgerte sich, dass er rot wurde.

»Wen hast du verprügelt?«

»Niemanden, Frau Mansel. Ehrlich nicht.«

»Eine Strafarbeit?«

Er nickte stumm und streckte ihr, er merkte es selbst, ein wenig unbeholfen die Blumen hin. In ihrem Gesicht zuckte es. Ob sie weinen würde. Gott, bloß das nicht!

»Ich ... na ja, da war die ... Wir hatten noch eine Maus übrig!«, stieß er hervor.

»Aha. In welcher Lektion?«

»Literatur, bei Fräulein Winter.«

»So. Ja, die Stunde hätte ich auch gewählt.«

»Was?«

Vollkommen verdattert sah er in Frau Mansels zwinkernde Augen.

»Hast du einen Verweis bekommen?«

»Ja. Und die ›Glocke‹.«

»Dann bist du bestraft genug.«

»Sie sind nicht böse?«

»Du weißt doch selbst, dass es nicht – mh – ganz ›de bon ton‹ war, oder?«

Kleinlaut nickte er. Aber dann kam die Erinnerung wieder. »Sie ist auf den Stuhl geklettert und hat gequiekt!«

»Auch nicht ›de bon ton‹.«

»Nein, nicht. *Sie* würden ja noch nicht mal bei einer echten Ratte quieken.«

»Lass es lieber nicht darauf ankommen, Bürschchen!«

Er erhielt einen Klaps und wurde zum Essen geschickt.

Mann, war das ein prima Frauenzimmer! Und wenn er die ganze Nacht über Schillers Versen hinge, morgen würde er das Gedicht können!

Aber eine kleine Ablenkung gab es denn doch noch. Der Herr war zu ihnen ins Schulzimmer gekommen und hatte freundlich nachgefragt, woran man denn so arbeitete. Ursel hatte ihm aus dem Buch vorgelesen, was sie sehr gut konnte. Und Lennard und der Herr hatten gelauscht, was diese Schriftstellerin – man stelle sich vor, eine Frau, die ein ganzes Buch geschrieben hatte! –, also diese Christiane Benedikte Naubert zu erzählen wusste. Es nannte sich »Almé oder Ägyptische Märchen«.

Ursel las: »*Die Almé der Ägypter gehört zu dem Luxus dieses Landes. Diesen Namen führen eine gewisse Art Mädchen, die, um das Publikum mit ihren Talenten ergötzen zu können, eine sorgfältigere Erziehung genossen. Schönheit der Stimme, Kenntnis der Musik und der Dichtkunst muß bei einer Person, die sich zu dieser Lebensart begibt, mit Anstand, Weltsitte und körperlichen Reizen verbunden sein. Daß ihr Ursprung sehr alt ist, erhellt aus dieser Geschichte. Ein Lieblingsvergnügen der Ägyptischen Damen ist noch jetzt, die Almé kommen zu lassen. Auch bei großen Gastmahlen, welche die Vornehmen geben, spielen diese Mädchen ihre Rolle, doch gehören diejenigen, welche auf diese Art öffentlich figurieren, schon unter die unedlere Klasse dieses Ordens. Ihr Geschäft und das Mittel, die Anwesenden zu unterhalten, ist üppiger Tanz und verliebte Gesänge. Die Almé des innern Palasts läßt sich nie zu so kleinen Künsten herab, sie erscheint nur vor Damen, höchstens in Gegenwart derselben vor den Brüdern und Söhnen des Hauses. Sie unterhält ihre Freundinnen (als Freundin wird sie von den Größten behandelt und immer großmütig belohnt) mit religiösen und moralischen Erzählungen, in welchen aber Liebe und Fabelwerk nicht fehlen darf, oder mit zärtlich traurigen Gesängen, für welche ihre Landsmänninnen einen entschiedenen Geschmack haben. Die Kleidung dieser höhern Klasse von Virtuosinnen ist ungemein schön und anständig. Ein schwarzes seidnes Gewand mit einem weiten schleppenden Überwurf von weißem Flor fließt in gefälligen Falten um sie her; ein goldner Gürtel faßt es dicht unter der Brust zusammen, und dem dunkeln natürlich gelockten Haar darf einiger Schmuck nie fehlen. Die Kostbarkeit desselben ist Beweis von der Würde der Almé und den Belohnungen, die ihre Verdienste erhalten.*«

Während sie das vortrug, waren Lennard einige seltsame Gedanken gekommen.

Dem Herrn offensichtlich auch. Er bat, sich das Buch näher ansehen zu dürfen, und runzelte ziemlich erstaunt die Stirn, als er die Widmung darin las. Denn Frau Jacobs hatte geschrieben: »Für die zwei tapferen Mäuschen, von Gamila Jacobs. Mögen die ewig schweigenden Geister der Vergangenheit über euch wachen.«

»Sie ist eine sehr gütige Dame, behandelt das Buch sorgsam«, hatte er nur gesagt und war dann gegangen.

»Das war komisch, nicht?«, fragte Ursel.

»Ja. Weißt du, ich glaube, die Frau Jacobs ist so etwas wie diese Almé. Sie ist so schön und bewegt sich so … so …«

»Fließend. Ja, das tut sie.«

»Ursel, ich glaube, sie war es, die ich damals in dem Keller gesehen habe. Ihre Stimme ist auch so ähnlich. Dieser Dialekt.«

»Akzent. Aber das kann ich nicht glauben. Die Menschen da waren schlecht.«

Lennard schüttelte heftig den Kopf.

»Sie hat ja auch nicht dazu gehört. Sie hat auch keinen Tierkopf getragen, nur einen dichten Schleier.«

»Trotzdem. Wir müssen vorsichtig sein. Ich bin sicher, die würden ziemlich sauer auf uns sein, wenn die wüssten, dass wir sie erkannt haben.«

»Und jetzt auch noch dieser schmierige Pfarrer Wiegand.«

»Ja, der auch noch. Dieses scheußliche Lachen.«

Ursel schüttelte sich.

Zwei ernste Gespräche

Ich habe bei mancher Gelegenheit Gegenwart des Geistes und Kaltblütigkeit als Haupterfordernisse zu allen Geschäften und Verrichtungen ... empfohlen; nirgends aber sind uns diese Eigenschaften notwendiger als in Vorfällen, wo wir oder andere in augenscheinlicher Gefahr schweben.

Freiherr von Knigge: Über das Betragen bei verschiedenen Vorfällen im menschlichen Leben

»Mansel, ich bedauere, aber ich muss ein ernstes Gespräch mit Ihnen führen!«

Der ansonsten so joviale Oberbergamtsrat von Alfter sah beinahe zerknirscht aus, die Sache schien ihm unangenehm.

Hendryk folgte ihm in sein Arbeitszimmer und nahm auf die brüske Handbewegung hin auf dem Stuhl vor dem Schreibtisch Platz. Ironischerweise erinnerte ihn dieses Arrangement an das ebenfalls sehr ernste Gespräch, das er mit seinem Sekretär geführt hatte.

Nun, es war nicht auszuschließen, dass ihm ebenfalls ein Rausschmiss drohte.

»Mansel, mir sind einige eigenartige Gerüchte zu Ohren gekommen. Ich bin kein Mann, der solchem Geschwätz zu viel Gewicht beilegt, also erlauben Sie mir ein offenes Wort.«

»Natürlich, Herr Oberbergamtsrat.«

»Es heißt, Sie hätten sich während Ihrer Algerienzeit in gewisse Unregelmäßigkeiten verstrickt. Und seien auch zuvor mit dem Gesetz in Konflikt geraten.«

»Sie werden mir die Frage gestatten, wer so etwas behauptet.«

»Der Festungskommandant will es erfahren haben. Und Ihr Schwiegervater, Gutermann.«

Bredow, dachte Hendryk bei sich. Es zog Kreise.

»Ich kann es Ihnen nicht widerlegen, Herr Oberbergamtsrat!«, antwortete er gefasst, denn das war die schlichte Wahrheit. Er konnte es nicht, ohne seine Maske abzulegen.

»Mann Gottes, Mansel. Sie enttäuschen mich!«

»Das bedaure ich sehr. Ich bitte Sie, meine Kündigung hiermit entgegenzunehmen.«

Der arme Oberbergamtsrat sah ihn fassungslos an.

»Einfach so?«, stammelte er.

»Ich habe meine Arbeit für Sie immer korrekt und mit Sorgfalt erledigt. Aber meine Vergangenheit mag das Gewicht verlagern. Ich möchte Ihnen nicht zumuten, mit einem Mann wie mir weiter in Kontakt zu stehen.«

Von Alfter schüttelte nur den Kopf.

»Ich nehme die Kündigung nicht an, Mansel, aber betrachten Sie sich als beurlaubt, bis – mh – die Wogen sich etwas geglättet haben. Man hat mich darauf aufmerksam gemacht, Sie könnten möglicherweise aktuell Unterschlagungen begangen haben, und das möchte ich gerne ausräumen. Oder haben Sie?«

Hendryk unterdrückte ein bitteres Lachen.

»Nein, Herr Oberbergamtsrat. Darauf gebe ich Ihnen mein Ehrenwort, wenn Ihnen das etwas wert ist.«

»Ist es, ist es. Und – mh – ich hörte, Sie haben Ihren Sekretär entlassen. Könnte womöglich dieser Mann auf Ärger sinnen?«

»Ohne Zweifel.«

»Was war der Grund für Ihre Entscheidung? Verließ er Sie im Zorn?«

»Ja. Ich warf ihn ohne Zeugnis raus, weil er der Zofe meiner Frau Gewalt angetan hat.«

Der Oberbergamtsrat lief rot an und hüstelte. »Großer Gott«, war sein einziger Kommentar.

»Darf ich die Angelegenheit damit als beendet ansehen?«, fragte Hendryk.

»Sie dürfen.« Noch immer kopfschüttelnd stand von Alfter auf und begleitete Hendryk zur Tür. »Ich habe Sie immer für einen achtbaren Mann gehalten, Mansel. Ich weiß einfach nicht, was ich denken soll.«

»Ich kann Ihnen nicht mit Erklärungen helfen, Herr von Alfter. Es tut mir leid.«

»Sind Sie in Schwierigkeiten?«

Lächelnd sah Hendryk den polterigen, aber in seinem Herzen gütigen Mann an.

»Ja. Aber ich bin auf dem Weg, sie zu lösen. Mehr kann ich Ihnen nicht sagen.«

»Dann gehen Sie mit Gott, Mansel. Und richten Sie Ihrer Gattin meine Verehrung aus. Dieser Bazar war ein außerordentliches Ereignis.«

In vielerlei Hinsicht, dachte Hendryk und nahm den nächsten Schritt in Angriff.

Ein Zettelchen mit drei stümperhaft in arabischer Schrift geschriebenen Worten war in Frau Jacobs' Hände gelangt, und als Antwort hatte er einen versiegelten Umschlag in seinem Büro vorgefunden, in dem ein unsigniertes Blatt steckte, auf dem »Ginkgobaum, Freitag, zwei Uhr« stand.

Der Botanische Garten war kein schlechter Treffpunkt, die Öffentlichkeit dienlicher als Heimlichkeit. Und die Gefahr des Belauschtwerdens in den frühen Mittagsstunden recht gering. Zumal es gerade heute ein schwüler Tag war und ein Gewitter dräute.

Er brauchte nicht zu lange zu warten. Camilla Jacobs, in Begleitung ihrer schweigsamen Dienerin, erschien bald nachdem die Glocken der Kirchen zweimal geschlagen hatten. In dem Park war alles ruhig, bis auf einige Kindermädchen, die die ihr anvertrauten Sprösslinge ausführten.

Sie stand vor ihm, schöner fast noch, als er sie in Erinnerung hatte, und ihre dunklen Augen lagen lange und voller Sehnsucht auf seinem Gesicht.

»Nein, Gamila«, sagte er leise, und Trauer schwang in seinem Ton mit. »Mein Bruder ist wirklich tot. Und ich bin es für die Welt auch.«

Tränen rollten langsam über ihre Wangen.

»Die Hoffnung …«

»Ja, die Hoffnung stirbt zuletzt.«

Sie tupfte mit einem Tüchlein ihr Gesicht ab und schlug mit einigermaßen gefasster Stimme vor: »Lass uns ein wenig umhergehen.«

»Selbstverständlich.«

Er bot ihr seinen Arm und wählte einen verschwiegenen Pfad zwischen den Büschen.

»Was ist ihm geschehen?«

»Ein Unfall, Gamila.«

»Nein, kein Unfall.«

»Doch, ein Unfall. Ich war bei ihm, Gamila, und sein letztes Wort galt dir. Liebe, sagte er, und ich denke, er ist mit deinem Bild im Herzen zu den Sternen aufgestiegen.«

Sie blieb stehen und schluchzte herzzerreißend auf. Er nahm sie in den Arm und hielt sie eine Weile, bis sie, er wusste, mit großer Willensstärke ihre Haltung wiedergewonnen hatte. Leise redete sie nun: »Jussuf kam zurück, aber er schwieg. Er schwieg und schwieg und schwieg. Wir dachten, er habe vollständig die Sprache verloren. Er malte wie besessen. Aber er schwieg.«

»Auch das tut mir leid. Ich verdanke ihm mein Leben.«

Sie wanderten wortlos weiter. Plötzlich blieb die Ägypterin stehen und maß ihn mit trockenen, unergründlichen Augen.

»Nein, es war kein Unfall. Belüge mich nicht.«

Hilflos ließ er die Arme sinken. Frauen hatten einen untrüglichen Sinn dafür, wann man ihnen die Wahrheit verschwieg. Das hatte er in der letzten Zeit nur allzu oft erfahren. Und sie waren bei Weitem stärker, als man es ihnen gemeinhin unterstellte. Das war ihm inzwischen auch klar geworden.

»Es war Mord, nicht wahr? Und du bist auf der Suche nach seinem Mörder. Darum die Verkleidung, Hendryk.«

»Ja.«

Was sollte er leugnen.

»Wie kann ich dir helfen?«

»Ich brauche Jussufs Aussage.«

»Er hat mitbekommen, was geschah, ist es nicht so? Und es war so grausam, dass er nicht mehr reden wollte.«

»Ich fürchte es. Wo ist er jetzt?«

»Wieder nach Kairo zurückgekehrt. Er spricht auch wieder, er schreibt mir. Aber über das, was damals geschah, hat er nie ein Wort verloren.«

Sie wirkte nun sehr gefasst, sehr sachlich. Mit einem Seufzer der Erleichterung atmete er auf.

»Könntest du ihm – sehr vorsichtig – mitteilen, ich benötigte noch einmal seine Hilfe?«

»Ich werde den Shaitan selbst überreden, dir zu helfen, wenn es sein muss. Jussuf hat euch verehrt, ihr habt ihm große Möglichkeiten eröffnet. Wenn er weiß, dass du lebst, wird er dir helfen. Und mir auch!«

Die letzten Worte waren nur ein leises Zischen, und er wusste, der Gedanke an Rache war in ihr genauso groß wie in ihm.

»Bring dich und ihn nicht in Gefahr, Gamila. Der Mörder, sollte er herausfinden, dass ich seinen Anschlag überlebt habe, wird keinen Augenblick zögern, mir und allen, die mir helfen oder die mir lieb und teuer sind, den größten Schaden zuzufügen.«

»Wer ist es?«

»Du weißt es besser nicht.«

Sie überlegte einen Moment, dann nickte sie.

»Ja, Unbefangenheit mag einfacher sein als Verstellung, wenn man hasst.«

»Wie klug du bist.«

»Ja, klug genug. Hendryk – Ursel und Lennard sind seine Kinder, oder täusche ich mich da sehr?«

»Sie sind die Kinder meines Bruders. Ich muss auch sie schützen.«

»Natürlich. Sie und Leonie. Soweit ich kann, das verspreche ich dir, werde ich ebenfalls über sie wachen.«

»Danke. Das mag irgendwann hilfreich sein.«

»Leonie weiß nichts davon?«

»Sie weiß, dass die Zwillinge Abkömmlinge meines Bruders sind, der unter tragischen Umständen gestorben ist. Sie weiß, dass ich nicht Hendryk Mansel, der ehemalige Söldner bin, aber sie fragt nicht. Ich rechne es ihr hoch an.«

»Sie wollte einmal wissen, ob ich dich kenne. Sie weiß es jetzt – aber sie hat auch mich nicht wieder gefragt. Hendryk, sie ist eine bemerkenswerte Frau. Sie hat mich vor den Hyänen der guten Gesellschaft beschützt, sie hat mir die Gelegenheit verschafft, mich trotz aller schäbigen Gerüchte zu etablieren.«

»Meine Löwin!«, sagte er lächelnd. »Ich habe ein, zwei Kostproben ihres Kampfesmuts erlebt.«

Unter ihren langen Wimpern blickte sie zu ihm hoch, sagte aber nichts. Er wunderte sich etwas darüber, überging es aber.

»Wir sollten über eine Möglichkeit nachdenken, unentdeckt in Kontakt zu bleiben«, überlegte er stattdessen laut.

»Ja, das sollten wir. Erreiche ich dich über dein Büro?«

»Leider nicht mehr.«

Er erzählte ihr von seinem vormittäglichen Gespräch.

»Über den Leutnant vielleicht? Er ist dein Freund, nicht wahr?«

»Lieber nicht. Schreib mir unter dem Namen Jens Wagner nach Hause, aber gib deiner Schrift einen männlichen Zug. Jens ist ein Vermesser in Bonn, niemand wird einem solchen Absender bei uns Aufmerksamkeit schenken.«

»Gut, dann wirst du zierlichere Federn verwenden und als meine Putzmacherin auftreten.«

Sie tauschten die Namen aus und schlenderten dann weiter. Hendryk bat: »Wenn du deinem Bruder schreibst, frage ihn, ob er jemals erfahren hat, wohin sich unser verrückter Altertumsforscher begeben hat. Erich Langer, er war Corporal, aber seine ganze Leidenschaft galt der alten Geschichte. Er hat damals sehr sorgfältig Tagebuch geführt. Auch das könnte mir helfen.«

»Erich Langer, Corporal. Gut, ich werde ihn erwähnen.« Und dann, nach einigen Schritten, fragte sie: »Wäre es nicht besser, auf lange Sicht, wenn Leonie Bescheid wüsste?«

»Du meinst, weil es auch dir jetzt schwerfallen wird, dich zu verstellen?«

»Oh, ich bin eine Meisterin in der Verstellung. Aber leider ist Leonie eine Meisterin der Entlarvung. Auf diesem Maskenball – du warst der schöne Chevalier, ich hätte es mir denken können! – hat sie mir zugeflüstert …«

»… dass Zimmermädchen sich nicht so elegant bewegen! Ich habe dich nicht erkannt. Aber die Verwandlung ist mir aufgefallen, als sie sich vollzog.«

Ein ganz kleines Lächeln huschte über ihre Züge.

»Ich ringe seit Wochen damit, ob ich sie einweihen soll oder nicht. Aber nun bin ich zunächst einmal beurlaubt, und ich denke, ich werde die Gelegenheit nutzen, mit der Familie Ferien zu machen. Denn bevor ich nicht Antwort von deinem Bruder habe, ist es am besten, so unsichtbar wie möglich zu bleiben. Ich gebe dir Bescheid, wo du mich ereichen kannst. Vermutlich werden wir nach Königswinter fahren, Leonies Onkel besuchen. Dort hatten die Kinder großen Spaß.«

»Woraus ich schließen darf, Hendryk, dass sich der Mörder derzeit in Köln befindet.«

»Du bist leider erschreckend scharfsinnig.«

Als er wieder in ihr Gesicht sah, erkannte er, dass sie wusste, wer es war.

Und dass er nicht den leisesten Hauch von Gnade zu erwarten hatte.

»Wenn du ihn stellst, lass mir meinen Anteil!«, sagte sie ruhig.

Ferien auf dem Lande

DAZU KOMMEN NACH UND NACH GEWOHNHEIT, BEDÜRFNIS, MITEINANDER ZU LEBEN, GEMEINSCHAFTLICHES INTERESSE, HÄUSLICHE GESCHÄFTE …, FREUDE AN KINDERN, GETEILTE SORGFALT ÜBER DERSELBEN ERZIEHUNG …

Freiherr von Knigge: Vom Umgange unter Eheleuten

Leonie war überrascht von dem recht unerwarteten Vorschlag ihres Gatten, die heißen Monate in Königswinter zu verbringen, aber mit großer Freude machte sie sich an die Vorbereitungen. Pastor Merzenich hatte ihnen ein kleines Haus besorgt, das sie für sechs Wochen mieten konnten, und Rike bekam ihre große Stunde. Nicht als Zofe, sondern als durchaus kompetente Hausverwalterin. Natürlich waren ihre Mahlzeiten nicht so exquisit wie die von Jette, aber herzhafte Kost brachte sie schmackhaft auf den Tisch, und manchmal machte es sogar Leonie Spaß, Fische zuzubereiten, die der Pastor, Hendryk und natürlich Lennard aus dem Rhein geangelt hatten. Oft gingen sie auch in den Wirtshäusern am Ufer essen oder veranstalteten Picknicks irgendwo im Siebengebirge. Vor allem, wenn der Pastor sie wieder auf Fossiliensuche mitnahm.

Das war allen zusammen ein besonderes Vergnügen. An zwei, drei Regentagen hatte ihr Onkel den Zwillingen seine Sammlung gezeigt und erläutert. Sie selbst hatte dabei auch die Bekanntschaft mit alten Freunden erneuert – mit versteinerten Muscheln, Seeanemonen, seltsamen, lang geschraubten Schneckentieren, Fragmenten von Fischflossen und natürlich den schönen, gewundenen Schlangensteinen.

»Ammoniten, tatsächlich? Sie fanden sie hier?«

Auch Hendryk hatte seine Freude an den Funden und diskutierte mit dem Pastor unermüdlich über Schichtenzuordnungen und Erdzeitalter.

»Sie sind ein bewanderter Mann in diesen Dingen, Hendryk. Sie hätten bei Noeggerath drüben in Bonn studieren sollen.«

»Nun, auch die Bergakademie Freiberg war sehr lehrreich. Und eine ausgiebige Expedition nach Wales auch.«

»Das ist allerdings eine Erklärung für Ihre ausgezeichneten mineralogischen Kenntnisse. Sie hätten die Universitätslaufbahn einschlagen sollen, junger Freund.«

»Das Abenteuer lockte.«

»Ja nun, das passiert.«

Pastor Merzenich war ein feinfühliger und diskreter Mann, der ihren Gatten nicht mit Fragen traktierte, das wusste Leonie und nahm gerne an diesen Gesprächen teil. Als sie einen besonders schönen Ammoniten aus seinem Kästchen nahm, warf Hendryk einen lächelnden Blick darauf und erzählte erstaunlich freimütig: »Mit einem solchen Fossil begann meine Leidenschaft für die Steine, Pastor.«

»Das ist verständlich. Mir ging es ähnlich. Die Formen, die die Schöpfungskraft in der Natur hervorruft, können einen Menschen in ihren Bann ziehen. Wie fanden Sie Ihren ersten Ammoniten?«

»Unter dramatischen Umständen, wie es sich gehört, Pastor. Wir waren jung noch, mein Bruder und ich, gerade mal fünfzehn, und – wie gesagt, das Abenteuer lockte. Mit einigen Freunden wollten wir zu einem geheimnisumwitterten Ort oben im Wald wandern, um die Geister zu jagen, von denen allerorts die Sage ging. Eine Mutprobe, wie Jungen sie immer wieder einmal brauchen. Es hieß, dort oben gäbe es einen geheimnisumwitterten Taufstein, an dem die Heiden in alter Zeit – nun ja, ein wenig zwangsweise bekehrt wurden. Wer nicht dem Heidentum abschwor, den sah man nie wieder, und es hieß, jene Menschen seien über den Deister gegangen.«

»Begegneten Ihnen kopflose Gespenster?«, wollte Leonie mit einem Augenzwinkern wissen.

»Wir waren tapfere Männer, Leonie, niemand von uns hätte zugegeben, dass er bei jedem Rascheln des Gebüsches erwartete, von kalter Geisterhand berührt zu werden, niemand zeigte sein Zusammenzucken, wenn der Kauz seinen unheimlichen Schrei ertönen ließ, niemand hätte gewagt, sich vorzustellen, die im Mondlicht tanzenden Schatten gehörten rachsüchtigen Heidenseelen. Nein, mein Weib, wir trafen keine Geister.«

»Wie überaus bedauerlich.«

»Dennoch war es schauerlich. Wir übernachteten, mutig wie wir waren, ganz in der Nähe des berüchtigten Blutsteins, und ich fürchte, keiner von uns fand einen besonders erquickenden Schlaf in dieser Nacht, zumal einer unserer Freunde uns auch noch zur Mitternacht zu einem heidnischen Ritual verleitet hatte, bei dem alte Götter angerufen wurden und ein jeder einen Blutstropfen auf den berüchtigten Stein fallen lassen musste.«

»Solche Dinge können gefährlich sein!«, warf der Pastor unerwartet ernst ein.

»Da stimme ich Ihnen zu. Wenn schon nicht die alten Götter, so weckt man doch die alten Ängste mit dererlei Hokuspokus. Manch einen verfolgen sie lange danach noch.«

»Sie auch?«

»Ich fürchte, ich bin zu nüchternen Gemüts. Nein, als die Sonne aufging – und es war ein Sonnenaufgang an jenem Morgen, der jeden Ungläubigen bekehrt hätte –, waren meine Ängste verflogen. Mein Bruder und ich machten uns auf die Suche nach anderen Dingen als Geistern. Wenn die Heidentaufe ein geschichtsträchtiger Ort war, dann mussten sich dort auch Artefakte aus alter Zeit finden. Wir hatten mit Begeisterung damals schon Berichte vom Auffinden alter Pharaonengräber, von Ausgrabungen römischer Villen in Pompeji und Funden griechischer Skulpturen gelesen. Haselbüsche gab es genug dort oben!«, fügte er mit einem Grinsen hinzu.

»Schatzsuche mit der Wünschelrute, ja, das musste euch Jungs reizen!«, meinte Merzenich und grinste ebenfalls vergnügt. Leonie wusste, er erinnerte sich an die unterhaltsamen Stunden an Ostern, als sie ihm förmlich den Garten umgepflügt hatten.

»Wurden Sie fündig?«, fragte der Pastor.

»Zu unserer eigenen überaus großen Überraschung, ja! Wir fanden tatsächlich einen alten Goldbecher aus karolingischer Zeit, wie man uns später versicherte. Er steht heute in einem Museum. Aber wir entdeckten, als wir ihn ausgruben, auch noch anderes, nämlich Fossilien. Darunter einen besonders gut erhalten Ammoniten. Und damit begann die Leidenschaft mehr für Steine als für die Relikte menschlicher Vergangenheit.«

Leonie hatte augenblicklich das Bild jenes geschliffenen Ammonshorns vor Augen, das sie in der geheimen Kammer hinter den Schränken gefunden hatte. Möglicherweise hatte er diesen ersten

Fund aufgehoben, und er stammte gar nicht aus Ägypten. Da sie aber natürlich nicht zugeben konnte, das Fossil schon einmal gesehen zu haben, hielt sie den Mund und hörte weiter zu.

»Dennoch, Pastor, jene nächtliche Zeremonie hatte bei unseren Begleitern zur Folge, dass sie sich in den Gedanken verstiegen, den Goldfund hätten wir der Gnade der alten Götter zu verdanken, die uns die magische Kraft des Rutengehens verliehen hatten. Wir machten den Fehler, sie auszulachen, und der Ausflug endete nicht friedlich.«

»Es ist unklug, Abergläubische nicht ernst zu nehmen.«

»Ganz richtig, Pastor. Man muss sie sogar bitter ernst nehmen. Die Auseinandersetzungen eskalierten nämlich bis zu einem geradezu mörderischen Ausmaß, und nur eine harmlose Ringelnatter rettete uns vor schwersten Verletzungen, denn zwei von ihnen gingen mit brennenden Ästen aus dem Lagerfeuer auf uns los. Der Rädelsführer der Magiegläubigen aber hatte eine krankhafte Angst vor Schlangen, und mein Bruder fand diese unscheinbare Natter, als er einen Stein aufhob, um sich damit zu wehren. Statt des Steins warf er seinem Angreifer die Schlange ins Gesicht. Es war, als hätte er ins Haupt der Medusa geblickt. Der Junge versteinerte förmlich vor Angst, und wir konnten ihn überwältigen. Danach vereinbarten wir einen Waffenstillstand und brachten die Blessierten ins Dorf.«

»Eine aufregende Geschichte. Hoffentlich tritt Lennard nicht so deutlich in Ihre Fußstapfen, Hendryk!«

Leonie schwankte zwischen Verständnis und Missbilligung.

»Er wird es, und ihr könnt nur versuchen, ihm genügend Selbstsicherheit und aufrechten Glauben mitzugeben, damit er in solchen und ähnlichen Situationen besonnen handelt und sich nicht von der Gefahr verführen lässt!«, riet ihr Onkel.

»Boxunterricht!«, knurrte Leonie. »Boxunterricht erteilt Mansel ihm!«

Merzenich lachte.

»Sei standhaft im Glauben und standhaft im Ring. Eine gute Mischung, Hendryk!«

Ja, es waren schöne Ferien, die Kinder wurden braun wie die Haselnüsse, und an besonders heißen Tagen badeten sie im Rhein mit einer bunten Ansammlung anderer Rabauken aus dem Ort, kamen schon mal mit aufgeschürften Knien und Kratzern zurück, Ursel nicht minder als Lennard. Rike blühte ebenfalls auf. Ihre schreckliche Erfahrung hatte, wie sie mit größter Erleichterung feststellen konnten, wenigstens keine weiteren Folgen. Wenn sie auch ein bisschen langsam war, sowohl in ihren Bewegungen als auch im Denken, so war sie doch gründlich und sorgfältig. Was immer sie ihr auftrug, erledigte sie. Manchmal umständlicher, als Leonie oder selbst Ursel es getan hätte, aber sie erfüllte ihre Aufgaben immer ordentlich. Den Zwillingen war sie mit aufrichtiger Liebe zugetan, und einmal vertraute sie Leonie an, sie wünschte, sie hätte solche Geschwister.

An einem Wochenende kamen dann auch Sven und Edith von Bonn herüber, und man veranstaltete in Merzenichs Garten ein Fest, bei dem ein Spanferkel über offenem Feuer gegrillt wurde.

»Ach, Leonie, ich freue mich für dich. Du siehst glücklich aus!«, stellte Edith fest, als sie gemeinsam noch einen Verdauungsspaziergang zum Rhein machten.

»Ja, ich bin es auch. Trotz all der unbeantworteten Fragen, die es noch gibt. In den letzten Wochen habe ich fast vergessen, daran zu denken.«

»Er ist ein feiner Mann, dein Hendryk. Der Pastor hat geradezu einen Narren an ihm gefressen.«

»Ganz anders als mein Vater. Hat er sich eigentlich wieder beruhigt?«

»Es sieht so aus. In der letzten Zeit – ich sehe ihn ja nicht sehr oft – scheint er irgendeine befriedigende Beschäftigung gefunden zu haben. Mein Vater meint, er habe einige interessante Geschäfte getätigt, von denen er sich einen hohen Gewinn erhofft.«

»Mein Vater Gutermann? Geschäfte?«

»Er kauft Immobilien.«

»Weitere Bruchbuden, die er für einen Wucherzins vermietet.«

»Man kann es niemandem verbieten.«

»Nein, das kann man nicht.«

Kurzfristig verdüsterte sich Leonies Ferienstimmung, als sie an ihre Familie dachte. Sie verdüsterte sich weiter, als ihre Cousine bemerkte: »Rosalie ist in der letzten Zeit ernst und zurückhaltend geworden. Ich frage mich, ob sie tatsächlich etwas Reife erwirbt.«

»Das muss sie zwingend. So schön diese zugewandte Art bei einem Kind ist, bei einem jungen Mädchen ist es überaus ungehörig. Vielleicht hat meine Stiefmutter das jetzt ja endlich begriffen.«

Sie wandten sich dann aber den ihnen vertrauten Themen der Wohlfahrt zu, und Leonie erhielt noch eine ganze Reihe nützlicher Ratschläge, wie sie den Waisenkindern auch weiterhin auf praktische Art helfen konnte.

Als sie zu den Herren zurückkehrten, wurde aber auch hier gerade das Thema Immobilienkäufe behandelt, was Hendryk etwas zu echauffieren schien.

»Mir sind nur derzeit die Hände gebunden, Sven, denn Bredow hat ganze Arbeit geleistet. Ich bin etwas in Ungnade gefallen!«, hörte sie ihn sagen.

»Ich werde mir den Corporal vorknöpfen«, knurrte der Angesprochene, aber ihr Gatte winkte ab.

»Das macht es möglicherweise noch schlimmer. Lassen wir Gras über die Sache wachsen.«

Es freute Leonie, dass Hendryk auch zu Sven und Edith Vertrauen gefasst hatte. Einige kleine Puzzlesteine aus seinem Leben waren in diesen sonnigen Wochen zu einem Bildausschnitt zusammengefallen. Zum Beispiel die Bemerkung über den Deister – die Redensart »über den Deister gehen« hatte sie neugierig gemacht. Eine derart burschikose Formulierung verwendete er sonst nie, also schlug sie in des Pastors umfangreicher Bibliothek nach und fand tatsächlich den Hinweis auf den Gebirgszug im Hannoverschen, der sich Deister nannte. Ernst von Benningsen, Hendryks alter Freund, stammte daher – das gab der Annahme Gewicht, auch er könne in dieser Gegend aufgewachsen sein. Ob Ernst an jenem Ausflug beteiligt war? Er hatte die Narbe einer alten Brandwunde im Gesicht. Einer der Blessierten aus dem Streit? Möglich, nicht wahr? Hendryk hatte Bergbau studiert, was auch seine Fähigkeiten in der Landvermessung erklärte und es denkbar machte, dass er vielleicht sogar an dieser Expedition des Geologen Russegger teilgenommen hatte.

Er und sein Bruder.

Zwei Mineralogen, Brüder, waren dabei umgekommen.

Seine Albträume, ja, sie waren der Schlüssel zu einer Pforte, die in die Nacht führte.

»Woran denkst du, Leonie? Du siehst so verträumt aus?«

Sven setzte sich neben sie und zog an seiner Pfeife.

»Oh, dies und das. Bald ist unser Aufenthalt hier zu Ende. Es war ein so schöner Sommer.« Sie lächelte ihren Onkel an. »Der schönste meines Lebens.«

»Du hast dich mit deinem Mann arrangiert.«

»Ja, Sven. Deine Warnungen – nun, ich denke, was jenen Söldner betrifft, können wir beruhigt sein.«

»Das denke ich auch. Aber dennoch …«

»Psst, Sven. Ich rühre nicht an Dingen, die Wunden gerissen haben, die kaum verheilt sind. So, wie er es bei mir auch nicht tut.«

»Bist du sicher, dass du dein Geheimnis ihm gegenüber völlig wahrst?«

»Er vermutet das eine oder andere. Vielleicht bringe ich den Mut auf, ihm die Wahrheit zu erzählen. Doch es würde mich unendliche Überwindung kosten, Sven. Und was würde es mir bringen? Abscheu? Verachtung? Bestenfalls Mitleid? Nichts davon kann ich ertragen.«

»Es heißt, die Zeit heile die Wunden.«

»Meine nicht und seine auch nicht. Noch nicht.«

»Du musst wissen, was du tust. Zumindest, Liebes, ist er dir sehr zugetan.«

»Ich ihm auch, Sven, ich ihm auch.«

»Freundschaft ist eine gute Basis für eine Ehe.«

Leonie kicherte plötzlich.

»Eine bessere als Gehorsam allemal!«

Rosalies Ende

Der Menge Spott hab ich beherzt verachtet,
nur deine Güter hab ich gross geachtet,
Vergelterin, ich fordre meinen Lohn.

Schiller: Resignation

Er hatte an Macht gewonnen, o ja, das hatte er. Selbst dieser schäbige Rausschmiss hatte sich letztlich als Vorteil erwiesen. Karl Lüning war sich erstmals in seinem Leben seiner Stärke bewusst. Er hatte Freunde, gute Freunde, denen er etwas galt, die Anteil nahmen und ihm halfen. Die Worte der Macht wirkten – ohne jeden Zweifel. Die Weihehandlungen stärkten ihn, die Hingabe an den Herrn des Chaos machten ihn unüberwindlich. Jetzt war er gottgleich, niemand machte ihm mehr Vorschriften – er setzte die Grenzen, er war Gesetz!

Köln hatte er verlassen müssen, was es etwas problematisch machte, an den zweiwöchentlichen Treffen teilzunehmen, aber der Professor – neben dem Apotheker Gerlach der Einzige, den er mit bürgerlichem Namen kannte – war hilfreich. Er hatte ihm nämlich einen gut bezahlten Posten in der Bonner Universitätsdruckerei besorgt, wo die schlampigen Elaborate fauler Studiosi zu redigieren hatte. Dabei konnte man sich durchaus noch ein Extrageld verdienen, wenn man Abschriften von den Arbeiten anfertigte, die andere dringend benötigten, um ihr karges Wissen aufzubessern. Das zusätzlich zu dem Extrageld, das er sich schon seit geraumer Zeit mit den Abschriften der Vermessungsprotokolle aus Mansels Büro verdiente, machten ihn zu einem beinahe wohlhabenden Mann. Die Grundstücke, die die Eisenbahngesellschaft aufzukaufen wünschte, waren nämlich im Wert gestiegen, wer frühzeitig kaufte, konnte nun mit Gewinn verkaufen. Sein neues Selbstbewusstsein hatte ihn sogar wieder in Kontakt mit Gutermann gebracht, dem alten Heuchler. Wie sich zeigte, waren sie beide nicht besonders gut auf Hendryk Mansel zu sprechen, und so hatte sich eine geschäftliche Beziehung zum gegenseitigen Nutzen aufgebaut.

Heute Nacht war wieder ein Treffen angesagt, und voll Vorfreude buchte Lüning einen Platz in der Postkutsche, die ihn nach Köln bringen würde. Er hatte keine Angst davor, dort mit Mansel zusammenzutreffen, die Kreise, in denen er sich jetzt bewegte, waren seinem ehemaligen Arbeitgeber verschlossen.

Noch war etwas Zeit bis zum Eintreffen der Kutsche, und er setzte sich in die Posthalterei an der Bonngasse, um vor Fahrtantritt ein Bier zu trinken. Zwei Corpsstudenten taten es ihm gleich, eine magere Hexe mit einem pickeligen Mädchen im Gefolge strafte die schmucken jungen Herren mit verächtlichen Blicken, das Mädchen mit begierlichen. Mehr Fahrgäste warteten derzeit nicht auf den Transport nach Köln.

Doch als die Kutsche vorfuhr, lief noch ein weiteres Geschöpf auf sie zu.

»Nehmt mich mit! Nehmt mich mit! Bitte nehmt mich mit!«, rief es, und Lüning stutzte. Der Postillon fragte barsch nach dem Fahrschein, aber das Mädchen sah ihn nur blöde an.

»Weiß deine Mutter, dass du fortgelaufen bist?«, herrschte auch die Magere die Kleine an, und die schüttelte den Kopf, dann aber entdeckte sie Lüning.

»Nehmen Sie mich mit, bitte!«

Sie klammerte sich an seinen Jackenärmel, und er wollte sie schon ärgerlich abschütteln. Rosalie, Gutermanns jüngste Tochter, war ihm ein paarmal begegnet, und er hatte sie für reichlich aufdringlich gehalten. Doch sie schmiegte sich jetzt eng an ihn, und er konnte durch den Stoff ihres dünnen Kleidchens deutlich die Wölbung ihrer jungen Brüste fühlen. Eine Welle der Erregung durchflutete ihn. Das wäre doch ein hübsches Mitbringsel für Apophis, den Herrn der Unterwelt. Das Kind war schon recht gut entwickelt, aber nicht besonders helle.

»Wo willst du denn hin, Rosalie?«

»Nach Köln, zu meiner Schwester Leonie!«

Ein Gefühl der Genugtuung gesellte sich zur Erregung. Mansel war mit ihrer Schwester verheiratet. Schön, schön. Dem Mann Ärger zu bereiten, das war noch ein zusätzlicher Reiz an dieser Sache.

»Also gut, ich bezahle dir die Fahrt, aber du musst immer an meiner Seite bleiben, Rosalie. Hast du verstanden?«

Eifrig nickte sie und lächelte ihn strahlend an.

Die Hexe musterte ihn jetzt auch missbilligend, aber er beschied sie: »Ich kenne das Mädchen und bringe sie zu ihrer Schwester.«

In der Kutsche nahm sie neben ihm Platz und drückte sich weiterhin vertrauensvoll an ihn. Ja, sie streichelte ihm sogar den Arm und das Bein, was ihm mehr und mehr unangenehm wurde, denn die Magere hielt ein kritisches Auge auf ihn, und ihre Blicke wollten sich schier durch seine Hosen brennen. Er schob Rosalie etwas von sich fort, aber immer wieder musste er trocken schlucken.

Bis zur Weihehandlung waren es noch viele Stunden hin.

Doch dann wurde es ihm wieder bewusst – die Macht war bei ihm. Keine vertrocknete Matrone hatte Kritik an seinen Taten zu üben, er war das Gesetz, er setzte die Grenzen.

Und als sie zwei Stunden später an der nächsten Posthalterei Station machten, um die Pferde zu wechseln, führte er Rosalie von den Mitreisenden, die, um Erfrischungen einzunehmen, in die Gaststube traten, weg hinter die Stallungen. Sie folgte willig, und mit begierigen Fingern begann er, sich unter ihren Röcken vorzutasten.

»Nicht, nicht, nicht!«, schrie das blöde Geschöpf plötzlich auf, und er wollte ihr den Mund zuhalten. Aber sie biss ihm derartig fest in den Daumen, dass er vor Schmerz aufstöhnte. Dann riss sie sich los und rannte blindlings fort.

Eine Extrapost mit sechs schnaubenden Pferden konnte nicht mehr halten.

Rosalies Beerdigung

Allein um desto verachtungswürdiger ist ein Schuft, ein gleisnerischer Bösewicht, der hinter der Larve der Heiligkeit, Sanftmut und Religiosität den wollüstigen Verführer, den tückischen Verleumder, Aufrührer, rachgierigen Bösewicht oder fanatischen Verfolger versteckt.

Freiherr von Knigge: Über den Umgang mit Leuten von verschiedenen Gemütsarten

Die Schule hatte für die Zwillinge wieder begonnen, und nachdem sie nach Köln zurückgekehrt waren, hatte Hendryk vorsichtig nachgeforscht, ob sich das Gemunkel über seine unehrenhafte Vergangenheit gelegt hatte. Der Oberbergamtsrat hatte sich wirklich um Schadensbegrenzung bemüht, und es hatte sich auch kein gleich erfahrener Vermesser gefunden, weshalb man ihm wieder die mittlerweile dringend gewordenen Aufgaben übertrug. Denn inzwischen hatte die Eisenbahngesellschaft selbst die Verantwortung für den Gleisbau übernommen, und die Schienen mussten exakt aufeinander abgestimmt verlegt werden. Seine Erfahrungen aus dem Bau der Aachener Stecke waren hier dringend gefragt.

Unterschlagungen irgendwelcher Art hatte man ihm natürlich nicht nachweisen können.

Von Gamila hatte er die vielversprechende Note erhalten, ihr Bruder Jussuf sei selbstverständlich bereit, ihm alle Fragen zu beantworten, die er zu stellen wünschte. Außerdem habe er das Skizzenbuch aus dem Grab von Meroe gerettet. Ob das hilfreich für ihn sei?

Das Buch war eine Goldader. Endlich schien sich das Blatt zu wenden. Erfreut war er auch über die Nachricht, dass jener Corporal wohl nicht ganz so unauffindbar war, wie er vermutet hatte. Jussuf vermeldete, er habe nach Abschluss der Sudanexpedition den Dienst quittiert und sei dem Russegger im Oktober 1838 von Kairo über Suez auf die Halbinsel Sinai gefolgt. Der Geologe war über Jaffa, Jerusalem und Nazareth dann zur Auswertung seiner Messergebnisse nach Beirut gelangt und anschließend nach Alexandria zurückgekehrt, um der ägyptischen Regierung die geliehenen Instrumente zurückzuerstatten. Erich Langer sei damals weiterhin in seinem Gefolge gewesen und habe ihn im März 1839 nach Griechenland begleitet, wo Russegger im Auftrag König Ottos I. geologische Untersuchungen durchführte. Danach hatte Jussuf jedoch seine Spur auch verloren.

Hendryk hingegen fand hier eine Möglichkeit anzusetzen. Russegger musste wissen, wohin sich Langer nach dem Griechenlandbesuch begeben hatte. Er war inzwischen Vizedirektor der Berg- und Salinendirektion in Hall in Tirol, wie Hendryk durch das Studium von Fachaufsätzen herausgefunden hatte. Zwar nicht unter seinem richtigen Namen, denn den kannte Russegger und hielt den Mann, der ihn geführt hatte, für tot, aber als Hendryk Mansel, ein ganz neuer alter Freund des guten Erich Langer, würde er eine höfliche Bitte an den Herrn Vizedirektor formulieren, ihn über dessen Verbleib zu unterrichten.

Jussuf hingegen würde einen sehr langen Brief von ihm erhalten.

Er hatte bis spät am Abend im Büro gesessen und Seite um Seite gefüllt. Oft war es ihm schwergefallen, die Sätze zu formulieren, denn die alten Wunden schmerzten bei jedem Wort, das er über seinen Bruder schreiben musste. Müde und ausgelaugt machte er sich in der Abenddämmerung auf den Weg nach Hause.

Leonie würde auf ihn warten.

Was wäre es schön, sich von ihr trösten zu lassen. Sie waren den Sommer über sehr glücklich gewesen, und so manches Mal hatte er gedacht, sie sei bereit, ihm ein wenig mehr Nähe zu gestatten. Oft hatte sie ihren Kopf an seine Schulter gelehnt, hin und wieder geduldet, dass er sie sanft an sich zog, doch als er einmal den vorsichtigen Versuch gemacht hatte, ihr in der Dunkelheit des Bettes einen zärtlichen Kuss zu geben, war sie wieder starr geworden. Welche Ängste sie in Fängen halten mussten, dass sie so gar keine männliche Annäherung ertragen konnte!

Nun, zumindest kam er heim zu ihr, und allein ihr Lächeln würde ihn aufmuntern.

Doch als er das Wohnzimmer betrat, traf er sie steif und aufrecht an ihrem Sekretär sitzend, die Tinte war auf ein weißes Blatt gespritzt und trocknete nun in der Feder.

»Leonie!«

Sie fuhr zusammen.

»Ich habe Sie nicht kommen hören.«

»Sie waren in Gedanken, meine Liebe. Haben Sie schlechte Nachrichten erhalten?«

»Ja. Ja, so kann man es wohl bezeichnen.«

»Wollen Sie sich mir anvertrauen, Leonie, oder betrifft es private Dinge?«

»Rosalie ist am einunddreißigsten August von zu Hause fortgelaufen.«

»Ihre kleine Schwester? Hat man sie wiedergefunden oder wird sie noch vermisst?«

»Man hat sie gestern gefunden. Sie ist tot.«

»O Gott. Leonie, das tut mir leid. Sie war so ein fröhliches Ding.«

»Sie war ein beschränktes – Ding!«

Mehr von diesen Worten erschüttert, die vor Abscheu troffen, als von dem eigentlichen Unglücksfall, setzte er sich nieder.

Leonie legte die Feder beiseite und stand auf. Ihr Weg führte zur Kredenz, auf der die Karaffen standen, und sie goss sich ein höchst undamenhaftes Quantum Cognac ein.

»Für mich bitte auch einen, meine Liebe.«

Sie füllte ein zweites Glas und setzte sich neben ihn. Langsam und stetig trank sie das Glas leer. Dann begann sie mit tonloser Stimme zu berichten.

»Sie war, wie Edith mir sagte, in der letzten Zeit seltsam ernst geworden. Und dann hat sie ganz plötzlich das Haus verlassen. Meine Stiefmutter ist sehr nachlässig in ihrer Aufsicht. Rosalie kann nicht schreiben, also brauchen Sie nicht nach einem Abschiedsbrief zu fragen, Hendryk.«

»Ich weiß, sie ist ein wenig zurückgeblieben.«

»Geistig, ja, nicht körperlich.«

Auch das hatte er registriert, und seine Ahnungen wurden böse.

»Man hat sie an der Posthalterei gesehen. Sie hat Passagiere angebettelt, sie mit nach Köln zu nehmen. Zu mir.«

»Großer Gott.«

»Ein Mann, der behauptete, sie zu kennen, hat die Fahrkarte für sie bezahlt.«

Seine Ahnungen wurden noch böser.

»Als die Pferde in Brühl gewechselt wurden, verschwand er mit ihr, und kurz darauf stürzte sie auf die Straße. Sie wurde von einer Eilpost erfasst. Sie war sofort tot.«

Seine bösesten Befürchtungen hatten sich bewahrheitet. Es musste für Leonie entsetzlich sein.

»Hat man herausgefunden, wer der Mann war?«

»Er blieb verschwunden. Doch man schilderte ihn als einen mageren blassen Mann mit rötlichem Kraushaar und einer Brille.«

Hendryk ballte die Fäuste.

»Lüning?«

»Ich vermute es. Aber es gibt mehr Männer, auf die diese Beschreibung passt.«

»Er kennt Rosalie, er gehörte zu Gutermanns Rosenkranzbruderschaft.«

»Das wusste ich nicht. Ich habe mich von diesen Brüdern immer ferngehalten.«

»Gut so!«

»Sie wird übermorgen beerdigt.«

»Sie wollen sicher an der Trauerfeier teilnehmen.«

»Ich werde es. Aber Sie sollten nicht mitkommen.«

»Warum nicht, Leonie?«

»Weil ich mich nicht gut benehmen werde, Hendryk.«

»Darf ich Sie dennoch begleiten, Leonie? Ich könnte Ihnen eine Stütze sein.«

Sie gab ein kleines schnaubendes Geräusch von sich.

»Bei meinem schlechten Benehmen?«

»Auch dabei. Sie werden Ihre Gründe haben. Und Sie haben mein Vertrauen in allem, was Sie tun.«

»Danke.«

Sie schaute in ihr leeres Glas.

»Wir werden das Dampfschiff nehmen, es ist schneller als die Kutsche. Es fährt eines am Nachmittag von Bonn zurück nach Köln. Ich kümmere mich darum.«

Ja, Leonie würde sich unkorrekt benehmen, das war ersichtlich, als sie auf der Treppe erschien. Die Teilnahme an einer Beerdigung, vor allem eines nahen Verwandten, verlangte schwarze Trauerkleider.

Seine Gattin hatte ein sonnenblumengelbes Gewand gewählt. Kurz entschlossen machte er kehrt in sein Ankleidezimmer und tauschte den schwarzen Rock gegen einen grauen. Wenn, dann stand er auch in entsprechender Kleidung an ihrer Seite. Was immer sie dazu bewegte, demonstrativ die Familie zu brüskieren, hatte seine Ursache in dem, was ihr geschehen war, und in dem, was man ihr dabei angetan hatte.

Und als sie das Schiff betraten, kam ihm die erschütternde Erkenntnis.

Rosalie war nicht ihre Schwester gewesen.

Rosalie war ihre Tochter.

Ungewollt, aufgezwungen, ungeliebt, ein Kind der Schande.

Als die Verblüffung abklang, meldete sich sein Verstand, und der war an Zahlen orientiert. Seine Gattin war in diesem Jahr sechsundzwanzig geworden, Rosalie war zwölf.

Jemand hatte Leonie als Dreizehnjährige vergewaltigt.

Das gleiche Schicksal war der Tochter widerfahren.

Der Kaffee, der ihm serviert wurde, schmeckte nach Galle, genau wie die Butterhörnchen. Er betrachtet seine stille Frau, die ebenfalls nur mit dem Gebäck auf ihrem Teller spielte. Ja, er verstand sie. Er verstand sogar immer mehr ihre Ablehnung jeglicher Zärtlichkeiten. Sie war ein Kind noch gewesen, und ihre Familie hatte zwar den Skandal vertuscht, ihr jedoch keine Hilfe und kein Verständnis zukommen lassen. Sie hatte es erlitten, aber nun war sie stark geworden. Irgendwie war sie an seiner Seite über sich selbst hinausgewachsen und bot den Heuchlern nun die Stirn.

Gut so!

Das Getuschel war beinahe als dröhnend zu bezeichnen, als sie die Kirche betraten. All die schwarzen Krähen aus der Rosenkranzbruderschaft fingen gleichzeitig an zu flüstern. Hoch erhobenen Hauptes schritt Leonie neben ihm zu den Bänken, die den nächsten Angehörigen vorbehalten waren, und setzte sich, ohne ihren Vater und ihre Stiefmutter zu grüßen, nieder. Sie blieb während des ganzen

Gottesdienstes stumm, weder erhob sie sich noch kniete sie nieder. Sie provozierte den armen Pfarrer damit derartig, dass er zweimal ins Stammeln geriet. Anschließend folgte sie hinter den Gutermanns dem Sarg, noch immer stumm, und als sie am Grab standen, hielt sie ihre Augen starr auf ihren Vater gerichtet.

Es lag brennender Hass in diesem Blick.

Gutermann schwitzte in der kühlen Septemberbrise, das bemerkte Hendryk und drückte sacht Leonies Arm. Ihr Vater begann mehrmals, seine Rosenkränze aufzusagen, aber ihr Starren machte ihn über die Worte stolpern.

Endlich waren die Erdschollen auf den Sarg gefallen, und das Beileidsdefilee begann. Edith stellte sich neben Leonie, und Sven zog ihn sacht am Ärmel.

»Lassen Sie uns ein wenig Abstand nehmen, Hendryk.«

»Leonie braucht mich!«

»Richtig, aber nicht im Augenblick. Kommen Sie, es wird Zeit, dass Sie erfahren, was passiert ist.«

»Wenn meine Frau es mir nicht sagt, will ich es nicht wissen.«

»Sie kann es ihnen nicht sagen, Hendryk. Auch wenn sie es wollte. Scham kann die Zunge lähmen.«

Das wäre wohl eine weitere Erklärung, dachte er und nickte dem alten Mann zu.

»Dann sprechen Sie. Aber zuvor will ich Ihnen sagen, dass mir aus Beobachtung manches schon bekannt ist.«

»Sie wissen, dass Rosalie ihre Tochter war.«

»Es erschloss sich mir heute Vormittag.«

»Rosalie ist keine Jungfrau mehr gewesen, Edith hat dafür gesorgt, dass sie untersucht wurde.«

»Das war zu befürchten. Und da ich vermute, den Namen des Mannes zu kennen, der ihr das angetan hat, hoffe ich, Gutermann erstattet wenigstens Anzeige.«

»Das wird er nicht.«

»Nicht?«

Hendryk war erstaunt. Gutermann war bereit gewesen, Lüning wegen eines Griffs in die Portokasse anzuzeigen, die Untat, die er an einer Minderjährigen begangen hatte, würde er ungestraft lassen wollen?

»Nein, er wird niemanden anzeigen, denn das Kind ist nicht von dem Mann entjungfert worden, mit dem sie in die Kutsche gestiegen ist. Sie war bereits im dritten Monat schwanger.«

»Allmächtiger!«

»Sie müssen wissen, Gutermann hat den zwanghaften Wunsch nach einem männlichen Erben. Seine erste Frau gebar ihm zwar einen Sohn, doch der starb, und sie wurde krank.«

»Daher vertuschte er Leonies Schwangerschaft, in der Hoffnung, sie würde einen Knaben gebären.«

Sven schwieg.

»Mir wird übel, wenn ich daran denke, was er ihr angetan hat.« Hendryk hatte seine Fäuste geballt. Der alte Mann nickte und sagte: »Ich war, ebenso wie Sie, nahe daran, einen Mord zu begehen, doch Edith – wissen Sie, Frauen sind so sehr viel klüger als wir Männer – meinte, damit könnten wir ihr jetzt nicht mehr helfen. Unsere Hilfe bestand in vielen anderen Dingen. Wir halfen ihr zu überleben, im körperlichen und im seelischen Sinne. Und ich bin froh, dass Leonie heute hier ist, stolz auf sie, dass sie in ihrem leuchtenden Kleid am Grab steht und ihn niederstarrt. Das ist Haltung! Und Ihnen, Hendryk, danke ich, dass sie zu ihr stehen.«

»Was immer sie getan hat, was immer man ihr angetan hat, ich werde immer zu ihr stehen!«

»Ich weiß. Doch Sie sind ein Mann von Charakter und werden mit dem Wissen um ihr Leid vorsichtig umgehen. Aber sollten Sie etwas finden, das Gutermann in Schwierigkeiten bringt, wie etwa betrügerische Immobiliengeschäfte, zögern Sie nicht, davon Gebrauch zu machen.«

»Morgen werde ich mit der Untersuchung anfangen. Ich habe da so einen Verdacht, Sven. Und wenn ich mit Gutermann fertig bin, dann wird das, was von ihm übrig ist, sogar noch von den Straßenkötern verschmäht werden, das verspreche ich Ihnen.«

Kindergedanken

Über alle Gräber wächst zuletzt das Gras,
alle Wunden heilen, ein Trost ist das …

Friedrich Rückert

Tod, Krankheit und Wunden scheinen uns in der letzten Zeit zu verfolgen, dachte Ursel, als sie neben Rike Richtung Melaten wanderte. Sie und Lennard wollten am Todestag ihrer leiblichen Mutter das Grab besuchen und ein paar Blumen niederlegen. Neun Jahre waren vergangen, seit sie sie verloren hatten, und die Erinnerung war schemenhaft geworden. Aber Herr Mansel hatte sie an das Datum erinnert, und daher waren sie nun auf dem Weg zum Friedhof. Und traurig. Aber die Trauer hatte weniger mit Mama zu tun, als mit dem Umstand, dass Frau Mansel nun schon seit zwei Wochen krank war. Seit ihre kleine Schwester bei einem Unfall umgekommen war. Sie hatten Rosalie kennengelernt, ein lustiges Mädchen ohne großen Witz, aber sehr lieb. Als sie von der Beerdingung in Bonn zurückgekommen waren, hatte sich die Gnädige mit schrecklichen Kopfschmerzen ins Bett begeben, und tags drauf hatte man sogar den Arzt gerufen, denn sie fieberte stark. Ursel wusste, wie scheußlich das war, und sie hatte gebeten, sich zu ihr setzen zu dürfen. Herr Mansel hatte es ihr auch wirklich gestattet, und so saß sie nun jeden Tag ein, zwei Stunden ganz ruhig an dem Bett und hielt Frau Mansels Hand. Die Gnädige war so blass und dünn geworden, und sie regte sich so selten. Manchmal schlug sie die Augen auf, und dann streichelte Ursel sie, so sanft sie konnte. In den letzten Tagen hatte sie dafür ein geisterhaftes Lächeln erhalten. Und Rike, die sich aufopferungsvoll darum kümmerte, dass das Bett immer frisch bezogen war und sie Löffel für Löffel kräftigende Brühe oder Milch zu sich nahm, sagte, sie habe sogar schon den Wunsch geäußert, ein wenig Brot essen zu dürfen. Aber sie war so schwach, sie konnte kaum selbst die Hand heben.

Auch Lennard besuchte sie einmal am Tag, hatte aber nicht ganz so viel Geduld, still zu sitzen, dafür aber redete er immer ein bisschen mit ihr, auch wenn sie schlief oder döste. Auch er hatte bemerkt, dass sie in den vergangenen Tagen ein winziges bisschen gelächelt hatte.

Vielleicht musste sie nicht sterben.

Davor hatten sie beide schreckliche Angst, und selbst die Versicherungen, die der Herr ihnen gab, es würde alles wieder gut werden, es brauche nur seine Zeit, konnten sie tief in ihrem Innern nicht ganz glauben.

Bis jetzt. Jetzt hatten sie wieder ein wenig Hoffnung.

Sie durchschritten das Tor von Melaten, dem großen Zentralfriedhof von Köln, und wanderten die schnurgeraden Wege zwischen den Gräberflächen entlang, bis sie zu dem Feld kamen, wo man ihre Mutter begraben hatte. Lennard bat Rike, sie alleine zu lassen, und die Zofe nickte bereitwillig.

Sie war nett, die Rike, das fanden sie beide. Allerdings wusste sie vom Zofenwesen erstaunlich wenig, weshalb vor allem Ursel sich wunderte, warum Frau Mansel ihr diese Aufgaben übertragen hatte. Anfangs hatten sie heimlich über sie gelacht, weil sie nicht wusste, wie sie wen anzureden hatte. Ja, die Gnädige hatte sie korrekt mit gnädige Frau angesprochen, aber wenn sie von Herrn Mansel sprach, dann sagte sie immer: »Ihr Herr Gemahlsgatte hat gesagt ...« Und die Haushälterin hatte sie einmal mit Jette angesprochen, obwohl das nur den Herrschaften vorbehalten war, und die sagten auch Frau Jette. Für Rike aber musste sie Frau Karlsen sein. Sie selbst, darauf hatte der Herr Wert gelegt, redete sie mit Vornamen und Sie an, was ihnen beiden eine seltsame Würde verlieh. Trotzdem blieb sie eine gute Kameradin, und sie halfen ihr, wenn sie wieder einmal nicht mit den Gepflogenheiten des Hauses zurechtkam. So zum Beispiel, als sie vor der Schale mit den Visitenkarten der Besucher stand und die ganzen eingeknickten Ecken glättete. Nun ja, sie hatten selbst ja auch früher nicht gewusst, dass man Karten abgab und mit dem Einknicken der Ecken den Zweck des Besuches angab. Knick oben links bedeutete pour rendre visite, also nur um Besuch zu machen, wie es Frau Jacobs schon dreimal getan hatte, oben rechts pour féliciter, also um Glück zu wünschen, unten rechts pour condoler, also um Beileid auszudrücken – davon waren einige in der letzten Zeit in der Schale gelandet – und unten links pour prendre congé, also um Abschied zu nehmen. Das hatte der Leutnant neulich umgeknickt, denn er war zu Herbstmanövern ausgezogen und konnte sich nicht von der Dame des Hauses persönlich verabschieden, denn das Schlafzimmer durfte er selbstverständlich nicht betreten.

Sie hatten es Rike erklärt, und die hatte es langsam und sorgfältig in das kleine Buch eingetragen, in dem sie alles notierte, was sie zu lernen hatte. Ein zweites Mal machte sie einen Fehler nicht, und das war eigentlich ganz geschickt von ihr.

Geschickt mit den Händen war sie auch. Das hatten sie beim Mäusemachen festgestellt. Und darum hatten sie sie auch jetzt ins Vertrauen gezogen, als es um die künstliche Schlange ging. Dieses Wunderwerk hatte nun lange geruht, denn während der Ferien hatten sie weiß Gott andere Beschäftigungen gehabt. Ja, und dann war Frau Mansel krank geworden. Aber sie und Lennard hatten sich das beinahe drei Ellen lange Gerippe aus Fischbein und kleinen Gelenken wieder gründlich angesehen und überlegt, wie man es auch äußerlich zu einer Schlange machen konnte. Und dabei hatten sie eine fulminante Idee entwickelt, weshalb sie nach dem Besuch auf dem Friedhof noch eine weitere Besorgung erledigen wollten, bei der ihnen Rike behilflich sein würde.

Die Blumen lagen auf dem Grab, die stillen Gebete waren gesprochen, und Lennard murmelte: »Ich wüsste so gerne, wer unser Vater war, Ursel. Ob er noch lebt?«

»Ich habe mich das auch schon oft gefragt, Lennard. Manchmal, weißt du, manchmal denke ich, vielleicht ist es der Herr selbst.«

»Ja, das denke ich auch manchmal. Aber warum zeigt er es nicht?«

»Vielleicht schämt er sich. Weil wir nur Bastards sind, weißt du. Es würde die Gnädige sehr kränken!«

»Ja, das könnte natürlich sein. Es wäre schön, wenn er es wäre, nicht, Ursel?«

»Ja, das wäre wirklich schön. Und sie unsere Mama.« Sie schlug sich auf die Lippen und schaute betroffen auf den Grabstein, auf dem nur schlicht »Cäcilia Schneider« stand.

»Sie würde das bestimmt wollen, dass wir eine neue Mama hätten, die so lieb ist wie Frau Mansel«, tröstete sie ihr Bruder, und möglicherweise hatte er Recht.

Rike stand in einiger Entfernungen von ihnen und spannte einen großen Regenschirm auf. Sie hatten gar nicht gemerkt, dass es zu nieseln begonnen hatte, und eilten zu ihr, um unter dem Schirm Schutz zu finden.

»Gehen wir zu deinem Opa, Rike. Er wollte uns helfen, eine Schlangenhaut zu beschaffen.«

Die Schlange

… IN UNPÄSSLICHKEITEN, WO DER GEIST VIEL ÜBER DEN KÖRPER VERMAG, WO SEELENLEIDEN DAS ÜBEL VERMEHREN UND DIE BESSERUNG HINDERN, DA SOLL MAN ALLE KRÄFTE AUFSPANNEN … UM HEITERKEIT, MUT, TROST UND HOFFNUNG IN DAS GEMÜT DES KRANKEN ZURÜCKZURUFEN.

Freiherr von Knigge: Über das Betragen gegen Leute in allerlei besonderen Verhältnissen und Lagen

Die Herbstastern blühten üppig unten im Garten, und Leonie blinzelte in die Sonne hinaus. Im Wintergarten war es warm, aber Rike hatte zusätzlich noch eine weiche Decke über sie gelegt. Jeden Tag stand sie nun länger auf, kleidete sich auch an und saß müßig an den Fenstern. Hin und wieder blätterte sie in einem Buch, aber eine unerklärliche Apathie hielt sie noch immer gefangen. Sie war sich selbst nicht gut – eigentlich gab es so viel zu tun. Schon wusste sie nicht mehr genau, was die Kinder in der Schule lernten, hatte schon lange den Nachrichten aus der Gesellschaft keine Aufmerksamkeit mehr geschenkt, sich weder um die Belange des Haushalts gekümmert noch der Wohltätigkeitsarbeit gewidmet. Selbst die zahlreichen Briefe, die eingetroffen waren, hatte sie ohne Interesse gelesen und unbeantwortet gelassen.

Ihr Körper hatte sich erholt, ihr Appetit war zwar noch schwach, aber durchaus vorhanden, jedoch der innere Antrieb fehlte ihr völlig. Die Besuche von Selma, Margitta, Sebastienne und anderen Damen hatten sie unsäglich erschöpft. Hendryk hingegen war ununterbrochen unterwegs, die Arbeiten an der Eisenbahn hielten ihn derzeit völlig in Atem, dennoch fand er abends immer noch Zeit, sich zu ihr zu setzen, ihr von den Fortschritten zu berichten, die die Fertigstellung der Bahn machte. Man war inzwischen so weit, die Gleise durch die Stadtmauer am Pantaleons-Tor zu verlegen und den dahinter liegenden Bahnhof zu bauen. Oder er las ihr interessante Artikel aus der Zeitung vor. Sie bemühte sich redlich, ihm Aufmerksamkeit zu schenken. Er hatte sich die ganzen Wochen ihrer Krankheit so liebevoll um sie gekümmert. Er hatte sie sogar gefragt, ob sie das von ihm so verachtete Morphium einnehmen wolle. Sie hatte es abgelehnt. Gegen die Schmerzen, die sie empfand, half keine Betäubung. Was ihr half, war, dass er manchmal nachts ihre Hand hielt oder sie an seine Wange zog. Und nie hatte er auch nur das leiseste Wort des Vorwurfs geäußert, sie nie mit Fragen gequält.

Auch die Kinder waren unbeschreiblich lieb zu ihr, brachten kleine Sträußchen, selbst gemalte Bilder oder Scherenschnitte. Ja, Lennard hatte ihr zuliebe sogar ein Gedicht auswendig gelernt und ohne Vorsagen durch Ursel aufgesagt.

Sie ertappte sich bei einem Lächeln und freute sich darüber. Sie würde sich aufraffen, morgen, heute noch nicht, aber morgen ganz bestimmt. Denn das Erstaunlichste, was die beiden angeschleppt hatten, war eine mehr als zwei Ellen lange Schlangenhaut. Nein, nicht von einer richtigen Schlange, aber offensichtlich hatten sie alle erdenklichen Anstrengungen und Überlegungen angestellt und schließlich einen Taschenmacher gefunden, vermutlich mit Hannos Hilfe, der ein dünnes Leder entsprechend ihren Anweisungen gefärbt und gepunzt hatte, wodurch es wie die schuppige Haut einer Kobra aussah. Sie musste eigentlich jetzt nur noch eine Lösung finden, wie der kleine aufziehbare Mechanismus, den sie im Schädel der Schlange unterbringen wollte, die ganze Konstruktion zum Schlängeln bringen konnte.

Aber ihr Kopf war so leer und begann immer gleich zu schmerzen, wenn sie zu intensiv nachdachte.

»Gnädige Frau!«

Rike stand in der Tür und sah sie ein wenig hilflos an.

»Was gibt es denn, Rike?«

»Die gnädige Frau Jacobs ist da, gnädige Frau, und sie will und will nicht weggehen.«

Leonie seufzte. Ja, sie hatte Camilla auch vernachlässigt. Seit dem Bazar hatten sie sich nicht mehr getroffen, und ihre Besuche im letzten Monat hatte sie nicht angenommen. Sie gestand sich ein, dass sie die Vertraulichkeit der früheren Tage noch nicht ertragen konnte. Aber …

»Bitte, gnädige Frau, sie ist sehr aufsässig!«

»Eine Dame, Rike, ist nie aufsässig. Sie ist allenfalls ein wenig beharrlich. Führen Sie sie also herein, in Gottes Namen.«

Camilla betrat leise in ihrer schwebenden Art den Wintergarten, und der feine Duft süßer Blumen entfaltete sich in der Wärme des Wintergartens.

»Leonie, meine Liebe.«

Zwei zarte Küsschen wurden ihr auf die Wangen gehaucht. Dann setzte sie sich auf den Polsterhocker, auf den bisher Leonie ihre Füße gelegt hatte.

»Ich würde so gerne etwas für dich tun, und wenn das bedeutet, dass ich wieder gehen soll, dann werde ich auch das, Leonie.«

»Nein, nein, Camilla. Ich bin diejenige, die so unhöflich war, dich nicht zu empfangen.«

»Es ging dir schlecht. Ich verstehe das.«

Leonie lehnte den Kopf an das hohe Polster des Fauteuils und schloss die Augen.

»Es war ein bisschen mehr als das. Entschuldige.«

»Mein Bruder Jussuf hat vor einigen Jahren etwas Furchtbares erlebt und hat daraufhin drei Jahre mit niemandem gesprochen. Man kann manchmal nicht über das reden, was einen innerlich zerreißt.«

Und dann begann sie, von allerlei Klatsch und Tratsch zu berichten, Anekdoten aus dem geselligen Leben, in dem sie nun vollkommen akzeptiert worden war, über die neuesten Kunstwerke ihrer gemeinsamen Freundinnen, eine erfolgreiche Vernissage der beiden Malerinnen und einen weniger erfolgreichen Rezitationsabend elegischer Gedichte, bei dem die Zuhörer gleich reihenweise entschlummert waren, über den neuesten Theaterskandal und die Gefechte, die sie sich mit Sonia und der Generalin geliefert hatte. Leonie lauschte, lächelte an den entsprechenden Stellen und merkte, wie durch das Geplauder allmählich die Starre von ihr abfiel, die sie so lange umklammert gehalten hatte.

»Camilla, ich möchte nach oben gehen!«, unterbrach sie ihre Freundin plötzlich.

»Aber ja, natürlich. Ich ermüde dich mit meinem Geschwätz, nicht wahr?«

»Nein, aber ich habe dir etwas zu sagen.«

Camilla faltete die Decke zusammen und half Leonie aufstehen.

»Schon gut, ich kann mich inzwischen selbst auf den Füßen halten.«

Als die Schlafzimmer- und Boudoirtür hinter ihnen geschlossen war und Leonie es sich auf der Recamiere und Camilla in einem zierlichen Sessel gemütlich gemacht hatten, atmete sie tief durch.

»Du bist meine Freundin, nicht wahr?«

»Ich habe es dir schon einmal gesagt. Ja, Liebes, ich bin deine Freundin, was immer geschieht.«

»Auch, was immer geschehen ist?«

»Selbstverständlich.«

»Vielleicht wirst du das Versprechen bereuen, wenn du es erst weißt.«

»Möglich. Aber dann werde ich es dir sagen. Aber ich glaube nicht, dass du derart schwarze Flecken in deiner Vergangenheit hast, die es mir unmöglich machen, dich weiterhin zu mögen.«

Leonie gab sich einen Ruck. Es war ihre einzige Möglichkeit, dem Grauen zu entfliehen, das vor fast dreizehn Jahren begonnen und einen gewissen Endpunkt mit Rosalies Tod erfahren hatte. In sehr schmucklosen Sätzen und schonungslos offen erklärte sie Camilla, dass Rosalie ihre Tochter war, wie man die Schwangerschaft verheimlicht, ihre Mutter die Geburt vorgetäuscht hatte, die ganzen Heucheleien und Lügen, die Demütigung und Scham, und dann die Erkenntnis, dass dem ungewollten Kind, auch noch geistig zurückgeblieben, nun auch das gleiche Schicksal widerfahren war.

Camilla hörte ihr zu und stellte weder Fragen noch gab sie Laute des Entsetzens oder des Widerwillens von sich. Damit hatte Leonie eigentlich gerechnet, und es wäre ihr unerträglich gewesen. Aber ihre Freundin sah sie nur unergründlich an, mit gleichbleibend unbewegter Miene, bis sie geendet hatte.

»Eine Bürde, Leonie, zu groß, um von einem Menschen allein getragen zu werden«, waren ihre ersten, leisen Worte. »Du hast Mauern und Stützen gebraucht, um zu überleben. Und durch Rosalies Tod sind sie zusammengebrochen. Kein Wunder, dass du krank geworden bist. Selbst die stärkste Seele flieht vor dem unerträglichen Schmerz. Wenn du mich jetzt fragst, ob du meiner Freundschaft noch gewiss sein kannst, Leonie, dann kann ich dir nur sagen – mehr denn je. Es ehrt mich, mit einer solch tapferen Frau wie dir befreundet zu sein.«

»Ach Camilla! Camilla, ich habe dieses Kind nie gewollt. Ich habe sie nicht geliebt, sie war mir unangenehm. Ich habe nie mütterliche Gefühle für sie entwickelt – und doch, als dieses arme, dumme Ding Hilfe brauchte, wollte es zu mir. Ich habe ihr nie geholfen. Ich hätte es tun können. Ich bin schuld an ihrem Tod!«

»Du bist schuld an ihrem Leben, du bist schuld an ihrem Tod. Du hast das eine ertragen, du wirst das andere ertragen.«

»Aber ich habe sie nie gewollt!«

»Du hast auch ihren Tod nie gewollt.«

Leonie starrte auf ihre Hände. Sie hatte weder das eine noch das andere. Und dazwischen hatte sie das Kind verleugnet, wie man es ihr nahegelegt hatte. Sie hatte ihre Gefühle weggeschlossen, den Hass wie das Mitleid, geblieben waren Bitterkeit, Ekel und Kaltherzigkeit.

»Ich hätte mich wehren müssen!«, flüsterte sie.

»Natürlich. Gebrochen, erniedrigt und unmündig – ja, du hättest dich wehren müssen. Dann wäre das Kind nicht gezeugt worden, oder es wäre legal geboren, nicht zurückgeblieben oder noch am Leben.«

»Sie wollte zu mir!«, schrie Leonie verzweifelt auf. »Zu mir! Sie hat mich um Hilfe gerufen!«

»Und du hättest sie über Meilen hören müssen.«

»Du hast Recht, Camilla«, sagte sie plötzlich leise. »Das Einzige, das ich mir vorwerfen muss, ist, dass ich hätte vorhersehen können, was passiert. Und davor habe ich, aus Gründen, die ich sogar dir nicht anvertrauen kann, die Augen geschlossen.«

Endlich kamen die Tränen, und lange wiegte ihre Freundin sie in ihren Armen, bis sie schließlich erschöpft einschlief.

Irgendwann in der Nacht wachte Leonie auf und merkte, dass sie in Hendryks Armen lag. Sie rührte sich nicht, sondern schloss die Augen wieder, lauschte seinem ruhigen Atem und seinem Herzschlag und schlummerte wieder ein.

Der Raum war halb dunkel, als sie schließlich ganz aufwachte. Das Bett neben ihr leer, die Vorhänge vor den Fenstern geschlossen. Das war ungewöhnlich, denn Hendryk vertrug geschlossene Räume nicht. Sie krabbelte unter der Decke hervor und zog die Gardinen auseinander. Heller Tag leuchtete ihr entgegen. Und ein Blick auf die Uhr verriet ihr, dass es schon beinahe zehn war. Sie hatte weit über zwölf Stunden geschlafen und stellte mit Befriedigung fest, dass sie sich besser fühlte als seit Tagen.

Sie klingelte nach ihrer Zofe.

Sie stand prompt in der Tür, doch es war nicht Rike, die in Häubchen und Schürze dort erschienen war, sondern Camilla.

»Die gnädige Frau wünschen?«, säuselte sie.

»Habe ich Rike während meiner geistigen Abwesenheit gekündigt und dich eingestellt? Kann ich mir deinen Lohn überhaupt leisten?«

»Ich werde dich finanziell ruinieren, Gnädige, aber dafür werde ich alle Zauberkünste anwenden, um dich wieder in ein ansehnliches menschliches Wesen zu verwandeln.«

Leonie lächelte, der heitere Ton fiel ihr plötzlich wieder leichter. Es war, als habe sich mit dem langen Schlaf auch ein Schatten verflüchtigt, der auf ihrer Seele gelegen hatte.

Der Schlaf hatte geholfen, die Tränen und wahrscheinlich auch das schmerzhafte Gespräch am Vortag.

»Man könnte mit einer Tasse Kaffee beginnen«, schlug sie vor.

»Eine gute Idee. Darauf sollte ein Bad folgen, Haarewaschen, eine leichte Massage und einige magische Tinkturen für Augen und Gesicht. Leg dich noch eine Weile nieder, ich kümmere mich um alles.«

»Warum, Camilla?«

»Weil du das heute brauchst.«

Sie hatte zwar schon an Kraft gewonnen, aber nicht genug Willensstärke, um sich gegen die Fürsorge zu wehren. Also folgte sie dem Rat.

Jette und Rike schleppten die Wanne und die Kannen mit heißem Wasser herbei. Ja, es gab Häuser, wie das von Jacobs, die ein eigenes Badezimmer mit einem Heißwasserboiler besaßen, aber der Erbauer dieses Hauses hatte noch nicht an solchen Luxus gedacht. Als sie ein Brötchen und einige Apfelschnitze gegessen hatte, war die Wanne gefüllt, und Camilla schickte die Haushälterin und die Zofe hinaus.

»Ich helfe dir.«

»Lass nur, Camilla. Ich komme gut alleine zurecht.«

»Du brauchst nicht genant zu sein, Leonie. In meiner Heimat baden die Frauen immer zusammen.«

Doch sie schämte sich, nicht nur der Nacktheit wegen, sondern weil sie wusste, wie hässlich die Narbe auf ihrem Bauch war. Aber irgendwie bewies ihre Freundin eine Beharrlichkeit, die zwar nicht an Aufsässigkeit, aber bestimmt an Unerbittlichkeit grenzte. Seufzend zog sie also das Nachthemd aus und stieg in die Wanne.

Camilla sagte nichts, aber in dem unwillkürlichen Zucken ihres Gesichts erkannte Leonie, dass sie die alte Wunde gesehen hatte. Mit einem Schwamm und einer wunderbar duftenden Seife wusch sie ihr schweigend den Rücken, schäumte ihr dann die Haare ein und spülte sie vorsichtig wieder aus. Schließlich hielt sie ihr ein großes Badetuch hin, das vor dem Kamin angewärmt worden war.

»Jetzt legst du dich bäuchlings auf das Bett, und ich werde dich mit einem Geheimnis des Harems vertraut machen!«

»Ich komme mir verhätschelt vor wie ein kleines Kind.«

»Na und? Ist das nicht schön? Ich fürchte, man hat dich viel zu wenig verhätschelt.«

Daran war viel Wahres, und folgsam legte Leonie sich auf den Bauch. Mit einem Öl, das zart nach Rosen und Vanille roch, rieb Camilla ihr den Rücken ein und begann dann, mit kräftigen, aber ungemein wohltuenden Bewegungen ihre Muskeln zu lockern.

»Manches vermisse ich hier in Deutschland. Heiße Bäder, Dampfbäder, Massagen, einfach den Genuss an der Körperpflege. Alle sind so prüde und verstecken ihre Körper unter Bergen von Stoffen, schnüren sich ein, bis sich die Rippen verbiegen, waschen sich mit kaltem Wasser aus kleinen Schüsseln.«

»Ja, das mag dir seltsam vorkommen!«, murmelte Leonie in ihr Kissen. Aber dann drehte sie sich so weit um, wie es ging, und sagte: »Trotzdem bist du hergekommen.«

»Ja, trotzdem.«

Kundig massierten Camillas Hände weiter, und es dauerte eine Weile, bis sie fortfuhr und die unausgesprochene Frage beantwortete.

»Ich habe vor sieben Jahren einen Mann kennengelernt, Leonie, in den ich mich verliebt habe. Mehr, Leonie, den ich mit jeder Faser meines Herzens liebte. Er erwiderte diese Liebe. Aber uns war kein gemeinsames Leben vergönnt. Später traf ich Jacobs, einen Mann aus demselben Land wie mein Geliebter. Es war nicht schwer, ihn zu – betören. Er war bereit, mir die Welt zu Füßen zu legen und mich mit nach Deutschland zu nehmen.«

Leonie glaubte zu verstehen, und unsägliche Trauer erfasste sie.

»Wo du deinen Geliebten wiederfandest.«

»Nein, Leonie, er ist tot. Auch wenn ich hoffte – er ist tot.«

Gleichmäßig strichen Camillas Hände ihre Wirbelsäule auf und ab.

»Sein Bruder?«

»Ja, sein Bruder.«

Das gab ihr eine Erklärung, und noch ein Schatten floh aus ihrem Herzen.

»Es tut mir so leid, für euch alle. Auch mein Gatte liebte seinen Bruder sehr.«

»Ja, Leonie. Es war ein enges, sehr enges Band, das zwischen ihnen geschlossen war. Je nun, du siehst, wir alle müssen mit Verlusten leben, wir alle tragen, sichtbar oder unsichtbar, Narben davon. Deine äußere, Liebes, ist gut verheilt. Aber ich ahne, wie entsetzlich die Geburt war. Es war eine verzweifelte Maßnahme.«

»Ja, um das Kind zu retten, nicht mich!«

»Genau wie du, Leonie, trage ich den Wunsch nach Vergeltung in mir. Und wir beide sind bereit, sie zu üben, wenn die Stunde kommt.«

»Du hast eine unkomplizierte Art, die Dinge auszudrücken.«

»Ich beschwere mich in wichtigen Dingen nicht mit Ballast. Und ich belaste mich nicht in Zeiten damit, in denen ich noch nichts bewirken kann.«

»Eine kluge Einstellung. Ich werde mich darum bemühen.«

»Schön, dann widmen wir uns jetzt deinem Gesicht.«

Lilientau und Gurkensaft halfen ihr, das noch immer vom Schlaf und den Tränen verquollene Gesicht zu beruhigen, Camillas Schminkkünste taten ein Weiteres, und zwei Stunden später war Leonie bereit, das Schlafzimmer zu verlassen und nach unten zu gehen.

Hier trafen sie Ursel an, die leise auf dem Klavier Tonleitern übte. Sie unterbrach ihre Etüden sofort und machte einen sehr graziösen Knicks vor Camilla.

»Hübsch machst du das, Ursel.«

»Ich übe, vor dem Spiegel.«

»Das ist recht. Ein junges Mädchen kann hässlich wie eine Gurke sein, wenn sie nur anmutige Bewegungen hat, wird man ihr dennoch immer Aufmerksamkeit schenken.«

»Bin ich eine Gurke?«

»Na ja«, sagte Leonie und kniff ein Auge zusammen. »Sagen wir, eine Gurkenblüte!«

»Oje, dann muss ich wohl noch viel Anmut üben!«

»Oder dir mal eine Gurkenblüte ansehen, die ist nämlich sehr hübsch!«, fügte Camilla hinzu.

Ursel schaute von der einen Dame zur anderen und bekam dann leuchtende Augen.

»Frau Mansel, jetzt sind Sie wieder richtig gesund!«

»Ja, ich fühle mich jetzt besser, Ursel. Und das nur, weil Rike die aufsässige Frau Jacobs einfach nicht loswerden konnte.«

»Gottchen, hat sie das gesagt?«

»Hat sie, und das Gottchen stecken wir bitte zukünftig in den Ascheimer. Alle, auch Rike.«

»Aber Herr Altenberger …«

»Hanno ist ein alter Herr, und der darf das. Junge Gurkenblüten nicht!«

»Na gut.«

»Was mich daran erinnert, dass wir uns morgen endlich wieder der Schlange annehmen müssen.«

»Ihr besitzt eine Schlange als Haustier?«

Camilla sah doch etwas überrascht aus, und Ursel begann zu kichern.

»Darf ich unser – äh – Haustier Frau Jacobs mal zeigen?«

»Lauf und hol sie.«

»Wir basteln an einer künstlichen Schlange, seit wir eine Spieldose gesehen haben, aus der sich ein solches Tier erhob.«

»Ja, mit Spieldosen hast du ein unglaubliches Geschick. Aber eine Schlange?«

Ursel präsentierte den Korb mit dem Gerippe, und Camilla nickte anerkennend.

»Das ist zumindest einem Schlangenskelett schon sehr ähnlich.

Oh, und das wird die Haut. Erstaunlich!« Sie ließ den langen Lederschlauch durch die Finger gleiten. »Eine Schlange fühlt sich zwar anders an, aber das ist schon sehr lebensecht. Wie werdet ihr den Kopf gestalten?«

»Herr Altenberger kennt einen Holzschnitzer!«, warf Ursel ein.

»Ihr wart offensichtlich sehr schöpferisch, während ich krank war.«

»Na ja, wir dachten, es würde Ihnen Spaß machen, wieder daran zu arbeiten, wenn Sie sehen, was wir herausgefunden haben.«

»Damit habt ihr Recht gehabt.«

Camilla hatte inzwischen die Schlange aus dem Korb geholt und sie auf den Boden gelegt. Wenn man das obere Ende, wo später der Kopf sitzen sollte, hin und her bewegte, schlängelte sich das Gebilde, allerdings etwas mühselig.

»Ja, ganz zufrieden bin ich mit den Bewegungen noch nicht. Die Gelenke sind beweglich genug, aber man braucht zu viel Kraft, um sie in der ganzen Länge hin und her gleiten zu lassen. Ich glaube, es liegt an diesen Seidenbändern, mit denen ich die einzelnen Glieder verbunden habe.«

Camilla nahm die Schlange vorsichtig hoch und legte sie sich um die Schultern. Sie schmiegte sich um sie wie eine Stola. Sie folgte auch ihren schlangengleichen Bewegungen, und Leonie schaute ihr fasziniert zu.

»Tanzt so eine Almé?«, fragte Ursel in ahnungsloser Neugier.

»Ursel!«

Leonies Stimme klang vorwurfsvoll, aber Camilla lachte leise.

»Ja, so tanzt eine Almeh! Du hast das Buch wohl gut studiert, das ich euch gegeben habe.«

»Ja, Frau Jacobs. Es ist sehr schön. Sind Sie so eine Almeh?«

»Ich war es. Jetzt aber bin ich eine gute deutsche Frau.«

»Es ist trotzdem richtig schön. Ich versteh das mit der Gurke! Sie sind so – mh – elastisch?«

»Geschmeidig, Ursel. Elastisch sind die Federn im Uhrwerk.«

»Nein, elastisch sind auch die Seitenteile in manchen Korsetts. Leonie, das könnte die Lösung sein. Dieser neue Stoff aus dem Kautschuk, den man neuerdings verwendet, das wäre das Richtige für diese Schlange. Statt der Seidenbänder. Dann brauchte man nur eine

Seite zu spannen, die andere zieht sich dann zusammen, ganz natürlich. So zum Beispiel!«

Sie machte eine schlangenförmige Bewegung des Oberkörpers.

»Woran ich erkenne, dass du kein Korsett trägst«, konstatierte Leonie leise.

»Richtig.«

»Und wo bekommt man solche Kautschukbänder her?«

Ursel war gleich wieder pragmatisch bei der Sache.

»Sie sollten Gawrila mal fragen. Sie kennt sich mit Stoffen aus.«

»Eine gute Idee. Wenn ich mich kräftig genug fühle, besuche ich sie«, meinte Leonie und lehnte sich in den Polstern zurück. Ihre Willenskraft war zwar zurückgekehrt, aber ihr Körper noch immer schwach.

»Wir ermüden dich, Leonie!«

»Ein bisschen, aber die Kraft, mit euch Tee zu trinken, habe ich sicher noch. Ursel, sagst du bitte Jette Bescheid, sie möchte ihn im Wintergarten servieren. Und sag, wo ist eigentlich dein Bruder?«

»Bei Thomas und Johannes. Und später wollte der Herr ihn mit in den Boxklub nehmen.«

»Nun, das wird ihm mehr konvenieren als dünner Tee mit schnatternden Frauenzimmern.«

Als Ursel aus dem Zimmer gehüpft war, legte Camilla Leonie den Arm um die Taille.

»Es ist schön, dass du wieder die Alte bist. Du hast es gut getroffen hier.«

»Ja, das habe ich wohl.«

Zufrieden lauschte Leonie aber dann nur noch, wie Camilla und Ursel über den Namen ihres »Haustiers« befanden. In dem Buch über die ägyptische Kultur fanden sie einige Götter, die als Schlangen dargestellt wurden, und nachdem Apophis als zu finster und Uräus als zu majestätisch befunden wurde, einigten sie sich schließlich auf Renenutet, von der der Autor behauptete, sie sei die Beschützerin der Kinder und Lehrerin der Pharaonen.

»Dann haben wir also die Herrin der Rechtfertigung geschaffen, die im Totenreich nach Gut und Böse fragte und im Leben das Schicksal der Menschen bestimmte.«

»Gut, dann pack aber jetzt Renenutet samt ihrer Haut wieder in den Korb zurück, Ursel. Und ich werde es ihr gleichtun und mich ein wenig niederlegen.«

»Ich werde mich auch verabschieden, Leonie. Darf ich in den nächsten Tagen wiederkommen?«

»Natürlich. Ich will sehen, dass ich schnell zu Kräften komme. Noch ist das Wetter so schön, und eine kleine Promenade sollte mir ganz guttun.«

Von diesem Nachmittag an fühlte Leonie ihre Energie sehr schnell wieder zurückkehren, und sie fragte sich, ob sie zu lange geschwiegen hatte. Die Schande hatte Camilla nicht abgeschreckt, sie hatte sie nicht verurteilt, keine Abscheu gezeigt, nur Verständnis. Edith und Sven hatten es auch nie getan, aber das war etwas anderes – Edith kannte sich mit dem Leid aus, das viele Frauen der unteren Schichten tagtäglich erfuhren, Sven war ebenfalls auf seine Art damit vertraut. Doch Damen und Herren der guten Gesellschaft, so hatte sie immer geglaubt, kannten derartige Vorkommnisse nicht, und wenn sie davon zufällig berührt wurden, dann wandte man sich entrüstet ab. So hatte sie es ihr Leben lang in ihrer Familie erlebt.

Ob sie es wagen sollte, sich ihrem Gatten anzuvertrauen?

Sie überlegte es ernsthaft. Doch es war etwas anderes, mit einer Frau darüber zu sprechen als mit einem Mann, auch wenn er einem noch so nahestand. Sie musste dazu erst Mut sammeln, wenigstens einige Tage noch.

Tod des Vaters

Du thronest hier mit des Gerichtes Waage
Und nenntest dich Vergelterin.
Hier – spricht man – warten Schrecken auf den Bösen.

Schiller: Resignation

Am 15. Oktober fanden die Festlichkeiten zur Eröffnung der Eisenbahnlinie von Aachen nach Herbesheim in Belgien statt, was deshalb von besonderer Bedeutung war, weil es sich dabei um den ersten grenzüberschreitenden Schienenweg handelte. Hendryk war froh, dass seine Gemahlin ihn zu den Festlichkeiten in Aachen begleiten konnte. Sie hatte sich, nachdem erst einmal ein Durchbruch geschaffen war, erstaunlich schnell erholt. Er beglückwünschte sich, die Idee gehabt zu haben, Camilla um Hilfe zu bitten. Nur wenig hatte er ihr angedeutet, aber sie war eine hochsensible Frau und hatte sofort verstanden, worin ihre Aufgabe bestand. Und sie mit Erfolg gelöst.

Überhaupt gab es in der letzten Zeit einige Erfolge für ihn. Russegger hatte sehr freundlich und hilfsbereit geantwortet und ihm den Aufenthaltsort Erich Langers genannt, mit dem er in einem regen Briefwechsel stand. Der Mann hielt sich noch bis Ende November in Nürnberg auf, wo er Verwandte besuchte, wollte sich dann aber auf eine neue Reise in Richtung Spanien machen. Hendryk hatte vor, sobald er seine Abrechnung mit Gutermann gemacht hatte, zu ihm aufzubrechen. Und die Regelung dieser Angelegenheit war in greifbare Nähe gerückt. Eine absurde Arabeske hatte ihn nämlich herausfinden lassen, warum Bredow einen derartigen Hass auf den ehemaligen Söldner Mansel entwickelt hatte, weshalb er noch immer versuchte, ihm durch Rufschädigung Steine in den Weg zu legen. Himmel, es wäre lächerlich, grotesk sogar, wenn sich nicht auch ein bitterernstes Schicksal dahinter verbergen würde. Der herzlose Söldner hatte nur das Lächerliche gesehen und vermutlich weidlich ausgenutzt, um seinen Vorgesetzten bloßzustellen. Denn der bedauernswerte Mann war kein Mann. Das ließ in gewisser Weise seine knabenhaft hohe Stimme vermuten, die ihm das Leben als Corporal sicher schon erschwert hatte. Bewundernswert, dass er dennoch den militärischen Beruf gewählt hatte. Er war nachweislich ein tapferer Soldat, aber in dieser Sache überaus empfindlich. Die Gerüchte folgten ihm indes wie ein Kometenschweif. Es hieß, und hier wurde es eigentlich furchtbar, seine in einem religiösen Wahn befindliche Mutter habe ihn mit Einsatz der männlichen Reife eigenhändig kastriert. Das daraus folgenden Defizit musste in einem algerischen Bordell herausgekommen und an Mansels Ohren gelangt sein. Wie auch immer, er verstand, dass Bredow ihm nicht wohlgesinnt war und es ihm mit gleicher Münze heimzuzahlen wünschte – indem er Ehrenrühriges verbreitete.

Trotzdem hatte diese Kampagne gegen ihn ein Stück weitergeholfen. Denn inzwischen war ein Mitarbeiter der Eisenbahngesellschaft bei der Überprüfung von Mansels angeblichen Unterschlagungen auf einige Ungereimtheiten bei den Grundstückskäufen gekommen, und da die in Frage kommenden Immobilien zunächst nur in den Vermessungsunterlagen als Geheiminformation vorlagen, fiel der Verdacht auf ihn, der ohnehin krimineller Machenschaften bezichtigt worden war.

»Mansel, waren Sie es?«, hatte von Alfter ihn angeblafft.

»Nein, Herr Oberbergamtsrat. Aber ich habe einen begründeten Verdacht, wer es war, und wie es zustande kam. Wenn Sie mir Akteneinsicht gestatten, kann ich möglicherweise den Fall erklären.«

»Wenn Sie doch nur ein Quäntchen zugänglicher wären, Mansel. Ein Quäntchen. Sie leisten hervorragende Arbeit, aber meine Kollegen sind misstrauisch. Sie neigen dazu, Ihnen die alleinige Schuld zu geben.«

»Ich kann es nicht ändern. Es tut mir leid, wenn es Ihnen Missbehagen verursacht.«

»Wühlen Sie die Akten durch, auch wenn ich mir damit den Arsch verbrenne!«, hatte der Oberbergamtsrat gegrollt, und Hendryk hatte gewissenhaft Aufzeichnungen aus Terminen und Koordinaten erstellt. Das Bild, das sich daraus ergab, erhärtete seine Vermutung. Wann immer sie Vermessungen der Strecke vorgenommen hatten, waren kurz darauf Grundstückskäufe getätigt worden. Meist kleine Parzellen nur, aber an strategisch wichtigen Stellen. Wo die lagen, das konnte nur jemand wissen, der den beschlossenen Streckenverlauf kannte, und zwar frühzeitiger als alle anderen. Anzunehmen, er selbst habe daraus Kapital geschlagen, lag nahe. In Frage kamen natürlich auch seine beiden Mitarbeiter, und die nahm er ernsthaft ins Gebet.

Sie waren es nicht, aber sie wussten, dass Lüning immer sehr sorgfältig Abschriften gemacht und oft, wenn sie schon das Büro verlassen hatten, noch weitergearbeitet hatte. Sie hatten sich nichts dabei gedacht. Allenfalls, dass er ein ziemlicher Pedant war.

Als Nächstes vergnügte er sich zwei Tage in Bonn mit dem Durchforsten der Grundstücksakten und fand gewisse Zusammenhänge heraus, die ziemlich zielgenau auf seinen Schwiegervater wiesen. Zwei andere Namen waren dabei auch im Spiel, und da es sich, wie er sehr schnell herausfand, um Brüder im Geiste handelte, also Mitglieder der Rosenkranzler, schloss sich für ihn der Kreis.

Als Nächstes machte er sich auf die Suche nach Lüning. Mit etwas Scheinheiligkeit fand er Zugang zu einer der Damen, die er von den wenigen Familienfeiern im Hause Gutermann in Erinnerung hatte, und konnte ihr entlocken, sein ehemaliger Sekretär sei nun als reuiges Schaf wieder in die Gebetsgemeinschaft aufgenommen worden. Allerdings käme er nicht mehr so regelmäßig, wie es wünschenswert sei, zu den Gebetsstunden, und seltsamerweise sei ihr Vorbeter Gutermann in diesem besonderen Fall sehr langmütig. Sie konnte ihm auch verraten, dass er in der Universitätsdruckerei irgendeinen wichtigen Posten innehatte.

Hendryk hätte Lüning gerne aufgesucht und zur Rede gestellt, doch aus gewissen Gründen schien ihm das nicht opportun. Aber er notierte sich seine Adresse und auch die Namen verschiedener Leute, mit denen er zu tun hatte.

Seine Vorgehensweise war eine andere.

Subtiler, wenn auch mit einem gewissen Risiko des Misslingens behaftet, aber vor allem für Leonie vorteilhaft. Er hatte Menschen schon immer recht gut einschätzen können, und seine Maskerade erforderte es, diese Fähigkeit weiter zu vervollkommnen. Gutermann war ein Choleriker, ein jähzorniger Tyrann, der es liebte, sein Umfeld vor sich kuschen zu sehen. Es gab wenige Menschen, vermutlich keinen, der sich ihm massiv entgegenstellte. Ein solches Verhalten würde ihn vor Wut explodieren lassen.

Und daraus würden sich dann die entsprechenden Folgen ergeben. Schlimmstenfalls würde er sich zu Tätlichkeiten hinreißen lassen, was jedoch Zeugen auf den Plan riefe, oder er würde sich durch unbedachte Handlungen und Aussagen selbst bloßstellen. Welche, das würde man sehen.

Ein unterwürfiges Schreiben an Gustav Gutermann verschaffte ihm widerwilligen Einlass in das Haus. Kalt empfing ihn der Patriarch in seinem Arbeitszimmer.

»Sie wünschen, Mansel?«

»Ein diskretes Gespräch, Gutermann.«

»Was kann man mit einem ehemaligen Verbrecher schon diskret besprechen?«

»Die Frage der Erbschaft. Meine Gattin ist Ihr einziges überlebendes Kind. Ich möchte sicherstellen, dass sie, sollten Sie das Zeitliche segnen, als Alleinerbin im Testament steht.«

»Unterliegen Sie einem Anfall von Irrsinn, Mann?«

»Nein, ich bin klaren Geistes. Ich würde Sie bitten, das Papier in meiner Gegenwart aufzusetzen und noch heute von zwei Zeugen unterschreiben zu lassen.«

»Raus!«

»Mitnichten. Mäßigen Sie Ihre Stimme, sonst wird dieses Gespräch nicht lange diskret bleiben.«

»Was maßen Sie sich an, Mann?«

Hendryk blieb ruhig sitzen, während Gutermann im Raum umherstapfte.

»Die Eisenbahngesellschaft interessiert sich sehr für gewisse überteuerte Grundstückskäufe. Ich habe schriftliche Beweise Ihrer Beteiligung in der Hand. Möchten Sie, dass ich die Ihrem guten Freund, dem Justizrat Lamberz übergebe?«

Wie von einer Kugel getroffen blieb Gutermann stehen und begann zu keuchen. Doch Worte kamen nicht aus seinem Mund.

»Setzen Sie sich, Gutermann, schreiben Sie Ihr Testament, das wird Ihr Gewissen beruhigen!«

»Sie haben nichts gegen mich in der Hand.«

»Doch, natürlich. Und recht hurtig, werter Schwiegervater, werde ich auch die Aussage Ihres Vertrauten Karl Lüning besorgen, der bedauerlicherweise Abschriften vertraulicher Unterlagen aus meinem Büro verkauft hat. Diesen Handel treibt er jetzt mit Doktorarbeiten weiter.«

Gutermann musst anfangen zu dämmern, dass er die schlechteren Karten in der Hand hielt. Aber er stellte sich stur.

»Warum sollte ich ausgerechnet Leonie etwas vermachen? Sie haben sich doch genug Vermögen zusammengegaunert.«

»Nicht genug, und Leonies Mitgift war doch etwas schäbig, finden Sie nicht auch?«

»Ausreichend für ein nichtswürdiges Weib. Mein Vermögen geht an die Kirche.«

»Das wird, lieber Schwiegervater, vor allem Ihre Schwestern und Brüder der Gebetsrunde erfreuen, zumindest, wenn sie vorher erfahren, dass Sie die Gelder, die Sie ihnen so reichlich für wohltätige Zwecke abzwacken, zu diesen sehr bedenklichen Immobiliengeschäften veruntreut haben.«

Das war ein Schuss ins Blaue.

Er traf ins Schwarze.

Aufstöhnend drückte Gutermann sich die Rechte ans Herz und rang nach Luft.

»Bevor Sie sich einem Herzanfall hingeben, schreiben Sie. Ich diktiere.«

»Den Teufel werde ich tun.«

»Sie werden, Sie schulden es Leonie. Und ihrer Tochter Rosalie. Sehen Sie, ich weiß nämlich, was für ein Schwein Sie sind!«

Gutermanns Kiefer mahlten, schließlich stieß er hervor: »Ihr Ehrenwort, dass dieses Gespräch diskret bleibt?«

»Mein Ehrenwort als Hendryk Mansel.«

Es fiel Gutermann offensichtlich schwer, die Feder zu halten, aber mit Hendryks aufmunternden Worten bekam er die drei einfachen Zeilen geschrieben, mit denen er seine Tochter Leonora Maria Mansel-Flemming, geborene Gutermann, zu seiner Universalerbin machte. Und er fragte nicht einmal, warum sie plötzlich einen Doppelnamen trug.

Der Majordomus und die Haushälterin unterschrieben als Zeugen.

Hendryk steckte das Papier ein.

»Und da ich ein Verbrecher bin, Gutermann, und kein Herr von Ehre, werde ich jetzt meinem Auftraggeber, dem Oberbergamtsrat, von meinen erstaunlichen Kenntnissen Meldung machen, um mich damit gegenüber dem verleumderischen Geschwätz zu rechtfertigen, das Sie auf Grund der Aussagen von Unteroffizier Bredow verbreitet haben. Einen schönen Tag noch, Herr Gutermann.«

Er verließ den Raum, ohne sich noch einmal umzudrehen.

Das Testament hinterlegte er mit dem Hinweis, Gutermann sei gesundheitlich zu angeschlagen, um selbst vorbeizukommen, bei dessen Notar. Der hatte selbstverständlich keine Bedenken, das Dokument aus der Hand des Schwiegersohns entgegenzunehmen.

Zwei Tage später erreichte Köln die Nachricht, Gutermann habe nach dem Besuch einiger Herren von der Eisenbahngesellschaft einen schweren Herzanfall erlitten und liege auf den Tod darnieder. Hendryk machte sich Sorgen darum, wie Leonie auf diese Nachricht reagieren würde, aber sie sah ihn gefasst an.

»Ich werde nach Bonn reisen.«

»Sind Sie ganz sicher, Leonie?«

»Ja. Haben Sie keine Angst, ich werde nicht wieder zusammenbrechen. Aber bevor mein Vater stirbt, habe ich noch eine Sache mit ihm zu bereinigen.«

»Ich bin bei Ihnen.«

»Danke, Hendryk. Sie sind sehr gut zu mir.«

Und dann tat sie etwas, das ihn beinahe in die Knie zwang. Sie legte nämlich ihre Arme um seinen Nacken und gab ihm einen scheuen Kuss. Unwillkürlich schlossen sich seine Hände um ihre Taille, und er zog sie ein wenig enger an sich.

»J'y pense«, flüsterte er und erwiderte sanft, sehr sanft ihren Kuss. Danach schob sie ihn sachte von sich und nickte.

»Ja, ich auch. Manchmal. Aber nun muss ich meine Angelegenheiten regeln.«

Wie sie das sagte, hörte es sich sehr mehrdeutig an, und er beschloss, dass die Deutung »erst meine Angelegenheiten regeln, dann …« die hoffnungsvollste für ihn war.

Das Haus der Gutermanns war beklemmend still. Rosalie hatte es mit ihrem Lachen gefüllt, Gutermann mit seinem gewichtigen Getue. Elfriede war ein unscheinbarer Schatten geworden nach der Totgeburt und dem Unfall des Mädchens. Das Personal huschte lautlos umher, denn der Tod lauerte hinter der Tür zum Schlafzimmer des Hausherren.

Aber kurz nach ihrer Ankunft traf auch Pastor Merzenich ein, um am Sterbebett seines Halbbruders zu wachen, Edith folgte und eine halbe Stunde später auch Sven.

»Wie geht es ihm?«, fragte er, und der Pastor antwortete ihm: »Die Ärzte haben keine große Hoffnung mehr. Er ist halbseitig gelähmt, sprechen kann er nicht mehr, das Atmen fällt ihm schwer. Aber er hat mir dennoch zu verstehen gegeben, er wünsche mich nicht an seinem Bett zu sehen.«

»Er will seinen eigenen Priester! Einen vom rechten Glauben«, kam es klagend von Elfriedes Seite. »Warum holt ihn keiner?«

»Weil er ohne die Sakramente sterben wird«, sagte Leonie bestimmt. Entsetzt drehte der Pastor sich zu ihr um.

»Leonie, es ist sein Glauben. So tolerant müssen wir immer sein. Er findet Trost darin.«

»Er wird ohne Trost sterben!«

Fassungslos starrte Merzenich seine Nichte an.

»Richtig, Pastor, wie Leonie es wünscht«, bestätigte auch Hendryk.

»Aber ... aber ...«

»Er wird ohne Trost sterben!«, kam es kalt von Edith.

»Und er wird, wenn es nach mir geht, an der Friedhofsmauer verscharrt, dort, wo Verbrecher hingehören!«, knurrte Sven.

Elfriede brach in hysterisches Kreischen aus, und Edith gab ihr eine Ohrfeige.

Verdutzt stellte die Frau das Geräusch ein.

»Sie haben mit Schuld daran, Elfriede. Hätten Sie besser auf Rosalie aufgepasst, hätte er sich nicht an ihr vergangen!«

»Was sagst du da?«

»Ich erkläre es Ihnen gerne. Pastor, wenn das Ihre Ohren beleidigt, verlassen Sie besser den Raum.«

Aber Merzenich blieb, während Edith ihr erklärte, was sie an Rosalie beobachtet hatte und was das Kind ihr auf seine eigene, hilflose Art verraten hatte. Erschüttert sah der Pastor Hendryk an, während Edith und Leonie schließlich die zitternde Elfriede aus dem Zimmer führten. Hendryk hatte Mitleid mit ihm, aber er konnte es ihm nicht ersparen, dem Geschehenen ins Augen zu sehen.

»Ja, ich fürchte, das ist die Wahrheit«, sagte er.

»Ja, aber …«

Und Sven fügte hinzu: »Haben Sie sich je gefragt, wer Rosalies Vater war?«

Pastor Merzenich verstummte und faltete nur die Hände zum Gebet.

Hendryk aber stand auf und lehnte die Stirn an das kalte Glas des Fensters. Es war nur gut, dass der Mann da oben schon im Sterben lag. Hätte er das früher gewusst, wäre vermutlich Schlimmeres passiert. Er hätte es nicht bei der Erpressung belassen. Mühsam rang er seine Gefühle nieder.

Während nun im unteren Salon die drei Männer schweigend zusammensaßen, denn es gab nicht mehr viel zu sagen, war von oben plötzlich Türenschlagen zu hören, und Elfriedes aufgebrachte Stimme schallte durch das Haus.

»Ich weiß, du Schwein, du kannst nicht mehr sprechen, und das ist gut so. Eines verspreche ich dir – ich werde dafür sorgen, wenn ich endlich Witwe bin, dass kein einziges Gebet für dein Seelenheil gesprochen wird. Von mir aus kannst du die Ewigkeit in der Hölle verbringen!«

Wieder knallte die Tür, und Edith kam zu ihnen in den Salon.

»Elfriede wird ihr Zimmer nicht mehr verlassen. Sie hat mit unerfreulichen Erkenntnissen zu ringen.«

»Wo ist Leonie?«

»Sie sitzt am Bett ihres Vaters. Sie wird dort sitzen bleiben, bis er gestorben ist.«

»Das muss sie nicht tun«, wandte Hendryk aufgebracht ein.

»Es ist ihre letzte Tochterpflicht, Hendryk, lasst sie«, wandte der Pastor ein.

Edith schüttelte den Kopf.

»Nein, nicht ihre letzte Tochterpflicht, Pastor. Sie wird schweigen und ihn ansehen, wie auch an Rosalies Beerdigung. Und er wird wissen, dass die Vergelterin bei ihm sitzt. Eine, die das Wort Gnade nicht kennt. Nur Gerechtigkeit.«

Merzenich sackte in sich zusammen, und irgendwann hob auch er den Kopf und seufzte: »Sogar mir fällt das Beten schwer.«

Hendryk hingegen fiel es leicht, aber er betete ja auch für seine mutige, beherrschte Frau, eine untadelige Dame in jedem Sinne, und die Worte, die er fand, waren von großer Innigkeit.

Lange nach Mitternacht war es, als Leonie leise in den Raum trat.

»Es ist vorbei.«

Hendryk erhob sich und bot ihr den Arm.

»Danke. Dürfte ich ein Glas Wein haben?«

»Natürlich, sofort.«

Sven nahm die Karaffe vom Tisch und goss ihr ein. Sie nippte daran, nahm aber dann einen großen Schluck.

»Nehmt bitte zur Kenntnis: Ich werde keine Trauer tragen, ich werde keine Karten verschicken, ich werde nicht an einer wie auch immer gearteten Beerdigung teilnehmen und keine Kondolenzbesuche entgegennehmen. Für mich ist Gustav Gutermann schon vor langer Zeit gestorben. Er war mein Vater nicht.«

»Ich schließe mich dem an«, sagte Hendryk, und Sven nickte.

»Ich auch!«, meinte Edith, »und ich vermute, Elfriede wird sich ähnlich verhalten.«

»Dann wird es meine Christenpflicht sein, meinen Halbbruder zu begraben.« Pastor Merzenich sah müde und alt aus. »Aber, um Gottes willen ja, ich habe Verständnis für euch.«

»Hendryk, können wir dieses Haus endgültig verlassen?«

»Sicher, Leonie. Ich habe ein Hotelzimmer gemietet. Und mit der ersten Kutsche fahren wir morgen früh zurück.«

Gemeinsame Entdeckung

Die wonnevollsten Freuden sind die,
welche man mitteilt und empfängt,
ohne dem Verstande davon Rechenschaft zu geben.

Freiherr von Knigge: Über den Umgang mit und unter Verliebten

Die Morgen-Kutsche hatten sie verschlafen, erst mit der Mittagspost machten sie sich auf den Weg nach Köln. Ihr Gatte war schweigsam, Leonie selbst einfach nur müde. Doch sie fürchtete nicht, diesmal wieder zu erkranken.

Es waren Zentnerlasten von ihr gewichen.

Sie brauchte sich nicht mehr zu verstellen, niemand verlangte von ihr, die achtungsvolle Tochter zu spielen. Sie betrauerte noch immer Rosalies Schicksal, doch so, wie sie es bei jedem anderen Kind auch getan hätte. Niemand forderte mehr von ihr.

Sie konnte in die Zukunft schauen. Und in dieser Zukunft gab es einen Mann und Kinder, zwei kluge, manchmal übermütige, selten bockige, einfach ganz gesunde Kinder. Sie entschädigten sie dafür, dass sie vermutlich keine eigenen haben würde.

Die Kutsche rumpelte über die holperigen Wege, und hin und wieder wurde sie gegen ihren Gatten geworfen. Es machte ihr nichts mehr aus, ihre steife Haltung, die sie früher immer eingenommen hatte, um nur jede Berührung zu vermeiden, war jetzt auch nicht mehr notwendig.

Es war schon fast dunkel, als sie endlich zu Hause eintrafen.

»Möchten Sie sich sogleich zurückziehen, Leonie?«

»Nein, ich möchte gemeinsam mit Ihnen und den Kindern zu Abend essen, wenn es recht ist.«

»Aber gerne.«

Sie wechselte die Reisekleider gegen ein leichtes Hauskleid und bürstete sich die Haare aus. Rike stand ein wenig verlegen im Boudoir und drehte die Hände ineinander.

»Was ist, Rike? Gibt es ein Problem?«

»Gnädige Frau, ist es richtig, dass Ihr Vater verschieden ist?«

»Gustav Gutermann ist gestorben, ja.«

»Müssten Sie nicht – ich meine, wegen der Kleider …«

»Ich werde keine Trauer tragen. Er war nicht mein Vater.«

»Oh!«

Sollte Rike sich selbst einen Reim darauf machen, das war sicher das Beste. Das Gleiche würde sie bei Jette sagen, auch wenn die gestrenge Haushälterin sicher die Nase rümpfte. Aber die Herrschaft war den Bediensteten nun mal keine Erklärung für ihr Handeln schuldig. Nur den Kindern musste sie eine plausible Geschichte erzählen, und das Beste war wohl, so weit wie möglich bei der Wahrheit zu bleiben.

Doch bevor sie zu Tisch gingen, stellte sie fest, wie geschickt ihr Gemahl diese Frage schon geklärt hatte.

»Ich habe ihnen gesagt, Gutermann sei bedauerlicherweise mit dem Gesetz in Konflikt gekommen, Leonie, weshalb wir so wenig Aufhebens wie möglich um sein Ableben machen wollen. Das ist im Übrigen ganz richtig, denn er hat ein paar sehr bedenkliche Geschäfte mit Grundstücken getätigt und sich der Unterschlagung von Geldern schuldig gemacht.«

»Wovon Sven im Sommer sprach?«

»Genau.«

»Haben Sie ihn damit konfrontiert?«

»Es blieb mir nichts anderes übrig. Man wollte mir – aus gutem Grund übrigens, denn die notwendigen Informationen stammten aus meinen Vermessungsunterlagen – die Schuld dafür anlasten. Er hat sie von Lüning bekommen, der unter der Hand Abschriften angefertigt hatte. Ich teilte ihm mit, ich wolle diese Fakten der Eisenbahndirektion unterbreiten. Es hat ihn sehr echauffiert.«

»Aber nicht seinen Herzanfall ausgelöst.«

»Nein, ich denke, der Besuch der Direktoren hat ihn derartig aufgeregt, dass ihn der Schlag traf.«

»Nun, er hätte ja ehrlich bleiben können.«

»Richtig. Wollen wir zu Tisch gehen?«

Fröhlich wie sonst verlief das Essen nicht, sondern eher still, und die Zwillinge zogen sich nach dem Nachtisch ein wenig scheu zurück. Ganz geheuer war ihnen die Situation nicht, merkte Leonie, aber sie würden oben in ihrem Zimmer schon genug darüber spekulieren und zu einer eigenen Haltung dazu finden. Es war schön, wenn man zu zweit war.

Sie nahm ihr Weinglas und ging zum Wintergarten. Der Himmel hatte sich bezogen, und ein kräftiger Wind war aufgekommen. Der Herbst hielt Einzug, in zwei Tagen würde bereits der erste November sein.

»Ich muss für ein paar Wochen fort, Leonie.«

Ihr Ehemann war hinter sie getreten und schaute auch in den stürmischen Himmel.

»Für Wochen?«

»Ja, ich hätte schon längst aufbrechen müssen, aber die Ereignisse hinderten mich. Seien Sie mir nicht böse.«

»Wohin führt Ihre Reise?«

»Nach Nürnberg.«

Sie stellte ihr Glas ab und drehte die Flamme in der Lampe hoch. Dann trat sie vor ihn.

»Ich bin die Maskerade so leid!«, stieß sie hervor und zog ihm die Augenklappe vom Gesicht. Er wehrte sie nicht ab, und mit fassungslosem Staunen sah sie in ein braunes und ein blaues Auge.

»Ein ziemlich untrügliches Erkennungszeichen, nicht wahr?«, meinte er mit einem Lächeln, aber sie blieb ernst.

»Das ist es bestimmt – Leo? Oder Urs?«

»Leo. Urs, mein Bruder, hatte dieselben Augen. Wir waren Zwillinge.«

»Darum also.«

»Darum glaubte Camilla, mich erkannt zu haben, ja. Was nur wieder zeigt, wie unvollkommen meine Maskerade ist.«

»Camilla sah mit den Augen der Liebe.«

»Andere sehen mit den Augen des Hasses, und die sind genauso scharfsichtig. Mit welchen Augen hast du sie durchschaut, meine Leonie?«

Er hatte einen Arm um ihre Taille gelegt, und diesmal ließ sie sich willig an ihn ziehen.

»Mit denen der weiblichen Neugier.« Sie konnte ein kleines Zwinkern nicht unterlassen.

»Nur Neugier?«

Sein Mund war plötzlich so nahe, dass sie keine Antwort mehr wagte. Stattdessen legte sie ihre Hände an seine Schultern.

»Darf ich mich erinnern, Vielliebchen?«, flüsterte er, und sie hob ihren Kopf.

Sein Kuss war zart zuerst, doch dann wurde er fester, fordernder und verlangend. Er weckte Wünsche in ihr, von denen sie nicht geahnt hatte, dass sie sie haben könnte. Aber dann fiel ihr wieder ein, dass es noch etwas zu beichten gab.

»Leo!«, hauchte sie, etwas atemlos. »Ich muss dir ... Es gibt in meinem Leben ...«

»Nichts, Liebes, das ich nicht schon wüsste. Nicht nur du hast meine Geheimnisse entdeckt, auch mir blieben die deinen nicht verborgen. Und glaube mir, jedes Mal, wenn ich wieder ein Stückchen mehr herausgefunden hatte, war ich schier von Schmerz überwältigt.«

»Du weißt von Rosalie?«

»Ja. Und ich bin der Letzte, der dich deswegen verdammt.«

Erleichterung überflutete sie, so sehr, dass sie sich kraftlos an seine Schulter lehnen musste.

»Es macht dir nichts aus?«

»Liebes, es macht mir sehr viel aus, dass du so etwas hast erleiden müssen, es macht mir überhaupt nichts aus, dass du die bist, die du bist – meine tapfere Leonie.«

»Danke.«

Er führte sie zu dem Kanapee und setzte sich, den Arm weiter um ihre Schultern gelegt, neben sie.

»Ich schulde dir Erklärungen, viele, und einige kann ich dir geben, aber nicht alle.«

»Du brauchst nichts zu erklären, was du nicht willst. Ich vertraue dir, das weißt du doch.«

»Ja, und darauf hoffe ich auch weiterhin. Aber wenn du meinen Namen schon weißt, dann hast du auch herausgefunden, dass Urs und ich an einer Expedition nach Ägypten und in den Sudan teilgenommen haben.«

»Ja. Dabei habt ihr Camilla – oder besser Gamila – kennengelernt. Aber sag mir, die Kinder ...?«

»Das ist eine traurige und recht unrühmliche Geschichte. Urs ging nach unserem Studium in Freiberg nach Bonn, um bei Noeggerath weiter zu studieren und zu forschen. Ich blieb bei meinen Eltern in Barsinghausen. Mein Vater ist übrigens auch ein begeisterter Geologe, Professor in Hannover.«

»Sie leben noch, deine Eltern?«

»Ja, und das ist auch einer der trüben Punkte dieser unseligen Maskerade. Sie dürfen nicht wissen, dass ich noch lebe. Aber zurück zu den Zwillingen. Urs lernte ein hübsches junges Mädchen kennen und begann eine Affäre mit ihr. Sie wurde schwanger, und er versprach, für sie zu sorgen. Möglicherweise hätte er sie sogar geheiratet, obwohl viele Leute die Nase gerümpft hätten. Sie kam aus kleinen Verhältnissen und hatte sich mit ihrer Schönheit und einigem Talent am Theater etabliert. Aber dann erhielten wir das Angebot, im Auftrag unseres Königs Ernst August nach Ägypten zu reisen – mein Vater hatte da vermutlich seine Finger mit in der Sache. Jedenfalls war das für uns junge Männer – wir waren gerade siebenundzwanzig geworden – eine weit größere Herausforderung als ein Forschungsauftrag in Bonn oder Geländeexplorationen am Deister.«

»Er verließ seine Geliebte.«

»Ja, doch mit dem festen Versprechen, sich um sie und die Kinder, die damals noch keine drei Jahre alt waren, zu kümmern. Er liebte die beiden von ganzem Herzen, und ich bin sicher, er hätte Cäcilia auch geheiratet, wenn nicht …«

»Camilla?«

»Nein, nicht Camilla. Cäcilia starb im Winter bei einer Grippeepidemie. Wir erfuhren erst im Frühjahr davon. Die Kinder waren damals in der Obhut ihrer Mutter. Urs war am Boden zerstört, doch statt nach Hause zu fahren, überredete er mich, an der Expedition Russeggers teilzunehmen. Goldsuche – Himmel, wen reizt das nicht?«

»Natürlich.«

»An König Mehemet Alis Hof lernten wir die Almeh Gamila kennen, und Urs verfiel ihr augenblicklich. Es war gegenseitig, und wer würde ihm einen Vorwurf machen?«

»Camilla ist eine hinreißende Frau und versteht es zu trösten – ich habe es ja selbst erlebt.«

»Ich freue mich, dass ihr Freundinnen seid. Und dass du ihr geholfen hast, hier Fuß zu fassen.«

Leonie legte den Kopf an seine Schulter, und irgendwie gerieten sie plötzlich in eine viel engere Umarmung.

»Leonie?«, flüsterte er in ihr Haar, und es lag eine Frage darin, die sie sehr wohl verstand.

»Ja, mein Gemahl?«

»Ich wäre gerne wirklich dein Gemahl, Leonie. Ich sehne mich schon so lange danach.«

Sie wusste, dass sie errötete. Aber tapfer nickte sie.

»Wollen wir uns zurückziehen?«

Noch einmal nickte sie und stand auf.

Er ließ ihr die Zeit, sich für die Nacht zurechtzumachen, und erst als die Lichter gelöscht waren und nur das kleine Flämmchen des Nachtlichts flackernde Schatten warf, kam er zu Bett, und sie spürte seinen Arm, der sich unter ihre Schultern drängte. Ein unbekleideter Arm. Angst, Scham, der Wunsch nach Zärtlichkeit, eine seltsame Erregung und ein Sehnen erfüllten sie.

»Ich werde dir nicht wehtun, Leonie. Hab Vertrauen, auch darin, bitte.«

»Ja, Leo. Ich … versuche es.«

»Es ist etwas Vollkommenes und Schönes, wenn es aus Liebe geschieht. Und, meine Leonie, ich liebe dich!«

Ihr wurde sehr warm unter der Decke, aber mit vorsichtigen Fingerspitzen berührte sie seinen Arm. Er hielt ganz still, als sie seine Schulter erreichte und die unebene Haut über der Narbe erspürte.

»Oh!«

»Ja, auch ich bin nicht vollkommen, Liebes. Es gibt einige Stellen an mir, die notdürftig zusammengeflickt sind. Aber deine Hände machen das vergessen.«

»Ich habe auch …«

»Ich weiß. Ich sah es einmal, als du gebadet hast. Ich öffnete damals versehentlich die Tür.«

»Als dich die Kutsche mit Schmutzwasser durchweichte?«

»Ja.«

»Oje. Ja, ich dachte damals, jemand hätte die Tür geöffnet. Aber ich wusste nicht, dass du es warst. Es hat dich sicher sehr entsetzt.«

»Mich hat entsetzt, wie unsensibel ich gewesen war.«

Er rückte näher an sie heran und streichelte über ihren Bauch. Es fühlte sich seltsam an, seltsam und sehr aufregend.

»Könntest du wohl erwägen, dieses ausgesucht scheußliche Nachthemd auszuziehen?«

Sie sog erschrocken den Atem ein.

»Ich … nein … es ist doch gar nicht so hässlich.«

Sie hörte ihn leise an ihrem Ohr lachen.

»Na gut, das mag Geschmackssache sein, es ist aber sehr störend.«

»Aber ich trage darunter …«

»… nur noch deine Haut, Liebste, und die möchte ich spüren. Vertrau mir doch.«

Nacktheit, so hatte man ihr das ganze Leben lang erklärt, war etwas hochgradig Peinliches. Nur hinter verschlossenen Türen, ganz im Privaten, etwa bei einem Bad, wenn es unumgänglich war, durfte man alle Kleider ablegen. Noch nicht einmal vor einem Arzt hätte sie sich ganz entblößt. Und nun bat ihr Gatte sie darum.

»Es ist sehr unschicklich!«, flüsterte sie.

»Nein, es ist nicht unschicklich. Nicht jetzt und nicht hier. Sieh mal, die Decke liegt doch noch über dir, niemand kann dich sehen. Aber ich möchte dich fühlen.«

»Macht man das so?«

Sie merkte, dass er ein Lachen unterdrückte, und kam sich unwissend und unbeholfen vor. Und ein bisschen feige. Also zupfte sie die Schleife an ihrem Hals auf und wand sich unter der Decke aus dem voluminösen Hemd.

Sie erschauderte, als sie gleich darauf seine Hände auf ihrer Hüfte spürte und er näher an sie heranrückte. Auch er war völlig unbekleidet, stellte sie dabei fest. Und – eigentlich fühlte sich seine warme Haut sehr angenehm an. Versuchsweise fuhr sie mit ihren Händen über seine Brust und merkte, dass sein Herz schneller zu schlagen begann.

»Ich habe mir von Anfang an gewünscht, einmal von deinen schönen Händen berührt zu werden, Liebste.«

»Oh, wirklich?«

»Ja, wirklich. Ich habe gelegentlich große Willensstärke aufbringen müssen, dir ein mustergültiger und zurückhaltender Gatte zu sein.«

Dieser Gedanke war ihr bisher noch nicht gekommen, aber plötzlich erfüllte er sie mit einem schlechten Gewissen.

»Ich war sehr – kühl zu dir.«

»Nach dem, was ich allmählich von dir herausfand, hatte ich größtes Verständnis dafür. Mein Kopf, nicht mein Körper. Der wünschte sich weiterhin, von dir gestreichelt zu werden.«

Sie erfüllte diesen nicht unbilligen Wunsch jetzt und erhielt eine gleichwertige Gegenleistung, die sie mehr und mehr Atem kostete. Als er sich über sie beugte und ihre Wangen, ihre Lider und schließlich ihre Lippen küsste, benötigte sie ebenfalls jede Willensstärke, um sich nicht verlangend an ihn zu drücken.

»Es gibt Momente«, flüsterte er ihr in die Haare, »da muss eine Dame aufhören, eine Dame zu sein.«

»Um was zu werden?«

»Frau, Geliebte, Gattin!«

Seine Hände wölbten sich über ihrem Busen und sein Mund drängte sich an den ihren.

Mit einem hastigen Knicks verabschiedete sich die untadelige Dame, und die Löwin in ihr erwachte.

Leonie gebot ihr nicht Einhalt.

Als sie wieder zu so etwas wie Besinnung kam, lag nicht die schwere Daunendecke über ihr, sondern ein wohlgestalteter, leicht verschwitzter Mann, der heftig atmete.

Sie stellte ähnliche körperliche Dispositionen an sich fest und schnaufte leise.

»Liebste!«

»Leo!«

»O Gott, ist das schön, diesen Namen aus deinem Mund zu hören.«

»Leo. Leo, was hast du mit mir gemacht?«

Er richtete sich ein wenig auf und lächelte sie an.

»Im technischen Sinne die Ehe vollzogen, aber man könnte wohl auch sagen, ich hätte die Flamme der Leidenschaft entzündet.«

»Ja. Ja, das hast du wohl.«

»Hat es dir gefallen?«

»Mhm.«

Sie zog ihn wieder herunter zu sich und vergrub ihre Hände in seinen Haaren. Das Teufelchen Neugier war auch wieder erwacht.

»Wie sehen sie wirklich aus?«

»Oh, wie deine, schöne Löwin. Braun mit etwas Gold darin. Ich werde aufhören, diesen scheußlichen Extrakt zu verwenden. Es kommt vermutlich jetzt nicht mehr darauf an.«

»Ist der Grund hinfällig geworden?«

»Ich fürchte, es fehlt nicht mehr viel daran. Darum ist es ganz gut, wenn ich für eine Weile von hier verschwinde. Es gibt mir vielleicht einen Aufschub.«

Er erhob sich vorsichtig und langte nach dem Plumeau, das wie ein gestrandeter Wal auf dem Boden neben dem Bett lag.

»Es wird kühl, und es ist auch sehr schön, unter den Federn zu kuscheln. Oder möchtest du schlafen?«

»Schlafen? Wie könnte ich neben einem solchen Gatten auch nur ein Auge zutun!«

Die Traulichkeit, die sie miteinander geteilt hatten, hatte sie mutig gemacht, und sie warf einen flüchtigen Blick auf den Leib ihres Gatten. Ein sehr wohlproportionierter, sehr fester und kräftiger Leib.

»Finde ich dein Wohlwollen?«

»Ein endgültiges Urteil kann ich mir noch nicht erlauben, mein Herr. Mir fehlen Vergleiche.«

»Und ich muss dich morgen verlassen. Ich werde mich jeden Tag in Eifersuchtsqualen winden.«

»Nein, Leo. Das brauchst du nicht. Ich habe gescherzt.«

»Ich weiß. Aber ich bin dir nicht immer treu gewesen, und das bedauere ich zutiefst. Ich hoffe, du glaubst meinem Versprechen, dass es nie wieder vorkommen wird.«

»Aachen?«

»Ja. Himmel, wissen denn Frauen alles?«

»Es lag doch nahe, nicht?«

»Es ist etwas völlig anderes, Geliebte, das Bett mit der Frau zu teilen, die man mehr liebt als sein Leben, als mit einer bezahlten Poussage.«

Sie lag jetzt in seinem Arm und fühlte sich geborgen. Nein, sie nahm es ihm nicht übel, dass er sein Vergnügen außer Haus gesucht hatte. Zum einen taten das fast alle Männer, wie sie von den pikanten Flüstereien in den Boudoirs ihrer Freundinnen gelernt hatte, und zum anderen hatte sie ihm dazu ja jeden Anlass gegeben. Doch nun war er bei ihr, und sie glaubte seinem Versprechen. Sie hatte sich ihm anvertraut, hatte innere Hürden überwunden und nur Glückseligkeit gefunden. Schmerzen hatte sie befürchtet, Zärtlichkeit erhalten und Ekstase gefunden.

Sie streichelte über seine Rippen, seinen straffen Bauch, seine breite Brust. Wieder beschleunigte sich sein Herzschlag, und das Wissen darum, dass sie es auslöste, ließ auch das ihre schneller schlagen.

»Liebste?«

Sie nahm die Hände fort.

»Nicht, nicht loslassen. Ich brauche das so sehr.«

»Aber …«

»Oh, man darf das auch mehr als einmal in der Nacht machen.«

»Tatsächlich?«

Man durfte und Mann konnte.

Als er aufwachte, hielt das namenlose Glücksgefühl noch an, das ihn in seinen Träumen durchflutet hatte. Er war wieder in Barsinghausen, vor dem Haus lagen die weiten Koppeln, und sie waren nach einem langen Ausritt über die sonnigen Hügel nach Hause gekommen. Seine Mutter, mit Gartenschürze und Handschuhen, werkelte zufrieden in den Rosen und begrüßte ihn mit einem warmen Lächeln. Horaz, der riesige Mischlingshund, der ihr nicht vom Rocksaum wich, forderte schwanzwedelnd ein Kraulen zwischen den Ohren, während Rosetta, die Katze, ihm auf der warmen Ziegelmauer träge zublinzelte. Sein Vater, im staubigen Gehrock, reinigte auf der Veranda einige Gesteinsproben, eine Arbeit, die er nach strenger Anweisung seiner Gattin nicht im Haus erledigen durfte.

Es war so friedlich, ein so vertrautes Bild von Gemeinschaftlichkeit und Liebe, das sich ihm im Traum geboten hatte, und das nicht endete, denn in seinen Armen lag die Option für eine Zukunft, die ihm genau dieses Leben versprach.

Leo – Leo hatte sie ihn genannt. Nach fünf Jahren war sie der erste Mensch, der ihn wieder bei seinem wahren Namen rief. Es gab ihm einen Ruck, es verwandelte ihn beinahe. Er war wieder der Mensch, der er einst gewesen war, nicht der wurzellose Abenteurer Mansel, sondern ein Mann mit tiefen Bindungen an seine Familie und seine Heimat. Es wurde Zeit, das zu erledigen, was es zu tun gab, um für alle Welt wieder Leo Flemming zu sein.

Für den Augenblick, jetzt und in dieser Stunde aber reichte es ihm, Leo für seine Leonie zu sein.

Sie sah so hübsch aus im Schlaf, verwuschelt, mit leicht geröteten Wangen, ein feines Lächeln auf ihren vollen Lippen. Ja, es steckte eine Löwin in ihr, gezähmt zumeist und unter der Fassade einer untadeligen Dame verborgen, doch trotz allem konnte sie sie nicht leugnen. Er freute sich, dass sie ihm so sehr vertraut hatte, dass sie sich ihm ohne Schranken hingeben und er sie das Entsetzen der Vergangenheit vergessen machen konnte.

Draußen rüttelte noch immer der Wind an den Fenstern, und bleifarbene Wolken zogen über den Himmel. Die Reise, die vor ihm lag, würde beschwerlich werden. Aber wenn er die Zusagen und Zeugnisse bekam, die er sich erhoffte, hatte er alle Indizien zusammen, um einen brauchbaren Plan auszuarbeiten, wie er den Schuldigen an seiner Lage an den Pranger stellen konnte.

Leonie erwachte, er bemerkte es an ihren Atemzügen, und sacht streichelte er ihre Wange. Ihre Lider flatterten, und dann sahen ihn ihre goldenen Augen an. Nicht verwundert, sondern vertraut und mit unsäglicher Zärtlichkeit.

»Liebste!«

»Leo!«

Er zog sie an sich und genoss ihre warme, seidige Haut. Das Nachthemd hatte sie zum Glück nicht wieder angezogen.

»Es ist schön, in deinen Armen aufzuwachen.«

»Dieses Gefühl teile ich, mein Lieb.«

Sie schnurrte leise und rieb ihre Wange an seiner Schulter. Dann aber hob sie den Kopf.

»Wann musst du fort?«

»Ich werde gegen Mittag aufbrechen. Morgen habe ich noch eine wichtige Angelegenheit in Bonn zu klären, von dort aus reise ich dann am Donnerstag weiter. Ich denke, ich werde fünf oder sechs Tage bis Nürnberg brauchen. Meine Gespräche werden hoffentlich nicht mehr als zwei, drei Tage in Anspruch nehmen, dann komme ich zurück. Wenn alles glatt geht, bin ich so um den zwanzigsten November wieder hier.«

»Das Wetter wird ungemütlich.«

»Ja, und darum wirst du dir nicht zu viele Sorgen machen, wenn es etwas länger dauert.«

Sie lächelte.

»Doch, werde ich!«

»Wenn es mir möglich ist, werde ich dir Nachricht zukommen lassen.«

»Nimmst du die Post?«

»Ich wollte mit dem Phaeton fahren. Aber es kommt auf das Wetter an. Es wäre schon schön, wenn es eine durchgehende Eisenbahnstrecke gäbe.«

»Das wird in Zukunft das Reisen leichter machen. Aber auch da gibt es Verzögerungen und Unfälle.«

»Ich werde mir sehr große Mühe geben, in einem Stück zu dir zurückzukommen. Es ist mir sozusagen ein Herzensanliegen.«

Sie fuhr ihm durch die Haare und schaute ihm ins Gesicht.

»Die Mädchen müssen dir reihenweise zu Füßen gesunken sein – bei diesen Augen!«, murmelte sie.

»Ich watete durch die Massen. Es war sehr, sehr lästig!«

»Ein bedauernswertes Schicksal. Erlag auch Frances ihnen?«

»Frances? Oh – sag mal, hast du hinter meinen Schränken spioniert?«

»Man kann es nicht eigentlich spionieren nennen, Lennard hatte einen Unfall mit der mittleren Lade, und ich musste ihn befreien.«

»Wobei du offensichtlich keine Hemmungen hattest, Schlösser aufzubrechen.«

»Nun, wer Spieldosen ...«

»Verbrecherische Fähigkeiten, kann ich da nur sagen. Aber nein, Lady Frances lag mir nicht zu Füßen. Praktisch gesehen, tat ich es bei ihr.«

Ihr Gesicht überzog eine winzige Düsternis, und er lachte leise.

»Lady Frances beherbergte mich ein ganzes Jahr lang, und die meiste Zeit davon verbrachte ich in einem ihrer Betten«, konnte er nicht lassen, sie zu necken.«

»Eine leidenschaftliche Affäre?«

»Eine schmerzhafte eher. Sie sammelte mich unter einem Dornbusch auf, als ich halb verdurstet und verletzt mein Ende erwartete – eine Kobra hatte mich bereits zu ihrem Frühstück bestimmt.«

»Großer Gott.«

»Lady Frances ist ein Original, Leonie. Sie ist um die sechzig, trägt ausschließlich orientalische Männerkleidung und reitet mit den Hunden zur Jagd im Wadi el Kharif. Dort in der Gegend residiert sie in einem staubigen Palast wie ein Emir. Sie hat einen hervorragenden Arzt für mich besorgt, der mich wieder zusammengeflickt hat, aber es dauerte einige Zeit, bis ich wieder auf eigenen Füßen stehen konnte.«

»Entschuldige, ich sollte nicht eifersüchtig sein.«

»Es schmeichelt mir aber, wenn du es bist.«

»Mhm.«

Eine Weile streichelte er sie unter der warmen Decke und fühlte das Verlangen erwachen. Doch sie rückte plötzlich ein wenig von ihm ab.

»Du suchst den, der dir das angetan hat, nicht wahr?«

»Ja.«

»Er hält dich für tot, wie deinen Bruder.«

»Richtig.«

»Er ist sein Mörder.«

»Stimmt.«

»Und du bist ihm ganz nah auf der Fährte.«

»Auch das ist richtig. Der Grund meiner Reise.«

»Bist du in Gefahr?«

»Ich bin es, seit ich wieder in Deutschland bin, aber bisher hat er mich noch nicht entdeckt. Aber ich spüre, es ist bald so weit. Dieser unglückselige Bredow mit seinem Gerede über den Söldner Mansel hat einige Leute aufhorchen lassen, die anfangen, in meinen Angelegenheiten zu stöbern. Es wird der eine oder andere Ungereimtheiten entdecken, und wie gesagt, so perfekt ist meine Maskerade nicht.«

»Kann Bredow dich verraten?«

»Er kennt meine wahre Identität nicht.«

»Camilla kennt sie und – Ernst?«

»Ja, die beiden.«

»Sind die Kinder in Gefahr?«

»Ich hoffe nicht, aber es wäre gut, ein Auge auf sie zu haben. Sie sollten nicht alleine herumstreunen.«

»Vor wem muss ich mich in Acht nehmen?«

»Vor jedem, der zu genaue Fragen nach mir stellt. Vor Sonia und ihrem Klüngel. Vor Selma. Vor allen Schwätzerinnen.«

»Gut, ich werde die Zeit sehr häuslich verbringen.«

»Das würde auffallen. Aber hüte deine Zunge – darin bist du ja gut. Und wenn jemand fragt, wohin ich gereist bin, dann sollte es heißen, ich müsse wegen der neuen Eisenbahnlinie nach Herbesheim in Belgien. So werde ich es morgen in Bonn verlauten lassen. Außerdem wirst du mich offiziell erst Anfang Dezember zurückerwarten.«

»Herbesheim, natürlich. Es liegt ja nahe. Und mit wem triffst du dich wirklich?«

»Mit einem Mann namens Erich Langer, der wichtige Aufzeichnungen für mich hat. Hoffe ich zumindest.« Er fuhr ihr mit einem Finger über die Nase. »Und damit du diese süße, neugierige Nase nicht wieder heimlich in meine Unterlagen stecken musst, lasse ich dir den Schlüssel für den Schrank da. Wenn du magst, lies die Briefe von Lady Frances, es wird dir vieles erklären. Und – Geliebte – sollte mir unterwegs etwas passieren, nimm die Kassette an dich und mache dich mit den Kindern auf dem schnellsten Weg auf nach Barsinghausen, zu meinen Eltern. Du wirst ihnen dann viel erklären müssen, aber sie werden verstehen und für euch sorgen.«

»Dir darf nichts passieren.«

»Nein, natürlich nicht. Aber das Schicksal ist launisch, und ich möchte dich und die Zwillinge in Sicherheit wissen.«

Sie biss sich auf die Unterlippe, und es betrübte ihn, ihr Angst zu bereiten. Aber es ließ sich nicht vermeiden.

»In der Kassette sind Smaragde.«

»Ja, ein Vermögen. Mhm, das Schloss hast du also auch aufbekommen?«

Sie zuckte mit den Schultern, aber ihre Augen sprühten kleine Funken.

»Diebesgut?«, fragte sie.

»O nein, der Verbrecher unter uns bist du. Ich fand sie, unter nicht gerade glücklichen Umständen, in einer verlassenen Mine. Aber es war sehr hilfreich, sie zu besitzen. Wenn die Dinge geklärt sind, Leonie, lasse ich für dich daraus einen Schmuck fertigen, um den dich Königinnen beneiden werden.«

»Du bist leider ein bisschen verrückt, mein Ehegemahl!«

»Nur ein kleines bisschen!«

Er zog ihr die Decke fort und bewies ihr, dass sein Geisteszustand wahrlich zu wünschen übrig ließ.

»Tollkopf!«, konnte sie gerade noch murmeln, dann verlor sie sich in ähnlich verrückten Welten.

Der Anschlag

WENN ERD UND HIMMEL TRÜMMERND AUSEINANDERFLIEGEN
DARAN ERKENNE DEN ERFÜLLTEN SCHWUR.

Schiller: Resignation

Karl Lüning wiegte sich in Sicherheit. Diese dumme kleine Episode mit dem Mädchen hatte keine weiteren Folgen gehabt, wie er es zunächst befürchtet hatte. Vier Tage lang hatte er sich in Köln versteckt gehalten, immer in der Angst, die Büttel könnten ihn suchen, aber nichts war geschehen. Man mochte ihn beschrieben haben, aber er hatte die Fahrt natürlich unter falschem Namen angetreten. Er war zurückgekehrt, hatte eine glaubhafte Geschichte von einem schmerzlichen Unfall erzählt und sich eine Woche lang nur humpelnd und am Stock zur Arbeit begeben. Von Gutermann hatte er sich klugerweise ferngehalten. Und jetzt, sechs Wochen später, hatte er mit geradezu überwältigender Erleichterung gehört, dass der alte Heuchler ins Gras gebissen hatte. Das Schicksal meinte es wahrhaftig gut mit ihm.

Im vergangenen Monat hatte es keine Versammlungen gegeben, was er sehr bedauerte, dann aber, Mitte Oktober, hatten sie sich wieder eingefunden, um der großen Schlange der Unterwelt zu huldigen. Und aus ganz bestimmten Gründen war er selbst plötzlich zu einer wichtigen Person geworden.

Denn die Amudat-Bruderschaft hatte einen Feind. Einen, auf den er selbst den Obersten der Brüder aufmerksam gemacht hatte. Zunächst war der Widderköpfige besorgt gewesen, dass dieser Mansel offensichtlich von der Existenz gewisser Worte der Macht wusste. Doch Lüning war ein ungemein kluger Mann, hatte Nachforschungen angestellt, und wie es schien, hatte die Schwester Katze ihm dabei weiterhelfen können. Sein ehemaliger Arbeitgeber, der ihn wegen dieser läppischen Sache mit dem Uhrmachermädel so schmachvoll behandelt hatte, schien tatsächlich selbst einigen Dreck am Stecken zu haben. Es galt, diesen Mann aus dem Verkehr zu ziehen, bevor er Schlimmeres anrichten konnte.

Und die Wahl, das zu tun, war auf ihn gefallen.

»Denn du willst Rache nehmen an ihm, Fra Babi. Und das gefällt dem Herrn des Chaos. Am dreißigsten Oktober wird er sich an der Bahnstrecke in Tannenbusch aufhalten. Erfreulicherweise werden auch die Ulanen in der Gegend auf ihrem Exerzierplatz sein. Schüsse werden fallen, und wenn du es richtig anstellst, wird es einen bedauerlichen Unfall geben. Kannst du mit einer Schusswaffe umgehen?«

Er konnte es bis dato nicht, aber Fra Chnum organisierte eine Möglichkeit für ihn, auf einem Schießstand der Infanteristen in Köln diese Fähigkeit so weit zu erlernen, dass er ein sich langsam bewegendes Ziel aus moderater Entfernung treffen konnte.

Jetzt saß er also, die Pistole im Anschlag, verborgen hinter einigen Büschen in der Nähe des Bahndamms und zitterte. Nicht nur des kalten Windes und des Nieselregens wegen, sondern auch, weil er ständig fürchtete, einer der Arbeiter, oder schlimmer noch, einer der Soldaten, die auf dem freien Feld hinter ihm wilde Attacken ritten, könnten ihn entdecken. Er wartete darauf, dass der Phaeton auftauchte, mit dem Mansel seine Dienstfahrten zu unternehmen pflegte. Während der langsam dahintröpfelnden Minuten kam ihm flüchtig der Gedanke, Fra Chnum müsse vermutlich irgendetwas mit dem Militär zu tun haben. Nicht nur, dass er ihm Waffe und Schießausbildung verschaffen konnte, er wusste um die Feldübungen der Bonner Ulanen, und seine Abwesenheit im Oktober wäre damit auch geklärt – die Herbstmanöver. Und ganz gewiss war er kein Subalterner. Ein hochrangiger Offizier, ein Mann der Macht, auch im bürgerlichen Leben.

Lüning hegte größte Bewunderung für den Mann, der die Bruderschaft gegründet hatte und sein geheimes Wissen weitergab. Er selbst hätte nichts dagegen, ihn als den Hohepriester anzureden, und hatte das auch schon getan, aber der Widderköpfige bestand darauf, nur einer der ihren zu sein, ein einfacher Diener des Herren Apophis. Wie wohltuend unterschied ihn das von Gutermann, der die Rosenkranzler mit autokratischer Strenge geführt hatte. Aber das Kapitel war ja abgeschlossen.

In der Ferne gab es eine Bewegung am Bahndamm. Lüning nahm das Fernrohr zu Hilfe und stellte es auf das fragliche Objekt ein. Tatsächlich, der Einspänner war Mansels Wagen. In zügigem Trab fuhr er der Stelle entgegen, wo einige Arbeiter eine Bresche im Gleiskörper flickten. Noch war er zu weit entfernt, aber gleich würde er nahe genug an ihm vorbeifahren müssen.

Seine Hände waren eiskalt, doch auf seiner Stirn stand der Schweiß. Leise intonierte er den Gesang der Macht, um sich für das zu stärken, was der Gebieter ihm aufgetragen hatte.

Näher und näher kam der Phaeton.

Er nahm die schwere Pistole mit beiden Händen und hob sie vor sein Gesicht, um besser zielen zu können.

Mansel hätte ihn nicht so schäbig behandeln sollen.

Alles rächt sich!

Jetzt, jetzt war er nahe genug.

Der Lauf der Waffe folgte dem Wagen.

Jetzt!

Er drückte ab.

Durch den Rückschlag traf ihn der Kolben auf der Oberlippe, und seine Brille rutschte ihm von der Nase.

Das Pferd wieherte und ging durch.

Doch Mansel lebte noch.

Lüning warf die Pistole fort und rannte, wie ein Hase jeden Busch als Deckung nutzend, voller Panik davon.

Überleben

Endlich pflegt bei dem Soldatenstande eine Art von offnem, treuherzigem, nicht sehr feierlichem, sondern munterem, freiem und durch gesitteten Scherz gewürztem Betragen uns beliebt zu machen.

Freiherr von Knigge: Über den Umgang mit Leuten von allerlei Ständen im bürgerlichen Leben

Der Knall hatte ihn zusammenzucken lassen, den Schlag gegen seinen Arm hatte er kaum gemerkt, aber er hatte alle Hände voll zu tun, das durchgehende Pferd zu bändigen. Es wäre zu einem mehr als unangenehmen Unfall gekommen, hätten nicht zwei der Ulanen geistesgegenwärtig ihre Pferde an die Seite seines Tiers gelenkt und es von beiden Seiten gehalten.

»Meine Herren, ich bin Ihnen zu größtem Dank verpflichtet!«, sagte er, ein wenig atemlos, als der Wagen endlich stand.

»Nicht der Rede wert«, entgegnete der eine und sah ihn scharf an. »Sie bluten am Arm.«

Leo warf einen Blick auf seinen linken Oberarm. Ein schmales rotes Rinnsal tränkte den Ärmel seines Überrocks.

»Es ist auf mich geschossen worden.«

»Großer Gott, wir haben aber auch einige halbblinde Idioten unter uns. Himmel, verzeihen Sie!« Entsetzt sah der Soldat auf die Augenklappe. »Ich rufe unseren Corporal.«

Mit etwas schwankenden Knien stieg Leo vom Fahrsitz und lehnte sich an den Wagenkasten. Der eine Ulan ritt davon, der andere kümmerte sich zum Glück noch immer sehr umsichtig um das Pferd in der Deichsel.

An einen Zufall wollte Leo nicht recht glauben.

Verdammt, es war schneller gekommen, als er angenommen hatte.

»Corporal Bredow führt unsere Gruppe«, erklärte der Mann, der das Tier jetzt am Zaum hielt. »Er wird aufklären, was da eben passiert ist.«

Nun, dann würde Bredow jetzt eine Überraschung erleben. Es war an der Zeit, wenigstens diesen Stolperstein aus dem Weg zu räumen. Er nahm die Augenklappe ab.

Der Unteroffizier kam auf ihn zugeritten, stieg ab und grüßte zackig.

»Corporal Bredow, zu Diensten. Was ist vorgefallen?«

»Hendryk Mansel. Man hat auf mich geschossen. Ihre beiden Männer haben sich vorbildlich eingesetzt, um das durchgehende Pferd zu halten.«

»Mansel?« Der Unteroffizier starrte ihn ungläubig an. »Sie sind nicht Mansel.«

»Nein, nicht der, den Sie zu kennen glauben, Bredow. Können wir uns irgendwo unterhalten? Und vielleicht einen Verband für meinen Arm finden?«

»Selbstverständlich!«, stammelte der arme Corporal, und seine hohe Stimme schwankte dabei. Er kläffte ein paar Befehle und wies dann auf ein Haus in kurzer Entfernung. »Eine einfache Gaststube. Schaffen Sie es bis dorthin?«

»Nicht mit dem nervösen Pferd und einer Schusswunde am Arm.«

»Gestatten Sie, dass ich Sie fahre?«

»Natürlich. Und lassen Sie das Gelände dort in der Böschung absuchen. Derjenige, der auf mich geschossen hat, wird Spuren hinterlassen haben.«

Noch ein paar kurze Befehle folgten.

Leo bewunderte den Unteroffizier. Er hatte sich schnell gefangen, reagierte umsichtig und pragmatisch. In dem nicht sehr sauberen Gasthof organisierte er in Windeseile heißes Wasser und Verbandszeug, half ihm aus dem Rock und dem Hemdsärmel und verband eigenhändig die nicht sehr tiefe Wunde. Dann orderte er heißen Wein für sie beide.

»Ich werde dem nachgehen. Der Soldat, der derart unverantwortlich mit seiner Waffe umgeht, wird zur Verantwortung gezogen, Herr Mansel.«

»Sie werden keinen Ihrer Männer zur Verantwortung ziehen müssen. Ich fürchte, jemand hat einen Anschlag auf mich geplant.«

Bredow hielt die Hände um den Steingutbecher mit dem Glühwein.

»Um Himmels willen! Aber – ich bin noch immer … Verzeihen Sie. Ich fürchte, es liegt ein entsetzliches Missverständnis vor.«

»Ja, Bredow, aber ein verständliches.« Der Arm begann jetzt zu schmerzen, und einigermaßen dankbar nippte Leo an seinem Becher. »Ich erkläre es Ihnen. Aber wir müssen dabei ungestört bleiben.«

Der Unteroffizier sah sich um.

»Warten Sie!«

Nach einer kurzen Verhandlung mit der stämmigen Wirtin wies er auf die Treppe nach oben.

»Wir haben eines der Schlafzimmer zu unserer Verfügung. Kommen Sie, ich nehme den Weinkrug. Brauchen Sie eine Stütze?«

»Ich gehe ja nicht auf den Händen!«, meinte Leo kurz und erklomm die Stiege. Das Zimmer war klein, in dem Bett hätte er nicht gerne genächtigt, aber unter den gegebenen Umständen genügte es. Leo wählte die Bettkante, der Corporal setzte sich auf einen wackeligen Stuhl und begann: »Sie scheinen mich zu kennen, Herr Mansel.«

»Sie haben einen Ruf wie Donnerhall, Bredow. Sie haben mir – aus verständlichen Gründen, nehme ich an – verdammte Schwierigkeiten gemacht. Ich bin in einer komplizierten Situation, und mir bleibt nichts anderes übrig, als Ihnen reinen Wein einzuschenken. Sie haben den Ruf, ein ausgezeichneter Soldat zu sein. Kann ich Ihr Ehrenwort haben, dass das, was ich Ihnen jetzt anvertraue, unter uns bleibt?«

Bredow sah ihn aufrichtig an.

»Sie haben mein Ehrenwort. Ich bin Ihnen einiges schuldig, fürchte ich.«

Leo nickte nur und erklärte dann: »Ich habe aus sehr persönlichen Gründen vor fünf Jahren die Papiere des Söldners der Legion Hendryk Mansel benutzt, um mir eine Existenz aufzubauen. Von dem Mann wusste ich nur, dass er seinen Verletzungen aus einer Schlacht erlegen war. Gesehen habe ich ihn nie. Es ergab sich einfach die Gelegenheit. Ich musste Spuren verwischen. Einem Verfolger entkommen, der, wie ich fürchte, inzwischen meine Maskerade durchschaut hat.«

»Dazu habe ich vermutlich beigetragen.«

»Vermutlich. Ich habe mich bemüht, so unauffällig wie möglich zu leben, aber Ihre Einmischung hat jemanden dazu gebracht, an meiner Herkunft zu zweifeln. Nun gut, man kann es nicht ungeschehen machen.«

»Nein, aber vielleicht kann ich etwas wiedergutmachen?«

Leo wischte sich über die Augen. Ja, es gab etwas, wozu er jetzt einen Mann brauchte, dem er vertrauen konnte. Es war ein Risiko, aber viele andere Möglichkeiten hatte er nicht.

»Sie können etwas für mich tun. Erstens – finden Sie so schnell wie möglich heraus, wer auf mich geschossen hat. Ich kann mich nicht selbst darum kümmern, ich muss dringend nach Herbesheim, und da ich fürchte, dass, nachdem meine Tarnung aufgedeckt ist, meine Frau und die Kinder in Gefahr sind, könnten Sie sich mit Sven Becker in Verbindung setzen. Sie haben ihn im Hospital in Köln vergangenes Jahr kennengelernt.«

»Ja, ein vernünftiger Mann.«

»Er ist der Onkel meiner Frau. Berichten Sie ihm, was passiert ist. Bitten Sie ihn, zu ihr zu fahren und ihr zur Seite zu stehen.«

»Selbstverständlich. Dürfte ich noch einen Vorschlag machen?«

»Nur zu.«

»Einige der Kameraden, die ihre Dienstzeit beendet haben, sind als Detektive oder Leibwächter tätig.«

»Ein verlässlicher, sehr, sehr diskreter Leibwächter – das wäre mir eine zusätzlich Hilfe. Besprechen Sie es mit Sven Becker. Die Kosten übernehme ich selbstverständlich.«

»Wir werden sehen. Wer ist es, der Sie sucht? Gibt es jemanden, den wir besonders im Auge behalten müssen?«

»Sie werden es nicht können. Außerdem würde ich gerne den Anschein aufrechterhalten, ich wüsste nicht, dass er mich durchschaut hat. Diesen Anschlag wird einer seiner Handlanger durchgeführt haben, auf den der Verdacht fallen wird. Es ist sozusagen ein Geplänkel, um mit Ihren militärischen Begriffen zu operieren. Eines, mit dem man versucht, Stärke und Aufstellung des Gegners herauszufinden. Ich möchte mich aber nicht darauf einlassen, denn meine Truppen sind noch nicht vollzählig versammelt. Ich bin dabei, gerade die letzten Fakten zusammenzutragen, um den Mörder meines Bruders endgültig zu stellen.«

»Ich verstehe, Mansel. Der Mörder Ihres Bruders! Das tut mir leid. Ich vermute, er ist ein gefährlicher Mann.«

»Ein Wahnsinniger, Bredow, ein Wahnsinniger. Und daher schwer zu berechnen. Schützen Sie meine Frau und die Kinder, ich werde Ihnen ewig zu Dank verpflichtet sein.«

Ein Klopfen ertönte an der Tür.

»Gestatten Sie?«, fragte der Corporal. Leo nickte kurz. Ein Ulan öffnete auf das Herein die Tür und stand stramm.

»Melde gehorsamst, Herr Corporal, Reiterpistole und ein Objekt gefunden.«

»Gut, Mann. Geben Sie her!«

Der Soldat händigte die Waffe und eine zerbrochene Brille aus. Auf einen kurzen Wink hin polterte er wieder die Stiegen hinunter. Bredow betrachtete die Pistole.

»Eine Reiterwaffe, wie wir sie führen. Beim Waffenappell werden wir sehen, ob ein Karabiner fehlt.«

»Vermutlich nicht, aber es war geschickt, dieses Modell zu nehmen, es lenkt erst einmal den Verdacht auf Ihre Leute.«

»Idiotisch, sie wegzuwerfen.«

»Auch richtig, aber damit wird der Auftraggeber gerechnet haben. Diese Brille sagt mir nämlich, wer geschossen hat.«

»In der Tat?«

»Ein Mann namens Karl Lüning, den ich eine Zeitlang als Sekretär beschäftigte, aber wegen grober Unregelmäßigkeiten entlassen musste. Man wird annehmen, er handelte aus Rache.«

»Er tat es nicht, nehmen Sie an?«

»Es wäre zwar eine denkbare Möglichkeit. Eine Befragung würde wohl nichts anderes ergeben, denn jener, der ihn beauftragt hat, hat Macht über ihn. Darum ist es besser, ihn einfach zu beobachten, bis ich zurück bin. Ich nehme sogar an, dieser Schuss diente nicht dazu, meinen Tod herbeizuführen, sondern war lediglich eine Warnung. Lüning ist ein zu großer Hasenfuß, um richtig zielen zu können.«

»Wie Sie ganz richtig formulierten, ein Geplänkel!«

»Genau. Der, der mich verfolgt, sucht sich seine Werkzeuge sorgsam aus, und Lüning ist ein rückgratloser Trottel. Möglicherweise – und darauf baue ich – ist sich mein Feind noch nicht ganz sicher über meine Identität.«

Leo hatte lediglich laut gedacht, aber Bredow hört ihm aufmerksam zu. Er stand jetzt auf und machte eine formelle Verbeugung vor ihm.

»Sie haben einen guten Leumund, Herr Mansel, und meine schändlichen Verdächtigungen sind kaum auf fruchtbaren Boden gefallen. Das hat mich bereits stutzig gemacht. Ich hätte auf meinen Instinkt hören sollen. Sie werden sich auf mich verlassen können.«

»Danke. Können wir uns auf die Version einigen, dass dieser Schuss ein bedauerlicher Zwischenfall war, der sich in der Nähe des Exerzierplatzes ergeben hat?«

»Natürlich. Ich werde meine Männer streng inspizieren, aber nichts finden. Mein Vorgesetzter wird eine Note mit einer Entschuldigung an Sie senden. Wäre das recht?«

»Sehr gut. Ich werde Ihnen zwei Briefe an Becker und meine Gemahlin mitgeben, die Ihre Rolle erklären. Ich hatte vor, mit dem Wagen zu reisen, aber inzwischen würde ich es fast vorziehen zu reiten. Und zwar möglichst unerkannt. Können Sie mir eine Uniform und ein Pferd besorgen? Sie würden beides durch Boten nach zwei, drei Tagen zurückerhalten.«

»Das wird möglich sein.«

Als Leo am nächsten Tag aufbrach, trug er eine Ulanenuniform und hatte sich den Bart abgenommen. Und die Augenklappe ließ er jetzt weg.

Enthüllungen

KEINE FREUNDSCHAFTLICHEN VERBINDUNGEN PFLEGEN DAUERHAFTER ZU SEIN, ALS DIE, WELCHE IN DER FRÜHERN JUGEND GESCHLOSSEN WERDEN.

Freiherr von Knigge: Über den Umgang unter Freunden

Es kostete Leonie erstmals beinahe ihre Beherrschung. Natürlich freuten sie sich alle, dass Sven kurz nach Leos Abreise eingetroffen war, aber Ursel und Lennard fühlten sich wohl doch gegängelt, denn nachdem Leonie den Brief gelesen hatte, den ihr Gatte ihr hatte zukommen lassen, war sie von den wildesten Sorgen geplagt und wollte die Zwillinge eigentlich überhaupt nicht mehr aus den Augen lassen.

Seufzend hörte sie, wie die beiden lauter als nötig die Treppen hinaufstapften. Offene Ungehörigkeit zeigten sie nicht, aber sie wirkten verstockt und bockig, weil sie ihnen wieder einmal nicht erlaubt hatte, einen Ausflug mit Freunden zu machen.

»Ich könnte mit ihnen zum Rudern gehen, Leonie!«, meinte Sven. »Dann sind sie wenigstens heute Abend rechtschaffen müde.«

»Es ist kalt und regnerisch.«

»Dann sollen sie dicke Jacken anziehen. Du zermürbst dich selbst.«

»Ja, ich weiß.«

Sven strich ihr über die Haare und ging dann zu den Kindern, um sie zum Wassersport zu überreden. Leonie wusste, sie waren dabei in guten Händen. Früher hatte Sven sie und Edith oft zu einer Bootsfahrt auf dem Rhein mitgenommen und ihnen selbstverständlich die Ruder in die Hand gedrückt. Ja, müde würden die beiden heute sein.

Sie selbst war auch müde, jedoch nicht körperlich. Es war eher eine geistige Müdigkeit, weil sie unablässig über die verschiedenen Entwicklungen nachdachte. Auf eine ganz besondere Weise hatte sie ihre Unschuld verloren, zum einen natürlich auf die angenehmste Art, die man sich vorstellen konnte – sie kannte nun die Leidenschaft. Ein Teil ihrer selbst war von Sehnsucht und Verlangen erfüllt, und wenn sie nachts im Bett lag, dann schlich ihre Hand immer wieder zu der leeren Seite neben sich, und sie wünschte sich, dort den warmen, atmenden Körper ihres Mannes zu fühlen, wünschte sich, über seine bloße Haut streicheln zu können und zu spüren, wie sein Herz lauter und schneller zu pochen begann. Dass sie diese Reaktion bei ihm auslöste, erfüllte sie noch immer mit fassungslosem Staunen. Nur eine Nacht voll Leidenschaft war ihr vergönnt gewesen, seither war er fort, nun schon zehn Tage. Und die Ungewissheit nagte unbarmherzig an ihr. Er war auch zuvor oft tagelang unterwegs gewesen, und sie hatte sich wenig Gedanken gemacht, was ihm hätte geschehen können. Er war ein erfahrener Reisender, die Ziele bekannt, die Aufgaben überschaubar. Nun aber war ihr nicht nur bekannt, dass er eine Maske trug, sondern auch, warum. War sie zuvor dieser Frage willentlich aus dem Weg gegangen – jetzt war sie mit der Antwort konfrontiert. Er wurde bedroht. Tatsächlich hatte man bereits einen Anschlag auf ihn ausgeübt.

Drei Tage nach Leos Abreise hatte sich der Corporal Bredow bei ihr melden lassen, und sie hatte erwogen, ihn abzuweisen. Doch der Brief, den Albert ihr übergab, änderte ihren Sinn. Sehr kühl hatte sie den Unteroffizier im Empfangssalon begrüßt und ihn mit einer knappen Handbewegung zum Sitzen aufgefordert. Der Mann war verlegen und sichtlich nicht gewohnt, sich in gehobenen Kreisen zu bewegen. Aber sie begann, seine Aufrichtigkeit zu achten, als er ihr mit knappen Worten berichtete, was geschehen war, und welche Maßnahmen er und Leo ergriffen hatten.

»Gut, ich bin einverstanden, dass ein Leibwächter diskret über die Kinder wacht, vor allem auf ihren Wegen von und zur Schule. Stellen Sie mir den Mann vor, der die Aufgabe übernimmt.«

»Und für Sie selbst, gnädige Frau?«

»Ich werde kaum ausgehen, und wenn, wird mich mein Onkel oder der Freund meines Mannes, Leutnant von Benningsen, begleiten.«

»Ausgezeichnet. Ich muss Ihnen noch einmal versichern, wie überaus peinlich es mir ist, Ihnen solche Unannehmlichkeiten verursacht zu haben. Ich hätte auf mein Herz hören sollen, schon damals im Hospital, gnädige Frau. Der Mann, den ich als Mansel kannte, wäre für eine Dame wie Sie vollkommen inakzeptabel gewesen. Ich bedauere vor allem, Ihnen möglicherweise ein gänzlich falsches Bild von Ihrem Gatten vermittelt zu haben.«

»Der Mann, den ich als Hendryk Mansel kennengelernt habe, war für mich schon immer sehr akzeptabel, Herr Bredow, deshalb habe ich Ihre Unterstellungen von Beginn an nicht ernst genommen.«

»Ihr Vater …«

»Gutermann war für eine Dame wie mich, Herr Bredow, völlig unakzeptabel als Vater. Ich danke Ihnen für Ihren Besuch. Melden Sie mir auf jeden Fall alles, was in irgendeiner Form zu Besorgnis Anlass gibt. Es ist besser zu wissen, wo der Feind steht, als mit eigenen Sorgen und Ängsten Vermutungen anzustellen.«

Er hatte es versprochen, doch bisher gab es keine weitere Nachricht von ihm. Ein unauffälliger Mann mittleren Alters aber hielt sich tagsüber immer in der Nähe der Zwillinge auf. Offensichtlich machte er seine Sache gut, denn die beiden hatten ihn bisher noch nicht erwähnt.

Jetzt eben folgte er, wie sie aus dem Fenster beobachten konnte, in ausreichendem Abstand Sven und den Kindern, die sich, warm eingemummt – Ursel mal wieder in Lennards Hosen –, zum Rhein aufmachten.

Sie selbst, noch immer ruhelos, überlegte, ob die Arbeit an der Schlange, die sie Renenutet nannten, sie vielleicht ablenken könnte, und begab sich in das Mansardenzimmer. Inzwischen hatten sie den höchst naturgetreu geschnitzten und bemalten Kopf angebracht und in den Bereich hinter den Kiefer die kleine, aber starke Feder eingebaut, die, wenn sie gespannt war, einen Hebelmechanismus in Bewegung setzte, der die langen Bänder entlang der Wirbel hin und her bewegte. Der Vorschlag, elastische Kautschukstreifen zu verwenden, hatte sich als praktikabel erwiesen. Gawrila war überaus hilfsbereit gewesen und hatte verschiedene Materialien zur Verfügung gestellt, nachdem sie ihre Verblüffung über das Vorhaben überwunden hatte. Besser gesagt, ihr Gatte hatte sich diesbezüglich als Quelle des Wissens gezeigt. Dass Gawrila verheiratet sein sollte, hatte Leonie zunächst überrascht. Sie hatte – dummes Vorurteil, schimpfte sie sich später selbst – geglaubt, nur ledige oder verwitwete Frauen würden einen Beruf ergreifen. Der Not gehorchend, da sie keinen männlichen Versorger hatten. Dass eine Verheiratete selbstständig arbeitete und dabei offensichtlich eine gute Ehe führte, gab ihr Stoff zum Nachdenken. Gawrilas Mann war Ingenieur, sie hatte ihn in Ägypten kennengelernt, wo er für Mehemet Ali Baumwollspinnereien und Webereien technisch betreut hatte. Als sein Vertrag erfüllt war, hatte er sie gefragt, ob sie in seine Heimat mitkommen wolle, und sie hatte ihrer Herrschaft gekündigt. Es war seine Idee gewesen, ein Atelier aufzubauen, denn er bewunderte nicht nur ihre Arbeit, sondern er konnte ihr auch über die Beziehungen, die er mit den Herstellern in Ägypten geknüpft hatte, zu günstigen Konditionen höchst ausgefallene Stoffe besorgen. Er war es, der von dem vulkanisierten Kautschuk gehört hatte, den der Amerikaner Goodyear drei Jahre zuvor hergestellt hatte. Diesen Gummi, wie das Material genannt wurde, konnte man sehr vielseitig verwenden. Es fand sich seit Neuestem auch in den Miedern wieder.

Als Leonie die winzigen Hebelchen anschraubte, die im Nackenbereich der Schlange dafür sorgen sollten, dass sie nicht nur schlängelte, sondern auch das Haupt heben konnte, flogen tatsächlich ihre Gedanken zu dem denkwürdigen Besuch bei der Schneiderin.

Auslöser war Leos Notar gewesen, der vergangene Woche bei ihr vorstellig geworden war, um ihr über das Testament ihres Vaters zu berichten.

Nach einigen Momenten der Fassungslosigkeit drang es tatsächlich in ihr Bewusstsein, dass er sie als Alleinerbin genannt hatte.

»Ich will nichts. Geben Sie es meiner Stiefmutter«, hatte sie spontan aufbegehrt.

»Frau Mansel, das ist unmöglich. Sie sind die Erbin, Haus, Geld, Aktien, Liegenschaften …«

»Ich will nichts davon!«

»Ihr Gatte hat eine ähnliche Reaktion vorhergesehen und mich gebeten, Ihnen einen Vorschlag zu machen. Bitte hören Sie mir zu.«

Der Hinweis auf Leo hatte sie schließlich ihre besonnene Haltung wiedergewinnen lassen, und während der Notar ihr in seiner etwas umständlichen Redeweise auseinandersetzte, welche Vorschläge er gemacht hatte, wurde ihr Herz plötzlich wieder weit, und die

Liebe, die sie für ihren Gatten fühlte, vertrieb alle Bitterkeit, die das Erbe ausgelöst hatte.

»Ja, ich werde einen Teil des Geldes dazu verwenden, die elenden Quartiere in den Mietshäusern zu verbessern, das ist eine ausgezeichnete Idee. Und ich werde einen Fonds zu Gunsten des Waisenheims gründen, das ist eine noch bessere. Das Haus wird verkauft, meiner Stiefmutter werde ich ein kleineres kaufen und eine Rente aussetzen.«

»Und Sie werden auch die von Herrn Mansel genannte Madame Gawrila aufsuchen und in Anspruch nehmen, was immer sie Ihnen zu bieten hat? Er besteht in diesem Fall auf striktem ehelichen Gehorsam!«

Da es sehr unschicklich gewesen wäre, vor dem würdigen Justiziar zu kichern, nickte Leonie nur stumm und willig, unterzeichnete alle möglichen Dokumente und beauftragte ihn mit den verschiedenen Rechtsgeschäften.

Am nächsten Tag suchte sie die Couturière auf, um sich mit ihr über ein Gesellschaftskleid zu beraten. Dabei kamen eben die Tatsachen zur Sprache, die zur Verbesserung der Schlange führten. Daneben aber entschieden sie sich für ein zauberhaftes Gewand aus perlfarbenem Atlas mit einem eingewebten Muster, das aus ineinander wirkenden Sternen bestand. Während Gawrila einen Entwurf zeichnete, bewunderte Leonie das duftige Batistkleid auf einer Schneiderpuppe. Hauchzart und durchscheinend umwallte der Stoff den Unterrock aus Taft. Als Leonie dieses sehr feine Material berührte, beschlich sie eine überaus frivole Idee.

»Madame Gawrila, ob es wohl möglich wäre, aus Stoff dieser Art ein – mh – Nachthemd zu nähen?«

»Haben Sie einen heimlichen Geliebten?«

Die Schneiderin musterte sie mit grimmiger Miene.

»O ja. Nur – heimlich ist er eigentlich nicht.«

»Besitzen Sie etwa die Unfeinheit, sich in Ihren Gatten verliebt zu haben?«

»Ich fürchte, ich muss es gestehen.«

»Und er?«

»Findet meine Nachthemden scheußlich.«

»Mh!«

Die Couturière nahm eine Geschäftskarte von ihrem unordentlichen Schreibtisch und schrieb in ihrer schwungvollen Handschrift etwas darauf. Dann reichte sie sie Leonie und meinte: »Dann besuchen Sie Mariette im Seidmachergässchen. Sie ist Gold wert und weiß es. Aber scheußlich wird Ihr Gatte ihre Kreationen nicht nennen.«

Auf dem Kärtchen stand: »Chérie, Madame Mansel ist eine Kundin mit Verstand und Geschmack.«

Was immer Gawrila der Weißnäherin damit signalisiert hatte, führte dazu, dass Leonie überaus freundlich begrüßt und bevorzugt behandelt wurde. Und wenn Leo zurückkäme, würde er vermutlich an dem duftigen, sündigen Nichts, das sie fortan in Boudoir und Bett zu tragen gedachte, nicht mehr viel auszusetzen haben.

Mit verträumtem Blick legte sie das Handwerkszeug nieder, mit dem sie gearbeitet hatte. Wenn er zurückkäme, würde sie ihm die mustergültigste Gattin sein, die er sich nur wünschen konnte. *Auch* in Boudoir und Bett. Versonnen drehte sie den Smaragdring an ihrem linken Ringfinger. Sie hatte ihn am Morgen nach seiner Abreise in einem Kästchen gefunden, das vermutlich Ursel oder Rike in seinem Auftrag zwischen ihre Haarbürsten und Puderdöschen gelegt hatte. Das Zettelchen darin lautete: »Ich denke immer an Dich, Vielgeliebte. Und ich hoffe, Du tust es mir gleich, wenn Du ihn betrachtest. Dein dich liebender Gatte Leo Flemming.«

Ja, sie dachte an ihn.

Und sorgte sich.

Und sehnte sich danach, über ihn sprechen zu können.

Da Wünsche, wenn sie besonders innig geäußert werden, immer in Erfüllung gehen, wurde ihr kurz darauf Leutnant von Benningsen gemeldet. Leonie räumte ihre Arbeit in den Korb und lief ins Wohnzimmer hinunter.

»Leonie, Sie sehen so hübsch aus!«, begrüßte Ernst sie und reichte ihr einen Korb mit Chrysanthemen. »Haben Sie gute Nachrichten?«

»Nein, leider keine, Ernst.«

»Dann hatten Sie wenigstens hübsche Gedanken!«

Sie versuchte, ihre rosigen Wangen in den Blumen zu verstecken, aber der Leutnant lachte nur leise.

»Ich hatte es ja schon befürchtet. Mein Freund ist ein glücklicher Mann.«

»Er ist weit weg.«

»Ja, ich weiß. Und ich komme, um Sie aufzumuntern. Wollen wir etwas unternehmen? Eine Ausstellung besuchen, ein Konzert? Oder irgendwo Tee trinken gehen?«

»Nein, Ernst, lieber nicht. Aber ich werde Sie weder dürsten noch hungern lassen. Jette hat ihren berühmten Rosinenkuchen gebacken, und eine neue Teesorte habe ich vorgestern auch erstanden.«

»Ich werde mich nicht mit aller Gewalt gegen eine solche Einladung wehren. Im Wintergarten?«

Leonie nickte freundlich.

»Sie kennen meine Lieblingsplätze.«

Sie trieben oberflächliche Konversation, bis der Tee serviert war und sie ungestört blieben. Im Wintergarten war es warm und hell, und inzwischen brachen auch wieder einige Sonnenstrahlen durch das graue Gewölk. Auch wenn der Garten nun wenig ansehnlich war, Grünpflanzen auf den Simsen und Farne auf weißen Säulen, Orchideen in den hängenden Körben und Azaleen in tiefen Schalen schufen eine beinahe exotische Atmosphäre.

»Es tut mir leid, dass ich nicht schon früher vorbeischauen konnte, Leonie. Aber nach den Herbstmanövern ist immer viel zu tun. Mein Dienstplan war randvoll ausgefüllt mit Appellen und Inspektionen, Berichten und Besprechungen.«

»Das verstehe ich doch. Sie haben von Mansels Missgeschick gehört?«

Ernst sah sie lange an.

»Leo hinterließ mir eine kurze Nachricht.«

»Oh, gut. Oh wie gut. Ist es nicht albern, Ernst – seit ich es weiß, drängt es mich so sehr, seinen Namen auszusprechen.«

»Das ist nicht albern, Leonie. Sie haben es von Anfang an nicht leicht mit ihm gehabt, und ich muss gestehen, ich habe ihm damals sehr übel genommen, dass er Sie unter falschen Vorspiegelungen geheiratet hat. Er hätte beinahe unsere Freundschaft aufs Spiel gesetzt.«

»Nur das nicht, Ernst. Es ist ja alles gut geworden.«

»Sie sind ja auch eine erstaunliche Frau, Leonie. Leo wollte es nicht sehen, ich weiß, er hat mit Gewalt die Augen davor verschlossen. Aber Ihre beharrliche Liebenswürdigkeit, Ihr Verständnis und Vertrauen haben gewonnen.«

»Vielleicht. Sie kennen einander schon sehr lange. Dürfen Sie mit mir darüber sprechen?«

»Natürlich. Welche Jugendstreiche möchten Sie wissen?«

Leonie lachte auf.

»Nun ja, diese schaurige Geschichte mit der Heidentaufe am Deister hat er im Sommer schon erzählt, allerdings ohne Namen zu nennen. Sie waren dabei, nicht wahr?«

Mit einer Fingerspitze berührte der Leutnant die Brandnarbe auf seiner Wange.

»Ja. Aber das war eine hässliche Sache, Leonie, ein Streich, der sich zu einer bedrohlichen Situation auswuchs. Ich verdanke Leo und Urs meine heile Haut. Ohne sein Eingreifen wäre ich damals buchstäblich über den Deister gegangen.«

»Sie lebten in enger Nachbarschaft, nehme ich an.«

»Ja, Laurens Flemming hatte das Nachbargut erworben, als er Olivia Carmichael heiratete, und meine Eltern freundeten sich bald mit ihnen an. Leos Vater ist allerdings nicht eigentlich ein Gutsherr, er ist Wissenschaftler mit Leib und Seele und machte seinen Weg in der akademischen Welt. Olivia leitet de facto das Gut.«

Leonie hatte augenblicklich das Bild einer stämmigen Landfrau vor sich, und Ernst grinste.

»Glauben Sie nur nicht, man würde sie für eine derbe Bäuerin halten können. Sie ist eine ebenso untadelige Dame wie Sie selbst, Leonie, feinsinnig, elegant, charmant – die Pächter liegen ihr zu Füßen.«

»Lasen Sie meine Gedanken?«

»Das war nicht schwer. Nun, Sie wissen sicher, dass die Zwillinge Urs und Leo in Freiberg studierten!«

»Ja, Leo sagte es mir.«

»Er hat noch zwei ältere Schwestern, die inzwischen verheiratet sind. Eine mit einem Bankdirektor in Oldenburg, die andere hat bei einem Besuch der englischen Verwandtschaft einen Vicomte bezaubert und lebt jetzt in Cornwall.«

»Und seine Eltern wissen wirklich nicht, dass er noch lebt?«

»Sagen wir mal so, sie hoffen noch immer, er könne eines Tages wieder auftauchen. Statt unserer Jugendstreiche sollte ich Ihnen lieber von unserem Streich in Kom Ombo erzählen.«

»Es wäre sicher hilfreich, Ernst, wenn ich mehr über diesen Unglücksfall wüsste.«

»Nein, das wäre es nicht. Rühren Sie nicht daran. Aber von der Maskerade sollten Sie wissen.«

»Nun, dann erzählen Sie mir das. Sie waren demzufolge auch im Orient?«

»Ja, das war ich vor fünf Jahren. Wir begleiteten den Sohn eines Adligen auf seiner Grande Tour, ein bärbeißiger Major und ich, weil der Vater zumindest so klug war einzusehen, ein jüngerer Mann könne unter Umständen mehr Einfluss auf den jungen Herren haben als der sechzigjährige Offizier. Der Dienst war nicht besonders anstrengend, bis auf die Momente, in denen ich unseren Schützling aus diversen Patschen holen musste. Auf besonderen Wunsch seines Vaters bereisten wir nicht nur Paris und Rom, sondern planten auch einen Besuch der nordafrikanischen Länder, der dann in einer Nilfahrt gipfelte. Für mich war es ein unbeschreibliches Erlebnis.«

Versonnen strich Ernst über ein Blatt, das aus einem Korb über ihm gefallen war, und fuhr dann fort: »Aber ich will mich auf das Wesentliche konzentrieren. In Algier waren wir in einem nicht sehr komfortablen Haus untergebracht, aus irgendeinem Grund waren die besseren Quartiere alle belegt. Und hier sprach uns eines Morgens der Besitzer an, ein wenig aufgelöst und hilflos. Einer seiner Gäste war gestorben, irgendwelchen Kriegsverletzungen erlegen. Seine Kameraden aus der Legion würden sich um die Bestattung kümmern, aber er war ratlos, was er mit den Effekten des Toten machen sollte. Auf seine Art war der Wirt ein ehrlicher Mann. Er wusste, dass sein Gast von Geburt Deutscher war, und bat uns, seine Papiere und Besitztümer an uns zu nehmen und sie seinen Angehörigen zu überbringen.«

»Hendryk Mansel!«

»Ebender. Es war wenig genug, was er besaß, und von Wert war nichts darunter. Besonders aussagefähige Papiere nannte er auch nicht sein Eigen, aber wir versprachen, so weit wie möglich zu sehen, ob wir eine Spur von seiner Familie finden könnten. Dann reisten wir weiter, und als wir in Kom Ombo, unserem südlichsten Ziel, Halt machten, hatte ich ein unerwartetes Erlebnis. Ich unterhielt mich gerade mit einem Edelsteinverkäufer, der meiner Meinung nach ein paar schöne Rubine anzubieten hatte, die ich eingehend prüfen wollte, als ein Mann in den winzigen Laden trat, dessen Erscheinung mir vertraut vorkam. Natürlich war mir bekannt, dass die Flemmings die Russegger-Expedition mitgemacht hatten und nicht zurückgekehrt waren. Es hatte mich zutiefst getroffen. Und nun stand hier ein Mann, zwar mit einer Klappe auf dem Auge und einem bärtigen Gesicht, aber den Zwillingen ungemein ähnlich, direkt vor mir. Ich wollte gerade Leo!, Urs! ausrufen, als er mich mit einem dermaßen abweisenden Blick maß, dass mir die Worte im Hals stecken blieben.

Der Edelsteinhändler sprach ihn dann auch mit Mr. George an und ließ sich von ihm drei erstaunlich große Smaragde zeigen. Die beiden feilschten hart, und mehr und mehr erkannte ich an Stimme und Diktion, das mich mein erster Eindruck nicht getäuscht hatte. Ich blieb also, bis die Transaktion abgeschlossen war. Jener George tat dann auch etwas völlig Unerwartetes. Er nahm eine der Versteinerungen, die auch zu dem Angebot des Händlers gehörten, so eine Art Schnecke.«

»Einen Ammoniten.«

»Richtig. Er kostete einen Bettel, er kaufte ihn und schob ihn zu mir hin. »Eine Erinnerung an Kom Ombo, mein Herr«, sagte er und empfahl mir dann, das Schloss der Lady Frances zu besichtigen, einer Engländerin, die sich über Besuch aus Europa immer freuen würde. Dann war er aus dem Laden verschwunden, hinkend und mit steifen Bewegungen seiner Schultern.

Ich war erschüttert, ihn in einem derartigen Zustand zu sehen, und machte mich schnellstmöglich auf die Suche nach Informationen über besagte Lady. Denn mit dem Stein hatte er mir bestätigt, was ich wissen wollte.«

»Sie fanden einen solchen auf der Heidentaufe, das erzählte er.«

»Genau das war die Anspielung. Welcher der Zwillinge er war, wusste ich natürlich noch nicht, aber das fand ich drei Tage später heraus, denn die Lady war eine Legende in jener Gegend. Sie zu finden war nicht schwer, und als ich eintraf, war mein Besuch schon angekündigt. Leo berichtete mir, was bei der Expedition geschehen war und dass er unter falschem Namen nach Hause zurückkehren wollte, weil er sich unbedingt um die Kinder von Urs kümmern wollte. Meine Idee war es, dazu die Papiere dieses Söldners zu verwenden, und wir bauten darum eine einigermaßen belastbare Biographie auf.«

»Sie sind ihm ein guter Freund, Ernst. Ich bin froh, dass er Sie getroffen hat.«

»Oh, er hätte seinen Weg auch alleine gemacht. Er hatte Glück im Unglück, diese aufgelassene Mine zu finden. Ihm fiel ein Vermögen an Edelsteinen in den Schoß, und, Leonie, mit Geld kann man eine Menge erreichen.«

»Und nun verfolgt er Urs' Mörder. Er weiß, wer er ist und wo er ist. Es macht mich wahnsinnig, Ernst.«

»Nein, Leonie, das tut es nicht. Sie sind weit entfernt vom Wahnsinn. Aber jener Mann hat die Grenze dazu überschritten. Leo weiß jedoch, wie er ihn einschätzen muss, darum müssen wir es ihm überlassen, das Tempo vorzugeben und die nächsten Schritte zu planen. Er ist der Lösung sehr nahe, das Schlimmste wäre, wenn wir ihm jetzt in die Quere kämen. Haben Sie Vertrauen zu ihm.«

»Habe ich nicht, seit ich ihn kenne, Vertrauen zu ihm?«

»Verzeihung. Ja, das haben Sie. Ich hoffe, seine Eltern haben auch etwas Vertrauen, denn in Assiut haben wir auch ausgemacht, ich würde ihnen von Nachforschungen berichten, die zwar Urs' Tod bestätigten – ein bedauerlicher Unfall mit Einheimischen –, aber auch, dass Leo geflohen und von der Expeditionsleitung als verschollen gemeldet worden ist. Ich habe bei meiner Reise Gerüchte gehört, ein Mann seines Aussehens habe auf eigene Faust Explorationen im Goldland vorgenommen. Wie weit die Hoffnung reicht, weiß ich nicht. Sie werden sich selbstverständlich Gedanken darüber machen, dass er ihnen so gar keine Nachricht zukommen lässt. Aber sie werden auch nicht vollends erschüttert sein und ihn für einen von den Toten Auferstandenen halten, wenn er wieder auftaucht.«

Leonie hörte die Haustür zugehen und die ausgelassenen Stimmen der Kinder im Treppenhaus.

»Von den Zwillingen wissen seine Eltern nichts, es war Urs' Mesalliance. Aber sie werden sie in ihre Herzen schließen, wenn sie sie kennenlernen.«

»Das werden sie bestimmt. Nun, eben waren die Kinder mit Sven rudern«, erklärte Leonie lächelnd. »Vielleicht schmollen sie jetzt nicht mehr so arg mit mir.«

»Warum schmollen?«

»Weil ich sie streng beaufsichtige, seit ich von dem Anschlag weiß.«

»Sie haben Schlimmeres in ihrem Leben erfahren. Und für das Wochenende denke ich mir eine Unterhaltung für sie aus, einverstanden?«

»Nehmen Sie Lennard mit in den Boxklub.«

Ernst lachte auf.

»Himmel, was sind Sie für eine verständige Frau! Ich hole ihn morgen Nachmittag ab. Und am Wochenende werden wir alle gemeinsam einen Ausflug machen.«

Der Abend verlief zum ersten Mal seit Leos Abreise in gelösterer Stimmung, und in der Nacht betrat Leonie die Schrankkammer, um die Briefe von Lady Frances zu lesen. Was sie zwischen den Zeilen fand, drehte ihr gelegentlich das Herz im Leib um. Leo musste in einem furchtbaren Zustand zu ihr gekommen sein.

Mit ihrer Sehnsucht nach ihm schlief sie ein und träumte von ihm.

Lünings Bestrafung

KEIN TOTER KAM AUS SEINER GRUFT GESTIEGEN,
UND FEST VERTRAUT ICH AUF DEN GÖTTERSCHWUR.

Schiller: Resignation

In dem Kellergewölbe war es fast dunkel, nur das kleine Licht auf dem Altar brannte und ließ die goldene, aufgerichtete Kobra fast lebendig erscheinen. Die Mitglieder des Ordens waren gegangen, nur Fra Chnum kniete noch vor dem Herrn des Chaos. Die Widdermaske hatte er abgenommen, aber seine Finger spielten mit dem Amulett, das ihm bisher so viel Erfolg beschert hatte.

Ungebrochenen Erfolg, bis jetzt. Er hatte herausgefunden, was er wissen wollte, war einige Tage erstaunt darüber gewesen, dass wirklich ein Totgeglaubter aus seiner tiefen Höhle entkommen war. Vermutlich sann er auf Rache, aber das focht ihn nicht an. Es war ein neues, aufregendes Spiel, in dem er siegen würden. Denn noch hatte Leo Flemming nicht entdeckt, dass er ihn entlarvt hatte. Das war gut so. Das war sehr gut so.

Ein Lächeln erhellte sein edel geformtes Gesicht. Lüning hatte sich genauso verhalten, wie er es erwartet hatte. Tödlich getroffen hatte er den Mann nicht, sich selbst aber auch nicht bloßgestellt. Natürlich hatte er ihn glauben gemacht, er habe schmählich versagt. Seine Bestrafung war der besondere Genuss bei diesem Treffen gewesen. Erst hatte der ihm befohlen, sich bis auf die Maske zu entkleiden, dann hatten sie ihn gepeitscht, und schließlich hatte er ihn vor die Wahl gestellt, mit der Katze oder dem Nilpferd Thetis die Weihehandlung zu vollziehen. Bruder Thetis liebte die Männer mehr als die Frauen, und Sonia liebte es, die Krallenhandschuhe bei derartigen Gelegenheiten zu tragen.

Er hatte die Krallen gewählt.

Es war ein erhebender Anblick gewesen, wie er blutend und vor Schmerz und Wollust wimmernd vor dem Altar gelegen hatte. Fra Chnum wusste, er hatte dabei wilde Ekstase empfunden. Lüning war so ein Mann, der Lust an Bestrafung fand. Das war sein Mittel der Macht über ihn.

Nun galt es, die nächste Stufe einzuleiten. Leo Flemming war derzeit verschwunden, wie es hieß, nach Herbesheim aufgebrochen, und wurde erst Anfang Dezember zurückerwartet. Vorher hätte es wenig Sinn, etwas zu unternehmen, es blieb Zeit, sorgfältig zu planen. Da waren beispielsweise die Zwillinge. Fra Apis, der Pfarrer Wiegand, hatte ihm da unversehens weitergeholfen. Ziemlich sicher waren es die Kinder von Urs, die nach dem Tod dieses Theatermädchens ins Waisenheim gekommen waren. Wiegand hatte den Kollegen in Bonn befragt, der die Papiere gesehen hatte. Und dann gab es noch Leonie, dieses hübsche Lärvchen, das sich mit Camilla angefreundet hatte. Ein naives Ding, leicht zu bezaubern – nun ja, Leo hatte sie nicht aus Neigung geheiratet. Es hieß, Hendryk Mansel habe ein wenig zu auffällig herumgehurt und war von seinen Arbeitgebern gezwungen worden, ein häusliches Leben zu führen. Sonia wusste von verschiedenen Gerüchten in der Richtung. Er drehte das Ammonshorn hin und her, sodass die Spiralstruktur opaleszierend schimmerte. Mit Leonie könnte man zwar etwas Aufsehenerregendes anstellen, aber ob das Leo auf den Plan bringen würde? Die Kinder waren ihm mit Sicherheit wichtiger, Nachkömmlinge seines Bruders.

Zufrieden steckte er das Amulett fort.

Ja, die Zwillinge. Der Junge hatte sich mit Gerlachs Junior angefreundet, das war sehr praktisch. Des Mädchens könnte sich Sonia annehmen.

Um Leo würde er sich kümmern!

Und auch Camilla sollte man ein wenig unter Druck setzen. Es würde ein interessantes Experiment werden zu sehen, was sie dabei preiszugeben bereit war.

Ja, er hielt alle Optionen in der Hand.

Einen Blick noch gönnte er der goldenen Schlange.

Nein, er hatte keine Angst mehr.

Er hatte schon lange jede Angst überwunden.

Und dabei gelernt, auf welche Art man Macht erlangte.

Zufrieden mit sich legte Fra Chnum den Ornat ab und zog die Uniform wieder an.

Der Rittmeister Magnus von Crausen verließ mit energischen Schritten die Budengasse, um sich lange nach Mitternacht nach Deutz übersetzen zu lassen.

Camillas Geheimnis

Übrigens bleibt es doch immer gewaltig hart, dass wir Männer uns so leicht alle Arten von Ausschweifungen erlauben, den Weibern aber, die von Jugend auf durch uns zur Sünde gereizt werden, keinen Fehltritt verzeihn wollen.

Freiherr von Knigge: Über den Umgang mit Frauenzimmern

Leo hatte die Strecke nach Nürnberg einigermaßen zügig zurückgelegt, dann aber wurde die Angelegenheit zäh. Nicht dass er bei Erich Langer vor verschlossenen Türen gestanden hätte, nur war dieser Mensch so sehr von seiner eigenen Bestimmung durchdrungen, dass er den nebensächlichen Dingen, die sich bei der Expedition in den Sudan ereignet hatten, jetzt nur noch wenig Aufmerksamkeit widmen mochte. Als selbsternannter Altertumsforscher liebte er es, über sein Fachgebiet zu dozieren, und Leo hatte alle Mühe, ihn immer wieder auf seine Fragen zurückzubringen, ohne unhöflich zu werden. Denn der ehemalige Unteroffizier hatte Aufzeichnungen, die bestimmte Vorgänge sauber dokumentierten. Akribisch wie er war, hatte er täglich in seinem Tagebuch vermerkt, was ihm auffällig erschien. Und so war auch der Tag beschrieben, an dem Urs verschwunden war, es stand darin, wer ihn gesehen hatte und wer ihn begleitete. Es stand auch darin, wann Leo Flemming die Gruppe verlassen hatte und wer nach ihm aufgebrochen war. Es stand sogar darin, dass sich der Rittmeister von Crausen Wochen später noch einmal nach Meroe aufgemacht hatte. Nicht aber, was er dort getan oder gefunden hatte.

Das stand auf einem anderen Blatt.

Dafür hatte Langer weitere sehr ausführliche Aufzeichnungen von dem späteren Auffinden eines Königsgrabes angefertigt, in dem man einige kulturhistorisch wichtige Dinge gefunden hatte, wie Tongefäße, Wandmalereien und steinerne Skulpturen. Ihn hatte das begeistert, und die Tatsache, dass keine Gegenstände aus Gold oder Edelsteinen gefunden wurden, hatte er als gegeben hingenommen.

Das Werk von Plünderern, so nahm Erich Langer an, war schon vor Hunderten von Jahren geschehen.

Nach einer Woche geduldigen Zuhörens hatte Leo endlich die Abschriften aus den Tagebüchern Langers, die dieser eigenhändig angefertigt hatte und von einem Notar beglaubigen ließ. Er war ihm mehr als dankbar dafür, auch für die Zusicherung, der ehemalige Corporal sei bereit, bei einer möglichen Klage auszusagen, sofern er sich im Land befand. Doch da er sich schon für eine neue Expedition rüstete, war das unwahrscheinlich. Dafür aber hatte er eine schriftliche Aussage gemacht, die seine Eindrücke, die im Tagebuch nur kurz notiert waren, detaillierter beschrieb. Ja, er war der Auffassung, der Rittmeister sei womöglich an dem Verschwinden der beiden Geologen beteiligt gewesen. Von einem Mord jedoch wusste er nichts, aber von den Umtrieben einer eigenartigen Sekte, die sich der Anbetung alter ägyptischer Götter verschrieben hatte.

Auch diese Unterlagen waren für Leo wichtig. Darum bedankte er sich nicht nur mit Worten, sondern übergab dem begeisterten Forscher auch noch eine nicht unbeträchtliche Summe, um dessen nächstes Vorhaben zu unterstützen.

Dann machte er sich auf den Rückweg nach Köln. Das Herbstwetter brachte mit Stürmen und anhaltendem Regen aufgeweichte Fahrwege mit sich, und obwohl er eine Extrapost gemietet hatte, kamen sie nur langsam voran. Reisen war langweilig, und Stunden um Stunden hatte Leo Zeit, seinen Gedanken nachzuhängen, entweder in der rumpelnden kalten Kutsche oder in mehr oder minder komfortablen Gasthäusern. Seine Schulter und sein Fuß schmerzten in der feuchten Kühle und wegen der aufgezwungenen Bewegungslosigkeit, und mehr als einmal überlegte er, ob er nicht besser ein Pferd mieten sollte. Aber die Regenfälle würden auch das Reiten beschwerlich machen. So träumte er oft vor sich hin. Erstaunlich oft mischten sich Gestalt und Stimme seiner Gattin in diese Träume, und in den kalten, klumpigen Betten der Gasthäuser ertappte er sich immer wieder dabei, wie er seine Hand nach der leeren Stelle neben sich ausstreckte. Eine Nacht voller Leidenschaft hatten sie gehabt, aber jede Sekunde davon war ihm unvergesslich. Wie warm und weich sich ihre Haut angefühlt hatte, wie zärtlich ihre schönen Hände über seinen Körper geglitten waren. Es lag noch ein Hauch mädchenhafter Unschuld in ihrem Verhalten, eine zauberhafte Art von Unwissenheit und Entdeckerfreude. Es würde sich verlieren, sicher, aber er freute sich ebenso daran, die Neugier in ihr zu wecken, die Lust und die Leidenschaft. Ganz sicher steckten auch in dieser Hinsicht unglaubliche Fähigkeiten in ihr. Sie war viel zu heiteren Gemüts, um nicht auch an der spielerischen Form der Liebe Spaß zu finden und sich von den einengenden Konventionen ihrer Erziehung zu lösen. Vielleicht sogar von diesen scheußlichen Nachthemden!

Nur eines machte ihm etwas Sorge. Sie hatte eine schwere Geburt hinter sich, und er hatte in Nürnberg die Zeit gefunden, mit drei Koryphäen über die Problematik und Folgen des Kaiserschnitts zu sprechen. Alle drei vertraten die Ansicht, eine Frau könne auch nach dieser Operation – so die Heilung ohne Komplikationen verlaufen war – wieder empfangen und ein Kind austragen. Aber würde Leonie das wollen? Es war nicht unbedingt ein Thema, das offen zwischen einer Dame und einem Herrn diskutiert werden konnte – weder die Möglichkeit, schwanger zu werden, noch die Vermeidung dieses Umstands.

Es gab Möglichkeiten, er kannte sie. Aber ob er jemals den Mut haben würde, mit Leonie darüber zu sprechen?

Während Leo seine unbequeme Reise fortsetzte, ging Leonie ihren alltäglichen Verpflichtungen nach. Ernst hatte sie, wie versprochen, zu einer Besichtigung der Kaserne und der Befestigungsanlagen mitgenommen, was bei den Zwillingen weit größere Begeisterung hervorrief als der Vorschlag, das Puppentheater aufzusuchen. Sie hatten höflich zugestimmt, aber ganz eindeutig strahlten sie mehr, als ihnen die Alternative geboten wurde, zwischen Kanonen und Lafetten herumzukraxeln, den Marstall zu besuchen und mit den Pistolen des Leutnants Schießübungen zu machen. Sogar Leonie hatte sich an dieser martialischen Übung beteiligt und eine sichere Hand und ein gutes Auge bescheinigt bekommen.

Am darauffolgenden Montag hatte die Post einen umfangreichen Brief von Lady Frances gebracht, den sie, der Erlaubnis ihres Herrn und Gatten folgend, öffnen durfte. Ihr Englisch war inzwischen so gut, dass sie das Schreiben fast fließend lesen und sogar mit einiger Erheiterung die launigen Formulierungen der alten Dame genießen konnte. Neue Informationen für Leo hatte sie nicht, aber dennoch berührte Leonie das Schreiben. Lady Frances bekundete nämlich, sie habe sich entschlossen, dem Orient den Rücken zu kehren. Zu viel Staub, zu viel Hitze, die Neuerscheinungen an Büchern mager und die Zeitungen immer veraltet – nein, sie sehnte sich, jetzt, nach zwanzig Jahren, nach ihrer Heimat zurück. Außerdem war vor zwei Tagen ihre Lieblingskatze gestorben, es hielt sie also nichts mehr in dem Land. Sie fragte höflich an, ob sie Hendryk auf ihrem Weg nach England besuchen dürfe.

Lächelnd strich Leonie das Papier glatt. Sie würde sich freuen, die kauzige Lady persönlich kennenzulernen, und hoffte, die Umstände würden es ermöglichen, eine herzliche Einladung auszusprechen.

Am Nachmittag erlebte sie allerdings eine größere Überraschung. Sie hatte der Schlange Renenutet gerade die Haut übergezogen, als Rike die Treppen hinaufgepoltert kam. Ihre Zofe hatte sich zwar, ihrem Vorbild folgend, in den letzten Wochen einen gemäßigteren Gang und auch etwas anmutigere Bewegungen angewöhnt, aber in großer Aufregung verfiel sie noch immer in ihre Ungeschicklichkeiten. Es schienen große Ereignisse ihre Schatten vorauszuwerfen, so wie sie die Stufen hochtrampelte. Ein kleiner Stich Freude lag in der Hoffnung, Leo sei unerwartet früher zurückgekommen, doch als sie das Mädchen in der Tür sah, erkannte sie, dass weit Unangenehmeres auf sie zukam.

Angst packte sie.

»Rike?«

»Die Frau Jacobs, bitte, gnädige Frau, sie weint!«

Es war nicht recht, angesichts ihrer untergründigen Befürchtungen nun Erleichterung zu verspüren, und geschwind stand sie auf, um nach unten zu gehen.

»Bitte sie in mein Boudoir, Rike, und mach uns Tee. Husch!«

Camilla trat gleichzeitig mit ihr auf den Flur, der zu den Schlafzimmern führte. Sie öffnete ihr schweigend die Tür und legte ihr den Arm um die Taille.

»Komm herein, Liebe. Komm, hier sind wir ungestört.«

Sie geleitete ihre Freundin zu der Recamiere und reichte ihr ein weiteres Batisttüchlein.

»Ich benehme mich unmöglich, Leonie.«

»Wahrscheinlich kannst du nicht anders. Was ist passiert, Camilla?«

Sie hatten sich seit Leos Abreise nur einmal bei einer Soiree gesehen und keine Möglichkeit gehabt, vertraulich miteinander zu sprechen.

»Ich habe eine unsägliche Dummheit begangen. Sie fällt jetzt auf mich zurück.«

»Kann ich dir helfen? Willst du dich mir anvertrauen?«

»Ich muss mit jemandem reden, Leonie. Mit jemandem, der sich in den Feinheiten der Gesellschaft besser auskennt als ich. Ich bin völlig außer mir. Ich weiß nicht weiter.«

Rike klopfte vorsichtig an der Tür, und Leonie nahm ihr das Tablett ab. Jette schien die Situation realistisch eingeschätzt zu haben und hatte neben dem Tee auch eine Karaffe Sherry darauf gestellt.

»Wir wollen nicht gestört werden, Rike!«

»Ja, gnädige Frau. Entschuldigen Sie, gnädige Frau.«

»Ist schon gut, Rike.«

»Du sammelst eigenartige lahme Hunde um dich, Leonie«, meinte Camilla, als sich die Tür geschlossen hatte.

»Sie ist langsam, aber lieb und anständig.«

»Ich bin schneller und geschmeidiger, aber weitaus weniger lieb und anständig. Ich bin in einer sehr dummen Lage.«

»Ein Liebhaber, der zu hohe Forderungen stellt?«

Die Tränen waren jetzt getrocknet, und nach einem Schluck Tee erwiderte Camilla: »Du solltest in das Geschäft der Wahrsagerei eintreten. Dein Gespür für Menschen ist ganz besonders ausgeprägt. Ja, ein – ehemaliger – Liebhaber stellt Forderungen, die ich nicht erfüllen will. Man hat mir meine Vergangenheit als Tänzerin hier immer vorgeworfen, weil man Frauen dieser Berufung für unmoralisch hält, nicht wahr?«

»Ich bin sicher, auch unsere Ballettkünstlerinnen sind integere Personen, aber das Zurschaustellen des Körpers – nun, du weißt, wie prüde manche Leute sind. Und sicher ist die Versuchung auch größer, wenn man über gewisse Freiheiten verfügt.«

»So ist es. Ich, genau wie meine ältere Schwester, verfügten über Freiheiten. In meiner Familie war das Tanzen Tradition, auch meine Mutter war eine Almeh, hat aber früh einen achtbaren Mann geheiratet. Er tolerierte es, dass sie uns ausbildete, er schätze unsere Kunst hoch. Er war zur Hälfte übrigens Franzose, weshalb ich diese Sprache auch schon früh lernte. Wir hatten die beste Lehrerin und eine Begabung für Musik und Tanz, und mit sechzehn schon trat ich in den Frauengemächern am Hof des Vizekönigs auf. Mein Ruf sprach sich herum. Es kamen oft Europäer an den Hof, denn Mehemet Ali wollte von ihnen lernen, wollte sein Land an die abendländischen Sitten anpassen. Diese Besucher hatten von den berühmten Awalim gehört, und so wurde ich gebeten, tief verschleiert natürlich, bei den Festen für sie zu tanzen.«

Camilla drehte das Tuch in ihren Händen, doch Leonie lauschte gebannt. Sie hatte sich schon oft gefragt, wie das Leben ihrer Freundin früher ausgesehen haben mochte.

»Ich nehme an, die Herren waren fasziniert.«

»Das waren sie wohl. Es ist so eine ganz andere Art als das hiesige Ballett.«

»Ja, das kann ich mir vorstellen.«

»Mir stieg der Ruhm zu Kopf, Leonie. Ich wurde immer übermütiger. Da oft Männer aus Deutschland bei Hofe verkehrten, lernte ich schon damals ein paar Brocken eurer Sprache, um mich mit ihnen unterhalten zu können. Sicher, das war nicht ganz schicklich, im Grunde hätte ich mich nach dem Tanz und der Musik sofort zurückziehen müssen, aber oft verlangten sie, dass ich mich zu ihnen setzte, und ihr Gastgeber hatte nichts dagegen einzuwenden. Es war ja nicht seine Ehre, die auf dem Spiel stand. Der Wunsch des Gastes wird immer respektiert, weißt du. Es ging auch nie über ein paar freundliche Worte hinaus – bis zu dem Tag, an dem ich einem der Besucher beinahe augenblicklich verfiel.«

Sie schüttelte verzweifelt den Kopf.

»Urs?«

»Nein, o nein. Leonie – weißt du es?«

»Leo hat sich mir anvertraut, bevor er weggefahren ist. Mit dir darf ich darüber sprechen, meinte er.«

»Ja, bei mir ist sein Geheimnis sicher. Hoffentlich. Es ist gut, dass er es dir endlich gesagt hat, ich habe es ihm schon nach dem Bazar geraten.«

»Du hast ihn auf Anhieb erkannt.«

Ein schmerzliches Lächeln huschte über ihr Gesicht.

»Ja, und ich habe mich drei Tage damit gequält, wie ich mich dir gegenüber verhalten sollte. Ich glaubte, ich hoffte, er sei Urs. Nun, er ist es nicht, und das macht es leichter. Ich hätte dir nicht gerne den Gatten abspenstig gemacht, Leonie.«

»Kampflos hätte ich ihn dir auch nicht überlassen.«

»Wir sollten es nie darauf ankommen lassen, einander zu bekämpfen. Wir sind uns ebenbürtig.«

»Die Löwin und die Schlange, wie Gawrila es zu formulieren beliebte.«

»Beliebte sie? Wie treffend. Nun, aber zurück zu meiner Dummheit. Ich verliebte mich und fand – man findet in solchen Fällen immer Wege – die Möglichkeit, mit dem Mann ein Verhältnis zu beginnen. Er war charismatisch, betörend – und auch mir verfallen. So sehr, dass ich Angst vor ihm bekam und die Verbindung abbrach. Es kostete mich viel, Leonie, aber es galt zu überleben. Er hat mir und meiner Schwester Ungeheuerliches angetan. Einige Monate lebte ich zurückgezogen, leckte meine Wunden und suchte in der Musik meine Heilung. Als ich wieder tanzte, rührte ich meine Zuschauer zu Tränen. Ich hatte eine neue Form meiner Kunst gefunden. Und schon bald trat ich auch wieder vor Fremden auf, und diesmal traf ich einen Mann, in dem ich eine ähnliche Trauer entdeckte wie die, die ich gerade überwunden hatte. Urs, der Botschaft vom Tod seiner Geliebten erhalten hatte und Ablenkung in Abenteuern suchte.«

»Du hast ihn getröstet.«

»Ja, und dabei entdeckte ich die Liebe. Vorher waren es Leidenschaft, Wahnsinn, Wollust und Schmerz gewesen, jetzt war es Vertrauen, Hingabe und Zärtlichkeit. Er wollte zurückkommen. Es war ihm nicht vergönnt.«

Sie weinte wieder, und Leonie schenkte ihnen beiden von dem Sherry ein.

»Und dann hast du Jacobs getroffen?«

»Ja. Urs hatte mir viel von seiner Heimat erzählt, und ich wollte ihm irgendwie nahe sein, auch wenn er für mich verloren war. Er hatte mir von den Kindern erzählt, und irgendwie hatte ich die Hoffnung, sie zu finden und als die Meinen anzunehmen. Leo und du seid mir zuvorgekommen. Aber das ist auch recht so. Nun, Jacobs zu überzeugen, ein solch erstaunliches Weib wie mich heiraten zu wollen, war nicht schwer. Ich kann sehr verführerisch sein, wenn ich will.«

»Du bist die lebende Verführung, Camilla, darum sind die hiesigen Damen ja auch so giftig geworden.«

»Was soll ich dagegen machen?«

»Nichts. Bleib so. Sie können ja von dir lernen.«

»Das ist eine interessante Sicht der Dinge.«

»*Ich* schau mir gerne deine Bewegungen ab, und Ursel tut es auch.«

»Ja, mit Erfolg.«

»Aber nun sag, es ist jener erste Liebhaber, der wieder aufgetaucht ist, nicht wahr?«

»Ja, und er will, dass ich an damals anknüpfe. Wenn ich nicht dazu bereit bin, will er Jacobs meinen unsittlichen Lebenswandel aufdecken.«

»Und was würde dann passieren?«

»Leonie, ich will ganz ehrlich sein – ich habe es mit Jacobs gut getroffen. Er liebt mich, ich achte ihn, ich habe eine bevorzugte Stellung in der Gesellschaft. Für ihn bin ich die Erfüllung einer Ehefrau. Nicht weil ich sein Haus mustergültig führe – das tue nicht ich, sondern die Haushälterin. Sondern weil ich ihm im Bett willige Freude bereite. Werd nicht rot, Leonie. Diese Dinge muss man manchmal aussprechen.«

»Ja, ich weiß. Ich verstehe. Ich bin nur so … so einfältig in diesen Dingen. Aber lass nur, Camilla. Du bist Jacobs doch hier treu geblieben, oder?«

»Selbstverständlich. Und ich habe auch vor, es zu bleiben.«

»Wie viel weiß denn dein Gatte von deinem Vorleben? Dass du eine Almeh war, wird er doch gehört und gesehen haben.«

»Ich tanzte damals nicht, sondern musizierte nur. Er hielt mich für eine Hofdame, erzählte mir, dass auch in den hiesigen Salons die Damen mehr oder minder gute Musik machten. Ich ließ ihn in dem Glauben.«

»Noch einmal, Camilla – was würde geschehen, wenn er die Wahrheit erführe?«

»Leonie, du weißt doch, wie die Leute darauf reagiert haben. Ich denke, er wird mich verstoßen.«

»Ah pah! Hierzulande verstößt man Frauen nicht. Er könnte sich scheiden lassen, aber das wäre ein ziemlicher Skandal, der auch ihn belasten würde.«

»Ja, aber … auf jeden Fall würde er seine Achtung vor mir verlieren.«

»Er würde dich nicht mehr lieben, wenn er wüsste, dass du vor der Ehe mit ihm zwei Affären hattest?«

»Das erträgt doch kein Mann von Ehre.«

Leonie dachte an ihren Gatten und seine unsagbar verständnisvolle Art, mit der er ihr gezeigt hatte, dass alles, was gewesen war, für ihn keine Relevanz hatte.

»Leo hat es ertragen, dass ich ein Kind gebar.«

Camilla schwieg lange und nippte an ihrem Glas.

»Es war anders bei dir. Ich habe zweimal geliebt und zweimal verloren. Du warst wehrloses Opfer, ich bin willentlich diese Affären eingegangen.«

»Wie viele Affären wird Jacobs wohl vor dir gehabt haben? Er ist gut fünfzehn Jahre älter als du. Als – mh – Jungfrau ist er nicht in die Ehe gegangen, nehme ich an.«

Camilla kicherte ein wenig.

»Du siehst die Sache wirklich von einem interessanten Standpunkt aus. Nur – das wird man einem Mann doch nie übel nehmen, nicht wahr? Selbst wenn er während der Ehe herumpoussiert, nimmt man es hin.«

»Richtig. Und gerade deshalb – Camilla, mich haben die Monate meiner Ehe vieles gelehrt darüber, wie man gedeihlich zusammenleben kann, ohne dem anderen zu nahe zu treten. Wie man Freiräume lässt, indem man manches nicht hinterfragt. Und wie viel man trotz allem von dem anderen erfährt. Ich wusste, dass Leo nicht Hendryk Mansel war, schon nach wenigen Wochen. Und er wusste offensichtlich von meinen Geheimnissen auch schon sehr bald sehr viel. Hätten wir miteinander darüber zu einem früheren Zeitpunkt gesprochen, wäre unser Zusammensein unmöglich geworden. Aber irgendwann ist der Zeitpunkt da, an dem man einander gänzlich vertraut.«

»Ja, aber …«

»Beleidige das Einfühlungsvermögen und die Intelligenz deines

Jacobs nicht damit, ihm zu unterstellen, er wüsste nichts von deiner Vergangenheit. Es mag seiner Art der Rücksichtnahme dir gegenüber entsprechen, es nicht zu erwähnen. Aber wenn er wirklich und wahrhaftig keine Hinweise gehört hat, welchen Status du am Hofe hattest, so wird er zumindest wohl gemerkt haben, dass er keine unbedarfte Jungfer in seinem Bett vorfand, oder?«

»Ähm …«

»Oder hast du ihm die vorgespielt?«

»Leonie?«

»Ja?«

»Du bist entsetzlich.«

Leonie lächelte und streichelte Camillas Hand.

»Vertrau dich ihm an. Ich habe festgestellt, dass man gerade in der Dunkelheit und – mhm – unter der Decke – mhm – ich fürchte …«

»Du glühst, Leonie. Hat Leo den Weg unter deine Decke gefunden?«

»Ja – mh – ja. Es – wir hatten nicht …«

»Ich weiß auch das von dir, meine Freundin. Wie Recht du hast. Es erschließt sich, wenn man den anderen kennt und liebt, manches, über das man vornehm schweigt. Es war eine Zweckehe, nun ist es eine richtige. Und den Schrecken davor, den hat er dir ganz offensichtlich mit Bravour genommen.«

Leonie konnte nur nicken und ihre Hände an die heißen Wangen drücken.

»Wie schön für dich. Und mir hast du auch geholfen. Ich werde mit Jacobs reden, in der Traulichkeit des Ehebetts. Dann kann ich den Drohungen gelassener ins Gesicht sehen.«

»Du kannst diesen Mann zum Teufel jagen.«

»Nein, Liebes, das kann ich nicht. Er gebietet über die Teufel und Dämonen.«

»Himmel, Camilla!«

»Es ist mehr daran als nur der Wunsch, seine Geliebte zu werden. Er will über Kräfte verfügen, die ich besitze. Oder von denen er glaubt, ich besäße sie. Aber zunächst kann ich seine Drohung unwirksam machen. Hoffen wir, dass ihm nicht noch etwas anderes einfällt.«

»Was steckt dahinter, Camilla?«

»Etwas, das ich noch nicht einmal dir anvertrauen kann. Und nicht will, weil es gefährlich ist. Aber nun sag mir, wie weit die Geburt der Schlange Renenutet gediehen ist.«

Leonie war zwar nicht ganz glücklich mit dem Wechsel des Themas, ging aber doch darauf ein und zeigte ihrer Freundin die fast ganz fertige Schlange.

Heimkehr

MIT VERLIEBTEN IST VERNÜNFTIGERWEISE
GAR NICHT UMZUGEHEN.

Freiherr von Knigge: Über den Umgang mit und unter Verliebten

Es war schon nach Mitternacht, als er den Kutscher bezahlte, den Mantelsack über die Schulter warf und die schwere Tasche aufnahm, um sie zur Haustür zu tragen. Sein Heim war dunkel und still, und er stellte sein Gepäck neben der Treppe ab. Darum würde er sich morgen kümmern. Auch die Stiefel zog er hier schon aus, um auf leisen Sohlen nach oben zu steigen. Er wollte niemanden wecken – außer vielleicht sein Weib. Aber das gewiss nicht mit Gepolter auf der Stiege.

Vorsichtig öffnete er die Tür zum Schlafgemach und sah sie im Licht der kleinen Nachtlampe unter der Decke liegen. Bis zur Nasenspitze hatte sie das schwere Plumeau hochgezogen, denn es war kühl im Raum. Die Vorhänge waren, wie er es eingeführt hatte, zur Seite gezogen, und der schwache Schein des abnehmenden Mondes erhellte das Viereck des Fensters. Sie sah süß aus, die Haare ringelten sich um ihre Stirn, waren nur mit einem Band im Nacken zusammengenommen, auf ihren Lippen lag ein Hauch von Lächeln. Er wünschte sich schöne Träume für sie. Möglicherweise – eine vermessene Hoffnung – spielte ja sogar er eine Rolle darin.

Lautlos schlich er in sein Ankleidezimmer und wusch sich mit kaltem Wasser den Reisestaub ab, dann legte auch er sich ins Bett.

Leonie maunzte irgendwas und drehte sich zu seiner Seite. Eine warme Hand tastete nach ihm, und er schloss vor Glück die Augen. Wie oft hatte er in den vergangenen Nächten ebenfalls nach ihr gefühlt. Er rückte näher und hob ihr Plumeau so weit an, dass er darunterschlüpfen konnte.

»Leo?«

»Ja, mein Weib. Oder erwartetest du einen anderen?«

Sie schlug die Augen auf und seufzte.

»Einen Frosch befürchtete ich, so kalt wie du bist.«

»Die Mär verlangt, den Frosch zu küssen, damit er ein Prinz wird.«

»Eine schwere Aufgabe!«, klagte sie, kam ihm aber durchaus entgegen.

»Oh!«, war sein überraschter Kommentar, als seine Hände ihren Körper berührten. Warm, glatt und verführerisch war er von dünner Seide umhüllt. Dieser Umstand weckte verschiedenste Wünsche in ihm, die ihn selbst nach tagelangen ermüdenden Reisestunden mehr als belebten.

»Ich wollte dich nicht mehr irgendwelchen Scheußlichkeiten aussetzen«, murmelte seine gehorsame Gemahlin und schmiegte sich etwas enger an ihn.

»Es scheint mir ganz und gar nicht scheußlich zu sein.«

»Dann darf ich es anbehalten?«, fragte sie hoffnungsvoll.

»So lange du willst, den ganzen Tag über. Aber im Moment habe ich das Verlangen, dieses Nichts von einem Hemd ganz langsam von deinem Körper zu streifen.«

»Marietta drohte an, es könne dieses Schicksal erleiden.«

»Marietta?«

»Sie schuf diese Kreation, der du noch nicht einmal einen einzigen Blick gegönnt hast!«

»Das werde ich umgehend nachholen. Und dann wird sich sein Schicksal vollenden.«

Erfüllt und glücklich schliefen sie, nachdem das Schicksal seinen Lauf genommen hatte, ein, Leonies Kopf an seiner Brust, sie selbst eingefangen in seinen Armen. Die späte Morgendämmerung des Novembers erst weckte sie, und behaglich kuschelte sie sich in seine Umarmung.

»Du bist ein erstaunliches Weib, Leonie.«

»Bin ich das?«

»Ich könnte mir kein vollkommeneres wünschen.«

»Nun, da wir von Vollkommenheit sprechen …«

Ihre Hände glitten an seinem Körper entlang und blieben verblüffenderweise auf seiner Kehrseite liegen.

»Was hat das mit Vollkommenheit zu tun?«, wollte er überrascht wissen.

»Nun, da waren diese griechischen Helden. Im Wallrafianum, weißt du. Nur, Gips fühlt sich lange nicht so – köstlich an.«

»Griechische Helden? Sag nur, du hast unbekleidete griechischen Helden an die – mhm – gefasst?«

»Camilla brachte mich darauf. Und darauf, Vergleiche zu ziehen. Ich tue es hiermit.«

»Oh – nun ja. Und wie schneide ich ab?«

»Heldenhaft!«, kichert sie und – verflixt noch mal – zwickte ihn tatsächlich in das betroffene Körperteil. Er lachte auf und zog ihr die Bettdecke fort. Sie quiekte und kämpfte um das Kissen. Überglücklich, dass sie wirklich bereit war, auch die heiteren Spiele der Liebe zu genießen, fasste er nach ihr.

Sie wehrte sich lachend und schubste ihn zurück: »Eigentlich sollte ich mich sittsam von dir fernhalten, Leo. Schließlich sind wir ja noch nicht einmal richtig verheiratet.«

Als hätte sie ihm einen Schlag in den Magen verpasst, ließ er sie los.

»Mein Gott.«

»Ja nun, ich habe einen Hendryk Mansel geehelicht, so steht es in den Papieren. Von einem Leo Flemming ist nirgendwo die Rede.«

»Leonie, ich … ich …«

Sie bemerkte sein Entsetzen und zog ihn wieder an sich.

»Mir macht das aber nichts aus. Ich wollte schon immer mal wissen, wie es ist, einen Liebhaber zu haben.«

Er drückte seine Stirn an die ihre und murmelte: »Wir werden das richtigstellen, Leonie. So schnell wie möglich. Ich habe vergessen …«

»Ja, wir haben es beide vergessen. Du hast dich aus diesem Grund von mir ferngehalten, nicht wahr?«

»Anfangs, ja.«

»Du wolltest die Ehe wieder auflösen.«

»Oh, verdammt, Leonie. Ich war so ein Trottel.«

»Ich war damals ganz dankbar dafür.«

»Dass ich ein Trottel war?«

»Dass du mich von Bonn weggeholt und keine – mhm – Forderungen gestellt hast. Ich hatte solche Angst, wieder zurückgehen zu müssen.«

Er strich ihr die wilden Locken aus dem Gesicht.

»Leonora Maria, wärst du gewillt, mich, Leo Flemming, als deinen rechtmäßigen Gatten anzuerkennen?«

Sie war überrascht, dass er so ernst und verwirrt reagierte, und stupste ihn mit dem Finger auf die Brust.

»Und wenn ich lieber dein sündiges Verhältnis wäre?«

»Dann müsste ich mich damit wohl bescheiden. Und immer mit der Angst leben, du könntest mich jederzeit fallenlassen, um mit einem anderen Heros eine Affäre zu beginnen.«

»Ein bisschen könnte ich dich diese Angst auskosten lassen, nicht wahr?«

»Die du die ganze Zeit hattest. Ich verstehe. Leonie, was immer du willst, werde ich tun. Aber eins musst du wissen – ich liebe dich.«

»Ein recht überzeugendes Argument.«

Er bewies ihr dessen Stichhaltigkeit.

In den Personalräumen tuschelte man an diesem Tag eine ganze Menge.

Nachmittags kamen die Zwillinge zu ihnen und bekundeten überschäumend ihre Freude über Leos Rückkehr. Er widmete sich bis zum Abend all ihren Berichten über schulische Erfolge, gesellschaftliche Erlebnisse, Missetaten und Streiche, wie auch ihrem Unwillen darüber, nichts ohne Begleitung unternehmen zu dürfen.

»Aber jetzt, wo Sie wieder da sind, dürfen wir doch auch wieder alleine zu unseren Freunden, nicht wahr?«

»Nein, Lennard. Die nächsten paar Tage werdet ihr diesen Zustand noch erdulden müssen.«

»Warum, Herr Mansel?«

Es brachte ihn in gewisse Schwierigkeiten, in die offenen Gesichter der Kinder zu schauen, denen er nicht erklären konnte, was er befürchtete. Es gab nur eine Möglichkeit – sie von dem Thema abzulenken.

»Eine Woche noch, dann fahren wir alle zusammen zu meinen Eltern, um bei ihnen Weihnachten zu feiern.«

Es klappte! Ursel wollte sofort wissen, wo es hinging.

»Ziemlich weit weg von hier. Lasst euch überraschen. Wir werden wohl eine Woche unterwegs sein. Sie leben in einem hübschen kleinen Ort auf einem Gut. In der Umgebung kann man ganz hervorragend Fossilien sammeln, es gibt einen Berg, auf dem es spukt, eine unterirdische Kohlemine, aus der man schwarz wie die Mohren herauskriecht, wenn man sie besucht hat, Pferde, auf denen man reiten kann, und vieles andere mehr.«

Sie wollten mehr wissen, er tat geheimnisvoll, scherzte mit ihnen und neckte sie, bis es Zeit zum Essen war. Am Abend dann sah er seine Post durch.

»Leo, Camilla hat dies hier für dich abgegeben.« Leonie reichte ihm ein versiegeltes Päckchen. »Sie sagte, es wäre ein Geschenk von ihrem Bruder Jussuf. Und du sollst vorsichtig sein.«

»Wir müssen alle vorsichtig sein, so vorsichtig, dass du mich, außer in ganz traulichen Momenten, leider auch weiterhin Hendryk nennen solltest.«

»Verzeih. Ich werde leichtsinnig. Fahren wir wirklich zu deinen Eltern?«

»Es scheint mir das Beste zu sein, einige Wochen von hier zu verschwinden. Ich brauche etwas Zeit und Ruhe, um einen Plan zu machen.«

»Das heißt, du hast inzwischen alles, was du gesucht hast, in Händen?«

»Ja, mit diesem Päckchen von Camilla habe ich eine vollständige Beweiskette. Jetzt muss ich sehen, wie ich meinem Widersacher einen solchen Strick daraus drehe, dass er sich daran aufhängt.«

Unruhig ging Leonie im Zimmer auf und ab. Seine Stimme war kalt, sein Gesicht steinern. Er machte ihr Angst.

»Hendryk, planst du einen Mord?«, flüsterte sie.

»Nein. Aber ich werde den Mann nicht daran hindern, sich selbst zu vernichten. Sonst vernichtet er mich, dich, die Kinder, meine Eltern, vielleicht sogar Camilla.«

»O Gott, ich hätte es fast vergessen – Camilla wurde erpresst.«

»Von wem?«

»Einen Namen hat sie nicht genannt, aber von einem ehemaligen Liebhaber. Und sie hat sich sehr kryptisch ausgedrückt. Er sei der Gebieter über Teufel und Dämonen. Hendryk – ist es derselbe Mann?«

Er sah sie ernst an.

»Ja, ich fürchte es.«

»Er ist hier, ganz in der Nähe? Die ganze Zeit über schon? Und er weiß, wer du bist?«

»Seit Kurzem erst. Darum reisen wir, sobald du alles vorbereitet hast.«

»Kenne ich ihn?«

»Ich glaube nicht, aber es ist nicht ausgeschlossen, dass du ihm irgendwo begegnet bist. Es ist besser, du weißt es noch nicht.«

»Ist Camilla in Gefahr?«

»Nicht, wenn ich fort bin.«

»Gut, ich beginne morgen mit den Vorbereitungen. Was soll ich mitnehmen?«

»Kleidung für einen Aufenthalt für mindestens sechs Wochen. Nimm auch deine Abendgarderobe und den Schmuck mit, ich denke, wir werden einiges zu feiern haben.«

»Die Schule?«

»Ich schreibe dem Rektor, dass wir aus familiären Gründen verreisen müssen. Wir werden verbreiten, dass wir uns nach Berlin begeben.«

»Das Personal?«

»Bleibt hier. Du wirst dich mit Ursels Zofendiensten während der Reise begnügen müssen, im Haus meiner Eltern wird sich vermutlich die Kammerfrau meiner Mutter um dich kümmern.« Er grinste sie plötzlich frech an. »Oder ich. Gewisse hauchzarte Gewebe kann ich dir doch schon ganz gut ausziehen!«

Es ärgerte sie, dass sie schon wieder errötete. Derartige Bemerkungen machten sie noch immer verlegen.

»Liebes, du bist so süß. Komm, setz dich zu mir.«

»Dann fängst du nur wieder an zu poussieren.«

»Würde es dich stören?«

»Ich möchte lieber erst die ernsten Themen behandeln.«

»Aber dann darf ich – mhm – poussieren?«

Die Röte wurde noch tiefer. Eine untadelige Dame konnte doch auf gar keinen Fall zugeben, dass sie leidenschaftlich gern poussieren würde, oder?

»Ja, mein Gemahl!«, hauchte sie, und die Dame in ihr rümpfte die Nase.

Leonie gab ihr in Gedanken einen herzhaften Tritt.

Entführung

Und wenn euch, ihr Kinder, mit treuem Gesicht
Ein Vater, ein Lehrer, ein Aldermann spricht,
So horchet und folget ihm pünktlich.

Goethe: Der getreue Eckart

»Er stromert schon wieder hinter uns her!«, murrte Ursel, als sie mit Lennard zu Gerlachs gingen, die heute ein Fest für ihren Sohn Thomas ausrichteten, der vergangene Woche Geburtstag hatte. Sie hatten Herrn Mansel die Erlaubnis abgeschmeichelt, endlich einmal ohne Begleitung ausgehen zu dürfen. Na ja, ganz ohne waren sie nicht; dieser Mann, der seit vier Wochen irgendwie immer in ihrer Nähe zu sein schien, wenn sie sich draußen aufhielten, war noch da. Aber er würde nicht mit ins Haus kommen. Anfangs hatte er ihnen Angst gemacht, weil er sie immer so verstohlen beobachtete. Aber dann hatten sie einmal gemerkt, dass Onkel Sven ihm freundlich zugenickt hatte, als er glaubte, sie würden es nicht sehen. Er schien so eine Art heimlicher Aufpasser zu sein. Und Frau Mansel machte sich in der letzten Zeit so viele Sorgen um sie. Es war also etwas passiert, das man ihnen nicht anvertrauen wollte. Stundenlang hatten sie beide darüber spekuliert und waren zu dem Schluss gekommen, es müsse etwas mit dem Herrn zu tun haben. Andererseits hatte sich zwischen den beiden auch etwas verändert, seit er wieder zurück war. Sie sahen sich oft so innig an, und manchmal neckten sie sich auf eine Weise, die sie und Lennard nicht ganz verstanden, die aber sehr liebevoll gemeint war. Und sie waren so viel fröhlicher als früher. Wahrscheinlich freuten sie sich auf die geplante Reise.

Lennard hatte Herrn Mansel überzeugen können, dass sie bei einem Besuch bei seinem Schulfreund, dem Sohn des angesehenen Apothekers Gerlach, nun wirklich keinen Begleiter brauchten. Er hatte zwar nur zögernd zugestimmt, aber schließlich mit den Schultern gezuckt und ihnen nur noch mit auf den Weg gegeben, sich höflich und bescheiden zu verhalten und pünktlich um sechs nach Hause zu kommen.

Gerlachs wohnten in der Schildergasse, nicht sehr weit von zu Hause, und es waren schon zwei Dutzend Kinder versammelt, als sie eintrafen. Dreizehn Jahre war Thomas geworden, ein ungeheuer erstrebenswertes Alter, das sie erst in vier Monaten erreichen würden. Daher gab es auch keine kindischen Vergnügungen mehr wie Puppentheater oder solch alberne Spiele wie Blindekuh oder Haschen. Viel besser, man hatte eine Schatzsuche vorbereitet, bei denen einzelne Gruppen durch das ganze Haus ziehen mussten, um nach versteckten Hinweisen auf den verborgenen Schatz zu suchen. Es war herrlich! Mit einem Zettel in der Hand zog Ursel mit drei anderen Mädchen in die Bibliothek, um ein Gedicht nachzuschlagen, in dem sie dann den nächsten Hinweis finden würden. Lennard war schon auf dem Weg zur Speisekammer, wo angeblich in einem süßen Brötchen eine Auskunft verborgen war. Es gab viel Gelächter, Rätselraten und Verwirrung.

Irgendwann landete Ursel im Weinkeller, um von einem Flaschenetikett eine Nachricht abzulesen, als plötzlich das Gaslicht ausging, das das kühle Gewölbe erhellt hatte. Ihre Mitstreiterinnen quietschten angstvoll auf, sie hätte es auch gerne getan, aber da war plötzlich die Decke über ihrem Kopf, und kräftige Hände schnürten sie in der Mitte ihres Leibes zusammen, sodass sie die Arme nicht mehr bewegen konnte. Dann wurde sie rüde über jemandes Schulter geworfen und weggetragen.

Lennard erlitt ein ähnliches Schicksal im Kohlenkeller. Ebenfalls in eine dicke Pferdedecke gehüllt, fesselte man ihn und schleppte ihn aus dem Haus. Unsanft landete er in einer Kutsche und wurde entsetzlich durchgeschüttelt, da er ja mit den Händen keinen Halt fand.

Wildeste Vermutungen tobten durch seinen Kopf. Mit der Schnitzeljagd hatte das nichts zu tun, und ein Dummejungenstreich war es auch nicht. Mit Entsetzen dachte er an den Mann, der sie verfolgt hatte. War er Aufpasser oder Entführer? Aber er war nicht mit ins Haus gekommen, er hatte ihn gerade noch auf der Straße stehen sehen, als er einmal ans Fenster getreten war. War er Aufpasser, dann hatten diejenigen, vor denen er sie beschützen wollte, ihn überlistet. Herr Mansel hatte also Recht gehabt mit seinen Bedenken. O Gott, hätten sie nur auf ihn gehört!

Ursel, dachte er. Ursel. Sehr laut dachte er an seine Schwester.

Lennard! Lennard, Hilfe!

Es hallte in seinem Kopf wider. Ursel war genauso in Gefahr wie er.

O Mist! Hätte er nur auf den Herrn und die Gnädige gehört.

Die Fahrt dauerte nicht lange, kurz darauf wurde er wieder gepackt und irgendwohin getragen. Nur gedämpft konnte er die leisen Worte durch die Decke hören, die sein Entführer mit einem anderen Menschen wechselte, dann wurde er recht hart auf den Boden geworfen, wobei er sich den Kopf anstieß.

Hier war die Decke allerdings von Vorteil. Er verlor nicht das Bewusstsein.

Jemand packte seine Füße und band sie grob mit einem Strick zusammen. Dann gab es einen Plumps ganz in seiner Nähe, und er hatte wieder den Ruf in seinem Kopf.

Lennard, hilf mir.

Ursel, ich kann nicht. Wo bist du?

Irgendjemand lachte, ein Frauenlachen, nicht sehr angenehm, dann klappte eine Tür zu, und es war still.

Ursel, ich habe eine Decke über den Kopf.

Er sandte ihr das Bild davon. Und empfing die ihren.

Ich auch, Lennard. Und die Füße gefesselt. Sie haben mich aus dem Haus getragen.

Mich auch. Kutsche?

Ja.

Sind wir zusammen?

Sie strengten sich an. Auf ihre sensible Art nahmen sie wahr, was der andere herausfand. Die Decken waren zwar dick, aber luftdurchlässig, sodass sie atmen konnten. Und mit der Atemluft kam der Geruch.

Weihrauch, Lennard.

Ja, ich merke es. Wir sind zusammen. Und ich glaube, wir sind alleine.

»Lennard!«, sagte Ursel laut, und er rollte sich augenblicklich in die Richtung ihrer Stimme. Er traf ihren Körper und seufzte tief auf.

»Ich fürchte mich, Lennard.«

»Ja. Ich auch. Aber wir können etwas versuchen. Kannst du die Hände bewegen?«

»Sie sind fest an meinen Rücken gebunden.«

»Aber du kannst die Finger bewegen?«

»Ja, kann ich.«

»Ich habe ein Taschenmesser in der Hosentasche. Versuch, es herauszuziehen!«

Es war eine komplizierte Aktion, aber schließlich gelang es Ursel, das Messer herauszufischen und sogar aufzuklappen. Mit ängstlicher Hast arbeitete sie an dem Strick, der um Lennards Mitte gewickelt war, und nach einer Zeit, die ihnen wie die Ewigkeit vorkam, hatte sie den festen Hanf endlich durchtrennt. Erleichtert schob Lennard die Decke fort. Sehen konnte er noch immer nichts, denn es war vollständig dunkel in dem Raum. Aber er tastete sich zu seiner Schwester und befreite sie auch von Strick und Tuch.

Sie gab nur ein kleines Aufschluchzen der Erleichterung von sich. Sie war schon ein tapferes Mädchen.

»Lennard, glaubst du, wir sind in dem geheimen Keller?«

»Ja, das glaube ich. Es riecht hier so komisch. Und ich hab dir doch gesagt, Thomas' Vater hat so eine Krokodilsmaske. Der gehört zu diesen Tiermenschen. Wir hätten nicht zu der Feier gehen sollen, Ursel. Der Herr hat ganz Recht gehabt.«

»Können wir von hier weg?«

»Wenn wir den Vorhang finden, der zu dem Gang in den Bierkeller führt. Es ist nur so schuckeschwarz hier unten wie im Bauch eines Wals.«

»Gib mir deine Hand, Lennard. Wir tasten uns die Wand entlang!«

Sie fanden unterschiedliche Sachen – eine Truhe, einen Haufen Stoffe, etwas Pelzartiges – und schließlich den schweren Gobelin, der die Öffnung zu dem alten Gang verdeckte. Auch hier war es finster, aber sie wussten wenigstens, in welche Richtung sie sich bewegen mussten. Ein paarmal stolperten sie, stießen sich Ellenbogen und Knie an, schrammten sich die Knöchel auf, aber dann wehte ihnen der vertraute Biergeruch entgegen, und eine Lampe spendete ein wenig Licht. Erleichtert blieb Ursel stehen und umarmte ihren Bruder. Er hielt sie auch fest an sich gedrückt.

»Wie gut, dass du das Messer hattest, Lennard.«

»Der Leutnant hat es mir geschenkt. Er meint, ein Mann sollte so etwas besitzen. Komm jetzt, wir müssen sehen, dass sie uns hier nicht erwischen.«

Es ging geschäftig zu im Hof des Bierbrauers, und es gelang ihnen, unbemerkt von den Kutschern und Lagerarbeitern durch die Fässer zum Tor hinauszukommen. In der Abenddämmerung liefen sie beide so schnell sie konnten Richtung Hohe Straße.

»Wir sagen es der Gnädigen und dem Herrn besser nicht, Ursel. Wir sagen einfach, die Feier war so langweilig, dass wir gegangen sind.«

»Ja, wir behaupten, wir seien ganz unhöflich durch den Hinterausgang geschlüpft. Sonst hätte uns ja der Mann gesehen, der immer hinter uns her ist. Und der erzählt ihnen sicher, dass er uns verloren hat.«

»Ist gut. Wir müssten sonst auch zu viel erklären, nicht wahr?«

»Richtig. Und wo wir doch übermorgen verreisen, kann uns nichts mehr passieren.«

Sie hatten auch im Haus Glück, alles war in wildem Packeifer, Koffer und Truhen, Mantelsäcke und Körbe standen im Eingang, Rike rang die Hände, weil irgendein Paar Handschuhe unauffindbar war, die Gnädige gab Jette in der Küche Dutzende von Anweisungen, der Herr war ausgegangen, und Albert wies das Hausmädchen an, wie die Polstermöbel mit Leinenüberzügen zu versehen waren, die er aus der Wäschekammer geholt hatte. Onkel Sven war bereits vor drei Tagen abgereist, und so hasteten sie unbemerkt zu ihren Zimmern hinauf, und Ursel – Lennard war manchmal richtig stolz auf sie – half ihm, seine Kleider wieder in einen ordentlichen Zustand zu bringen, und richtete sich auch selbst her.

Aber dann stellte sie die Frage, die ihm endgültig die Angstschauer über den Rücken jagte.

»Lennard, was glaubst du, warum haben die das gemacht? Warum haben die uns in diesen entsetzlichen Keller gebracht?«

»Vielleicht wissen sie, dass wir sie beobachtet haben.«

»Ich glaube, die Frau, die lachte, war diese Danwitz.«

»Die Gnädige und der Herr haben vor etwas Angst. Es gibt da ein Geheimnis, Ursel. Und es hat mit uns zu tun.«

»Mit uns und mit ihnen. Darum fahren wir vermutlich jetzt auch weg.«

»Ich habe auch Angst, Lennard.«

»Ich auch.«

Noch eine Heimkehr

Zum Reisen gehört Geduld, Mut, guter Humor,
Vergessenheit von häuslichen Sorgen,
und dass man sich durch kleine widrige Zufälle,
Schwierigkeiten, böses Wetter,
schlechte Kost und dergleichen
nicht niederschlagen lasse.

Freiherr von Knigge: Über das Betragen bei verschiedenen Vorfällen im menschlichen Leben

Die Zwillinge waren geradezu unnatürlich folgsam und höflich, während sie in der schaukelnden Kutsche Richtung Hannover rollten. Leonie führte es auf die verblüffenden Offenbarungen zurück, die Leo den beiden gemacht hatte, als sie eine halbe Tagesreise von Köln entfernt waren. Er hatte es auf sehr einfühlsame Weise geschafft, ihnen die Zusammenhänge zu erklären, warum er, nun ohne Bart und Augenklappe, Leo Flemming, ihr leiblicher Onkel war. Über den Tod ihres Vaters, einen tragischen Unfall, hatte er wenig Worte verloren, seine Verkleidung damit begründet, er sei einem Verbrecher auf der Spur, der bei der Expedition einen kostbaren Schatz geraubt habe. Schweigend und mit großen Augen hatten sie ihm zugehört und keine einzige Frage gestellt. Leonie hegte den Verdacht, Ursel und Lennard könnten auch schon eine ganze Menge selbst herausgefunden oder geahnt haben. Umso bewundernswerter war es wohl, dass sie nie etwas darüber hatten verlauten lassen. Es musste schwer für die beiden gewesen sein, so im Ungewissen mit ihnen zu leben, aber wahrscheinlich fanden sie Trost und Bestätigung, indem sie einander vertrauten und ihre Beobachtungen teilten. Zwei sehr kluge Kinder saßen da ihr gegenüber.

Aber auch sie fragte sich, ob an der Geschichte mit dem Schatzraub etwas Wahres sein könnte. Vermutlich mehr, als Leo erzählt hatte. Sie wusste noch lange nicht alles, was in seiner Vergangenheit geschehen war. Er würde es ihr sagen, sobald sie die Gelegenheit hatten, alleine darüber zu sprechen. Bisher waren die Tage in ungeheurer Hektik verlaufen, vieles war zu klären gewesen, das Haus zu schließen, die Koffer zu packen, verschiedene Abschiedsbesuche zu machen oder Karten und Briefe zu versenden. Jette und Albert würden weiterhin in ihren Räumen wohnen und nach dem Rechten sehen, das Hausmädchen aber hatte Urlaub bekommen, und Rike hatte, nachdem ihre Eltern durch Hannos stetige Einflussnahme eingelenkt hatten, wieder Wohnung im elterlichen Heim gefunden. Wie sie nach ihrer Rückkehr in Köln weiterleben würden, hing davon ab, wie sich die nächsten Wochen entwickelten. Leo konnte nicht mehr sehr lange als Hendryk Mansel auftreten. Vermutlich nur noch, bis er seine Mission erfüllt hatte. So bezeichnete sie das, was er vorhatte.

Es machte ihr Angst, auch wenn sie ihm vertraute.

Es machte ihr auch Angst, seiner Familie gegenüberzutreten.

»Leo, hast du deinen Eltern unser Kommen eigentlich angekündigt?«

»Natürlich. Ernst ist schon vorgestern aufgebrochen. Er reitet, so viel Gepäck wie wir hat er ja nicht mitzuschleppen. Er wird einige Tage vor uns dort sein und mit ihnen sprechen. Es erschien uns sehr viel passender als ein Brief, wenn er sie im Gespräch vorsichtig auf die Rückkehr des verlorenen Sohns vorbereitet.«

»Samt Frau und Kindern. Sie werden erschüttert sein.«

»Vermutlich. Aber ich habe gute Hoffnung, das sie mich mit offenen Armen empfangen werden und euch drei mit einschließen.«

Diese Sicherheit teilte Leonie nicht, aber vorerst beließ sie es dabei. Um sich die Zeit zu verkürzen und sich und die Kinder vom Grübeln abzulenken, schlug sie ein Ratespiel vor, das schon bald alle in seinen Bann zog und zu viel Gelächter führte.

In der Abenddämmerung erreichten sie Dortmund, wo sie übernachten würden. Luxuriös war der Gasthof nicht, aber sauber und gut geführt, das Essen sogar ganz ausgezeichnet. Die Kinder zogen sich rasch in ihr Zimmer zurück. Leonie nahm an, sie wollten unter sich sein und das besprechen, was sie erfahren hatten.

»Sie haben es gut aufgenommen, Leo.«

»Ja, sie sind außerordentlich verständige junge Menschen.«

»Und sie haben einander.«

Sie saßen in dem Privatzimmer, das er geordert hatte, und tranken noch ein Glas Wein zum Ausklang des Tages.

Leo schaute versunken in die rote Flüssigkeit, die er sacht in dem Pokal schwenkte.

»Ja, Leonie, sie haben einander. Zwillinge sind sich sehr nahe. Wir kennen uns schon aus der Zeit vor der Geburt, wir wachsen miteinander auf, wissen um jede Regung des anderen, die Bedeutung jeder Mimik, jeder Haltung, jedes Tonfalls. Als Urs gestorben war, blieb nicht nur die Wunde aus Trauer und Schmerz zurück, sondern auch eine unsagbare Leere. Einsamkeit, Leonie, herzzerreißende Einsamkeit blieb zurück. Es gab Tage, da konnte ich sie kaum ertragen. Wir hatten so vieles geteilt, wir konnten uns – wie Lennard und Ursel – alles anvertrauen, Dinge, die man nie einem anderen Menschen gegenüber erwähnt. Es ist etwas Besonderes an einem solchen Verhältnis. Ich hatte nie damit gerechnet, so etwas in meinem Leben je wiederzufinden.« Er stellte das Glas ab und legte seine Hand auf die ihre. »Und doch habe ich jetzt einen Menschen bei mir, der die klaffende Wunde der Einsamkeit geheilt hat. Leonie, meinen Bruder werde ich immer vermissen, aber du hast eine Stelle in meinem Herzen eingenommen, die der seinen sehr ähnlich ist. Danke, Leonie. Danke, dass du bei mir bist.«

»Ach Leo!« Leonie wischte die Tränen mit dem Handrücken ab, die ihr über die Wangen liefen. »Ich wollte nicht weinen. Aber – ja, ich bin so froh, dass ich deine Freundin sein kann.«

»Freundin, Schwester, Gattin, Geliebte. Alles das bist du für mich. Was kommt, wird nicht leicht werden, aber mit dir zusammen werde ich auch den letzten Schritt mit Erfolg gehen. Und dann liegt ein neues Leben vor uns. Es wird schön sein, es mit dir gestalten zu können.«

Am zweiten Tag der Reise unterhielt Leo die Kinder mit Erzählungen aus seiner Jugend, und nicht nur sie lauschten begeistert, wenn er von Streichen und Abenteuern berichtete, die er mit Urs zusammen erlebt hatte. Er war ein guter Erzähler, entwarf kleine Bilder und Szenen, in denen jene Menschen auf charakteristische Weise agierten, mit denen sie in den nächsten Tagen zusammenleben würden. Er brachte ihnen ihren Vater nahe damit, aber auch die Gegend, in der sie aufgewachsen waren. Leonie lernte viel dadurch, vor allem etwas über seine Gefühle der Heimat und der Familie gegenüber.

»Du hast eine glückliche Kindheit gehabt, Leo.«

»Ja, ich habe eine glückliche Kindheit gehabt. Das ist etwas, was man nie vergisst. Und ihr zwei sollt ebenfalls später sagen können, es habe Augenblicke wie aus Gold gesponnen gegeben, an die man sich in schweren Zeiten erinnern kann. Ich bedaure unendlich, dass ihr ein paar schwere Jahre durchmachen musstet.«

»Das Waisenheim war grässlich!«, sagte Ursel nickend. »Wir durften nicht zusammen sein.«

»Aber ich vermute, ihr habt es trotzdem geschafft.«

Lennard grinste. »Natürlich!«

»Wie haben Sie uns eigentlich gefunden, Onkel Leo?«

»Es war ein wenig schwierig, das gebe ich zu. Dummerweise war ich ein Jahr lang ziemlich krank. Und zwar ausgerechnet in dem Jahr, in dem eure Großmutter starb. Deshalb hat man euch ja ins Waisenheim gegeben. Als Ernst von seiner Reise nach Deutschland zurückkehrte, hat er sich sofort auf die Suche nach euch gemacht, aber es gestaltete sich kompliziert, weil niemand zu wissen schien, wo ihr gelandet seid. Als er dann die Fabriken, in denen Kinder arbeiteten, abgesucht hat, fand er euch und schrieb mir sofort. Er hat auch dafür gesorgt, dass ihr zu dem Brillenmacher ziehen konntet und nicht mehr in der Spinnerei schuften musstet. Ich war inzwischen auch wieder gesund genug, um die Heimreise anzutreten. Den Rest kennt ihr.«

»Nein, Onkel Leo, aber das macht nichts.«

Leonie stellte fest, dass ihr Gatte ein wenig irritiert dreinblickte, und unterdrückte ein Lächeln. Zauberhafte Kinder, wirklich!

»Was macht nichts, Lennard?«, wollte Leo wissen.

»Dass wir nicht wissen, warum Sie den Verbrecher wirklich verfolgen, warum Sie jetzt nicht mehr Herr Mansel sind, warum Sie Tante Leonie geheiratet haben und woran unser Vater wirklich gestorben ist.«

Leonie legte ihrem sprachlosen Gemahl die Hand auf den Arm und sagte mit sanfter Stimme: »Ihr werdet auf all diese Dinge Antwort erhalten, wenn sich auch für uns die letzten Fragen geklärt haben. Das ist ein Versprechen, Ursel, Lennard. Ich weiß, ihr denkt viel weiter, als ihr uns zeigt. Ihr seid zu klug, um nicht zu bemerken, dass es Lücken in unseren Berichten gibt. Gebt eurem Onkel noch etwas Zeit, damit er die Wahrheit in vollem Maße herausfinden kann.«

Und weil sie sich ernst genommen fühlten, nickten die Zwillinge und gaben sich zufrieden mit der Antwort.

Zwei Tage später hatten sie die letzte Station vor ihrem Ziel erreicht, und nur noch eine Übernachtung in der Poststation trennte sie vor der Heimkehr. Um die Mittagszeit des nächsten Tages würden sie in Barsinghausen sein, und leise meldete sich bei Leonie wieder die Beklommenheit. Auch die Kinder waren stiller und stiller geworden und hatten ihr Abendessen beinahe in völligem Schweigen eingenommen.

Bevor sie also ihr eigenes Zimmer aufsuchte, klopfte sie an die Tür der Zwillinge. Die beiden saßen auf der Bettkante und hatten offensichtlich gerade die Erlebnisse des Tages durchgesprochen.

»Frau … ähm, Tante Leonie. Sollen wir Ihnen bei irgendwas helfen?«

»Nein, Ursel, danke. Ich möchte mich mit euch ein bisschen unterhalten. Darf ich mich setzen!«

»Natürlich, Tante Leonie!«

Lennard war aufgesprungen und schob ihr, ganz höflicher Herr, einen Stuhl zurecht.

»Ihr habt in der letzten Zeit viel Aufregendes erfahren, und morgen steht uns ein Besuch bevor, der bestimmt nicht ganz einfach wird. Ich glaube, ich fühle mich genauso befangen wie ihr.«

»Was ist, wenn sie uns nicht mögen?«

»Ursel, ihr seid die Kinder ihres Sohnes. Die Gefahr ist sehr gering.«

»Wir sind die Bastarde ihres Sohnes!«, stellte Lennard trocken fest.

»Ja, natürlich. Möglicherweise fällt das ins Gewicht. Aber – ich weiß von euren Großeltern genauso viel wie ihr. Mehr hat mir euer Onkel auch nicht erzählt. Aber wie mir scheint, hält er seine Eltern für herzliche und großzügige Menschen.«

»Ja, aber er hat sie sechs Jahre nicht gesehen.«

»Richtig, und darum müssen wir uns ein paar Gedanken machen. Sie werden, wenn er jetzt wieder vor ihnen steht, alleine, ohne seinen Bruder, an dessen Tod erinnert werden und entsetzlich traurig sein. Auf der anderen Seite werden sie überglücklich sein, Leo wieder bei sich zu haben. Ich habe euch oft gemahnt, dass Gefühlsausbrüche nicht besonders schicklich sind, man auch in Situationen Haltung bewahren muss, in denen man große Angst, Freude oder Schmerz verspürt.«

»Ja, Tante Leonie. Eine Dame darf nicht hysterisch werden und ein Herr nicht weinen.«

»Ganz genau. Aber wie ihr selbst ja schon gemerkt habt, ist Contenance manchmal nur möglich, wenn man sich sehr stark darum bemüht und alle Kraft darauf verwendet, nicht zusammenzubrechen. Es könnte sein, dass euch eure Großeltern kühl und unnahbar erscheinen, weil sie sich erst einmal fassen müssen. Wir werden ihnen deswegen mit untadeliger Höflichkeit begegnen und versuchen, ihnen so viel Herzlichkeit zu zeigen, wie sie zulassen.«

»Wieso zulassen?«

»Wenn man sehr bewegt ist, Lennard, kann durch unerwartete Freundlichkeit die mühsam aufrechterhaltene Fassade einstürzen. Das ist dann für denjenigen sehr peinlich. Es ist größte Delikatesse unsererseits vonnöten. Und auf gar keinen Fall dürfen wir uns auch nur den Anschein von Enttäuschung, Schmollen oder gar Ärger anmerken lassen, wenn die Herrschaften uns nicht gleich mit offenen Armen empfangen.«

»Aber sie werden Sie doch mögen, Tante Leonie.«

»Vielleicht. Ich hoffe es. Aber ich bin eine Fremde für sie, viel fremder als ihr. Ihr seid Blutsverwandte, Enkelkinder.«

»Aber Sie sind so lieb, Tante Leonie. Ich werde es nicht dulden, wenn sie eisig zu Ihnen sind«, begehrte Lennard auf.

»Du wirst dich auch dann weiterhin höflich und wohlerzogen verhalten. Woher sollen sie denn wissen, ob ich lieb bin, mh? Ihr habt mich doch auch für eine harte, strenge Person gehalten.«

Ursel und Lennard sahen einander betreten an.

»Da wussten wir noch nicht ...«

»Da konnten Sie nicht ahnen ...«

»Eben, Zwillinge. Wir kannten einander nicht. Höflichkeit und Rücksichtnahme sind einfach, wenn man einander mag, sie sind aber genauso notwendig, wenn man sich nicht kennt – oder nicht mag.«

Leonie stand auf und setzte sich zwischen die beiden auf die Bettkante und legte die Arme um ihre Schultern.

»Was immer passiert, wir wissen, dass wir uns mögen und vertrauen können, nicht wahr?«

Überrascht fühlte sie sowohl bei Lennard als auch bei Ursel ein winziges Zusammenzucken. Da gab es eine Spur von schlechtem Gewissen, vermutete sie. Ob es mit dem Vertrauen oder dem Mögen zu tun hatte, wollte sie aber im Augenblick nicht nachfragen. Denn schon schmiegte sich Ursel an sie und flüsterte: »Ich habe Sie sehr lieb, Tante Leonie. Ich kann mich an unsere Mama gar nicht mehr richtig erinnern. Aber Sie sind so, wie wir uns eine Mama wünschen.«

»Ja«, murmelte Lennard und streichelte ihr die Hand.

»Ach verflixt, jetzt muss ich schon wieder weinen!«, schnupfte Leonie. »So ist das mit der Haltung.«

»Nur Herren dürfen nicht weinen. Damen schon!«, erklärte mannhaft der junge Herr und wischte sich die Nase mit einem nicht ganz sauberen Taschentuch.

Leo hatte auf sie gewartet und bemerkte die Tränenspuren, als sie eintrat.

»Haben dich die Kinder aufgeregt, Leonie?«

»Nein. Oder vielleicht doch. Auf eine sehr schöne Art. Sie ... sie betrachten mich als ihre Mama. Es ist ein großes Kompliment, Leo.«

»Das ist es ganz bestimmt.«

»Trotzdem – auch sie haben ihre Geheimnisse. Und vollkommen ist ihr Vertrauen noch nicht. Aber zunächst sind sie erst einmal aufgeregt wegen des Zusammentreffens morgen.«

Er konnte es ihnen nachfühlen. Auch der heimkehrende Sohn verspürte Anspannung und Sorge.

Der morgendliche, feuchtkalte Nebel hatte sich auf den letzten Meilen verzogen, und als die große Reisekutsche sich gemächlich schaukelnd über die ausgefahrenen Wege dem Gut näherte, leuchtete die Dezembersonne tapfer über den kahlen Wipfeln der Pappeln, die das weite Areal umstanden. Knirschend rollten die Räder über den weißen Kies des Vorplatzes vor dem Haus und blieben dann stehen.

Leo öffnete den Wagenschlag, und im selben Augenblick sprang auch die Tür des Hauses auf. Ein grauhaariger, sehr hochgewachsener, hagerer Herr mit einer schlanken Dame am Arm traten hinaus. Leonie konnte vom Fenster aus sehen, wie sich plötzlich die Dame losmachte und in schnellen Schritten auf ihren Sohn zulief und ihm um den Hals fiel.

»Lennard, Ursel, kommt, wir steigen aus, aber wir bleiben ein wenig im Hintergrund.«

»Ja, Tante Leonie.«

Sie hatten beide ihre Hände gefasst und standen so neben der Kutsche, während nun auch der Herr Leo fest in die Arme zog. Es war ein bewegendes Bild, wie die Eltern ihren Sohn willkommen hießen. Und es dauerte eine geraume Zeit, bis sich der Vater von ihm löste.

»Olivia, wir benehmen uns unmöglich. Lass uns bitte auch die junge Frau und die Kinder begrüßen!«, sagte er mit heiserer Stimme und machte ein paar Schritte auf sie zu. Leonie drückte den Zwillingen die Hände und ging ihm entgegen.

»Sie sind Leonora, nicht wahr? Und das sind Ursel und Lennard?«

»Ja, gnädiger Herr!«, flüsterten die Kinder und sahen zu ihm hoch. Auch Leonie musste zu ihm aufsehen und entdeckte Leos Züge in seinem Gesicht. Doch beide Augen waren braun, sanft und ein wenig gerötet.

»Ich bin Laurens Flemming. Willkommen daheim.«

»Danke, Herr Flemming.«

Leonie löste ihre Rechte aus Ursels Klammergriff und reichte sie ihm. Er hielt sie fest in seiner Hand und betrachtete sie still.

»Ernst von Benningsen hat Sie als eine schöne, charaktervolle Frau geschildert. Ich freue mich, dass Sie unseren Sohn begleitet haben, Leonora. Und dass Sie sich unserer Enkelkinder angenommen haben.«

»Begrüßt euren Großvater, Zwillinge!«

Auch Leonie war sich ihrer Stimme nicht ganz sicher. Aber da der Herr die Kinder als seine Enkel bezeichnete, verspürte sie eine große Erleichterung. Man würde sie anerkennen.

Sehr höflich machten die beiden ihren Knicks und Diener.

»War die Reise sehr anstrengend?«

»Nein, gnädiger Herr. Wir haben dreimal übernachtet. Und Tante Leonie hat Ratespiele mit uns gemacht.«

Inzwischen hatte sich auch die Dame ein wenig gefangen und ließ sich von Leo zu ihnen führen.

»Mutter, dies ist Leonie, meine Frau, und Lennard und Ursel, eure Enkel, Urs' Kinder.«

Olivia Flemming mochte Anfang der Fünfzig sein, hatte aber eine glatte, zarte Haut, in der die Zeit nur feine Linien gezogen hatte. Ihre Augen waren blau und ihr Blick nun wieder klar und sehr intensiv. Ihre braunen Haare durchzogen einige Silberfäden, aber auf eine Haube hatte sie verzichtet.

»Kinder!«, flüsterte sie. »Meine Kinder.«

Wieder folgte Knicks und Diener, aber Leonie sah, wie hart die Dame um Fassung rang, und trat einen Schritt zurück.

»Olivia, bitte!«

Laurens Flemming legte seiner Gattin die Hand auf die Schulter.

»Ja ... ja, ich bin ...«

»Es spielt keine Rolle!«, flüsterte Leonie.

»Doch. Ich vergesse die elementarsten Regeln. Verzeihen Sie, Leonora. Willkommen.«

Nicht daheim, nein, das noch nicht. Aber wenigstens ein kleines Lächeln hatte sie erhalten.

»Gehen wir ins Haus, meine Lieben. Hans wird sich um den Kutscher und das Gepäck kümmern.«

Laurens Flemming reichte Leonie den Arm und führte sie zum Eingang.

Der verlorene Sohn

DAS ERSTE UND NATÜRLICHSTE BAND UNTER DEN MENSCHEN, NÄCHST DER VEREINIGUNG ZWISCHEN MANN UND WEIB, IST VON JEHER DAS BAND UNTER ELTERN UND KINDERN GEWESEN.

Freiherr von Knigge: Von dem Umgange unter Eltern, Kindern und Blutsfreunden

Nach zwei Tagen war die Atmosphäre allmählich lockerer geworden. Lennard und Ursel nannten die Flemmings nun Großvater und Großmutter, was ihnen erstaunlich leicht über die Lippen zu kommen schien. Sie hatten sich mit Horaz angefreundet, dem alten Wolfshund, der sich bei Leos Anblick vor Wiedererkennensfreude schier die Lunge aus dem Hals geheult hatte, und mit Rosetta, der trägen roten Katze, die so gerne Schinkenzipfelchen klaute, waren in den Ställen gewesen und über die Weiden gelaufen, hatten alle Räume durchstöbert und sich mit den Lieblingsbüchern von Urs und Leo eingedeckt, die diese Zwillinge in ihrem Alter gelesen hatten.

Leo war glücklich darüber, dass diese Hürde genommen war. Etwas problematischer verhielt es sich mit Leonie. Sein Vater begegnete ihr mit offener Freundlichkeit, wenn auch nicht mit schrankenloser Wärme, seine Mutter hingegen verhielt sich kühl. Gut, auf der einen Seite hatte er gestehen müssen, er habe sie unter falschem Namen geheiratet, und wenn man es recht betrachtete, waren sie eigentlich kein Ehepaar. Zum anderen mochte eine gewisse Eifersucht bei seiner Mutter eine Rolle spielen – sie hatte ihn so lange vermisst, jetzt wollte sie ihn nicht mit einer anderen Frau teilen. Er gab sich Mühe, beiden gerecht zu werden, und war Leonie für ihr Verständnis unsagbar dankbar.

Aber noch stand ihm eine schwere Stunde bevor, und er hoffte, sie an diesem Abend hinter sich zu bringen. Bisher hatte noch niemand nach den Umständen gefragt, derentwegen er erst jetzt zurückgekehrt war. Aber einmal musste es sein.

»Leonie, ich werde heute nach dem Essen meinen Eltern eine

grauenhafte Geschichte erzählen müssen. Wenn du dich zurückziehen möchtest, kann ich das vollkommen verstehen.«

Sie legte ihm die Arme um den Hals und sah ihm in die Augen.

»Ich kenne deine Albträume, Leo. Ich habe Lady Frances' Briefe gelesen. Ich habe die Narben auf deinem Körper gespürt. Kann die Wahrheit schlimmer sein als das, was ich mir ausmale?«

»Möglicherweise ja.«

»Dann werde ich das auch durchstehen. Und vielleicht deiner Mutter helfen können.«

»Ich weiß nicht, ob ich es ihr überhaupt zumuten kann, Leonie.«

»Du weißt, was mir geschehen ist, Leo. Frauen können genauso viel wie Männer ertragen. Nur Ungewissheit und die eigene Phantasie sind wirklich quälend.«

»Das stimmt allerdings. Gut, dann wollen wir uns bereit machen für ein langes Gespräch.«

Sie saßen in dem gemütlichen Wohnzimmer des Gutshauses zusammen, in dem großen Kamin brannte ein Feuer aus dicken Eichenscheiten, seine Mutter hatte bereits weihnachtlichen Schmuck aus Tannenreisen und Stechpalmen in hohen Vasen arrangiert, und es duftete nach Bienenwachs, Harz und Honig. Laurens Flemming hatte die Karaffe mit Rotwein auf den Tisch gestellt, und in silbernen Gebäckschalen luden köstliche Kekse, gezuckerte Mandeln und Pralinés zum Naschen ein.

Es war eigentlich viel zu behaglich, um über das Entsetzen zu berichten, und Leo brauchte wahrhaftig all seinen Mut, um das Gespräch darauf zu bringen.

»Vater, ich bin unsagbar glücklich, wieder hier bei euch zu sein, und ich bin euch dankbar, dass ihr bisher nicht an den Geschehnissen der Vergangenheit gerührt habt. Dennoch bin ich euch Erklärungen schuldig.«

»Ja, mein Junge, das bist du. Wir haben sechs Jahre um Urs getrauert, und um dich nicht minder, obwohl Ernst uns hoffen ließ, du könntest noch am Leben sein. Dass du dich jedoch nicht gemeldet hast, hat uns zweifeln lassen.«

»Ich weiß. Es hatte Gründe, und die sind nicht schön. Mutter, ich werde Dinge berichten, die selbst für Männerherzen kaum zu ertragen sind.«

»Leo, ich will wissen, was meinen Söhnen geschah.«

»Ja, Leonie behauptet, Sie würden darauf bestehen. Nun denn.«

Er begann mit Urs' Vorschlag, an der Russegger-Expedition teilzunehmen, nachdem er von Cäcilias Tod erfahren hatte.

»Warum hat er uns nur nie von dem Mädchen und den Kindern berichtet, Leo? Wir sind doch nicht engstirnig«, sagte sein Vater kopfschüttelnd.

»Wir waren wahrscheinlich zu unsicher. Er hätte sie hergebracht, nach unserer Rückkehr, da bin ich ganz sicher. Ich selbst habe sie nur einmal kurz getroffen, sie war eine begabte, hübsche junge Frau und ihm sehr zugetan. Das Schicksal wollte es anders. Kurz und gut, wir brachen mit der Gruppe Wissenschaftler auf, das Goldland zu suchen. Begleitet wurden wir von vierhundertfünfzig Soldaten zu unserem Schutz. Ihr wisst, Magnus von Crausen befehligte einen Teil davon.«

»Ja, Leo. Er hat uns nach seiner Rückkehr ein paarmal besucht. Aber über euer Verschwinden schwieg er sich immer aus. Er machte sogar einmal eine dunkle Andeutung, ihr wäret in einen nicht ganz legalen Handel verwickelt gewesen. Ist das der Grund?«

»Nein, Mutter, das ist er nicht. Wir waren lediglich mit Vermessungen und geologischen Explorationen beschäftigt. Die Suche führte uns den Nil hinunter bis Carthoum, von dort folgten wir dem weißen Nil und nahmen unsere Suche in den Nubabergen auf. Sie war nicht sehr vielversprechend, und als die Regenzeit einsetzte, kehrten wir nach Carthoum zurück. Erst im Oktober '37 sollte es dann den blauen Nil bis Fazghuli weitergehen, wo, wie Russegger von einem Sheik erfahren hatte, ergiebigere Goldwäschen zu finden seien. Die Zeit in Carthoum war langweilig, und so machten Urs und ich uns zusammen mit Jussuf nach Meroe auf, wo es hieß, es gäbe alte, bisher unentdeckte Königsgräber.«

»Wer war Jussuf?«

»Camillas Bruder!«, sagte Leonie leise.

»Richtig. Er war der Bruder der Almeh, die Urs' Herz in Kairo erobert hatte. Erst vierzehn, aber ungeheuer begabt, der Junge! Ein Zeichner, wie man ihn nur selten findet. Wir hatten gebeten, ihn mitnehmen zu dürfen, um mögliche antike Fundstücke aufzunehmen. Die Expeditionsleitung war nicht so sehr angetan davon, so bezahlten wir ihn aus eigener Tasche, denn wir waren begierig, mehr von dem Land kennenzulernen.«

»Wer war diese Almeh, Leo?«

»Eine sehr kultivierte Hofdame. Dazu berichte ich euch ein andermal. Wir drei ritten also nach Meroe hinaus, zwei Tage, dann erreichten wir das Gebiet, in dem es angeblich diese Gräber gab. Ihr wisst, wir haben ein gewisses Geschick im Rutengehen, und wir machten uns Hoffnungen, darüber etwas zu finden. Tatsächlich hatten wir Glück. Die Regenfälle hatten eine Stelle ausgespült, die uns wie ein Eingang erschien. Mit Begeisterung gruben wir uns durch Geröll und Bruchgestein und fanden ein unberührtes Grab!«

»Heiliger Himmel, Leo!«

Sein Vater war vor Begeisterung aufgesprungen.

»Ja, es war beeindruckend. Möglicherweise war es kein Königsgrab, zumindest aber das eines reichen und mächtigen Mannes. Wandmalereien, so farbenprächtig, als sei der Künstler gerade eben erst gegangen, Alabasterskulpturen, ein kunstvoller Steinsarkophag, Gefäße unterschiedlichster Art, Figürchen aus Gold, Email, Elfenbein, edelsteinbesetzt. Und die Krönung des Ganzen – eine goldene Königskobra in Lebensgröße, aufgerichtet, das Rückenschild ausgebreitet, züngelnd und mit glitzernden Augen. Ein Meisterwerk der Goldschmiedekunst.«

»Habt ihr …?«

»Nein, Vater. Wir haben nichts davon berührt. Aber wir haben Inventarlisten angefertigt, und Jussuf hat Seiten um Seiten seines Skizzenbuches gefüllt. Wir wollten unseren Fund geheim halten und erst bei unserer Rückkehr den Vizekönig davon in Kenntnis setzen. Wir hielten nichts davon, die Kulturschätze eines anderen Landes zu plündern, Mehemet Ali sollte entscheiden, ob die Zeugnisse der Vergangenheit der Öffentlichkeit zugänglich gemacht werden sollten.«

»Sehr löblich. Wirklich. Ich bin stolz auf euch, Leo.«

»Danke, Vater. Wir verschlossen das Grab wieder, nahmen aber die genauen Koordinaten auf, um sie dem Vizekönig mitsamt den Skizzen zu übergeben. Die Koordinaten hatten wir uns eingeprägt, nicht aufgeschrieben, um sie vor möglichen Schnüfflern geheim zu halten. Dann ritten wir zurück, und das Unglück begann. Drei Tage nach unserem Ausflug kam Jussuf aufgeregt zu mir und berichtete, jemand habe sich an seinen Zeichnungen zu schaffen gemacht. Und am selben Abend verschwand Urs. Ich machte mir zunächst keine Sorgen um ihn, wir klebten ja nicht aneinander, und er mochte in einer anderen Runde Geselligkeit gefunden haben als ich. Doch er kam auch nach Mitternacht nicht zurück, und ich wurde unruhig. Um zwei Uhr dann hörte ich seinen Ruf. Ihr wisst, wir konnten uns ohne Worte verständigen, als Kinder leichter, später nur, wenn es wirklich dringend war. Sein Hilferuf war mehr als das. Ich folgte dieser inneren Stimme und fand ihn – sterbend.«

Er spürte, wie sich Leonies Finger um die seinen schlossen, und er erwiderte dankbar ihren Druck. Seine Eltern waren blass geworden.

»Was … was ist ihm geschehen, Leo? Bitte!«

»Jemand hat versucht, ihm die Koordinaten für das Königsgrab zu entreißen.«

»Wer? Wie?«

»Bitte, Vater.«

»Leo, er war unser Sohn!«

»Wenn Sie darauf bestehen«, sagte er leise. »Sein Mörder hat ihn gefoltert. Es war nur noch ein Hauch Leben in ihm. Er starb in meinen Armen. Sein letztes Wort war ›Liebe‹.«

Er hatte die Augen geschlossen, um die entsetzlichen Bilder auf sich einströmen zu lassen. Er würde sie nie vergessen. Leonies Hände umfingen die seinen, pressten sie fest, bis es schmerzte. Völliges Schweigen lag über dem Raum.

»Ermordet!«

Die Stimme seiner Mutter war ein unnatürliches Krächzen. »Gefoltert und ermordet.« Und dann schrie sie: »Wer?«

Leonie stöhnte nur: »O Gott, nein!« Dann ganz leise: »Ich ahne es. O Gott! Das Amulett!«

Das Wort riss ihn aus seiner Pein, und er drehte sich zu ihr um.

»Was meinst du damit?«

»Ich weiß, wer das Amulett besitzt. Er hat es mir gezeigt. Erzählte mir, er habe es in Ägypten gefunden, es habe ihm Glück gebracht.«

»Du bist ihm begegnet?«

»Camilla!«

»Natürlich, das hätte ich mir denken müssen.«

»Hört auf zu flüstern«, fauchte seine Mutter. »Wer?«

»Magnus von Crausen.«

In ihren blauen Augen stand kalte Mordlust geschrieben.

»Du hast ihn laufen lassen? Du hast ihn laufen lassen, obwohl er deinen Bruder umgebracht hat?«

»So könnte man es sehen. Ich floh zusammen mit Jussuf noch in derselben Nacht.«

»Du Feigling!«

»Olivia, mäßige dich. Leo, ich finde keine Worte. Ich weiß nicht … Der Mann kam etliche Male her. Ein kaltblütiger Mörder? Unser Nachbar?«

»Er hasste uns schon von Kindheit an, Vater. Erinnerst du dich noch an unseren Ausflug auf den Deister? Er war es, der Ernst die brennende Fackel ins Gesicht schlug. Hätte Urs ihm nicht die Schlange entgegengeworfen, hätte es schon damals Tote gegeben.«

»Ist er wahnsinnig?«

»Ja. Das ist er. Er hat in Ägypten einen Geheimorden gegründet, dessen Mitglieder sich als tierköpfige Götter kostümierten und wilde Orgien feierten. Schwache, beeinflussbare Menschen, die Lust an Grausamkeiten fanden. Sie haben eine schwangere Sklavin umgebracht, um das Blut eines ungeborenen Kindes zu trinken.«

Laurens Flemming stand auf und goss sich ein Glas Cognac ein.

»Den Damen auch, Vater. Mutter ist bleich wie der Tod, und Leonie – Liebste, du zitterst wie Espenlaub.«

»Die Sklavin …?«

»Ja, daher weiß ich um so etwas. Trink langsam. Und bleib bei mir, Leonie, ich brauche dich jetzt.«

Er legte den Arm um ihre Schultern und zog sie an sich.

»Es ist noch nicht zu Ende, nicht wahr?«

»Nein, es ist noch nicht zu Ende.«

»Was denn noch, um Gottes willen?«, fragte sein Vater.

»Magnus hatte sein Ziel bei Urs nicht erreicht. Er wollte mich. Darum floh ich. Jussuf war eine gewaltige Hilfe, er besorgte mir einheimische Kleider, konnte ein Boot ausfindig machen, wusste den Bakschisch an den richtigen Stellen zu geben, und so kamen wir zügig voran. Aber Magnus hatte auch Möglichkeiten – ein Offizier in

Mehemet Alis Diensten, der einen flüchtigen Verbrecher verfolgte, erhielt überall Unterstützung. Wir waren ihm nur knapp voraus, versuchten eine List. Hinter dem ersten Katarakt, bei Kom Ombo, versuchten wir, zur Küste zu kommen, um über das Rote Meer nach Norden weiterzufliehen. Im Wadi el Kharif holte er uns ein. Jussuf bekam mit, wie er mich überwältigte, und floh. So hatte ich es ihm befohlen. Mich schleppte Magnus in eine aufgelassene Mine, gefesselt, verletzt, und ließ mich in absoluter Dunkelheit tagelang hungern und dursten. Dann kam er wieder. Er drohte mir mit Folter. Und damit, meine Familie umzubringen. Ich war feige, ja. Ich nannte ihm die Koordinaten des Grabes. Er ging und verschüttete den Eingang der Höhle.«

»Verzeih, Leo. Du warst nicht feige!«, sagte seine Mutter tonlos.

»Ich weiß es nicht. Ich überlebte. Weil Sie, Vater, mir beigebracht haben, auf die Sprache der Erde zu hören. Ich fand, wie ein Wurm, den mühseligen Weg durch schmale Gänge ans Tageslicht.«

»Aber du warst verletzt.«

»Man tut, was man kann, wenn man überleben will.«

Leonie an seiner Seite stöhnte leise auf, und er wusste, sie dachte an seine Narben. Er streichelte sie leicht.

»Schon gut. Ich kam aus einer Felsspalte gekrochen, in die Sonne. Doch hier brach ich endgültig zusammen. Als ich wieder zu mir kam, warf eine hoch aufgerichtete Königskobra ihren Schatten auf mich. Ich war bereit zu sterben. Im Licht, nicht im Dunkel. Aber plötzlich peitschte ein Schuss durch die Luft, und ich verlor wiederum das Bewusstsein. Als ich das nächste Mal erwachte, lag ich in einem kühlen, hellen Zimmer in einem sauberen Bett, meine Wunden bandagiert, Wasser, Saft und Obst neben mir. Ich hatte Glück. Wirklich ungeheures Glück.«

»Lady Frances?«, fragte Leonie.

»Richtig. Die verrückte Lady von Kom Ombo. Sie hatte mich gefunden, mit in ihren unbeschreiblichen Palast mitgenommen, einen Arzt beauftragt, der wahre Wunder gewirkt und mir geholfen hat zu überleben. Ich brauchte ein Jahr, bis ich wieder einigermaßen hergestellt war. In der Zeit hatte Russegger seine Expedition beendet und den Vertrag mit Mehemet Ali gelöst, und Magnus war zurück in preußische Dienste gegangen. Er lebte in dem Glauben, mich getötet zu haben.«

»Er kam 1838 im Herbst her und brachte einige aufsehenerregende Pferde für seine Zucht mit.«

»Die er mit dem Erlös aus den Schätzen des Königsgrabes gekauft hat, vermute ich. Denn in dem Expeditionsbericht steht, man habe in Meroe zwar ein altes Grab gefunden, das aber geplündert war. Ich bin aber sicher, dass er noch im Besitz einiger Kunstwerke ist. Seine abergläubische Natur wird sich an den alten Götterdarstellungen weiden. Darüber werde ich ihn stellen, Vater. Denn ich bin inzwischen im Besitz von einigen Unterlagen, die beweisen, dass er der Plünderer war.«

»Er ist der Mörder deines Bruders!«

»Das wissen nur er und ich. Aber es gibt andere Dinge, über die er stolpern wird. Er hat nämlich in Köln wieder eine Geheimgesellschaft gegründet. Jedenfalls, Vater, Mutter, Sie verstehen jetzt, warum ich die Maskerade aufrechterhalten musste und mich auch mit Ihnen nicht in Verbindung setzen konnte. Ich musste über die Kinder wachen, Sie in Sicherheit wissen und Indizien sammeln. Sie können sich nicht vorstellen, wie sehr es mich entsetzte, als Ernst mir vor zwei Jahren mitteilte, der Rittmeister von Crausen sei nach Deutz versetzt worden.«

Seine Eltern waren genauso eng aneinandergerückt wie er und Leonie, aber ihm war inzwischen etwas leichter zu Mute. Er hatte es noch einmal durchlebt, hatte die Reaktion der Menschen ertragen, die ihm am nächsten standen, es war vorbei. Jetzt ging es darum, die Trümmer aufzuräumen.

»Magnus ist immer sehr auf seinen wilden Onkel gekommen!«, sinnierte sein Vater gerade. An Leonie gewandt, erklärte er: »Theo von Crausen war ein Teufelskerl, Reiteroberst, hat Jena überlebt und Leipzig, nie verheiratet, hatte aber immer ein Weib am Arm. Das Gestüt hat durch die Kriege sehr gelitten, er hat sich aber nicht drum gekümmert, sondern das Vermögen mit vollen Händen ausgegeben und sich allen möglichen Ausschweifungen hingegeben.«

»Ja, und Magnus hat sehr puritanische Eltern, er hat uns oft geklagt, wie sehr sie ihn einengten. Von Crausen hat ihn bei sich geduldet, von ihm hat er sich komischerweise alle möglichen Demütigungen gefallen lassen.«

»Er hat ihn vermutlich bewundert. Dass er nach dem Unfall seines Onkels dann auch noch das Gestüt geerbt hat, hat seinen Charakter endgültig verdorben, nehme ich an.«

»Der war schon vorher verdreht. Die Sache mit dem Ammoniten, den Urs und ich uns geteilt haben, hat er in einem völlig wirren Licht gesehen. Leonie, er glaubt wirklich, die Versteinerung habe als Amulett magische Kräfte. Er hat es Urs abgenommen, sich mir gegenüber in der Höhle noch damit gebrüstet und wollte auch meines haben. Aber das hatte ich unter einigen Steinen versteckt. Es hat mir eine gebrochene Schulter eingebracht. Als ich wieder genesen war, suchte ich die Höhle noch einmal auf, um es mir wiederzuholen – zum Angedenken an Urs. Das Letzte, was mir geblieben war. Zumindest in diesem Fall hat es mir Glück gebracht. Ich fand nämlich nicht nur den Ammoniten wieder, sondern auch«, er hob Leonies beringte Hand an seine Lippen, »ein Vermögen an Smaragden. Diese Höhle war einst, wohl zu Pharaonenzeiten, eine Smaragdmine gewesen, die als ausgebeutet aufgegeben worden war. Nun hatten aber die Zeit und vielleicht auch ein paar Erdstöße die Tektonik verändert, und unter einem Haufen herabgefallenen Gesteins fand ich die Edelsteine. Seither gelte ich als wohlhabender Mann!«

»Es ist unglaublich, was du uns erzählt hast, Leo. Ich bin kaum in der Lage, es alles zu erfassen. Wir haben bestimmt noch unzählige Fragen, mein Junge. Aber nicht jetzt. Du bist ein mutiger Mann geworden. Andere wären an dem zerbrochen, was du erlebt hast.«

»Ich war manchmal nahe daran, Vater. Erst seit Leonie an meiner Seite ist, hat wirkliche Heilung eingesetzt.«

»Haben Sie Dank dafür, Kind!«

Sein Vater war aufgestanden und hatte Leonies Hand geküsst. Dann hatten seine Eltern sie verlassen, und er lehnte sich, mit seinem Weinglas in der Hand, auf dem Kanapee zurück und schaute ins Feuer.

»Der Rittmeister. Leo, ich bin mehr als entsetzt.«

»Das glaube ich dir. Hätte ich gewusst, dass du ihm über den Weg gelaufen bist, hätte ich Maßnahmen ergriffen. Aber du hast ihn nie erwähnt. Eigentlich seltsam, wenn ich es recht bedenke.«

Leonie hatte den Kopf gesenkt, aber ihre Ohren verrieten sie. Sie waren rot.

»Ah, ein heftiger Flirt? Bedauerlicherweise ist er ein überaus gut aussehender und charmanter Mann. Es war ein Tanz auf dünnem Eis, Leonie.«

»Camilla hat mich ein paarmal gewarnt, Leo«, sie sah zu ihm auf und schaute ihm in die Augen. »Es ist nie, nie etwas Unschickliches zwischen ihm und mir geschehen. Nur – ich war damals so einsam. Ich wollte Geselligkeit und Unterhaltung, und du konntest mich nicht begleiten.«

»Liebste, ich habe großes Verständnis dafür. Selbst wenn du dir einen Liebhaber genommen hättest, hätte ich darüber hinweggesehen. Obwohl – auf dem Maskenball hast du mit Ernst geflirtet. Ich war ziemlich eifersüchtig.«

»Wirklich?«

Er gab ihr einen Kuss auf die Stirn und erhob sich.

»Begleitest du mich nach oben?«

»Nun ja, es ist wohl meine Pflicht.«

Er lachte zum ersten Mal an diesem Abend.

Das Ende des Jahres 1843

SEID UMSCHLUNGEN, MILLIONEN!
DIESEN KUSS DER GANZEN WELT!

Schiller: An die Freude

Das war mal ein Weihnachtsfest! Lennard und Ursel waren noch immer überwältigt. Im vergangenen Jahr hatten sie zwar auch schon Geschenke erhalten und an einem festlichen Mahl teilnehmen dürfen, aber diesmal – also, das schlug alles, was sie je erlebt hatten!

Erst einmal dieser riesige Weihnachtsbaum mit Kerzen und bunten Glaskugeln, Flittergirlanden und goldenen Sternen, dann das Essen, die Naschereien und die Geschenke. Lieber Gott im Himmel, was hatten sie alles bekommen. Kleider, Spielsachen, Bücher und wirklich und wahrhaftig ein Pony. Man stelle sich das nur mal vor! Ein echtes, richtiges Pony, auf dem sie reiten durften.

Die Großeltern, denen sie sich anfangs so reserviert und höflich gegenüber benommen hatten, wie Tante Leonie es ihnen geraten hatte, hatten sich inzwischen als richtig patente Leute erwiesen. Der Großvater war mit ihnen in die Kohlegrube gefahren und war schwarz wie ein Mohr mit ihnen durch die Schächte gekraxelt, er hatte sie auf Pferde gesetzt und ihnen die Grundzüge des Reitens beigebracht, mit der Großmutter hatten sie den Baum geschmückt, in der Küche Plätzchen gebacken, und während Ursel mit ihr über Stoffe und Schnitte diskutierte, durfte Lennard die umfangreiche Fossiliensammlung des Großvaters begutachten. Ja, es war einzigartig in Barsinghausen.

Vor allem, als dann auch noch am Tag vor Heiligabend die Kutsche vor der Tür hielt und diese absolut unbeschreibliche Frau ausstieg. Erst hatten sie gedacht, das müsse jemand aus dem Zirkus oder dem Theater sein. Diese Kleider, die sie trug, die erinnerten sie an den orientalischen Bazar im Sommer. Aber dann zeigte es sich, dass die Dame eine englische Lady war, die Onkel Leo in Ägypten getroffen hatte. Sie war auf dem Weg in ihre Heimat und hatte in Köln Halt gemacht, um ihn zu besuchen. Albert hatte ihr aber ausgerichtet, sie seien auf Familienbesuch, und darum war sie nun hier.

Erstaunlicherweise wurde sie von den Großeltern mit offenen Armen und ausgesprochener Herzlichkeit empfangen, obwohl sie doch einige gesellschaftlich nicht ganz tolerabel Marotten hatte. Zum Beispiel rauchte sie. Eine Dame! Und sie trug Hosen. Und die Sprache, die sie führte! Sie hatten inzwischen genug Englisch gelernt, um sie recht gut zu verstehen, aber manche Wörter – je nun, Onkel Leo war eben auch ein patenter Mann, er grinste und übersetzte sie heimlich, und so erweiterte sich ihr Wortschatz beständig um ausgesucht blumige Flüche in der englischen Sprache.

Lady Frances mochte ein Original sein, aber sie war auch ein echter Kumpel. So etwas von einer Dame zu behaupten war vermutlich skandalös, aber anders ging es nicht. Meine Güte, was konnte sie alles erzählen. Und von Pferden wusste sie wirklich alles. Mit ihr durch die Ställe zu gehen war herrlich, mit ihr auszureiten schlichtweg wahnsinnig. Sie bestand sogar darauf, dass Ursel im Herrensitz und in Hosen reiten lernte. Schießen konnte sie auch wie der Teufel – sie traf, wie es sprichwörtlich heißt, im Galopp das Auge einer herumsirrenden Fliege.

Über zwanzig Jahre hatte sie in Ägypten gelebt und kannte das Land in- und auswendig. Einmal hatten sie über die Pharaonen und die alten Götter gesprochen, und Lennard hatte ganz vorsichtig einfließen lassen, es gäbe wohl auch heute noch Menschen, die die Tiergötter verehrten. Sie hatte einen kurzen Augenblick verdutzt ausgesehen, dann hatte sie aber darüber gesprochen. Es gab wohl, seit die Franzosen unter Napoleon in Ägypten eingefallen waren, etliche Forscher und auch Scharlatane, die sich für die alten Kulturen interessierten und mehr und mehr antike Stätten ausgruben. Darüber habe sich das Wissen über die alten Reiche vermehrt und einige, recht unkluge Leute hätten versucht, die alten Götterkulte nachzuahmen. Ursel war dann so mutig gewesen und hatte nach Opfern und Weihehandlungen gefragt, und auch darauf hatte die komische Lady sehr vernünftige Antworten gegeben. So vernünftig, dass sie ihr sogar anvertrauten, was sie erlebt hatten. Na ja, nicht alles, aber einige Sachen aus dem Keller. Zum Beispiel diese Schlange, die der Herr der Unterwelt genannt wurde.

Ja, es war lustig mit ihr, und Tante Leonie ließ sich anstecken, obwohl sie einige Tage ein wenig steif gewirkt hatte. So als habe sie Mühe, Haltung zu wahren. Aber dann war plötzlich alles wieder im Lot, sie waren zusammen ausgeritten, hatten Spiele veranstaltet und zusammengesessen und Lieder gesungen. Lady Frances hatte eine Stimme wie ein erkälteter Rabe, was sie aber nicht hinderte, ihnen Dutzende von englischen Weihnachtsliedern, Carols, beizubringen. Der Leutnant von Benningsen kam am Tag vor Silvester auch vorbei und hatte ihnen weitere Geschenke mitgebracht. Der Abend war so voller Lachen verlaufen, es gab eine Bowle, über der ein brennender Zuckerhut stand, massenweise Nüsse und Rosinen in Schokolade, und Tante Leonie hatte am Klavier gesessen und mit der Großmutter vierhändig gespielt. Warum jedoch alle in haltloses Kichern ausbrachen, als die Großmutter auf französisch »Morgen kommt der Weihnachtsmann« sang, war ihnen nicht klar. Erst als Lady Frances ihnen zuflüsterte, das sei der Originaltext des Liedes und sehr, sehr frivol, weil es von einem Mädchen handelte, das seiner Maman beichten musste, was es mit einem Kavalier im Wald getrieben hatte, verstanden sie es, und sogar Lennard war in der Lage das »Ah, vous dirais-je, maman« fehlerlos auswendig zu lernen.

Heimlich aber fragten sie sich, wie eine solch gesetzte und untadelige Dame wie ihre Großmutter nur solch schlimme Lieder singen konnte.

Und am nächsten Tag ging es noch einmal überaus hektisch im Haus zu, denn die Flemmings hatten die gesamte Nachbarschaft zu einem Silvesterball eingeladen. Ursel und er hatten mitgeholfen, den Ballsaal zu schmücken, unzählige Blumen aus buntem Seidenpapier gebastelt, Kreppbänder und Schleifen aufgehängt, Gläser gewischt und geholfen, das Silber zu putzen. Über hundert Leute kamen, und sie hatten noch einmal neue Kleider bekommen, Lennard einen richtigen Frack und Ursel ihr erstes langes Kleid. Herrje, hatte seine Schwester geheult, als sie es in ihrem Zimmer fand!

Aber als es so weit war, hatte sie es mit Tante Leonies Hilfe angezogen und sich frisiert und – ehrlich gesagt, sie sah ziemlich hübsch aus in dem ganz zart türkisfarbenen Ding. Sie durften am Diner teilnehmen, das nur ganz ausgewählten Gästen vorbehalten war, sechsundzwanzig Leute saßen mit ihnen zusammen am langen Tisch, und es wurden Leckerbissen um Leckerbissen serviert. Sie machten, ganz wie die Erwachsenen, Konversation und waren heimlich stolz darauf, als die Großeltern ihnen anerkennend zunickten. Dann trafen die Ballgäste ein, und die Musiker spielten zum Tanz auf. Es berührte sie zutiefst, dass Onkel Leo und Tante Leonie die ersten waren, die auf die Tanzfläche gingen, und dann schubste sie die Großmutter an und sagte, sie sollten als nächste tanzen. In guter Haltung absolvierten sie die Ehrenrunde.

Eigentlich, das war ihnen beiden klar, waren sie noch viel zu jung, um an einem Ball teilnehmen zu dürfen. Aber es schien, wenn man wirklich zur guten Gesellschaft gehörte und sich ansonsten an die Regeln des guten Tons hielt, dann durfte man gelegentlich Ausnahmen machen. Sie waren sich der Ehre bewusst und benahmen sich so korrekt, wie sie es in den vergangenen zwei Jahren gelernt hatten.

Um Mitternacht dann kam Onkel Leo zu ihnen und reichte ihnen je ein Glas Champagner. Den brauchte Lennard schließlich auch, denn mit irgendwas musste ein Mann ja die vielen Küsse runterspülen, die da verteilt wurden.

Brrr!

Neues Jahr 1844

Sei vorsichtig im Tadel und Widerspruche!
Es gibt wenige Dinge in der Welt,
die nicht zwei Seiten haben.

Freiherr von Knigge: Über den Umgang mit den Menschen

Leonie erwachte am Neujahrsmorgen und hatte ein wenig Mühe, ihren Kopf wiederzufinden. Als sie jedoch feststellte, dass sie einfach nur dem Schmerz folgen musste, kam ihr die Erkenntnis, sie müsse wohl einen ausgewachsenen Kater haben.

Nur zu verständlich.

Was für ein Fest!

Sie stöhnte leise und schloss die Augen wieder.

»Brummschädel, Liebste?«

»Brrmmmm!«, brummte sie und hörte ihren Gatten lachen.

»Da gibt es Abhilfe. Erst einmal bleibst du ganz ruhig liegen, und dann lasse ich dir unser Neujahrs-Spezialfrühstück bringen. Das hat Tradition in diesem Haus und weckt auch Tote wieder auf.«

»Du bist widerlich gut gelaunt.«

»Bist du auch gleich wieder!«

Sie spürte seine kühle Hand auf ihrer dröhnenden Stirn, dann einen raschen Kuss auf ihrer Nase und war alleine.

Als sie das nächste Mal die Augen aufschlug, stand Leo, makellos gekleidet und rasiert an ihrem Bett neben einem Servierwagen. Kaffeeduft verbreitete sich.

»Das habe ich nicht verdient!«

»Doch, die schönste Ballkönigin aller Zeiten hat sich den besten Kaffee aller Zeiten verdient. Danach bekommst du ein laues Bad, dann reiten wir aus.«

»Ausreiten?«

»Kalte Luft und Bewegung wirken bei einem Kater Wunder, glaub mir.«

Leo hatte Recht. Um die Mittagszeit fühlte sie sich wieder ganz wohl. Ursel kam und half ihr, das Reitkleid abzulegen, das ihre

Schwiegermutter ihr geschenkt hatte. Mit Lady Frances konnte sie es im Reiten noch nicht aufnehmen, aber alle bescheinigten ihr, sie mache eine gute Figur auf dem Pferderücken. Dieses neue Vergnügen bereitete ihr großen Spaß.

Überhaupt gestaltete sich der Besuch inzwischen immer harmonischer. Nach Leos Bericht war die Stimmung einige Tage sehr gedämpft, wurde dann aber wieder lockerer, vor allem, nachdem Lady Frances aufgetaucht war. Sie hatte eine spontane Zuneigung zu der schrulligen Dame empfunden, die herzlich erwidert wurde. Sie war es auch, die ihr über die letzte Klippe geholfen hatte. Am ersten Feiertag nämlich war das Gespräch auf ihre Familie gekommen, und sie hatte unbedachterweise gesagt, ihr Vater sei im Sommer gestorben. Olivia hatte stocksteif dagesessen und sie kalt gemustert.

»Ihr Vater starb vor wenigen Monaten, und Sie tragen bunte Kleider, Leonora? Kennen Sie denn keine Pietät?«

»Nein, Frau Flemming, in diesem Fall nicht. Es ist meine Angelegenheit, und ich werde Sie mit meinem Anblick nicht weiter beleidigen.« Hoheitsvoll war sie aus dem Zimmer gerauscht.

Diese Reaktion ihrer Schwiegermutter hatte das Fass zum Überlaufen gebracht. Die ganze Zeit schon hatte sie sie mit kühler Höflichkeit behandelt, wie eine gerade mal geduldete Fremde. Die Kinder hatte sie sofort lieb gewonnen, sie aber betrachtete sie offensichtlich als die nicht ganz standesgemäße Mätresse ihres Sohnes. Leo hatte es mit einer verständlichen Eifersucht zu erklären versucht, die sich im Laufe der Zeit legen würde. Aber es war schwer zu ertragen, ein unerwünschter Gast zu sein. Es erinnerte sie manchmal gefährlich an alte Zeiten in ihrer Familie.

Ausgesucht misslaunig hatte sie sich in ihr Schlafzimmer begeben und versucht, an Werthers Leiden Erquickung zu finden, was naturgemäß nicht gelingen wollte. Eine halbe Stunde später hatte Lady Frances an die Tür geklopft, war ohne Umstände eingedrungen und hatte eine Flasche Whisky und zwei Gläser auf den Nachttisch gestellt.

»The lion roared. Cheers, my brave!«, sagte sie und reichte Leonie das gefüllte Glas.

»Welcher Löwe brüllte?«

»Ihr Leo. Er hat soeben seine Mutter gebissen. Es war – spektakulär, würde ich sagen. Ich bin Olivia sehr zugetan, sie ist eine vortreffliche Frau und eine ausgezeichnete Gutsherrin. Aber in Bezug auf Sie hat sie einen eingeengten Blick. Ich muss sagen, es hat mich die ganze Zeit gewundert, warum sie sich so hölzern gibt. Es ist doch offensichtlich, dass Sie Leo von Herzen lieben und ihm durch eine verdammt harte Zeit geholfen haben.«

Leonie nippte vorsichtig an dem Getränk, das ihr prompt in der Kehle brannte. Lady Frances war abgehärteter, sie nahm einen kräftigen Zug.

»Ich kann es ja verstehen, Lady Frances. Sie weiß sehr wenig von mir und muss es eigenartig finden, dass ich auf den Handel damals eingegangen bin. Sie waren auch nicht erfreut darüber, wie ich Ihren Briefen entnahm, die mir Leo zu lesen gab.«

»Ich fand es von ihm verantwortungslos, eine unschuldige Dame mit in seine Maskerade einzubeziehen. Junge Frauen pflegen unbedarft und romantisch zu sein und in Krisen ihre Vapeurs zu bekommen. Wie es aussieht, gibt es Ausnahmen.«

»Unbedarft und romantisch war ich nicht. Nein. Verbittert und realistisch eher. Was hat Leo seinen Eltern erzählt?«

»In einigen sehr kurzen, sehr brutalen Worten, was Ihnen Ihr Vater angetan hat. Er war einen Hauch ungehalten, hatte ich den Eindruck. Nun ist Olivia einer Ohnmacht nahe und Laurens sitzt vermutlich immer noch versteinert in seinem Sessel. Ich gestehe, ich bin ebenfalls erschüttert. Auf jeden Fall, tapfere Leonie, haben Sie der Pietät Genüge getan, indem sie den Mann, der sie gezeugt hat, aus ihrem Leben gestrichen haben. Trauer – pah! Als Amira, meine Katze, dieses wundervolle Geschöpf, meine Freundin siebzehn Jahre lang, starb, habe ich mir nach alter Sitte die Haare abgeschnitten und die Augenbrauen rasiert. Ich werde um sie trauern, bis ich wieder mit ihr vereint bin. Wenn Liebe die Seelen verbindet und das Band zertrennt wird, dann ist Trauer berechtigt. Alles andere ist pure Heuchelei.«

»Ich hoffe nur, sie verachten mich nun nicht noch mehr, da sie um meine Schmach wissen. Leo hätte schweigen sollen.«

»Schmach? Die Schande trägt der Täter, nicht das Opfer. Laurens ist ein intelligenter Mann, wenn sein Gehirn wieder funktioniert, wird er genau das erkennen. Und Olivia ist auch nicht blöd. Sie hat sogar Phantasie. Geben Sie ihr eine Nacht. Leo hat ihnen erklärt, er würde umgehend abreisen, wenn sie es an Achtung seiner Gattin gegenüber fehlen ließen. Nun trinken Sie dieses Zeug, es ist jetzt die richtige Medizin.«

Gewisse Zweifel daran hatte sie, doch gehorsam nahm sie einen weiteren Schluck. Er wärmte ihr wohlig den Magen, und ein Knoten darin löste sich.

»Es ist nicht der richtige Weg, Achtung zu erzwingen. Aber die Kinder sind so glücklich hier. Ich werde mich einfach etwas rarmachen.«

»Nichts dergleichen, Leonie. Man soll Älteren Respekt entgegenbringen, und das tun Sie sehr charmant. Sogar gegenüber einem solch absonderlichen Knochen, wie ich es bin. Aber nie darf man seinen eigenen Stolz verleugnen. Sie sind Leo eine vorbildliche Frau und den Zwillingen, so wie ich das erkenne, eine wahre Mutter. Den beiden sind Sie ein großes Vorbild.«

Es klopfte noch einmal, und Leo steckte den Kopf in die Tür.

»Ist Herrenbesuch gestattet, oder wünschen die Damen unter sich zu bleiben?«

»Wir saufen uns gerade einen an, du kannst mithalten, wenn du das schaffst!«, bot Lady Frances an.

Leo lachte trocken auf und trat ein.

»Ich werde das Glas meiner trunksüchtigen Gemahlin übernehmen.«

Leonie war dankbar, dass er es ihr abnahm, denn mehr als den wärmenden Schluck wollte sie lieber nicht von diesem hochprozentigen Getränk zu sich nehmen.

»Verzeih, dass ich dein Vertrauen missbraucht habe, Leonie, aber es schien mir bitter nötig, meine Eltern auf gewisse Dinge hinzuweisen. Sie beide haben mitfühlende Herzen, ich habe sie nie anders kennengelernt. Sie brauchen nur noch etwas Zeit.«

»Es ist schon gut.«

»Ich habe deine Frau gerade mit Komplimenten überschüttet, sie hat es standhaft ertragen«, bemerkte Lady Frances und goss sich ein zweites Glas ein. »Aber da ich euch beide gerade mal alleine antreffe, würde ich gerne etwas loswerden, was mir viel mehr Sorge bereitet als das stocksteife Benehmen Olivias.«

»Was besorgt Sie, Lady Frances? Haben Sie unangenehme Nachrichten erhalten?«

»Ich habe heute etwas von den Zwillingen erfahren, von dem ich vermute, dass ihr es nicht wisst.«

Leonie fuhr auf.

»Sie verheimlichen etwas, das habe ich neulich schon bemerkt. Was für einen Streich haben sie ausgeheckt? Etwas Gefährliches?«

»Etwas teuflisch Gefährliches, Leonie. Leo, du hast herausgefunden, dass Crausen wieder einen Orden gegründet hat. Weiß Leonie davon?«

»Ja, ich habe ihr einiges erzählt.«

»Die Kinder haben diese Leute beobachtet. Angeblich halten sie ihre schwarzen Messen in irgendeinem Keller ab, den man durch ein Bierlager erreichen kann.«

»Allmächtiger!«

»Was dort geschehen ist – Tiermenschen, die irgendwelche schmutzigen Handlungen begehen –, hat sie offensichtlich so erschüttert, dass sie nicht darüber reden wollten. Wir kamen über die ägyptischen Götter darauf zu sprechen, und ich habe sie vorsichtig ausgefragt. Sie sind wohl einmal davongelaufen und haben in dem Keller die Nacht verbracht.«

»Leo – das war, als Ernst sie zurückgebracht hat.«

»Ja, schon vor anderthalb Jahren.«

»Ursels Albträume, als sie krank war. Da hat sie im Fieber von tierköpfigen Menschen phantasiert, die sie bedrohten. Sind sie in deren Händen gewesen?«

»Offensichtlich nicht. Sie haben sie nur hinter einem Vorhang beobachtet. Ich wollte auch nicht zu tief in sie dringen. Aber ihr solltet bei passender Gelegenheit einmal vorsichtig das Gespräch darauf bringen. Sie haben übrigens eine goldene Schlange dort gesehen – eine Kobra! Und nun lasse ich euch allein!«

Lady Frances mochte eine schrullige Dame sein, eine Dame war sie unbedingt, und sie wusste sehr genau, wann man überflüssig war. Und eine Bombe gezündet hatte.

»Eine goldene Kobra!«, wiederholte Leo.

»Aus dem Grab?«

»Aller Wahrscheinlichkeit nach. Das trifft sich. Ich werde es in meine Überlegungen mit einbeziehen.«

»Du hast unbeschreibliches Glück gehabt, in Lady Frances' Hände zu fallen.«

»Ja, Leonie, das hatte ich. Ich freue mich, dass sie dir gefällt.«

»Sie ist sehr scharfsichtig. Mit den Zwillingen werden wir reden müssen. Aber noch nicht, denke ich.«

»Nein, hier sind sie sicher, und je mehr Vertrauen sie zu uns haben, desto leichter wird es, alles von ihnen zu erfahren, was sie erlebt haben.«

Er hatte sich zu ihr auf das schmale Sofa gesetzt und den Arm um ihre Taille gelegt und lehnte nun seinen Kopf an das Polster. Irgendetwas bewegte ihn, er wollte über etwas sprechen, das merkte sie. Etwas, für das er nicht die rechten Worte fand. Es musste mit ihren Erfahrungen in der Vergangenheit zu tun haben, vermutete sie, denn das Gespräch darüber mit seinen Eltern hatte ihn sichtlich aufgewühlt.

»Leo? Haben sie … etwas gesagt, das ich wissen sollte?«

Er hob den Kopf.

»Nein, nein, sie haben gar nichts gesagt. Ich war ein wenig grausam, aber man kann so etwas nicht beschönigen.«

»Nein, das kann man nicht.«

Sie schwiegen wieder, und langsam wuchs die Erkenntnis in Leonie. Ja, diese Frage hatte sie sich auch schon gestellt. Und sich beantwortet. Aber er – nun, einem Herrn würde es schwerfallen, es zur Sprache zu bringen.

»Leo, mein Geliebter. Du hast einmal davon gesprochen, dass ich dir geholfen habe, die Wunde zu heilen, die der Verlust deines Bruders hinterlassen hat.«

»Ja, das hast du, meine Schöne. Das hast du wirklich.«

»Auch du hast Wunden geheilt, ist dir das eigentlich bewusst?«

»Habe ich das? Wenn dem so ist, will es mich freuen.«

»Als ich dreizehn war und meinen Bruder verloren hatte, da begann mein Vater, mich nachts heimzusuchen. Ich wusste nicht, was er von mir wollte. Aber er machte mir auf schmerzhafte und grausame Weise klar, welche Art Gehorsam er von mir verlangte. Zwei Monate lang kam er jede Nacht. Bis er sicher war, dass ich schwanger war.«

Sie merkte, wie Leo trocken schluckte.

»Das Wort Gehorsam werde ich dir gegenüber nie wieder verwenden, das schwöre ich!«

»Es machte mich wütend, ja. Und ich hatte nicht nur Angst vor der Entdeckung meiner körperlichen Unzulänglichkeit, Leo. Ich hatte auch Angst vor der ehelichen Pflicht selbst. Du hast nicht nur die schwärende Wunde der Scham geheilt, sondern mir auch die Freude an dieser Seite der Liebe geschenkt.«

Er nahm ihr Gesicht in die Hände und sah sie mit großer Liebe an.

»Du bist eine wundervolle, leidenschaftliche Löwin. Es beglückt mich allezeit, das zu wissen.«

Sie machte sich vorsichtig los, denn das war noch nicht alles, was sie zu sagen hatte.

»Ich bin indes kein unschuldiges Mädchen mehr, und ich weiß natürlich auch um die Folgen. Leo – ich habe mit Camilla darüber gesprochen. Ihre komische Dienerin scheint unter anderem eine Art Hebamme zu sein, zumindest hat sie einige Erfahrung. Sie hat mich untersucht, weißt du. Und sie meint, es ist durchaus möglich, dass ich wieder Kinder bekommen kann.«

Ihr Gatte bewies Mut, indem er sich aufsetzte und sie anblickte, obwohl ihm die Röte ins Gesicht stieg.

»Ich weiß nicht – wir müssen darüber reden, nicht wahr?«, sagte sie.

»Ja, müssen wir. Ich habe auch – nachgedacht und – ähm – Ärzte befragt. Ich kann sehr gut verstehen, wenn du das Risiko, schwanger zu werden, nicht eingehen willst.«

Sie streichelte ihm über die heiße Wange und lächelte.

»Aber du hättest gerne eigene Kinder.«

Stumm nickte er.

»Ich war damals noch nicht ausgewachsen, Naheema und auch Edith glauben, dass ich die Probleme von damals nicht mehr haben werde. Aber – solange du noch nicht zu Ende geführt hast, was du dir vorgenommen hast, sollten wir noch warten.«

»Du würdest … du willst …«

»Ich würde wollen, Leo. Wenn du willst.«

»Ich wünsche es mir sehr, Liebste. Aber …«

»Aber dann werden wir jetzt trotzdem einige Ratschläge Camillas beherzigen.«

»Manchmal, Leonie, machst du es mir einfach zu leicht!«

Nach dieser Nacht hatten sie sich noch enger verbunden gefühlt, und auch auf Seiten seiner Eltern war eine Veränderung eingetreten. Leonie hatte am Vormittag in der Bibliothek gesessen und einen Brief an Sven und Edith geschrieben, als ihre Schwiegermutter eintrat. Sie wirkte bedrückt, aber nicht ungehalten, als sie leise fragte: »Störe ich dich?«

»Ich bin gleich fertig. Soll ich Ihnen bei irgendetwas zur Hand gehen, Frau Flemming?«

»Nein. Nein, ich dachte nur, Sie würden mich vielleicht gerne zu meiner Schneiderin begleiten.«

»Wenn Sie es wünschen.«

»Es ist – ich meine – Sie könnten sich bei ihr einmal umsehen.«

Um Trauerkleider zu kaufen, knurrte Leonie innerlich und schüttelte den Kopf.

»Danke, ich habe eine ausgezeichnete Couturière.«

»Ja, das konnte ich feststellen. Nur Sie haben kein Reitkostüm, wenn ich es richtig sehe. Für die Lernstunden mag ein alter Rock ausreichen, aber wenn Sie in Gesellschaft ausreiten, benötigen Sie etwas Passenderes.«

»Ich reite lediglich in Begleitung der Kinder. Ich glaube nicht, dass dafür ein Reitkostüm nötig ist.«

»Ich reite ebenfalls gerne aus, und in meiner Begleitung würde ich Sie gerne in einem hübschen Dress sehen. Vielleicht in Rehbraun oder diesem Ocker, das Ihnen so gut steht.«

Plötzlich dämmerte Leonie, was ihre Schwiegermutter ihr zu verstehen geben wollte. Es kam einer Entschuldigung ziemlich nahe. Sie akzeptierte damit, dass sie keine Trauerkleidung tragen würde. Langsam legte sie also die Feder nieder und lächelte.

»Nun ja, Rehbraun würde der kleinen Stute, die Herr Flemming für mich bestimmt hat, sicher sehr hübsch stehen.«

»Dann darf ich nach dem Essen die Kutsche vorfahren lassen?«

»Ich werde mich danach richten.«

Und dann trat Olivia Flemming plötzlich zu ihr und strich ihr mit leichter Hand über die Haare.

»Sie sind so hübsch, Kind.«

Dann verließ sie mit eiligen Schritten die Bibliothek.

Danach wurde das Verhältnis zwischen Leonie und ihren Schwiegereltern von Tag zu Tag herzlicher und inniger.

Der Silvesterball war die Krönung, allen Gästen wurde sie als die geliebte Schwiegertochter vorgestellt, und Laurens Flemming bestand schließlich darauf, dass sie Vater und Mutter zu ihnen sagen sollte. Die Anerkennung konnte nicht größer sein.

Unterweltplanungen

Der Vorsicht Rätsel werdest du mir lösen
Und Rechnung halten mit dem Leidenden.

Schiller: Resignation

Die zerschnittenen Seile und die in die Ecke geworfenen Decken hatten Magnus von Crausen in eine schier unmenschliche Wut versetzt. Diese verfluchten Gören waren irgendwie entkommen, zwei Tage später war Leo mit ihnen und seinem Weib aus der Stadt verschwunden. Angeblich nach Berlin aufgebrochen. Er glaubte es nicht, denn Ernst von Benningsen war zur selben Zeit zu seinen Eltern gereist. Er hätte schon früher darauf kommen können – der Leutnant war ein Kinderfreund der Zwillinge gewesen. Seine enge Bekanntschaft mit Mansel hätte ihm Hinweis sein müssen. Verdammt, er hatte einen Fehler gemacht. Einen, den er schnellstmöglich ausmerzen musste. Leider ließ sein Dienstplan es nicht zu, sofort nach Barsinghausen aufzubrechen und dort eine letzte, entscheidende Begegnung zu forcieren.

Er zwang sich zu Ruhe und Überlegung.

Diskrete Nachfragen ergaben, Mansel habe das Haus nicht aufgegeben und seinen Vertrag mit der Eisenbahngesellschaft nicht gekündigt. Also wollte er wohl zurückkommen. Das konnte zwei Gründe haben – entweder er wusste noch immer nicht, dass er ihn durchschaut hatte, oder er plante etwas gegen ihn.

Der Versuch, seine Reise nach Barsinghausen zu vertuschen, ließ auf Letzteres schließen. Das hieß, auf der Hut zu sein. Leo war nicht dumm. Er hatte es geschafft, aus der Höhle zu entkommen und jahrelang unentdeckt zu leben, die Kinder zu sich zu nehmen und sogar zu heiraten. Vorsichtig war er, der Hund. Sogar bei seinen Eltern schien er sich nicht gemeldet zu haben. Crausen hatte einige Male bei den Flemmings vorgesprochen und nie einen Hinweis erhalten.

Fieberhaft dachte er nach. Was konnte Leo gegen ihn unternehmen? Was hatte er in der Hand?

Den Mord an Urs konnte er ihm nicht nachweisen, er war von verschiedenen Leuten als Tat der wütenden Einheimischen bezeichnet worden. Seinen Versuch, Leo umzubringen, könnte höchstens dieser Ägypterjunge bezeugen, Camillas Bruder. Der aber war zunächst einmal weit fort, und viel gesehen hatte er auch nicht. Der kleine Feigling hatte bei seinem Anblick schon Fersengeld gegeben. Den Raub des Königsschatzes – wie wollte Leo den nachweisen? Es gab keinerlei Zeugnisse, dass mehr als ein paar staubige Urnen in dem Grab gewesen waren. Die Zeichnungen, die der Junge gemacht hatte, waren nicht wieder aufgetaucht, vermutlich auf dessen panischer Flucht verloren gegangen. Er hatte sich dessen bei Camilla diesbezüglich diskret versichert.

Obwohl – die Almeh musste man im Visier behalten. Sie wusste mehr, als sie preisgab. Und er wurde das Gefühl nicht los, dass sie ihn irgendwie hinhielt. Andererseits hatte er auch den Druck nicht weiter erhöht, das würde er demnächst wieder in Angriff nehmen können.

Blieb die Entführung der Kinder. Aber wussten die, wer sie überwältigt hatte? Vielleicht. Aber Sonias und Gerlachs Verbindung zu ihm lief über den Amudat-Orden, und der war strikt geheim. Was konnten die Gören also berichten, außer dass man sie von einer Geselligkeit in einen finsteren Keller verschleppt hatte? Einzig, wo sich der Keller befand, konnten sie wissen, denn sie hatten ihn auf irgendeine Weise verlassen. Gerlach schwor zwar, er habe die Tür des Hauses verschlossen, aber Kinder fanden Möglichkeiten. Er selbst hatte auch immer eine Gelegenheit gefunden, sich unbemerkt davonzustehlen, wenn es nötig war. Und wozu der Keller diente, das konnten sie nun wahrhaftig nicht einmal ahnen.

Blieb noch Lüning, der Trottel. Aber dessen Rolle bei dem Anschlag an der Bahnlinie war unentdeckt geblieben. Er hatte sich mit dem Ulanenmajor unterhalten, der noch immer sauer war, weil er auch bei schärfster Befragung den Schützen nicht gefunden hatte und eine Entschuldigungsnote an Mansel schreiben musste.

Offiziell konnte Leo also überhaupt nichts unternehmen.

Was würde er aber privat gegen ihn ausrichten können?

Magnus von Crausen grinste.

Leo war ein viel zu korrekter Mann, um einen illegalen Rachefeldzug zu planen. Vermutlich würde er ihn zu einem Duell fordern.

Schön, das würde tödlich enden, so etwas konnte arrangiert werden.

Vielleicht aber würde er sogar so weit gehen, ihn heimlich zu stellen. Dann käme es zu einem Kampf. Dagegen konnte man gewappnet sein.

Das Einzige, was Crausen wirklich gefährlich werden könnte, würde Leo der Ehrenkodex verbieten – eine Kugel aus dem Hinterhalt.

Gut, also Leo würde nach seiner Rückkehr eine wie auch immer geartete Konfrontation planen. Da galt es, die Kontrolle zu behalten. Er, Magnus, würde bestimmen, wann und wie sie stattfinden würde. Er hatte da so eine Idee, sowohl was den Termin als auch was die Beteiligten anbelangte.

Eine exquisite Idee.

Abrechnung in der Unterwelt

Vor deinem Thron erheb ich Klage,
Verhüllte Richterin.

Schiller: Resignation

Sie hatten lange miteinander gesprochen, geplant, abgewogen, Fakten bewertet, Gefühle analysiert, Möglichkeiten erörtert.

Leo hatte ein sehr langes und eingehendes Gespräch mit Ursel und Lennard geführt, hatte aus ihren stockenden und verlegenen Schilderungen herausgehört, was die beiden verborgen hatten. Das Gesamtbild erschütterte ihn. Weniger die perversen Veranstaltungen des abstrusen Ordens als das, was den beiden hätte passieren können, hätte man sie entdeckt.

Andererseits gaben sie ihm damit etwas an die Hand, womit er im Leben nicht gerechnet hatte.

»Wir werden ihn bei einer seiner Kellersitzungen auffliegen lassen. Und zwar so, dass er in Gewahrsam genommen wird. Seinen Vorgesetzten wird die Tatsache, dass er eine Geheimgesellschaft gegründet hat, nicht erfreuen, die Verwaltung und die Kirche sich entsetzen, wenn sie erfahren, welche hochrangigen Vertreter dazugehören.«

»Damit haben wir aber lediglich einen Skandal.«

»Zu dem ein Anschlag auf mich gehört und die Entführung der Kinder.«

»Ist das nachzuweisen?«, wollte Ernst wissen.

»Der Anschlag auf mich durch Lüning? Eine Kleinigkeit. Dafür wird Bredow sorgen. Die Entführung? Die Kinder und der Leibwächter werden ebenfalls ihre Aussage machen, wobei das sicher von geringerem Gewicht ist. Aber mir geht es erst einmal darum, ihn festgesetzt zu sehen, denn dann kann ich die eigentliche Anklage erheben. Einmal den Raub der Königsschätze zum Zwecke der eigenen Bereicherung. Dazu habe ich die Inventarlisten und Zeichnungen Jussufs und dessen Aussage. Die schriftlichen Aussagen von Erich Langer, der dokumentiert hat, wann und wo Crausen sich aufgehalten hat. Und die goldene Schlange, die wir tunlichst sicherstellen sollten. Und natürlich werde ich ihn des Mordes, der Körperverletzung und des versuchten Mordes anklagen. Alles zusammen sollte eine gewichtige Mischung geben.«

»Aus einigen Anklagepunkten wird er sich herausreden können«, gab Leonie zu bedenken.

»Vielleicht. Aber nötigenfalls wird es weitere Kläger geben, wenn es erst einmal publik wird. Ich weiß nicht, wie weite Kreise seine geheimbündlerischen Tätigkeiten gezogen haben, aber wie schätzt du das Verhalten deiner Freundin, der Generalin ein, wenn sie erfährt, dass er diesen Dackel von Sohn verführt hat?«

Sein Weib grinste ihn beinahe diabolisch an.

»Sie wird wie ein Bluthund reagieren!«

»Und die edlen Wohltäterinnen des Waisenheims, das unter Leitung des Herrn Pfarrers Wiegand steht?«

»Wie die Harpyien!«

»Wir kennen nicht alle Mitglieder, aber es wird drastische Folgen haben.«

Lady Frances gab sich nüchtern.

»Schön, sich an den Folgen zu weiden, aber wie willst du ihn überführen, Leo?«

»Ich hoffe auf Camillas Hilfe. Wir müssen herausfinden, wann sein nächstes Treffen ist. Ich vermute, sie folgen einer gewissen Regelmäßigkeit und dem Dienstplan Crausens.«

»Den Dienstplan finde ich heraus!«, erbot sich Ernst.

»Wir wissen, wann die Kinder sie beobachtet haben, Leo. Und ein paar andere Dinge auch. Vielleicht hilft das schon mal weiter. Ich möchte eigentlich nicht, dass Camilla sich in Gefahr begibt«, wandte Leonie ein.

»Gut, aber möglicherweise können wir auf sie nicht verzichten. Aber lass deine Schlussfolgerungen hören.«

Leonie hatte etwas auf einen Zettel geschrieben und berichtete jetzt.

»Am vierzehnten Juni vorletztes Jahr sind die beiden weggelaufen und haben in dem Keller das erste Mal eine Messe gesehen. Am fünfzehnten Oktober hat Lennard noch einmal alleine diesen Raum aufgesucht, um Ursel zu beruhigen, er traf ebenfalls die Gruppe an.

Am Rosenmontag, dem siebenundzwanzigsten Februar, beobachteten sie den Maskenball. Rike ist am einunddreißigsten Mai von tierköpfigen Männern vergewaltigt worden, wir können vermuten, anlässlich eines Treffens. Rosalie ist am einunddreißigsten August auf Lüning gestoßen, der in der Postkutsche nach Köln saß. Vermutlich auf dem Weg zu einem solchen Treffen. Diese Tage kennen wir. Grob gesagt scheinen sie immer am Ende und in der Mitte des Monats zusammenzukommen.«

»Klug beobachtet. Wir können es verifizieren, indem wir die uns bekannten Mitglieder beobachten lassen. Bredows Kamerad hat bei den Kindern gute Dienste geleistet.«

»Wir werden Zeugen brauchen!«, wandte Ernst ein.

»Ich habe nicht vor, mich alleine in die Schlangengrube zu begeben. Dank Lennard wissen wir, wie wir unbeobachtet in den Keller kommen, und den oberen Ausgang können wir ebenfalls besetzen.«

»Ich werde einige Kameraden um Hilfe bitten. Militärpersonen als Zeugen zu haben dürfte in diesem Zusammenhang von Nutzen sein.«

»Sehr richtig.«

»Wenn Leonies Annahme stimmt, wann wirst du zuschlagen?«

»Direkt nach der Eröffnung der Bahnstrecke. Dienstag, den dreizehnten Februar, findet die Einweihungsfeier statt, an der Hendryk Mansel leider als Ehrengast eingeladen ist. Die Scharade muss ich noch aufrechterhalten, aber wir können wohl annehmen, dass sich am vierzehnten oder fünfzehnten die Geheimbündler treffen.«

»Bleiben uns nur gerade zwei Wochen, um alles vorzubereiten, Leo. Ihr wollt nächste Woche abreisen, und bei dem Wetter kann die Fahrt schwierig werden.«

»Andererseits möchte ich mich nicht mehr zu lange in Köln aufhalten.«

Sie besprachen noch eine Fülle von Details, und als sie in der letzten Januarwoche wieder in ihrem Haus in der Hohen Straße eintrafen, stand der Plan so gut wie fest. Leo übernahm es sofort, die notwendigen Schritte zu unternehmen. Leonie besuchte umgehend Camilla und weihte sie in die Planung mit ein. Sie versprach zu helfen, wenn es nötig war. Ihrem Mann hatte sie inzwischen von ihrem vergangenen Leben erzählt und war auf amüsiertes Interesse statt auf die befürchtete Ablehnung gestoßen. Ursel und Lennard hielten sich an ihr Versprechen, pünktlich und gehorsam zu sein. Sie hatten sie in das Vorhaben eingeweiht, es war ihnen nichts anderes übrig geblieben. Zu viel hatten die Zwillinge schon selbst miterlebt. Sie waren kleinlaut, aber sehr verständig. Eine Woche vor der feierlichen Einweihung der Köln-Bonner Bahnlinie kamen auch Sven und Edith zu ihnen, die das Ereignis in Köln miterleben wollten. Als Leo sie über die neue Situation informierte, verblüffte ihn Sven damit, dass er ihn heftig in die Arme schloss.

»Ich bin glücklich, mein Junge, dass die Maskerade vorbei ist. Ich habe dich schon immer für einen guten Mann gehalten.«

»Obwohl du sehr früh dahintergekommen bist, dass ich nicht Mansel sein konnte?«

»Du warst gut für Leonie. Das reichte mir. Und nun werde ich sicher erfahren, warum das alles so war.«

Sie setzten ihn und Edith also ebenfalls in Kenntnis dessen, was geplant war, und zufrieden rieb sich der alte Mann die Hände.

»Wenn ich von Nutzen sein kann – ein Auge kann ich allemal auf die Kinder halten.«

Der dreizehnte Februar war ein kalter, aber trockener Tag, und Leonie war dankbar für den pelzgefütterten Umhang, den ihr ihre Schwiegereltern ebenfalls noch geschenkt hatten. Der erste offizielle Zug würde am Nachmittag von Bonn aus im Bahnhof am Pantaleons-Tor eintreffen, danach war ein gewaltiges Bankett vorbereitet, zu dem die Direktion der Eisenbahngesellschaft die Honoratioren, die Förderer und Aktionäre und die verdienten Mitarbeiter eingeladen hatte. Mit Girlanden und Fahnen war der Bahnhof geschmückt, eine Militärkapelle stand bereit, um dem Ereignis musikalische Würde zu verleihen, eine Tribüne war errichtet, von Schleifen in den preußischen Farben und grünem Gezweig umgeben, schneidige Gendarmen sorgten dafür, dass die Ehrengäste unbehelligt ihre Plätze erreichen konnten, denn zahllose Zuschauer drückten sich nämlich auf den Straßen herum. An der Stadtmauer und entlang den Gleisen drängten sie Schulter an Schulter voran, um das Dampfross einfahren zu sehen.

Leo hielt Leonie am Ellenbogen und lotste sie durch die Massen. Auch er hatte einen Platz auf der Tribüne, die Kinder hingegen blieben bei Sven und Edith, zu denen sich auch Camilla und ihr Gatte gesellten. Weiter hinten entdeckten sie einige schwarze Uniformen des Lützow'schen Regiments, und Ernst winkte ihnen verhalten zu. Als sie die Tribüne betraten, kam sofort der Oberbergamtsrat von Alfter auf sie zu und nahm Leo mit einer technischen Frage in Beschlag, die der Direktor Camphausen aufgeworfen hatte. Leonie wurde von einem korpulenten Herrn ein wenig zur Seite gedrängt. Und dann schmetterte die Kapelle los, und man sah das qualmende Ungeheuer unter ohrenbetäubendem Pfeifen langsam auf den Schienen in die Bahnhalle rollen. Dampfwirbel fauchten über den Gleisen, Eisenräder kreischten, Hochrufe erschallten, als die Maschine langsam zum Halten kam. An der Lokomotive und an den tannengrünen Wagen flatterten Wimpel, aus den Fenstern winkten Handschuhe aller Farben, ein Aufraunen der Begeisterung wogte durch die Zuschauermassen, als die uniformierten Eisenbahner die Türen öffneten.

Leonie sah gebannt zu, wie vornehme Damen und Herren auf den Perron traten, doch plötzlich vermeinte sie ihren Namen rufen zu hören. Eine halb erstickte Stimme schrie: »Frau Mansel, Leonie, helfen Sie mir!«

Leonie drehte sich nach der Ruferin um und erkannte ihre Nachbarin Selma, die sich irgendwie in einer nicht näher erkennbaren Notlage befand, aber heftig winkte. Sie sah sich nach Leo um, aber der war durch die ganze Aufregung abgelenkt, und der korpulente Aktionär versperrte ihr den Blick auf ihn. Sie zauderte einen Augenblick, dann aber siegte ihre Hilfsbereitschaft. Hier, zwischen all den ehrenwerten Leuten, mitten im Gedränge, konnte ihr wohl nichts passieren, wenn sie einer Nachbarin beistand, die vermutlich nur ihr Strumpfband verloren hatte.

Dachte sie und täuschte sich gründlich.

»Onkel Sven, Onkel Sven, Tante Leonie ist fort!«

»Was, Junge? Oh, sie wird von den Herren verdeckt sein.«

»Nein, ich hab's auch gesehen, sie ist von der Tribüne runtergegangen!«

Ursel war so aufgeregt, dass sie die Dame neben sich am Ärmel zupfte.

»Frau Jacobs, Tante Leonie ist da runtergegangen, ich sehe sie nicht mehr!«

Camilla hob ihr Opernglas und suchte das Gewimmel ab.

»Verdammt!«, murmelte sie und dreht sich zu Edith um. »Fräulein Becker, eine resolute Dame hat es möglicherweise leichter, durch die Menschen zu kommen. Holen Sie Leo, er soll so schnell es geht zu mir nach Hause kommen. Und halten Sie, wenn möglich, den Professor Giesen auf. Das ist der fette grauhaarige Mann mit dem Orden.«

Edith setzte bereits ihre Ellenbogen ein.

»Sven, da vorne steht der Apotheker Gerlach. Stellen Sie ihm ein Bein oder brechen Sie ihm einen Arm, aber halten Sie ihn fest. Wenn das nicht geht, folgen Sie ihm. Er wird in die Budengasse wollen.«

»Schon dabei!«

»Ursel, Lennard, bleibt dicht bei mir. Jacobs, meine Freundin hat einen Unfall gehabt. Ich muss ihr helfen. Fragen Sie bitte nicht weiter, vertrauen Sie mir. Und wenn möglich, halten Sie diesen feisten Pfarrer Wiegand dort drüben auf. Wenn das nicht geht, folgen Sie ihm und drehen Sie ihm dann kurzerhand das Genick um.«

»Liebste Camilla, zu Diensten. Dem Wiegand hätte ich schon lange gerne den Stiernacken gebrochen, auf Ihren Wunsch wird es mir ein besonderes Vergnügen sein.«

Lennard und Ursel klammerten sich aneinander, während Camilla sie aus dem Gedränge schob. Erleichtert atmeten sie auf, als sie vor dem Bahnhof standen. Hier war es auch noch voll, aber man konnte mit raschen Schritten vorankommen. Ihr Kutscher wartete etwas seitab in einer Nebenstraße, und mit einem herrischen Wink gab sie ihm zu verstehen, er möchte sich in Bewegung setzen.

»Lennard, Ursel, hat Leonie die Schlange fertig gemacht?«

»Ja, Frau Jacobs.«

»Wir fahren in der Hohen Straße vorbei. Wie schnell kannst du dir Lennards Hosen anziehen, Ursel?«

»So schnell wie nötig. Ich habe selber Reithosen.«

»Noch besser. Schwarze Jacken, wenn ihr habt.«

»Ja, Frau Jacobs. Was tun sie mit Tante Leonie?«

»Ich fürchte, sie bringen sie in diesen Keller in der Budengasse.«

»Ja, bestimmt. O Gott!«

Lennard zitterte so sehr, dass ihm die Zähne aufeinanderschlugen.

»Mut, Zwillinge. Wir sind ihnen voraus – sie ahnen nicht, dass wir wissen, wo sie sind. Und sie werden ihr nichts tun, denke ich, solange sie nicht alle zusammen sind.«

Zum Glück war wenig Betrieb auf den Straßen, ganz Köln feierte die neue Eisenbahn. Die Kinder stürmten ins Haus, Ursel riss sich schon während des Laufens das Kleid von den Schultern und ließ es auf der Treppe liegen, Lennard raste ins Mansardenzimmer, um die Schlange zu holen. In Windeseile hatten sie sich umgezogen und liefen mit fliegenden Jacken zurück zur Kutsche, wobei Ursel der aufgebrachten Jette sogar noch den Ellenbogen in den Magen rammen musste, damit sie sie durchließ.

»Ihr seid wunderbar. Und nun los. Komm Ursel, ich helfe dir, die Jacke zuzuknöpfen. Lennard, wie funktioniert die Schlange?«

»Man zieht sie mit dem Schlüssel hier hinter dem Kopf auf, dann fängt sie an, sich zu winden und hebt zum Schluss den Kopf ein Stück. Mehr haben wir nicht hinbekommen.«

»Das reicht völlig. Sie sieht sehr lebensecht aus.«

»Was machen wir damit?«

Ursel und Lennard sahen sie mit großen, angstvollen Augen an. Aber ihre resolute Art, Maßnahmen zu ergreifen, machte ihnen ein wenig Hoffnung.

»Ich werde mich umziehen und sie mir um den Hals legen, dann fahren wir zur Budengasse. Ich gehe oben rein, sie kennen mich. Ihr schleicht euch durch den Keller und beobachtet. Ich lenke sie ab – der Rittmeister hat eine panische Angst vor Schlangen! Ihr versucht, Leonie zu befreien, wenn das Durcheinander groß genug ist. Nichts anderes!«

»Was ist, wenn …«

»Darauf können wir jetzt keinen Gedanken verschwenden. Oh, gut, euer Onkel ist schon eingetroffen!«

Leo wartete an der Tür und half Camilla aus dem Wagen. Die Kinder sprangen hinterher.

»Was hast du vor?«

»Einen kleinen, spektakulären Auftritt. Folgt mir, rasch!«

In dem Boudoir bat sie Ursel um Hilfe beim Ablegen ihres Kleides, bat Naheema, ihr goldenes Gewand und ihre Trommel zu holen, während sie zuhörte, was Leo zu sagen hatte.

»Es muss geplant gewesen sein, ich sah in der Menge Sonia und Lundt verschwinden. Der Professor scheint Leonie absichtlich von mir weggedrängt zu haben. Edith hat sich ihm mit ziemlicher Wucht an den Hals geworfen und ihm dabei herzhaft ans Schienbein getreten.«

»Du gehst auch davon aus, dass sie sie in den Keller bringen?«

»Natürlich. Crausen will mich dort haben, nicht Leonie. Sie ist der Köder.«

»Hoffnung für sie!«

»Richtig, aber nicht lange. Wenigstens konnte ich Ernst ein Zeichen geben, und ich sah noch, wie er sich mit fünf Begleitern absprach. Wenn wir Glück haben, sind sie schon auf dem Weg.«

»Gut. Leonie ist tapfer und klug, es wird ihr ebenfalls etwas einfallen, sie aufzuhalten oder zu irritieren. Kinder, schmiert euch Ruß ins Gesicht, da, aus dem Kamin!«

»Ja, Frau Jacobs.«

»Die Zwillinge bleiben hier, Camilla!«

»Nein, Onkel Leo!«, riefen die beiden gleichzeitig.

»Lennard, Ursel, das ist kein Spiel!«

»Das wissen wir. Aber, Onkel Leo, wir kennen den Eingang!«

»Beschreibt ihn mir!«

»Nein!«

»Leo, sie können helfen. Sie sind klein und wendig, darauf kommt es manchmal mehr an als auf Körperkraft.«

Camilla pinselte mit flinken Bewegungen eine Pharaonenmaske in ihr Gesicht und löste die Haare. Bis fast in die Kniekehlen wallte der schwarze Schleier, und um den Nacken über dem losen goldenen Kleid legte sie die Schlange.

»Gott, ich kann jetzt nicht disputieren. Also gut. Die Idee mit der Schlange ist gut, Camilla.«

»Das hoffe ich. Hast du eine Waffe?«

»Dolch, im Stiefel.«

»Gut.«

Sie reichte Naheema ein Stilett, das diese in den Falten ihres Kleides verschwinden ließ, und drückte Ursel eine scharfe Rosenschere in die Hand.

»Falls sie gefesselt ist, geht das schneller als mit dem Messer. Lennard?«

»Taschenmesser.«

»Naheema, den Umhang!«

Ein schwarzer Kapuzenumhang verhüllte Camilla von Kopf bis Fuß, den Kindern reichte sie schwarze Tücher.

»Wickelt sie um den Kopf, je düsterer ihr seid, desto weniger wird man euch wahrnehmen. Führt Leo zum Keller, beobachtet und tut dann, was getan werden muss. Gnade braucht von den Anwesenden keiner zu erwarten.«

Eine Mischung aus Furcht und Abenteuerlust funkelte in den Augen der Zwillinge.

»Wir werden Tante Leonie helfen.«

Sie verließen mitsamt der wie immer verschleierten Naheema das Haus und stiegen in die Kutsche. Es war etwas eng, und Lennard musste sich auf den Boden setzten.

Leo spürte, wie Ursel neben ihm leicht zitterte, aber sehr viel anders erging es ihm auch nicht. Er drückte beiden die Schultern.

»Wenn möglich, haltet die Lider gesenkt, damit man eure Augen nicht aufleuchten sieht, Zwillinge. Ihr seid sehr tapfer. Seht euch dennoch vor, diese Menschen sind grausam und gefährlich. Rettet euch, wenn mir etwas passieren sollte. Schwört mir das!«

»Ja, Onkel Leo.«

»Kein falsches Heldentum!«

»Ja, Onkel Leo!«

Der Tonfall ließ alles andere als Gehorsam vermuten.

»Was argumentiere ich!«, murmelte er und dachte daran, wie Urs und er sich verhalten hätten.

Urs!

Seine Gedanken wanderten in einem stummen Gebet zu ihm.

Urs, mein Bruder. Die Stunde der Vergeltung ist nahe. Steh uns bei, deinen Kindern und mir. Und der Frau, die deine Kinder nun als Mutter anerkennen.

Sie schwiegen für den Rest des kurzen Weges. An der Brauerei stiegen Leo und die Kinder aus und bahnten sich durch die Fuhrkarren und Fässer ihren Weg. Sie hatten Glück, dass sich nur zwei Braugehilfen in dem Hof befanden, die gerade eine Probe aus einem der Fässer verkosteten. Sie kamen ungesehen an ihnen vorbei. Leo nahm eine der Lampen vom Haken, die das Lager beleuchteten, und ließ sich von Ursel den Eingang zu den Gängen zeigen.

Sie erreichten die Treppe, die zu dem verhängten Einlass führte, und ganz vorsichtig hob Leo den Saum des Vorhangs.

In dem Kellerraum befand sich, wie beschrieben, der Altar mit der goldenen Kobra. Weihrauch waberte, und Dutzende von Kerzen brannten in den Wandhaltern. Die Katzenköpfige und der Hundeköpfige standen beisammen und lachten über etwas, ein Pavian rieb sich verstohlen mit der Hand im Schritt, ein anderer mit einem Falkenkopf zündete Fackeln an, der mit der Nilpferdmaske ließ eine Peitsche knallen, der Mann mit der Schakalmaske legte ein wallendes Gewand an, und der Widderköpfige, in schwarzen Hosen und Stiefeln, hatte lediglich ein langhaariges Fell über die Schultern geworfen. Er ging jetzt zu einer Gestalt, die am Boden kniete, die Hände auf dem Rücken gefesselt, ein Tuch um den Mund.

»Eine hübsche Weihegabe haben wir heute gefunden, meine Liebe. Sie werden das ausgesuchte Vergnügen haben, der großen Schlange geopfert zu werden!«, tönte er salbungsvoll und stützte sich auf seinen Stab, der ebenfalls von einem Widderkopf gekrönt war.

»Nein!«, keuchte Lennard, und Leo legte ihm mahnend die Hand auf die Schulter.

»Vorher ist er tot!«, flüsterte er.

»Wo bleiben Fra Apis und Fra Sobek?«

»Es war ein entsetzliches Gedränge. Vielleicht schaffen sie es nicht.«

Doch in diesem Augenblick öffnete sich die andere Tür, und der Stierköpfige und der mit dem Krokodilskopf traten ein.

»Seht, wen wir getroffen haben, Fra Chnum. Sie sagt, sie wird zu dieser außergewöhnlichen Feier für uns tanzen!«

Crausen fuhr herum und sah die schwarz verhüllte Gestalt, die zwar die Kapuze zurückgeworfen hatte, aber sonst noch nichts von ihrer Gewandung zeigte. Ihr golden geschminktes Gesicht mit den schwarz umrahmten Augen wirkte wie das einer königlichen Statue. Naheema verschmolz mit den Schatten und begann, leise die Trommel zu schlagen.

»Es passt heute nicht recht!«, wehrte Crausen ab, aber seine Gefolgsleute starrten die schöne Ägypterin bereits wie gebannt an. Sie schritt zu dem Alter und ließ den Umhang von den Schultern gleiten. Ein Aufseufzen ging durch die Anwesenden, als sie die goldene, kaum verhüllte Gestalt sahen, die langsam mit schlangengleichen Bewegungen zu dem Trommelrhythmus zu tanzen begann.

Leo wusste nur zu gut, welche Wirkung ihr Tanz haben konnte, aufreizend und beschwörend wirkte sie, und die Schlange um ihren Hals erhöhte den exotischen Reiz. Leonie saß etwas abseits, und tatsächlich würden die schwarz gekleideten Kinder kaum bemerkt werden, wenn sie sich tief am Boden hielten. Er wartete noch eine Weile, bis er sicher war, dass Camilla die Aufmerksamkeit völlig auf sich gezogen hatte. Dann flüsterte er: »Kriecht zu Leonie. Wie die Schlangen. Fesseln losschneiden. Dann versucht, sie hierherzubringen.«

Auf dem Bauch liegend rutschte Ursel über den Boden, Lennard folgte ihr auf dieselbe Weise. Sie wussten, dass Camilla sie gesehen hatte, denn die Trommel wurde jetzt lauter und ihre Bewegungen lockender, ekstatischer.

Leonie hatten an kaum etwas anderes denken können als an ihre Dummheit. Selma, die dumme Gans, hatte sich vermutlich von Sonia benutzen lassen, um sie von Leo fortzulocken. Als die Decke über sie fiel, war die Angst gekommen, und sie hatte alle Mühe gehabt, nicht laut zu schreien. Es hätte in all dem Lärm um sie herum nichts genützt und wäre nur eine Kraftverschwendung gewesen. Sie bemühte sich stattdessen um klares Denken. Leo würde sie über kurz oder lang vermissen, er würde ahnen, was passiert war und ihr zu Hilfe kommen. Aber sie musste Zeit gewinnen. Doch das war schwierig, zwei starke Männer hatten sie überwältigt. Zwar hatte sie sich mit aller Gewalt gewehrt, getreten und gestrampelt, als sie sie aufhoben, und sie hatte versucht, sich zu entwinden, als sie ihr im Keller die Decke abnahmen. Sie hatte den widerlichen Nikodemus von der Lundt herzhaft gebissen, aber zu schnell hatten sie ihr den

Knebel umgelegt und Hände und Füße gefesselt. Jetzt blieb noch die Chance, Zeit zu gewinnen, wenn sie weiß Gott was mit ihr anstellen würden.

Sie hatte sich zusammengerissen, während sie verkrümmt und mit schmerzenden Gelenken auf dem Boden des widerlichen Kellers gelegen hatte, den sie aus den Beschreibungen der Zwillinge recht gut kannte. Sie wusste genau, wo sie war, und sie wusste, wer sich unter den hässlichen Masken verbarg. Mühsam versuchte sie, das zu verdrängen, was diese Unmenschen vermutlich mit ihr vorhatten. Sie lenkte all ihre Gedanken hin zu Leo, während Crausen den Altar aufbaute, die goldene Schlange im Fackelschein zu schimmern begann und ein Maskierter nach dem anderen eintraf.

Sie hielt sich ruhig, aber als sie Camilla in den Raum treten sah, wäre sie vor Erleichterung beinahe in Ohnmacht gefallen. Sie hatte die Schlange, die sie Renenutet, die Herrin des Schicksals nannten, um den Hals gelegt, also war sie im Haus gewesen. Leo war nahe. Und – Leo war in Gefahr. Denn ihn wollte Crausen, nicht sie.

Nun tanzte die Almeh, und vermutlich sabberten die Männer unter ihren Masken vor Gier. Denn was Camilla ihnen zeigte, war kein kultivierter Tanz mehr, es war eine bodenlos unzüchtige und schamlose Darstellung erotischster Verheißungen.

Trotzdem war auch Leonie fasziniert, und beinahe merkte sie nicht, wie die Fesseln von ihren Handgelenken fielen und eine Mädchenstimme wisperte: »Hinter Ihnen, der Vorhang.«

Dreimal donnerte der Stab des Widderköpfigen auf den Boden.

»Genug jetzt des Tanzes. Wir sind versammelt, um ein Opfer zu bringen. Anschließend, hohe Herrin, dürft Ihr Apophis, die Schlange des Chaos, wieder ergötzen.«

Die Tänzerin drehte sich zweimal um sich selbst, wie zum Finale ihres Tanzes, und machte dann einen Schritt auf Crausen zu. Die Schlange um ihren Nacken wand sich hin und her, als sei sie zum Leben erwacht, und als sie noch näher trat, richtete sie ihr Haupt auf. Camilla zischte leise und sehr gekonnt das drohende Zischen eines wütenden Reptils.

Wie erstarrt stand der Rittmeister vor ihr.

Hinter ihm tauchte die schwarz verhüllte Naheema wie ein Schatten auf, ging in die Knie, und Leonie sah ein Messer aufblitzen. Es waren lediglich zwei Stiche in seine Kniekehlen, und er sank nieder. Noch einmal blitzte das Messer auf, und der Stab fiel ihm aus den Händen. Er schrie gellend!

In die darauffolgende Totenstille erklärte Camilla zu der gefallenen Gestalt zu ihren Füßen mit kalter Stimme: »Eine Tänzerin weiß, welche Sehnen die Gliedmaßen bewegen, Rittmeister. Sie werden die Ihren so schnell nicht mehr gebrauchen können!«

Tumult brach los. Nicht nur, dass die Anwesenden aufschrien, auch von der Treppe her waren polternde Schritte zu hören. Leonie wollte aufstehen und zu dem Vorhang gehen, aber die lange gefesselten Beine versagten auch ihr den Dienst. Gerade versuchte sie, auf alle viere zu kommen, als sich die Katzenköpfige mit ihren Krallenhandschuhen auf sie stürzte.

»Du kommst hier so nicht fort!«, kreischte sie und fuhr ihr mit den scharfen Nägeln ins Gesicht. Leonie wehrte sie mit den Armen ab, spürte, wie der Stoff ihres Kleides zerriss und die nadelspitzen Waffen ihre Haut zerkratzten. Sie kam einfach nicht auf die Beine und fürchtete, beim nächsten Angriff in Fetzen gerissen zu werden. Doch mit einem unmenschlichen Geheul stach eine schwarze Höllengestalt mit einer Schere auf Sonia ein, und eine andere rammte ihr den widderköpfigen Stab in den Magen. Die Katzenköpfige knickte zusammen, und ein gezielter Tritt von Camilla warf sie flach auf den Bauch. Sie jaulte auf, als sie in ihre eigenen Krallen fiel.

Stöhnend stützte Leonie sich ab und rutschte ein Stück näher zur Wand.

So musste es in der Hölle aussehen. Fackelflammen loderten, Rauchschwaden waberten, Kerzen verlöschten. Sie sah Ernst mit einer Falkenmaske ringen, Sven knallte mit sichtlichem Genuss einen Krokodilskopf an den Türrahmen, Jacobs hatte den fetten Hund im Schwitzkasten und zog ihm eben den Pappmaché-Kopf ab. Das nilpferdköpfige Ungeheuer kroch auf allen vieren zum Ausgang, wurde daran aber mit einem gezielten Fußtritt von dem allgegenwärtigen Leibwächter gehindert. Der Pfarrer hatte seinen Stierkopf bereits verloren und drückte sich winselnd die Hände in den Schritt, während Edith sich mit gefletschten Zähnen zu dem Schakal umdrehte, der aber bereits von einem von Ernsts Kameraden auf den Boden geworfen wurde. Ihr kultivierter Gatte Leo jedoch holte soeben zu einem mächtigen Schwinger aus, der Lüning, den Pavian, ein Stück in die Luft hob und dann wie eine Marionette zusammensinken ließ. Naheema kniete weiterhin neben Crausen und hielt ihm das Stilett an die Kehle. Camilla lächelte böse zu ihm hinunter.

Leo schüttelte die Faust aus und gesellte sich zu ihr.

»Nun, Leo? Sollen wir ihn in küchenfertige Stücke zerlegen, was meinst du?«

»Den würden sogar Kannibalen verschmähen. Wir lassen ihn hier liegen, ich bin mir sicher, sein Vorgesetzter wird sich freuen, ihn am Ort seines Wirkens aufzuklauben.«

»Auch eine hübsche Variante. Naheema und ich haben unseren Anteil gehabt. Jetzt bist du an der Reihe!«

Von Crausen kam gepresst ein Schwall Flüche aus der Widdermaske, aber Naheema hatte so gezielt das Messer eingesetzt, dass er tatsächlich weder Arme noch Beine bewegen konnte.

Leo riss ihm den Tierkopf herunter und sah auf ihn herab.

»Aus mit dem Rittmeister, Magnus. Auf einem Pferd wirst du nie mehr sitzen. Ich hatte diese Aktion zu einem anderen Zeitpunkt geplant, du bist mir nur unwesentlich zuvorgekommen. Dafür haben wir aber jetzt genügend Zeugen, die dir neben der Anklage wegen Raub, Mord, Plünderung und Folter auch noch die Entführung meiner Frau zur Last legen werden. Du hast es vorgezogen, diesen Weg zu gehen. Geh ihn zu Ende.«

»Ich Idiot hätte dich eigenhändig in der Höhle zerstückeln sollen.«

»Ein Fehler, Magnus. Nicht dein einziger. Nur die Tatsache, dass ich diese schmutzige Arbeit nicht vor den Augen meiner Frau und Urs' Kindern machen möchte, hält mich jetzt davon ab, mit dir das zu tun, was du meinem Bruder angetan hast. Das Einzige, was ich noch von dir haben will, ist das Amulett.«

»Niemals!«, fauchte Crausen, und Naheema drückte die Klinge fester an seinen Hals. Blut rann die Klinge entlang.

»Du brauchst Naheema nur zu sagen, was du von ihm abgeschnitten wünschst. Ich wüsste ein passendes Körperteil für den Anfang!«, schlug Camilla mit samtweicher Stimme vor.

»Ja, ein erwägenswerter Gedanke, benötigen wird er es in Zukunft ohnehin nicht mehr!«

»Das würdest du nicht, Leo. Du bist ein viel zu korrekter Biedermann!«

»Ach? Glaubst du. Camilla, die Schlange!«

Camilla nahm Renenutet vom Hals und legte sie über den Rittmeister. Der Mechanismus funktionierte noch immer, sie begann, sich zu bewegen.

Keuchend und würgend lag Crausen unter ihr, unfähig, sich zu rühren.

»Ein Etui in der Westentasche, Leo!«, rief Leonie ihrem Gatten zu.

»Ah, danke, Geliebte. Das erspart es mir, diesen Kadaver mehr als nötig anzufassen.«

Er nahm die Schere aus Ursels Hand und schnitt mit einem Ratsch das Fell auf, das der Rittmeister um seine Schultern geworfen hatte. Mit spitzen Fingern zog er das flache Behältnis aus der Tasche und wurde dafür mit weiteren irren Flüchen bedacht.

»Dein Wortschatz war schon immer degoutant, Magnus. Leb wohl! Wir sehen uns vor Gericht wieder. Oder niemals mehr.«

Leo winkte den anderen und wies zum Vorhang.

»Sehen wir zu, dass wir hier verschwunden sind, bevor die Gendarmen kommen. Ich nehme an, einer deiner Leute hat sie benachrichtigt!«

»Christian war so nett. Sie müssten in der Tat gleich eintreffen.«

Leo bückte sich und hob seine Gemahlin auf die Arme.

»Nach Hause, mein Weib?«

»Gerne, das Fest hat seinen Höhepunkt überschritten.«

»Sven, die Schlange!«

Der Uhrmacher wickelte die goldene Kobra in ein Tuch, Camilla nahm die mechanische Schlange auf und hüllte sich wieder in ihren Umhang. Gemeinsam verschwanden sie vom Schauplatz des Geschehens.

Ein Bierkutscher wollte seinen Augen nicht trauen, als er diese seltsame Truppe aus den Lagerkellern kommen sah, aber Ernst, geistesgegenwärtig, grinste ihn an: »Eine verrückte Wette, guter Mann. Hier, ein Anteil vom Gewinn!«

Den Beutel Münzen genauso fassungslos anschauend wie die

Offiziere und die verkleideten Menschen, blieb er stumm und starr stehen, bis sie aus dem Hof verschwunden waren.

»Karneval ist doch erst am Sonntag«, murmelte er leise, und die beiden Brauergesellen schüttelten gleichfalls die Köpfe über die wunderlichen Einfälle der Herrschaften.

Sie trafen sich in dem Haus in der Hohen Straße, und Jette, die ihren Ärger über Ursels unbotmäßiges Verhalten loswerden wollte, verstummte, als sie ihre blutverschmierte Herrin sah. Leo trug sie die Treppe hoch, und Camilla folgte mit ihrer verschleierten Begleiterin.

»Wie geht es dir, Leonie?«

»Widerlich. Ich brauche einen Schluck Wasser.«

»Sofort!«

Leo legte sie vorsichtig auf dem Bett ab.

»Helft ihr aus den Kleidern. Ich lasse einen Arzt kommen.«

»Das brauchst du nicht, Leo. Naheema wird sich um sie kümmern. Sie ist besser als jeder Arzt. Verbandszeug und Salben habt ihr sicher im Haus.«

»Naheema?«

»Ja, Leo, sie ist eine gute Heilerin. Sie hat es gelernt.«

Die Verschleierte hatte bereits begonnen, Leonie die Schuhe auszuziehen, und Camilla half ihr mit den Röcken. Also blieb Leo nichts anderes übrig, als die gewünschten Hilfsmittel zu holen.

»Wo hast du Schmerzen, Leonie?«

»Überall. Aber es sind wohl nur Prellungen und Kratzer.«

»Tiefe Schnitte an den Armen. Das Kleid ist nicht zu retten, fürchte ich.«

»Es ist nur ein Kleid.«

Leonie schauderte.

»Sie sind wahnsinnig, alle miteinander.«

»Richtig.«

Vorsichtig zogen sie ihr das Kleid aus, und Naheema wusch mit geschickten Fingern ihre Wunden.

Um sich von den Schmerzen abzulenken, stellte Leonie die Frage, die sie schon immer bewegt hatte.

»Warum trägt deine Dienerin immer einen Schleier, Camilla?«

In ihrer Muttersprache sagte ihre Freundin etwas zu Naheema, und diese nickte.

»Sie ist nicht meine Dienerin, Leonie. Sie wird dir ihr Gesicht zeigen, denn du bist klug genug, dich nicht zu entsetzen.«

Naheema zog den schwarzen Schleier über ihren Kopf, und Leonie starrte auf Camillas Züge – in einem von Pockennarben entstellten, ehemals klassisch schönen Gesicht.

Langsam senkte Naheema den Schleier wieder.

»Deine Schwester?«

»Ja, meine Schwester.«

Das Ehegelöbnis

EINE WEISE UND GUTE WAHL BEI KNÜPFUNG DES WICHTIGSTEN
BUNDES IM MENSCHLICHEN LEBEN,
DIE IST FREILICH DAS SICHERSTE MITTEL, UM IN DER FOLGE
SICH FREUDE UND GLÜCK
IN DEM UMGANGE UNTER EHELEUTEN VERSPRECHEN ZU KÖNNEN.

Freiherr von Knigge: Von dem Umgange unter Eheleuten

Der Skandal war ungeheuerlich! Ein angesehener Apotheker, ein Professor für Altertumskunde an der Bonner Universität, ein Kölner Theaterintendant, der Pfarrer, der das Waisenhaus betreute, der Sohn der Generalin von der Lundt, ein hoher preußischer Geheimrat mit abseitigen Neigungen, eine Dame aus der besten Gesellschaft, der Rittmeister der Deutzer Kürassiere und ein kleiner Schreiberling waren als Mitglieder eines Geheimordens entlarvt worden, dessen Aktivitäten man noch nicht einmal im Flüsterton hinter verschlossenen Türen auszusprechen wagte.

Es tuschelte lauthals hinter allen Türen!

Es blieb natürlich auch nicht aus, das die Namen von Leo und Leonie Flemming genannt wurden, auch die von den Jacobs gingen durch aller Munde. Leonie aber gab die Heldin in dem Schauerstück, das sich da in den Kellern unter der Budengasse abgespielt hatte.

Sobald sie sich wieder halbwegs erholt hatte, war Leo mit seiner Gattin und den Kindern mit dem Schiff nach Königswinter gereist, wo sie sich bei ihrem Onkel, dem Pastor Merzenich, von dem Gerede und ihren Wunden erholen konnte.

Fluchtartig die Stadt verlassen hatten auch die von Danwitz und der Apotheker Gerlach mit seiner Familie. Die anderen wurden in polizeilichen Gewahrsam genommen. Ihnen drohte eine Flut von Anklagen.

Magnus von Crausen hielt sich im Lazarett auf. Über ihm schwebten Anklagen der unterschiedlichsten Form. Dem Vernehmen nach war er noch immer nicht in der Lage, auf den Beinen zu stehen, und würde es vermutlich auch nie wieder können. Die Arme jedoch musste er wohl zu gebrauchen wissen, denn drei Wochen später brachte Ernst von Benningsen ihnen die Nachricht, der Rittmeister habe einen Unfall mit seiner Dienstwaffe gehabt und sei dabei ums Leben gekommen.

»Einst waren wir Freunde«, sagte Leo traurig, als er es hörte. »Einst – man sollte meinen, dort am Deister ist eine böse Macht in ihn gefahren. Wusstet ihr, dass er auch Naheema zu diesen finsteren Orgien gezwungen hat?«

»Wann hat sie dir das erzählt?«

»Als sie dich versorgt hatten und du schliefst. Naheema hat mit sechzehn die Pocken bekommen, zwar hat sie die Krankheit überlebt, aber tanzen wollte sie natürlich nicht mehr. Sie blieb bei Camilla als ihre Musikerin und Aufpasserin und widmete sich der Heilkunde. Über Magnus haben die beiden sich damals zerstritten, Naheema hat ihre Schwester immer vor ihm gewarnt, aber die hat sich zur Teilnahme an diesen Riten verführen lassen. Es wurde ihr aber immer unheimlicher, und nachdem sie sich schließlich von ihm getrennt hat, hat er Naheema zu einer seiner perversen Zeremonien verschleppt. Damals hat sie Rache geschworen.«

»Ein Mörder und Vernichter. Warum, Leo? Warum ist er dazu geworden? Glaubst du wirklich an eine böse Macht?«

»Nein. Ich glaube an seine Angst. Er ist als Kind von seinen puritanischen Eltern sehr streng gehalten worden. Prügel und Demütigungen gehörten zu ihren Erziehungsmethoden. Sein Onkel Theo, von dem er später das Gestüt geerbt hat, war das krasse Gegenteil – ein Frauenheld, Spieler, Bonvivant. Ihm wollte er gleich sein, schaffte es aber nie und wurde oft genug von ihm ausgelacht oder öffentlich lächerlich gemacht. Ich kann nur vermuten, dass darin die Anlage verborgen lag. Durch die Beschäftigung mit der Magie hat er sich erstmals mächtig gefühlt, hat sein Charisma entfaltet und hat Schwächere und Anfällige an sich gebunden. Schon sein erster Orden, damals in Ägypten, setzte sich aus abergläubischen, verschuldeten und rückgratlosen Mitgliedern der Expedition und der begleitenden Soldaten zusammen. Er hat schon vor dem Fund des Königsschatzes eine Schlangengestalt als Idol gewählt, mit ihrer Anbetung hat er wohl geglaubt, seine irrationale Angst vor Schlangen überwunden zu haben. Und damit jede Form von Angst. Dass er die Kobra fand und zur Gottheit seines Orden ernannte, muss als der letzte Schritt seines Wahns gesehen werden.«

»Woher weißt du das von den früheren Orden?«

»Er wollte Urs und mich dabei haben – der alten Zeiten wegen. Wir haben eine dieser abstrusen Veranstaltungen mitgemacht und uns dann nie wieder dabei blicken lassen. Er hat es uns sehr übel genommen. Unseligerweise haben wir damals darüber geschwiegen. Der Dummköpfe wegen, die darin verstrickt waren.«

Sie waren langsam am Rheinufer entlanggeschlendert, Leo rechts, Ernst links von Leonie. Die ersten Blattknospen hatten sich schon geöffnet, und der Märzwind trug eine Spur Frühlingsduft in sich.

»Was habt ihr vor, Leo? Wirst du nach Köln zurückkehren?«, wollte der Leutnant wissen.

»Nein. Meine Aufgabe bei der Eisenbahn ist erledigt, ich habe dem Oberbergamtsrat von Alfter einen Teil der Geschichte erzählen müssen und ihm gesagt, ich stünde weiter nicht mehr zur Verfügung. Ich möchte mit Leonie und den Kindern nach Barsinghausen ziehen. Mein großmütiges Weib hat sich bereit erklärt, meine Karriere als Geologe und Forscher zu unterstützen.«

»Er will eine Gesteinskarte von Hannover anlegen, so wie es William Smith von England getan hat.«

»Mit kleineren Aufgaben gibst du dich nicht zufrieden?«

Leo lachte.

»Nein. Ich werde sogar noch eine größere angehen, lieber Freund. Am fünfundzwanzigsten Mai werde ich diese entzückende Dame neben mir vor Gott und der Welt bitten, meinen Namen zu tragen. Ich hege große Hoffnung, dass sie ja dazu sagt.«

»Ich habe bisher nur ein sehr indifferentes Vielleicht in Erwägung gezogen, aber er ist erstaunlich beharrlich.«

»Nun, ich könnte dir ein Alternativangebot machen, Leonie. Auch ich habe ein hübsches Rittergut und ein ebenso hübsches Gesicht zu bieten.«

»Ernst von Benningsen, möchtest du mit umgedrehtem Hals rheinabwärts gespült werden?«, grollte der Löwe, und seine Löwin schmiegte sich überhaupt nicht indifferent an ihn.

Zu sagen, die Hochzeit sei rauschend gewesen, wäre eine unzulässige Untertreibung. Es war das Ereignis.

Diesmal fand die Trauung in der Kirche statt, und selbst Lennard und Ursel hatten nichts zu meckern – die nüchterne Antoniterkirche war ein einziges Blütenmeer. Ihre Großeltern waren eingetroffen, Lady Frances begleitete sie. Dutzende von Freunden hatten sich versammelt, und Leonie trug ein Kleid, das selbst Gawrila als ihr Meisterwerk bezeichnete. Elfenbeinfarbener Seidenatlas mit einem eingewebten Farnmuster und feinster Goldstickerei fiel in einem weit ausgestellten Rock über knisternde Unterröcke und endete in einer runden Schleppe. Das Oberteil ließ Hals und Schultern frei, und über Leonies braungoldenen Locken schwebte ein elfenbeinfarbener Schleier, der mit einigen Maiglöckchen festgesteckt war.

Doch es gab einige ungewöhnliche Arrangements, die die Hochzeit noch lange im Gedächtnis der Teilnehmenden bleiben ließ. Nicht nur der spektakuläre Schmuck der Braut – ein Smaragdcollier, um das sie Königinnen beneiden würden –, sondern auch die Tatsache, dass sie von einer – nun ja, sie war wohl trotz allem eine – Dame in die Ehe gegeben wurde und nicht von einem männlichen Verwandten. Lady Frances, in schwarz-silberner Assiutseide, einen Turban auf dem Kopf, führte sie den Mittelgang hinunter. Den langen Schleier trugen die Zwillinge, sich ihrer würdigen Aufgabe voll bewusst. Camilla Jacobs und Ernst von Benningsen standen als Trauzeugen neben ihnen am Altar.

Hier wartete Pastor Merzenich lächelnd auf das Paar und stellte die obligatorischen Fragen.

Verblüffenderweise fragte er zuerst die Braut: »Hast du, Leonora Maria Gutermann, vor Gott dein Gewissen geprüft, und bist du frei und ungezwungen hierhergekommen, um mit diesem deinem Bräutigam die Ehe einzugehen?«

»Ja, das bin ich!«, antwortete sie mit klarer Stimme. Ihre Haltung war aufrecht, und ihre Augen leuchteten.

»Bist du gewillt, deinen künftigen Gatten zu lieben und zu ehren? Bist du gewillt, ihm die Treue zu halten, in guten und in bösen Tagen, in Reichtum und Armut, in Gesundheit und Krankheit, bis dass der Tod euch scheide?«

»Ja, das will ich sehr gerne.«

Sie zwinkerte ihm dabei zu, und Leo ging vor ihr in die Knie. Er sprach mit lauter, fester Stimme:

»Ich, Leo Vincent Flemming, habe vor Gott mein Gewissen geprüft, bin frei und ungezwungen hierher gekommen, um mit dir, Leonie, meiner Löwin, die Ehe einzugehen. Ich gelobe, dir die Treue zu halten in guten und in bösen Tagen, in Reichtum und Armut, in Gesundheit und Krankheit. Ich will dich lieben, ehren und dir gehorsam sein, bis dass der Tod uns scheide.«

Das Raunen wurde zu einem ungläubigen Kichern, nachdem Pastor Merzenich den Segen gesprochen hatte.

Und diesmal verhinderte kein Erdbeben, dass der Bräutigam die Braut küsste.

Sie ertrug es mit bewundernswerter Haltung.

Und nur ganz nahe Stehende hörten sie flüstern: »Ich liebe dich, mein gehorsamer Gatte!«

Dramatis Personae

Hauptpersonen

Leonora (Leonie) Maria Gutermann – eine höhere Tochter, die eine Vernunftehe eingeht, der aber leider manche Anforderungen, die ihr aus dem Ehegelöbnis erwachsen, Probleme bereiten. Dennoch bemüht sie sich aufrichtig, wenn auch gelegentlich vergeblich, als untadelige Dame aufzutreten.

Hendryk Mansel – freiberuflicher Geodät, der für die neugegründeten Eisenbahngesellschaften tätig ist. Er geht eine Vernunftehe ein, um sich ein Heim zu schaffen, und ist bemüht, sich seiner Gattin gegenüber wie ein untadeliger Herr zu benehmen, was oft, aber nicht immer gelingt.

Ursula und Lennard – Zwillinge, die eine Odyssee durch Findelhäuser, Spinnereien, Pensionen und Pfarrschulen hinter sich haben, bis sie bei Leonie und Hendryk ein Heim finden. Sie pflegen eine enge Vertrautheit miteinander und teilen geschwisterlich Geheimnisse und brennende Neugier.

Ernst von Benningsen – Hendryks Freund und Sparringspartner. Ein untadeliger Herr und schneidiger Hauptmann im Regiment Lützow, der zu den aufrichtigsten Verehrern Leonies gehört.

Magnus von Crausen – preußischer Offizier von tadellosem Benehmen und einer Neigung zu feurigen Pferden und feurigen Damen, der Leonie ebenfalls Verehrung entgegenbringt.

Camilla Jacobs – die exotische Schönheit, die den deutschen Unternehmer Jacobs geheiratet hat und sich nun in dem komplexen Gesellschaftsdschungel des preußisch-kölschen Biedermeiers zurechtfinden muss.

Nebenfiguren

Karl Gustav Gutermann – Leonies Vater, Rentier und Aktionär der Bahngesellschaft, Vorsitzender der Bonner Rosenkranzbruderschaft.

Elfriede Gutermann – Leonies Stiefmutter, eine der Betschwestern aus dem Rosenkranzklüngel, die nicht so recht bemerkt, was um sie herum geschieht.

Rosalie – Leonies jüngere Schwester, ein richtiges Elfchen, anschmiegsam und musikalisch, weist eine unübersehbare Entwicklungsverzögerung auf.

Pastor Merzenich – Karl Gustavs abtrünniger Stiefbruder, der protestantischer Geistlicher geworden ist. Er ist ein begeisterter Sammler von Mineralien und Fossilien.

Sven Kleinbecker – Leonies Onkel, ein Uhrmacher, blind auf einem Auge, der seiner Nichte einiges von seinen Kenntnissen vermittelt hat. Reiselustiger Mann, der viel in der Welt herumgekommen ist.

Edith Kleinbecker – Svens bucklige Tochter, die sich effizient der Wohlfahrt widmet und (fast) Leonies einzige Freundin ist.

Jette – Mansels Haushälterin, die sich erlaubt, der Dame des Hauses eine gewisse Skepsis entgegenzubringen.

Albert – Jettes Mann und Faktotum.

Gerhard Bredow – preußischer Unteroffizier, der von der Fremdenlegion angeworben wurde, um die Soldaten auf Vordermann zu bringen.

Selma Kersting – Leonies Nachbarin, alteingesessene Kölnerin mit unzähligen Beziehungen und einer Neigung zum Okkultismus.

Otto von Danwitz – er ist Chemiker und stellt Arzneimittel und Morphium her.

Sonia von Danwitz – seine Frau, die ein großes Mundwerk hat, aber entsetzlich faul ist.

Rolf-Heinrich von Alfter – Oberbergamtsrat im Oberbergamt Bonn. Gelegentlich Hendryks Auftraggeber.

Wilfried Jakob Jacobs – Importeur exotischer Waren, Elfenbein, Rohopium usw. Er hat gute Beziehungen in den Orient, Geschäftspartner von Danwitz, Camillas Gatte.

Jussuf – Camillas kleiner Bruder, ein begabter Zeichner, der bereits die Russegger-Expedition mitgemacht hat.

Karl Lüning – Hendryks Sekretär, ein charakterlich nicht ganz gefestigter Mensch, der sich gerne in süße Träume flüchtet.

Hanno Altenberger – Sven Kleinbeckers Freund, ein alter Knurzen, der seine Zeit damit verbringt, hochkomplexe mechanische Apparate herzustellen.

Rike – seine Enkelin, ein williges, aber einfältiges Mädchen, das einer Versuchung erliegt und gerettet werden muss.

Elisa von der Lundt – hochwohlgeborene und noch hochnäsigere Generalswitwe, die auf Anstand und Sitte drängt.

Nikodemus von der Lundt – Muttersöhnchen, das sich auf seltsamen Wegen Nahrung für seine Phantasie besorgt.

Dr. Otto Fischer – ein fortschrittlicher Arzt am Bürgerkrankenhaus.

Gawrila – eine innovative Schneiderin russischer Herkunft mit exquisitem Farbsinn.

Frances Jane Johnson-Walsh – die Wüstenkönigin aus dem Wadi el Kharif, eine exzentrische Lady, die beschließt, ihr Reich aufzugeben, und ohne zurückzuschauen die Heimreise antritt.

Cäcilia Schneider – eine Balletttänzerin und Mesalliance, Mutter von Ursula und Lennard, verstorben.

Irving Flemming – ein Gelehrter mit britischen Wurzeln, ein etwas weltfremder, aber liebevoller Vater.

Olivia Flemming – eine ausgesucht freundliche Dame mit einem stählernen Fäustchen, die die heimischen Geschäfte führt.